KB261095

블랙스완그린

BLACK SWAN GREEN

by David Mitchell

Copyright ⓒ David Mitchell, 2006
Korean Translation Copyright ⓒ MUNHAKDONGNE Publishing Corp., 2013

This Korean edition is published by arrangement with
Curtis Brown UK, London through Duran Kim Agency, Seoul.
All Rights Reserved.

이 책의 한국어판 저작권은 듀란 킴 에이전시를 통해
Curtis Brown Group, Ltd.와 독점 계약한 (주)문학동네에 있습니다.
저작권법에 의해 한국 내에서 보호를 받는 저작물이므로
무단 전재 및 무단 복제를 금합니다.

이 도서의 국립중앙도서관 출판시도서목록(CIP)은
서지정보유통지원시스템 홈페이지(http://seoji.nl.go.kr)와
국가자료공동목록시스템(http://www.nl.go.kr/kolisnet)에서 이용하실 수 있습니다.
(CIP제어번호: CIP2013022079)

Black Swan Green
DAVID MITCHELL

블랙스완그린

데이비드 미첼 장편소설 | 송은주 옮김

문학동네

차례

Black Swan Green

1월의 남자

아빠 서재에 들어가면 안 된다. 그것이 아빠의 규칙이었다. 그러나 전화벨이 스물다섯번째 울렸다. 보통 사람 같으면 죽고 사는 문제가 아닌 이상 열 번이나 열한 번쯤에서 포기하는 법이다. 그렇지 않은가? 아빠는 〈록퍼드 파일〉*에 나오는 제임스 가너처럼 큼지막한 테이프가 달린 자동응답기를 가지고 있는데, 최근에는 자동응답기로 넘어가지 않게 해놓았다. 전화벨은 서른번째 울렸다. 줄리아 누나는 개조한 다락방에서 휴먼 리그의 〈Don't You Want Me?〉를 귀청이 터지도록 시끄럽게 틀어놓고 있었기 때문에 전화벨 소리를 듣지 못했다. 마흔 번. 세탁기가 미친 듯이 돌고 있고 엄마는 거실에서 청소기를 돌리는 중이어서 엄마도 듣지 못했다. 쉰 번. 이건 정상이 아니다. 아빠가 M5 고속도로에서 대형 트럭과 부딪쳤고 아빠의 다른 신분증은 모두 불에 타버려서, 경찰이 갖고 있는 거라곤 이 서재 전화번호뿐인 걸까? 이러다가 병원에서 숯덩이

---

* 1970년대 미국에서 방영된 탐정 드라마.

가 된 아빠를 볼 마지막 기회를 놓치게 될지도 모른다.

그래서 나는, 절대로 들어가지 말라는 말을 듣고도 푸른 수염의 방에 들어가는 신부를 떠올리며 서재 안으로 들어갔다. (푸른 수염은 실은 신부가 그 방으로 들어가기를 기다리고 있었다.)* 아빠의 서재에서는 파운드화 지폐 냄새가 났는데, 종이 냄새와 금속 냄새가 섞인 냄새였다. 블라인드가 내려져 있어 오전 열시가 아니라 저녁 무렵 같았다. 벽에는 학교 벽에 걸린 것과 똑같은 시계가 걸려 있었다. 아빠가 그린랜드에서 지역 영업 이사로 있었을 때 크레이그 솔트와 악수하는 모습을 찍은 사진도 있었다(그린랜드는 나라가 아니라 슈퍼마켓 체인이다). 철제 책상 위에는 아빠의 IBM 컴퓨터가 놓여 있었다. IBM은 수천 파운드는 나간다. 서재 전화가 핵무기 관련 핫라인처럼 붉은색으로 빛나고 있었다. 그 전화기는 보통 전화기들처럼 다이얼식이 아니라 버튼식이었다.

하여간 그래서 나는 심호흡을 하고 수화기를 들고 우리 번호를 댔다. 적어도 더듬거리지 않고 말하는 것쯤은 할 수 있다. 평소 같으면.

하지만 상대편은 대답이 없었다.

"여보세요? 여보세요?" 내가 말했다.

꼭 종이에 베였을 때 나는 것 같은 숨소리만 들렸다.

"제 말 들리세요? 전 안 들리는데요."

아주 희미하게 〈세서미 스트리트〉**의 음악이 들려왔다.

---

* 샤를 페로의 동화 『푸른 수염』을 말한다. 남편 푸른 수염이 출입을 금한 방에 들어간 새 신부는 그곳에서 남편이 죽인 옛 아내들의 시체를 발견한다.

어린이영화재단에서 관람한 영화에서 이런 장면을 본 기억이 떠올랐다. "제 말이 들리시면 전화기를 한 번 치세요."

〈세서미 스트리트〉 음악뿐, 전화기를 치는 소리는 들리지 않았다.

"전화를 잘못 거셨나본데요." 나는 의아해하며 이렇게 말했다.

아기 울음소리가 들리더니 저쪽에서 수화기를 쾅 하고 내려놓았다.

상대편이 듣고 있으면 듣고 있는 소리가 난다.

내 귀에 그 소리가 들렸으니까, 저쪽도 내 말을 들었을 것이다.

"손수건 한 장 때문에 교수형을 당하느니 양 한 마리 훔치고 당하는 게 낫다." 스록모턴 선생님이 까마득히 먼 옛날에 우리에게 가르쳐준 말이다. 내 나름대로는 금지된 방에 들어올 만한 피치 못할 이유가 있었기 때문에, 나는 이왕 들어온 김에 아빠 서재의 면도날처럼 날카로운 블라인드 사이로 교회 영지 너머 나무와 들판을 지나 맬번 언덕까지 바라보았다. 보이는 것이라고는 희뿌연 아침과 얼어붙은 하늘, 그리고 서리가 내려앉은 언덕뿐, 운 나쁘게도 녹지 않은 눈의 흔적은 보이지 않았다. 아빠의 회전의자는 밀레니엄 팔콘***의 레이저 탑과 비슷하게 생겼다. 나는 맬번 언덕 위로 새까맣게 하늘을 뒤덮은 러시아 미그기들을 향해 총을 난사했다. 곧 이곳과 카디프 사이에 있는 수만 명의 사람들이 내 덕에 목숨을 건졌다. 교회 영지에 산산조각 난 비행기 동체들과 까맣게 탄 날개

** 미국의 어린이 TV 프로그램.

*** 영화 〈스타워즈〉에서 한 솔로 선장이 타고 다니는 우주선.

들이 흩어졌다. 나는 비상탈출 좌석 버튼을 누르는 소련 조종사들에게 화살로 진정제를 쏘았다. 우리 해군이 그들을 소탕할 것이다. 훈장은 모두 거절해야지. "고맙습니다만, 됐습니다." 엄마가 초청한 마거릿 대처와 로널드 레이건에게 이렇게 말해줄 거다. "제 할일을 했을 뿐입니다."

아빠의 책상에는 근사한 연필깎이가 부착되어 있었다. 그 연필깎이로는 방탄복도 뚫을 수 있을 만큼 날카롭게 연필을 깎을 수 있다. 아주 날카롭게 깎은 H연필, 그게 아빠가 제일 좋아하는 거다. 나는 2B연필이 더 좋다.

초인종이 울렸다. 나는 블라인드를 다시 원래대로 돌려놓고 내가 들어왔던 흔적이 남지 않았는지 확인한 다음, 누가 왔는지 보려고 계단을 날듯이 뛰어내려갔다. 마지막 여섯 계단은 목숨을 걸고 한 번에 펄쩍 뛰어내렸다.

모론은 여느 때와 마찬가지로 잔뜩 신이 난 얼굴이었다. 그의 솜털 같은 수염은 점점 더 굵어지고 있었다. "무슨 일이 생겼는지 너는 짐작도 못할걸!"

"뭔데?"

"숲속에 있는 호수 알지?"

"그게 어쨌다는 건데?"

모론은 주위에 엿듣는 사람이 없는지 확인했다. "제대로 꽝꽝 얼었어! 동네 애들 절반은 지금 거기 있다니까. 안 갈래?"

"제이슨!" 엄마가 주방에서 나타났다. "찬바람이 들어오잖니! 딘한테 안으로 들어오라고 하든가—안녕, 딘—아니면 문을 닫든가 해야지."

"음…… 잠깐만 나갔다 올게요, 엄마."

"음…… 어딜?"

"맑은 공기 좀 쐬려고요."

그것이 전략상의 실수였다. "또 무슨 짓을 하려고?"

나는 "아니에요"라고 대답하고 싶었지만, 행맨이 그 말을 못하게 막았다. "제가 하긴 무슨 짓을 하겠어요?" 나는 엄마의 시선을 피하며 감색 더플코트를 걸쳤다.

"새 검정 파카를 입으면 뭔 일이라도 난다니?"

나는 이번에도 "아니에요"라고 대답할 수가 없었다. (사실대로 말하자면, 검은색은 '나는 왕재수요'라고 광고하는 거나 마찬가지다. 어른들이 이런 걸 이해할 리 없지.) "더플코트가 더 따뜻해서요. 밖이 쌀쌀해요."

"점심은 한시 정각에 먹을 거다." 엄마는 다시 청소기의 먼지봉투 바꾸는 일로 돌아갔다. "아빠도 식사하러 집에 오실 거야. 머리 시리지 않게 털모자 쓰고 나가렴."

털모자는 게이들이나 쓰는 거지만, 나중에 주머니에 쑤셔넣으면 된다.

"그럼 안녕히 계세요, 아줌마." 모론이 말했다.

"잘 가렴, 딘." 엄마도 말했다.

엄마는 모론을 좋아하지 않았다.

모론은 나랑 키가 비슷하다. 그애는 괜찮은 녀석이지만, 어휴, 그레이비소스 냄새를 풍기고 다닌다. 모론은 중고품가게에서 산

유행 지난 바지를 입고, 드러거스엔드의 역시 그레이비소스 냄새가 나는 벽돌집에서 살고 있다. 진짜 이름은 딘 모런('워런' 할 때 그 발음이다)이지만, 체육을 가르치는 카버 선생님이 첫 주부터 그애를 '모론'이라고 부른 것이 그만 그대로 굳어버렸다. 나는 우리끼리만 있을 때 그애를 '딘'이라고 부르지만, 이름은 이름 이상의 의미가 있다. 진짜 인기 있는 아이들은 원래 이름으로 불린다. 그래서 닉 유는 항상 그냥 '닉'이다. 길버트 스윈야드처럼 조금 인기 있는 아이들은 '야디'처럼 나름대로 존중해주는 별명으로 불린다. 다음으로 나 같은 아이들은 서로를 성으로 불러준다. 우리보다 못한 아이들한테는 모런이 모론으로 불리고 니컬러스 브라이어가 닉커리스 브라*로 불리는 식으로 조롱하는 별명이 붙는다. 남자아이들한테는 군대처럼 모두 계급이 있다. 내가 길버트 스윈야드를 그냥 '스윈야드'라고 불렀다가는 그 녀석이 내 얼굴을 한 대 칠지도 모른다. 또는 다들 있는 데서 모론을 '딘'이라고 부른다면 내 입지가 위태로워질 수도 있다. 그러니까 조심해야 한다.

여자아이들은 돈 매든을 제외하고는 이 정도는 아니다. 그애는 원래 남자아이인데 무슨 실험 때문에 여자애로 잘못 태어난 게 틀림없다. 여자애들은 남자애들처럼 그렇게 많이 싸우지도 않는다. (크리스마스가 되기 직전 어느 날, 돈 매든과 앤드리아 보자드가 방과 후에 버스를 타려고 줄 서서 기다리다가 "씨발년!" "갈보!" 라고 고함을 지르기 시작했다. 둘은 젖가슴을 주먹으로 치고 머리

---

* Knickerless Bra, 'knickers'는 여성용 속바지라는 뜻이고 'bra'는 브래지어의 준말.

채를 쥐어뜯으면서 싸웠다.) 가끔씩은 나도 여자아이였으면 싶을 때가 있다. 여자애들이 보통은 더 교양 있다. 하지만 그런 말을 입 밖에 냈다가는 내 로커에 '후장 빠는 새끼'라는 낙서가 갈겨질 것이다. 플로이드 체이슬리가 요한 세바스찬 바흐를 좋아한다고 했다가 그 꼴을 당했다. 만약 블랙스완그린 교구 잡지에 실린 시를 쓴 엘리엇 볼리버가 나라는 사실이 알려지기라도 하는 날에는, 아이들이 테니스장 뒤로 나를 끌고 가서 뭉툭한 목공 도구로 찔러 죽이고, 내 묘비에 스프레이로 섹스 피스톨스의 로고를 그려놓을 것이다.

어쨌거나 모론은 나와 함께 호수로 걸어가면서 크리스마스에 받은 스칼렉트릭스*에 대한 이야기를 들려주었다. 복싱 데이**에 그 장난감 자동차의 변압기가 폭발하는 바람에 하마터면 온 가족이 몰살당할 뻔했다는 것이다. "어련하시겠어." 내가 대꾸했다. 그러나 모론은 할머니의 무덤에 걸고 맹세해도 좋다고 했다. 그래서 나는 BBC의 〈이것이 인생이다〉에 사연이나 보내보라고 말해줬다. 에스터 랜천***이 제조업체에 보상을 해주라고 할지도 모르니까. 모론은 아빠가 크리스마스이브에 튜크스베리 시장에서 어떤 브러미****한테 사온 것이기 때문에 아마 그건 좀 힘들 거라고 했다. 나는 '브러미'가 혹시 호모를 뜻하는 '버머bummer'나 '범보이bumboy'와 같은 뜻일까봐 그게 무슨 말이냐고는 감히 묻지도 못했다.

* 장난감 전기자동차.
** Boxing Day. 크리스마스 다음날.
*** 영국의 방송인.
**** Brummie, '버밍엄 사람'이라는 뜻.

"그래, 무슨 말인지 알겠다." 내가 대답했다. 모론은 나에게 크리스마스에 무엇을 받았느냐고 물었다. 실은 13파운드 50펜스짜리 도서상품권과 중간계*의 포스터를 받았지만, 책을 받았다고 하면 게이처럼 보일까봐 브라이언 이모부와 앨리스 이모한테 받은 인생게임 얘기만 했다. 자동차를 타고 인생의 길 끝까지 먼저 가서 가장 많은 돈을 얻으면 이기는 보드게임이다. 우리는 블랙스완 옆의 사거리를 건너 숲속으로 들어갔다. 이렇게 추울 때는 입술이 트는데, 입술에 바셀린을 좀 바를 걸 그랬다.

곧 나무들 사이로 아이들의 고함소리가 들려왔다. "호수까지 제일 꼴찌로 가는 놈은 병신새끼다!" 내가 미처 준비도 하기 전에 모론이 냅다 달리며 소리 질렀다. 그러더니 얼어붙은 타이어 자국에 발이 걸리는 바람에 붕 날아서 엉덩방아를 찧고 말았다. 모런이 하는 짓이 그렇지 뭐. "나 뇌진탕인 것 같아." 모런이 말했다.

"머리를 부딪쳐야 뇌진탕이지. 너는 뇌가 엉덩이에 붙어 있냐?" 대사 죽인다. 주위에 이 말을 들어줄 사람이 없는 것이 애석할 따름이다.

숲속의 호수는 장관이었다. 작은 공기방울들이 폭스**의 글레이셔 민트처럼 얼음 속에 갇혀 있었다. 닐 브로즈는 한 번 타는 데 5펜스인 제대로 된 올림픽 스케이트를 빌려 신고 있었는데, 피트 레드말리는 그걸 공짜로 탈 수 있었다. 그래서 아이들은 그애가 스케이

---

* 『반지의 제왕』 작가 톨킨이 소설에서 가상으로 창조한 땅 아르다의 일부.
** 영국의 과자회사.

트 타는 것을 바라보며 자기들도 한번 타고 싶어했다. 얼음 위에서는 그냥 서 있는 것도 힘들다. 나는 연습용 스케이트를 신고 얼음을 지치는 요령을 익히기까지 수도 없이 넘어졌다. 로스 윌콕스가 사촌 게리 드레이크와 돈 매든을 데리고 나타났다. 셋 다 스케이트를 아주 잘 탔다. 드레이크와 윌콕스는 이제 나보다 키가 컸다. (그애들은 스캐비 퀸*을 하다가 얻은 흉터를 보여주려고 손가락 부분을 잘라낸 장갑을 끼고 있었다. 우리 엄마 같으면 나를 죽이려고 했을 거다.) 스킬치는 보통 때 같으면 오리들이 살고 있을, 호수 한가운데에 섬처럼 볼록 솟아오른 곳에 앉아서 누군가가 넘어지기만 하면 "곤두박질쳤다! 곤두박질쳤다!" 하고 외쳐댔다. 스킬치는 너무 빨리 태어나는 바람에 머리가 좀 이상해진 애라 아무도 건드리지 않는다. 어쨌든 세게 때리지는 않는다. 그랜트 버치는 얼음 위에서 자기 부하인 필립 펠프스의 롤리 초퍼**를 타고 있었다. 그애는 잠낀 동인 균형을 유시했시만, 자전거 앞바퀴를 들고 달리는 묘기를 부리다 그만 자전거가 날아가버렸다. 땅에 떨어진 자전거는 마치 유리 겔러***한테 죽도록 시달린 것 같은 꼬락서니였다. 펠프스는 창백하게 질린 얼굴로 씩 웃었다. 장담하는데, 아빠한테 뭐라고 말하면 좋을지 궁리중일 거다. 피트 레드말리와 그랜트 버치는 꽁꽁 언 호수가 브리티시 불독 게임을 하기에 제격이라고 했다. 닉 유가 말했다. "좋아, 나도 낄래." 그래서 결정이 되었다. 나는 브리티시 불독 게임을 싫어한다. 리 빅스가 그 놀이를 하다 이빨

---

* 카드게임의 일종.
** 1970년대 영국 롤리 사에서 제조 판매했던 아동용 자전거.
*** 영국의 마술사. 숟가락 구부리기가 주특기다.

세 개를 부러뜨린 후 스록모턴 선생님이 우리 초등학교에서 그 놀이를 금지시켰을 때 내가 얼마나 안도했는지 모른다. 하지만 오늘 아침에는 브리티시 불독을 좋아하지 않는다고 말하는 녀석이 있으면 당장 병신 취급을 당하고 말 거다. 특히 나처럼 킹피셔메도스 출신 아이라면.

돈 매든까지 합세해 스물에서 스물다섯 명 남짓한 남자아이들이 노예시장에 나온 노예들처럼 옹기종기 모여 섰다. 그랜트 버치와 닉 유는 한 팀의 공동 주장이 되었다. 피트 레드말리와 길버트 스윈야드는 상대팀 주장이었다. 로스 윌콕스와 게리 드레이크 둘 다 나보다 먼저 피트 레드말리에게 뽑혔지만, 나는 여섯번째로 그랜트 버치에게 뽑혔다. 뭐 창피할 정도로 늦은 순서는 아니었다. 모론과 스킬치 둘이 마지막으로 남았다. 그랜트 버치와 피트 레드말리가 농담을 했다. "싫어, 네가 둘 다 데려가. 우리는 이기고 싶단 말이야!" 모론과 스킬치도 그 농담이 재미있다는 듯 같이 웃어야 했다. 어쩌면 스킬치는 진짜 재미있었을지도 모른다. (모론은 아니었다. 아무도 자기를 보고 있지 않을 때면, 모론은 우리가 술래잡기 놀이를 하자며 자기를 숨으라고 보냈을 때와 똑같은 표정을 짓고 있었다. 그애는 한 시간을 꼬박 숨어 있다가 결국 아무도 자기를 찾지 않았다는 걸 깨달았다.) 닉 유가 동전 던지기에서 이겨서, 우리 팀이 먼저 주자가 되고 피트 레드말리 팀이 불독이 되었다. 호수 한쪽에 별 볼 일 없는 애들의 코트를 쌓아서 지켜야 할 골문으로 삼았다. 돈 매든을 뺀 나머지 여자아이들과 꼬마애들은 모두 얼음판에서 달아났다. 레드말리의 불독들은 한가운데에서 패를 짰고, 우리 주자들은 출발점으로 미끄러져갔다. 이제 가슴이 쿵쾅거렸다. 불독들과 주자들은 달리기 선수처럼 몸을 웅크렸다. 주장들이 구호를 선창했다.

"브리티시 불독! 하나 둘 셋!"

우리는 가미카제처럼 함성을 지르며 돌격했다. 나는 맨 앞에 선 주자들이 불독들과 부닥치기 직전에 (우연인 척 고의적으로) 옆으로 살짝 빠졌다. 그러면 제일 힘센 불독들 대부분이 우리 선두 주자들과 맞붙게 된다. (불독은 주자의 양어깨를 얼음판 위에 꽉 눌러서 주자가 견디다 못해 "브리티시 불독, 하나 둘 셋"이라고 외치게 만들어야 한다.) 운좋게도 내 전략이 먹혀들어, 몸을 피해 우리 팀 골대로 갈 수 있는 공간이 열렸다. 처음에는 내 계획이 아주 잘 맞아떨어졌다. 투키 형제와 게리 드레이크는 모두 닉 유한테 달라붙어 있었다. 날아온 다리가 내 정강이를 걸어챘지만 나는 넘어지지 않고 지나쳤다. 그러나 그다음에 로스 윌콕스가 나에게 덤벼들었다. 나는 빠져나가려고 몸부림을 쳤지만, 윌콕스는 내 손목을 꽉 붙잡고 나를 넘어뜨리려 했다. 나는 잡힌 손목을 풀려고 애쓰지 않고, 오히려 윌콕스의 손목을 더 세게 틀어쥐고 그애를 앤트 리틀과 대런 크룸한테로 떠밀려고 했다. 에이스랑 정면으로 맞섰다가 어쩌려고? 게임과 스포츠에서 중요한 것은 참가하는 것도, 하물며 이기는 것도 아니다. 게임과 스포츠는 사실 적에게 굴욕을 주려는 것이다. 리 빅스가 같잖게도 나한테 럭비식으로 태클을 걸려고 했지만, 나는 힘들이지 않고 그애를 흔들어 떨쳐냈다. 더구나 그애는 치아가 걱정되어 불독치고는 점잖게 굴 수밖에 없었다. 나는 네번째 주자로 홈에 들어왔다. 그랜트 버치가 외쳤다. "잘했어, 제이시!" 닉 유는 투키 형제와 게리 드레이크한테서 빠져나와 홈으로 들어왔다. 주자들 중 3분의 1 정도가 잡혀서 다음번 불독이 되었다. 이래서 내가 브리티시 불독을 싫어한다. 배신자가 되라고 강요하는 것이다.

어쨌든 우리는 모두 입을 모아 외쳤다. "브리티시 불독, 하나 둘 셋!" 그리고 마지막인 것처럼 돌격했지만 이번에는 운이 나빴다. 로스 윌콕스와 게리 드레이크와 돈 매든이 처음부터 나를 노렸다. 아무리 기를 쓰고 난투극에서 빠져나오려 해봤자 헛수고였다. 나는 호수를 채 반도 못 지나서 그애들에게 붙잡혔다. 로스 윌콕스가 내 다리를 잡았고, 게리 드레이크는 나를 넘어뜨렸고, 돈 매든이 내 가슴팍을 타고 앉아 어깨를 무릎으로 찍어 눌렀다. 나는 그 자리에 그대로 누워 그들이 나를 불독으로 바꿔놓게 놔두는 수밖에 없었다. 내 마음속에서 나는 항상 주자다. 게리 드레이크가 일부러 그랬는지 실수인지 내 다리를 세게 걷어찼다. 돈 매든의 눈빛은 중국 황후처럼 잔인했다. 가끔 학교에서 그런 눈으로 나를 한 번 흘끗 보기만 해도 온종일 그애 생각을 머리에서 지울 수 없었다. 로스 윌콕스는 올드 트래퍼드*에서 득점이라도 올린 것처럼 펄쩍 뛰어올라 허공에 주먹을 휘둘렀다. 멍청한 새끼. 나는 이렇게 말했다. "좋아, 좋아, 윌콕스. 3 대 1로 참 잘했네." 윌콕스는 나에게 V 사인을 날리고 다른 싸움거리를 찾아 미끄러져갔다. 그랜트 버치와 닉 유는 불독들이 잔뜩 몰려 있는 곳으로 가서 풍차돌리기로 아이들 절반을 날려버렸다.

---

* 잉글랜드 프리미어리그의 명문 클럽인 맨체스터 유나이티드의 홈구장.

그때 길버트 스윈야드가 목청껏 고함을 질렀다. "피이이일리-오오오오온!" 호수에 있는 불독들과 주자들은 한 명도 빠짐없이 모두 몸부림을 치고 신음을 토하며 몸으로 피라미드를 쌓으라는 신호였다. 게임 자체는 이미 뒷전이었다. 나는 아까 다친 다리를 절룩이는 척하며 뒤로 빠졌다. 그때 숲속에서 길을 따라 곧장 우리 쪽으로 다가오는 동력 사슬톱 소리가 들려왔다.

사슬톱 소리는 사실 사슬톱이 내는 소리가 아니었다. 150cc 자주색 스즈키 오토바이를 탄 톰 유였다. 플루토 녹이 헬멧도 쓰지 않은 채 뒷자리에 매달려 있었다. 톰 유는 블랙스완그린에서 작은 전설이었다. 브리티시 불독은 중단되었다. 톰 유는 HMS 코번트리라는 이름의 프리깃함에서 해군으로 복무하고 있다. 톰 유는 지금까지 나온 레드 제플린의 앨범을 죄다 가지고 있고, 〈Stairway To Heaven〉의 전주 부분을 기타로 연주할 수 있다. 톰 유는 영국 골키퍼인 피터 실턴이랑 진짜로 악수도 해봤다. 플루토 녹은 그보다는 조금 덜 빛나는 전설이었다. 그는 작년에 CSE*도 받지 않고 학교를 떠났다. 지금은 세번 강 위쪽 업턴에 있는 돼지고기 가공공장에서 일한다. (플루토 녹이 대마초를 피운다는 소문이 있지만, 뇌를 콜리플라워처럼 만들어서 난간에 올라가 지붕 위에서 뛰어내리게 만드는 그런 종류의 약이 아닌 것만은 확실하다.) 톰 유는 스즈키 오토바이를 호수의 좁다란 끝에 있는 벤치 옆에 세우고는 두 다리를 한쪽으로 모은 채 오토바이에 걸터앉았다. 플루토 녹은 그

---

* Certificate of Secondary Education, 중등교육 수료 증명서.

의 등을 탁 치면서 고맙다고 말하고 콜레트 터벗한테 가서 말을 걸었다. 모론의 누나 켈리 말에 따르면 녹은 콜레트와 섹스를 한 적이 있다고 했다. 나이가 좀 많은 애들은 예수의 사도들처럼 그를 둘러싸고 벤치에 앉아서 담배를 돌려 피웠다. (로스 윌콕스와 게리 드레이크도 이제 담배를 피운다. 훨씬 더 나쁜 것은, 로스 윌콕스가 톰 유에게 스즈키의 소음기에 대해 뭔가를 물어보자 톰 유가 마치 로스도 열여덟 살짜리인 것처럼 대답을 해주고 있다는 것이다.) 그랜트 버치는 자기 부하인 펠프스에게 뛰어가서 라이드 씨네 가게에서 땅콩 초콜릿 바랑 톱덱 한 캔을 사오라고 했다. 그러고는 톰 유에게 강한 인상을 주려고 등뒤에 대고 소리 질렀다. "뛰어가라니까!" 우리 중간급 아이들은 벤치를 둥글게 둘러싸고 서리 긴 땅 위에 앉았다. 나이가 좀 많은 애들이 크리스마스와 새해에 텔레비전에서 한 최고의 프로그램에 대해 이야기하기 시작했다. 톰 유가 〈대탈주〉를 봤다고 하자, 모두들 입을 모아 〈대탈주〉에 비하면 다른 영화는 전부 다 거지 같다고, 특히 스티브 매퀸이 철조망에서 나치군에게 붙잡히는 장면이 최고라고 떠들어댔다. 하지만 톰 유가 그 장면은 너무 길게 끈 것 같다고 말하자, 모두들 영화는 걸작이지만 너무 질질 끌더라고 또 맞장구를 쳤다. (나는 엄마 아빠가 〈두 로니의 크리스마스 특집〉을 보는 바람에 그 영화를 보지 못했다. 하지만 열심히 귀기울여 들어두었기 때문에 다음주 월요일에 개학을 하면 본 척할 수 있다.)

어쩌다보니 이야기가 죽음을 맞는 최악의 방법 쪽으로 옮겨갔다.

길버트 스윈야드가 말했다. "그린 맘바한테 물려 죽는 거야. 세상에서 제일 치명적인 독사래. 내장이 다 터져서 오줌에 피가 섞여 나온대. 끔찍하게 고통스러울 거야."

그랜트 버치가 콧방귀를 뀌었다. "맞아, 고통스럽겠지. 하지만 그래도 빨리 죽기는 할 거 아냐. 양말 뒤집듯이 피부를 벗기는 게 더 끔찍해. 아파치 인디언들이 그렇게 한다더라. 그중에서도 최고 고수는 하룻밤을 꼬박 새워서 피부를 벗길 수 있대."

피트 레드말리가 베트콩의 처형에 대해서 들은 것을 이야기했다. "옷을 홀랑 벗겨서 묶은 다음, 똥구멍에 필라델피아 치즈를 쑤셔박는대. 그다음에는 파이프를 박은 관에다 넣고 가둬. 그런 다음 굶주린 쥐들을 파이프 안으로 집어넣는대. 그러면 쥐들이 치즈를 갉아먹은 다음 사람까지 뜯어먹는다는 거야."

다들 톰 유에게 시선을 집중하고 그의 대답을 기다렸다. "난 이런 꿈을 꾸었어." 그는 담배를 한 모금 길게 빨아들였다. "핵전쟁이 터진 후, 최후의 생존자들과 함께 있는 거야. 우리는 고속도로를 따라 걷고 있지. 차는 한 대도 지나가지 않고, 온통 잡초뿐이야. 뒤를 돌아볼 때마다 일행의 숫자는 점점 줄고 있어. 하나씩 하나씩 방사능에 당하는 거야." 그는 동생 닉을 힐끗 보고는 얼어붙은 호수로 눈길을 던졌다. "고통스러운 건 내가 죽게 되리라는 것이 아니야. 내가 마지막으로 남는 자가 될 거라는 사실이지."

잠시 다들 말이 없었다.

로스 윌콕스는 주위를 빙빙 돌았다. 그는 담배를 길게 빨았다. "윈스턴 처칠이 아니었으면, 너희들 모두 지금 독일어로 얘기하고 있을 거야."

물론 로스 윌콕스라면 사로잡히지 않고 도망쳐서 레지스탕스 조직의 일원이 될 수도 있었겠지. 나는 그 얼간이한테 실은 일본인들이 진주만에 폭탄을 떨어뜨리지 않았다면 절대 미국이 참전하는 일은 없었을 것이고, 영국은 굶주리다 못해 항복했을 것이고, 윈스턴 처칠은 전범으로 처형당했을 것이라고 말해주고 싶어 죽을 지경이었다. 하지만 나는 내가 할 수 없다는 것을 잘 알았다. 그 말을 하자면 더듬을 단어가 하나둘이 아니다. 1월 들어 유달리 행맨이 인정사정 봐주지 않는다. 그래서 오줌보가 터질 것 같다고 둘러대고 일어나서 마을로 가는 길로 내려갔다. 게리 드레이크가 외쳤다. "이봐, 배신자! 네 물건을 두 번 이상 흔들어보라구, 갖고 놀아보라니까!" 그 말에 닐 브로즈와 로스 윌콕스 입에서 폭소가 터져나왔다. 나는 어깨 너머로 그들에게 V 사인을 날렸다. 요새 네 물건이나 흔들라는 말이 대유행이었다. 나는 그게 무슨 뜻인지 밑고 물어볼 사람이 아무도 없었다.

사람 다음으로 위안이 되는 건 항상 나무다. 게리 드레이크와 로스 윌콕스가 나를 씹건 말건, 그들의 목소리가 희미해질수록 되돌아가고 싶은 마음도 점점 사라졌다. 로스 윌콕스가 독일어가 어쩌고 했을 때 코를 납작하게 눌러주지 못한 내 자신이 정말 싫었지만, 거기로 돌아가 더듬거리기 시작했다가는 살아남지 못할 것이다. 가시 돋친 나뭇가지에 덮인 서리가 녹아서 똑똑 떨어졌다. 그 모습에 얼마간 마음이 누그러졌다. 햇빛이 닿지 않는 작은 구덩이에는 아직도 자갈 위에 눈이 남아 있었지만, 눈덩이를 뭉칠 만큼은 되지 않았다. (네로는 그저 장난으로 손님들에게 유리로 된 음식을 먹여 죽이곤 했다.) 울새, 딱따구리, 까치, 검은지빠귀가 보였다. 1월에도 나이팅게일이 있는지는 잘 모르겠지만, 멀리서 나이팅게일

소리도 들려온 것 같았다. 그때 숲속의 집에서 시작된 희미한 길이 호수로 가는 큰길과 만나는 곳에서, 한 소년이 숨을 헐떡이며 천천히 걸어가는 소리가 들려왔다. 나는 새의 위시본[*]처럼 벌어진 소나무 가지 사이로 엿보았다. 펠프스가 주인님의 땅콩 초콜릿 바와 타이저 캔을 꼭 쥐고 달려가고 있었다. (라이드 씨네 가게에 톱텍이 떨어진 게 틀림없다.) 소나무 뒤로는 경사진 오르막길이 뻗어 있었다. 나는 숲의 이쪽 지역에 있는 길은 전부 다 잘 알고 있다고 생각했다. 그러나 이 길은 아니었다. 톰 유가 떠나자 피트 레드말리와 그랜트 버치는 다시 브리티시 불독을 시작했다. 그것도 돌아가고 싶지 않은 이유였다. 나는 길이 어디로 이어지는지 한번 따라가보기로 했다.

숲에는 집이 딱 한 채 있어서, 우리는 그 집을 '숲속의 집'이라고 불렀다. 거기에는 늙은 여자가 한 명 살고 있다고 했지만, 나는 이름도 몰랐고 본 적도 없었다. 그 집은 어린아이들이 그리는 집처럼 창문이 네 개 있고 굴뚝이 있었다. 내 키만한 벽돌담이 집을 둘러쌌고, 야생 덤불이 그보다 더 높이 자라 있었다. 숲속에서 전쟁놀이를 할 때도 우리는 그 집 쪽으로는 가지 않았다. 그 집에 무슨 귀신 이야기 같은 게 있어서 그런 건 아니었다. 그저 숲의 그쪽 지역이 마음에 들지 않아서였다.

그러나 오늘 아침에는 그 집이 꼭 잠긴 채 너무 조용히 웅크리

---

[*] 새의 목과 가슴 사이에 있는 V자형 뼈. 이것의 양끝을 두 사람이 잡고 잡아당겨 긴 쪽을 갖게 된 사람이 소원을 빌면 이루어진다 하여 이런 이름이 붙음.

고 있어서, 아직도 거기 누가 살기는 하는지 궁금해졌다. 게다가 오줌보가 터질 것 같아서 조심성이 없어졌다. 그래서 나는 서리 긴 벽에 대고 오줌을 갈겼다. 김이 나는 누런 오줌 줄기로 막 내 이름을 다 휘갈겨 썼을 때, 녹슨 대문이 작게 삐걱 소리를 내며 열리더니 흑백 시대에서 튀어나온 듯한 심술궂은 노파가 나타났다. 노파는 그냥 그 자리에 서서 나를 빤히 쳐다보았다.

오줌발이 말라버렸다.

"앗! 죄송합니다!" 한바탕 사달이 나겠구나 생각하며 나는 급히 지퍼를 올렸다. 우리 엄마가 우리집 담장에 오줌 누는 아이를 잡았다면, 산 채로 껍질을 홀랑 벗겨서 몸뚱이를 퇴비통에 집어넣었을 것이다. 그게 나라고 해도 말이다. "여기에 누가 사시는 줄은…… 몰랐어요."

심술궂은 노파는 계속 나를 쳐다보기만 했다.

오줌 방울이 속옷에 얼룩을 남겼다.

"내 동생과 나는 이 집에서 태어났지." 마침내 노파가 입을 열었다. 노파의 목은 도마뱀 가죽처럼 축 늘어져 있었다. "우리는 이사 갈 생각이 없어."

"아……" 아직도 그녀가 나를 요절내려는 참인지 알쏭달쏭했다. "그러시군요."

"너희 애새끼들은 어쩜 그리 시끄럽냐!"

"죄송합니다."

"내 동생을 깨우다니 정말 생각이 없다니까."

내 입은 풀로 봉한 듯 딱 붙어버렸다. "저 혼자 떠든 건 아니에요. 정말로요."

심술궂은 노파는 눈 하나 깜짝하지 않았다. "내 동생도 아이들을 좋아하던 때가 있었지. 하지만 요즘 같아서는, 아이고, 너희들 때문에 화가 단단히 나 있어."

"말씀드렸지만, 죄송해요."

"내 동생한테 걸렸다면 그 정도 죄송한 걸로는 턱도 없을 거다." 노파는 진저리가 난 얼굴이었다.

조용하던 것들은 너무 시끄럽고 시끄럽던 것들은 들리지도 않는다.

"그분도…… 계신가요? 지금요. 제 말은, 동생분 말이에요."

"그애 방은 그애가 놔두고 간 고대로야."

"동생분이 아프신가요?"

노파는 내 말을 못 들은 척했다.

"이제 저는 집에 가봐야겠어요."

"그 정도 미안한 것으로는 안 된다니까." 노파는 노인들이 침을 흘리지 않으려고 할 때 그러듯 우물거리며 침을 넘겼다. "얼음에 금이 갈 때는."

"얼음요? 호수에요? 얼음은 아주 단단히 얼었는데요."

"항상 그렇게 말하더라. 랠프 브레던도 그렇게 말했지."

"그게 누군데요?"

"랠프 브레던 말이야. 푸줏간집 아들."

뭔가 느낌이 이상했다. "이제 가봐야겠어요."

우스터셔 주 블랙스완그린 마을 킹피셔메도스 9번지의 점심식사는 핀더스 햄과 치즈 크리스피 팬케이크, 크링클 컷 오븐 칩과

싹양배추였다. 싹양배추는 방금 막 게워낸 토사물 맛이 났지만 엄마는 구시렁거리지 말고 다섯 개는 먹어야 한다고 말했다. 안 그러면 푸딩에 버터스카치 맛 에인절 딜라이트는 없을 거라고 했다. 엄마는 식사시간이 '사춘기의 불만'을 토로하는 장이 되는 꼴은 보지 않겠다고 한다. 크리스마스 전에 나는 싹양배추 맛을 싫어하는 것이 '사춘기의 불만'과 무슨 상관이 있느냐고 물었다. 엄마는 영악한 남학생 같은 소리는 그만두라고 경고했다. 나는 입을 다물었어야 했지만, 아빠도 엄마더러 (엄마가 싫어하는) 멜론을 억지로 먹게 하지 않고, 엄마도 아빠에게 (아빠가 싫어하는) 마늘을 억지로 먹이는 법은 없지 않느냐고 지적했다. 엄마는 화가 머리끝까지 나서 나한테 내 방으로 가 있으라고 했다. 아빠가 돌아오자, 나는 건방지다고 설교를 들었다.

그 주에는 용돈도 없었다.

어쨌거나 그래서 이번 점심식사 때는 싹양배추를 작게 잘라서 그 위에 케첩을 잔뜩 뿌렸다. "아빠."

"왜?"

"물에 빠져 죽으면 몸이 어떻게 돼요?"

누나는 십자가에 매달린 예수처럼 눈을 굴렸다.

"식탁 앞에서 이야기하기에는 좀 음침한 화제구나." 아빠는 크리스피 팬케이크를 포크로 찍어 입에 넣고 우물거렸다. "그런 건 왜 묻니?"

얼어붙은 호수 얘기를 하기에는 타이밍이 그리 좋지 않았다. "저, 이 책 『북극 모험』에서요, 할이랑 로저 두 사냥꾼 형제가 캑스라는 악당한테 쫓기다가 그 악당이 떨어져서……"

아빠는 그만! 하는 뜻으로 손을 들어올렸다. "흠, 아빠 생각에 캑스 씨는 물고기 밥이 되었을 것 같구나. 살이 깨끗이 발려지는 거지."

"북극에도 피라니아가 있나요?"

"물고기들은 씹을 수 있을 만큼 부드럽기만 하면 뭐든지 다 먹을 거다. 기억해두렴. 만약 캑스 씨가 템스 강에 떨어졌다면 오래지 않아 시체가 떠오를 거야. 템스 강은 항상 거기서 죽은 사람들을 내주거든."

내 설명이 완전히 빗나갔다. "만약 그 사람이 얼음을 뚫고 호수로 떨어졌다면요? 그다음에는 무슨 일이 일어날까요? 그 사람은…… 꽁꽁 언 채로 그대로 있게 되나요?"

"밥 먹을 때 이런 얘기 너무 끔찍해요, 엄마." 누나가 징징거렸다.

엄마가 냅킨을 둥글게 말았다. "로렌조 허싱트리에 새 타일이 들어왔대, 여보." (내 입을 막는 데 성공한 누나가 승리의 미소를 날렸다.) "마이클?"

"응, 헬레나."

"우스터 가는 길에 로렌조 허싱트리 전시장에 한번 들러보자. 새 타일이래. 최고로 훌륭한 거라고."

"그 정도면 보나 마나 로렌조 허싱트리가 값도 최고로 매기지 않겠어?"

"어쨌든 일꾼들을 쓸 거니까 일을 좀 제대로 해두는 것도 좋잖아? 주방 꼴이 누가 볼까 부끄러울 지경이라고."

"헬레나, 어째서……"

누나는 종종 엄마 아빠보다도 먼저 말다툼이 일어날 낌새를 눈치채곤 한다. "저 이제 가봐도 돼요?"

"줄리아," 엄마는 정말로 속상한 얼굴이었다. "그거 버터스카치 맛 에인절 딜라이트야."

"맛있어요. 하지만 오늘밤엔 제 할 일 해도 되죠? 로버트 필과 진보적인 휘그당에 대한 숙제를 하던 중이라고요. 하여튼 입맛이 뚝 떨어졌어요."

"누나 입맛이 떨어진 건 케이트 앨프릭이랑 캐드버리스 로지스 초콜릿을 왕창 먹어댔으니까 그렇지." 내가 쏘아붙였다.

"그럼 테리스 초콜릿 오렌지는 어디로 갔지, 이 재수탱이야?"

"줄리아," 엄마가 한숨을 내쉬었다. "제이슨을 그렇게 부르지 말라고 했잖니. 하나뿐인 네 동생이야."

"하나도 너무 많아요." 누나는 이렇게 대꾸하고는 자리에서 일어섰다.

그때 아빠가 뭔가를 기억해냈다. "너희들 중 누가 내 서재에 들어왔지?"

"전 아니에요, 아빠." 분위기를 감지한 누나는 문간에서 서성였다. "틀림없이 정직하고, 사랑스럽고, 말 잘 듣는 제 동생이겠죠."

아빠가 어떻게 알았을까?

"아주 간단한 질문 하나만 하마." 아빠한테는 확실한 증거가 있었다. 내가 아는 한 어린아이를 상대로 거짓말로 을러대는 어른은 우리 학교의 닉슨 교장선생님뿐이다.

연필! 딘 모런이 초인종을 울렸을 때 연필을 연필깎이에 꽂아둔 채 나온 것이 틀림없다. 망할 모런. "아빠 전화가 엄청 오래 울렸단 말이에요. 사오 분은 됐어요, 정말로요. 그래서……"

아빠는 들은 척도 하지 않았다. "아빠 서재에 들어가지 말라고 한 규칙은 뭐냐?"

"하지만 급한 일일지도 모른다는 생각이 들어서 전화를 받았더니"—행맨이 '누군가'라는 말을 막았다—"어떤 사람이 수화기 저편에서……"

"네 말을 믿는다. 난 단지 너한테 질문을 했을 뿐이야." 아빠가 그만! 하는 뜻으로 손바닥을 들어올렸다.

"네, 하지만……"

"아빠가 너한테 무슨 질문을 했지?"

"'아빠 서재에 들어가지 말라고 한 규칙은 뭐냐?'고 하셨어요."

"그렇지." 아빠는 가끔씩 가위 같다. 사삭 사사삭 사삭 사사삭. "자, 왜 질문에 대답하지 않는 거냐?"

그때 누나가 이상한 행동을 했다. "재미있는데요."

"지금 웃는 사람은 아무도 안 보이는구나."

"아뇨, 아빠, 복싱 데이에 아빠랑 엄마가 저 녀석을 우스터에 데리고 가셨을 때도 아빠 서재에 전화가 왔었어요. 정말로 엄청 오래 전화벨이 울렸어요. 공부하는 데 정신을 집중할 수 없을 정도로요. 급한 구급대원 같은 건 아닐 거라고 스스로에게 말하면 할수록 자꾸만 더 그럴 것 같다는 생각이 들었어요. 나중에는 전화벨 소리 때문에 미칠 지경이었어요. 달리 어쩔 도리가 없었어요. 제가 '여보세요'라고 했지만 상대편은 아무 대답도 하지 않았어요. 그래서 혹시 변태인가 싶어서 전화를 끊었어요."

아빠는 잠잠해졌지만 위험이 지나간 것은 아니었다.

내가 용기를 내어 말했다. "저도 똑같았어요. 하지만 저는 상대가 제 말을 듣지 못했을 수도 있다고 생각해서 바로 끊지는 않았어요. 아기가 있는 것 같지 않았어, 누나?"

"좋아, 둘 다 사립탐정놀이는 그만둬. 어떤 놈이 장난으로 전화를 걸었다 해도 너희 둘 중 **누구도** 전화를 받으면 안 된다. 무슨 일이 있어도. 또 그런 일이 있거든 플러그를 빼버려라. 알겠니?"

엄마는 가만히 앉아만 있었다. 어쩐지 느낌이 좋지 않았다.

"알아들었어?"라는 아빠의 말은 마치 벽돌이 유리창을 깨고 날아드는 소리 같았다. 누나와 나는 화들짝 놀랐다. "네, 아빠."

엄마와 아빠와 나는 한마디도 없이 버터스카치 맛 에인절 딜라이트를 먹었다. 나는 부모님 쪽으로는 눈도 돌리지 못했다. 누나가 이미 그 카드를 써먹었기 때문에 먼저 일어나겠다는 말도 꺼낼 수 없었다. 내가 미운털이 박힌 이유는 충분히 알겠지만, 왜 엄마 아빠도 서로 말을 하지 않는 건지 도통 알 수가 없었다. 에인절 딜라이트를 마지막으로 떠먹고 나서 아빠가 말했다. "잘 먹었어, 여보. 설거지는 제이슨이랑 내가 할게. 괜찮지, 제이슨?"

엄마는 아무 말도 없이 위층으로 올라갔다.

아빠는 의미 없는 멜로디를 흥얼거리며 접시를 닦았다. 나는 설거지할 그릇을 개수대에 넣은 다음 물기를 닦으려고 주방으로 갔다. 조용히 입다물고 있었으면 좋았을걸, 뭔가 적당한 말을 꺼내면 그날 하루를 무사히 평소 같은 날로 돌려놓을 수 있을 것 같았다. "아빠, 1월에 나이팅게일"(행맨은 이 말로 나한테 슬픔을 안겨주는 걸 좋아한다) "소리 들어보셨어요? 저는 오늘 아침에 들은 것 같아요. 숲속에서요."

아빠는 냄비를 문질러 닦고 있었다. "그게 나이팅게일인지 뭔지 내가 어떻게 알겠니?"

나는 계속 밀고 나갔다. 평소 아빠는 자연에 대한 이야기를 즐겼다. "하지만 할아버지가 입원해 계시던 호스피스 병동에서 그 새를 본 적 있잖아요. 아빠가 나이팅게일이라고 하셨어요."

"흠, 네가 그걸 아직도 기억하고 있다니." 아빠는 뒤뜰 저편의 정자에 매달려 있는 고드름을 내다보았다. 그러더니 마치 '1982년 세계에서 가장 비참한 남자 선발 대회'에 나간 사람처럼 이렇게 말했다. "그 유리컵이나 신경쓰렴, 제이슨. 떨어뜨리겠다." 아빠는 라디오2 채널로 돌려 일기예보를 틀고, 가위로 1981년판 『도로교통법규집』을 자르기 시작했다. 아빠는 1982년 최신판 『도로교통법규집』이 나오자마자 바로 샀다. 오늘밤 영국 대부분 지역의 수은주가 영하로 내려갈 것이라고 했다. 스코틀랜드와 북부의 운전자들은 도로의 빙판을 주의해야 한다. 미들랜드에서는 넓은 지역에 걸쳐 서리가 내릴 것이다.

내 방으로 올라와 인생게임을 했지만, 혼자서 양쪽 역할을 다 하려니 재미가 없었다. 누나 친구 케이트 앨프릭이 시험공부를 하자며 누나를 찾아왔지만 둘은 6학년의 누가 누구랑 사귄다느니, 경찰 코앞에서 마리화나를 피웠다느니 수다만 떨었다. 셀 수도 없이 많은 의문이 홍수가 덮친 도시에 떠오르는 시체들처럼 끊임없이 떠올랐다. 점심식사 때의 아빠와 엄마. 알파벳을 빼돌리는 행맨. 이러다가는 수화를 배워야 할 판이다. 게리 드레이크와 로스 윌콕스. 그애들은 나와 사이가 좋았던 적이 한 번도 없기는 하지만, 오늘은 둘이 작당을 하고 나한테 덤볐다. 닐 브로즈도 한패가 되었다. 마지막으로, 숲속의 심술궂은 노파도 신경이 쓰였다. 어째서 그 노파가 신경쓰이는 걸까?

모든 것을 뒤로하고 빠져나갈 틈새라도 있었으면 좋겠다. 다음 주면 열세 살이 되지만, 열세 살은 열두 살보다 더 나빠 보인다. 줄리아 누나는 열여덟 살이라고 쉴새없이 죽는 소리를 해대지만, 내 처지에서 보면 열여덟 살은 서사시다. 정해진 시간에 잠자리에 들 필요도 없고, 용돈도 내 두 배다. 누나는 열여덟 살이 되고서 엄청나게 많은 친구들과 어울려 우스터의 타냐 나이트클럽에 갔다. 타냐는 유럽에서 유일하게 크세논 디스코 레이저 조명이 있는 클럽이란 말이다! 얼마나 근사한가?

아빠는 혼자서 킹피셔메도스로 차를 몰고 갔다.

엄마는 엄마 방에 조용히 틀어박혀 있는 게 틀림없다. 요즘 들어 거기서 보내는 시간이 점점 더 많아진다.

나는 기운을 좀 내보려고 할아버지의 오메가 시계를 찼다. 복싱데이에 아빠는 나를 서재로 불러서 할아버지한테 물려받은 아주 중요한 것을 주겠다고 했다. 내가 그걸 관리할 수 있을 때까지 아빠가 가지고 있었던 것이다. 그것은 시계로, 오메가 시마스터 드빌이었다. 할아버지는 1949년 아덴이라는 항구에서 진짜 아랍 사람한테 그 시계를 샀다. 아덴은 아라비아에 있는데 한때는 영국령이었다. 할아버지는 평생 동안 매일, 돌아가시는 순간까지도 그 시계를 차고 있었다. 그 얘기 때문에 오메가 시계가 무서운 게 아니라 더욱 특별하게 느껴졌다. 오메가 시계의 문자반은 은색이고 너비는 50펜스 동전 정도 되지만, 두께는 티들리윙크* 정도밖에 안 된다. 아빠는 무게를 잔뜩 잡고 근엄하게 말했다. "훌륭한 시계는 두께에서 표가 난단다. 요즘 애들이 손목에 차고 거들먹거리는 플라스틱 끈 따위랑은 격이 다르지."

나는 기가 막히게 머리를 굴려 오메가 시계를 숨겼다. 안전하기로 따진다면 헐거운 바닥 널판 밑에 숨긴 내 옥소** 깡통 다음으로 최고다. 나는 스탠리 나이프로 『소년을 위한 목공예』라는 시시해 보이는 책의 속을 파냈다. 『소년을 위한 목공예』는 내 책장 진짜 책들 사이에 꽂혀 있다. 누나가 가끔 내 방을 기웃거리지만, 이 비밀 장소만은 죽어도 못 찾아낸다. 그 위에 반 페니 동전을 올려놓았기 때문에, 누군가 그걸 건드렸다면 바로 알 수 있다. 게다가 누나가 이걸 찾아냈다면, 틀림없이 내 멋진 아이디어를 그대로 따라 했을 것이다. 누나 책장에 가짜 책등이 있는지 찾아보았지만 그런 것은 없었다.

밖에서 귀에 익시 않은 자동차 소리가 들렸다. 하늘색 폭스바겐 제타가 마치 운전자가 집 주소를 찾고 있는 것처럼 연석을 따라 천천히 다가오고 있었다. 여자 운전자는 골목 끝에서 3점짜리 방향 전환을 하고 잠시 꾸물거리더니 킹피셔메도스를 빠져나갔다. 〈경찰 999〉에서였다면 차 번호판을 기억해두었을 텐데.

할아버지가 할머니보다 나중에 돌아가셔서 나는 할아버지에 대한 기억밖에 없다. 그나마도 많지는 않다. 할아버지 집 정원에 내 코기*** 자동차가 지나갈 길을 분필로 할아버지가 그려주시던 일,

---

* 조그만 원반을 튕겨 컵 속에 넣는 게임. 여기서는 게임 기구인 원반을 뜻한다.

** 생활용품 브랜드.

*** 완구회사 이름.

그레인지오버샌즈에 있는 할아버지의 방갈로에서 〈선더버드〉를
보며 '댄딜라이언 앤 버독'이라는 탄산음료를 마시던 일 정도다.

　나는 멈춰 선 오메가 시계를 감아서 세시가 약간 넘은 시간으로
맞춰놓았다.

　태어나지 않은 쌍둥이 형제가 속삭였다. **호수로 가봐.**

　느릅나무 밑동이 숲을 통과하는 좁은 길목을 지키고 있다. 그
밑동 위에 스킬치가 앉아 있었다. 스킬치의 진짜 이름은 머빈 힐이
지만, 언젠가 체육수업 때문에 옷을 갈아입느라 바지를 내렸다가
기저귀를 차고 있는 걸 우리한테 들켰다. 그애는 아홉 살 무렵까지
쭉 기저귀를 찼다. 그랜트 버치가 스킬치라는 별명으로 부르기 시
작한 후, 그애를 머빈이라고 부른 것은 까마득히 먼 옛날 일이 되
고 말았다. 별명을 바꾸느니 차라리 눈알을 바꾸는 쪽이 더 쉽다.

　어쨌거나 스킬치가 팔꿈치 안쪽으로 털이 북슬북슬하고 칙칙한
뭔가를 쓰다듬고 있었다. "주운 사람이 임자지."

　"좋아, 스킬치. 그런데 갖고 있는 게 뭐야?"

　스킬치의 치아가 지저분했다. "안 보여줄래!"

　"어디 봐. 보여주는 건 괜찮잖아."

　스킬치가 웅얼웅얼 대답했다. "킷캣이야."

　"킷캣이라고? 초콜릿 바 말이야?"

　스킬치는 나에게 잠든 새끼 고양이의 머리를 보여주었다. "새끼
고양이라고! 주운 사람이 임자야."

　"우아, 고양이네. 어디서 났어?"

　"호숫가에서. 새벽녘에, 아직 아무도 호수에 오지 않았을 때 발

견했어. 브리티시 불독을 하는 동안에는 숨겨뒀지. 상자 속에 숨겨
놨어."

"왜 아무한테도 안 보여줬어?"

"버치랑 스윈야드, 레드말리, 그 망할 녀석들이 보면 빼앗아갈 거
아냐! 주운 사람이 임자라니까. 그래서 숨겨놨지. 이제 돌아갈래."

스킬치란 놈은 도무지 알 수가 없다. "얘 조용하네, 그렇지 않아?"

스킬치는 고양이를 쓰다듬기만 했다.

"머브, 나 한번 안아봐도 돼?"

"아무한테도 말하지 않는다면." 스킬치가 미심쩍은 눈으로 나를
보았다. "쓰다듬어보는 건 괜찮아. 하지만 장갑은 벗어야 돼. 장갑
은 울퉁불퉁하니까."

그래서 나는 골키퍼 장갑을 벗고 고양이를 만지려고 손을 뻗
었다.

그때 스킬치가 고양이를 내게 덥석 안겼다. "이제 네 거야!"

나는 앞뒤 가릴 틈도 없이 얼결에 고양이를 받았다.

"네 거라고!" 스킬치는 웃음을 터뜨리며 마을 쪽으로 달려갔다.
"너 가져!"

새끼 고양이는 냉장고에서 꺼낸 고깃덩어리처럼 싸늘하고 뻣뻣
했다. 그제야 죽은 고양이라는 걸 알아챘다. 나는 그것을 떨어뜨렸
다. 고양이가 털썩 하고 바닥에 떨어졌다.

스킬치의 목소리가 멀어져갔다. "주운 사람이 임자랬잖아!"

나는 나뭇가지 두 개로 고양이를 들어올려 키 큰 스노드롭 수풀
속에 던졌다.

너무나 조용하고 너무나 위엄 있었다. 어젯밤 서리 속에서 죽었

겠지.

언젠가는 나도 저렇게 되겠지.

얼어붙은 호수에는 예상대로 개미 새끼 한 마리 없었다. TV에서는 〈슈퍼맨 2〉를 방영하고 있었다. 나는 그 영화를 삼 년 전 닐 브로즈의 생일에 맬번 극장에서 보았다. 나쁘지는 않았지만, 얼어붙은 호수에서 나 혼자 보낼 수 있는 시간을 희생할 정도는 아니었다. 클라크 켄트는 겨우 루이스 레인하고 번쩍거리는 침대에서 섹스나 하자고 자기 힘을 포기한다. 그런 바보 같은 거래를 하는 사람이 세상에 어디 있담? 하늘을 날 수 있는데? 핵미사일이 방향을 틀어 우주로 가게 할 수 있는데? 행성을 회전시켜 시간을 거꾸로 되돌릴 수도 있는데? 아무렴 섹스가 그 정도로 좋기야 하려고.

나는 텅 빈 벤치에 앉아 자메이카 생강케이크 한 조각을 먹은 다음 얼음판 위로 나갔다. 나를 보는 다른 아이들의 눈이 없으니 한 번도 넘어지지 않았다. 나는 줄 끝에 매달린 돌멩이처럼 시계 반대 방향으로 원을 그리며 빙글빙글 돌았다. 머리 위로 늘어진 나무들이 손가락으로 내 머리를 만지려 했고, 까마귀들은 까악 까악 까악 울고 있었다. 마치 자기가 왜 위층에 올라왔는지 까먹어버린 노인네들처럼.

무아지경 같은 순간이었다.

오후가 지나고 하늘이 우주 공간으로 바뀌어갈 즈음, 나는 호수에 또다른 소년이 있다는 것을 알게 되었다. 이 아이는 나와 같은 속도로 얼음을 지치며 내 뒤를 따라왔지만, 줄곧 멀찍이 호수 저편에 머물러 있었다. 내가 열두시 방향에 있으면 그애는 여섯시 방향에 있었고, 내가 열한시 방향으로 가면 다섯시 방향으로 움직이는 식으로 내내 내 반대편에 있었다. 처음에는 그냥 빈둥거리는 마을 아이인가보다 생각했다. 키가 좀 땅딸막했기 때문에 닉 유일지도 모른다고 생각했다. 그러나 이상하게도 그 아이를 조금 오랫동안 똑바로 쳐다보면 어두운 공간 같은 것이 그애를 삼켜버렸다. 처음 몇 번은 집으로 돌아갔나보다 했다. 그러나 호수를 반 바퀴 더 돌고 났더니 그애가 돌아와 있었다. 내 시야 딱 끄트머리에 있었다. 호수를 가로질러 앞을 가로막으려 해봤지만, 그애는 내가 섬처럼 볼록 솟아오른 한가운데에 닿기도 전에 자취를 감추었다. 연못을 계속 돌다보니 그애가 또 나타났다.

집으로 가. 내 안에서 신경이 곤두선 '버러지'가 재촉했다. 저애가 유령이면 어떡해?

태어나지 않은 나의 쌍둥이는 '버러시'를 참지 못한다. 저애가 유령이면 어떡하냐고?

"닉?" 내가 소리쳐 불렀다. 내 목소리는 실내에서처럼 울렸다. "닉 유니?"

그애는 계속 얼음만 지쳤다.

내가 소리쳤다. "랠프 브레던?"

그애의 대답이 궤도를 한 바퀴 다 돌아 내 귀에 닿았다.

푸줏간집 아이야.

의사가 나에게 호수 반대편의 아이는 내 상상일 뿐이고 목소리도 내가 상상한 것이라고 말한다 해도, 나는 반박하지 않았을 것이다. 줄리아 누나가 너는 실제보다 더 자신을 특별하다고 여기고 싶어서 그 아이를 랠프 브레던이라고 믿고 있을 뿐이라고 말한대도 반박하지 않았을 것이다. 어떤 신비주의자가 어느 특정한 장소에서 특정한 순간이 안테나 역할을 하여 사라진 사람들의 희미한 흔적을 감지할 수 있게 된다고 말한다 해도, 역시 반박하지 않았을 것이다.

"어때? 춥지 않아?" 나는 이렇게 외쳤다.

대답이 또다시 궤도를 한 바퀴 돌아 나에게 닿았다.

추위에 익숙해.

수년 전 호수에 빠져 죽은 아이들이 내가 자기들 지붕 위를 함부로 왔다갔다한다고 싫어하는 건가? 새로운 아이들이 빠지기를 바라나? 친구 삼으려고? 살아 있는 자를 질투하는 건가? 나까지도?

"나한테 보여줄 수 있어? 어떤지 좀 보여줄래?" 내가 소리쳤다.

달이 하늘에서 호수 속으로 빠졌다.

우리는 한 바퀴를 돌았다.

그림자 아이는 나와 똑같은 자세로 허리를 구부린 채 여전히 그 자리에서 얼음을 지치고 있었다.

우리는 또 한 바퀴를 돌았다.

부엉이인지 뭔지 모를 새가 낮게 퍼덕이며 호수를 가로질러 날아갔다.

"이봐, 내 말 들려? 궁금해서 그러는데……" 내가 외쳤다.

얼음에 발이 걸렸다. 어찌된 영문인지 미처 알아차리기도 전에 나는 믿을 수 없을 만큼 높이 허공으로 붕 떠올랐다. 브루스 리의 가라테 발차기 정도 되는 높이였다. 사뿐히 내려앉을 거라고는 물론 생각지 않았지만, 바닥에 쾅 떨어지면 얼마나 끔찍하게 아플지는 미처 짐작하지 못했다. 따뜻한 음료 속에 퐁당 빠진 얼음조각처럼, 발목에서부터 턱뼈와 손가락 마디마디까지 금이 갔다. 아니, 얼음조각보다는 크다. 스카이랩*에서 떨어진 거울 꼴이다. 거울은 땅에 부딪히자마자 비수와 가시와 보이지 않는 파편 들로 박살이 났다. 그게 바로 내 발목이었다는 얘기다.

나는 데굴데굴 구르고 미끄러지다 호숫가에서 간신히 멈췄다.

잠시 그 초자연적인 고통 속에서 꼼짝도 못하고 누워 있는 수밖에 없었다. 자이언트 헤이스택스**라 해도 훌쩍거리지 않고는 못 배겼을 거다. "이런 망할," 나는 눈물을 참느라 숨을 헐떡거렸다. "이런 망할, 망할, 망할!" 무정한 나무들 사이로 큰길에서 들려오는 소리를 듣고만 있을 뿐, 거기까지 걸어갈 도리가 없었다. 일어나려고 해보았지만 엉덩방아만 찧고 새로운 통증에 움찔해야 했다. 꼼짝도 할 수 없었다. 계속 이 자리에 이러고 있다가는 폐렴으로 죽을지도 모르는데. 어떡하면 좋지.

"너로구나. 네가 또 우리집 문을 두드릴 줄 알았다." 심술궂은 노파가 한숨을 내쉬었다.

"다쳤어요. 발목이 아파요." 목소리가 제대로 나오지 않았다.

"그런 것 같구나."

"아파 죽을 것 같아요."

"그렇겠구나."

---

* 미국 최초의 우주 정거장.
** 1970~80년대를 주름잡았던 영국의 프로레슬러로 본명은 마틴 루안. 몸무게가 300킬로그램이 넘었다.

"아빠한테 저를 데리러 오시라고 전화 한 통만 해도 될까요?"

"우리집에는 전화 따위 없어."

"그럼 할머니가 가서 도와달라고 해주시면 안 돼요? 제발 부탁이에요."

"절대 집을 비울 순 없단다. 밤에는 안 돼. 여기서는 안 된다고."

"제발요." 깊은 곳에서 통증이 전기기타처럼 요란하게 울렸다. "전 걸을 수가 없어요."

"뼈와 관절에 대해서는 내가 좀 안다. 안으로 들어오는 게 좋겠구나."

집 안은 밖보다 더 추웠다. 등뒤에서 빗장이 걸리고 자물쇠가 잠겼다. 심술궂은 노파가 말했다. "응접실로 내려가 있으렴. 치료할 것을 준비하는 대로 곧 따라갈 테니. 하지만 무엇을 하든 **조용히** 해야 해. 내 동생을 깨웠다가는 크게 후회할 거다."

"알겠어요……" 나는 집 안을 흘끗 살펴보았다. "응접실이 어느 쪽인가요?"

그러나 이미 어둠이 덮이고 심술궂은 노파는 사라진 뒤였다.

복도를 따라 침침한 불빛 한 줄기가 새어나오고 있어서 절룩거리며 그쪽으로 갔다. 그 부러진 발목으로 어떻게 얼어붙은 호수에서부터 울퉁불퉁하고 구불구불한 길을 걸어왔는지 나도 모르겠다. 하지만 어쨌거나 여기까지 왔으니 해낸 것만은 틀림없다. 나는 층계를 지났다. 달빛이 어둑했지만 벽에 걸린 오래된 사진들을 알아볼 정도는 되었다. 북극처럼 보이는 항구에 있는 잠수함 사진이었다. 승조원들이 모두 갑판 위에 서서 경례를 하고 있었다. 나는 계속 걸었다. 빛줄기는 조금도 더 가까워지지 않았다.

응접실은 큰 옷장보다 약간 더 큰 정도였는데, 텅 빈 앵무새 새장, 주름 펴는 기계, 서랍 딸린 긴 찬장, 큰 낫 등 박물관에나 있을 법한 물건들이 잔뜩 들어차 있었다. 쓰레기도 널려 있었다. 휘어진 자전거 바퀴와 진흙이 덕지덕지 말라붙은 축구화 한 짝이 뒹굴고 있었고, 언제 적 것인지도 모를 스케이트 한 켤레가 옷걸이에 걸려 있었다. 좀 새것이다 싶은 건 하나도 없었다. 불도 없었다. 갈색 알전구 하나 말고는 전기기구도 없었다. 잎이 무성한 식물들이 작은 화분 밖으로 허연 뿌리를 내밀고 있었다. 맙소사 얼어 죽겠네! 소파가 내 밑에서 스스스스스스 소리를 내며 푹 꺼졌다. 다른 한쪽 문간에는 구슬로 된 발을 쳐놓았다. 나는 발목이 덜 아픈 자세를 찾으려고 애써봤지만 그런 자세는 없었다.

시간이 제법 흐른 것 같았다.

심술궂은 노파가 한 손에는 도자기 그릇 올, 다른 손에는 불투명한 유리잔을 들고 왔다. "양말 벗어라."

내 발목은 터질 듯 부어오르고 물렁해졌다. 심술궂은 노파는 내 종아리를 발판에 올려놓고 그 옆에 무릎을 꿇고 앉았다. 노파의 치마가 부스럭거렸다. 내 맥박 소리와 씨근거리는 숨소리 말고는 쥐 죽은 듯 조용했다. 노파는 그릇에 손을 집어넣은 다음 빵 반죽처럼 끈적거리는 것을 내 발목에 바르기 시작했다.

발목이 부들부들 떨렸다.

"찜질약이야." 노파가 내 정강이를 움켜쥐었다. "붓기를 빼줄 거다."

찜질약인지 뭔지도 따끔따끔했지만 통증이 워낙 지독했고, 추위와도 힘겨운 싸움을 해야 하는 판국이었다. 심술궂은 노파는 내 발목이 완전히 덮일 때까지 약을 남김없이 다 발라주었다. 그러고 나서 내게 잔을 내밀었다. "이거 마셔라."

"냄새가…… 마지팬* 같아요."

"이건 마시는 거야, 냄새 맡는 게 아니라."

"이게 뭔데요?"

"통증을 가라앉히는 데 도움이 될 거다."

노파의 얼굴을 보니 다른 선택의 여지가 없어 보였다. 그래서 걸쭉한 마그네슘유제를 마시듯 한 번에 꿀꺽꿀꺽 다 마셔버렸다. 시럽처럼 뻑뻑했지만 별 맛은 없었다. "동생께서는 위층에서 주무시나요?"

"그애가 거기 말고 어디 있겠니? 이제 조용히 하렴, 랠프."

"제 이름은 랠프가 아닌데요." 내가 이렇게 말했지만, 노파는 못 들은 척했다. 오해를 다 풀어주는 것도 보통 일이 아닐 것 같았다. 나는 더는 추위에 맞설 수가 없어서 가만히 있기로 했다. 우습게도 포기하자마자 달콤한 졸음이 나를 잡아끌었다. 나는 엄마, 아빠, 누나가 집에 앉아 〈폴 대니얼스 마술쇼〉를 보는 모습을 그려보았지만, 그들의 얼굴은 숟가락 뒷면에 반사된 것처럼 스러져갔다.

살을 에는 추위에 잠을 깼다. 여기가 어디인지, 내가 누구인지, 지금이 몇시인지 어리둥절했다. 귀는 떨어져나갈 것만 같고, 입에서 하얗게 뿜어져나가는 내 숨결이 보였다. 도자기 그릇이 발판 위

---

* 아몬드와 설탕, 달걀을 이겨 만든 과자.

에 놓여 있었고, 내 발목에는 딱딱한 스펀지 같은 것이 뒤덮여 말라붙어 있었다. 순간 모든 기억이 되돌아왔다. 나는 일어나 앉았다. 발목의 통증은 가셨지만 머리가 띵해서 나갈 수가 없었다. 지저분한 손수건으로 발에서 찜질약을 닦아냈다. 놀랍게도 발목이 마술처럼 말짱하게 나았다. 발목을 돌릴 수 있을 정도였다. 나는 양말과 운동화를 신고 일어나 조심스럽게 체중을 실어보았다. 살짝 쑤셨지만 굳이 신경쓰지 않으면 견딜 만했다. 나는 발을 쳐놓은 문간 쪽에 대고 외쳤다. "계세요?"

아무 대답도 들려오지 않았다. 잘그락거리는 구슬발을 헤치고 들어가니 작은 주방이 나왔는데, 그곳에는 돌로 된 개수대와 어마어마하게 큰 오븐이 있었다. 오븐은 아이 하나가 들어가도 될 만큼 컸다. 문이 열려 있었지만, 안은 세인트가브리엘 교회 밑의 금이 간 무덤처럼 어두웠다. 심술궂은 노파에게 발목을 치료해줘서 고맙다고 인사를 하고 싶었다.

뒷문이 열려 있는지 확인해봐. 태어나지 않은 쌍둥이가 경고했다.

문은 열려 있지 않았다. 서리가 낀 내리닫이 창문도 꼭 닫혀 있었다. 창문 걸쇠와 경첩은 페인트칠을 한 지 한참이 된 것 같았다. 어떻게든 창문을 열려면 끌이 있어야 할 것 같았다. 몇시나 됐나 궁금해서 할아버지의 오메가를 힐끗 보았지만 작은 주방 안이 너무 어두워 보이지 않았다. 저녁 늦은 시간인가? 집에 돌아가면 내 홍차가 파이렉스 접시 밑에서 기다리고 있겠지. 내가 차 마실 시간에 맞춰 집에 돌아오지 않으면 엄마 아빠가 난리를 칠 텐데. 아니면 벌써 한밤중인가? 경찰이 대기하고 있으려나? 맙소사. 아니면 내가 하루를 꼬박 자서 다음날 밤이면 어떡하지? 〈맬번 가제티어〉

지와 〈미들랜드 투데이〉 뉴스에서 벌써 내 사진을 내보내고 목격자를 찾는다고 호소하고 있을지도 모른다. 맙소사. 스킬치가 내가 얼어붙은 호수로 가는 걸 보았다고 알렸을지도 모른다. 잠수부들이 지금 거기서 나를 찾고 있을지도 몰라.

이건 나쁜 꿈이다.

아니, 그보다 더 나쁘다. 응접실로 되돌아와 할아버지의 오메가 시계를 보았더니 시간이 보이지 않았다. 내 목소리가 울먹였다. "안 돼." 유리 문자반과 시침, 분침은 사라지고 남은 것이라곤 휘어진 초침뿐이었다. 얼음판 위에 넘어졌을 때 이렇게 된 게 틀림없다. 겉은 다 깨지고 안도 반은 작살이 났다.

할아버지의 오메가 시계는 사십 년 동안 단 한 번도 고장난 적이 없었다.

그걸 이 주도 채 지나지 않아 내가 못 쓰게 만들어놓았다.

나는 두려움에 휘청거리며 복도를 따라 걸어가 구부러진 계단 위에 대고 쉰 목소리로 외쳤다. "아무도 안 계세요?" 빙하시대의 밤처럼 고요했다. "저 갈게요!" 오메가 시계에 대한 걱정이 앞서서 이 집에 있다는 건 겁나지도 않았지만, 그래도 동생을 깨울까봐 감히 큰 소리를 내지는 못했다. "저 이제 집에 가봐야 해요." 나는 약간 더 큰 소리로 말했다. 대답이 없었다. 대문으로 그냥 나가야겠다고 마음먹었다. 빗장은 쉽게 풀렸지만 구식 자물쇠는 얘기가 달랐다. 열쇠가 없으면 열 수 없었다. 역시 그렇군. 위층으로 올라가서 노파를 깨워 열쇠를 달라고 하는 수밖에 없었다. 그 할머니 짜증내면 장난 아닐 텐데. 하지만 박살난 시계의 참사에 대해 뭔가를, 뭐라도 해야 했다. 그게 뭔지는 모르겠지만, '숲속의 집' 안에서는 할 수 없는 일이었다.

구부러진 계단은 위로 올라갈수록 더 가팔랐다. 곧 손으로 내 위쪽 계단을 꽉 잡지 않으면 떨어질 정도가 되었다. 도대체 그 심술궂은 노파는 그렇게 큰 치마를 입고 어떻게 여길 오르내리는지 모를 일이다. 마침내 좁은 층계참까지 올라와보니 문이 두 개 있었다. 가느다란 창에서 희미한 불빛이 비쳤다. 문 하나는 심술궂은 노파의 방일 것이다. 다른 문이 동생의 방이겠지.

왼쪽은 오른쪽이 갖지 못한 힘을 갖고 있는 법이어서 나는 왼쪽 문의 철제 손잡이를 잡았다. 그 손잡이가 내 손, 내 팔, 내 피에서 온기를 빨아들였다.

끼익 끼익.

나는 얼어붙었다.

끼익 끼익.

빗살수염벌레인가? 다락에 생쥐가 있나? 파이프가 얼어붙으면서 나는 소리인가?

어느 방에서 끼익 끼익 소리가 나는 거지?

철제 문손잡이를 돌리자 삐걱거리는 소리가 났다.

분가루 같은 달빛이 눈송이 같은 레이스 커튼 사이로 다락방을 밝히고 있었다. 내 추측이 맞았다. 심술궂은 노파가 침대 옆의 병 속에 틀니를 넣어두고, 교회 묘지의 대리석 공작부인 상처럼 미동도 없이 퀼트 이불을 덮고 누워 있었다. 나는 노파를 깨울까봐 잔뜩 긴장해서 발을 끌며 마루를 걸어갔다. 노파가 내가 누구인지 깜박 잊고 자기를 죽이러 왔다고 생각해서 살려달라고 비명을 지르다 발작이라도 일으키면 어쩌지? 노파의 머리카락은 주름진 이마 위로 가래*처럼 흩어져 있었다. 맥박이 열 번이나 스무 번쯤 뛸 때마다 한 번씩 노파의 입에서 허옇게 숨결이 뿜어져나왔다. 그것만이 노파가 나처럼 살과 피를 지닌 사람이라는 것을 알려주었다.

"제 말 들리세요?"

소용없었다. 노파를 흔들어 깨우는 수밖에 없었다.

노파의 어깨 쪽으로 반쯤 손을 뻗었을 때, 그 끼익거리는 소리가 다시 시작되었다. 그 소리는 노파의 몸속 깊은 곳에서부터 나오고 있었다.

코 고는 소리가 아니었다. 숨이 넘어가기 직전의 가래 끓는 소리였다.

다른 방으로 가야 해. 동생을 깨워야지. 구급차를 불러야 해. 안 돼. 당장 자리를 박차고 뛰어나가. 블랙스완의 아이작 파이한테 달려가서 도움을 청해. 아니야. 그러면 사람들이 왜 네가 '숲속의 집'에 있었느냐고 물어볼 거야. 그럼 뭐라고 대답하지? 이 여자의 이름도 모르잖아. 너무 늦었어. 지금 죽어가고 있단 말이야. 확실해. 끼익거리는 소리가 풀려나오고 있다. 더 크게, 말벌처럼 더 시끄럽게, 칼날처럼 더 날카롭게.

노파의 가슴에서 영혼이 빠져나가려는 것처럼 숨통이 부풀어올랐다.

인형의 눈처럼 검고 흐리멍덩하고 놀란 눈이 기력을 잃고 파르

---

* 연못이나 논에서 자라는 수생식물.

르 떨렸다.

벌어진 입의 검은 틈 사이로부터 눈보라가 몰아쳤다.

소리 없는 울부짖음이 그 자리에 그대로 머물렀다.

어디로도 나가지 못한 채.

행맨

어둠, 빛, 어둠, 빛, 어둠, 빛. 닷선*의 와이퍼를 제일 빠른 속도로
맞춰놓아도 쏟아지는 비를 닦기에는 역부족이었다. 초대형 트럭
이 반대편 차선을 지나가면서 빗물이 줄줄 흐르는 앞유리창에 물
보라를 뿌렸다. 거의 세차를 하는 수준으로 앞이 보이지 않으니,
믿을 수 없을 만큼 빠른 속도로 회전하는 국방부 레이더 두 개를
알아보는 것이 고작이었다. 바르샤바조약기구 군대를 기다리고
있는 것이다. 엄마와 나는 오면서 별로 대화를 하지 않았다. 내 생
각에는 엄마가 나를 데려가는 장소 탓도 있는 듯했다. (계기판의
시계는 네시 오분을 가리키고 있었다. 정확히 열일곱 시간 후면 나
의 공개처형이 있을 것이다.) 엄마는 문을 닫은 미용실 옆의 펠리
컨 건널목에 서 있다가, 내게 오늘 하루는 어땠냐고 물었다. "괜찮
았어요." 나는 엄마도 별일 없었느냐고 물었다. 엄마가 대답했다.
"오, 눈부시도록 창조적이고 말할 수 없이 보람찬 하루였단다, 고

____

　＊ 닛산 자동차의 수출용 브랜드.

마워." 나한테는 빈정거린다고 야단치면서 정작 본인은 엄청 신랄하게 빈정거렸다. "밸런타인데이 카드는 받았니?" 나는 받지 못했다고 대답했지만, 받았다 해도 엄마한테는 안 받았다고 했을 것이다. (실은 한 장 받았지만 쓰레기통에 처넣었다. 카드에는 '내 좆이나 빨아라' 라는 글귀와 함께 니컬러스 브라이어의 사인이 들어 있었지만, 글씨체를 보아하니 게리 드레이크 같았다.) 덩컨 프리스트는 네 장을 받았다. 닐 브로즈는 일곱 장을 받았다. 대략 그 정도 될 거라고 스스로 생각한다. 앤트 리틀 말로는 닉 유는 스무 장을 받았단다. 나는 엄마도 받았느냐고 묻지 않았다. 아빠는 밸런타인데이나 어머니날 같은 건 모두 카드 제조업자와 꽃가게와 초콜릿회사의 음모라고 하는 사람이니까.

하여간 엄마는 나를 맬번 링크 병원 옆 신호등에서 내려주었다. 나는 일기장을 장갑 넣는 칸에 넣어놓고 깜박 잊어버렸다. 신호등이 빨간불로 바뀌지 않았더라면 엄마는 일기장을 실은 채 로렌조 허싱트리 전시장으로 갔을 것이다. ('제이슨'은 누구나 원할 만한 최고의 이름이라고 하기 어렵지만, 우리 학교에서 '로렌조'는 인기 짱이다.) 나는 일기장을 안전하게 가방에 넣고, 악어 등에서 등으로 펄쩍펄쩍 뛰는 제임스 본드처럼 웅덩이를 피해 건너뛰면서 물에 잠긴 병원 주차장을 가로질렀다. 병원 밖에 다이슨 페린스 학교의 2학년이나 3학년쯤 돼 보이는 학생 둘이 있었다. 그들은 내가 입은 적의 교복을 보았다. 피트 레드말리와 길버트 스윈야드의 말에 따르면, 해마다 다이슨 페린스의 4학년생과 우리 학교 4학년생이 전부 학교를 빠져나가, 풀브룩 공터의 가시금작화가 벽처럼 둘러싼 비밀 장소에서 크게 한판 뜬다는 것이다. 꽁무니 빼는 놈은 호모다. 선생님한테 이르는 놈은 **죽는다**. 삼 년 전, 플루토 녹이 상대편의 제일 센 놈을 너무 심하게 패놓는 바람에 녀석은 우스터의 병원에서 턱을 꿰매어 맞춰야 했다. 그 녀석은 아직도 빨대로 음식을 빨아먹는다고 한다. 다행히도 비가 아주 심하게 내리고 있어서 다이슨 페린스 녀석들은 내게 집적거리지 않았다.

오늘은 올해 들어 두번째 방문이라 병원의 예쁘장한 접수계 직원이 나를 알아보았다. "지금 데 루 선생님을 부를게, 제이슨. 앉아 있으렴." 나는 그녀가 좋다. 그녀는 내가 왜 왔는지 알기 때문에 쓸데없는 말을 해서 나를 무안하게 만들지 않는다. 대기실은 데톨 향과 따뜻한 플라스틱 냄새가 난다. 거기서 기다리는 사람들은 아무리 보아도 문제가 많은 사람들로는 보이지 않는다. 나도 마찬가지다. 아마 나도 그렇게 보이지는 않을 거다. 다들 서로 바짝 붙어 앉아 있지만, 제일 말하고 싶지 않은 "그래, 당신은 여기 왜 왔나요?"를 빼면 할 얘기가 없다. 한 노파는 뜨개질을 하고 있었다. 바느질하는 소리가 빗소리와 뒤섞였다. 호빗같이 작은 남자는 울듯한 눈을 하고 몸을 앞뒤로 흔들고 있었다. 옷걸이에 옷만 걸쳐놓은 것 같은 말라빠진 여자는 『워터십 다운』을 읽고 있었다. 병원에는 장난감을 쌓아둔 아기 침대가 있었지만, 오늘은 비어 있었다. 전화벨이 울리자 예쁜 접수계 직원이 전화를 받았다. 송화구를 손으로 덮고 목소리를 낮추는 것으로 보아 친구인 모양이었다. **젠장**, 말을 더듬지 않을까 시험해볼 필요 없이 생각나는 대로 하고 싶은 말을 다 할 수 있는 사람들은 죄다 부럽다. 아기 코끼리 덤보 시계가 이렇게 똑딱거렸다. 곧-내-일-이-온-다-그-러-면-네-골-

을-손-가-락-으-로-파-내-버-린-다-너-는-열-까-지-세-
는-것-조-차-못-하-게-된-다-시-작-해-다-시-다-시. (네
시 십오분이다. 이제 내 목숨은 열여섯 시간 오십 분 남았다.) 나
는 너덜너덜한 〈내셔널 지오그래픽〉을 집어들었다. 잡지 속에서
는 한 미국 여자가 침팬지들에게 수화로 말하는 법을 가르치고 있
었다.

대개 사람들은 말더듬증은 다 똑같다고 생각한다. 하지만 말더
듬증에도 종류가 있고, 설사와 변비만큼이나 서로 다르다. 하나는
단어의 첫 부분을 자기도 모르게 계속 되풀이하는 것이다. 마-마-
마-말더듬증, 하는 식이다. 또하나는 단어의 첫 부분을 말한 다음
꽉 막혀버리는 것이다. 말하자면 이런 식이다. 말…… 더듬증! 내
가 데 루 선생님한테 간 것도 바로 이것 때문이다. (진짜로 그게
선생님의 이름이다. 오스트레일리아 이름이 아니라 네덜란드식이
다.) 나는 비가 죽어라 오지 않아 맬번 언덕이 누렇게 변했던 오
년 전 여름부터 말을 더듬기 시작했다. 햇살이 쏟아지는 어느 오후
스록모턴 선생님이 칠판에 단어를 적어 행맨게임*을 시작했다. 칠
판 위에 적힌 단어는 다음과 같았다.

NIGH_ING__E

---

* 단어의 철자 일부를 빼놓고 그 자리에 들어가야 할 철자를 맞히는 게임. '행맨'에
는 '교수형 집행인'이라는 뜻이 있다.

아무리 돌대가리라도 풀 수 있는 문제였다. 나는 손을 번쩍 들었다. 스록모턴 선생님이 말했다. "그래, 제이슨?" 바로 그 순간 내 삶은 행맨 이전과 행맨 이후로 나누어졌다. '나이팅게일'이란 단어가 내 두개골 속에서 우르릉 쾅 울렸지만 도무지 입 밖으로 나오질 않았다. '나'는 제대로 나왔지만, 나머지를 억지로 말하려고 애를 쓰면 쓸수록 올가미는 더욱 꽉 조여졌다. 루시 스니즈가 앤절라 불럭에게 소리 죽여 킬킬대며 뭐라 속삭이던 기억이 난다. 로빈 사우스가 이 괴상한 장면을 빤히 쳐다보던 기억도 난다. 내가 당사자가 아니었다면 나라도 똑같이 행동했을 것이다. 말더듬이가 말을 더듬을 때면 눈은 튀어나올 듯 커지고, 얼굴은 팽팽하게 승부를 겨루는 팔씨름꾼처럼 새빨개져 부들부들 떨면서 입으로는 그물에 걸린 물고기처럼 푸푸 소리를 낸다. 틀림없이 진짜 흥미진진한 광경일 것이다.

하지만 나한테는 재미있지 않았다. 스록모턴 선생님은 기다렸다. 교실 안의 모든 아이들이 기다렸다. 블랙스완그린의 모든 까마귀들과 거미들도 기다렸다. 모든 구름, 모든 도로의 모든 차, 심지어 하원의 대처 수상까지도 얼어붙은 듯 귀를 기울이고 주시하며 생각했다. 제이슨 테일러가 왜 저러는 거지?

그러나 아무리 숨도 제대로 못 쉴 만큼 충격과 공포에 휩싸이고 수치스러움을 느꼈어도, 아무리 머리끝까지 화가 난 얼굴을 해봐도, 간단한 단어조차 제대로 말할 수 없게 된 나 자신을 아무리 미워해봐도, '나이팅게일'이라는 말은 입에서 나오지 않았다. 결국 나는 "잘 모르겠습니다, 선생님"이라고 말하는 수밖에 없었고, 스록모턴 선생님은 "알았다"고 대꾸했다. 정말로 알았던 것이다. 선생님은 그날 저녁 우리 엄마한테 전화를 했고, 일주일 후 엄마는 나를 맬번 링크 병원의 언어치료사인 데 루 선생님에게 데려갔다. 그게 오 년 전의 일이다.

내 말더듬증이 행맨의 모습을 띠게 된 것도 틀림없이 그 무렵이었을 것이다(어쩌면 바로 그날 오후였을지도 모른다). 그는 뾰족하게 튀어나온 입술에, 코는 망가졌고, 코뿔소 같은 뺨에, 잠을 안 자서 눈은 시뻘겋다. 나는 그가 프레스턴 병원의 아기 병실에서 이니 미니 마이니 모*를 부르는 모습을 상상해본다. 그가 내 입술을 톡톡 두드리면서 나에게 내 것, 하고 중얼거리는 모습을 그려본다. 하지만 내가 정말로 느끼는 것은 그의 얼굴이 아니라 손이다. 그의 뱀 같은 손가락이 내 혀 속에 잠겨 내 기도를 꽉 누르고 있을 때면 무슨 짓을 해도 소용없다. N으로 시작하는 단어는 행맨이 늘 제일 좋아하는 단어 중 하나다. 아홉 살 때 나는 나한테 "몇 살이니?"라고 묻는 사람들이 무시웠다. 결국 나는 아주 재치 있는 아이처럼 손가락 아홉 개를 들어 보이곤 했지만, 사람들이 어떻게 생각할지는 뻔했다. 저 웃기는 애는 그냥 말해주면 될 걸 왜 저러지? 행맨은 한때 Y로 시작하는 단어도 좋아했지만, 요즘은 그건 좀 덜해지고 S로 시작하는 단어로 옮겨갔다. 이건 나쁜 소식이었다. 아무 사전이나 한번 보아도 어느 부분이 가장 두꺼운지 금방 알 수 있다. 바로 S다. N이나 S로 시작하는 단어가 이천만 개는 된다. 러시아인들이 핵전쟁을 일으킬지도 모른다는 것만 제외하면 내가 제일 두려워하는 것은 행맨이 J로 시작하는 단어에 관심을 보이

---

* 술래잡기놀이 등에서 술래를 정할 때 부르는 노래.

는 것이다. 그랬다가는 내 이름조차 말할 수 없게 될 테니까. 그러면 개명 신청을 해서 이름을 바꾸는 수밖에 없는데, 아빠가 허락할 리 없다.

행맨을 물먹일 수 있는 유일한 길은 한 문장을 미리 생각해놓는 것이다. 더듬거릴 만한 단어가 있다면, 그 단어를 말하지 않아도 되도록 문장을 바꾸면 된다. 물론 함께 얘기중인 상대가 알아채지 못하게 해야 한다. 나처럼 사전을 읽어두면 이런 식으로 빠져나가는 데 도움이 되지만, 얘기하는 상대가 누구인지는 잘 기억하고 있어야 한다. (예를 들어 다른 열세 살짜리 아이한테 얘기하는 중인데, '슬픈sad'이라고 말하다가 더듬거릴까봐 '우수憂愁' 따위의 말을 썼다가는 웃음거리가 되고 말 것이다. 아이들은 '우수' 같은 어른들이나 쓰는 말은 쓰지 않는 법이니까. 어쨌거나 업턴의 세번 종합중등학교에서는 그렇다.) 또다른 전략은 행맨의 집중력이 흐트러져 슬쩍 넘어갈 수 있게 되기만 바라며 "어……" 하고 시간을 버는 것이다. 그러나 "어……"를 너무 많이 써먹었다가는 진짜 바보 취급을 받게 된다. 마지막으로, 선생님이 질문을 했는데 그 답이 더듬는 단어라면, 답을 모르는 척하는 게 제일 낫다. 이 방법을 얼마나 많이 써먹었는지 셀 수도 없을 지경이다. 때로는 선생님들이 이성을 잃고 벌컥 화를 내기도 하지만(특히 수업시간의 절반을 써가면서 뭔가를 막 설명한 직후라면), '학교 공식 말더듬이'라는 딱지가 붙는 것보다야 백배 낫다.

지금까지는 항상 그런 식으로 요리조리 잘 피해왔다. 하지만 내일 아침 아홉시 오분이면 드디어 올 것이 오고야 말 것이다. 게리 드레이크와 닐 브로즈와 우리 반 아이들 전체 앞에서 켐지 선생님의 책 『복잡한 세상을 위한 소박한 기도』를 낭독해야 하기 때문이다. 그 글에는 내가 다른 단어로 바꿔치기할 수 없는 단어들이 수십 개는 있을 것이다. 책에 떡하니 인쇄되어 있으니 모르는 척할 수도 없다. 행맨은 내가 읽기 전에 미리 펄쩍 뛰어가 자기가 특히 좋아하는 N과 S로 시작하는 단어마다 모조리 밑줄을 그어놓고 내 귓가에 속삭일 것이다. '이봐, 테일러, 어디 한번 발음해보시지!' 뻔하다. 게리 드레이크와 닐 브로즈와 모두가 지켜보는 앞에서, 행맨은 내 목구멍을 짜부라트리고 내 혀를 토막치고 내 얼굴을 구겨놓을 것이다. 조이 디컨의 경우보다도 더 나쁘다. 내 평생 그 어느 때보다도 더 심하게 더듬거릴 게 뻔하다. 아홉시 십오분경이면 내 비밀은 독가스 공격처럼 온 학교에 좍 퍼져나갈 것이다. 첫번째 쉬는 시간이 끝날 즈음에는 살고 싶은 마음이 싹 사라질 것이다.

내가 들어본 것 중에서 제일 엽기적인 이야기는 이렇다. 피트 레드말리가 자기 할머니 무덤에 걸고 진짜라고 맹세했으니 아마 진짜일 거다. 어떤 애가 6학년이라 A레벨 시험*을 쳐야 했다. 그 녀석의 부모님은 전 과목을 다 A학점만 받아야 한다고 애를 쥐 잡듯이 잡는 무시무시한 분들이었다. 시험 때가 되자 이 녀석은 완전히 맛이 가서 질문을 이해할 수조차 없었다. 그래서 어떡했냐 하면 필통에서 빅 비로스 볼펜 두 자루를 꺼내 뾰족한 쪽을 눈에 대고 일어나서 책상에 그대로 머리를 갖다 박았다. 바로 시험장에서. 볼펜이 눈알에 얼마나 깊이 박혔던지 피가 뚝뚝 떨어지는 눈구멍에서 볼펜 끄트머리가 겨우 1인치만 삐죽이 나와 있었다고 한다. 닉

---

* Advanced Level, 영국 대학입학 자격고사 GCE의 과목별 상급시험.

슨 교장선생님이 모든 것을 다 쉬쉬하고 덮어버렸기 때문에 신문이나 어디에도 나오지 않았다. 소름 끼치고 무시무시한 이야기지만, 지금은 내일 아침 행맨이 나를 죽이도록 놔두느니 그런 식으로라도 행맨을 죽이고 싶은 심정이다.

정말이다.

딸각딸각 하는 데 루 선생님의 신발 소리가 들려오면 선생님이 나를 부르러 오고 있다는 신호다. 선생님은 마흔쯤 되었거나 그보다 훨씬 더 나이를 먹은 것 같다. 큼직한 은 브로치를 달고, 숱이 적은 청동색 머리카락에 꽃무늬 옷을 입었다. 선생님은 예쁜 접수계 직원에게 폴더를 주고 빗줄기를 보며 말했다. "아이고, 원, 우스터셔같이 컴컴한 동네에 우기가 왔구나!" 나는 비가 정말 엄청나게도 온다고 맞장구를 쳐주고 잽싸게 선생님을 따라 자리를 떴다. 행여 다른 환자들이 내가 왜 거기 와 있는지 알아차릴까 해서였다. 우리는 복도를 따라 '소아과'니 '초음파'니 하는 단어들이 가득한 표지판을 지나쳐 걸어갔다. (어떤 초음파도 내 뇌 속을 읽지는 못할 것이다. 태양계의 모든 위성들을 다 떠올려서 초음파를 물먹여야지.) 데 루 선생님이 말했다. "이곳의 2월은 너무 칙칙해. 그렇게 생각하지 않니? 한 달이 아니라 이십팔 일 길이의 월요일 아침 같아. 컴컴할 때 집에서 나와 어두워지면 집에 들어가니까. 이런 축축한 날에는 꼭 폭포 뒤에 있는 동굴 속에 사는 것 같다니까."

나는 데 루 선생님에게 북극에서는 일 년 중 대부분이 겨울이기 때문에, 에스키모족 아이들은 괴혈병을 예방하기 위해 인공 태양 등 밑에서 시간을 보낸다는 얘기를 해주었다. 그러고는 일광욕 침대를 들여놓으면 어떨지 생각해보라고 제안했다.

"한번 생각해봐야겠구나." 데 루 선생님이 대답했다.

우리는 아기가 막 주사를 맞고 울부짖는 방을 지나쳤다. 옆방에는 누나 또래의 주근깨투성이 소녀가 휠체어에 앉아 있었다. 소녀는 다리 하나가 없었다. 저 소녀는 다리 하나만 되찾을 수 있다면 나 대신 말더듬이가 되어도 좋다고 할지도 모른다. 행복하다는 것은 다른 사람의 불행을 뜻하는 것일까. 다 장단점이 있는 법이지. 사람들은 내일 아침 나를 보면서 이런 생각을 할 거다. 흠, 내 신세가 한심할지 몰라도 제이슨 테일러보다야 낫지. 적어도 말은 제대로 할 수 있잖아.

2월은 행맨이 제일 좋아하는 달이다. 여름이 오면 행맨은 졸음에 겨워 가을까지 휴지기에 들어간다. 덕분에 나는 조금 더 말을 잘할 수 있게 된다. 실은 오 년 전 데 루 선생님을 처음 찾아간 후 건초열이 시작될 즈음에는 다들 내 말 더듬는 버릇이 치료된 줄 알았다. 그러나 11월이 오자 행맨은 존 발리콘*과 반대로 다시 잠에서 깨어났다. 1월에는 행맨이 다시 본래 모습을 완전히 되찾아서, 나는 다시 데 루 선생님에게 오게 되었다. 올해 들어 행맨은 전에 없이 못되게 굴었다. 이 주 전 앨리스 이모가 우리집에 와서 묵었는데, 어느 날 밤 층계참을 지나가다가 이모가 엄마에게 하는 얘기를 들었다. "언니, 정말이지 언제쯤 저애 말 더듬는 버릇에 손을 쓸 셈이야? 이건 사회적인 자살이라고! 난 그애를 위해 말을 끝맺어

---

* 맥주나 위스키처럼 보리로 만든 술을 의인화한 것.

쥐야 할지 아니면 저 불쌍한 것이 밧줄 끝에 대롱대롱 매달려 있게 놔두어야 할지 도무지 모르겠다니까." (남의 말을 엿들으면 사람들의 진짜 속생각을 알 수 있어 짜릿하지만, 바로 그 이유 때문에 비참한 기분에 빠지게 된다.) 앨리스 이모가 리치먼드로 돌아간 후, 엄마는 나를 앉혀놓고 다시 데 루 선생님한테 가봐도 나쁠 건 없을 거라고 말했다. 나는 실은 가고 싶었지만 내 말 더듬는 버릇을 입에 올리면 그 때문에 그게 진짜 현실이 되는 게 부끄러워서 먼저 말을 꺼내지 않고 있던 참이라 좋다고 했다.

데 루 선생님의 진료실에서는 네스카페 향이 풍겼다. 선생님은 네스카페 골드 블렌드를 달고 살다시피 한다. 방에는 초라한 소파 두 개, 노른자색 러그 하나, 용의 알 모양으로 된 문진, 피셔 프라이스의 장난감 고층 주차장과 남아프리카공화국산 거대한 줄루족 가면이 있다. 데 루 선생님은 남아공에서 태어났지만, 어느 날 갑자기 정부로부터 스물네 시간 안에 나라를 떠나지 않으면 감옥에 처넣겠다는 통보를 받았다. 선생님이 뭔가 잘못을 저질러서가 아니었다. 남아공에서는 유색인종들을 학교도, 병원도, 일자리도 없는 커다란 보호구역에 몰아넣고 진흙과 지푸라기로 지은 오두막에 살게 하는 데 찬성하지 않으면 그런 꼴을 당하게 된다. 누나 말에 따르면 남아공에서는 경찰이 사람을 항상 감옥에 넣지도 않고 높은 건물에서 집어던진 다음, 탈출하려다 저렇게 되었다고 하는 일도 많다고 한다. 데 루 선생님과 남편(그는 뇌신경외과의인 인디언이다)은 지프차를 타고 로디지아로 탈출했지만, 가진 것을 모두 버려야 했다. 정부가 다 빼앗아갔다. (〈맬번 가제티어〉 지에서 선생님을 인터뷰한 적이 있어서 나도 이런 내용을 알게 되었다.)
우리가 겨울일 때 남아공은 여름이라서 그곳의 2월은 화창하고 덥
다. 데 루 선생님의 말투에는 여전히 약간 우스꽝스러운 억양이 남
아 있다. '예'라고 하지 않고 '이'라고 하는 식이다.

"그래, 제이슨," 선생님이 오늘의 진료를 시작했다. "잘 지냈
니?"

대개의 사람들은 아이한테 이런 질문을 던진 다음 "잘 지냈어
요. 감사합니다"라는 대답을 들으면 그것으로 만족하지만, 데 루
선생님은 실제로 그렇게 되도록 만들려고 한다. 그래서 나는 내일
있을 학급조례에 대해 솔직히 털어놓았다. 내 말 더듬는 버릇에 대
해 얘기한다는 것은 말 더듬는 것 자체만큼이나 부끄러운 일이었
지만, 선생님한테라면 괜찮았다. 행맨은 데 루 선생님이랑 얽히면
좋지 않다는 것을 잘 알고 있어서 그 자리에서는 없는 척한다. 내
가 정상적인 사람들처럼 말할 능력이 있다는 것을 입증해주는 셈
이니 그건 좋다. 하지만 나쁜 점은, 데 루 선생님이 행맨을 제대로
보지도 못한다면 어떻게 행맨을 물리칠 수 있겠는가?

데 루 선생님은 켐지 선생님에게 몇 주만 봐달라고 해봤느냐고
물었다. 나는 그렇게 했지만 켐지 선생님은 "우리들 누구나 언젠
가는 자신의 악마와 맞서야 한단다, 테일러. 그리고 너에게도 그때
가 온 거야"라고 대답했다고 말했다. 학급조례에서는 알파벳순으
로 학생들이 낭독을 한다. T까지 와서 '테일러' 차례가 되었으니
켐지 선생님으로서는 더 말이 필요 없는 상황인 것이다.

데 루 선생님은 알겠다는 뜻의 소리를 냈다.

한동안 우리 둘 다 아무 말도 없었다.

"일기는 좀 진전이 있니, 제이슨?"

일기는 아빠가 내놓은 새로운 아이디어였다. 아빠는 데 루 선생님에게 전화를 걸어 '내 증상이 해마다 악화되는 경향'을 고려한다면 별도의 '숙제'를 내주는 것이 좋겠다고 말했다. 그래서 데 루 선생님이 나에게 일기를 써보라고 했다. 내가 언제, 어디서, 어떤 단어를 더듬었는지, 기분은 어땠는지, 매일 한두 줄로 적는 것이다. 첫 주는 이렇다.

날짜	장소	단어	내 기분
1982년 2월 12일	식사실	보통 normally	나빴음
1982년 2월 13일	학교 체육관	사이먼 & 론 simon&lon	바보 같음
1982년 2월 14일	학교	수영 swimming	기분 나쁘고 바보 같음
1982년 2월 15일	통화중에	노팅엄 Nottingham	끔찍함
1982년 2월 16일	라이드 부인의 가게	신문 Newspaper	끔찍하고 기분 나쁨
1982년 2월 17일	프랑스어 수업시간	아비뇽 다리 위에서 Sur le Pont D'Avignon	기분 나쁨

데 루 선생님이 말했다. "이건 일반적인 일기라기보다는 도표

같은데?" (실은 어젯밤에 몰아서 썼다. 거짓말로 쓴 건 아니고, 진짜인데 좀 꾸민 것뿐이다. 행맨을 피해야 할 때마다 다 적었다가는 일기장이 전화번호부만큼 두꺼워질 거다.) "더 도움이 되라고요. 깔끔하게 정리도 되고." 나는 다음주에도 계속 일기를 써야 하느냐고 물어보았다. 데 루 선생님은 일기를 쓰지 않으면 아빠가 실망하실 테니 그래야 할 것 같다고 대답했다.

그러고 나서 데 루 선생님은 메트로놈Metro Gnome을 가지러 나갔다. 메트로놈은 시계 부분 없이 진자만 거꾸로 붙어서 똑딱거리며 박자를 친다. 크기는 작다. 그래서 놈*이라고 불리는지도 모르겠다. 보통 음악을 공부하는 학생들이 쓰지만, 언어치료사도 쓴다. 똑딱거리는 소리에 맞춰 이런 식으로 큰 소리로 읽는다. 너-를-침-대-로-데-려-갈-촛-불-이-왔-네-네-목-을-벨-도-끼-가-왔-네. 오늘은 사전에서 N으로 시작하는 단어를 하나씩 읽어 나갔다. 메트로놈이 있으면 **확실히** 발하기가 쉬워진다. 노래하는 것처럼 쉽다. 하지만 메트로놈을 갖고 다닐 수도 없고. 로스 윌콕스 같은 애들이 이럴 거다. "그건 뭐냐, 테일러?" 그러고는 눈 깜짝할 새에 진자를 확 잡아 뽑고 이렇게 말하겠지. "뭐야, 조잡하게도 만들어놨네."

메트로놈 다음에는 데 루 선생님이 나를 위해 고른 『재커라이어를 위한 Z』를 큰 소리로 읽었다. 『재커라이어를 위한 Z』는 핵전쟁으로 온 나라가 오염되고 모두가 다 죽은 뒤에도 자기가 사는 골짜기 특유의 이상한 기후 덕에 화를 면한 앤이라는 소녀의 이야기다.

---

* 'gnome'에는 난쟁이라는 뜻이 있음.

앤은 잘은 모르지만 아마도 영국에서 살아남은 사람은 자기밖에 없을 거라고 생각한다. 책으로서는 정말 최고지만 좀 음침하다. 아마 데 루 선생님은 내가 이 책을 읽으면서 말은 좀 더듬을지라도 앤에 비하면 운이 좋다고 생각하게 해주고 싶어서 이 책을 고른 모양이다. 몇 단어에서 약간 막혔지만 신경쓰지 않으면 알아채지 못할 정도였다. 데 루 선생님이 무슨 말을 할지 잘 알고 있었다. 봐, 더듬거리지 않고 큰 소리로 읽을 수 있잖니. 하지만 언어치료사조차 이해하지 못할 일도 있다. 종종 행맨은 못되게 구는 시기에도, 위험한 글자로 시작하는 단어를 내 뜻대로 말하게 놔두기도 했다. 이 때문에 (a) 나는 치료되었다는 희망을 갖지만 행맨이 나중에 희망을 짓밟아버리며 좋아할 수도 있고, (b) 나는 멀쩡한 척 다른 아이들을 속이면서 평생을 비밀이 탄로날지도 모른다는 두려움 속에서 살아가야 한다.

그뿐만이 아니다. 나는 행맨의 네 가지 계명을 쓴 적이 있다.

제1계명: 그대는 언어치료사에게 정체를 숨겨야 하느니라.

제2계명: 그대는 테일러가 말을 더듬을까봐 불안해하면

그의 목을 졸라야 하느니라.

제3계명: 그대는 테일러가 말을 더듬을까봐 불안해하지 않을

때는 매복하고 있다가 습격해야 하느니라.

제4계명: 테일러가 온 세상이 보는 앞에서 '말을 더듬을' 때,

그는 너의 것이다.

치료시간이 끝나자 데 루 선생님은 이제 학급조례에 좀 자신감

이 생겼느냐고 물었다. 선생님은 내가 "그럼요!"라고 대답하기를 바랐겠지만, 그렇게 말할 기분이 아니었다. 나는 이렇게 대답했다. "솔직히 말하면 별로 그렇지 않아요." 그러고는 말더듬이는 여드름처럼 어른이 되면 자연히 없어지는 것인지, 아니면 말 더듬는 습관이 있는 아이들은 공장에서부터 잘못 만들어져 내내 망가진 상태로 있어야 하는 장난감 쪽에 더 가까운지 물었다. (어른이 되어서도 말을 더듬는 사람이라…… BBC1에서 일요일 저녁에 하는 〈24시간 영업〉이라는 시트콤이 있는데, 가게 주인으로 나오는 로니 바커가 말을 어찌나 웃기게, 어찌나 지독하게 더듬는지 보는 이들이 배꼽이 빠지게 웃는다. 〈24시간 영업〉만 생각해도 나는 불속에 넣은 랩처럼 쪼그라든다.)

"그래," 데 루 선생님이 말했다. "그건 중요한 문제지. 내 대답은, 상황에 따라 다르다는 거란다. 제이슨, 말하기가 복잡한 만큼 언어치료는 불완전한 과학이야. 인간이 말을 하려면 일흔두 개의 근육을 써야 해. 이 문장을 너에게 말하기 위해서 지금 내 뇌의 신경망이 수천만 개도 넘게 활동하고 있단다. 그러니 어떤 연구에서 언어장애를 겪는 사람들의 비율이 12퍼센트에 달한다고 발표한 것도 놀라울 게 없지. 기적적으로 치료가 될 거라고 믿지는 마. 대다수의 경우, 언어장애를 없애려는 노력이 별 성과를 거두지 못하고 있거든. 의지력으로 장애를 몰아내려고 하면, 도리어 더 강해져서 되돌아올 뿐이지. 아냐, 이렇게 말하면 미친 소리처럼 들릴지도 모르겠지만, 문제는 장애를 이해하고, 실제로 거기 적응하고 존중하되, 두려워하지 않는 거란다. 그래, 가끔 가다 한 번씩 확 심해질 때도 있겠지만, 왜 그런지 알면 그 원인을 제거하는 법도 알게 될 거야. 옛날에 더반에 살 때, 한때 알코올중독자였던 친구가 있었단다. 어느 날 그에게 어떻게 알코올중독을 혼자 힘으로 치료했느냐고 물어봤지. 그랬더니 그 친구 말이, 딱히 한 일이 없다지 뭐야. 그래 내가 그랬지. "무슨 소리야? 삼 년 동안 술이라곤 한 방울도 입에 대지 않았잖아!" 그랬더니 자기는 절대 금주하는 알코올중독자가 된 것뿐이래. 그게 바로 나의 목표란다. 사람들이 말을 더듬는 말더듬이에서 말을 더듬지 않는 말더듬이로 바뀌도록 도와주는 거."

데 루 선생님은 바보가 아니다. 구구절절 맞는 말이다.

하지만 내일 아침 있을 2KM반의 학급조례에는 눈곱만큼도 도움이 되지 않는다.

저녁식사는 '스테이크 앤 키드니 파이'*였다. 스테이크 부분은 먹을 만했지만 콩팥은 토할 것 같았다. 기를 쓰고 덩어리째 삼켜야 했다. 지난번에 누나가 눈치채고 일러바친 적이 있기 때문에 호주머니에 몰래 숨기는 건 너무 위험했다. 아빠는 엄마에게 레딩에 새로 연 그린랜드 슈퍼마켓의 대니 롤러라는 수습 영업사원 이야기를 하고 있었다. "무슨 관리 과정인가를 막 마쳤대. 허리케인 히긴스처럼 아일랜드인이야. 그런데 세상에, 그 젊은이는 블라니 스톤**에 입맞춘 정도가 아니라 덩어리째 씹어 먹었나봐. 말재주가 아주 보통이 아니더라니까! 내가 거기서 직원들 군기 잡고 있는

---

* 쇠고기와 소의 콩팥으로 속을 채운 파이 요리.
** 아일랜드의 블라니 성 안에 있는 돌로, 여기에 입을 맞추면 아첨을 잘하게 된다고 함.

동안 크레이그 솔트가 잠깐 들렀는데, 대니가 붙잡고 오 분은 족히 끄는 거야. 그 젊은이, 아주 물건이야. 크레이그 솔트가 내년에 나한테 전국 영업 부문을 맡기면, 대니 롤러를 고속 승진시켜야겠어. 솔직히 그래서 누가 배알이 뒤틀리든지 나야 알 게 뭐람."

"아일랜드인들은 언제나 잔머리를 굴려서 먹고살아야 했으니 오죽하겠어." 엄마의 말이었다.

아빠는 맬번 링크의 로렌조 허싱트리에 '두둑한' 수표를 써주었다는 엄마의 말에 비로소 오늘이 언어치료 받는 날이라는 것을 기억해냈다. 아빠는 데 루 선생님이 아빠가 낸 일기장 아이디어를 어떻게 생각하시더냐고 물었다. '매우 유익하다'고 했다는 말에 아빠는 금세 기분이 확 좋아졌다. "'유익하다'고? 필수불가결하다는 표현이 더 맞겠지! 창의적인 관리 원칙은 어디에나 다 적용 가능한 법이지. 대니 롤러한테도 해준 말인데, 어떤 운영자든 결국은 자기가 가진 자료를 뛰어넘지는 못하는 법이야. 자료가 없다면 온통 빙산이 떠다니는 대서양을 레이더 없이 횡단하는 타이태닉호나 마찬가지 꼴이지. 결과가 어떻게 되겠니? 충돌해서 대재앙이 일어나고, 그걸로 빠이빠이지."

"레이더가 발명된 건 2차 대전 이후 아니에요?" 누나가 스테이크 덩어리를 포크로 찍었다. "그런데 타이태닉호가 침몰한 건 1차 대전이 있기 전이잖아요?"

"애야, 원칙이란 언제 어디서나 변치 않고 통하는 거란다. 기록해두지 않으면 얼마나 나아졌는지 알 수가 없단 말이다. 소매업자들도 그렇고, 교육자들도 그렇고, 군인들도 그렇고, 시스템 운영자라면 누구한테나 다 해당되는 얘기지. 네가 올드 베일리*에서 잘나가는 날이 오면 아마 네 실수를 깨닫고 현명하신 우리 아버지 말씀을 잘 새겨들을걸, 하게 될 거다. 아버지 말씀이 백번 맞았구나 할 거야."

누나가 요란하게 콧방귀를 뀌었다. 누나는 그런 짓을 해도 벌받는 일 없이 무사통과다. 난 저런 식으로 진짜 속마음을 아빠한테 대놓고 말한다는 건 꿈도 못 꾼다. 내가 하지 못한 말들이 자루 속의 곰팡이 핀 감자처럼 썩어가는 게 느껴질 지경이다. 말더듬이들은 입씨름에서 이길 수 없다. 헤-헤-헤이 프-프-프레스토,** 네가 져-져-졌다, 마-마-말-더듬이야! 내가 아빠 앞에서 말을 더듬으면, 아빠는 블랙앤드데커의 가정용 공구세트를 사고 보니 정작 꼭 필요한 나사세트가 빠져 있을 때 같은 표정을 지었다. 행맨은 바로 그 표정에 죽고 못 산다.

누나랑 같이 설거지를 끝내고 나니, 엄마 아빠는 TV 앞에 앉아 테리 워건이 진행하는 화려한 새 퀴즈쇼 〈블랭키티 블랭크〉를 보고 있었다. 출연자들은 문장에서 빠진 단어를 맞혀야 한다. 그들이 생각한 답이 연예인 패널들의 답과 똑같으면, 머그잔이 걸려 있는 나무 모양의 머그잔걸이 같은 별 쓸모 없는 상품을 받는다.

나는 내 방으로 올라가 코스콤 선생님이 내준 봉건제도에 대한 숙제를 시작했다. 그러나 곧 옆길로 빠져 얼어붙은 호수에서 스케이트 타는 아이에 관한 시를 쓰기 시작했다. 그 아이는 죽음이 어

---

* 런던의 중앙 형사재판소.
** 마술사가 마술을 부릴 때 넣는 기합 소리.

떤 것인지 궁금해 죽을 지경이어서, 결국 익사한 아이와 이야기를 나누어보기로 한다. 나는 이 시를 내 실버 리드 일런 20 수동타자기로 타이핑했다. 그 타자기에는 숫자 1이 없어서 알파벳 'I'로 대신해야 하는 것이 마음에 꼭 든다.

할아버지의 오메가 시마스터도 망가진 지금, 아마 우리집에 불이 난다면 내가 꼭 들고 나갈 물건은 내 실버 리드뿐이다. 악몽 속에서 제일 끔찍한 순간은 문이 잠긴 집 안에 타자기가 있을 때이다.

알람 라디오가 갑자기 아홉시 십오분을 알렸다. 이제 열두 시간도 채 남지 않았다. 비가 북을 치듯 요란하게 내 창을 두드렸다. 메트로놈의 리듬이 똑딱거리는 시계 속이 아니라 비와 시 속에 있고, 거기서 숨쉬고 있었다.

내 방 천장을 가로질러 층계를 내려가는 누나의 발소리가 들렸다. 누나는 거실 문을 열고 경제 숙제 때문에 케이트 앨프릭한테 전화 좀 해도 되겠느냐고 물었다. 아빠가 그러라고 했다. 우리집 전화기는 복도에 있어서 쓰기가 불편하다. 그래서 층계참으로 살금살금 기어가 몸을 잘 숨기기만 하면 통화 내용을 죄다 엿들을 수 있다.

"그래, 그래, 네 밸런타인 카드 잘 받았다니까. 다정하기도 하지. 그런데 너 말이야, 내가 왜 전화했는지 알지! 너 합격했어?"

침묵.

"말해봐, 이완! 합격했느냐고."

침묵. (이완이 누구지?)

"잘했어! 훌륭해! 정말 멋져! 떨어졌다면 당연히 너를 차버릴 셈이었지. 운전도 못하는 남자친구 어디다 쓰게."

('남자친구'라고? '차버린다'고?) 침묵과 함께 숨죽인 웃음소리.

"안 돼! 안 돼! 그애는 절대 안 돼!"

침묵.

누나가 질투심이 폭발할 때 내는 오오! 하는 신음 비슷한 소리를 흘렸다. "세상에, 나한테도 돈이 썩어나도록 많아서 스포츠카를 턱 주는 이모부가 있으면 얼마나 좋을까? 네 것 중에서 한 대만 나한테 주면 안 돼? 제발, 넌 그렇게 많이 필요 없잖아……"

침묵.

"꼭이야. 토요일 어때? 아, 너 오전 내내 수업 있지, 깜박했네……"

토요일 오전 수업이라고? 이 이완이라는 녀석 우스터 성당부속학교 녀석이 틀림없다. 쳇.

"……그럼 러셀 앤 도렐 카페에서 봐. 한시 반에. 케이트 차 타고 갈게."

교활한 누나가 웃는다.

"아니, 당연히 그애는 안 데려갈 거야. 그 재수탱이는 복도나 살금살금 돌아다니다 숨다가 하면서 주말을 보낸다니까."

거실 문이 열리면서 복도에 아홉시 뉴스 소리가 퍼졌다. 누나는 잽싸게 친구 케이트와 통화할 때의 목소리로 바꾸었다. "그래, 그건 이제 좀 알겠어, 케이트. 그런데 9번 문제는 아직도 이해가 안 가. 시험 보기 전에 네 답을 좀 체크해봐야겠다. 좋아…… 그래. 고마워. 아침에 보자. 잘 자."

"얘기 다 끝냈니?" 아빠가 주방에서 외쳤다.

"다 잘 끝냈어요." 누나가 필통 지퍼를 닫으며 대답했다.

누나는 둘째가라면 서러울 거짓말쟁이다. 법대에 지원해서 벌써 몇 군데에서 입학 허가를 받아놓았다. 그러고 보니 변호사Lawyer와 거짓말쟁이liar는 발음도 비슷하다. 전엔 미처 몰랐네. 웬 녀석이 누나에게 진한 키스를 한다고 생각만 해도 토할 것 같지만, 6학년에도 누나한테 반한 녀석들이 한둘이 아니었다. 보나 마나 이완이라는 놈은 블루 스트라토스 향수를 뿌리고, 끝이 뾰족한 구두를 신고, 머리는 헤어컷 100*의 닉 헤이워드처럼 자르고 세상에서 제가 제일 잘난 줄 아는 녀석들 중 하나일 거다. 내 사촌 휴고처럼 잘 연습한 문장들을 완벽하게 줄줄 늘어놓는 놈이겠지. 말주변이 좋다는 건 유리한 고지를 차지한 거나 다름없다.

내가 할 수 있는 일이 세상에 있기는 할까. 변호사는 당연히 안 되겠고. 법정에서 더듬거릴 수는 없으니까. 교실에서도 더듬거릴 수 없다. 그랬다가는 학생들이 내 목을 매날겠지. 말하지 않고도 할 수 있는 직업이 많지가 않다. 시인이 될 수도 없다. 리페츠 선생님이 언젠가 말하기를 요새는 아무도 시집을 사지 않는다니까. 수도자의 길을 갈 수는 있겠지만, 교회는 TV 화면조정시간을 보는 것보다 더 지겹다. 어렸을 때 엄마가 우리를 세인트가브리엘 주일학교에 보낸 적이 있는데, 어찌나 지겨운지 매주 일요일 오전이 고문 같았다. 몇 달 지나지 않아 엄마도 지겨워했다. 그러니 수도원 안에 갇혀 산다면 제 명까지 못 살 거다. 등대지기는 어떨까? 폭풍

---

* 닉 헤이워드를 주축으로 결성되어 1980년대 영국에서 큰 인기를 누린 뉴웨이브 그룹.

우, 석양, 데릴리* 샌드위치에 결국은 외로워지겠지. 하지만 외로움에 익숙해져야 할 거다. 어떤 여자애가 말더듬이랑 데이트를 하겠는가? 아니, 춤이라도 같이 추려고 할까? 나-나-나랑 추-추-추-추-춤출래, 라는 말을 끝까지 하기도 전에 블랙스완그린 마을 디스코텍에서 마지막 노래가 끝나버릴 텐데. 아니면 내 결혼식에서도 말을 더듬다가 "맹세합니다"라는 말조차 못하는 거 아냐?

"너 아까 듣고 있었지?"

누나가 나타나 내 방 문가에 기대섰다.

"뭐라고?"

"듣고 있었잖아. 아까 막 내 전화 통화 엿들었지?"

"무슨 전화 통화?" 너무 빨리, 너무 시침떼고 대답해버렸다.

누나의 시선이 얼마나 이글거리는지 내 얼굴에서 연기가 피어오를 것 같았다. "사생활을 조금만 존중해달라는 게 그렇게 대단한 부탁은 아니잖아. 제이슨, 네가 친구랑 통화를 한다면, 난 절대 엿듣지 않을 거야. 남의 말을 엿듣는 것들은 비열한 자식들이야."

"난 엿듣지 않았다니까!" 나는 우는소리를 했다.

"그럼 삼 분 전에는 닫혀 있던 네 방문이 왜 지금은 활짝 열려 있지?"

"그걸 내가 어떻게……"(행맨이 '알아'를 잡아채가서 말꼬리를 흐려야 했다.) "그게 누나랑 무슨 상관인데? 방 안 공기가 답답해서 그랬어."(행맨이 '답답해서'는 그냥 발음하게 내버려두었다.) "화장실에 갔다 왔어. 외풍에 문이 열렸나보지."

---

* 영국의 유명 유제품회사.

“외풍이라고? 그래, 충계참에 태풍이 휘몰아치는구나. 똑바로 서 있기도 힘드네.”

“엿듣지 않았다니까!”

누나는 내가 거짓말을 하고 있는 줄 뻔히 안다는 뜻으로 한참 동안 입을 꼭 다물고 있었다. “누가 너한테 〈Abbey Road〉 빌려가도 좋다고 했어?”

누나의 LP가 내 레코드플레이어 옆에 놓여 있었다. “누나는 잘 듣지도 않잖아.”

“그렇다 해도 그게 네 것이 되지는 않지. 넌 할아버지 시계를 절대 차지 않잖아. 그런다고 그 시계가 내 거니?” 누나는 내 방으로 들어와 내 아디다스 가방을 넘어서 자기 레코드를 가져갔다. 누나가 내 타자기 쪽을 힐끗 보았다. 나는 부끄러움에 급히 몸을 수그려 내 시를 숨겼다. “그러니까 너도 알겠지?” 누나의 말속에는 알아채기 힘들 만큼 미묘한 속뜻이 숨어 있었다. “사생활을 조금만 존중해달라는 건 절대 무리한 부탁이 아니랬잖아? 그리고 이 레코드에 흠집 하나라도 나 있으면 넌 죽을 줄 알아.”

천장을 뚫고 〈Abbey Road〉가 아니라 케이트 부시의 〈The Man with the Child in His Eyes〉가 들려왔다. 누나는 감정이 격해질 때나 생리중일 때 항상 〈The Man with the Child in His Eyes〉를 틀어놓는다. 누나한테는 인생이 정말 근사할 거다. 열여덟 살이고, 몇 달만 있으면 블랙스완그린을 떠날 테고, 스포츠카를 가진 남자친구도 있다. 용돈도 나보다 두 배나 많고, **말로** 다른 사람들을 뭐든 자기 뜻대로 하게 만들 수도 있다.

오직 말로만.

누나가 막 플리트우드 맥의 〈Song bird〉를 틀었다.

아빠는 그린랜드 본사에서 하는 주간회의에 참석하기 위해 옥스퍼드까지 운전해 가야 한다. 그래서 수요일에는 동이 트기 전에 일어난다. 내 침실 바로 밑이 차고라, 아빠의 로버 3500이 부릉거리며 시동 걸리는 소리가 들려온다. 오늘 아침처럼 비가 오는 날이면 타이어가 질퍽한 바닥에 닿아 쉬쉬쉿거리는 소리, 올라가는 차고 문에 빗방울이 떨어지는 소리가 들려온다. 라디오 알람의 녹색 숫자가 여섯시 삼십오분을 알리고 있었다. 이제 내 목숨은 백오십 분 남았다. 그게 다다. 벌써부터 스페이스 인베이더 게임 화면처럼 줄 맞춰 앉아 있는 우리 반 아이들 얼굴이 눈앞에 선하다. 실실 웃고, 황당해하고, 질색하고, 불쌍해하는 얼굴들. 어떤 결함은 우스꽝스럽고 어떤 결함은 비극적인지를 누가 결정한단 말인가? 장님을 비웃거나 철제 호흡보조기를 갖고 농담하는 사람은 아무도 없지 않은가.

하느님이 일 분을 여섯 달로 늘려주신다면 아침밥 먹을 때쯤이면 난 중년이 될 테고 스쿨버스를 탈 때쯤이면 죽을 때가 될 텐데. 영영 잠들 수도 있을 거다. 나는 똑바로 누운 채 다가올 일을 떨쳐내려 애쓰면서, 천장이 알파 켄타우루스자리의 궤도를 도는, 지도에도 나오지 않는 G등급 행성의 표면이라고 상상했다. 거기에는 개미 새끼 한 마리 없었다. 나는 한마디도 할 필요가 없었다.

"제이슨! 시간 다 됐다!" 엄마가 아래층에서 소리쳤다. 나는 푸른색 가스가 감도는 숲에서 잠이 깨 불타는 듯한 붉은색의 크로커스*들 속에서 할아버지의 오메가 시계를 온전한 모습으로 찾아낸 꿈을 꾸던 참이었다. 그때 누군가가 달려왔고, 나는 세인트가브리엘 교회 묘지로 돌아가는 유령인가보다 생각했다. 엄마가 다시 소리쳤다. "제이슨!" 시간을 보았다. 일곱시 사십일분이었다.

나는 겨우 "알았어요!" 하고 대꾸하고는, 억지로 다리를 침대 밖으로 움직인 다음 몸의 나머지 부분도 간신히 끌어냈다. 불행히도 욕실 거울 속에는 나병의 징후 따위는 전혀 보이지 않았다. 뜨거운 플란넬 천을 이마에 대고 있다가 말린 후에 엄마한테 가서 열이 난다고 하소연해볼까도 생각했지만, 엄마는 그런 잔꾀에 속아넘어갈 정도로 만만하지 않았다. 내 행운의 빨간색 속옷이 빨래통에 있어서 바나나색 속옷으로 만족하는 수밖에 없었다. 체육수업이 있는 날은 아니니까 괜찮겠지. 아래층에서는 엄마가 BBC1에서 하는 새 아침식사 시간대 프로그램을 보고 있었고, 누나는 알펜**에 바나나를 썰어넣고 있었다.

"잘 잤어? 그 잡지는 뭐야?" 내가 물었다.

누나는 〈페이스〉 앞표지를 들어올렸다. "나 없을 때 여기에 손만 대봐. 네 목을 졸라버릴 거야."

내가 태어났어야 했는데. 태어나지 않은 쌍둥이가 투덜댔다. 너 같

---

* 작은 튤립 같은 꽃이 피는 식물.
** 영국의 아침식사용 시리얼 브랜드.

은 재수대가리 말고.

"표정이 왜 그래?" 누나는 어젯밤 일을 잊지 않았다. "바지에 오줌이라도 지린 얼굴이네."

누나한테 만약 이완이 누나 〈페이스〉에 손을 대도 목을 조르겠느냐고 물어보는 것으로 앙갚음을 할 수도 있었지만, 그랬다가는 내가 남의 말이나 엿듣는 비열한 개자식이라고 실토하는 꼴이 될 것이다. 내 위터빅스*에서 발사나무 맛이 났다. 다 먹고 나서 이를 닦고, 아디다스 가방에 오늘 공부할 책을 챙겨넣고 필통에는 빅 비로스 볼펜을 넣었다. 누나는 벌써 가고 없었다. 누나는 케이트 앨프릭이랑 같이 우리 학교 6학년 교실로 간다. 케이트는 벌써 운전면허시험에 통과했다.

엄마는 앨리스 이모와 전화로 새 욕실에 대해 이야기하고 있었다. "끊지 말고 기다려, 앨리스." 엄마는 전화기를 손으로 가렸다. "점심 사 먹을 돈은 있니?"

나는 고개를 끄덕였다. 엄마한테 학급조례 얘기를 해야겠다고 마음먹었다. "엄마, 저……"

행맨이 '할말'이라는 단어를 가로막았다.

"서둘러, 제이슨! 버스 놓치겠다!"

밖은 강우기계가 블랙스완그린을 타깃으로 삼기라도 한 듯 바람이 거세게 불면서 비가 내리고 있었다. 킹피셔메도스는 온통 비로 얼룩진 담벼락, 빗방울이 뚝뚝 떨어지는 새 먹이대, 비에 젖은

---

* 아침식사용 시리얼 브랜드.

노인, 물이 불어난 연못과 정원의 번들거리는 돌 들 천지였다. 회색 고양이가 비에 젖지 않은 캐슬 씨의 포치에서 나를 보고 있었다. 남자아이를 고양이로 바꾸는 방법이 있다면 얼마나 좋을까. 승마길 입구 턱을 지나쳤다. 내가 그랜트 버치나 로스 윌콕스나 그밖에 웰링턴엔드의 임대주택에 사는 아이들이었다면, 학교를 빠지고 턱을 뛰어넘어 승마길을 따라갔을 것이다. 그 길이 맬번힐 아래의 사라진 지하도로 이어지는지 찾아보았을지도 모른다. 그러나 나 같은 아이들은 그러지 못한다. 켐지 선생님은 척 보기만 해도 내가 두렵기 짝이 없는 학급조례를 하는 날 결석했다는 걸 단번에 알아챌 것이다. 오전의 휴식을 즐기고 있는 엄마에게 전화를 걸겠지. 닉슨 교장선생님도 알게 될 것이다. 아빠는 수요일 회의를 하다 말고 불려나와 전화를 받을 것이다. 무단결석자 담당 경찰관들과 탐지견들이 내 자취를 쫓을 것이다. 나는 사로잡혀서 심문을 받기 산 채로 껍질이 벗겨지겠지. 켐시 선생님은 포기하지 않고 나한테 『복잡한 세상을 위한 소박한 기도』를 읽게 할 것이다.

결과를 생각해본다면, 아무리 해도 이 상황을 피할 도리가 없다.

우산을 쓴 여자아이들이 무리 지어 블랙스완 가게 옆을 지나가고 있었다. 남자아이들은 우산 따위를 썼다가는 게이 소리를 듣는다. (그랜트 버치만은 예외다. 그 녀석은 부하인 필립 펠프스가 큼지막한 골프 우산을 받쳐주고 있어서 젖지 않는다.) 나는 더플코트 덕분에 윗도리는 젖지 않았지만, 큰길 모퉁이에서 차 한 대가 커다란 물웅덩이를 지나면서 물을 한바탕 튀긴 탓에 정강이까지 푹 젖었다. 양말은 모래투성이에 질척거리기까지 했다. 피트 레드말리와 길버트 스윈야드와 닉 유와 로스 윌콕스와 여러 아이들이 물웅덩이에서 밀치기 싸움을 하고 있었는데, 내가 도착하자 마침 때맞춰 스쿨버스가 와서 섰다. 노먼 베이츠가 운전대 뒤에서 피둥피둥 살이 오른 돼지 우리의 불면증 걸린 백정처럼 우리를 쏘아보았다. 우리가 버스에 오르자 문이 쉬익 소리를 내며 닫혔다. 내 카시오 시계를 보니 여덟시 삼십오분이었다.

비 오는 아침이면 스쿨버스 안은 남자아이들이 풍기는 트림 냄새와 담뱃진 냄새가 진동했다. 앞쪽 자리는 갈포드와 블랙모어엔드에서 타서 숙제 얘기만 하는 여자애들이 차지하고 있었다. 제일 거친 아이들은 곧장 뒷자리로 갔지만, 피트 레드말리나 길버트 스윈야드 같은 녀석들조차 노먼 베이츠가 운전할 동안에는 얌전히 있었다. 노먼 베이츠는 절대 상종해서는 안 될 진짜 또라이 축에 속한다. 한번은 플루토 녹이 장난삼아 비상구를 연 적이 있었다. 그러자 노먼 베이츠가 뒤쪽으로 가서 그애를 잡아 앞으로 끌고 오더니, 말 그대로 버스 밖으로 내던져버렸다. 플루토 녹이 고래고래 울부짖었다. "고소할 거야! 당신 때문에 내 팔 부러졌어!"

노먼 베이츠는 입가에 문 담배를 빼더니 버스 계단 아래쪽으로 몸을 기울이고, 마오리족 전사처럼 혀를 쑥 내밀어 아직도 불이 붙은 담배를 자기 혓바닥 위에 천천히, 꼼꼼하게 눌러 끄는 것으로 대답을 대신했다. 치익 하는 소리가 들려왔다. 그는 도랑에 처박힌 아이에게 꽁초를 틱 던졌다.

그러고는 노먼 베이츠는 자리에 앉아 운전을 했다.

그날 이후로 아무도 그의 버스에서 감히 비상구에 손대지 않았다.

딘 모런이 마을 맨 끝에 있는 드러거스엔드 정류장에서 차에 올랐다. 내가 그애를 불렀다. "안녕, 딘. 괜찮으면 여기 앉아." 모런은 내가 다들 있는 앞에서 자기 진짜 이름을 불러주자 좋아서 씩 웃고는 곧장 걸어왔다. 모런이 입을 열었다. "맙소사, 이렇게 비가 계속 쏟아지면 집에 갈 때쯤엔 세번 강둑이 터져서 업턴까지 물에 잠기겠다. 우스터도. 튜크스베리도."

"누가 아니래." 나는 나름대로 속셈이 있어서 모런에게 한껏 사근사근하게 굴었다. 오늘 저녁 귀갓길 버스에서 하-하-하-학교 대-대-대표 마-마-마-말더듬이 제-제-제이슨 테-테-테일러 옆에 투명인간이라도 앉아만 준다면 다행일 것이다. 모런과 나는 김 서린 창문에 대고 커넥트 4 게임*을 했다. 웰랜드 교차로에 닿기 전에 모런이 한 판을 이겼다. 모런은 위치 선생님 반인 2W반이다. 2W반은 꼴찌에서 두번째 반이다. 그러나 모런은 진짜 바보가 아니다. 성적을 너무 잘 받으면 디들 자기를 괴롭힐 테니까 그럴 뿐이다.

검정말 한 마리가 늪처럼 변해버린 들판에 처량한 꼴로 서 있었다. 그런들 이십일 분 후의 내 몰골만큼 처량할까.

우리 좌석 밑 히터가 교복 바지를 정강이에 녹아 붙게 할 만큼 뜨거웠고, 누군가가 구린내 지독한 방귀를 뀌었다. 길버트 스윈야드가 으르렁거렸다. "스킬치가 가스탄을 터뜨렸네!" 스킬치는 누런 이를 드러내더니 몬스터먼치 과자봉지에 코를 풀고 내던졌다. 바삭거리는 봉지는 멀리 날아가지 못하고 뒷줄의 로빈 사우스 위

---

* 오목과 비슷한 보드게임.

에 내려앉았다.

어느새 버스가 학교로 들어섰고, 모두 우르르 버스에서 내렸다. 비 오는 날이면 운동장이 아니라 강당에서 종이 울리기를 기다렸다. 오늘 오전에는 교실 바닥이 온통 미끌미끌했고, 젖은 코트에서는 김이 모락모락 피어올랐다. 선생님들은 아이들한테 소리 지른다고 야단을 치고, 1학년 아이들은 복도에서 금지된 술래잡기 놀이를 하고, 3학년 여자아이들은 프리텐더스*의 노래를 부르며 팔짱을 낀 채 복도를 휩쓸고 다녔다. 아이들이 점심시간 내내 벌로 서 있어야 하는 교무실 복도에 걸린 시계가 내 목숨이 팔 분밖에 남지 않았음을 알려주었다.

"아, 테일러, 마침 잘됐다." 켐지 선생님이 내 귓불을 꼬집었다. "내가 찾던 바로 그 학생이로군. 따라오렴. 너한테 할 얘기가 있단다." 담임선생님은 나를 어둑한 복도를 지나 교무실로 데려갔다. 교무실은 하느님이랑 비슷하다. 눈으로 볼 수도 없고, 거기서 살 수도 없다. 문이 약간 열린 틈으로 담배 연기가 잭 더 리퍼** 시대의 런던에 낀 안개처럼 흘러나왔다. 그러나 우리는 옆으로 빠져서 비품창고로 들어갔다. 비품창고는 아주 재수 없는 상황에 빠진 아이들이 들어가는 구치소 비슷한 곳이다. 내가 무슨 짓을 했나 더듬어보았다. 켐지 선생님이 입을 열었다. "오 분 전에 전화 한 통을 받았다. 제이슨 테일러에 관한 일이라고 하더구나. 호의를 가지고

---

* 미국 태생의 크리시 하인드라는 여성 보컬을 주축으로 한 밴드.
** Jack the Ripper, 1888년 런던에서 최소 다섯 명의 매춘부를 엽기적으로 살해한 연쇄살인범. '잭'은 영어권에서 이름을 모르는 남자를 가리킬 때 쓰는 이름이다.

있는 사람이라고."

켐지 선생님이 말하기를 그저 기다리는 수밖에 없다.

"나더러 마지막 순간에 관용을 베풀어달라고 부탁하더구나."

닉슨 교장선생님이 분노와 트위드 천의 냄새를 풍기며 문 앞을 급하게 지나갔다.

"예?"

켐지 선생님은 나의 아둔함에 오만상을 찌푸렸다. "네가 오늘 아침 있을 학급조례를, 어떤 사람의 표현에 의하면 '쓰러질 정도의 공포감'을 느낄 정도로 겁에 질린 채 기다리고 있다는 것을 나더러 이해하란 말이냐?"

데 루 선생님의 선의의 마술임을 감지했지만, 아직 감히 그것이 나를 구해주기를 바라지는 못했다. "예, 선생님."

"알았다, 테일러. 네 헌신적인 언어치료사는 오늘 아침 있을 신성재판을 연기해준다면 자신감을 키우기 위한 일대일 수사학과 대중연설 훈련에 장기적으로 도움이 될 거라고 주장하더구나. 너도 그 제안에 찬성하니, 테일러?"

나는 선생님의 말을 알아들었지만, 선생님은 내가 당황스러워하는 반응을 보이기를 기대하고 있었다. "예?"

"오늘 아침 낭독을 빼주었으면 좋겠니, 안 빼주었으면 좋겠니?"

"정말로 빼주셨으면 합니다, 선생님." 내가 대답했다.

켐지 선생님은 입을 실룩거렸다. 사람들은 말을 더듬지 않는 것이, 깊은 구덩이를 펄쩍 건너뛰거나 불로 세례를 받는 것과 비슷한 줄 안다. TV에서 말더듬이들을 억지로 무대에 올려놓았더니 어찌된 일인지 수많은 사람들 앞에서 완벽한 목소리로 물 흐르듯 거침

없이 달변을 토해내는 장면을 본 탓이다. 모두의 얼굴에 미소가 번진다. 저 봐, 닥치면 다 할 수 있잖아! 한번 해보라고 떠밀어주기만 하면 되는 거였어! 이젠 멀쩡해졌네. 하지만 그건 순전히 다 개소리다. 설령 현실에서 그런 일이 벌어진다 해도, 그건 단지 행맨이 첫번째 계명에 따른 것뿐이다. '멀쩡해진' 말더듬이를 일주일 후 다시 살펴보라지. 그럼 분명해진다. 진실은, 깊은 구덩이를 건너뛰려 하면 떨어져 죽는다는 것이다. 불로 세례를 받았다가는 3도 화상만 남는다. "평생 동안 남들 앞에서 말할 일이 생길 때마다 도망만 다닐 수는 없단다, 테일러."

버러지가 속삭였다. 정말?

"저도 알아요, 선생님. 그래서 저도 극복하려고 최선을 다하고 있어요. 데 루 선생님의 도움을 받으면서요."

켐지 선생님은 곧바로 물러서지는 않았지만, 나는 위기를 넘겼음을 감지했다. "좋다. 네가 더 배짱이 있을 줄 알았는데 내가 잘못 봤구나, 테일러. 내가 너를 잘못 봤다는 말밖에는 못하겠다."

나는 선생님이 걸어가는 모습을 지켜보았다.

내가 교황이라면 데 루 선생님을 성인으로 추대했을 것이다. 그것도 바로 이 자리에서.

켐지 선생님이 낭독한 『복잡한 세상을 위한 소박한 기도』는, 살다보면 사십 일 밤낮으로 비가 내릴 때도 있지만 하느님이 인간에게 언젠가는 무지개가 뜰 거라고 약속해주셨다는 내용이었다. (누나는 1982년에도 여전히 성경의 이야기를 역사적 사실인 양 가르치다니 말도 안 된다고 한다.) 그다음에는 "우리 지닌 모든 좋은 은총 다 천국에서 주신 것이네, 그러니 주께 감사드리세, 오, 주여 감사드리나이다, 당신의 크신 사랑에"라는 찬송을 불렀다. 찬송 내용이 가슴에 팍팍 와 닿았다. 그러나 켐지 선생님이 공지사항과 닉슨 교장선생님의 지시를 다 읽고 났을 때, 게리 드레이크가 손을 번쩍 들었다. "선생님, 오늘 조례에서는 제이슨 테일러가 낭독할 차례라고 알고 있었는데요. 테일러의 낭독을 진심으로 기대하고 있었습니다. 이번주에 못했으니 다음주에 하는 건가요?"

교실의 아이들 모두가 내 쪽으로 고개를 홱 돌렸다.

온몸의 오십 군데에서 땀이 솟았다. 나는 칠판의 분필 자국만 뚫어져라 쳐다보았다.

몇 시간처럼 느껴진 몇 초가 흐르고, 켐지 선생님이 입을 열었다. "정해진 규칙을 용기 있게 옹호하고자 하는 자세는 칭찬할 만하다, 드레이크. 게다가 친구를 위하는 마음에서 나온 것이라고 믿어 의심치 않는다. 그러나 테일러의 빌싱기관이 임무를 수행하기에 적합하지 않은 상태라는 믿을 만한 정보를 입수했다. 그리하여 여러분의 급우가 유사의학적 견지에서 면제받게 된 것이다."

"그렇다면 다음주에는 테일러가 낭독을 하나요, 선생님?"

"개인적 문제와 관계없이 알파벳 순서대로 계속 진행한다, 드레이크. 다음주는 미셸 털리가 「의문을 품지 말라」를 낭독한다."

"그건 좀 불공평하지 않나요, 선생님?"

게리 드레이크가 나랑 무슨 원수가 졌지?

"인생은 원래 불공평한 거다, 드레이크." 켐지 선생님이 피아노 뚜껑을 닫았다. "아무리 열심히 노력해도 어쩔 수 없다. 그러니 도전에 맞서야 한다. 그 사실을 빨리 깨달을수록," 선생님은 게리 드레이크가 아니라 나를 똑바로 쏘아보았다. "좋다."

수요일은 잉크버로 선생님의 수학 두 시간 연강으로 시작된다. 수학 연강은 한 주의 수업 중에서도 최악이다. 보통은 수학시간에 앨러스테어 너턴 옆에 앉지만, 오늘 아침에는 앨러스테어 너턴이 데이비드 오커리지 옆에 앉았다. 빈자리는 잉크버로 선생님의 책상 바로 앞자리인 칼 노레스트 옆자리뿐이었기 때문에, 거기 앉는 수밖에 없었다. 빗줄기가 하도 거세게 쏟아져서 바깥의 농장과 들판이 뿌옇게 흐려 보였다. 잉크버로 선생님은 지난주에 푼 우리들의 연습문제집을 던져주고 나서 '뇌를 슬슬 풀어주기 위해' 엄청 쉬운 문제를 몇 개 내는 것으로 수업을 시작했다.

"테일러!" 선생님이 눈을 피하고 있는 나를 용케도 알아챘다.

"예, 선생님?"

"집중 좀 하지, 응? a가 11이고 b가 9고 a 곱하기 b가 x라면, x의 값은 얼마겠냐?"

답이야 식은 죽 먹기다. 99.

하지만 99는 N이 두 번이나 들어간다. 두 번 더듬거려야 한다. 행맨이 내 처형이 연기된 데 복수하려는 것이다. 행맨은 내 혓바닥 위로 손가락을 미끄러뜨려 넣어 목을 틀어쥐고 뇌로 산소를 나르는 혈관을 꽉 죄었다. 행맨이 이런 식으로 나올 때 단어를 뱉어내려고 애를 썼다가는 완전히 지진아 꼴이 된다. "101 아닙니까, 선생님?"

똘똘한 아이들이 신음 소리를 냈다.

게리 드레이크가 고래고래 소리 질렀다. "저 녀석 천잰데!"

잉크버로 선생님은 안경을 벗어 입김을 불고는 넥타이의 넓은 쪽 끝자락으로 닦았다. "9 곱하기 11이 101이라고? 한 가지만 더 물어보자, 테일러. 왜 우리가 아침에 귀찮게 굳이 일어나냐? 그건 말해줄 수 있겠니, 응? 왜 왜 왜 도대체 그런 짓을 하느냐고?"

친척들

"왔어요!" 나는 브라이언 이모부의 흰색 포드 그라나다 기아가 킹피셔메도스로 미끄러져들어오는 모습을 보고 소리 질렀다. 누나의 방문은 마치 그게 뭐 큰일이냐고 하는 듯 쾅 닫혔지만, 아래층은 기다렸다는 듯 한바탕 떠들썩해졌다. 나는 이미 중간계의 지도를 치워놓고 지구본이며 휴고가 유치하다고 생각할 만한 것은 죄다 감추어놓았기 때문에, 창턱에 그대로 앉아 있었다. 킹콩이 우리 집 지붕을 잡아 뜯기라도 하는 듯 요란하게 불어닥쳤던 간밤의 돌풍은 이제 막 잠잠해진 참이었다. 길 건너편에서 울미어 씨가 바람에 쓰러진 담장 조각들을 치우고 있었다. 브라이언 이모부가 우리 진입로로 들어섰다. 그라나다는 엄마의 닷선 체리 옆으로 들어왔다. 제일 먼저 엄마의 동생인 앨리스 이모가 내렸다. 뒤이어 램이라는 성을 가진 사촌 세 명이 뒷좌석에서 우르르 쏟아져나왔다. '스콜피언스 라이브 1981'이라는 글귀가 새겨진 티셔츠를 입고 테니스 스타 비외른 보리의 헤어밴드를 한 앨릭스가 제일 먼저 내렸다. 앨릭스는 열일곱 살이지만 림프절을 따라 여드름이 났고 몸집은 어울리지 않게 컸다. 그다음에는 막내인 꼬마 나이절이 손이 보이지 않을 만큼 빠르게 루빅스 큐브를 풀면서 내렸다. 마지막이 휴고였다.

휴고는 조각한 듯 완벽한 몸매를 지니고 있었다. 나보다 두 살 위였다. 다른 아이들 같으면 '휴고'라는 이름에 이를 갈았겠지만, 휴고에게는 이 이름이 후광이었다. (게다가, 이 집 아이들은 그냥 일류로도 안 되고 진짜 일류가 아니면 놀림감이 되기 십상인 리치먼드의 사립학교에 다닌다.) 휴고는 후드가 없는 검은색 집업 상의에 로고가 붙지 않은 단추식 리바이스 청바지를 입고, 부츠를 신고, 동정童貞이 아니라는 표시로 실을 엮어 만든 끈을 손목에 차고 있었다. 휴고한테는 행운이 따른다. 프리파킹게임*을 하면 앨릭스와 나이절과 나는 올드켄트 로드에 300파운드를 얹어서 유스턴 로드와 교환하고, 걸어놓은 판돈을 회수할 수 있기만을 비는데, 그럴 때 휴고는 벌써 최고급 호텔인 메이페어와 파크 레인을 확보해놓고 있었다.

"왔구나!" 엄마가 진입로를 가로질러가 앨리스 이모를 끌어안았다.

나는 소리가 더 잘 들리도록 끼익 하고 창문을 열어젖혔다.

그사이 아빠는 원예도구로 중무장을 하고 온실에서 나타났다. "돌풍이 몰아치는 날씨가 자네 탓이었군, 브라이언!"

브라이언 이모부가 차에서 내려 아빠를 보고는 짐짓 놀란 척 장난스럽게 뒤로 한 발짝 물러섰다. "어이쿠, 이 용감무쌍한 원예가

---

* 점수에 따라 무료주차권을 획득하는 모노폴리 보드게임의 일종.

좀 보시게!”

아빠가 모종삽을 흔들었다. “이렇게 바람이 불어대는 바람에 수선화들이 다 **쓰러졌지** 뭔가! 중요한 일은 정원사한테 맡기지만, 정원사가 화요일까지는 올 수가 없어서 말이야. 옛 중국 속담에……”

“브로드워스 씨는 마을에 없어서는 안 될 인물이지요.” 엄마가 끼어들었다. “마이클이 망쳐놓은 것을 그분이 다 복구해야 하니까 우리가 쳐드리는 품삯의 두 배 가치를 하는 분이에요.”

“옛 중국 속담에 뭐랬냐 하면, ‘현자가 이르기를, 한 주 동안 행복하려면 착한 아내를 얻고, 한 달 동안 행복하려면 돼지를 잡고, 평생 행복하려면 정원을 가꾸어라’. 재미있지?”

브라이언 이모부는 재미있는 척했다.

“마이클이 얼마 전에 〈정원사의 질문 시간〉에 나온 옛날 중국 속담을 들었을 때는 돼지가 아내 앞에 왔었죠. 그건 그렇고 아이들 좀 봐요! 그새 **또** 훌쩍 자랐네요! 앨리스, 대체 저애들 콘플레이크에 뭘 섞는 거니? 뭔지는 몰라도 제이슨한테도 좀 먹였으면 좋겠다.” 엄마가 말했다.

그 말에 갈비뼈를 한 대 걷어차인 기분이었다.

“자, 바람에 날아가기 전에 다들 안으로 들어가자.” 아빠가 말했다.

휴고가 내가 보낸 텔레파시를 받고 나를 올려다보았다.

나는 어정쩡하게 손을 흔들었다.

술을 보관하는 찬장은 손님이나 친척이 찾아올 때만 연다. 그곳에서는 니스와 셰리주 냄새가 풍긴다. (집에 아무도 없을 때 딱 한

번 셰리주를 마셔본 적이 있다. 변기 세척제에 시럽을 넣은 듯한 맛이었다.) 의자가 모자라서, 엄마가 나더러 식사실 의자를 거실로 끌어오라고 시켰다. 의자들 무게가 장난이 아니어서 정강이를 호되게 부딪혔지만, 멀쩡한 척했다. 나이절은 콩자루 위에 털퍼덕 주저앉았고, 앨릭스는 안락의자에 앉았다. 앨릭스는 드럼을 치듯 박자를 맞춰 팔걸이를 톡톡 쳤다. 휴고는 러그 위에 책상다리를 하고 앉아서, 엄마가 나에게 의자를 충분히 가져오지 않았다고 야단치자 이렇게 말했다. "저는 여기가 좋아요, 헬레나 이모. 고마워요." 누나는 여전히 코빼기도 비치지 않았다. "곧 내려갈게요!"라고 외친 지 한참이 지났다.

늘 그렇듯 아빠와 브라이언 이모부는 리치먼드에서 우스터셔까지 오는 길을 놓고 입씨름을 시작했다. (두 분 다 서로가 크리스마스 선물로 상대에게 준 골프 저지 셔츠를 입고 있었다.) 아빠는 A40 도로가 A419 도로보다 이십 분은 단축된다고 수장했다. 브라이언 이모부의 의견은 달랐다. 브라이언 이모부가 오늘 돌아갈 때 시런세스터와 A417 도로를 거쳐 배스로 갈 예정이라고 말하자, 아빠의 얼굴이 하얗게 질렸다. "A417 도로라고? 공휴일에 코츠월드를 가로지른다고? 브라이언, 죽으려고 작정을 했구만!"

엄마가 한마디했다. "제부가 어련히 알아서 잘하겠어, 여보."

"A417 도로라고? 거기는 지옥이야!" 아빠는 벌써 『최신 영국도로지도』를 뒤적이고 있었고, 브라이언 이모부는 엄마에게, 형님이 저러시고 싶다면 그냥 놔두세요 하는 뜻이 담긴 눈길을 던졌다. (나는 그 눈길에 좀 화가 났다.) "우리나라가 얼마나 좋아졌는지 모르는군, 브라이언. '고속도로'라는 게 생겼잖아…… 여기, M5 도로를 타고 15번 교차점까지 가면 돼……" 아빠는 손가락으로 지도를 짚었다. "여기야! 그다음에는 동쪽으로 가기만 하면 돼. 브리스틀에서 교통체증에 갇히지 않아도 된다고. M4 도로를 타고 18번 교차점까지 갔다가, 배수까지 A46 도로를 타면 돼. 문제없다니까."

브라이언 이모부는 『최신 영국도로지도』는 거들떠보지도 않고 이렇게 대꾸했다. "지난번에 돈과 드루실라를 만나러 갈 때 그렇게 했어요. M4 도로를 타고 브리스틀 북쪽으로 갔는데, 어땠는지 아세요? 꼬박 두 시간 동안 길바닥이 주차장이었다니까요! 그랬지, 앨리스?"

"정말 오래 걸렸어요."

"두 시간이었어, 앨리스."

"하지만 그건 새로운 차선을 공사하던 중이라 반대 차선으로 차를 통행시켜서 그랬을 거야. 오늘 M4 도로를 타보라니까. 시원하게 쭉쭉 빠질걸. 장담한다고." 아빠가 반론을 폈다.

"고마워요, 형님. 하지만 전 고속도로 타는 걸 그다지 좋아하지 않아요." 브라이언 이모부가 부드럽게 말했다.

아빠는 『최신 영국도로지도』를 탁 소리가 나게 덮었다. "브라이언, 자네가 젊은 나이에 노인네처럼 기어가는 쪽을 좋아한다면야, 시런세스터로 가는 A417 도로가 자네한테는 딱이겠네."

"잠깐만 좀 도와줄래, 제이슨."

'잠깐만 좀 도와줄래'라는 말은 '다 해달라'는 뜻이다. 엄마는 앨리스 이모에게 얼마 전 새로 고친 주방을 보여주고 있었다. 오븐에서 고기 냄새가 새어나왔다. 앨리스 이모는 새 타일을 쓰다듬어보며 "정말 아름답네!" 하고 탄성을 질렀고, 엄마는 앨릭스, 나이절, 내가 마실 콜라 세 잔을 따랐다. 휴고는 냉수를 부탁했다. 나는 트위글릿 한 봉지를 접시에 부었다. (트위글릿은, 어른들은 아이들이 좋아하는 줄 알지만 마마이트*에 담갔다 꺼낸 탄 성냥 맛이 나는 과자다.) 그런 다음 모두 쟁반 위에 올려서 커피테이블로 가져갔다. 내가 모든 일을 다 해야 한다니 너무 불공평하다. 아직도 자기 방에 틀어박혀 있는 사람이 누나가 아니고 나였다면, 지금쯤 특수기동대를 보냈을 거다.

"마님들이 너를 아주 잘 길들여놓았구나." 브라이언 이모부가 말했다. 나는 마님이 무슨 뜻인지 아는 척했다.

아빠가 이모부를 향해 술병을 흔들었다. "브라이언? 셰리주 더 하겠나?"

"그럼요, 좋죠."

내가 콜라를 주자 앨릭스가 투덜거렸디. 그는 트위글릿을 한 움큼 쥐었다.

나이절은 활달하게 "정말 고마워!" 하고 외치고는 역시 트위글릿을 집었다.

휴고는 물컵을 들어 보이며 "건배" 하고는, 트위글릿은 "고맙지만 됐어" 하고 물리쳤다.

브라이언 이모부와 아빠는 운전에서 경기침체로 화제를 바꾸었다.

"아니에요, 형님." 브라이언 이모부가 말했다. "이번만큼은 형

---

* 조미료로 쓰이는 이스트.

님이 잘못 아신 거예요. 회계 일 쪽은 경기침체의 영향을 그다지 받지 않아요."

"하지만 자네 고객들이 경제적 어려움을 겪지 않고 있다고는 말 못하겠지?"

"'경제적 어려움'이라고요? 아이고 머리야, 형님, 그 사람들은 눈도 깜짝 않는다고요! 파산이니 압류니, 아침, 점심, 저녁 할 것 없이 난리들이에요! 우린 가뿐하게 발을 빼고 있다니까요. 그 수렁에서요! 사실 다우닝 스트리트의 그 여자한테 요샛말로 그 뭐라더라? '돈맥경화'에 감사하고 싶어요. 우리 회계사들은 떼돈을 벌고 있어요! 파트너들의 보너스가 이윤에 따라 지급되니까, 앉아서 떼돈 버는 거죠 뭐."

"파산이 이어지면 고객들 수가 줄어들 텐데." 아빠가 쿡 찔렀다.

"하지만 공급은 얼마든지 있는데," 브라이언 이모부가 셰리주를 벌컥벌컥 들이켰다. "누가 신경이나 쓰겠어요? 아니, 제가 정말 걱정하는 건 형님처럼 유통업 쪽에 있는 분들이에요. 이번 불경기가 끝나기도 전에 시장은 엄청난 피해를 볼걸요. 장담해도 좋아요."

내 생각은 다른걸, 하는 뜻으로 아빠가 손가락을 흔들었다. "최신 경영기법의 특징은 풍요로운 때가 아니라 흉년에 성공을 거두는 거야. 실업자가 삼백만 명까지 치솟을지도 모르지만, 그린랜드는 이번 분기에도 인턴 관리사원을 열 명 채용했다고. 고객들은 도매가로 좋은 음식을 사고 싶어하거든."

"진정하세요, 형님." 브라이언 이모부가 장난스럽게 어깨를 움츠렸다. "지금 영업회의 자리에 있는 것도 아니잖아요. 하지만 형님이 현실을 외면하고 있으면 안 된다고 봐요. 보수주의자들조차도 '허리띠를 졸라매야 한다'고 하잖아요…… 노조도 이제는 힘이 약해졌어요. 뭐 제가 보기에 나쁜 건 아니지만요. 하지만 브리티시 레이랜드*가 감원을 해야 하고…… 조선업은 점점 쇠퇴하는데다…… 브리티시 스틸은 안에서부터 무너지고…… 다들 타인이나 클라이드가 아니라 어디 붙었는지도 모르는 빌어먹을 한국인가 그런 데에 배를 주문한단 말입니다…… 스카길 동무**는 혁명을 일으킨다고 협박이지…… 결국은 냉동 크리스피 팬케이크나 생선튀김에까지 연쇄적으로 영향이 미칠 게 뻔하지요. 앨리스와 제가 걱정하는 것도 아시다시피 그 때문이에요."

아빠가 몸을 뒤로 기댔다. "흠, 걱정해줘서 고맙군, 브라이언. 하지만 유통 쪽은 잘 버티고 있고 그린랜드는 끄떡없다네."

"그렇게 말씀하시니 정말 다행입니다, 형님. 정말 기뻐요."

(나 역시 그랬다. 개빈 콜리네 아빠는 튜크스베리에 있는 메탈박스 사에서 해고되었다. 앨턴디워***에서 하기로 했던 개빈의 생일파티는 취소되었고, 그애의 눈은 몇 밀리미터는 쑥 들어갔다. 일년 후 그애의 부모님은 이혼했다. 켈리 모런의 말에 의하면 개네 아빠는 아직도 실업수당을 받고 있단다.)

휴고는 얇은 가죽끈을 목에 두르고 있었다. 나도 저런 거 하나 있었으면 좋겠다.

램 집안사람들이 오면, 소금과 후추가 마술처럼 '콩디망'****으

---

* 영국의 자동차회사.
** 탄광노조를 주도하며 대처 수상에게 맞섰던 인물.
*** 잉글랜드 스태퍼드셔 주에 있는 영국 최고(最古)의 놀이공원.

로 바뀐다. 저녁식사에는 와인잔에 담은 참새우칵테일이 전채로, 달걀과 섞은 으깬 감자와 기름에 살짝 튀긴 셀러리를 곁들인 양고기가 주요리로 나왔다. '후식'이 아닌 '디저트'로는 베이크드 알래스카*****가 나왔다. 우리는 자개를 박은 냅킨 고리를 썼다. (아빠의 아빠가 내가 1월에 깨뜨려먹은 오메가 시마스터를 가져온 바로 그 항해 때 버마에서 가져온 것이다.) 전채를 먹기 전에 브라이언 이모부가 가져온 와인을 땄다. 누나와 앨릭스에게는 한 잔 가득 따라주었고, 휴고와 나에게는 딱 반만 따라주었다. 그리고 "나이절, 너한테는 입술을 축일 만큼만 주마"라고 했다.

앨리스 이모가 늘 하던 대로 건배를 했다. "테일러와 램 가문을 위하여!"

브라이언 이모부도 늘 하던 대로 했다. "당신 눈동자에 건배!"******

(앨릭스만 빼고) 모두 잔을 부딪치고 한 모금 마셨다.

아빠가 잔을 들어 불빛에 비추어 보고 말했다. "목넘김이 아주 좋은데!" 아빠는 오늘도 우리를 실망시키지 않았다. 엄마가 아빠를 힐끗 보았지만, 아빠는 전혀 눈치채지 못했다. "이것만큼은 자네를 칭찬해줘야겠군, 브라이언. 골랐다 하면 절대 어중간한 싸구려를 고르는 법이 없다니까."

"형님이 그렇게까지 인정해주시다니 믿기지가 않는데요. 마음먹고 한 상자 샀어요. 작년에 빌렸던 호숫가의 그 근사한 별장 근

**** 소금, 설탕, 식초, 간장, 마늘, 고추, 파 등 요리에 사용되는 여러 가지 양념을 섞은 것. 음식 전체의 맛을 조절하는 작용을 한다.
***** 케이크에 아이스크림을 얹고 머랭으로 싸서 살짝 구운 디저트.
****** 영화 〈카사블랑카〉에서 주인공 릭이 했던 대사.

처 포도원에서 난 거랍니다."

"와인이? 레이크 지방*에서? 컴브리아 말인가? 아이고, 자네 실수했군, 브라이언."

"아뇨, 아뇨, 영국에 있는 호수가 아니라 이탈리아의 호수예요. 롬바르디아 말입니다." 브라이언 이모부는 잔을 빙빙 돌린 다음 꿀걱 들이켰다. "1973년산인데, 블랙베리 향과 멜론 향, 참나무 향이 섞여 있어요. 하지만 형님의 전문가적인 견해에는 저도 동의합니다. 제법 괜찮은 와인이죠."

"자, 다들 식사를 시작하죠!" 엄마가 입을 열었다.

모두가 "맛있어요!"라고 한 차례씩 감탄하고 나서, 앨리스 이모가 말했다. "다들 이번 학기 잘 보냈겠지? 나이절은 체스클럽 반장이 되었단다."

"정확히 말하면 회장이에요." 나이절이 끼어들었다.

"푸딩 좀 줘! 나이절은 체스클럽 회장이에요. 그리고 앨릭스는 학교 컴퓨터로 믿을 수 없을 만큼 굉장한 일을 하고 있답니다. 그렇지, 앨릭스? 나는 비디오로 녹화만 하려 해도 버벅거리는데……"

"앨릭스는 선생들조차 따라오지 못할 정도라니까요." 브라이언 이모부가 거들었다. "진짜 그래요. 네가 하고 있는 작업이 뭐랬지, 앨릭스?"

"포트란요. 베이식이랑." 앨릭스는 마치 그 말이 자기한테 상처를 입히기라도 하는 듯이 말했다. "파스칼도요. Z-80 코드랑."

"너 **진짜** 똑똑한가보구나." 누나가 말했다. 하도 밝은 톤으로 말

---

* 영국 잉글랜드 북서부의 호수가 많은 지방.

해서 빈정거리는 건지 아닌지 분간이 잘 되지 않았다.

"아, 앨릭스 형이야 물론 똑똑하고말고. 알렉산더 램의 뇌는 영국 과학의 마지막 미개척지야." 휴고가 말했다.

앨릭스는 자기 동생을 노려보았다.

아빠가 숟가락으로 참새우를 뜨면서 말했다. "진짜 미래는 컴퓨터에 있어. 기술, 디자인, 전기자동차 말이다. 바로 그런 걸 학교에서 가르쳐야 해. '구름처럼 외로이 떠도네' 어쩌고 하는 잡설 같은 거 말고. 내가 말했지만, 우리 그린랜드의 MD인 크레이그 솔트는 바로 다른……"

"형님 말씀에 백번 동감해요." 브라이언 이모부가 세계 정복 계획을 발표하는 악의 세력 우두머리 같은 표정으로 말했다. "바로 그래서 제가 앨릭스에게 올해 A학점에는 은행에서 막 나온 따끈따끈한 20파운드 지폐를 한 장씩, B학점에는 10파운드 지폐를 한 장씩 주기로 했답니다. 앨릭스는 그걸로 자기 IBM 컴퓨터를 사기로 했고요." (어찌나 샘이 나던지 나는 이가 다 지끈지끈 쑤셔왔다. 우리 아빠는 아이들한테 공부하라고 돈을 주는 것은 '무책임한 짓'이라고 했는데.) "이윤 동기보다 나은 게 또 어디 있겠어요?"

엄마가 끼어들었다. "그럼 너는 어떠니, 휴고?"

드디어 아닌 척하지 않고 휴고를 똑바로 자세히 들여다볼 수 있게 되었다.

휴고는 물을 한 모금 마셨다. "카누 팀 성적이 제법 운이 좋았어요."

"휴고가," 브라이언 이모부가 트림을 했다. "아주 승승장구했답니다! 엄연히 휴고가 노 젓는 녀석들 중에서 대장이 될 자격이 있는데, 로이드 보험사 절반을 소유했다는 웬 궁둥짝이 터져나가게 뚱뚱한 애비란 작자가—아이고, 속된 표현을 써서 미안합니다—허버트 봉크인가 하는 제 애새끼를 뽑아주지 않으면 가만있지 않겠다고 협박을 해댔지 뭡니까. 그 녀석 이름이 뭐랬지, 휴고?"

"도미닉 피츠시몬스 말씀이신가보네요, 아빠."

"그래, 도미닉 피츠시몬스! 이게 말이 됩니까, 이게?"

나는 스포트라이트가 누나 쪽으로 방향을 틀기만 간절히 기도했다. 엄마가 제발 휴고 앞에서만큼은 시로 상 받은 얘기를 꺼내지 않기를.

"제이슨은 헤리퍼드와 우스터 카운티의 도서관 시 문학상을 받았답니다. 그렇지, 제이슨?" 엄마가 말했다.

"쓰라고 시켜서 할 수 없이 한 거예요." 나는 수치심에 귓불까지 달아올라, 내 앞의 음식만 뚫어져라 쳐다보았다. "영어시간에요. 저는 리페츠 선생님이 그 시를 내신 줄도" ('몰랐다'라는 단어를 몇 차례 시험해보았지만 발작적으로 더듬거리게 될 게 뻔했다) "깨닫지 못했어요."

"그렇게 겸손할 건 없잖니!" 앨리스 이모가 말했다.

"제이슨은 근사한 사전까지 탔단다. 그렇지, 제이슨?" 엄마가 말했다.

멍청한 앨릭스가 어른들의 레이더 밑으로 빈정대기 공격을 날렸다. "제이슨, 네 시를 정말정말 들어보고 싶어."

"안 돼. 공책이 없어."

"그거 아쉬운데."

"〈맬번 가제티어〉에 수상작이 실렸지. 제이슨의 얼굴 사진과 나란히 말이야! 저녁식사 끝나고 찾아보자꾸나." 엄마가 말했다.

(그때 생각만 해도 끔찍하다. 학교로 사진사를 보내, 나한테 도서관에서 갈 데 없는 게이왕 같은 꼬락서니로 책 읽는 포즈를 취하게 했다.)

"시인이라," 브라이언 이모부가 입맛을 쩍쩍 다셨다. "그러니까 내가 듣기로는 소문 나쁜 파리 귀부인들한테 몹쓸 병을 옮아서 센 강 옆에서 찬바람을 맞으며 가보트 춤을 추다가 죽는 치들이라던데. 근사한 진로 계획인걸요, 형님?"

"언니, 참새우가 정말 맛있네." 앨리스 이모가 끼어들었다.

"우스터의 그린랜드에서 가져온 냉동새우야." 아빠가 말했다.

"싱싱해요, 형부. 생선장수한테서 산 것 같아요."

"아직도 생선장수가 남아 있는지 몰라."

앨릭스가 또 시 문학상을 화제로 끄집어냈다. "적어도 무엇에 대한 시인지 정도는 말해줘야지. 봄에 활짝 핀 꽃들에 대한 거야? 아니면 연애시야?"

"시를 봐도 넌 잘 이해하지 못할걸, 앨릭스." 누나가 나섰다. "제이슨의 작품에는 스콜피언스 같은 섬세함과 원숙미가 부족하거든."

휴고가 입에서 침을 튀기는 바람에 앨릭스의 짜증을 돋웠다. 그것으로 그가 누구 편인지 알 수 있었다. 진심에서 우러나온 감사의 뜻으로 누나한테 키스라도 해줄 수 있을 것 같았다. 거의 그럴 뻔했다.

"재미없거든." 앨릭스가 휴고에게 투덜거렸다.

"샐쭉거리지 마. 잘생긴 얼굴 망가져."

“얘들아.” 앨리스 이모가 경고를 주었다.

근사한 그레이비소스 그릇이 식탁에서 빙 돌려졌다. 나는 크림 포테이토와 작은 요크셔푸딩 사이에 그레이비소스로 지중해를 만들었다. 당근 끄트머리는 지브롤터가 되었다. “다들 먹어요!” 엄마가 말했다.

앨리스 이모가 제일 먼저 입을 열었다. “언니, 어쩜 이런 요리를 다 만들었어?”

브라이언 이모부는 어설픈 이탈리아 억양으로 말했다. “이바네서 사알살 녹아요우!”

나이절이 자기 아버지를 향해 감탄스러운 듯 씩 웃음을 날렸다.

“비결은 마리네이드야. 나중에 요리법을 알려줄게.” 엄마가 앨리스 이모에게 말했다.

“아, 인니, 꼭 알려줘야 해!”

“와인을 조금 더 드시겠어요, 형님?” 브라이언 이모부가 아빠가 미처 대답하기도 전에 아빠의 잔을 가득 채우고(두번째로 딴 병이었다), 자기 잔도 채웠다. “내가 이런다고 뭐라 하지 마세요, 형님, 고맙습니다. 당신의 눈동자에 건배! 그런데 처형, 움직이는 불탑이 아직도 하늘의 거대한 아시아 쓰레기장으로 올라가지 않았네요?”

엄마는 어리둥절한 표정을 지었다.

“닷선 말이에요, 처형! 처형이 이렇게 훌륭한 요리사였기에 망정이지, 그렇지 않았으면 자동차의 첫번째 규율을 깬 건 용서하기 힘들었을걸요. 무슨 말이냐 하면 바로 일본놈들이나 일본놈들이 대량으로 찍어내는 싸구려 제품을 믿지 말라는 거예요. 독일인들이 그거 하나는 제대로 할 줄 안다니까요. 새로 나온 폭스바겐 광고 보셨어요? 그 난쟁이만한 일본놈들이 새 '폭스바겐 골프'를 찾아내려고 이리 뛰고 저리 뛰는데, 그 차가 천장에서 뚝 떨어져서 일본놈들을 납작하게 깔아뭉개버리잖아요! 그 광고를 처음 보고는 오줌을 지릴 뻔했지 뭐예요, 그랬지, 앨리스?"

누나가 냅킨으로 입을 닦으며 한마디했다. "이모부 카메라 니콘 아니에요?"

"일본의 하이파이 기술은 흠잡을 데가 없지." 휴고가 말했다.

"컴퓨터 칩도." 나이절이 덧붙였다.

그래서 나도 한몫 거들었다. "일제 모터바이크도 최고야."

브라이언 이모부는 웃기는 소리 말라는 듯 어깨를 으쓱했다. "내 말뜻을 잘 새겨들어야지, 애들아! 일본놈들은 남의 것을 죄다 가져다가 자기들 크기로 줄여서 전 세계에 되판다니까. 안 그래요, 형님? 형님, 적어도 이 점에서는 저와 의견이 같죠? 전쟁에 대해 사과 한마디도 하지 않은 유일한 추축국한테 뭘 기대하겠느냐고요! 어물쩍 넘어갔잖아요. 벌도 제대로 받지 않고."

"이십만 명의 민간인이 원자폭탄에 희생되었어요." 누나가 반격했다. "그리고 소이탄에 타 죽은 사람은 이백만 명이 넘고요. '벌을 받지 않았다'고 하기는 어려울 것 같은데요."

"하지만 실제적으로," (브라이언 이모부는 자기가 듣고 싶은 말만 듣는다) "일본인들은 아직도 전쟁을 하고 있어. 월스트리트가 그놈들 차지라고. 다음 차례는 런던이야. 바비칸*에서 내 사무실까지 걷다보면, 다 똑같아 보이는 푸만추**들을 몇 명이나 마주치

98

는지 다 세려면 손이 마흔 개는 있어야 할 판이란다. 있잖아요, 처형. 제 비서도 그 차…… 망할 놈의 이름이 뭐든 간에…… 아무튼 그 차를 한 대 샀는데…… 그건 모터 단 인력거예요…… 혼다 시빅 말이에요. 딱 그거라니까요. 똥색 혼다 시빅 말이에요. 비서가 그 차를 전시장에서 몰고 나와서 바로 첫번째 로터리까지 왔을 때, 농담이 아니라 진짜로 차가 비실거리면서 속도가 느려지더니 그대로 서버렸다지 뭡니까. 그 차들이 경쟁력 있는 이유가 있죠. 싸구려를 만들어내니까요. 아시겠어요? 그 따위 쓰레기는 절대 사면 안 돼요. 구역질나는 세균에라도 감염되지 않은 한 어림도 없지요. 어, 형님?"

"콩디망 좀 건네다오, 줄리아." 아빠가 누나에게 말했다.

휴고와 나의 눈이 마주쳤다. 한순간 방 안 가득한 밀랍인형들 속에서 우리 둘뿐이었다.

"내 낫선은 시난주에 당당히 차량검사를 통과했는걸요." 엄마가 앨리스 이모에게 살짝 튀긴 셀러리를 내밀자 이모가 괜찮다는 손짓을 했다.

브라이언 이모부가 코웃음을 쳤다. "처형이 움직이는 불탑을 사셨던 바로 그곳에서 차량검사를 받으셨겠죠?"

"왜, 그러면 안 되나요?"

"아이고, 처형." 브라이언 이모부가 고개를 절레절레 흔들었다.

"제부가 무슨 소리를 하는 건지 도통 못 알아듣겠어요."

---

* 2차 대전 당시 폐허가 되었던 곳을 문화, 예술, 교육 지구로 개발한 곳.
** 영국 작가 색스 로머의 소설에 등장하는 중국인 악당.

"처형, 처형, 처형."

휴고가 베이크드 알래스카는 '한 조각만' 달라고 하자, 엄마는 아빠 것이랑 맞먹을 정도로 큼지막하게 한 덩어리를 썰어주었다. "넌 한창 자라는 때잖니!"(나는 언젠가 써먹을 셈으로 그 수법을 기억해두었다.) "자, 다들 먹읍시다. 아이스크림이 녹기 전에요."
첫 술을 먹고 난 앨리스 이모가 외쳤다. "이런 맛은 처음이야!"
아빠도 칭찬했다. "정말 훌륭한데, 여보."
브라이언 이모부가 말했다. "형님, 이제 반 남은 이 병을 이대로 두지는 않으시겠죠?" 이모부는 아빠의 잔에 한 잔 가득 따르고는 자기 잔을 누나 쪽으로 쳐들었다. "'네 눈동자에 건배!' 그런데 난 이렇게 재능이 출중한 젊은 숙녀가 왜 상위 두 개 대학을 목표로 하지 않는지 아직도 도무지 이해가 안 돼서 어리둥절하구나. 농담이 아니고, 리치먼드 예비학교에서는 예나 지금이나 옥스퍼드와 케임브리지가 양대 산맥이라고. 그렇지 않니, 앨릭스?"
앨릭스는 그렇다는 표시로 아주 잠깐 고개를 10도 정도 들어올렸다.
"예나 지금이나." 휴고가 아주 진지하게 되풀이했다.
누나는 아이스크림이 녹아 테이블보 위에 떨어지기 전에 숟가락으로 받았다. "우리 학교 진로 상담 선생님이신 윌리엄스 선생님의 친구가 런던의 급진적인 법조계에 있는데요, 그분 말로는 제가 환경법을 전공하고 싶다면 에든버러나 더럼이 딱이라고……"
"그거 유감이군." 브라이언 이모부가 유도 동작으로 허공을 갈랐다. "정말 정말 안됐지만, 윌리엄스 선생이란 작자는 보나 마나 탁

상공론이나 좋아하는 웨일스 사람일 테지. 타르 칠을 하고 깃털을 꽂아서 노새 등에 묶은 후 하버포드웨스트로 돌려보내야 마땅해! 네가 대학에서 배워야 할 것은 말이다." 브라이언 이모부의 얼굴은 이제 열이 올라 시뻘게졌다. "어떤 사람들과 인맥을 쌓느냐 바로 그거란다! 옥스브리지에 가야만 내일의 엘리트들과 인맥을 만들 수 있어! 농담이 아니고, 내가 제대로 된 대학 연줄만 있었다면 벌써 십 년 전에 이사가 됐을 거다! 형님…… 처형! 맏이가 어디 붙어 있는지도 모르는 대학에서 인생을 허비하도록 팔짱 끼고 구경만 하실 셈은 아니시죠?"

누나의 표정이 불쾌감으로 험악해졌다.

(보통 나는 이쯤에서 안전지대로 몸을 피한다.)

엄마가 말했다. "에든버러나 더럼도 평판이 좋아요."

"그렇다마다요. 물론 그렇겠죠. 하지만 절대 잊어서는 안 될 것은," 브라이언 이모부는 이제 거의 쇳소리를 지르다시피 했다. "'그 학교들이 시장에서도 최고인가'라고요. 거기 대한 답은 '웃기지 마라'지요. 젠장맞을, 이게, 바로 이게 종합중등학교의 문제라고요. 별 볼 일 없는 어중이떠중이 애들한테는 더 바랄 게 없을지 몰라도, 제일 똑똑하고 능력 있는 아이들을 밀어줄 것 같아요? 웃기는 소리죠! 그 교원노조 치들은 '더 똑똑하다'나 '더 능력 있다'는 말을 더러운 말로 알아요."

앨리스 이모가 이모부의 팔에 손을 얹었다. "여보, 내 생각에는……"

"하나뿐인 우리 조카딸의 장래가 위태로운 판국에 내가 지금 가만있게 됐어? 이런 걱정 한다고 내가 속물로 보인다면, 빌어먹을,

아, 욕해서 죄송합니다, 난 내가 아는 한 제일 지독한 속물이라도
되어서 자랑스럽게 그 배지를 달고 다니겠어! 옥스브리지에 들어
갈 만한 머리가 있는 애가 어째서 후진 스코틀랜드만 쳐다보고 있
는지 이해불가라니까." 브라이언 이모부는 자기 잔을 들어 단숨에
다 비웠다. "그게 아니면 혹시……" 길길이 날뛰던 이모부의 성난
얼굴이 삼 초 만에 느끼한 표정으로 바뀌었다. "오, 그렇지…… 아
직 아무한테도 고백하지 못했지만, 킬트를 입고 털이 부숭부숭한
장식 주머니를 매단 젊고 탱탱한 스코틀랜드놈이라도 있나보구
나, 줄리아, 그렇지? 형님, 그거죠? 처형, 어때요? 그 생각 해보셨
어요?"

"브라이언……"

"괜찮아요, 앨리스 이모." 누나가 미소를 지었다. "브라이언 이
모부도 제가 제 사생활을 놓고 이모부와 왈가왈부하느니 차라리
연쇄 차량충돌사고에 휘말리는 편을 택할 거라는 거 알고 계실 거
예요. 저는 에든버러에서 법학을 공부할 거예요. 내일의 브라이언
램 집안사람들은 모두 저 빼고 인맥을 쌓는 수밖에 없겠네요."

나 같으면 저런 소리를 하고 절대 무사하지 못할 것이다. 절대.

휴고가 누나를 향해 잔을 들어올렸다. "잘했어, 줄리아!"

"아," 브라이언 이모부가 허를 찔렸다는 듯 실소를 터뜨렸다.
"넌 법조계에서 성공할지도 모르겠구나. 네가 비록 이류 대학을
고집한다 해도 말이야. 말 한마디 한마디에 뼈가 있어."

"이모부한테 인정을 받다니 믿기지 않네요."

잠시 어색한 침묵이 흘렀다

브라이언 이모부가 비웃음을 흘렸다. "브라보! 끝까지 한마디도

안 지는군."

"턱에 셀러리 조각 붙었어요, 브라이언 이모부."

우리집에서 제일 추운 곳은 아래층 화장실이다. 겨울에는 엉덩이가 변기에 얼어붙을 지경이다. 누나는 램 집안사람들에게 인사를 하고는 역사 공부를 한다며 케이트 앨프릭네 집으로 가버렸다. 브라이언 이모부는 '눈 좀 붙이러' 손님방으로 올라갔다. 앨릭스는 우리집에 온 후 세번째로 화장실에 들어갔다. 한번 들어가면 이십 분은 걸린다. 거기서 뭘 하는지 모르겠다. 아빠는 휴고와 나이절에게 아빠의 새 미놀타 카메라를 구경시켜주고 있었고, 엄마와 앨리스 이모는 바람 부는 정원을 산책하고 있었다. 세면대 위 거울 속에 비친 내 모습을 꼼꼼히 뜯어보며 휴고와 닮은 데를 찾아보았다. 순전히 의지력만으로 나를 휴고로 바꿀 수 있을까? 세포 하나까지도 몽땅. 로스 윌콕스는 그렇게 하고 있다. 그애는 초등학교 때는 어리바리 얼뜨기였지만, 지금은 길버트 스윈야드나 피트 레드말리 같은 상급생들과 담배를 피우고, 다들 그애를 '윌콕스'가 아니라 '로스'라고 부른다. 그러니까 뭔가 방법이 있을 것이다.

앉아서 시원하게 똥을 싸고 있는데, 말소리가 점점 커지는 것이 들렸다. 엿듣는 것이 나쁜 줄은 알지만, 엄마와 앨리스 이모가 하필 환기창 바로 앞에서 수다를 떨기로 했다면 그건 내 잘못이라고 할 수 없다. 그렇지 않은가.

"언니가 미안해할 필요 없어. 브라이언이…… 아, 총이 있으면 쏴버리고 싶다니까!"

"마이클이 먼저 자극했잖아."

"아니야, 그 얘기는 그냥…… 언니, 언니네 로즈마리 좀 봐! 이건 진짜 나무네. 내 허브는 아무리 해도 무성해지지 않던데. 박하만 빼고. 박하는 어찌나 잘 자라는지."

잠시 침묵.

"아빠가 사위들을 어떻게 생각하실지 모르겠다니까. 지금 사위들을 보실 수 있다면 말이야." 엄마 목소리가 들렸다.

"브라이언하고 형부 말이야?"

"그래."

"흠, 우선 이렇게 말씀하시겠지. '내 그럴 줄 알았다!' 그러고는 소맷자락을 걷어붙이고 둘이 무슨 문제를 놓고 입씨름을 하고 있든 거기 끼어드셔서 둘 다 말할 기운도 없이 지쳐 나가떨어질 때까지 링을 떠나지 않으실 거야."

"그건 좀 가혹한걸."

"아빠만큼 가혹한 사람이 어디 있을라고! 하지만 줄리아라면 아빠하고 붙어도 밀리지 않을 거야."

"그애는 좀…… 자기주장이 너무 강해."

"그래도 그애가 자기주장을 내세우는 주제는 적어도 CND*나 국제사면위원회잖아, 언니. 미트 로프**나 데프 레퍼드***가 아니라."

침묵.

"휴고는 정말 애가 매력 덩어리더라."

---

* 1958년 결성된 영국의 반핵운동단체.
** 미국의 가수 겸 배우.
*** 영국의 록그룹.

“매력은 무슨.”

“부득부득 설거지하겠다고 나서는 것 봐. 물론 내가 시키지도 않지만.”

“맞아, 시치미 딱 떼고 얌전 뺀다니까. 제이슨은 여전히 보기 안타까울 정도로 조용하네. 언어치료는 잘돼가?”

(이런 얘기는 듣고 싶지 않았다. 하지만 화장실을 나가려면 물을 내려야 했고, 그랬다가는 누군가가 엿듣고 있었다는 걸 두 분이 눈치챌 것이다. 그래서 그 자리에 그대로 있었다.)

“굼벵이 기어가는 속도지 뭐. 남아공 출신의 데 루 선생님이라는 분한테 가는데, 기적적으로 치료되기를 기대하지는 말래. 우리야 안 그러지. 인내심을 갖고 지켜봐야 한다, 그러고 있어. 달리 뭐 할말이 별로 없네.”

긴 침묵.

“있잖아, 엘리스, 이렇게 세월이 흘렀는데도 이직도 엄마 아빠가 영영 이 세상에 안 계신다는 게 잘 믿어지지가 않아. 그분들은 사실…… 돌아가셨는데. 인도양 유람선 여행을 떠나서 한 여섯 달 못 보는 게 아니라. 아니면…… 왜 웃어?”

“유람선에 아빠가 붙박여 있다니! 그거야말로 지옥이겠는걸.”

엄마는 아무런 대꾸도 하지 않았다.

좀더 긴 침묵.

“언니, 캐물으려는 건 아닌데,” 앨리스 이모의 목소리가 갑자기 바뀌었다. “1월부터 계속되었다던 그 이상한 전화 얘기는 더이상 안 하네.”

침묵.

"미안해, 언니. 눈치 없이 아무 데나 코를 쑤셔박는 게 아닌
데……"

"아냐, 아냐…… 내가 그런 얘기를 너 말고 누구랑 할 수 있겠
니? 못하지. 더는 전화가 안 와. 너무 성급하게 결론을 내린 게 아
닌가 해서 마음 한구석이 찜찜해. 이제 보니 별일 아니었는데. 아
무것도 아닌 걸 가지고 말이야. 그 일만 없었더라면…… 있잖아,
오 년 반 전인가 마이클의 그 '사건'만 없었다면 두 번 생각하지도
않았을 거야. 전화가 잘못 걸려온다든가 혼선되는 일이야 흔하잖
아, 안 그래?"

('사건'이라고?)

"맞아," 앨리스 이모가 대답했다. "그럼. 언니가……"

"마이클과 정면으로 맞서는 건 무덤을 파는 짓이나 마찬가지야."

(아플 정도로 소름이 오소소 돋았다.)

"물론이지." 앨리스 이모가 맞장구쳤다.

"마이클 테일러의 머릿속에 무슨 생각이 들어 있는지 그 사람
아내보다 평범한 그린랜드 수습사원들이 더 잘 알 거야. 엄마가 왜
그렇게 의기소침하셨는지 이제야 좀 알 것 같다니까."

(무슨 말인지 모르겠다. 알고 싶지 않았다. 알고 싶었다. 나도
모르겠다.)

"언니가 점점 우울해하는 것 같아."

"내 우울한 기분을 씻어주는 사람이 바로 너야, 앨리스. 정말이
지 매력적인 인생이야. 중국인 바이올리니스트가 있고 가무잡잡
한 아즈텍 사람이 팬파이프를 연주하는 연주단하고 미팅도 하고
말이야. 이번주 공연은 뭐니?"

"바질 브러시* 붐붐 로드쇼야."

"그래?"

"거기 소속사는 괴팍하기로 악명이 높아. 주머니 사정이 좋지 않은 TV 탤런트가 여우인형 나부랭이에 묻어오는 게 아니라 리버라치**가 지방공연을 하는 것처럼 군다니까."

"쇼 비즈니스 같은 사업도 없지."

침묵.

"언니, 언니한테 골백번도 더 한 얘기인 줄은 알지만, 베이크드 알래스카보다 더 큰 일에 좀 도전해봐. 줄리아도 올해면 둥지를 떠나 날아갈 거야. 일에 복귀하는 문제 좀 생각해보지그래?"

짧은 침묵. "첫째로, 지금은 경기가 나빠서 사람을 뽑기는커녕 있는 사람도 자르고 있는걸. 둘째로, 난 우울한 주부라고. 셋째, 난 런던 근처에 살지 않아. 우스터셔 촌구석에 살고 있어. 기회는 점점 줄어들고 있지. 넷째, 제이슨을 낳은 후로 쭉 일을 쉬었어."

"그럼 언니의 출산휴가가 계획했던 것보다 십삼 년 더 연장된 셈 치면 어때?"

엄마는 사람들이 웃을 기분이 아닐 때 내는 짧은 웃음소리를 냈다.

"아빠까지도 골프클럽 친구들한테 언니 디자인을 자랑하곤 하셨잖아. 늘 우리 헬레나가 어쩌고저쩌고하는 소리만 들었다고."

---

* 영국의 어린이 TV 프로에 나오는 여우인형. 재미있는 걸 보면 "붐! 붐!"이라고 한다.

** 미국의 전설적인 연예인이자 피아노 연주가. 쇼 엔터테이너로서 1950~70년대에 세계 최고의 개런티를 받았다.

"난 앨리스가 어쩌고저쩌고하는 소리만 들었는데."

"하여간 아빠 얘기는 다 지난 일이야, 안 그래? 이리 와서 그 암석정원을 어디에 꾸밀 건지나 보여줘……"

나는 변기 물을 내리고 숨을 참고 방향제를 뿌렸다. 알파인 프레시 헤이즈 냄새에 속이 메슥거린다.

아빠의 로버 3500은 차고 안에 있지만, 엄마의 닷선 체리는 보통 진입로에 주차해놓기 때문에 두번째 차고는 비어 있다. 벽을 따라 자전거들이 세워져 있고, 아빠의 연장들은 작업대 위의 깔끔한 선반에 정리되어 있다. 바닥이 보이지 않을 만큼 속이 깊은 자루에는 감자가 담겨 있다. 빈 차고는 오늘처럼 바람이 몰아치는 날에도 피난처가 되어준다. 아빠는 거기서 담배를 피우기 때문에 종종 담배 연기가 흘러나온다. 나는 콘크리트 바닥의 기름 자국마저도 좋아한다.

제일 마음에 드는 건 다트판이다. 다트야말로 최고다. 나는 다트가 판에 꽂힐 때 나는 푹 하는 소리가 정말 좋다. 다트를 뽑는 것도 좋아한다. 휴고한테 같이 한판 하자고 청하자 "좋았어" 하고 대답했다. 하지만 그때 나이절이 자기도 하겠다고 나섰다. 아빠가 "좋은 생각이구나"라고 해서, 우리 셋은 차고에서 '라운드 더 클락'이라는 다트게임을 하기로 했다. (1을 맞힐 때까지 1에 던지고, 그다음에는 2를 맞힐 때까지 2에 던지는 식이다. 제일 먼저 20까지 맞힌 사람이 이긴다.)

우리는 순서를 정하기 위해 각자 다트 한 개씩을 던졌다.

휴고가 18점, 내가 10점, 나이절이 4점을 얻었다.

자기 형이 첫번째 다트를 던져서 1을 맞혔을 때, 나이절이 나에게 물었다. "『반지의 제왕』 읽어봤어?"

"아니." 버러지가 거짓말을 했다. 그래서 휴고도 나를 멍청이로 보지 않았다.

휴고가 다음번에 던진 다트는 2를 맞히지 못했지만, 세번째 다트는 성공했다.

나이절이 말했다. "그건 서사시야."

휴고가 다트 세 개를 뽑아서 내게 건네주었다. "나이절, 이젠 아무도 '서사시'라는 말은 안 써."

(램 식구들이 온 후로 내가 그 말을 쓴 적이 있는지 기억을 더듬어보았다.)

나는 두번째 다트까지 모두 1을 맞히지 못하고 세번째에서 성공했다.

"잘했어." 휴고가 칭찬했다.

나이절이 다트를 받았다. "우리 학교에서 『호빗』을 읽으라고 했어. 그런데 『호빗』은 원래는 그냥 동화잖아."

"나도 『반지의 제왕』을 읽으려고 해봤어." 휴고가 말했다. "그런데 우스꽝스럽던걸. 나오는 사람들마다 이름이 곤도고른이니 사루론이니, 말은 또 '이 숲은 해질녘이면 오크들로 들끓을 것입니다' 하는 식이고. 그 샘인가 하는 녀석은 또 어떻고. '오, 프로도 주인님, 정말 알흠다운 단검을 갖고 계시는군요' 하지를 않나. 아이들 곁에 그 따위 호모들이나 보는 포르노 같은 걸 놔두면 안 된다고. 그게 매력인 건가, 나이절?"

나이절이 던진 다트는 판을 맞히지 못하고 벽돌에 맞아 팅겨나왔다.

휴고가 한숨을 내쉬었다. "조심해, 나이절. 제이스의 다트 끝이 뭉툭해지겠다."

나이절에게 '괜찮아'라고 말했어야 했지만, 버러지가 그러지 않았다.

나이절의 두번째 다트는 판의 테두리 바깥을 맞혔다. 빗나간 것이다.

"있잖아, 제이스, 혹시 호모들은 똑바로 던지지 못한다는 게 과학적으로 입증된 사실이야?" 휴고가 지나가는 말처럼 질문을 던졌다.

놀랍게도, 나이절을 보니 거의 울 듯한 표정이었다.

휴고는 남의 운을 좌지우지할 방법을 알고 있었던 것이다.

나이절이 세번째 던진 다트도 판 가장자리를 맞히고 튕겨나왔다. 그애가 발칵 화를 냈다. "형은 항상 남들이 나한테 등을 돌리게 만들더라!" 그는 얼굴이 새빨개지도록 성이 났다. "난 형이 싫어, 이 망할 후레자식아!"

"듣기 좋은 말은 아닌데, 나이절. 너 후레자식이 뭔지 알고나 하는 말이야, 아니면 또 네 체스클럽 친구들이 하는 말을 앵무새처럼 따라 하는 거야?"

"알지 왜 몰라!"

"후레자식이 뭔지 안다고? 네 친구들이 하는 말 그대로 따라 하는 거 아니고?"

"후레자식이 뭔지 안다니까. 그건 바로 너야!"

"그러니까 내가 후레자식이라면, 네 말은 우리 엄마가 다른 남자랑 붙어서 나를 임신했다는 거네, 그렇지? 그럼 넌 지금 우리 엄마가 놀아났다고 욕하는 거잖아, 안 그래?"

나이절의 눈에 눈물이 가득 고였다.

이러다 무슨 사달이 나겠다 싶었다.

휴고는 쯧 하고 혀를 찼다. "네가 그런 욕 하는 거 들으면 아빠가 참 좋아하시겠다. 자, 이제 어디 조용한 구석에 처박혀 네 루빅스 큐브나 만지작거리는 게 어때? 제이슨이랑 내가 최선을 다해 다 잊어줄 테니."

"나이절 일은 미안해." 휴고는 3을 맞히고 한 번 실패한 다음 4를 맞혔다. "걔는 어딘가 좀 모자란 데가 있어. 힌트를 찾아내서 거기 따라 행동하는 법을 배워야 하는데, 언젠가는 내 지도 편달에 감사해할 날이 오겠지. 네안데르탈인 천치 앨릭스 형은 도저히 어떻게 손쓸 방법이 없다니까."

나는 휴고가 '지도 편달'이니 '통재라' 같은 말을 어쩌면 저렇게 전혀 얼간이 같지 않고 힘 있게 하는지 궁금해하면서 살짝 웃었다. 나는 한 번 실수한 다음 2와 3을 맞혔다.

"테드 휴스*가 지난 학기에 우리 학교에 왔었어." 휴고가 말했다.

이제 나는 그가 나의 시 문학상을 비웃지 않는다는 것을 알았다. "그래?"

휴고는 5와 6을 맞히고 그다음은 놓쳤다. "내가 갖고 있는 그 사람 시집 『빗속의 매』에 사인을 받았어."

---

* 영국의 계관시인.

"『빗속의 매』는 걸작이지." 나는 4를 맞히고 그다음 두 번은 놓쳤다.

"1차 대전 무렵 시인들이 좀더 내 취향이야." 휴고는 7과 8을 맞히고 그다음은 빗나갔다. "윌프레드 오언이랑 루퍼트 브룩 같은 시인들 말이야."

"그래." 나는 5를 맞히고 다음 것은 놓치고 6을 맞혔다. "나도 솔직히 말하면 그들이 더 좋아."

"하지만 조지 오웰이야말로 진짜지." 9를 맞히고 연달아 두 번을 놓쳤다. "오웰이 쓴 건 모조리 다 읽었어. 『1984』 초판본까지."

놓치고, 놓치고, 7을 맞혔다. "『1984』는 엄청난 작품이지." (실은 오브라이언*의 끝없는 장광설에서 막혀서 진도가 안 나가고 있었다.) "그리고 『동물농장』도." (그 책은 학교에서 의무적으로 읽게 했다.)

휴고는 10에 던졌다. "오웰이 신문에 쓴 글을 읽지 않았다면," 아슬아슬하게 빗나갔다. "오웰을 안다고 할 수 없지." 또다시 살짝 비껴갔다. "젠장. 그 에세이집 『고래 뱃속에서』를 너한테 부쳐줄게."

"고마워." 운좋게 8, 9, 10이 줄줄이 맞았다. 이 정도는 별거 아닌 척했다.

"실력이 대단한데! 이봐, 제이슨, 분위기 좀더 살려볼까? 돈을 걸면 어때?"

나는 50펜스를 걸었다.

"좋았어, 나도 그만큼 걸게. 먼저 이십 점 딴 사람이 돈을 가져

---

* 소설 『1984』의 등장인물.

가는 거야."

내 용돈의 절반이 좀 위험해졌다.

"계속해, 제이스." 휴고는 정말로 나를 좋아하는 것처럼 씩 웃었다. "나이절처럼 굴지 말고, 다시 네가 먼저 시작해도 좋아. 세 번 던져."

'알았다'고 대답하면 꼭 휴고 말투를 따라 하는 것처럼 보일 것 같았다. "그래."

"좋아." 휴고는 차고 벽 쪽을 턱으로 가리켰다. "하지만 부모님들한테는 얘기하지 않는 게 좋을 거야. 그랬다가는 오후 내내 엄격한 감시 아래서 주사위놀이나 인생게임을 해야 할 테니까."

"물론이지." 내 다트가 빗나가 벽에 맞고, 다음 것도 빗나갔다.

"운이 나쁘군." 휴고가 말했다. 첫번째는 빗나가고, 다음은 11, 그다음은 빗나갔다.

"노젓기는 어때?" 나는 11을 맞히고, 놓치고, 12를 맞혔다. "난 맬번 윈터가든에서 수상자전거밖에 타본 적이 없어."

휴고는 내가 정말로 재미있는 농담을 했다는 듯이 폭소를 터뜨렸다. 그래서 나도 마치 내가 그런 것처럼 씩 웃었다. 휴고는 12를 연달아 세 번 다 놓쳤다.

"잘 안 풀리네." 내가 말했다.

"노젓기는 정말 최고야. 달려들어서 리듬에 맞춰 근육을 움직이고 속도를 내지만, 물 튀기는 소리, 투덜대는 소리, 동료의 숨소리만 들리지. 섹스 같다고나 할까. 상대편을 제압하는 것도 재미있고. 우리 코치님 말대로야. '애들아, 참가하는 데 의의가 있는 게 아니야. 중요한 건 이기는 거야!'"

나는 13, 14, 15를 맞혔다.

"아이고!" 휴고가 인상을 확 구겼다. "나를 여기서 다 벗겨 먹을 셈은 아니겠지, 제이스? 나한테서 1파운드를 빼앗아가보는 건 어때?" 휴고는 리바이스 청바지에서 반지르르한 지갑을 꺼내, 내 앞에 1파운드 지폐를 흔들어 보였다. "네가 지금 던진 것처럼만 하면, 다섯 번만 던지면 이 1파운드는 네 차지가 될 거야. 네 돼지저금통은 뭐라고 할까?"

만일 진다면 다음주 토요일까지 빈털터리가 된다.

"우우우우, 이제 와서 겁먹고 꽁무니 빼지 말자고, 제이스."

휴고가 자기 조정클럽의 자기만큼이나 잘난 동료들한테 내 얘기를 하는 소리가 들리는 것 같았다. 내 사촌 제이슨 테일러는 진짜 좀 덜떨어진 놈이라니까. "좋아."

"좋았어!" 휴고는 1파운드 지폐를 자기 호주머니에 넣었다. 그런 다음 12, 13, 14를 연달아 맞혔다. 그는 놀랍다는 듯 탄성을 질렀다. "내 운이 돌아왔나보네?"

내가 첫번째로 던진 다트는 벽돌에 맞았다. 두번째는 철판에 맞고 튕겨나왔다. 세번째는 빗나갔다.

휴고는 망설이지도 않고 15, 16, 17을 단숨에 다 맞혔다.

뒷문에서 차고 문 쪽으로 오는 발소리가 들렸다. 휴고는 들릴락 말락 욕설을 내뱉고는 눈짓으로 말했다. 나한테 맡겨둬.

달리 도리가 없었다.

"휴고!" 앨리스 이모가 빈 차고로 들이닥쳤다. "너 나이절이 왜 펑펑 울고 있는지 나한테 말 좀 해줄래?"

휴고의 반응은 오스카상감이었다. "운다고요?"

"그래!"

"운단 말이에요? 엄마, 그애는 가끔씩 믿을 수가 없다니까요!"

"너한테 뭘 믿으라고 하는 게 아니야! 설명해보라고!"

"설명할 게 뭐가 있어요?" 휴고는 무슨 소리인지 모르겠다는 듯 어깨를 으쓱했다. "제이슨이 나이절이랑 저한테 다트게임을 하자고 했어요. 나이절은 계속 못 맞혔죠. 제가 그애한테 몇 번 조언을 해줬는데, 결국 흥분해서 뛰쳐나가버리더라구요. 입에 담기 힘든 욕설을 하면서요. 걔는 왜 그렇게 경쟁심이 강한 거죠, 엄마? 나이절이 스크래블게임에서 이기려고 단어를 지어냈다가 걸린 일 기억하시죠? 그것도 다 크느라고 그러는 거라고 생각하세요?"

앨리스 이모는 내게 시선을 돌렸다. "제이슨, 네가 보기에는 어땠니?"

휴고가 나이절을 아교공장에 팔아넘긴다 해도 버러지는 여전히 이렇게 말할 것이다. "휴고가 말한 그대로예요, 앨리스 이모."

휴고가 이모를 안심시켰다. "나이절이 다시 돌아와도 괜찮아요. 화만 좀 가라앉힌다면요. 너도 괜찮지, 제이스? 나이절이 너한테 한 말 진심은 아니야."

"난 아무렇지도 않아."

"다른 생각이 있어." 앨리스 이모는 막다른 곳에 부딪혔다는 것을 알아차렸다. "헬레나 이모가 커피가 거의 다 떨어졌대. 너희 아빠는 깨어나면 진한 커피를 찾으실 텐데. 네가 가서 좀 사왔으면 좋겠구나. 제이슨, 이 유들유들한 사촌한테 길 좀 가르쳐주겠니? 너희 둘은 확실히 한패이니 말이다."

"이제 게임이 거의 끝나가는데요, 엄마, 그러니까……"

앨리스 이모가 덤벼들 태세를 취했다.

블랙스완의 주인인 아이작 파이가 웬 소란인지 보려고 오락실로 들어왔다. 휴고는 나와 그랜트 버치, 버치의 부하인 필립 펠프스, 닐 브로즈, 앤트 리틀, 오즈월드 와이어와 대런 크룸에게 둘러싸여 소행성 게임기 앞에 서 있었다. 우리 모두 믿을 수가 없었다. 휴고가 이십 분 만에 최고점을 기록한 것이다. 스크린 가득 소행성들이 떠다녔다. 나는 삼 초 만에 죽었는데. 휴고는 가장 위험한 암석 한 개가 아니라 한눈에 화면 전체를 다 읽는다. 반동추진엔진에는 거의 손도 대지 않는다. 공중어뢰 한 개도 허투루 쓰는 법이 없다. UFO가 지그재그로 날면, 소행성 폭풍이 너무 거세게 몰아칠 때만 공중어뢰를 일제히 쏜다. 그렇지 않으면 무시해버린다. 초공간 버튼만 최후의 수단으로 사용한다. 휴고의 얼굴은 아주 재미있는 책이라도 읽는 사람처럼 평온한 상태 그대로다.

"절대 삼백만 점일 리 없어!" 아이작 파이가 외쳤다.

"거의 삼백오십만은 될 거예요." 그랜트 버치가 그에게 말했다.

휴고가 보너스로 받은 마지막 판이 마침내 소나기처럼 별들을 쏟아내자, 기계는 요란한 전자음을 내면서 역대 최고 기록이 나왔음을 알렸다. 기계를 꺼도 기록은 그대로 남는다. 아이작 파이가 투덜거렸다. "이백오십만까지 점수를 올리느라 요전날 밤에 5파운드나 썼는데. 병신 중에서도 상병신 짓을 했군. 맥주 한 파인트 내마, 얘야. 하지만 바에 비번인 경찰 둘이 있단다."

"정말 친절하시네요." 휴고가 아이작 파이에게 말했다. "하지만 우주선을 음주운전하다가 걸리고 싶지는 않아요."

아이작 파이는 걸걸한 목소리로 웃어대면서 휘적휘적 바로 돌아갔다.

휴고는 자기 이름을 JHC로 입력했다.

"그게 무슨 뜻이야?" 그랜트 버치가 물었다.

"지저스 H. 크라이스트."

그랜트 버치가 웃음을 터뜨리자 다들 따라 웃었다. 아, 나는 자랑스러웠다. 닐 브로즈가 게리 드레이크한테 제이슨 테일러가 지저스 크라이스트와 같이 다닌다고 얘기해주겠지.

"그 정도로 잘하는 데 몇 년이나 걸렸어?" 오즈월드 와이어가 물었다.

"몇 년이라고?" 휴고의 말투가 갑자기 우아한 맛은 약간 떨어지고 좀더 런던내기 같은 투로 바뀌었다. "아케이드게임 하나 마스터하는 데 그렇게 오래 걸릴 게 뭐 있어."

"그래도 돈은 꽤 썼겠는데. 그만큼 연습하려면 말이야." 닐 브로즈가 말했다.

"돈은 절대 문제가 되지 않아. 머리가 조금만 있다면."

"문제가 안 된다고?"

"돈 말이야? 그렇고말고. 수요를 파악하고, 공급을 하고, 고객들이 고마워하게 만들고, 방해물을 제거하면 되지."

닐 브로즈는 한마디 한마디를 다 외웠다.

그랜트 버치가 담뱃갑을 내밀었다. "어이, 한 대 피울래?"

휴고가 '아니'라고 했다면 그가 사람들에게 준 인상이 망가졌을 것이다.

휴고는 6번 게임기를 뚫어지게 바라보았다. "고마워. 하지만 램

버트 앤 버틀러가 아니면 몇 시간 동안이나 뒷맛이 별로라서 말이
야. 기분 나쁘게 생각지는 마."

나는 한마디라도 놓칠세라 다 기억에 새겨두었다. 담배를 뿌리
칠 멋진 방법이군.

"그래, 난 우드바인이 그렇더라." 그랜트 버치가 대꾸했다.

바 쪽에서 아이작 파이가 되풀이해 말하는 소리가 들려왔다.
"'우주선을 음주운전하다가 걸리고 싶지는 않다니까!'"

돈 매튼의 엄마가 담배 연기 자욱한 바에서 휴고를 노려보았다.

"저 여자 가슴 진짜야? 아니면 머리가 덤으로 달린 거야?" 휴고
가 나에게 속삭였다.

라이드 씨는 진열장의 물건이 바래지 않도록 창문에 루코제이
드* 색 같은 노란색 플라스틱 시트를 붙여놓았다. 그러나 그의 '진
열품들'은 피라미드처럼 쌓아올린 배 통조림이 고작이었고, 플라
스틱 시트 때문에 가게 안은 빅토리아시대 사진 같은 느낌이 났다.
휴고와 나는 게시판에 덕지덕지 붙은 중고 레고, 새 주인을 구하는
새끼 고양이들, 새것 같은 세탁기를 10파운드 내외에 내놓는다든
가, 여가시간에 가윗돈 수백 파운드를 벌게 해주겠다고 약속하는
광고 따위를 읽었다. 라이드 씨네 가게는 안에 들어서기가 무섭게
비누 냄새, 썩은 오렌지 냄새, 신문 잉크 냄새가 확 풍겨온다. 한쪽
구석에는 우체국장인 라이드 부인이 우표와 애완견 등록증을 파
는 우체국 부스가 있었지만, 오늘은 토요일이라 영업을 하지 않았

---

* 영국의 스포츠음료.

다. 라이드 부인은 '공직자 비밀 엄수법'에 서명했지만 다른 사람들과 하나도 다른 점이 없어 보인다. 카드 진열대에는 '아버지의 날'이라는 문구 아래 필립 공처럼 차려입고 강에서 낚시를 하는 남자나 '사랑하는 할머니에게'라는 문구와 함께 오두막 정원에 핀 디기탈리스를 그린 카드들이 꽂혀 있다. 선반에는 알파벳 스파게티, 개밥 통조림, 암브로시아 쌀 푸딩이 놓여 있다. 블로 풋볼이나 플레이 머니 같은 너무 허접해서 백날이 가도 팔리지 않을 장난감 상자들도 있다. 슬러시 기계에서는 펠트펜 색으로 눈 같은 얼음을 갈아내지만, 지금은 3월이라 작동하지 않는다. 계산대 뒤로는 담배가 있고 맥주와 와인 선반도 있다. 높은 선반에는 셔벗밤, 콜라 큐브, 애플사이다, 네이비 태블릿이 있다. 이것들을 종이봉지에 담아준다.

"우아, 죽이는데. 내가 죽어서 해러즈 백화점에 온 것 같아." 휴고가 말했다.

바로 그때 누나랑 제일 친한 친구인 케이트 앨프릭이 잽싸게 들어와서 로빈 사우스의 엄마와 동시에 계산대로 갔다. 로빈 사우스의 엄마는 케이트가 계산할 건 와인 한 병뿐이니 먼저 하라고 했다. 케이트는 열여덟 살이 되었기 때문에 술을 살 수 있다.

라이드 씨가 케이트에게 잔돈을 건넸다. "축하할 일이 있나보구나?"

"아니에요." 케이트가 대답했다. "엄마 아빠가 노퍽에 갔다가 내일 저녁에 돌아오세요. 부모님을 환영하는 멋진 만찬을 준비할 생각이에요. 이건," 케이트는 병을 탁 쳤다. "마무리를 위한 거예요."

"정말 근사하구나, 정말 근사해. 자, 이제 사우스 부인……" 라이드 씨가 말했다.

케이트가 나가는 길에 우리를 지나쳤다. "안녕, 제이슨."

"케이트 누나도 안녕."

"안녕, 케이트. 난 제이슨의 사촌이야." 휴고도 인사했다.

케이트는 러시아 비서 같은 안경 너머로 휴고를 날카롭게 뜯어보았다. "휴고라는 녀석이군."

"내가 블랙스완그린에 온 지 고작 세 시간밖에 안 됐는데, 벌써 내 소문이 퍼진 건가?" 휴고는 넉살 좋게 짐짓 놀란 체했다.

나는 휴고에게 누나가 시험공부하러 간 친구네가 바로 케이트네 집이라고 말해주었다.

"아, 그럼 네가 바로 그 케이트로구나." 휴고는 와인을 가리켰다. "립프라우밀히*지?"

너랑 무슨 상관인데? 하는 투로 케이트가 대꾸했다. "맞아. 립프라우밀히야."

"좀 달콤한데. 넌 더 드라이해 보여. 샤도네이 타입에 더 가까운걸."

(내가 아는 와인이라고는 레드, 화이트, 발포성 와인과 로제가 전부다.)

"너도 네가 어떤 타입인지 생각만큼 모를 수도 있어."

"그렇지, 케이트," 휴고는 손가락으로 머리카락을 빗어내렸다. "그럴 수도 있지. 참, 빨리 시험공부하러 가야 할 텐데 더 잡아두면 안 되겠다. 틀림없이 줄리아랑 열심히 공부할 텐데. 다음에 언

---

* 독일산 화이트와인.

제 다시 보면 좋겠다."

케이트는 얼굴을 찡그리며 미소를 지었다. "너무 기대하지는 마."

"나만의 기대는 아닐 텐데, 케이트. 좀 경솔한 것 같다. 하지만 네가 생각지도 못한 깜짝 놀랄 일이 생길 수도 있어. 너보다 어리지만, 그 정도는 안다고."

문가에서 케이트가 고개를 돌려 뒤를 돌아보았다.

휴고는 봤지? 하는 득의만만한 표정을 지었다.

케이트는 화가 나서 가버렸다.

휴고를 보니 브라이언 이모부가 떠올랐다. "구미가 당기는걸."

라이드 씨에게 커피값을 냈다. 휴고가 입을 열었다. "저기 맨 꼭대기 저 병에 든 게 설마 **진짜** 생강 설탕절임은 아니겠죠?"

"당연히 진짜지, 애야." 라이드 씨는 아이들을 다 '애야'라고 불러서, 우리 이름을 굳이 기억할 필요가 없었다. 그는 금이 간 펀치 씨*의 코에 입김을 훅 불었다. "유 부인의 어머니가 저걸 얼마나 좋아하셨는지 몰라. 그분을 위해 주문해둔 건데, 새 병에는 손도 못 대보고 돌아가셨지 뭐냐."

"그런 사연이 있었군요. 배스에서 같이 지냈던 드루실라 이모가 생강 설탕절임이라면 껌뻑 넘어가세요. 사다리에 또 올라가달라고 부탁드리기는 정말 죄송스럽지만……"

"아니다, 애야," 라이드 씨는 호주머니에 손수건을 쑤셔넣었다.

---

* 펀치 씨와 그의 아내 주디를 주인공으로 한 영국의 전통 인형극 〈펀치와 주디〉의 캐릭터 인형을 말함.

"귀찮을 거 하나 없다." 그는 사다리를 끌어다가 올라가서 멀찍이 놓인 병을 찾아 더듬었다.

휴고는 가게 안에 다른 사람이 아무도 없는지 확인했다.

그러고는 계산대 위로 슬그머니 가슴을 대고 엎드려 사다리 가로대 사이, 라이드 씨의 허시파피 신발에서 불과 10센티미터 아래로 손을 뻗어 램버트 앤 버틀러 담배 한 갑을 집어들고 다시 몸을 일으켰다.

나는 휴고에게 소리 내지 않고 입 모양만으로 물었다. 대체 무슨 짓을 하는 거야?

휴고는 담배를 바지 주머니에 쑤셔넣었다. "제이슨, 너 괜찮니?"

라이드 씨가 우리 쪽을 향해 병을 흔들어 보였다. "훌륭하지 않니, 애야?" 그의 콧구멍은 섬뜩한 어둠으로 가득 찬 소켓 같았다.

"네, 정말 훌륭하네요, 라이드 씨." 휴고가 대꾸했다.

"좋지, 좋아."

나는 흠칫 놀랐다.

그다음 라이드 씨가 사다리에서 천천히 내려오는 동안, 휴고는 선반에서 캐드버리 크렘 에그* 두 상자를 낚아채 내 더플코트 주머니에 떨어뜨렸다. 내가 물리치거나 되돌려놓으려고 했다가는 라이드 씨가 알아챘을 것이다. 그것이 끝이 아니었다. 라이드 씨가 바닥으로 내려와 우리 쪽으로 고개를 돌리기 전까지의 짧은 순간을 틈타, 휴고는 피셔맨스 프렌드** 한 통을 슬쩍해서 크렘 에그와

---

* 밀크 초코볼.
** Fisherman's Friend, 감기, 독감, 알레르기 등을 완화시켜주는 캔디형 정제. 악천후 속에서 일하는 어부들을 위해 1865년에 만들어졌다.

함께 쑤셔넣었다. 포장이 바스락거렸다. 라이드 씨가 병에서 먼지를 떨어냈다. "어떠니, 얘야? 25펜스면 괜찮겠니?"

"25펜스면 아주 좋은데요, 라이드 씨."

"너 왜 궐련을" (행맨이 '슬쩍하다' 그다음엔 '훔치다'를 막아서 '째비다'라는 저속한 표현을 쓸 수밖에 없었다) "째볐어?" 나는 한시바삐 범죄 현장에서 멀어지고 싶은 마음뿐이었지만, 트랙터 뒤를 따라 줄줄이 밀린 차들이 거북이같이 꾸물꾸물 움직이고 있었기 때문에 건널목을 건널 수가 없었다.

"'궐련'은 서민들이 피우는 거지. 나는 담배를 피워. 난 '째비지' 않아. 서민들이나 '째비지'. 난 '해방시키지'."

"그럼 왜 '해방시킨' 거야, 그……" (이번에는 '담배'라는 말이 나오지 않았다.)

"뭐?" 휴고가 다음 말을 재촉했다.

"램버트 앤 버틀러 말이야."

"그러니까 '왜 담배를 해방시켰느냐'고 묻는 거야? 흡연은 폐암과 심장병 말고는 입증된 부작용이 전혀 없는 소박한 쾌락이기 때문이지. 나는 그때까지 오래 천천히 죽기로 했어. 네 질문이 '왜 다른 게 아니라 램버트 앤 버틀러를 선택했느냐?'라는 뜻이라면, 그건 노숙자가 패싱 클라우드 말고 다른 걸 피우는 걸 본 적이 없으니까. 물론 저 딱한 알코올중독 노인네가 촌구석 잡화점에 그걸 갖다놓지 않았잖아."

나는 여전히 이해가 되지 않았다. "그걸 살 돈이 없었어?"

이 말에 사촌은 재미있어했다. "내가 그만한 돈도 없어 보여?"

"그런데 왜 그런 위험한 짓을 한 건데?"

"아, 해방된 담배만큼 달콤한 것도 없거든."

이제야 좀 전에 앨리스 이모가 차고에서 어떤 기분이었을지 이해가 갔다. "그럼 피셔맨스 프렌드랑 크렘 에그는 왜 가져왔어?"

"피셔맨스 프렌드는 담배를 피운 후 냄새 없애려고 가져온 거야. 크렘 에그는 네 입막음용이고."

"내 입막음용이라니?"

"너도 같이 밀수품을 해방시켜야 나를 고자질하지 않을 거 아냐?"

석유수송차 한 대가 매연을 내뿜으며 천천히 지나갔다.

"난 아까 네가 나이절을 울렸을 때도 고자질하지 않았잖아, 안 그래?"

"나이절을 울렸다고? 누가 나이절을 울렸는데?"

그때 케이트 앨프릭의 집이 눈에 들어왔다. 실은 집보다는 옆에 주차된 은색 MG가 더 눈에 띄었다. 케이트가 와인을 들고 진입로를 걸어가자 분명 누나는 아닌 녀석이 대문을 열어주었다. 위층 커튼이 흔들렸다. "야, 저기 봐……"

"건너가자." 휴고가 차들의 틈새 쪽으로 서서히 걸음을 옮겼다. "뭘 봤는데 그래?"

우리는 서둘러 길을 건너 숲의 호수 쪽 길로 갔다.

"아무것도 아니야."

"아냐 아냐 아냐 아냐 아냐, 할리우드 영화에 나오는 나치처럼 잡고 있어. 긴장 풀어! 그냥 만년필이다 생각하고 잡으라고. 그거야. 자, 이제 불을 붙인다……" 사촌이 재킷 속으로 손을 넣었다.
"물론 죽여주는 년들한테 멋지게 보이려면 라이터가 있어야 하지
만, 염탐꾼 나이절한테 블레이저 호주머니 속을 들킬 수도 있으니
까 라이터는 곤란해. 그러니까 이런 오후 수업에는 스완 베스타*
가 딱이야."

밀려가고 밀려오는 잔물결 때문에 호수는 불안에 떠는 듯 보
였다.

"네가 라이드 씨네 가게에서 그것까지 해방시킨 건 미처 못 봤
는데."

"펍에서 나를 '어이'라고 부른 그 록 마니아같이 생긴 놈한테서
슬쩍했지."

"그랜트 버치의 성냥을 훔쳤단 말이야?"

"그렇게 겁먹을 것까진 없잖아. '그랜트 버치'가 왜 나를 의심하
겠어? 난 그 녀석이 내민 구린 담배를 거절했잖아. 하지만 또다른
완전범죄를 저지른 셈이지."

휴고는 담배에 불을 붙이고, 손을 오므려 담배를 감싸고는 내
쪽으로 몸을 기울였다.

갑자기 불어온 바람에 내 손가락에서 램버트 앤 버틀러가 날아
가버렸다. 담배는 벤치의 널조각 사이로 떨어졌다. "오, 이런." 나
는 허리를 굽혀 다시 주웠다. "미안."

"새걸로 가져가. '미안' 같은 소리는 집어치우고. 어차피 남는
담배는 야생동물한테 기부할 거니까." 사촌은 램버트 앤 버틀러

---

* 성냥 상표명.

갑을 내밀었다. "현명한 딜러라면 절대 물건을 지니고 있다 잡히는 위험을 무릅쓰지 않는다고."

나는 휴고가 내민 담뱃갑을 쳐다보았다. "휴고, 정말 고맙지만…… 있잖아, 나한테 다 가르쳐줘서, 하지만, 솔직히 말해서 난……"

"제이스!" 휴고가 재미있어 죽겠다는 표정으로 말했다. "이제 와서 꽁무니를 빼겠다는 거야? 이제야 네 수치스러운 동정 딱지를 떼어주게 되나보다 했더니?"

"응…… 하지만 그게…… 오늘은 말고."

바람이 불안에 떠는 숲을 눈먼 수퇘지떼처럼 세차게 때렸다.

"'오늘은 말고'라고?"

나는 휴고가 화를 낼까 불안해하며 고개를 끄덕였다.

"너한테 달렸어, 제이스." 휴고는 더할 나위 없이 온화한 얼굴로 말했다. "내 말은, 우리는 친구잖아, 안 그래? 내가 네 팔을 비틀어 네가 원치 않는 일을 억지로 시킬 수는 없지."

"고마워." 나는 감사를 표하면서 바보가 된 기분이 들었다.

"하지만," 휴고가 자기 담배에 불을 붙이면서 말을 이었다. "이 점만은 분명히 말해둬야 할 것 같아. 이건 별것도 아닌 담배 한 개비를 피우느냐 마느냐의 문제가 아니야."

"무슨 뜻이야?"

휴고는 내가 이 말을 해야 돼, 말아야 돼? 하는 것처럼 난처하다는 듯 얼굴을 찌푸렸다.

"계속해봐. 말해."

"넌 있는 그대로의 진실을 들어야 해, 사촌." 그가 담배를 깊이 빨아들였다. "하지만 우선 내가 하는 이야기가 다 너를 위해서라는 걸 네가 분명히 알아주면 좋겠어."

"물론이지. 나도" (행맨이 '알고 있어'를 낚아챘다) "이해해."

"약속하는 거야?"

"약속할게."

휴고의 눈빛은 날씨에 따라 초록색으로 보였다가 회색으로 보였다가 한다. "너의 그 '오늘은 말고' 식의 태도가 바로 암이야. 성격의 암이라고. 그게 너의 성장을 방해하고 있어. 다른 아이들은 너의 그런 태도를 감지하고, 그 때문에 너를 무시하는 거야. 바로 '오늘은 말고' 때문에 블랙스완의 별 볼 일 없는 것들이 너를 겁먹게 만드는 거라고. 장담하는데, 네 언어장애의 근본 원인도 '오늘은 말고' 바로 그거야." (수치심이 폭탄처럼 내 머리를 날려버렸다.) "'오늘은 말고' 탓에 넌 골목대장한테든 싸움꾼한테든 어떤 권위에도 복종하는 개가 될 수밖에 없다고. 그들은 네가 자기들한테 맞서지 못하리라는 걸 알거든. 오늘이 아니면, 영원히 못하는 거야. '오늘은 말고'는 모든 시시껄렁한 규칙의 눈먼 노예야. 그 규칙은 이런 식이지." (휴고는 염소 울음소리 같은 목소리를 냈다.) "'안 돼, 흡연은 나쁜 짓이야! 말썽쟁이 휴고 램이 하는 말 따위는 듣지 마!' 제이슨, 넌 '오늘은 말고'를 죽여야 해."

이 말은 소름 끼칠 정도로 진실이었다. 내가 할 수 있는 일이라곤 고작 애써 미소 짓는 것뿐이었다.

휴고는 계속 말을 이었다. "나도 한때는 너 같았어, 제이슨. 아주 똑같았다니까. 항상 두려워했지. 하지만 네가 이 담배를 피워야만 하는 이유가 하나 더 있어. 변변찮은 학교 친구들이 너를 이용

해먹는 대신 우러러보게 만드는 첫걸음이라서가 아니야. 담배를
제대로 피울 줄 아는 젊은이가 셔벗 딥*이나 먹는 애송이보다 숙
녀들한테 더 잘 어울리는 상대라서도 아니야. 그건 바로 이거야.
이리 와봐. 내가 살짝 말해줄게." 휴고는 몸을 바짝 기울여 입술을
내 귀에 거의 붙이다시피 하고 내 신경계에 일만 볼트짜리 전류를
흘려넣었다. (순식간에 눈앞에 조타수 휴고가 물 위를 노 저어 가
는 환상이 보였다. 대성당과 강둑이 희미해져가는 가운데 조끼 밑
에서 이두박근이 죄어졌다 느슨해졌다 하고, 여자친구들이 강가에
줄지어 늘어서 있었다. 여자친구들은 당장이라도 그를 핥아 먹을
기세다.) 휴고는 공포영화 예고편에 나올 법한 목소리로 속삭였
다. "만약 네가 '오늘은 말고'를 죽이지 않는다면, 어느 날 문득 눈을
떴을 때 거울 속에서 우리 아버지와 네 아버지의 모습을 보게 될 거야!"

"옳지…… 숨 들이쉬고…… 코 말고, 입으로……"
입안에 가득하던 연기가 입 밖으로 뿜어져나갔다.
휴고는 엄격했다. "폐까지 들이마시지 않았잖아, 그렇지, 제이
스?"
나는 고개를 끄덕였다. 침을 뱉고 싶었다.
"깊이 들이마셔야 해, 제이스. 폐 속 깊숙이. 그러지 않으면 오
르가슴 없는 섹스나 마찬가지라고."
"알았어." (실은 멍청한 짓을 한 녀석을 가리킬 때 쓰는 말이라
는 것 말고는 오르가슴이 뭔지도 몰랐다.) "좋아."

---

* 사탕의 일종.

"네가 속이지 못하도록 네 코를 잡고 있을게." 휴고는 이렇게 말하고 손가락으로 내 콧구멍을 틀어막았다. "깊이 숨을 들이쉬어, 너무 깊이는 말고. 허공에 담배 연기를 내뿜어." 그런 다음 그의 다른 손이 내 입을 막았다. 공기는 차가웠지만 그의 손은 따뜻했다. "하나, 둘…… 셋!"

뜨거운 연기가 들어왔다. 폐가 연기로 가득 찼다.

"그대로 참고 있어." 휴고가 몰아붙였다. "하나, 둘, 셋, 넷, 다섯, 자," 그가 내 입에서 손을 뗐다. "뱉어."

연기가 병 속에서 풀려나오는 요정처럼 새어나왔다.

바람이 요정을 산산이 흩어놓았다.

"바로 그거야." 휴고가 말했다.

끔찍하군. "좋네."

"이제 차차 익숙해질 거야. 끝까지 다 피워봐." 휴고는 벤치 등받이 위에 걸터앉아 자기 램버트 앤 버틀러에 다시 불을 붙였다. "물안경을 끼고 본대도 너네 동네 호수는 별로 눈길을 끌 만한 게 없다. 여기에 백조가 살아?"

"블랙스완그린에는 진짜 백조가 없어." 두번째로 빨아들인 것도 첫번째처럼 속이 메슥거렸다. "마을의 우스갯소리 비슷한 거야. 1월에는 호수가 제법 근사했어. 정말이야. 꽝꽝 얼어붙었지. 얼음판에서 진짜로 브리티시 불독을 하고 놀았어. 나중에서야 이 호수에 수년 동안 빠져 죽은 아이들이 스무 명쯤 된다는 걸 알게 되었지만."

"누가 그애들을 나무랄 수 있겠어?" 휴고는 지겹다는 듯 한숨을 내쉬었다. "블랙스완그린이 세상에서 제일 지겨운 곳일지는 몰라도, 여기 경치 하나는 끝내주잖아. 너 얼굴색이 좀 안 좋다, 제이스."

"괜찮아."

첫번째 구토가 꾸르르르르르르르르 소리와 함께 속에서 치고 올라와 흙투성이 잔디 위에 쏟아졌다. 뜨거운 반죽 같은 것 속에 참새우와 당근 조각이 섞여 있었다. 일부는 손가락에 튀었다. 그것은 따뜻한 쌀 푸딩처럼 따뜻했다. 더 올라오기 시작했다. 광고에 나오는 것같이 담뱃갑에서 삐져나온 램버트 앤 버틀러 담배 한 개비가 눈꺼풀 안쪽에 보였다. 두번째 구토는 겨자 같은 노란빛이었다. 나는 밀실에 갇힌 사람처럼 신선한 산소를 들이마시려고 헐떡거렸다. 제발 이게 마지막이기를. 그때 더 매끄럽고 더 달콤한 세번째 구토가 더 곱고 뜨거운 반죽 상태로 치밀어올라왔다. 이건 틀림없이 베이크드 알래스카다.

아, 하느님.

나는 토사물로 더러워진 손을 호수에서 씻은 다음, 토하느라 눈물로 얼룩진 눈에서 눈물을 훔쳐냈다. 너무나 수치스러웠다. 휴고는 나에게 자기 같은 아이가 되는 법을 가르쳐주려고 했는데, 나는 담배 한 대도 다 피우지 못하다니.

"정말, 정말 미안해." 나는 입을 닦았다.

그러나 휴고는 내 쪽을 보고 있지도 않았다.

휴고는 폭풍이라도 몰아칠 듯 흐린 하늘을 보고 벤치 위에 드러누워 꿈틀거리고 있었다.

내 사촌은 눈물이 나오도록 미친 듯이 웃고 있었다.

승마길

나는 검은 전자리상어가 하얀 백조로 변해가는 그림의 포스터 너머, 중간계 지도 너머, 봄 햇살에 타는 듯 연자주색으로 빛나는 문틀의 커튼 속으로 눈길을 더듬어가다가, 눈부신 빛의 우물 속으로 떨어져내렸다.

집이 숨쉬는 소리에 귀를 기울이고 있노라면 무중력상태에 빠져드는 것 같다.

그러나 일어나 있는 사람들이 없으면, 늦잠을 자도 덜 만족스럽다. 그래서 침대에서 나왔다. 엄마와 누나가 어두울 때 런던으로 떠났기 때문에, 층계참에는 커튼이 아직도 드리워져 있었다. 아빠는 또 주말회의가 있어서 뉴캐슬언더라임인지 뉴캐슬온타인인지에 갔다. 오늘 이 집은 온전히 내 차지다.

우선 오줌을 누고, 욕실 문을 활짝 열어둔 채 나왔다. 다음에는 누나 침실로 가서 누나의 록시 뮤직 LP를 플레이어에 걸었다. 누나가 알면 화가 나서 펄펄 뛰겠지. 볼륨을 귀가 먹먹할 정도로 크게 올렸다. 아빠 같으면 머리가 돌다 못해 터져버릴 거다. 나는 누나의 줄무늬 소파에 네 활개를 뻗고 누워 귀를 찢을 듯 쾅쾅 울리는 〈Virginia Plain〉을 들었다. 케이트 앨프릭이 몇 해 전 생일선물로 누나한테 주었던 조개껍질 공예 풍경을 엄지발가락으로 톡톡 쳤다. 해볼 수 있으니까 해보는 것뿐이다. 그런 다음 비밀 일기장이라도 없나 누나의 옷장을 뒤졌다. 하지만 탐폰 상자를 발견하고 머쓱해져서 그만두었다.

냉기가 감도는 아빠의 서재에서 파일 캐비닛을 열고 금속 냄새가 나는 공기를 들이마셨다. (브라이언 이모부가 마지막으로 다녀간 이후로 벤슨 앤 헤지스의 면세품 상자가 눈에 띄었다.) 그다음 밀레니엄 팔콘 스타일의 아빠의 사무용 의자에 앉아 몸을 빙빙 돌리다가, 문득 오늘이 만우절이라는 데 생각이 미쳤다. 아무도 손대면 안 되는 아빠의 전화기를 들고 이렇게 말했다. "여보세요? 크레이그 솔트인가? 제이슨 테일러일세. 저기, 솔트, 자네는 해고야. 무슨 소리냐고? 왜냐고? 그야 자네가 병신새끼니까 그렇지. 그게 이유야. 지금 당장 로스 윌콕스 연결하게! 아, 윌콕스? 제이슨 테일러일세. 베테랑들이 나중에 자네를 우리가 처한 곤경에서 구해주러 올 걸세. 안녕이다, 재수 없는 놈. 너 같은 놈을 알고 지내서 재수 황이었어."

부모님의 크림색 침실로 가서 엄마의 화장대 앞에 앉아 로레알 헤어무스로 머리카락을 삐죽삐죽하게 세우고, 얼굴에는 애덤 앤트* 스타일로 줄을 그린 다음, 한쪽 눈 위로 엄마의 오팔 브로치를 들어올렸다. 브로치를 햇빛 쪽을 향해 들고 아무도 이름 붙인 적

---

* 영국의 록 가수.

없는 비밀스러운 색채들을 찾아 그 속을 들여다보았다.

아래층에서는 주방 커튼이 미처 끝까지 다 쳐지지 않은 틈새로
새어들어온 빛이 금색 예일 열쇠와 쪽지를 비추고 있었다.

제이슨,
현관 열쇠야. **절대 잃어버리면 안 된다.**
혹시나 네가 잃어버릴 경우를 대비
해 울미어 부인한테 여분의 열쇠를
맡겨뒀어. 메모지에 앨리스 이모 전
화번호 적어뒀다. 만약 몸이 아프거
든 울미어 부인네 집으로 가렴. 점심
으로 샌드위치 만들어 먹어라. 빵은

다시 통 속에 넣어놓아야 한다. 안 그
러면 딱딱해져. 냉장고에 있는 키시
로레인은 저녁으로 먹으렴. 과일 샐
러드도 먹고. 저녁 열시쯤 돌아올 거
야. 외출할 때는 스위치 다 끄고 나가
렴. 문 잘 잠그고. 집에 아무도 부르
면 안 된다. TV 너무 많이 보지 말고.
사랑해. 엄마가.

와우. 내 현관 열쇠다. 엄마는 오늘 아침 집을 나설 때가 되어서
야 나한테 이걸 주기로 마음먹었을 게 분명하다. 평소에는 차고 안

장화 속에 숨겨둔다. 나는 위층으로 달려올라가 언젠가 브라이언 이모부한테 받은 검은색 보타이를 맨 토끼 모양 열쇠고리를 골랐다. 그걸 허리띠 고리에 달고 난간을 타고 내려왔다. 아침으로 맥비티 자메이카 생강케이크와 우유 칵테일, 콜라와 오발틴*을 먹었다. 나쁘지 않았다. 아, 나쁜 게 아니라 훌륭하다! 오늘은 매 시간마다 블랙 매직 초콜릿이 상자 속에서 나를 기다리고 있다. 나는 주방 라디오를 4번에서 1번으로 돌렸다. 라디오에서 맨 앳 워크**의 멋진 노래가 밋밋한 플루트 선율을 타고 흘러나왔다. 막스 앤 스펜서의 초콜릿 프렌치 팬시 세 개를 포장을 뜯자마자 한 번에 다 먹어치웠다. 멀리 날아가는 새들이 V자 편대로 하늘을 가로질렀다. 인어 모양의 구름이 땅 위에, 코커럴 나무 위에, 맬번힐 위에 떠 있었다. 아아, 나도 저 구름을 따라가고 싶어 죽겠다.

나를 막는 것이라도 있나?

캐슬 씨는 초록색 장화를 신고 정원용 호스로 자기 복스홀 비바를 세차하는 중이었다. 캐슬 씨네 현관문은 열려 있었지만, 복도는 컴컴했다. 캐슬 부인이 저 어둠 속에서 나를 지켜보고 있을지도 몰랐다. 캐슬 부인은 사람들 앞에 거의 모습을 드러내지 않았다. 엄마는 부인을 '그 불쌍한 여자'라고 불렀는데, 엄마 말로는 부인이 신경성 질환을 앓고 있다고 했다. 신경성 질환도 전염되나? 나는 말을 더듬어서 반짝이는 아침에 흠집을 내고 싶지 않았기 때문에,

---

* 맥아추출물로, 우유에 타 먹는다.
** 호주 출신의 뉴웨이브 밴드.

캐슬 씨 옆을 눈에 띄지 않게 살그머니 지나치려 했다.

"안녕, 애야!"

"안녕하세요, 캐슬 씨."

"별일 없니?"

나는 고개를 저었다. 캐슬 씨를 보면 왠지 신경이 곤두선다. 언젠가 아버지가 브라이언 이모부에게 그가 프리메이슨이고, 흑마술과 펜타그램*을 다룰 줄 안다고 말하는 걸 들은 적이 있었다. "좋……" (행맨이 좋은을 막았다) "음…… 즐거운 아침이에요, 그래서……"

"오, 그럼 됐지. 그럼 됐어!"

투명한 햇살이 자동차의 앞유리로 흘러내렸다.

"그런데 너 이제 몇 살이냐, 제이슨?" 캐슬 씨는 몇 날 며칠을 두고 전문가위원회와 함께 그 문제를 토론해왔던 사람처럼 질문을 던졌다.

"열세 살이에요." 아마 그는 나를 아직도 열두 살로 알고 있었을 것이다.

"열세 살이라고, 네가? 정말이냐?"

"열세 살이에요."

"열세 살이라." 캐슬 씨는 나를 이리저리 훑어보았다. "이제 어린애가 아니구나."

킹피셔메도스 입구에 있는 턱에서 승마길이 시작된다. '공용 승

---

* 오각형의 별 모양. 중세에는 부적으로 썼다.

마길'이라는 글귀와 함께 말 그림이 그려진 초록색 간판이 이를 증명한다. 승마길이 공식적으로 끝나는 곳은 그보다 좀 애매하다. 브로드워스 씨는 레드얼우드에서 끝난다고 말한다. 피트 레드말리와 닉 유는 졸개들을 데리고 승마길을 한번 달려본 적이 있는데, 맬번웰스의 새 부지에서 길이 막혀 있다고 했다. 그러나 제일 마음을 잡아끄는 이야기는 승마길을 따라가면 피너클힐 기슭까지 닿고, 거친 나무딸기 덤불과 검은 담쟁이와 마구 쏘아대는 벌레들을 뚫고 가면 낡은 터널 입구가 나온다는 것이다. 그 터널을 통과하면 헤리퍼드셔가 나온다. 오벨리스크 근처다. 터널은 오래전에 위치를 알 수 없게 되었기 때문에, 그것을 발견하는 사람은 〈맬번 가제티어〉의 1면을 장식하게 될 것이다. 정말 멋지지 않은가?

그 승마길을 따라 베일에 감추어진 끝까지 가보는 거다. 거기가 어디가 되었든.

승마길의 첫 구간은 전혀 신비스럽지 않다. 온 동네 아이들이 숱하게 그 길목을 지나다닌다. 뒤뜰 몇 개만 지나면 축구장으로 이어진다. 축구장이란 건 사실 길버트 스윈야드 아버지의 소유인 마을회관 뒤 공터다. 스윈야드 씨의 양들이 없을 때는 거기서 축구를 하고 놀아도 괜찮다. 우리는 외투로 골문을 만들고, 스로인 따위는 신경쓰지 않고 경기를 벌인다. 점수는 럭비 점수만큼이나 높이 올라가고, 한판이 몇 시간이나 이어지다가 마침내 한 명만 남고 모두 집으로 가버리면 끝나기도 한다. 가끔 웰랜드와 캐슬모턴 아이들이 죄다 자전거를 타고 몰려오는데, 그때의 경기는 싸움에 더 가깝다.

오늘 아침 축구장에는 나밖에 없었다. 나중에 경기가 시작될지도 모른다. 선수들은 아무도 제이슨 타일러가 자기들보다 먼저 여기 왔다 간 줄 모르겠지. 그때쯤이면 나는 벌써 저 멀리 가 있을 테니까. 어쩌면 맬번힐 지하 깊은 곳에 있을지도 모른다.

기름기 도는 파리들이 카레색 쇠똥을 먹고 있었다.

울타리의 잔가지에서 새 이파리들이 돋아나고 있었다.

씨들 탓에 공기가 달콤한 그레이비소스처럼 걸쭉했다.

잡목숲에서 승마길은 달 표면의 분화구 같은 길로 이어졌다. 나무들이 머리 위로 빽빽이 가지를 드리워서 하늘은 가지 사이로 살짝만 보였다. 어둡고 서늘했다. 코트를 가져올 걸 그랬나. 골짜기 아래 굽은 길을 돌자, 숯검정으로 얼룩진 벽돌과 뒤틀린 목재로 지은 초가집이 나왔다. 흰털발제비들이 처마 밑에서 분주히 움직였다. '사유지'라고 쓴 표지판이 얇은 널빤지 대문에 문패 대신 걸려 있었다. 갓 피어난 정원의 꽃들은 파랑, 분홍, 노랑의 감초 사탕 같았다. 가위 소리가 들린 듯도 했다. 갈라진 틈새로 새어나오는 시읊는 소리를 들은 것도 같았다. 그래서 그 자리에 서서 배고픈 울새가 벌레 소리에 귀 기울이듯 딱 일 분쯤만 귀를 기울였다.

아니 이 분이었던가, 삼 분이었던가.

개들이 나를 향해 **덤벼들었다.**

나는 길 저편으로 황급히 물러서다 엉덩방아를 찧었다.

문에서 삐걱 소리가 났지만, 천만다행히도 여전히 닫힌 채였다.

도베르만 두 마리, 아니 세 마리가 뒷다리로 버티고 서서 미친 듯이 짖어대며 마구 덤벼들었다. 내가 일어서도 개들의 키가 나와 맞먹었다. 기회를 잡았을 때 빨리 자리를 떴어야 했는데, 개들의 송곳니는 원시시대 짐승 같았고, 광견병에 걸린 듯한 눈에, 혀는 햄덩어리 같았고, 목에는 쇠줄을 감고 있었다. 검은색 바탕에 갈색 무늬의 윤나는 가죽은 개들의 몸은 물론이고 다른 것까지, 누그러뜨려야 할 것까지 잘 감싸고 있었다.

나는 겁에 질렸지만, 그래도 개들한테서 눈을 뗄 수 없었다.

그때 누가 내 꼬리뼈 있는 곳을 인정사정없이 쿡 찔렀다.

"내 아이들을 자극하다니!"

몸을 돌렸다. 한 남자가 이를 드러내고 으르렁거렸다. 그의 검은 머리카락에는 흩어진 새똥처럼 흰머리가 섞여 있었다. 손에는 머리통을 단번에 박살내고 남을 만큼 단단한 지팡이가 들려 있었다. "내 아이들을 건드렸어!"

나는 침을 꿀꺽 삼켰다. 승마길의 법은 큰길의 법과는 다르다.

"그런 짓을 하다니." 그는 도베르만들을 힐끗 보았다. "입다물어!"

개들은 조용해져서 대문에 주저앉았다.

"문 이편에서부터 마당을 넘어와 우리 아이들을 괴롭혔단 말이지." 남자는 나를 좀더 자세히 뜯어보았다.

"저 개들…… 정말 멋진데요."

"오호, 그러냐? 우리 애들은 내가 고개 한 번만 까딱하면 너를 순식간에 다진 고기로 만들어버릴 수도 있는데, 그때도 여전히 멋지다고 할 테냐?"

"설마 그런 일이야 있겠어요?"

"그런 일이야 없겠지. 저 아랫동네 근사한 새 주택가에 사는 애 나?"

나는 고개를 끄덕였다.

"어딘지 알겠다. 이 동네 사람들은 도시 사람들보다 내 아이들을 더 존경하지. 여기가 어디라고 와서 어슬렁거리는 거냐. 문도 열어 놓고. 네 녀석이 사는 쬐그만 장난감 집들은 다 우리가 몇십 년 동 안 일해서 올린 거야. 네 녀석 꼬라지만 봐도 구역질이 난다."

"나쁜 마음은 전혀 없었어요. 정말이에요."

그가 지팡이를 빙빙 돌렸다. "당장 꺼져."

나는 빠른 걸음으로 그 자리를 뜨면서 딱 한 번 뒤를 돌아보았다. 그 남자는 내게서 눈을 떼지 않고 있었다.

더 빨리, 태어나지 않은 쌍둥이가 경고했다. 뛰어!

나는 그 자리에 얼어붙은 듯 서서 남자가 문을 여는 모습을 지켜 보았다. 그가 손 흔드는 모습이 거의 친근하게까지 보였다. "물어!"

검은색 도베르만 세 마리가 나를 향해 똑바로 질주했다.

나는 숨이 턱에 닿도록 뛰었지만 열세 살짜리 아이가 으르렁거 리는 도베르만 세 마리를 당해낼 수 없다는 건 보나 마나 뻔했다. 잔디 위를 두두두 달려오는 발소리가 들려왔다. 다음 순간 나는 쓰 레기 위를 펄쩍 건너뛰었지만 이내 땅 위를 굴렀다. 펄쩍 뛰어오른 개의 옆구리가 힐끗 보였다. 나는 계집애처럼 비명을 지르며 공처 럼 몸을 웅크린 채, 송곳니가 내 옆구리와 발목을 파고들고 침을 흘리며 물어뜯고 갈기갈기 찢기를, 이를 드러낸 채 으르렁거리는 이 흉악한 날치기범들이 내 불알과 간과 심장과 신장을 다 훑어가 기만 기다렸다.

뻐꾸기 울음소리가 아주 가까이에서 들려왔다. 벌써 일 분이 지난 건가?

나는 눈을 뜨고 고개를 들었다.

개들도 주인도 흔적도 없이 사라진 뒤였다.

영국산이 아닌 나비 한 마리가 팔랑팔랑 날아갔다. 나는 조심스레 자리에서 일어났다.

몇 군데 영광스러운 타박상을 입었고, 심장이 아직도 터질 듯 두방망이질 쳤다. 하지만 그것만 빼면 멀쩡했다.

몸은 멀쩡했지만 기분은 좋지 않았다. 개 주인은 내가 여기서 태어나지 않았다는 이유로 나를 증오했다. 그는 킹피셔메도스에 산다고 나를 혐오했다. 그건 뭐라 따질 수도 없는 증오였다. 미친 도베르만을 붙잡고 입씨름해봐야 소용없는 것과 매한가지다.

나는 잡목숲을 벗어나 승마길을 계속 걸어갔다.

이슬 맺힌 거미줄이 얼굴에 걸렸다.

커다란 들판은 신중한 암양들과 기세 좋게 내달리는 양떼 천지였다. 양들은 나를 보고 싸구려 피아트 자동차처럼 삑삑거리면서 천치같이 그저 좋다고 날뛰었다. 도베르만과 그 주인한테서 받았던 상처가 조금씩 희미해져갔다. 어미 양 두엇이 천천히 접근해왔다. 양들은 나를 완전히 믿지는 않았다. 마찬가지로 양들에게 잘해줘도 양들은 왜 농부가 자기들한테 친절하게 대해주는지 이해하지 못한다. (인간 역시 이유 없는 친절을 경계해야 한다. 진짜로 이유가 없는 친절은 없고, 이유를 알고 보면 좋지 않은 경우가 대부분이다.)

하여간 들판을 반쯤 지났을 때 낡은 철둑 위에 있는 아이들 셋을 발견했다. 벽돌 다리 옆, 속이 빈 통나무 위에서였다. 아이들은 이미 나를 보았다. 내가 다른 쪽으로 간다면 겁을 먹고 자기들을 피한 줄 알 것이다. 그래서 나는 가던 대로 아이들 쪽으로 똑바로 걸어갔다. 호주머니에서 찾아낸 주시프루트를 씹었다. 세 보이려고 위로 솟아난 애꿎은 엉겅퀴를 잡아 뜯었다.

운이 좋았다. 세 아이들은 그랜트 버치와 그애의 부하들인 필립 펠프스, 앤트 리틀이었다. 그애들은 담배 한 대를 돌려 피우고 있었다. 통나무 속에서 대런 크룸과 딘 모런, 스킬치가 기어나왔다.

그랜트 버치가 통나무에서 외쳤다. "안녕, 테일러?"

펠프스도 외쳤다. "싸움 구경하러 왔어?"

나는 둑 아래쪽에서 외쳤다. "무슨 싸움?"

그랜트 버치가 한쪽 콧구멍을 눌러서 다른 쪽 콧구멍의 코딱지를 팽팽 풀어댔다. "나랑 로스 왱크스테인 윌콕스 3세가 붙는다."

희소식이다. "뭣 때문에 싸우는 건데?"

"나랑 스윈야드가 어제 저녁에 블랙스완에서 소행성게임을 하고 있었거든. 윌콕스가 잔뜩 거들먹거리면서 들어오더니 내 샌디[*]에 자기 담배꽁초를 집어넣는 거야. 이런 빌어먹을 일이 세상에 다 있나! 내가 그랬지. '너 일부러 그랬지?' 그랬더니 윌콕스 그 자식이, '네가 보기에는 어떤데?' 이러는 거야. 그래서 내가 그랬지. '너 이 자식 후회하게 될 거다, 씹새끼야.'"

---

* 맥주와 레모네이드를 섞은 음료.

"죽인다!" 필립 펠프스가 씩 웃었다. "'씹새끼!'"

"펠프스," 그랜트 버치가 얼굴을 찌푸렸다. "내가 말하고 있을 때는 끼어들지 말라고 했지."

"미안해, 그랜트."

"하여간 그래서 내가 이랬거든. '너 이 자식 후회하게 될 거다, 씹새끼야' 그랬더니 윌콕스가, '어디 해봐' 이러잖아. 그래서 내가, '밖으로 따라 나와!' 했더니 윌콕스가, '아이작 파이가 와서 나하고 너를 떼어놓을 줄 알고 그러는 거지?' 이러는 거야. 내가 '좋아, 이 발가락의 때만도 못한 새끼야, 어디가 좋을지 말해봐' 그랬지. 그러니까 윌콕스가 '내일 아침. 속이 빈 통나무에서 보자. 아홉시 삼십분에' 이러더라고. 그래서 내가 '구급차 불러놓는 게 좋을 거다, 호모새끼야. 거기서 보자' 그랬지. 그러니까 윌콕스가 그냥 '좋아' 그러고는 나가버리더라고."

앤트 리틀이 말했다. "윌콕스가 돌았지. 그 새끼를 아주 반 죽여놔, 그랜트."

대런 크룸도 거들었다. "그래, 당연히 그래야지."

엄청난 소식이군. 로스 윌콕스는 학교에서 갱단을 만드는 중인데, 나도 껴주겠다고 분명히 말했다. 그랜트 버치는 3학년에서 제일 센 녀석 중 한 명이다. 윌콕스가 면상을 걷어챈다면 그에게는 패배자에 왕따 딱지가 붙게 될 것이다.

"지금 몇시야, 펠프스?"

펠프스가 시계를 들여다보았다. "열시 십 분 전이야, 그랜트."

"그 새끼 겁먹고 튀었나봐." 앤트 리틀이 말했다.

그랜트 버치가 다시 침을 찍 뱉었다. "열시까지는 있어보자. 그러고 나서 웰링턴가든으로 내려가서 윌콕스한테 나오라고 하는 거야. 나한테 깐죽거리고도 무사한 놈이 있을 것 같아?"

"그 녀석 아빠는 어떡하지, 그랜트?" 펠프스가 말했다.

"걔네 아빠가 어쨌는데, 펠프스?"

"윌콕스네 엄마를 병원에 넣지 않았어?"

"내가 기계공 따위를 겁낼 줄 알아? 담배나 한 대 더 줘봐."

펠프스가 우물쭈물했다. "우드바인밖에 안 남았어, 그랜트. 미안."

"우드바인이라고?"

"우리 엄마 핸드백 속에 그것밖에 없었어. 미안해."

"너네 꼰대 넘버 식스는 어쩌고?"

"그것도 하나도 없더라. 미안."

"제기랄! 좋아. 우드바인이라도 줘. 테일러, 한 대 피울래?"

앤트 리틀이 비웃었다. "'난 관둘래.' 이럴 거지, 테일러?"

"한 대 줘봐." 나는 둑을 기어올라가면서 그랜트 버치에게 말했다.

딘 모런이 진흙 웅덩이를 넘도록 도와주었다. "괜찮겠어?"

나는 모런에게 "괜찮아" 하고 대꾸했다.

"이랴아아아아아!" 스킬치가 말처럼 통나무에 양다리를 벌려 걸치고 자기 엉덩이를 채찍처럼 생긴 나뭇가지로 쳤다. "저 새끼 볼기짝을 다음주 중까지 매우 쳐라!" 영화에서 보고 흉내내는 게 틀림없었다.

나 같은 중간급 아이들은 그랜트 버치같이 나이 많은 아이들의 부름을 거절하면 안 된다. 나는 사촌이 시범을 보여준 대로 우드바인을 들고 깊이 빨아들이는 척했다. (실은 연기를 입안에 머금고 있었다.) 앤트 리틀은 내가 속이 뒤집어지도록 기침하는 꼴을 보려고 잔뜩 기대하고 있었다. 하지만 나는 전에도 수백만 번은 해봤다는 듯 담배 연기를 뿜어내고, 대런 크룸에게 담배를 건넸다. (어째서 흡연은 금지된 것인데도 맛이 그렇게 고약할까?) 그랜트 버치가 감동받았는지 보려고 슬쩍 곁눈질했지만, 그애는 가브리엘상 옆의 V자형 회전문 쪽만 뚫어져라 바라보고 있었다. "새끼 이제 오네."

싸움꾼들은 통나무 앞에서 마주섰다. 그랜트 버치가 로스 윌콕스보다 3센티미터나 5센티미터 정도 더 컸지만, 뼈마디는 로스 윌콕스가 더 굵었다. 게리 드레이크와 웨인 내시엔드도 로스의 부관으로 따라왔다. 웨인 내시엔드는 예전에는 업턴 펑크족의 일원이었고 잠시 업턴 뉴로맨틱족이기도 했지만, 이제는 누가 뭐래도 업턴 모드족*이다. 그애는 진짜 어리바리 천치 녀석이었다. 게리 드레이크는 전혀 그렇지 않았다. 게리는 학교에서 나랑 같은 반인데, 로스 윌콕스와는 사촌이라서 항상 붙어 다녔다.

그랜트 버치가 로스 윌콕스에게 말했다. "지금이라도 늦지 않았으니 네 엄마한테나 도망가지그래." (시작부터 지저분했다. 로스 윌콕스의 엄마에 대해서는 모르는 사람이 없는데.)

로스 윌콕스가 그랜트 버치의 발에 침을 퉤 뱉었다. "어디 한번 내가 도망가게 해보시지."

그랜트 버치가 자기 운동화 위에 떨어진 침을 바라보았다. "혀

---

* 깔끔한 복장으로 오토바이를 타고 다니는 청년집단.

로 훑어서 닦아, 씹새끼야."

"어디 한번 해보시지."

"지랄하지 마, 그거야 쉽지."

"그건 내가 할 말이다, 버치."

증오에서는 다 타버린 불꽃놀이 폭죽 냄새가 난다.

학교에서는 싸움이 제일 재미있다. 다들 "싸움이다아아아아아아" 하고 소리를 지르며 진원지로 달려간다. 카버 선생님이나 휘틀록 선생님이 관중 속을 헤치고 힘겹게 다가온다. 하지만 오늘 아침의 싸움은 더 냉혹했다. TV에서 높이뛰기를 보다보면 내 다리가 저절로 올라가는 것처럼, 주먹이 날아갈 때마다 나도 모르게 몸이 움찔했다. 그랜트 버치가 로스 윌콕스에게 낮고 빠르게 몸을 쿵 부딪쳤다.

로스 윌콕스는 약하게 한 방 먹었지만, 쓰러지지 않으려고 옆으로 비척거렸다.

그랜트 버치가 로스 윌콕스의 목을 할퀴었다. "개새끼!"

로스 윌콕스도 그랜트 버치의 목을 할퀴었다. "개새끼는 너야!"

로스 윌콕스가 그랜트 버치의 머리를 주먹으로 후려갈겼다. 아프겠다.

그랜트 버치는 로스 윌콕스에게 헤드록을 걸었다. 진짜 아프겠다.

그랜트 버치는 로스 윌콕스를 이쪽저쪽으로 굴렸지만, 때려눕히지는 못하고 주먹으로 얼굴을 마구 때리기만 했다. 로스 윌콕스는 간신히 손을 비틀어 올려 그랜트 버치의 얼굴을 손가락으로 움켜잡았다.

그랜트 버치는 로스 윌콕스를 밀쳐내고 그의 갈비뼈를 걷어찼다.

둘은 숫양처럼 서로 들입다 박치기를 했다.

악문 이 사이로 신음 소리를 흘리며 서로 엉겨 붙었다.

그랜트 버치의 코에서 선홍색 핏줄기가 비쳤다. 피는 로스 윌콕스의 얼굴에 묻었다.

로스 윌콕스는 그랜트 버치의 발을 걸어 넘어뜨리려 했다.

거꾸로 그랜트 버치가 로스 윌콕스의 발을 걸어 넘어뜨렸다.

다시 로스 윌콕스가 그랜트 버치를 넘어뜨렸다.

이제 둘은 서로 다리가 엉킨 채 철둑 끄트머리까지 갔다.

"조심해!" 게리 드레이크가 외쳤다. "너희들 떨어지겠다!"

둘은 서로 단단히 부둥켜안은 채 밀고 당겼다.

둘 다 철둑 아래로 굴러떨어졌다.

철둑 아래에서, 로스 윌콕스는 벌써 일어서 있었다. 그랜트 버치는 왼손으로 오른손을 감싸쥐고 아파서 눈을 찌푸린 채 반쯤 일어나 앉아 있었다. 제기랄. 나는 속으로 생각했다. 그랜트 버치의 얼굴은 피와 흙으로 얼룩져 있었다.

"야, 이걸로 됐지, 응?" 로스 윌콕스가 조롱을 던졌다.

"손목이 부러졌어. 이 빌어먹을 새끼!" 그랜트 버치가 우거지상을 하고 말했다.

로스 윌콕스는 내 알 바 아니라는 듯 침을 탁 뱉었다. "내 보기엔 네가 진 것 같은데, 안 그래?"

"지기는 누가 졌다 그래, 이 좆만한 새끼야. 무승부야!"

로스 윌콕스는 게리 드레이크와 웨인 내시엔드를 향해 씩 웃어

보였다. "그랜트 씹새끼 버치가 이게 '무승부'란다! 그럼 2라운드 해볼까, 어때? 이번 판은 '무승부'로 할까? 그럴까?"

이제 그랜트 버치가 희망을 걸 데라고는 자신의 패배를 우연으로 돌리는 것뿐이었다. "물론, 윌콕스, 손목이 부러졌어도 할 수 있어."

"다른 쪽 손목도 부러뜨려줄까?"

"네가 그럴 수 있을 것 같아!" 그랜트 버치는 겨우 몸을 일으켰다. "펠프스! 가자!"

"그래, 그래, 꺼져버려. 엄마한테나 가버려라."

나는 엄마라도 있지. 그랜트 버치는 차마 그렇게까지 말할 용기는 없었다. 대신 창백한 얼굴로 얼어붙은 자기 부하를 쏘아보았다. "펠프스! 내 말 안 들려, 이 귀머거리야, 가자니까!"

필립 펠프스는 퍼뜩 정신을 차리고 철둑 아래로 미끄러져내려갔다. 그러나 로스 윌콕스가 그의 앞을 막아섰다. "필, 저런 천치 녀석이 너한테 이래라저래라 하는 거 지겹지도 않아? 저놈이 네 주인도 아니잖아. 꺼지라고 해. 지가 뭘 어쩌겠어?"

그랜트 버치가 고함을 쳤다. "펠프스! 이게 마지막으로 말하는 거야!"

펠프스는 잠시 생각에 잠겼다. 그러나 곧 로스 윌콕스 옆을 잽싸게 떠나 자기 주인 쪽으로 갔다. 그랜트 버치는 성한 손을 들어 어깨 너머로 로스 윌콕스에게 V자를 날렸다.

로스 윌콕스가 흙을 한 줌 집었다. "호오! 아침밥 먹을 생각은 집어치워, 병신새끼들아!"

그랜트 버치가 펠프스에게 돌아보지 말라고 명령한 것이 틀림없다.

흙 폭탄의 궤도는 완벽했다.

그랬다. 그것은 펠프스의 뒷목에 정확히 명중했다.

로스 윌콕스에겐 위험한 싸움이었지만, 그는 멋지게 해치웠다.

버치를 꺾은 덕에 윌콕스는 2학년에서 제일 강한 아이가 되었다. 스푸크의 멤버로 초대될 확률도 아주 높아졌다. 속이 빈 통나무 앞에서 왕좌에 오른 것이다. 앤트 리틀이 말했다. "난 네가 그랜트 버치를 꺾을 줄 알았어, 로스!"

"나도. 여기 오면서도 그런 얘기를 했거든." 대런 크룹도 맞장구를 쳤다.

앤트 리틀이 넘버 식스 갑을 꺼냈다. "피울래?"

로스 윌콕스가 담뱃갑을 통째로 낚아챘다.

앤트 리틀은 그저 즐거운 표정이었다. "귀에 구멍은 어디서 뚫었어, 로스?"

"내가 직접 했지. 바늘이랑 소독할 양초만 있으면 돼. 아프기는 하지만 그쯤이야 우습지."

게리 드레이크는 스완 베스타를 나무껍질에 긁어 불을 붙였다.

"너희 둘……" 웨인 내시엔드가 딘 모런과 나를 향해 눈을 치켜떴다. "너희들도 버치와 함께 있었지, 그렇지?"

"나는 싸움이 있는 줄도 몰랐어." 딘 모런이 항의했다. "화이트리브드오크에 가던 참이었단 말이야. 할머니 댁에 가려고."

앤트 리틀이 실눈을 떴다. "걸어서? 화이트리브드오크는 맬번 지역 너머에 있는데. 거기가 얼마나 멀다고. 왜 너네 아빠한테 태워달라고 안 하고?"

모런의 표정이 어색해졌다. "아프셔."

"또 술병 났구나, 그렇지?" 웨인 내시엔드가 끼어들었다.

모런은 고개를 떨구었다.

"그럼 엄마한테라도 태워달라고 하면 되잖아?"

"아빠를 혼자 둘 수가 없어. 그렇잖아?"

"넌?" 게리 드레이크가 교활한 투로 말했다. "그랜트 버치 좆빨기협회 회장이신 제이슨 테일러. 넌 여기서 뭐 하고 있었어?"

'산책하러 나왔어'라고 말할 수는 없다. 산책은 게이들이나 하는 짓이니까.

"이—랴아아아아아!" 스킬치가 말처럼 양다리를 벌리고 통나무에 앉아 나뭇가지로 자기 엉덩이를 철썩철썩 때렸다. "저 새끼 볼기짝을 다음주 중까지 매우 쳐라!"

"네놈은 리틀 맬번 정신병원에 들어가야 돼, 스킬치." 대런 크룸이 침을 뱉었다.

"음, 테일러?" 로스 윌콕스는 쉽게 딴 데 정신을 팔지 않았다.

나는 빠져나갈 길을 필사적으로 궁리하면서 단맛이 다 빠진 주시프루트를 뱉었다. 행맨이 내 혀뿌리를 틀어쥐고 있어서 알파벳의 모든 글자가 다 걸렸다.

"애도 우리 할머니 댁에 같이 가던 길이야." 딘 모런이 대신 말해주었다.

"너 우리한테는 그렇게 말하지 않았잖아. 로스가 버치를 죽도록 패주기 전까지는 말이야." 앤트 리틀이 몰아붙였다.

나는 겨우 입을 뗐다. "안 물어봤잖아, 리틀."

"나랑 테일러는 여기서 만나기로 했어." 모런이 슬슬 움직이기 시작했다. "쭉 그러기로 했었다고. 우리 할머니 댁에 같이 갈 거야. 가자, 제이슨, 이제 그만 가는 게 좋겠다."

크리스마스트리 농장은 일식 때처럼 어둡고 표백제 냄새가 풍겼다. 나무들이 끝없이 열을 맞춰 늘어서 있었다. 쉼표처럼 쪼그만 파리들이 눈과 콧속으로 덤벼들었다. 통나무에서 내게 생명줄을 던져줬으니 모런에게 감사해야 옳겠지만, 그러면 내가 얼마나 절박하게 도움이 필요한 상황이었는지 인정하는 셈이 될 거다. 그래서 나는 그 대신 도베르만 얘기를 해주었다. 그러나 그건 모런에게는 뉴스거리도 아니었다. "아, 키트 해리스 말이지? 나도 그 사람 알아. 같은 여자랑 세 번 이혼했대. 그 여자 머릿속이 어떻게 생겨먹었는지 조사를 해봐야 한다니까. 키트 해리스가 마음을 주는 건 딱 하나밖에 없는데, 그게 바로 그 개들이야. 믿기 힘든 얘기지만 그 사람 선생이야."

"선생이라고? 하지만 사이코던데."

"그렇지. 퍼쇼어 쪽에 있는 소년원에 있대. 별명이 '오소리'라나. 그 흰머리 한 가닥 때문에 말이야. 아무도 면전에서 별명을 부르지는 못하지. 한번은 소년원 녀석 하나가 그 사람 자동차 보닛 위에다가 똥을 싸놨대. 그 짓을 한 놈을 어떻게 찾아냈게?"

"어떻게 찾았는데?"

"아이들을 한 명씩 잡아다가 그 짓을 한 애를 불 때까지 손톱 밑에 대나무 바늘을 쑤셔박았대."

"말도 안 돼!"

"진짜라니까. 켈리 누나가 말해줬어. 소년원에서는 애들을 거칠게 다뤄. 그러니까 소년원이지. 처음에는 그 짓을 한 애를 내쫓으려고 했대. 하지만 소년원에서 쫓겨나면 자동으로 감옥행이니까, 소년원장이 절대 안 된다고 버텼나봐. 그랬더니 몇 주 후에 그 작자가 브레던힐에서 아이들한테 와이드게임을 시켰다는 거야. 밤에."

"와이드게임이 뭔데?"

"군대게임 같은 건데, 전쟁게임이야. 스카우트에서도 해. 상대편 깃발이나 뭐 그런 걸 빼앗아야 해. 하여튼 그래서 다음날 아침에 보니까 오소리 차 위에 똥을 뭉개놓은 애가 사라지고 없더래."

"어디로 없어졌는데?"

"뻔하지 뭐! 소년원장이 애가 와이드게임을 하던 중에 없어졌다고 인터폴 같은 데 신고했대. 소년원에서는 자주 있는 일이지. 그치만 우리 누나가 어떻게 된 건지 다 알아냈어. 너 이 비밀 죽을 때까지 지키겠다고 맹세해야 해."

"맹세할게."

"네가 죽을 때까지."

"내가 죽을 때까지."

"누나가 라이드 씨네 가게에 있는데 그 인간이 들어왔더래. 애가 사라진 지 삼 주가 지났을 때였어, 알겠니? 그러고는 빵이랑 뭐 이것저것 사더래. 그놈이 막 나가려는데, 라이드 씨가 물었대. '개들한테 줄 페디그리 첨은 안 사가시나요, 해리스 씨?' 그랬더니 이렇게 대답했대. '우리 애들이 다이어트중이라서요, 라이드 씨.' 다이어트 좋아하시네. '우리 애들이 다이어트중이라서요'라니. 그런데 그 사람이 나간 다음에, 라이드 씨가 피트 레드말리 할머니한테 그놈이 늘 사가던 페디그리 첨 깡통을 삼 주 동안이나 사가지 않았다고 말하더라는 거야."

"오호." 나는 완전히 이해가 되지 않아서 이렇게만 말했다.

"머리를 조금만 굴려봐도 그놈의 도베르만들이 삼 주 동안 뭘 먹었는지 알 수 있을 텐데?"

"뭘 먹었는데?"

"없어진 애를 개들한테 먹이고 있었단 말이야!"

"맙소사. 세상에." 정말로 온몸에 소름이 좍 끼쳤다.

모런이 내 어깨를 탁 치며 말했다. "그러니까 그놈이 너를 겁주는 정도로 그쳤다면, 네가 아주 운이 좋았던 거지 뭐."

구린내 나는 도랑이 승마길로 흘러넘쳐서, 우리 둘은 달려서 펄쩍 건너뛰었다. 나는 뛰어난 운동신경으로 멋지게 건넜지만, 모런은 한쪽 발을 발목까지 적시고 말았다.

"그런데 넌 어디 가는 길이었어, 제이스?"

(행맨이 '아무 데도'를 막았다.) "그냥 나왔어. 딱히 어디 가려던 건 아니고."

모런의 운동화에서 꿀렁거리는 소리가 났다. "그래도 어딘가 가려는 데가 있었을 거 아니야."

나는 솔직히 실토했다. "저기, 승마길이 터널을 지나 맬번까지 이어져 있을지도 모른다는 얘기를 들었거든. 가서 한번 보고 오려고 그랬지."

"터널이라고?" 모런이 걸음을 멈추고는 믿지 못하겠다는 듯 내 팔을 찰싹 때렸다. "나도 거기 가던 참이었어!"

"화이트리브드오크의 할머니 댁에 간다며?"

"잃어버린 터널을 다시 찾아내서 거기까지 갈 거야. 로마인들이 헤리퍼드를 침략하려고 만든 터널이래."

"로마인들이? 터널을?"

"그렇지 않으면 어떻게 로마인들이 그 지긋지긋한 바이킹을 몰아냈겠어? 내가 벌써 조사 다 끝냈다니까. 횃불이랑 실뭉치 하나만 있으면 돼. 맬번으로 통하는 터널은 세 개가 있어. 하나는 영국 국유철도노선인데, 헤리퍼드로 가는 기차가 지나는 터널이야. 열차에 치여 죽은 기술자가 검은색 줄무늬가 있는 오렌지색 작업복을 입고 거기 자주 나타나지. 두번째 터널은 국방부 터널이야."

"그건 뭔데?"

"국방부가 핵전쟁 대피소로 판 터널이지. 입구는 그레이트맬번에 있는 울워스 마트의 원예용품점에 있어. 원예용품점의 벽 중 하나는 가짜 벽인데, 은행처럼 금고 문을 숨겨두고 있지. 사 분짜리 경고가 울리면 헌병대가 RSRE*의 국방부 패거리를 울워스로 실어 나른다고. 맬번 의회의 의원들도 받아주지. 울워스의 지배인과 부지배인도 껴주고. 헌병들은 겁에 질린 쇼핑객들을 총으로 위협해서 전부 쫓아낸 다음 자기들도 들어갈 거야. 자손을 낳아야 하니까 마트의 판매보조원들 중에서 예쁜 애들도 두엇 데려가겠지. 우리 누나는 안 데려갈 거야, 뻔하잖아? 그런 다음 문을 닫아걸어. 남은 우리는 전부 다 저승행인 거지 뭐."

"그것도 다 너희 누나가 해준 얘기는 아니겠지?"

---

* Royal Signals and Radar Establishment, 영국 국방부 산하의 과학연구기관.

"아냐, 우리 아빠한테 말을 판 녀석이 그 원예용품점에 대한 애기를 해줬어. 그 녀석 친구가 RSRE에서 바텐더로 일한대."

그렇다면 틀림없이 사실일 것이다. "세상에."

카키색 솔잎 더미 사이로 사냥꾼 헌*의 것과 같은 사슴뿔을 보았다. 그러나 나뭇가지였다. "우리도 군대에 들어가는 게 나을지도 모르겠다. 세번째 터널이나 찾아보자. 잃어버린 터널 말이야." 내가 말했다.

모런은 솔방울을 발로 걷어찼지만 빗나갔다. "그런데 〈맬번 가제티어〉랑은 누가 인터뷰하지?"

나는 어둑한 길 멀리 솔방울을 차 던졌다. "우리 둘이 같이 하지."

땅에서 눈을 떼지 말고 날듯이 빠른 속도로 데이지 꽃밭을 가로질러 달려보라. 최고다. 꽃잎들은 별로, 민들레는 혜성으로 초록의 우주를 수놓는다. 모런과 나는 은하계 사이를 여행하느라 어찔어찔해진 머리로 멀리 떨어진 헛간에 닿았다. 나는 모런보다도 더 신나게 웃어댔다. 모런의 운동화가 다 마르긴 했는데, 이번에는 쇠똥 속에 묻혀 반짝이고 있었던 것이다. 헛간 지붕까지 짚 가마니를 쌓아 경사로를 만들어놓아서, 우리는 그걸 밟고 올라갔다. 내 침실에서 보이던 코커럴 나무는 이제 왼쪽에서 오른쪽이 아니라 오른쪽에서 왼쪽으로 뻗어 있었다. "이 헛간, 기관총 설치해놓기에 딱이겠는걸." 나는 군사적 전문지식을 과시하려고 이렇게 말했다.

모런은 똥 범벅이 된 운동화를 털고 벌렁 드러누웠다.

---

* 영국 전통 민화에서 윈저 숲과 윈저 그레이트 파크를 배회하는 사냥꾼 유령.

나도 따라 누웠다. 녹슨 쇠가 따뜻했다.

"이런 게 인생이야." 모런이 잠시 있다가 한숨을 내쉬며 말했다.

"정말 그래." 나도 잠시 뜸을 들였다가 말했다.

"이게 인생이야." 모런이 곧바로 말했다.

모런이 한번 더 말할 줄 알았다. "참 근사한 말이야."

큰 양들과 새끼 양들이 우리 뒤의 들판에서 매애 하고 울었다.

트랙터 한 대가 앞쪽 들판에서 통통거렸다.

"너희 아버지도 술을 취하도록 마시니?" 모런이 물었다.

그렇다고 하면 거짓말을 하는 것이지만, 아니라고 하면 게이처럼 보일 것이다. "한두 잔쯤 마셔. 브라이언 이모부가 오면."

"한두 잔 말고. 내 말은 술이 떡이 되도록 퍼마시느냐고…… 말을 제대로 못할 정도로 말이야."

"아니."

그 아니 한마디가 1미터 남짓했던 우리 사이의 거리를 5킬로미터쯤 벌려놓았다.

"그래." 모런은 눈을 감았다. "너희 아버지는 그런 사람 같지 않아 보여."

"하지만 그건 너희 아버지도 마찬가지야. 정말 다정하고 재미있고……"

높디높은 푸른 하늘에서 비행기 한 대가 반짝이고, 수성이 빛났다.

"맥신은 그걸 이렇게 말하더라. '아빠가 딴사람으로 변하고 있어.' 그 말이 맞아. 딴사람으로 변해버려. 시작은…… 그래, 두어 캔만 마셔도 목소리가 커지고 지저분한 농담을 지껄여. 우리는 그 농담에 웃어줘야 해. 그러다가 고함을 지르고 난리가 나지. 이웃들이 조용히 좀 하라고 벽을 두드려. 아빠도 같이 벽을 두드리면서 별의별 욕을 다 퍼부어…… 그러다가 자기 방에 들어가. 하지만 술병을 갖고 들어가지. 병 깨지는 소리가 들려. 하나씩 하나씩. 그러고는 잠이 들지. 나중에 미안하다고 하고는 그걸로 끝이야. ‘이런, 다시는 술은 입에도 대지 말아야지……’ 그런데 그게 더 나빠…… 그게 어떤 거냐면, 징징거리고 불평불만에 구역질나는 개자식이 우리 아빠랑 바꿔치기 된 것 같아. 주사가 아무리 오래 계속돼도, 나랑 엄마랑 누나랑 샐리랑 맥스는 그게 아버지가 아닌 줄 알거든. 나머지 세상 사람들은 그걸 몰라. 그저 이런 말만 하지. 프랭크 모런이 본색을 드러내는군. 하지만 그렇지 않아.” 모런은 내 쪽으로 고개를 돌렸다. “아니야, 그래. 아니야, 그렇지 않아. 아니야, 그래. 아니야, 그렇지 않아. 아, 내가 뭘 알겠어?”

고통스러운 시간이 지나갔다.

초록은 다른 어떤 것도 아닌 노랑과 파랑으로 이루어져 있다. 하지만 초록을 볼 때면 노랑과 파랑은 어디로 사라지고 없는 것일까? 이건 어쩌면 모런의 아버지하고도 관계가 있다. 어쩌면 모든 이와 모든 것과 관련이 있다. 하지만 모런에게 이런 말을 하려고 했다가는 너무 많은 것이 엇나가버릴 것이다.

모런이 코를 훌쩍였다. “차가운 우드페커 한 병 어때?”

“사이다 말이야? 사이다 가져왔어?”

“아니. 우리 아빠가 죄다 마셔버렸지. 하지만,” 모런이 가방 속을 뒤적였다. “아이언 브루는 한 캔 있지.”

아이언 브루는 거품이 부글거리는 액체로 된 ‘풍선껌’ 정도에 불과하지만, 나는 "좋아"라고 대답했다. 나는 마실 것을 아무것도 가져오지 않았고, 아무것도 마시지 않는 것보다야 아이언 브루라도 마시는 게 나으니까. 차가운 샘물을 마실 수 있다면 얼마나 좋을까 하는 생각이 들었지만 지금까지 눈에 띈 물이라고는 구린내 나는 도랑물뿐이었다.

아이언 브루가 모런의 손에서 수류탄처럼 폭발했다. "제기랄!"

"아이언 브루는 조심해야 해. 다 위로 쏟아져나온다니까."

"너 그딴 소리나 하고 있을 거야!" 모런이 손을 핥으면서 나에게 먼저 마시라고 내밀었다. 나는 보답으로 캐드버리 캐러멜을 주었다. 캐러멜이 녹아서 포장지 밖까지 흘러나왔지만, 주머니에서 묻은 보풀을 떼어내고 먹으니 맛이 기막혔다. 나는 꽃가루 알레르기 때문에 열 번인가 스무 번쯤 손수건에 대고 재채기를 했다.

부연 연기가 하늘에 흩어졌다.

그러나 하늘은 곧 원래대로 되돌아갔다. 아무렇지도 않게.

까아아아아아아악!

나는 미처 균형을 잡기도 전에 비몽사몽 덜커덕거리며 헛간 지붕에서 반쯤 미끄러져내려왔다.

괴물 까마귀 세 마리가 모런이 앉아 있던 자리에 한 줄로 앉아 있었다.

모런은 흔적도 없었다.

까마귀들의 부리는 단검 같았고, 기름기가 번들거리는 눈에는 잔인한 살기가 돌았다.

"꺼져!"

까마귀들은 언제 상대가 만만한지 알고 있다.

세인트가브리엘 교회의 종소리가 열한 번인가 열두 번 울렸다. 까마귀들 탓에 마음이 너무 불안해서 제대로 셀 수가 없었다. 물방울이 작은 화살처럼 내 얼굴과 목을 때렸다. 잠든 사이에 날씨가 바뀌었던 것이다. 맬번은 빗줄기 뒤로 사라지고, 들판도 지워졌다. 까마귀들은 순식간에 모습을 감췄다.

모런은 헛간 안에도 없었다. 〈맬번 가제티어〉 1면을 나와 사이좋게 공유하지 않기로 결심한 것이 틀림없다. 이런 배신자! 하지만 모런이 남극의 스콧과 노르웨이인 아문센 흉내*를 내고 싶어한다면, 나도 좋다. 모런은 **평생** 무얼 해도 결코 나를 이기지 못할 것이다.

헛간에서는 짚과 오줌 냄새가 뒤섞여 암내 같은 냄새가 풍겼다.

빗줄기가 거세지면서 지붕과 헛간 주위의 웅덩이에 기관총을 쏘아대듯 맹렬히 퍼부어댔다. (도망자 모런은 홀딱 젖어서 폐렴에 걸려야 한다.) 비가 20세기를 지웠다. 비가 온 세상을 흰색과 회색으로 바꾸어놓았다.

맬번힐의 잠자는 거인 너머, 우스터셔비컨과 브리티시캠프 사이에 쌍무지개가 떴다. 저기서 고대 영국인들이 로마인들에게 학살당했다. 멜론 빛깔의 태양이 부연 빛 속으로 퍼졌다. 나는 힘차게 출발해 반쯤 뛰다시피 걸었다. 모런을 지나치더라도 한마디도

---

* 노르웨이의 극지탐험가 아문센은 1911년 12월 14일, 영국의 스콧 일행보다 35일 앞서서 인류사상 최초로 남극점 도달에 성공했다.

안 하겠다고 다짐했다. 배신자는 아는 척도 하지 말아야 해. 운동화 밑에서 젖은 잔디가 끼익끼익 소리를 냈다. 흔들거리는 문을 기어올라, 줄무늬 가로대와 교통정리용 삼각뿔로 만들어놓은 말 방목장을 지났다. 방목장을 지나니 농가 마당이 나왔다. 목초 보관용 사일로* 두 개가 빅토리아시대의 아폴로 우주선처럼 번쩍였다. 트롬본 꽃이 격자창과 '말똥 거름 팝니다'라고 쓴 칠이 벗겨진 푯말 위로 꽃줄기를 늘어뜨리고 있었다. 거만한 수탉이 암탉들한테서 눈을 떼지 않고 있었다. 비에 젖은 침대보와 흰색 베갯잇이 빨랫줄에 걸려 있고, 프릴이 달린 팬티와 브래지어도 걸려 있었다. 이끼 낀 길은 맬번으로 가는 큰길 쪽 오르막길로 이어져 끝이 보이지 않았다. 마구간을 지나면서 말똥 냄새 풍기는 후끈하고 어둑한 안을 들여다보았다.

말 세 마리가 보였다. 한 마리가 머리를 갑자기 쳐들었고, 한 마리는 콧김을 뿜고, 한 마리는 나를 쳐다보았다. 나는 발걸음을 재촉했다. 승마길이 농가 마당을 가로질러 뻗어 있다면 개인 소유일 리야 없겠지만, 농가 마당이 아무나 들어가도 되는 곳도 아닌 것 같다. 불법 침입자야! 하는 소리가 들려올까 두려웠다. 네놈을 고발할 테다, 절대 잊지 못하게 해주겠어! (나는 주기도문 때문에 불법 침입이 천국과 지옥에 관한 것이라고 생각하곤 했다.)

하여튼 이럭저럭 다음 문을 통과하자 넓지도 좁지도 않은 들판이 나왔다. 존 디어 사의 트랙터가 밭에서 진흙투성이 고랑을 갈고 있었다. 갈매기들이 쟁기 뒤에서 날면서 손쉽게 살찐 벌레들을

---

* 풀이나 곡물 따위를 저장하는 원통 모양의 창고.

쪼아먹었다. 나는 트랙터가 승마길에서 방향을 돌릴 때까지 몸을
숨겼다.

그러고 나서 SAS* 요원처럼 잽싸게 밭을 가로질렀다.

"테일러!"

전속력을 내보기도 전에 걸렸다.

돈 매튼이 낡은 트랙터 운전석에 앉아 나뭇가지를 깎고 있었다.
그녀는 보머재킷**을 입고 빨간 구두끈이 달린 진흙투성이 닥터마
틴을 신고 있었다.

나는 천천히 숨을 골랐다. "아," (그애가 나를 '테일러'라고 불
렀기 때문에 나도 '매튼'이라고 부르려고 했다) "돈이구나."

"어디 불이라도 났어?" 그애의 칼이 나뭇가지에 가느다란 동그
라미를 새겼다.

"응?"

돈 매튼은 내 응? 하는 대답을 흉내냈다. "왜 그렇게 뛰어가느냐
고?"

그애의 윤기 흐르는 검은 머리카락은 펑크족 같았다. 젤을 바른
게 틀림없다. 저 머리에 대신 젤을 발라줄 수 있다면 얼마나 좋을
까. "뛰고 싶어서. 가끔 그래. 그냥 그뿐이야."

"오, 그래? 그럼 무슨 일로 승마길을 이렇게 멀리까지 온 거야?"

"이유 없다니까. 그냥 나와봤어. 발길 닿는 대로 돌아다니는

---

* Special Air Service, 영국 특수부대.
** 2차 대전 때 미 폭격기 조종사가 입었던 가죽 재킷.

거야."

그애는 트랙터 보닛을 가리켰다. "그럼 여기 좀 있다 가도 되겠네."

나는 그 말대로 하고픈 마음이 굴뚝같았다. "왜 그래야 하는데?" 죽어도 그 말대로 하고 싶지 않았다.

그애의 립스틱은 프루트 검 레드커런트였다. "내가 부탁하니까."

"근데 너는 여기 웬일이야?" 나는 타이어에 몸을 기댔다.

"난 여기 살잖아."

트랙터의 보닛이 젖어 있어 내 엉덩이가 젖었다. "저 농가 말이야? 저 뒤쪽에?"

돈 매든은 재킷 지퍼를 열었다. "그 농가야. 저 뒤쪽." 그애의 섬세한 가슴 사이에 자리잡은 십자가는 고스*족들이 하고 다니는 것처럼 검은색에 뭉툭한 모양이었다.

"펍 옆의 그 집에 사는 줄 알았는데."

"예전에는 거기 살았지. 너무 시끄럽더라. 그리고 주인인 아이작 파이가 얼마나 재수 없는 인간인지 몰라. 저 인간은 도대체 나아지는 게 없다니까." 돈 매든은 밭을 가는 트랙터를 향해 고개를 끄덕였다.

"그게 누군데?"

"공식적으로는 새아버지야. 저 집도 그 사람 집이고. 넌 아무것도 모르는구나, 테일러? 난 지금은 엄마랑 저기 살아. 둘은 작년에

---

* 1980년대에 유행한 록 음악. 종말이나 죽음에 대한 가사가 많았고, 고스 애호가들은 검은 옷을 입었다.

결혼했어.”

사실 이제 기억이 났다. “새아버지는 어때?”

“얼마나 무식한지 짐승 같아.” 그애는 보이지 않는 커튼 너머 나를 빤히 바라보았다. “무식해서만이 아니라 밤마다 내는 시끄러운 소리만 봐도 그래.” 후끈한 공기가 돈 매든의 밀크초콜릿 빛깔 목을 쓰다듬었다.

“마구간의 저 조랑말들 네 거니?”

“너 다 기웃거리고 다녔구나?”

그애의 새아버지의 트랙터가 이쪽으로 되돌아오고 있었다.

“그냥 마구간 속만 한번 들여다봤을 뿐이야. 정말이야.”

돈 매든은 자기 칼과 나뭇가지를 가지고 하던 일로 되돌아갔다. “말을 유지하려면 돈이 엄청 많이 들어.” 삭, 삭, 삭. “승마학교가 개축하는 동안 저 남자가 말을 맡아두는 거야. 또 알고 싶은 게 있니?”

아, 오백 가지쯤 있지. “뭘 만들고 있는 거야?”

“화살.”

“화살은 어디다 쓰려고?”

“내 활하고 함께 두려고.”

“활이랑 화살로 뭐 할 건데?”

“뭐-뭐-뭐, 뭐-뭐-뭐-뭔데?” (잠시 그녀가 내 말 더듬는 습관을 놀리고 있다고 생각했지만, 지금 생각해보면 딱히 내 말투를 겨냥한 것은 아니었다.) “넌 묻고 싶은 것 천지구나, 그렇지, 테일러? 활과 화살로 남자애들을 사냥해서 죽일 거야. 남자애들이 없다면 세상이 훨씬 더 나아질 테니까. 남자애들은 아무렇게나 뱉어놓은 찌꺼기로 만들어진 것들이라니까."

"맙소사, 고맙구나."

"천만에."

"네 칼 좀 봐도 돼?"

돈 매든은 나에게 칼을 던져주었다. 뾰족한 칼끝이 아니라 손잡이가 내 갈비뼈에 맞은 것은 순전히 우연이었다.

"매든!"

돈 매든의 어두운 벌꿀색 눈이 뭐 어때서? 하고 묻고 있었다.

"칼에 맞을 뻔했잖아!"

돈 매든의 눈은 어두운 벌꿀색이었다. "저런, 안됐네."

트랙터가 덜컹거리며 우리가 있는 곳까지 와서 천천히 돌기 시작했다. 돈 매든의 새아버지는 내 쪽으로 곱지 않은 시선을 던졌다. 녹빛의 흙이 쟁기날에서 쏟아져나왔다.

돈 매든은 트랙터를 향해 걸쭉한 사투리로 말했다. "피가 섞였건 안 섞였건, 요 계집애야, 이 집에 좀더 존경하는 마음을 가져야해. 그렇지 않았다가는 고 앙상한 엉덩이를 붙이지도 못하게 될 테니까. 내가 하는 말 허투루 듣지 마라. 난 누구한테도 절대 헛말 하는 사람이 아냐!"

그애가 쥐고 있던 칼 손잡이는 따뜻하고 끈적끈적했다. 칼날은 팔이라도 벨 수 있을 만큼 날카로웠다. "좋은 칼이네."

돈 매든이 물었다. "뭐 먹을래?"

"뭔지 보고."

"까다롭게도 구네." 돈 매든은 짓뭉개진 대니시페이스트리를 종이봉지에서 꺼냈다. "이거 먹어볼래?" 그애는 빵을 조금 뜯어내어 내게 흔들었다.

빵 표면에 씌운 설탕 옷이 반짝였다. "좋아."

"여기, 테일러! 여기라고, 멍멍, 이리 와! 착하지!"

나는 두 손 두 발로 보닛을 기어올랐다. 개처럼은 아니었지만, 행여 그애가 또 무슨 변덕을 부릴지 몰라 조심스럽게 기어올라갔다. 돈 매든은 도무지 속을 알 수 없는 애다. 그애가 내 쪽으로 몸을 기울이자 젖꼭지가 보였다. 브래지어를 하지 않았다. 그애 쪽으로 손을 내밀었다.

"앞발 내려, 입으로 받아야지, 멍멍!"

그애는 그렇게 나에게 먹여주었다. 화살에 꽂아 입으로.

레몬맛 설탕 옷에 빵은 계피맛이고 건포도는 달콤했다.

돈 매든도 먹었다. 그애의 혀 위에 죽처럼 씹힌 음식물이 보였다. 이제 더 가까이에서 보니 그애의 십자가 위에 비쩍 마른 예수가 있었다. 그애의 체온 때문에 예수는 따뜻하겠다. 운도 좋지. 게 눈 감추듯 순식간에 빵을 다 먹어치웠다. 그애는 화살 끝에 조심스레 체리를 꿰었다. 나는 살그머니 이로 그것을 빼 먹었다.

해가 구름 속으로 들어갔다.

"테일러!" 돈 매든이 자기 화살촉 끝을 들여다보았다. 잔뜩 성난 목소리였다. "내 체리를 훔쳐먹다니!"

체리가 목구멍에 콱 걸렸다. "네가…… 나한테 줬잖아."

"내 체리를 훔쳐갔으니 대가를 치러야 해!"

"돈, 네가……"

"언제부터 나를 돈이라고 불러도 좋다고 했어?"

똑같은 게임인가, 다른 게임인가, 아니면 게임이 아닌가?

그애는 화살로 내 울대뼈를 찔렀다. 돈 매든이 내 쪽으로 몸을 바싹 기울이는 바람에 그애의 숨결에서 설탕 냄새를 맡을 수 있을 정도였다. "내가 농담하는 것 같아, 제이슨 테일러?"

화살은 정말로 날카로웠다. 돈 매든이 내 숨통에 구멍을 뚫어놓기 전에 내가 화살을 쳐낼 수 있을지도 모른다. 어쩌면. 하지만 그렇게 간단치가 않았다. 우선, 도베르만 때 못지않은 큰 실수를 저질렀다.

"네가 훔쳐간 것에 **대가**를 치러야지. 그게 법이야."

"난 돈이 없는데."

"그럼 잘 생각해봐, 테일러. 돈 말고 뭐로 때울래?"

"저……" 한쪽에만 팬 보조개. 입술 위에 돋은 벨벳 같은 솜털. 개구쟁이 같은 코. 꽃잎 같은 입술. 사람을 홀리는 미소. 못된 암사슴 같은 눈에 비친 내 모습. "저…… 저기, 내 주머니 속에 프루트폴로가 한 통 있어. 하지만 다 들러붙어버렸어. 돌멩이로 부숴야 할 거야."

주문이 풀렸다. 화살은 내 목에서 멀어져갔다.

돈 매든이 트랙터의 운전석으로 기어올라갔다.

"왜 그래?"

대답 대신 마치 내가 튜크스베리 시장의 반품대에 놓인 나팔바지로 변하기라도 한 듯 혐오스럽다는 눈빛만 돌아왔다.

이제는 차라리 화살이 다시 돌아오기를 바랄 지경이었다. "왜 그러냐니까?"

"내가 스물 셸 동안 우리 땅에서 나가지 않으면," 돈 매든은 리글리스스피어민트를 아름다운 입속에 구겨넣었다. "새아버지한테 네가 내 몸을 더듬었다고 말할 거야. 서른을 다 셀 때까지도 나가지 않으면," 그애는 단어를 혀로 핥듯이 굴렸다. "네가 나를 주물럭거렸다고 말할 거야. 하느님께 맹세코."

"하지만 난 너한테 손끝 하나도 대지 않았는데!"

"우리 새아버지는 주방 찬장 밑에 엽총을 보관해두고 있어. 너를 토끼로 잘못 볼 수도 있지, 테일러. 하나…… 둘…… 셋……"

승마길은 한때 과수원이 있던 자리로 이어졌다. 연약한 엉겅퀴와 솜털 같은 잔디가 팔꿈치에 닿을 정도까지 자라서 걷는다기보다는 헤치고 나아가야 했다. 나는 여전히 돈 매든 생각에 빠져 있었다. 이해가 되질 않았다. 나를 좋아하는 것이 틀림없다. 하나뿐인 대니시페이스트리를 어쩌다 옆에 있게 된 녀석 아무한테나 내주지는 않을 것이다. 그리고 나도 물론 돈 매든을 엄청 좋아한다. 하지만 여자애를 좋아하는 것은 위험하다. 위험하다기보다는, 간단하지가 않다. 위험할 수도 있다. 우선 학교 남자애들이 잡아먹으려 들 것이다. "우우, 저기 애기 간다." 복도에서 손을 잡고 있는 모습을 보면 이러겠지. 그 여자애를 좋아하는 남자애들은 그애가 사귀는 남자가 애송이라는 것을 보여주기 위해 싸움을 걸어올지도 모른다. 리 빅스와 미셸 털리처럼 공식 커플이 되면, 여자애의 친구들이 자기네 책에다 그들의 이름 이니셜과 화살이 박힌 하트 위에 '4 EVER'를 써놓아도 참아야 한다. 선생님들도 가만있지 않는다. 휘틀록 선생님은 지난 학기에 자웅동체로 번식하는 벌레들로 실험을 하면서, 벌레 한 마리는 '리', 또 한 마리는 '미셸'이라고 이름을 붙였다. 우리 남자애들은 재미있어했지만 여자애들은 〈행복한 날들〉의 TV 방청객들처럼 비명을 지르다시피 하며 웃어댔다. 홍당무처럼 빨개진 얼굴을 손으로 가린 채 울던 미셸 털리만 빼고. 휘틀록 선생님도 그 때문에 그애를 놀려댔다.

나와 돈 매든 사이에는 틈이 있다. 킹피셔메도스는 대부분의 아이들이 생각하기에 블랙스완그린에서 제일 잘사는 동네다. 돈의 새아버지 농가는 그 반대쪽에 있다. 나는 학교에서 최우수반인 2KM반이다. 돈은 꼴찌에서 두번째인 2LP반이다. 이런 차이는 무시하기 어렵다. 규칙이 있다.

그리고 성교가 있다. 3학년이 되어야 생물시간에 성교에 대해 배운다. 교과서에 실린 질 속의 발기한 페니스 그림과, 실제로 그 짓을 하는 것은 별개의 문제다. 내가 지금까지 본 진짜 질은 닐 브로즈가 한 번에 5페니를 받고 보여준 번들번들한 사진뿐이었다. 그것은 어미 캥거루의 털이 부숭부숭한 주머니 속에 든 아기 캥거루였다. 나는 마르스 초콜릿 바와 아우터 스페이서 스낵을 토할 뻔했다.

나는 아직 누구하고도 키스해본 적이 없다.
돈 매든의 눈은 짙은 벌꿀색이다.

상수리나무가 땅에서 솟아나와 무수히 많은 튼튼한 팔과 튼튼한 다리를 내뻗고 있었다. 누가 가지 하나에 타이어를 그네처럼 매달아놓았다. 타이어는 땅이 그 밑에서 빙빙 도는 것처럼 부드럽게 돌았다. 빗물이 안에 고여 있었지만 나는 빗물을 쏟아내고 타이어에 올라탔다. 무중력상태로 켄타우루스자리의 알파성 주위를 돈다면 기분이 최고겠지만, 그네를 타고 무중력상태를 느껴보는 것도 나쁘지 않다. 모런도 여기 있었더라면 진짜 재미있었을 텐데. 잠시 후 나는 나무가 올라갈 만한지 보려고 닳은 밧줄을 흔들어보았다. 일단 위에 올라가서 보면 올라오는 건 일도 아니다. 그 위에서 망가진 나무 위의 집도 찾아냈다. 그 집을 사용하지 않은 지 벌써 한참 된 것 같았다. 더 높이 가지를 따라 기어올라가서 초록색 나뭇잎 사이로 내다보았다. 아주 멀리까지 보였다. 다시 블랙스완 그린 쪽으로 눈을 돌리니, 돈 매든의 농장 사일로와 나선형 계단처럼 피어오르는 연기, 크리스마스트리 농장, 세인트가브리엘 교회의 첨탑과 거의 비슷한 높이로 솟은 미국삼나무 두 그루가 보였다.

스위스제 군용 칼로 나무껍질에 이렇게 새겼다.

수액으로 칼날이 푸르게 물들었다. 스록모턴 선생님은 나무에 글씨를 새기는 사람들은 단순히 낙서를 하는 것이 아니라 살아 있는 것에 상처를 입힌다는 점에서 예술품 파괴자들 중에서도 제일 악질이라고 말하곤 했다. 스록모턴 선생님이 옳을지도 모르지만, 선생님이야 돈 매든 같은 여자아이를 만난 열세 살짜리 남자아이가 되어본 적이 없으니 뭘 알겠는가. 언젠가 돈을 데리고 올라와서 이

걸 보여줘야지. 그애와 첫 키스를 할 테다. 바로 여기서. 그애가 나를 애무해주겠지. 바로 여기서.

상수리나무 반대편으로 돌아가서 승마길이 어디로 뻗어 있는지 살펴보았다. 좁은 길은 말 제방과 캐슬모턴으로, 들판으로, 더 넓은 들판으로 구불구불 이어져 있고, 전나무 위로 솟아오른 낡은 회색 탑이 힐끗 보였다. 고압선용 철탑들이 줄지어 늘어서 있었다. 이제 맬번힐을 세세한 것까지 다 알아볼 수 있을 정도였다. 웰스 로드의 자동차들 위로 햇살이 반짝였다. 흰개미만한 크기의 사람들이 퍼시비어런스힐을 지나가고 있었다. 그 아래 어딘가 세번째 터널이 있었다. 나는 물을 가져오지 않은 것을 아쉬워하며 웬슬리데일 치즈 조각과 부스러진 제이컵스 크래커를 먹었다. 다시 타이어 그네의 줄을 타고 흔들리며 막 내려오려는데, 남자와 여자의 목소리가 들렸다.

"알았지?" 톰 유의 목소리였다. 단박에 알아들을 수 있었다. "조금만 더 멀리 간다고."

"알았어, 톰." 여자의 목소리가 대답했다. "스무 번은 얘기했어."

"네가 은밀한 곳을 원한다고 했잖아."

"웨일스 가는 길 중간쯤이라고는 안 했지." 이제 데비 크럼비의 모습이 보였다. 데비 크럼비와는 얘기해본 적이 없지만, 톰 유는 해군에서 휴가를 나온 닉 유의 형이다. "안녕!" 하고 알은체를 하고 밧줄을 타고 내려갈 수도 있었다. 그래도 괜찮았을 것이다. 그러나 눈에 띄지 않는 편이 재미있었다. 나는 둥치에서 양 갈래로 갈라져나온 가지로 도로 들어가 그들이 가기를 기다렸다.

그러나 그들은 가지 않았다. "바로 여기야." 톰 유가 그네 옆에서 발을 멈췄다. "우리 형제들만의 마로니에 나무라고."

"여기에는 개미나 벌 같은 게 있지 않아?"

"그게 바로 '자연'이지, 뎁스. 시골은 원래 다 그런 법이야."

데비 크럼비는 두 개의 뿌리 사이 움푹 파인 곳에 러그를 펼쳤다.

지금이라도 내가 여기 있다고 알릴 수 있었다(알렸어야 했다).

그렇게 하려고 했다. 그러나 더듬거리지 않고 말할 수 있는 변명을 꾸며내기도 전에, 톰 유와 데비 크럼비가 러그 위에 드러누워 서로를 더듬기 시작했다. 그의 손가락이 그녀의 라벤더색 드레스 단추를 한 번에 하나씩, 무릎에서 햇볕에 탄 목까지 풀었다.

이제는 내가 무슨 말이든 했다가는 꼼짝없이 죽은 목숨이 될 것이다.

상수리나무가 휘청이고, 삐걱이고, 흔들렸다.

데비 크럼비는 톰 유의 바지 앞섶에 손가락을 넣으며 속삭였다. "안녕, 해군 아저씨." 둘은 킬킬대고 웃느라 더듬던 손을 멈춰야 했다. 톰 유는 자기 배낭에 손을 뻗어 맥주 두 병을 꺼내 스위스제 군용 칼로 병뚜껑을 땄다. (내 것은 붉은색인데, 그의 것은 검은색이다.)

그들은 병을 쨍강 맞부딪쳤다. 톰 유가 말했다. "자, 뭐에 건배할까……"

"……나, 아름다운 나를 위해서."

"나지, 멋진 나를 위해."

"내가 먼저 말했어."

"좋아. 너를 위해서."

그들은 갈색 맥주 같은 햇살을 들이켰다.

"그리고," 데비 크럼비가 진지한 어조로 덧붙였다. "무사히 다녀오기를."

"무사하고말고, 뎁스! 아드리아 해와 에게 해, 수에즈운하와 걸프 만을 다섯 달 동안 한 바퀴 돌고 오는 건데 뭐. 나쁜 일이 생긴다고 해봤자 햇볕에 타서 화상 입는 정도지."

"아, 하지만 일단 코번트리호에 오르면," 데비 크럼비가 입을 삐죽거렸다. 그런 척하는 것 같기도 했다. "지루하고 케케묵은 우스터셔에서 너를 애타게 그리워하는 애인 따위는 깡그리 잊어버리겠지. 아테네에서 신나게 술에 취해서 놀다가 그리스 창녀한테 성병이나 옮고, 이름이 그 뭐라더라……"

"뭔데?"

"……이아노스."

"'이아노스'는 남자 이름이야. 그리스어로 '존'이지."

"그래, 하지만 그 녀석이 너한테 우조*를 진탕 먹이고 자기 침대에 너를 묶어놓은 후에야 넌 그 사실을 알아채겠지."

톰 유는 씩 웃으며 드러누워 내 쪽을 똑바로 올려다보았다.

천만다행히도 그는 자기 눈에 들어오는 것을 보고 있지 않았다. 코브라는 500미터 밖에서도 먹잇감을 알아볼 수 있다. 하지만 먹이가 죽은 듯이 꼼짝 않고 있으면 바로 1미터 앞에 있어도 알아보지 못한다. 그날 오후 내가 위기를 면한 것도 바로 그런 이유에서였다.

---

* 아니스 열매로 담근 그리스 술.

"닉이 오줌싸개 어린애였을 때부터 바로 이 나무에 오르곤 했어. 어느 해 여름인가 나무 위에 집도 지었는데. 아직도 있을지 모르겠네……"

데비 크럼비는 벌써 그의 사타구니를 주무르고 있었다. "이 아기는 오줌 같은 거 안 쌌네요, 토머스 윌리엄 유." 데비 크럼비는 톰 유의 할리 데이비슨 티셔츠를 벗겨 내던졌다. 그의 등은 액션맨* 처럼 근육질에 번들거렸다. 한쪽 어깨에는 푸른색 황새치 문신이 새겨져 있었다.

그녀는 단추를 푼 라벤더색 드레스를 꿈지럭거리며 벗었다.

돈 매든의 가슴이 한 쌍의 대니시페이스트리였다면, 데비 크럼비의 가슴은 두 개의 스페이스 하퍼**였다. 젖가슴마다 유두가 오똑 솟아 있었다. 톰 유는 양쪽에 차례로 키스했다. 그의 침이 4월의 햇빛에 반짝였다. 엿보는 것이 잘못인 줄은 알지만 어쩔 수가 없었다. 톰 유는 그녀의 빨간색 팬티를 벗기고 음모를 애무했다.

"내가 멈춰주기를 바란다면, 크럼비 부인, 지금이라도 말만 해."

"오오, 유 도련님, 감히 용기가 안 나는가보네." 그녀가 톰에게 꼭 달라붙으며 말했다.

톰 유가 그녀의 속으로 들어가 앞뒤로 몸을 흔들어댔고, 그녀는 마치 그가 자기 몸을 쥐어짜고 있는 것처럼 숨을 가쁘게 몰아쉬며 개구리처럼 그의 몸을 자기 다리로 감았다. 이제 그는 실오라기 하나 걸치지 않은 채 위아래로 몸을 움직였다. 그의 은목걸이가 목에

---

* 1966년 영국에서 처음 제작된 장난감 인형.
** 아이들이 타고 노는 짐볼.

172

서 흔들렸다.

이제 그녀의 지저분한 발바닥이 기도를 하듯 마주 닿았다.

이제 그의 피부가 땀으로 번들거렸다.

이제 그녀는 고문당하는 무민트롤*처럼 신음했다.

이제 톰 유의 몸이 휘어지면서 거세게 부르르 떨리더니 그에게서 밧줄을 찢는 것 같은 소리가 새어나왔다. 다시 한번 더 그가 몸을 깊숙이 밀어넣었다.

그녀의 손톱이 그의 엉덩이에 연어빛 자국을 내며 깊숙이 박혔다.

데비 크럼비의 입이 완벽한 O자가 되었다.

세인트가브리엘 교회에서 한시인지 두시인지를 알리는 종소리가 이렇게 멀리까지 퍼져왔다. 도망자 모런은 지금쯤 승마길을 따라 수 킬로미터 밖에 있겠지. 이제는 그가 녹슨 오소리 덫에라도 걸렸기를 바라는 수밖에 없다. 나한테 제발 좀 사람을 불러달라고 빌겠지. 그러면 이렇게 말해줘야지. "흥, 모런, 내가 행여라도 그렇게 해줄 것 같냐?"

데비 크럼비와 톰 유는 아직도 뒤엉켜 떨어질 줄을 몰랐다. 그녀는 이제 겨우 살포시 잠에 빠져들었지만, 톰 유는 코를 골고 있었다. 그의 등 잘록한 부분에 나비 한 마리가 날아와 고인 땀을 마시려 했다.

나는 배도 고프고 짜증도 나고 속이 메슥거리면서 질투도 나고

---

* 토베 얀손의 그림동화인 '무민 시리즈'에 나오는 캐릭터.

졸리기도 하고 창피하기도 했다. 자랑스럽지도 않고 기쁘지도 않고 그걸 하고 싶은 건 더더구나 아니었다. 그들이 냈던 소리는 전혀 사람의 소리 같지 않았다. 산들바람이 상수리나무에게 자장가를 불러주고 상수리나무는 나에게 자장가를 불러주었다.

"으아아아아아!" 톰 유가 고함을 질렀다. "아아아아아아!"

데비 크럼비도 비명을 질렀다. 그녀의 눈에서 흰자위가 희번덕거렸다.

그는 그녀의 품에서 후다닥 벗어나 옆으로 몸을 굴렀다.

"톰! 톰! 괜찮아, 괜찮아, 괜찮다니까!"

"제길 제길 제길 제길 제길 제길 제길."

"자기야! 나 뎁스야! 괜찮다고! 악몽이야! 악몽을 꾸었을 뿐이라니까!"

햇볕에 그을린 알몸을 드러낸 톰 유는 겁에 질린 눈을 감은 채 알았다고 고개를 끄덕이고는 몸을 웅크리고 목을 움켜쥐었다. 그렇게 고함을 질러댔으니 성대가 성할 리 없을 것이다.

"괜찮아." 데비 크럼비가 라벤더색 드레스를 서둘러 입고 엄마처럼 톰 유를 껴안아주었다. "자기, 떨고 있구나! 옷 입어. 이제 다 괜찮아."

"뎁스, 미안해." 그의 목소리가 갈라졌다. "놀랐겠다."

그녀는 그의 어깨에 셔츠를 덮어주었다. "무슨 꿈이었어, 톰?"

"아무것도 아니야."

"아무것도 아니긴. 말해봐!"

"코번트리호에 타고 있었어. 적의 사격이 시작되더니……"

"계속해봐. 얘기해."

톰 유는 눈을 꽉 감고 고개를 가로저었다.

"얘기해보라니까, 톰!"

"더는 못하겠어, 뎁스. 너무…… 끔찍하게 생생했어."

"하지만 톰. 너를 사랑해. 알고 싶어."

"그래, 나도 너를 정말 사랑해. 그래서 말할 수 없는 거야. 이리 와. 마을로 돌아가자. 아이들 눈에 띄겠어."

콜리플라워가 산등성이 사이에서 줄 맞춰 자라고 있었다. 산등성이를 반쯤 지났을 때 비행기들이 굉음을 울리며 세번 계곡 위 하늘을 가로질러 날아갔다. 회오리바람이 하루에도 몇 번씩 우리 학교 상공을 휩쓸고 간다. 그래서 언제든 손으로 귀를 막을 준비가 되어 있었다. 그러나 호커해리어 수직이착륙기 석 대가 한꺼번에 크리켓 공으로 맞힐 수 있을 만큼 땅에서 가까이 날아갈 줄은 몰랐다. 엄청난 굉음은 믿을 수 없을 정도였다! 나는 몸을 공처럼 둥글게 구부리고 살짝 엿보았다. 해리어기들은 맨번에 충돌하기 직전에 아슬아슬하게 방향을 틀어 소련의 레이더 높이 아래에서 날카로운 소리를 울리며 버밍엄 쪽으로 날아갔다. 3차 대전이 터진다면, 미그기들이 바르샤바나 동독에 배치되어 나토의 레이더 밑에서 날아다닐 것이다. 그리고 우리 같은 사람들한테 폭탄을 떨어뜨리겠지. 우스터나 맬번, 블랙스완그린 같은 영국의 도시와 마을에.

드레스덴, 런던 대공습과 나가사키.

나는 해리어기들의 굉음이 멀리서 들려오는 자동차 소리와 근처의 나무들이 내는 소리 속으로 마침내 잦아들 때까지 그대로 웅크리고 있었다. 귀를 대고 있노라면, 땅은 하나의 문이다. 대처 수상이 어제 TV에 나와서 학생들에게 크루즈미사일에 대해 얘기했다. "운동장에서 설치는 못된 아이들을 막는 방법은 그 아이들한테, 우리에게 주먹을 썼다가는 훨씬 더 호되게 당할 수 있다는 걸 보여주는 것뿐입니다!" 그녀는 자신의 푸른 눈 색깔만큼이나 자신의 진실을 확신하는 어조로 말했다.

그러나 되레 당할지도 모른다는 위협도 로스 윌콕스와 그랜트 버치의 싸움을 전혀 막지 못했다.

나는 몸에 묻은 지푸라기와 먼지를 털어내고 다음 들판까지 계속 걸었다. 들판 모퉁이에 구식 욕조가 있었다. 진흙에 남은 발굽 자국으로 보아 여물통으로 쓰였던 모양이었다. 욕조 안에는 뭔가가 거대한 비료 부대에 덮여 있었다. 궁금해서 비료 부대를 옆으로 치워보았다.

흙투성이가 된 내 나이 또래 소년의 시체였다.

시체가 일어나 앉더니 내 목을 푹 찔렀다.

시체가 알아듣기 힘든 소리로 웅얼거렸다. "재는 재로! 먼지는 먼지로!"*

일 분이 다 지났는데도 딘 모런은 **아직도** 바지에 오줌을 지릴 정도로 웃어대고 있었다. "네 꼴이 어땠는지 알아?" 그는 웃느라고 씨근대며 말했다. "네가 **보지** 못한 게 아쉽다!"

"됐어, 됐다고." 나는 거듭 말했다. "축하한다. 너는 천재야."

---

* 영국 장례식에서 하는 말.

"완전 똥 밟은 꼴이었다니까!"

"그래, 모런. 정말 잘했어. 좋아."

"만우절에 나만큼 멋지게 속여넘긴 사람도 없을 거다!"

"그러니까 왜 가버렸어? 같이 터널을 찾기로 하지 않았어?"

모런이 조용해졌다. "저기, 있잖아……"

"아냐, 됐어. 난 우리가 통한 줄 알았는데."

"너를 깨우기 싫어서 그랬어." 모런이 어색하게 말했다.

이건 모런의 아버지 때문이야. 태어나지 않은 쌍둥이가 말했다.

모런이 게리 드레이크로부터 나를 구해줬으니, 이번에는 내가 넘어가주기로 했다. "그럼 너도 계속하고 있는 거야? 그 터널 말이야. 아니면 또 몰래 살그머니 빠져나가서 너 혼자 갈 거야?"

"난 여기서 네가 따라오기를 기다리고 있었다고. 그렇잖아?"

묵혀놓은 들판 멀리 저 끝에 관목 숲이 우거진 언덕이 솟아올라 있었다. "내가 저기서 누굴 봤는지 넌 아마 상상도 못할걸." 나는 모런에게 말했다.

모런이 대답했다. "트랙터에 타고 있는 돈 매든이겠지."

어라. "너도 돈을 봤어?"

"알다가도 모를 별난 계집애라니까. 나더러 트랙터 위로 기어오르라는 거야."

"돈이 그랬단 말이야?"

"그렇다니까! 나보고 팔씨름을 하자더라. 내 대니시빵에 자기 칼을 걸고."

"누가 이겼어?"

"내가 이겼지! 돈은 계집애인데 뭘! 하지만 어쨌거나 대니시빵은 빼앗겼어. 나한테 당장 자기 새아버지 땅에서 꺼지지 않으면 새아버지한테 나를 엽총으로 쏘라고 하겠다나. 별 웃기는 애가 다 있다니까."

12월이 되어 크리스마스 선물을 찾으러 돌아다닌 끝에 마침내 딱 갖고 싶은 것을 찾아냈다 치자. 그런데 정작 크리스마스가 되어도 베개 옆에 선물은 흔적도 없다. 내 기분이 딱 그랬다. "흠, 난 트랙터에 앉은 돈 매든보다 더 근사한 걸 봤어."

"그래?"

"톰 유랑 데비 크럼비."

모런이 입을 딱 벌렸다. "설마 데비가 젖꼭지라도 내놨어?"

"그게……"

소문은 꼬리에 꼬리를 물고 이어지는 법이다. 내가 모런에게 얘기한다 치자. 모런은 자기 누나 켈리에게 옮길 것이다. 켈리는 피트 레드말리의 누나 루스에게 얘기하겠지. 루스 레드말리는 피트 레드말리에게 말할 거다. 피트 레드말리는 닉 유에게 말할 것이다. 닉 유는 톰 유에게 말할 테고. 톰 유는 그날 저녁 150cc 스즈키를 타고 우리집으로 와서 나를 자루에 넣어 숲속의 호수에 던져넣을 것이다.

"'그게'가 뭐야?"

"실은, 그냥 서로 주물럭거리기만 하더라고."

"그 자리에 죽치고 있었어야지." 모런은 혀를 콧구멍까지 닿도록 쑥 내미는 기술을 선보였다. "그랬으면 구경 제대로 했을 텐데."

햇살이 나무들 사이로 비쳐들어와 만들어진 빛의 웅덩이 속에 블루벨 꽃이 무리 지어 있었다. 공기에서 꽃향기가 풍겼다. 야생 마늘에서는 가래침 같은 냄새가 났다. 검은 새가 노래를 부르지 않으면 죽기라도 할 것처럼 지저귀었다. 새들의 노랫소리는 숲의 생각이다. 아름답다. 하지만 소년들은 '아름답다'는 말을 해서는 안 된다. 그런 말은 게이들이나 하는 것이니까. 승마길은 한 명이 겨우 지나다닐 정도로 좁아졌다. 모런을 방패 삼아 앞서서 가게 했다. (『장군』을 읽고 나서야 생존기술에 대해 알게 되었다.) 모런이 갑자기 걸음을 멈추는 바람에 모런에게 쿵 부딪혔다.

모런이 손가락을 입술에 갖다 댔다. 승마길에서 스무 걸음쯤 위쪽에 청록색 작업복을 입은 쪼글쪼글한 남자가 있었다. 벌떼가 윙윙거리는 소리가 들리는 밝은 통로 바닥에서 그 쭈그렁 남자는 가만히 위쪽을 바라보고 있었다.

"저 사람 뭐 하고 있는 거야?" 모런이 속삭였다.

하마터면 기도하나봐, 라고 할 뻔했다. "모르겠는데."

"저 사람 위에 야생벌이 있어. 저 참나무에 말이야. 보여?" 모런이 소곤거렸다.

보이지 않았다. "네가 보기엔 양봉가 같아?"

모런은 처음에는 대답하지 않았다. 그 벌 치는 남자는 벌들이 자기 작업복과 얼굴을 온통 뒤덮었는데도 양봉가가 쓰는 마스크를 쓰지 않았다. 보고만 있어도 피부가 가렵고 따끔거렸다. 그는 삭발을 했고, 대머리에는 소켓처럼 보이는 흉터가 있었다. 찢어진 신발은 슬리퍼에 더 가까워 보였다. "모르겠는데. 저 사람 옆을 지나칠 수 있을까?"

“벌들이 떼 지어 몰려들까?” 벌이 나오는 공포영화가 떠올랐다.

우리가 있는 승마길에서 좁은 샛길이 구불구불 뻗어나가 있었다. 모런과 나 둘 다 같은 생각을 하고 있었다. 모런이 앞장을 섰다. 위험이 뒤쪽에 있을 때 용감해 보이는 행동은 아니다. 불안스레 두어 번쯤 굽은 길모퉁이를 돌았을까, 모런이 갑자기 속삭였다. “들어봐!”

벌인가? 발소리인가? 점점 더 커지나?

정말 그랬다!

우리는 밀랍 같은 이파리들과 할퀴어대는 호랑가시나무가 끝없이 이어지는 물결 속을 뚫고 걸음아 나 살려라 하고 달렸다. 뿌리가 울퉁불퉁 솟은 땅이 흔들리고 기울고 오르락내리락했다.

늘어진 담쟁이와 겨우살이로 빽빽이 둘러싸인 습지에서, 나와 모런은 한 걸음도 더 뗄 수 없을 정도로 기진맥진해서 바닥에 쓰러졌다. 별로 마음에 들지 않는 곳이었다. 살인범이 누군가를 끌고 와 목 졸라 죽이고 묻어놓을 것 같은 살벌한 구덩이였다. 나와 모런은 쫓아오는 소리에 귀를 기울였다. 배가 너무 땅겨서 숨을 쉬기도 힘들었다.

그러나 벌은 우리를 쫓아오지 않았다. 양봉가도 따라오지 않았다.

아마도 숲이 그저 재미 삼아 우리를 놀래주었나보다.

모런은 코를 들이마시더니 꿀꺽 삼켰다. “우리가 이겼나봐.”

“그런가보다. 그런데 승마길은 어디서 끊어졌지?”

이끼 낀 울타리에 널빤지가 빠져 있는 곳으로 간신히 비집고 나와보니, 바닥이 울퉁불퉁한 잔디밭이었다. 두더지가 파놓은 흙두둑이 여기저기 불쑥 솟아올라 있었다. 탑 같은 것이 있는 크고 조용한 저택이 언덕 꼭대기에서 우리를 내려다보고 있었다. 배 모양의 해가 비탈진 연못 속으로 녹아들었다. 열 받은 파리들이 물 위에서 미친 듯이 날아다녔다. 허물어져가는 야외음악당 옆에서 한창 꽃을 피운 나무들이 검은 더껑이를 거품처럼 피워올리는 듯 보였다. 저택을 빙 둘러싼 테라스에 놓인 가대식 식탁에는 방금 갖다놓은 레몬 스쿼시와 오렌지 스쿼시가 든 주전자들이 있었다. 그것들을 보고 있는데, 산들바람이 쌓아올린 종이컵을 쓰러뜨렸다. 몇 개가 우리 쪽 잔디밭으로 굴러왔다. 움직이는 사람은 하나도 없었다.

아무도 없었다.

"세상에. 저 스쿼시 한 컵만 마시면 소원이 없겠다." 내가 모런에게 말했다.

"나도 그래. 봄맞이 축제라도 있나봐."

"그런가봐. 그런데 다들 어디 갔지? 아직 시작 안 했나봐. 우리 가서 마시자. 누가 보면 돈 내려고 했다고 하면 되잖아. 기껏해야 2펜스나 5펜스 정도일 텐데 뭐." 입에서 짠맛이 나고 입안이 깔깔했다.

모런은 그 계획이 마음에 들지 않았다. "좋아."

하지만 우리는 목이 너무 말랐다. "그럼 가자."

벌들이 약에 취한 것처럼 라벤더 위를 날아다녔다.

"조용하다, 그치?" 모런의 속삭임이 너무 크게 들렸다.

“그러네.” 축제라면 가판대는 어디 있을까? 잘 맞히면 상으로 포마뉴*를 주는 회전판은? 모래 속에서 달걀껍질을 찾는 보물찾기는? 와인잔 속에 탁구공 던져넣기를 하는 데는?

건물 유리창에 비치는 것이라고는 거울에 비친 정원에 있는 우리뿐이었다. 오렌지 스쿼시 병에는 개미들이 빠져 죽어 있었다. 모런은 내가 레몬 스쿼시를 따르는 동안 종이컵을 들고 있었다. 병은 엄청 무거웠고 얼음조각들이 짤그랑거렸다. 내 손까지 얼어붙는 것 같았다. 마음껏 먹고 마신 이방인들에게 닥친 불행에 대한 이야기는 헤아릴 수도 없이 많다.

“건배.” 모런과 나는 마시기 전에 잔을 부딪는 시늉을 했다.

스쿼시를 마시자 12월이 찾아온 것처럼 입안이 시원해졌다. 아.

건물 양옆의 문이 갑자기 끼익하고 열리더니 남자들과 여자들이 재잘거리며 문으로 쏟아져나왔다. 이미 우리가 도망갈 길은 막혔다. 사람들 대부분은 그 양봉가와 똑같은 청록색 옷을 입고 있었다. 몸이 성치 않은 사람들은 간호복을 입은 간호사들이 미는 휠체어를 타고 나왔다. 나머지 사람들은 제 발로 걸어나오고 있었지만, 망가진 로봇처럼 움직임이 부자연스러웠다.

공포로 온몸에 소름이 쫙 끼치면서 그제야 상황이 이해가 되었다.

“리틀 맬번 정신병원이야!” 나는 모런에게 속삭였다.

그러나 모런은 내 옆에 없었다. 잔디밭 너머 널빤지가 빠져 있

는 곳으로 몸을 구겨넣어 빠져나가는 모런의 모습이 힐끔 보였다. 모런은 내가 자기 바로 뒤에 따라오고 있는 줄 알았을지도 모르고, 아니면 나를 위기상황에 버리고 간 것일지도 모른다. 하지만 내가 도망치려다 붙들리면 우리가 스쿼시를 훔쳐먹었다고 실토하는 꼴이 된다. 엄마 아빠한테도 내가 도둑질을 했다는 연락이 갈 것이다. 나를 잡지 못한다 해도, 개들과 사람들을 풀어서 우리 뒤를 쫓겠지.

그러니까 달리 선택의 여지가 없었다. 돈을 받을 사람을 찾아야 했다.

"오거스틴 모운스가 도망쳤어요!" 머리카락이 빗자루 같은 간호사 한 명이 내 쪽으로 뛰어오다 나와 부딪쳤다. "수프가 아직 뜨겁지만, 오거스틴은 보이지 않아요!"

나는 우물쭈물 말을 꺼냈다. "숲에 있던 그 남자 말씀이신가요? 벌떼와 함께 있던 남자 말이에요. 저기 있던데." 나는 오른쪽을 가리켰다. "승마길에요. 제가 알려드릴까요?"

"오거스틴 모운스!" 그녀는 이제야 나를 제대로 바라보았다. "어떻게 그럴 수가 있어요?"

"아뇨, 저를 다른 사람으로 잘못 보셨나본데요. 제……"(행맨이 '이름'이란 말을 하지 못하게 막았다) "저는 제이슨이라고 해요."

"나도 미치광이인 줄 알아요? 당신이 누군지도 모르게! 당신, 우리 결혼식 바로 다음날 유치한 모험을 한답시고 떠나버린 사람이잖아요! 그 바보 같은 가나슈 때문에! 운동장에서 한 약속 때문에! 나를 사랑하겠다고 맹세까지 해놓고서! 하지만 그때 당신은 전나무 숲에서 들려오는 부엉이 우는 소리에 아이와 나를 버려두고 떠나버렸죠. 그리고, 그리고……"

나는 뒤로 물러섰다. "스쿼시값은 낼게요……"

"아니, 안 돼! 봐요!" 악몽 같은 간호사가 내 팔을 꽉 잡았다. "그래서 어떻게 되었는지 보라고!" 여자는 손목을 내 얼굴 앞에 들이밀었다. "당신이 한 짓의 결과를 보란 말이야!" 끔찍한 흉터였다. 정말로 끔찍한 흉터가 정맥을 가로질러 패어 있었다. "이게 사랑이야? 이게 아껴주고, 존중해주고, 따르는 거야?" 얼굴에 침이 튀어서 눈을 감고 고개를 돌렸다. "당신이-무슨-권리로-남한테-이런-짓을-한단-말이야?"

"로즈메리!" 또다른 간호사가 다가왔다. "로즈메리! 우리 제복을 빌려가면 안 된다고 내가 백 번은 말하지 않았어요?" 그녀의 말투에는 마음을 놓이게 하는 스코틀랜드 억양이 섞여 있었다. "내가 말했죠?" 그녀는 나에게 조용히 고개를 끄덕여주었다. "저이는 당신 상대로는 좀 어린 것 같은데요, 로즈메리. 우리가 초청한 손님 명단에 있는지 모르겠군요."

"나야말로 당신한테 천 번은 말했을 거예요." 로즈메리가 외쳤다. "내 이름은 이본이라고! 이본 드 갈레라니까!" 리틀 맬번 타워의 이 진짜 미치광이가 내게 시선을 돌렸다. "내 말 좀 들어봐요." 로즈메리의 숨결에서 데톨 향과 양고기 냄새가 났다. "무언가라는 건 존재하지 않아요! 왜냐고? 모든 것이 이미 다른 어떤 것으로 변해버렸으니까!"

"이리 와요." 진짜 간호사가 겁먹은 말을 달래듯 로즈메리를 달랬다. "저 젊은이는 이제 놓아주자고요, 알았죠? 안 그러면 우리 덩치들을 불러야 해요. 그랬으면 좋겠어요, 로즈메리?"

다음에 무슨 일을 기대하고 있었는지 나도 모르겠지만, 이건 아니었다. 로즈메리의 턱이 쫙 벌어지면서 내가 태어나서 들어본 그 어떤 인간의 울음소리보다 더 큰 울부짖음이 그녀의 안에서 흘러나왔다. 그 울부짖음은 경찰차 사이렌처럼 점점 커졌지만, 훨씬 더 느리고 구슬펐다. 순식간에 잔디밭에 있던 모든 미치광이와 간호사와 의사 들이 그 자리에 우뚝 서서 동상처럼 굳어버렸다. 로즈마리의 울부짖음은 점점 더 거세어지고, 격해지고, 외로워졌다. 1킬로미터, 어쩌면 2킬로미터 밖의 사람들한테까지도 들렸을 것이다. 그녀는 누구 때문에 울부짖는 것일까? 그랜트 버치와 그의 부러진 손목을 위하여. 캐슬 씨의 아내와 그녀의 뒤죽박죽인 신경쇠약증을 위하여. 술독에 빠져 있는 모런의 아버지를 위하여. 개들한테 먹힌 소년원 아이를 위하여. 자기 엄마한테서 너무 빨리 나온 스킬치를 위하여. 여름이 망쳐버릴 블루벨 꽃을 위하여. 빽빽한 검은딸기나무 덤불을 헤치고 느슨하게 박힌 벽돌을 파내어 사라진 터널 속, 맬번힐 아래 깊은 곳의 그 텅 빈 구덩이로 기어들어간다 해도, 이 길게 꼬리를 끄는 울부짖음 소리는 틀림없이 거기까지 쫓아올 것이다. 반드시.

바위들

아무도 그것을 믿을 수 없다.

국가기밀보호법 때문에, 처음에는 신문들이 우리 전함이 공격 당했다는 것을 알리지 못했다. 그러나 이제는 BBC와 ITV에서도 보도가 나왔다. 쉬페르에탕다르*에서 발사된 엑조세 미사일이 프리깃함 셰필드에 명중해 확인되지 않은 수의 심각한 폭발을 일으켰다. 엄마, 아빠, 누나와 나, 온 가족이 거실에 모여 앉아 말없이 TV를 보았다(간만에 있는 일이다). 전투 장면을 찍은 필름은 없었다. 브라이언 핸러헌이 애로호나 시킹 헬리콥터가 생존자들을 어떻게 구조했는지 설명하는 동안, 연기가 피어오르는 배의 화질 나쁜 사진만 나왔다. 셰필드호는 아직 침몰하지 않았지만 남대서양의 겨울 날씨를 생각하면 시간문제일 뿐이었다. 우리 쪽 군인 마흔 명이 아직도 실종 상태였고, 그중 다수는 최소한 심각한 화상을 입

* 프랑스 다소 사가 개발한 함상공격기. 1982년 포클랜드전쟁에서 아르헨티나 해군이 영국 해군의 프리깃함 셰필드호를 엑조세 미사일로 격침시키면서 유명해졌다.

었다. 우리는 코번트리호에 탄 톰 유 생각을 떨칠 수가 없었다. 차마 인정하기에는 너무 끔찍한 일이지만, 블랙스완그린 사람들 모두 셰필드호만 변을 당했다는 데 안도감을 느꼈다. 끔찍한 일이다. 오늘까지 포클랜드전쟁은 월드컵이나 마찬가지였다. 아르헨티나는 축구에서는 강국일지 몰라도, 군사적인 면으로 보자면 한주먹감도 안 되는 나라였다. 삼 주 전에 기동부대가 플리머스와 포츠머스에서 떠나는 모습을 볼 때만 해도, 대영제국이 아르헨티나 놈들을 깨부수리라는 것은 의심의 여지가 없었다. 부둣가는 군악대, 손을 흔드는 여자들, 수많은 요트와 기적을 울리는 배들로 붐볐고, 화선火船에서는 물줄기들이 호를 그리며 떨어졌다. 우리에게는 헤르메스호, 인빈서블호, 일러스트리어스호, SAS, SBS*가 있었다. 푸마 헬리콥터, 레이피어 미사일, 사이드와인더 미사일, 링스 헬리콥터, 시스쿠아 미사일, 타이거피시 어뢰, 그리고 샌디 우드워드 사령관도 있었다. 아르헨티나 배들은 바보 같은 콧수염을 단 스페인 장군들 이름을 딴 함지박들이다. 소련이 아르헨티나 편에 설까 봐 알렉산더 헤이그**가 공개적으로 인정하지는 못하지만, 로널드 레이건 역시 우리 편이었다.

그런데 지금, 우리가 진짜로 **질지도** 모르는 상황이 된 것이다.

우리 외무부는 협상을 재개하려고 줄곧 시도해왔는데, 그 군사정부 떨거지들은 우리한테 저리 꺼지라고 하고 있다. 그들의 엑조세 미사일이 동나기 전에 우리 쪽 전함들이 남아나지 않을 판이다.

---

* Special Boat Service, 영국 해군의 특수부대.
** 미국 레이건 행정부의 국무장관.

바로 그 점을 노리고 저들이 도박을 하고 있는 것이다. 그들이 실수하는 거라고 할 수 있을까? 부에노스아이레스에 있는 레오폴도 갈티에리*의 궁 밖에서는 수천 명의 사람들이 거듭 외치고 있다. "당신은 진정 위대합니다!" 하도 시끄러워서 나는 잠도 못 자겠다. 갈티에리는 발코니에 서서 숨을 들이쉰다. 몇몇 젊은이들은 우리 카메라에 야유를 보낸다. "포기해! 꺼져! 영국은 비실거린다! 영국은 죽어가고 있어! 역사는 포클랜드제도가 아르헨티나의 것이라고 말한다!"

"하이에나떼 같군." 아빠가 말했다. "영국은 그래도 예의라는 걸 조금은 보여주었는데 말이야. 사람이 죽었는데! 저게 바로 우리와의 차이야. 저놈들을 보라니까!"

아빠는 잠자리에 들었다. 아빠는 등이 아파서 그런다며 손님방으로 자러 갔지만, 엄마는 나한테 아빠가 너무 심하게 몸을 뒤척여서 그렇다고 했다. 어쩌면 둘 다 이유일지도 모른다. 엄마 아빠는 오늘 저녁에도 식탁에서 입씨름을 벌였다. 나와 누나가 모두 있는 앞에서.

"쭉 생각해봤는데……" 엄마가 먼저 운을 뗐다.

"진정하라고." 아빠가 늘 하던 대로 농담조로 말을 가로막았다.

"……암석정원을 꾸며야겠어."

"무슨 정원이라고?"

"암석정원 말이야, 마이클."

"근사한 로렌조 허싱트리 주방을 새로 들였잖아." 아빠는 정신 차리라는 투로 말했다. "왜 흙무더기랑 바윗돌 따위가 있어야 한다는 거야?"

"누가 흙무더기래. 암석정원은 암석으로 만드는 거야. 그리고 생각해봤는데 수경 시설도 있어야겠어."

아빠는 헛웃음을 지었다. "집 안에 '수경 시설'이라니 무슨 말이야?"

"장식용 연못 같은 것 말이야. 분수나 작은 폭포 같은 것도 좋고."

"아." 아빠가 그거 멋지군, 이라는 투의 목소리를 냈다.

"장미꽃 옆의 땅에 뭘 좀 해야겠다고 우리 예전부터 줄곧 얘기했잖아, 마이클."

"당신이 했겠지. 난 아니야."

"아니야, 크리스마스 전에도 그 얘기를 했어. 내년쯤 해볼까 하고 당신이 그랬잖아. 지난해에도 그랬고, 지지난해에도 그랬다고. 게다가 당신 입으로 제부네 암석정원이 얼마나 멋진지 얘기했잖아."

"언제?"

"작년 가을에. 그랬더니 앨리스가 그랬잖아. '암석정원이 있으면 형부네 뒤뜰이 정말 근사해 보일 거예요.' 그랬더니 당신도 그럴 거라고 했고."

"네 엄마는 인간 녹음기로구나." 아빠가 누나에게 말했다.

누나는 말려들기를 거부했다.

아빠가 물을 한 모금 마셨다. "내가 처제한테 무슨 말을 했건 본심은 아니었어. 예의상 한 말이었지."

"자기 아내한테는 그런 예의를 차려주지 않는다니 유감이네."

누나와 나는 서로를 쳐다보았다.

아빠는 포크 위에 콩을 올렸다. "어느 정도 규모를 생각하고 있는 거야? 레이크 지방을 실물 크기로 만들자는 건가?"

엄마가 수납장 위에 놓인 잡지로 손을 뻗었다. "이런 거야……"

"아, 알겠군. 〈하퍼스 바자〉가 암석정원 특집을 실었으니 우리도 당연히 하나 꾸며야 한다 이거군."

"케이트네 집에도 멋진 암석정원이 있어요. 야생화 헤더도 있고요." 누나가 중립을 지키며 끼어들었다.

"케이트는 좋겠구나." 아빠는 잡지를 자세히 보려고 안경을 꼈다. "아주 좋아, 헬레나. 하지만 여기서는 진짜 이탈리아산 대리석을 썼군."

엄마의 "맞아"라는 대꾸는 그러니까 나도 대리석을 쓰겠어, 라는 말로 들렸다.

"대리석값이 얼마나 나갈지 한 번이라도 생각해보고 하는 소리야?"

"생각한 정도가 아니라 키더민스터의 조경사한테 연락도 해봤어."

"왜 내가 돌무더기 따위에 돈을 써야 하지?" 아빠는 마룻바닥에 잡지를 내던졌다.

평소 같으면 이쯤에서 엄마가 물러섰지만, 오늘은 달랐다. "그래서 당신이 거의 쓰지도 않는 골프클럽 회원권에 600파운드를 쓰는 건 옳고, 내가 우리집을 좀 꾸미는 건 옳지 않단 말이야?"

"내가 누누이 말하고 또 말하지만, 골프장은 거래를 트는 곳이야." 아빠는 언성을 높이지 않으려 애썼다. "중요한 판촉은 물론이고. 나도 별로 내키지 않고, 당신도 마음에 안 들어하지만 어쩔 수 없는 일이야. 크레이그 솔트도 퍼블릭 골프장에서 골프를 치지는 않는다고."

"나한테 대고 포크 흔들지 마, 마이클."

아빠는 포크를 내려놓지 않았다. "이 집에서 온 식구를 먹여 살리는 사람은 나라고. 내 월급에서 조금 쓰는 게 그렇게 말도 안 되는 짓이라고는 생각하지 않아."

내 매시트포테이토는 차갑게 식어 있었다.

"그러니까 그 말은 지금 나는 잼이나 만들고, 어른이 결정할 일은 바지 입은 사람한테 맡겨두라는 뜻이야?" 엄마가 냅킨을 접으며 말했다.

아빠는 눈을 굴렸다. (내가 그런 짓을 했다가는 살아남지 못할 것이다.) "여성해방운동 같은 소리는 당신 여성단체 친구들한테나 하라고, 헬레나. 난 당신한테 정중하게 부탁하는 거야. 오늘 아수 긴 하루를 보냈다고."

"윗사람 행세하며 가르치는 건 슈퍼마켓의 당신 직원들한테나 실컷 해, 마이클." 엄마가 요란스럽게 접시를 쌓아 주방으로 가져갔다. "하지만 집에서는 그만둬. 당신한테 정중하게 부탁하는 거야. 나도 아주 긴 하루를 보냈다고." 엄마는 주방으로 들어갔다.

아빠는 엄마의 빈 의자를 노려보았다. "자, 제이슨, 학교는 어땠니?"

속이 뒤틀렸다. 행맨이 '나쁘지 않았어요'를 막았다.

"제이슨?" 아빠의 목소리에 열이 올라 있었다. "학교는 어땠냐고 묻잖아."

"좋았어요, 아빠." (오늘 하루는 엉망진창이었다. 켐지 선생님
이 내 음악책에 케이크 부스러기가 묻었다고 야단을 쳤고, 카버 선
생님은 나더러 하키 팀에서 '뇌성마비 환자만큼이나 쓸모가 없
다'고 했다.)

엄마가 주방에서 접시에 남아 있는 음식을 긁어내는 소리가 들
렸다.

획획, 쿵, 접시에 칼 부딪는 소리.

"좋아. 너는 어땠니, 줄리아?" 아빠가 말했다.

누나가 입을 떼기도 전에 접시가 주방 바닥에 쨍그랑하고 떨어
졌다. 아빠가 의자에서 벌떡 일어났다. "헬레나?" 쾌활하던 태도
는 자취를 감췄다.

뒷문이 부서져라 닫히는 소리가 엄마의 대답을 대신했다.

아빠가 뛰어나가 엄마를 뒤쫓아갔다.

까마귀들이 세인트가브리엘 교회 위를 빙빙 돌며 까옥거렸다.

누나가 볼을 둥그렇게 부풀렸다가 숨을 훅 불어냈다. "별 세
개쯤?"

불행히도, 나는 손가락 네 개를 들었다.

"안 좋은 날인 것뿐이야, 제이스." 누나가 화사한 미소를 지었
다. "그뿐이라고. 결혼이라는 게 원래 다 그래. 정말로. 걱정할 것
없어."

✦

GOTCHA*

대처 수상은 오늘 저녁 BBC1에서 보타이를 맨 이 얼간이 바보의 진을 빼놨다. 그는 완전봉쇄구역 바깥에서 아르헨티나의 순양함 헤네랄 벨그라노를 침몰시킨 것은 도덕적으로나 법적으로나 잘못된 일이라고 말하고 있었다. (실은 며칠 전 우리가 벨그라노를 침몰시켰지만 신문들은 이제 막 사진을 손에 넣었고, 셰필드호 사건 이후로 우리는 아르헨티나 병신들에 대해서는 일말의 동정심도 없었다.) 대처 수상은 색유리 같은 파란 눈을 그 천치에게 고정시킨 채, 적의 순양함이 온종일 그 지역을 들락날락거렸다고 지적했다. 수상은 이렇게 말했다. "우리 조국의 아버지들과 어머니들은 법적 세부사항 문제를 놓고 아들들의 생명으로 도박을 하라고 저를 이 나라의 수상으로 뽑아준 것이 아닙니다. 우리가 지금 전쟁중인 나라라는 사실을 제가 굳이 일깨워드려야겠습니까?" 스튜디오 전체가 환호했다. 아마도 온 나라가 같이 환호를 보냈을 것이다. 마이클 풋, '레드' 켄 리빙스턴, 앤서니 웨지우드 벤 같은 좌빨 광신도들만 빼고. 대처 수상은 과연 죽여준다. 진짜 강하고, 진짜 침착

---

* '좋았어'라는 뜻.

하고, **진짜로** 확신에 넘친다. 전쟁이 터진 후로 입도 벙긋 않는 여왕보다 백배는 더 쓸모 있다. 스페인 같은 나라들은 우리가 벨그라노에 사격을 가하지 말았어야 했다고 하지만, 그토록 많은 아르헨티나 놈들이 빠져 죽은 이유는 그 선단의 다른 배들이 전우들을 구해주지 않고 내빼버렸기 때문이다. 우리 영국 해군 같으면 **절대로**, **죽어도**, 그렇게 대 영국인을 빠져 죽게 내버려두지 않을 것이다. 그리고 어쨌든, 어느 나라나 해군이나 육군에 들어가면 생명을 건 데 대한 대가를 받는다. 톰 유처럼. 지금 갈티에리는 우리를 협상 테이블로 되돌아오게 하려고 애쓰고 있지만, 수상은 그에게 자신이 논할 유일한 사안은 UN 결의안 502호[*]뿐이라고 말했다. 바로 영국 영토로부터 아르헨티나의 무조건적인 퇴각이다. 뉴욕의 어떤 아르헨티나 외교관은 여전히 벨그라노가 그 지역 밖에 있다고 되풀이해 떠들면서 영국은 더이상 해상을 지배하고 있지 못하며, 지배권을 포기했다고 지껄였다. 〈데일리 메일〉지의 보도에 따르면 쓰레기 같은 라틴 하급 관리는 죽고 사는 문제를 놓고도 멍청한 핑계나 일삼는 것이 보통이란다. 〈데일리 메일〉은 아르헨티나 놈들이 우리 통치권 아래에 있는 식민지에 푸른색과 흰색으로 된 자기네 거지 같은 국기를 꽂기 **전**에 그 결과를 생각해봤어야 한다고 말한다. 〈데일리 메일〉 말이 백번 옳다. 〈데일리 메일〉은 레오폴도 갈티에리가 자기 국민을 고문하고, 살해하고, 헬리콥터에서 바다로 밀어 떨어뜨리고서 국민의 관심을 다른 곳으로 돌리기 위해 포

---

[*] 아르헨티나와 영국, 북아일랜드 정부가 포클랜드에서 무력 사용이나 위협을 자제해주기를 요청한 결의안. 1982년 유엔 안전보장이사회에서 채택함.

클랜드를 침략했을 뿐이라고 말한다. 그것도 〈데일리 메일〉 말이 백번 옳다. 〈데일리 메일〉 말로는 갈티에리가 내세우는 애국심은 악당들의 최후의 도피처란다. 〈데일리 메일〉 말은 마거릿 대처 말과 마찬가지로 하나도 틀린 데가 없다. 온 영국이 열정적으로 변했다. 사람들은 헌혈을 하려고 병원 밖까지 길게 줄을 서고 있다. 휘틀록 선생님은 거의 생물시간 내내 어떤 애국심 강한 젊은이들이 헌혈을 하려고 우스터 병원까지 자전거를 타고 갔다는 얘기를 했다. (선생님이 말한 젊은이들이 길버트 스윈야드와 피트 레드말리라는 것을 모르는 사람은 없다.) 간호사가 그들에게 너무 어려서 안 된다고 했다. 그래서 휘틀록 선생님이 우리 지역구의 마이클 스파이서 의원에게, 영국의 어린이들이 전쟁 지원에 기여할 권리를 거부당하고 있다고 항의하는 편지를 썼다는 것이다. 그의 편지는 이미 〈맬번 가제티어〉에 실렸다.

닉 유는 자기 형 톰 덕분에 학교에서 영웅이 되었다. 닉은 셰필드호는 어쩌다 운이 나빴을 뿐이라고 말했다. 우리의 미사일방어 시스템이 이제부터 엑조세 미사일을 물리치도록 조정될 것이다. 그리하여 빠른 시일 내에 우리 섬들을 되찾아야 한다. 〈선〉 지는 최고의 반反 아르헨티나 풍자나 농담에 100파운드를 걸었다. 나는 농담은 할 줄 모르지만, 전쟁에 대한 스크랩북을 만들고 있다. 신문과 잡지에서 전쟁 관련 기사를 오려 모은다. 닐 브로즈도 하고 있다. 그는 지금부터 이삼십 년 후 포클랜드전쟁이 역사가 되면 그 스크랩북이 아주 비싼 값을 하게 될 거라고 생각한다. 이 모든 흥분이 절대로 도서관과 자료보관소에서 먼지 쌓인 누런 종이로 변해가지는 않을 것이다. 어림도 없다. 사람들은 세상이 끝날 때까지 포클랜드에 대해 단 한 가지도 빠짐없이 다 기억할 것이다.

학교에서 돌아와보니 엄마가 식탁에 은행 어음을 잔뜩 펼쳐놓고 앉아 있었다. 불연성 재질로 된 아빠의 서류금고가 활짝 열려 있었다. 나는 주방 쪽문을 통해 엄마에게 "안녕" 하고 인사를 건넸다.

"안녕 못해." 엄마가 계산기에서 눈을 떼지 않은 채 대꾸했다. "하지만 정말 뜻밖의 사실을 알게 됐지."

"잘됐네요." 나는 그게 뭘까 궁금해하면서 대답했다. 다이제스티브 쿠키를 몇 개 먹고 리베나를 한 잔 마셨다. 누나는 A레벨 시험을 준비하느라 하루종일 집에서 공부를 하고 있었기 때문에 자파케이크를 싹 쓸어갔다. 욕심꾸러기. "뭐 하세요?"

"스케이트보드 타는 중이야."

그때 그냥 위층으로 올라갔어야 했다. "저녁 반찬은 뭐예요?"

"개구리 반찬."

내가 바라는 것은 간단한 질문에 대한 비꼬지 않은 대답이었다. "보통은 은행 예금하고 관련된 일은 아빠가 다 보시지 않나요?"

"그렇지." 엄마가 드디어 나에게 눈길을 돌렸다. "네 훌륭한 아빠가 집에 왔을 때 기분 좋은 깜짝 선물 한번 받아봐야 하지 않겠니?" 엄마의 목소리에는 심술이 잔뜩 묻어 있었다. 그 목소리에 가슴이 턱 막히는 것 같았다. 얼마나 심했던지 아직도 풀어지지 않았다.

저녁 반찬이 차라리 개구리 반찬이었으면 좋았을 텐데. 당근 통조림, 찐 콩과 베이컨 구이, 그레이비소스를 뿌린 하인츠 미트볼이 아니라. 그리고 갈색으로 변한 오렌지 한 접시도. 엄마도 친척들이 올 때는 진짜 요리를 할 줄 안다. 암석정원을 갖게 될 때까지는 준법투쟁을 할 모양이다. 아빠는 "끝내주게 맛있다"고 했다. 빈정거림을 애써 감추는 수고도 하지 않았다. 그건 엄마도 마찬가지였다. "그렇게 말해주니 기쁘네."(요즘 엄마와 아빠가 서로에게 하는 말은 속뜻과는 완전히 딴판이다. 평범하고 공손한 말이 그렇게까지 독기를 품어서는 안 되지만 그렇게 될 수도 있다.) 엄마 아빠가 나눈 대화는 전부 식사에 관한 것뿐이었다. 푸딩은 사과 스펀지케이크였다. 내 숟가락을 따라 흘러내린 시럽이 우리 해군의 항로를 만들고 있었다. 나는 잠시 분위기도 잊고, 용감하게 우리 젊은이들을 이끌고 눈 같은 커스터드소스를 넘어가 스탠리 항에서 최종 승리를 거두었다.

　누나가 설거지를 할 차례였지만, 우리는 지난 몇 주간 일종의 동맹 비슷한 관계가 되었기 때문에 내가 누나를 도와 접시를 말렸다. 누나가 항상 그렇게 재수 없는 건 아니다. 설거지를 하면서 자기 남자친구 이완 얘기를 조금 해주기까지 했다. 그의 엄마는 버밍엄 심포니 오케스트라에 있다. 타악기 연주자이며, 심벌즈를 치고 천둥 같은 소리가 나는 팀파니를 연주하는데 아주 웃긴 소리가 난다고 한다. 하지만 엄마가 접시를 깨부수고 엄마 아빠가 마지막으로 크게 한판 한 이후로 계속 행맨이 나를 애먹이고 있다. 그래서 거의 누나 혼자 얘기하게 내버려두었다. 아침에 눈을 뜨면서부터 밤에 잠들 때까지 머릿속에 온통 전쟁 생각뿐이어서, 다른 얘기를 들으니까 좋았다. 우리 정원과 맬번 사이 골짜기 바닥으로 저녁 햇살이 쏟아져내렸다.

튤립들은 자두 같은 진보라색, 우유 같은 흰색, 달걀노른자 같
은 황금색이다.

엄마 아빠는 우리가 주방에 있을 동안 기묘하게 소리 없는 전쟁
을 한판 벌인 것이 틀림없었다. 설거지를 마치고 가보니 두 분이
식탁에 앉아 그날 일에 대해 평소처럼 대화를 나누는 것 같았다.
누나가 부모님에게 커피를 드시겠느냐고 묻자 아빠가 대답했다.
"그래, 한 잔 주렴." 그러자 엄마가 말했다. "고마워, 아가씨." 학교
에서 돌아왔을 때 어쩌면 내가 완전히 헛다리를 짚었던 것인지도
모르겠다는 생각이 들었다. 막혔던 가슴도 조금 풀렸다. 아빠가 엄
마한테, 주말의 팀 수련회에서 상사인 크레이그 솔트가 아빠의 수
습사원 대니 롤러한테 자기 드로리언 스포츠카를 몰고 고카트* 트
랙을 한 바퀴 돌 수 있게 해준 일을 재미있게 이야기해주고 있었
다. 그래서 나는 위층으로 올라가지 않고 거실로 가서 TV를 켜고
〈내일의 세계〉를 보았다.
　바로 그때 엄마가 기습공격의 포문을 여는 소리가 들렸다. "그
건 그렇고 마이클, 왜 1월에 냇웨스트 은행에서 두번째 담보대출
을 5000파운드나 받았어?"
　5000파운드라고! 우리집을 팔아도 2200파운드밖에 안 될 텐데!
　〈내일의 세계〉에 따르면, 미래에는 자동차들이 길에 심어놓은
표식을 따라 스스로 운전하게 될 거라고 한다. 우리는 그저 목적지
를 입력하기만 하면 된다. 교통사고 따위는 다시는 일어나지 않을

---

* 지붕 없는 소형 경주용 자동차.

것이다.

"내 은행계좌를 뒤진 거야?"

"내가 재무 상태를 보지 않았다면 아직도 순진하게 아무것도 모르고 있었겠지, 그렇지 않아?"

"그래서, 내 서재에 들어가서 마음대로 뒤졌다는 말이군."

나는 속으로 생각했다. 아빠, 아빠! 엄마한테 그런 식으로 말하지 마세요.

엄마의 목소리가 가늘게 떨렸다. "솔직하게 말해줘, 마이클. 내가, 내가 당신 서재에 들어가면 안 되는 거야? 아이들만이 아니라 나조차도 그 서류 캐비닛에 손대서는 안 되는 거야?"

아빠는 아무 대꾸도 없었다.

"나를 구식이라고 해도 좋아. 하지만 자기 남편이 무려 5000파운드나 되는 빚을 지고 있다는 걸 알게 되었다면, 솔직한 대답을 들을 권리가 있다고 생각해."

나는 속이 메스껍고, 춥고, 팍 늙은 기분이 들었다.

아빠가 드디어 입을 열었다. "그런데 어째서 갑자기 회계업무에 관심이 생긴 거지?"

"왜 우리집을 또 저당잡혔어?"

〈내일의 세계〉 진행자는 스튜디오 천장에 제 몸을 붙이고 있었다. "영국의 두뇌들은 중력보다 더 강한 화학 본드를 꿈꾸고 있습니다!" 진행자가 씩 웃었다. "여러분도 그 본드에 한번 목숨을 걸어보시죠!"

"좋아. 그럼 내가 이유를 말해줄까?"

"정말로 듣고 싶어."

"상환 기한을 연기한 거야."

엄마가 살짝 웃었다. "지금 말장난으로 나를 속이겠다고?"

"말장난이 아니야. 상환 기한을 연기한 거라니까. 제발 그렇게 나한테 히스테리 좀 부리지 말라고."

"내가 뭐라고 했으면 좋겠어요, 마이클? 우리집을 담보로 잡다니! 그리고 돈은 귀신도 모를 곳에 뭉텅이로 가져다주고. 아니면 귀신도 모를 상대한테 줬나?"

아빠는 무서울 정도로 조용히 말했다. "그건 또 무슨 소리야?"

"어떻게 된 일인지 정중하게 묻는 거야." 엄마가 뒤로 한발 슬쩍 물러났다. "그런데 지금 당신은 대답을 피하고만 있어. 이 일을 어떻게 생각하면 좋을지 말 좀 해줄래? 나는 이해가 안 되니까……"

"바로 그거야, 헬레나! 고마워! 당신이 정확히 짚었어! 당신은 이해하지 못해! 난 돈이 부족해서 대출을 받았다고! 그래, 요정들한테는 돈 따위 필요 없겠지만,* 오늘 오후 셜록 홈스 노릇을 하면서 당신도 알아차렸을지 모르겠군. 처음에 받은 대출금을 감당하려면 우리는 계속 그 망할 담보대출을 받아야 한다고! 당신이 우겨서 산 그 쓰레기들에 대한 보험료며! 전기, 가스, 수도 요금이며! 당신의 근사한 주방이랑 망할 새 로열 덜튼 식기세트는 또 어떻고. 기껏해야 일 년에 두 번 오는 당신 동생하고 브라이언한테 과시하느라고 쓴 돈이지! 당신 차는 재떨이가 유행이 바뀔 때마다 바꿔줘야 하잖아! 그리고 이제는, 이번에는, 조경술에서 새로운 모험을 해보지 못한다면 인생 헛산 거라고 생각하고 있으니!"

---

* 아일랜드 전설에 나오는 작은 요정 레프리콘은 많은 보물을 가지고 있으면서 보물이 있는 곳을 순순히 가르쳐준다고 한다.

"목소리 좀 줄여, 마이클. 애들이 들어."

"당신이야말로 전혀 걱정 안 되나보군."

"이제는 당신이 히스테리를 부리고 있네."

"좋아, '히스테리'라. 좋다고. 당신이 의견을 내놓으라고 했지, 헬레나. 그러면 이렇게 하자고. 당신이 한번 깨어 있는 시간은 다 회의, 그 빌어먹을 회의로 보내고, 인력 부족이며 재고 결손, 실망스러운 대차대조표로 욕을 먹어보라고. 해마다 3만, 4만, 5만 킬로미터씩 차를 몰고 돌아다니느라 등이 다 망가져보란 말이야! 그러고 나면, 그후에는 나더러 히스테리 부린다고 해도 좋아. 그때까지는 내가 당신 청구서를 막느라 어떻게 해야 했는지 눈곱만큼이라도 관심을 가져주면 고맙겠군. 그게 내 의견이야."

아빠는 쿵쾅대며 위층으로 올라갔다.

아빠가 서류 캐비닛을 요란하게 닫는 소리가 울렸다.

엄마는 식사실을 뜨지 않았다. 나는 엄마가 울고 있지 않기를 하느님께 빌었다.

제발 '내일의 세계'가 활짝 열려서 나를 삼켜버렸으면.

전쟁은 누구라도 크게 손해를 보고도 여전히 이길 수 있는 경매 같은 것이다. 나쁜 소식이 들어왔다. 브라이언 핸러헌이 산카를로스 만 상륙은 2차 대전 이후 영국 해군에게 최악의 손실을 입혔다고 말했다. 언덕이 우리 쪽 레이더를 막아서, 전투기들이 바로 우리 머리 위로 날아올 때까지도 몰랐던 것이다. 맑은 아침은 아르헨티나인들에게 선물이나 다름없었다. 그들은 수송선이 아니라 주함선을 공격했다. 일단 기동부대를 침몰시키고 나면 우리 육군을 쉽게 겨누어 쏠 수 있을 것이기 때문이다. 아든트호가 침몰했다. 브릴리언트호도 무력화되었다. 앤트림호와 아르고노트호는 영원히 전선에서 물러나게 되었다. TV에서는 온종일 같은 영상만 나왔다. 적기 미라주 III-E가 하늘을 가득 메운 시캣 대공미사일과 시울프 미사일, 시슬러그 미사일 사이를 누볐다. 만에 폭음과 함께 물보라가 솟았다. 검은 연기가 아든트호의 선체에서 뭉게뭉게 솟아올랐다. 우리는 처음으로 포클랜드 섬을 보았다. 나무도 집도 울타리도 없고, 색채도 없는 회색 모래톱과 녹색뿐이었다. 누나는 헤브리디스제도 같다고 했다. 그 말이 맞았다. (우리는 삼 년 전 멀 섬에 간 적이 있다. 우리 집안 역사상 제일 비가 심하게 온 휴가였지만 최고였다. 나는 아빠랑 한 주 내내 수부테오*를 하고 놀았다. 나는 리버풀이었고 아빠는 노팅엄 포레스트였다.) 브라이언 핸러헌은 우리 시해리어 전투기의 반격 덕분에 전멸은 막을 수 있었다고 보도했다. 그는 적기가 해리어에 격추되어 바다에 빠졌다고 전하면서, 자기 머리 위로 적기가 뱅글뱅글 돌면서 추락하는 장면을 묘사했다.

코번트리호에 대한 보도는 없었다.

이제 누가 이기고 누가 지고 있는지 아무도 알 수 없었다. 소련이 아르헨티나에 우리 함대의 위성사진을 넘겨주고 있다는 소문이 돌았다. 그래서 그들이 항상 우리 편의 위치를 찾아낸다는 것이

---

* 테이블 축구게임.

202

다. (브레즈네프는 죽어가고 있거나 아니면 죽었기 때문에, 크렘린에서 무슨 일이 벌어지고 있는지는 아무도 몰랐다.) 닐 브로즈는 그게 사실이라면 로널드 레이건이 나토 동맹 때문에 개입해야 할 것이라고 했다. 그렇게 되면 3차 대전이 시작될지도 모른다.

〈데일리 메일〉은 아르헨티나 군사정부가 자기네 국민에게 늘어놓는 거짓말들을 전부 나열했다. 나는 그 기사에 화가 머리끝까지 났다. 우리 국방장관 존 노트라면 우리한테 절대 거짓말을 하지 않을 것이다. 누나는 정말 그런지 어떻게 아느냐고 물었다. 나는 이렇게 대답했다. "우리는 영국인이잖아. 정부가 왜 거짓말을 하겠어?" 누나는 그가 우리의 굉장한 전쟁이 순조롭게 잘 되어가고 있다고 믿게 해놓았지만, 실은 시궁창으로 빠져들고 있었다고 대꾸했다. 나도 지지 않고 맞섰다. "하지만 우리는 거짓말에 속고 있지 않다고." 누나는 아르헨티나 사람들도 지금 이 순간 바로 그렇게 말하고 있을 거라고 했다.

지금 이 순간. 그 말에 기분이 아주 이상해졌다. 내가 잉크병에 만년필을 푹 찍고 있는 이 순간에 웨섹스 헬리콥터가 사우스조지아 섬의 빙하에 충돌하고 있다. 내가 각도기를 대고 수학책에 선을 긋는 순간에 사이드와인더 미사일이 미라주 III를 자동추적하고 있다. 내가 컴퍼스로 원을 그리는 순간 영국군 보병이 불타는 금작화밭에 서서 눈에 총알을 맞는다.

세상은 어떻게 이런 일이 전혀 일어나고 있지 않은 것처럼 계속될 수 있는 것일까?

교복을 갈아입고 있을 때 은색 MG가 킹피셔메도스를 바람처럼 날아갔다. 그 차는 우리집 진입로로 들어와 내 침실 창문 밑에서 멈췄다. 오후 내내 비가 내렸기 때문에 자동차는 덮개가 씌워져 있었다. 공중정찰을 통해 누나의 남자친구를 그때 처음으로 보았다. 이완이라는 녀석은 에드워드 왕자 비슷할 줄 알았더니, 폭탄 맞은 것 같은 빨간색 머리에 숯검정 같은 주근깨가 박혀가지고 통통 튀듯이 걸었다. 헐렁한 감색 점퍼 밑에 복숭아색 셔츠와 검은색 맘보 바지를 입었다. 장신구가 박힌 벨트 하나는 엉덩이 밑으로 축 늘어져 있었다. 요즘 개나 소나 다 신고 다니는 흰색 튜브 양말에 끝이 뾰족한 구두 차림이었다. 나는 누나의 다락방 쪽에 대고 이완이 왔다고 고함을 쳤다. 통통 발소리가 나고 병 넘어지는 소리가 나더니 누나가 중얼거렸다. "젠장." (여자들은 외출하기 전에 대체 뭘 하는 걸까? 누나는 준비 한번 하려면 한 세월이 걸린다. 딘 모런 말로는 자기 누나도 똑같다던데.) 그러더니 누나가 소리를 질렀다. "엄마! 문 좀 열어주세요." 엄마는 벌써 복도를 서둘러 지나가는 중이었다. 나는 층계참의 늘 숨는 자리에 숨었다.

"이완, 네가 이완이구나!" 엄마가 사람들 긴장을 풀어줄 때 쓰는 목소리로 말했다. "드디어 만나게 되어 기쁘구나."

이완은 전혀 긴장한 기색이 없었다. "저 역시 뵙게 되어 정말 기쁩니다, 테일러 부인." 그의 목소리는 우아했지만 엄마의 가장한 우아함을 따르지는 못했다.

"줄리아가 우리한테 네 얘기를 얼마나 많이 했는지 모른단다."

"저런," 이완이 개구리 같은 미소를 지었다. "큰일이군요."

"아, 아냐 아냐 아냐." 엄마가 경쾌하게 웃음을 터뜨렸다. "좋은 얘기뿐이었단다."

"줄리아도 저한테 어머님 이야기를 '아주 많이' 했어요."

"좋아, 좋아. 그래. 잘됐구나. 아가씨가 준비를 마칠 때까지 들어와 있겠니…… 아, 준비하는 동안만."

"감사합니다."

"그래," 엄마는 문을 닫았다. "줄리아 말로는 성당부속학교에 다닌다며? 6학년이니?"

"그렇습니다. 줄리아와 같아요. A레벨 시험이 코앞이죠."

"응, 그렇구나. 그래, 재미는 있니?"

"성당부속학교요? 아니면 A레벨 시험요?"

"음……" 엄마는 미소를 지으며 어깨를 으쓱했다. "학교 말이다."

"어느 정도는 제가 어쩔 수 없는 면이 있지만, 너무 많이 불평하지는 않으려고요."

"전통에 대해 할말이 많은가보구나. 그래도 과거의 전통에도 지켜야 할 좋은 점이 있단다."

"전적으로 동의합니다."

"그래, 좋아." 엄마가 천장을 힐끔거렸다. "줄리아가 아직 준비가 덜 끝났나보구나. 차나 커피 한잔 줄까?"

"정말 감사합니다만," 이완의 변명은 매끈했다. "저희 어머니 생신 만찬은 군대에 버금갈 만큼 정확하게 진행된답니다. 제가 꾸물거린다는 의심이 들면 어머니는 동틀녘에 사형집행부대를 보내실 거예요."

"그래, 어머니 심정을 이해할 수 있을 것 같구나! 줄리아 동생은 음식이 죄다 식으면 그제야 저녁 식탁에 납신단다. 미칠 노릇이지. 그건 그렇고 언제 함께 저녁을 했으면 좋겠구나. 줄리아 아버지도 너를 얼마나 만나고 싶어하는지 모른단다." (이건 금시초문이군.)

"너무 폐가 될까 걱정스럽습니다."

"무슨 소릴!"

"실은 제가 채식주의자라서요."

"그건 요리책에서 벗어나 새로운 모험을 시도해보기에 딱 좋은 구실이 되겠구나. 조만간 함께 식사하겠다고 약속해주겠지?"

(아빠는 채식주의자를 '땅콩 커틀릿 여단' 이라고 부른다.)

이완은 딱히 승낙이라고는 할 수 없는 공손한 미소를 지었다.

"좋아, 좋아. 그럼 이제…… 올라가서 줄리아가 네가 온 걸 알고 있는지 확인해봐야겠다. 여기서 잠깐만 기다려주겠니?"

이완은 전화기 위에 걸린 가족사진들을 살펴보았다. (아기 제이슨 사진을 보면 나는 몸이 오그라들 것 같지만, 우리 부모님은 그 사진을 치울 생각이 없다.) 나는 누나와 여가시간을 함께 보내기로 한 이완이라는 이 수수께끼의 인물을 살펴보았다. 그는 심지어 누나를 위해 목걸이와 LP판 따위에 돈을 쓰기까지 한다. 왜지?

이완은 내가 계단을 내려왔을 때도 놀란 기색이 없었다. "제이슨 맞지?"

"아뇨, 저는 재수탱이인데요."

"너한테 진짜로 화가 났을 때만 그렇게 부르잖아."

"네, 매일 매 순간 화가 나 있죠."

"그렇지 않아. 정말이라니까. 네 누나가 오전 내내 미용실에서 광을 내고 왔는데도 내가 그걸 전혀 알아차리지 못할 때 나한테 뭐라고 하는지 네가 들었어야 해." 이완이 우스꽝스럽게 잘못했다고 쩔쩔매는 표정을 지었다.

"뭐라고 하는데요?"

이완이 목소리를 낮춰 말했다. "말한 그대로 옮겼다가는 충격으로 천장에서 회반죽 덩어리가 부서져내리고 벽지가 저절로 벗겨져버릴걸. 게다가 너희 부모님한테 첫인상을 구기게 되지 않겠어? 정말 미안하지만, 어떤 것들은 비밀로 덮어둬야 해."

이완 이거 꽤 멋진 녀석 같은데. 저렇게 말할 수 있다니. 저 정도면 매형으로도 괜찮지 뭐. "형 MG 한번 타봐도 돼요?"

이완이 (금속 줄이 달린) 자신의 묵직한 세콘다 시계를 힐끗 보았다. "되고말고."

"어때, 마음에 들어?"

스웨이드 가죽을 씌운 운전대. 검붉은색 가죽과 호두나무와 크롬 도금으로 마감한 실내. 내 손안에 쏙 들어오는 기어스틱 손잡이. 유선형의 낮은 차체에 앞쪽이 낮게 경사진 스타일, 몸에 착 감기는 시트. 이완이 열쇠를 꽂자 빛을 발하는 계기반. 게이지 위에 떠 있는 바늘들. 타르 냄새를 풍기며 바람을 막아주는 덮개. 숨겨진 스피커에서 흘러나와 차 안을 메우는 믿을 수 없을 만큼 멋진 노랫소리. ("〈Heaven〉이야." 이완이 명랑하게, 그러나 자부심 넘치는 말투로 말했다. "토킹 헤즈의 곡이지. 데이비드 번은 천재야." 나는 차 안을 둘러보는 데 정신이 팔려 건성으로 고개만 끄덕였다.) 방향제에서 풍겨나오는 코를 찌르는 오렌지 향. 납세필 증지 옆에 붙은 CND 스티커. 세상에, 나한테 이완의 MG 같은 자동차가 있다면 난 쉬페르에탕다르보다도 더 빨리 블랙스완그린에서 튀어나갈 텐데. 엄마 아빠와 두 분의 별 셋, 넷, 다섯 개짜리 말다툼으로부터 멀리멀리. 학교와 로스 윌콕스와 게리 드레이크와 닐 브로즈와 카버 선생님으로부터 멀리. 돈 매튼은 데리고 가도 좋지만 그 외에는 아무도 안 돼. 이블 크니블*처럼 도버의 화이트클리프에서 영국해협 너머 티 한 점, 얼룩 하나 없는 떠오르는 해를 향해 날아갈 텐데. 그런 다음 노르망디 해변에 착륙해서 남쪽으로 차를 몰아 나이를 속이고 포도원이나 스키 산장 같은 데서 일하는 거다. 표지에 내가 스케치되어 있는 내 시집이 페이버 & 페이버 출판사에서 출간되겠지. 유럽의 모든 패션 기자들이 돈을 찍고 싶어 할 거야. 우리 학교에서는 학교 안내서에 우리에 대한 자랑을 늘어놓을 거고. 내가 무슨 일이 있어도 이 꿀꿀한 우스터셔로 다시 돌아오나봐라.

"내 빅 트락**이랑 형 MG 바꾸지 않을래요? 스무 가지 명령을 프로그램할 수도 있는데." 나는 이완에게 말했다.

이완은 짐짓 이렇게 군침 도는 제안을 거절해서 미안한 척했다. "아무리 빅 트락이라 해도 내가 우스터의 일방통행 시스템에서 길을 찾을 수 있을 것 같지 않아서 말이야." 그의 숨결에서 틱택*** 의 스피어민트 향이 났다. 올드 스파이스**** 향도 났다. "미안해."

누나가 어! 하는 놀란 표정을 눈에 담고 내가 앉은 쪽 창문을 톡톡 두드렸다. 심술궂기만 하던 누나가 여자 같은 모습이 되어 있었

---

* 오토바이 점프로 유명한 미국의 전설적인 스턴트맨.
** 프로그램 작동이 가능한 장난감 전기자동차.
*** 입냄새를 없애주는 사탕.
**** 남성용 스킨.

다. 누나는 진한 립스틱을 바르고, 할머니한테 물려받은 푸른빛 도는 진주목걸이를 하고 있었다. 나는 창문을 내렸다. 누나가 이완과 나를 번갈아 쏘아보더니 다시 이완을 보았다. "늦었네."

이완이 토킹 헤즈의 볼륨을 낮췄다. "내가 늦었나?"

그 미소는 내게는 보여준 적이 없는 미소였다.

엄마 아빠도 옛날 옛적에는 이랬을까?

식사실은 소리 없는 폭탄이라도 터진 듯 삐걱거렸다. 나와 엄마와 누나는 라디오4 채널에서 흘러나온, 배가 침몰했다는 소식에 그대로 얼어붙었다. 코번트리호는 프리깃함인 브로드소드호와 함께 페블 섬 북쪽의 늘 상주하는 군항에 정박해 있었다. 14시경 어디서 나타났는지 적기 스카이호크 두 대가 갑판 위에 나타났다. 코번트리호는 시다트 미사일을 발사했지만 미사일은 빗나갔고, 스카이호크가 1000파운드급 폭탄 네 발을 똑바로 겨누어 떨어뜨리는 것을 막지 못했다. 한 발은 고물에 떨어졌지만, 다른 세 발은 배의 좌현에서 폭발했다. 세 발 모두 배 안 깊은 곳에서 폭발하여 전력 시스템을 완전히 마비시켰다. 소방 담당 승조원들이 무너지면서 코번트리호는 순식간에 좌측으로 기울었다. 시킹과 웨섹스 헬리콥터가 얼음물처럼 차가운 바닷물에서 병사들을 구해내기 위해 산카를로스에서 날아왔다. 부상당하지 않은 사람들은 막사로 옮겨졌다. 중상자들은 병원선으로 이송되었다.

다음 뉴스가 뭐였는지 기억이 나지 않는다.

"얼마나 많은 사람들 중에서 열아홉 명인 거야?" 엄마가 손으로 얼굴을 가리고 물었다.

나는 스크랩북 덕분에 답을 알고 있었다. "삼백 명 정도요."

누나가 계산했다. "그렇다면 톰이 무사할 확률은 90퍼센트 이상이네요."

엄마의 얼굴이 창백해졌다. "그애 어머니 불쌍해서 어쩌니! 얼마나 놀랐겠어."

"데비 크럼비도 안됐죠." 나도 모르게 이 말이 입 밖으로 나와버렸다.

엄마는 무슨 말인지 못 알아들었다. "데비 크럼비 얘기가 왜 나와?"

줄리아가 엄마에게 말했다. "데비랑 톰이랑 사귀는 사이예요."

"오," 엄마가 말했다. "오."

전쟁은 당사국에는 경매 같은 것인지도 모른다. 군인들에게는 제비뽑기이고.

스쿨버스가 여덟시 십오분이 되도록 나타나지 않았다. 마을 공터의 참나무에서 새들이 지저귀는 소리가 모스부호처럼 요란하게 쏟아졌다. 블랙스완의 위층 커튼이 들썩이더니 열렸다. 햇살 속에서 우리를 악의에 찬 눈빛으로 쏘아보는 아이작 파이의 모습이 힐끔 보인 것도 같다. 아직 닉 유의 모습은 보이지 않았지만, 그애는 헤이크 레인에서부터 쭉 걸어오기 때문에 항상 맨 꼴찌로 오는 무리 중 하나다.

"나랑 예전부터 친한 친구가 닉 유네 엄마한테 전화를 걸었는데 계속 통화중이더래. 한시도 쉬지 않고." 존 투키가 말했다.

"마을 사람들 절반은 통화를 하려고 했을걸. 그러니까 아무도 연결이 안 되지." 돈 매든이 존에게 말했다.

"맞아." 나도 맞장구를 쳤다. "계속 통화중인 거야."

그러나 돈 매든은 내 말을 들은 척도 하지 않았다.

"쾅쾅쾅, 콰콰콰쾅!" 스킬치가 노래하듯 외쳤다.

"입 닥쳐, 스킬치. 안 그러면 내가 입 닫게 해주지." 로스 윌콕스가 쏘아붙였다.

"스킬치한테 뭐라 그러지 마." 돈 매든이 로스 윌콕스를 막았다. "쟤 대가리가 멍청한 게 쟤 탓은 아니잖아."

"입 닥쳐, 스킬치. 안 그러면 내가 입 닫게 해주지." 스킬치가 주절거렸다.

"톰 형은 아무 일 없을 거야. 무슨 일이 있었으면 벌써 소식이 들렸겠지." 그랜트 버치가 말했다.

"맞아." 필립 펠프스도 가세했다. "무사하지 않다면 무슨 얘기가 있었겠지."

"여기 메아리라도 울리나? 하여튼 너희 둘이 어떻게 안다고 그래?" 로스 윌콕스가 툴툴거렸다.

"내가 어떻게 아느냐 하면," 그랜트 버치가 침을 탁 뱉었다. "유네 가족이 해군방송을 통해 그 소식을 듣자마자 우리 아버지한테 전화를 했거든. 톰 형의 아버지랑 우리 아버지는 불알친구 사이야. 그러니까 내가 아는 거지."

"그렇겠지, 버치." 윌콕스가 조롱했다.

"그래." 그랜트 버치는 아직도 손목에 석고붕대를 하고 있어서,

윌콕스가 빈정거려도 별 도리가 없었다. 그러나 그랜트 버치는 잊지 않고 다 기억해둔다. "당연히 그렇지."

"야! 저기 좀 봐!" 개빈 콜리가 손짓으로 가리켰다.

길버트 스윈야드와 피트 레드말리가 사거리 건너편 멀리서 모습을 드러냈다.

"헤이크 레인까지 갔다 온 게 틀림없어. 이렇게 이른 시간에. 유네 집이 거기잖아. 톰 형이 무사한 게 확실해." 키스 브로드워스의 추측이었다.

길버트 스윈야드와 피트 레드말리가 거의 뛰다시피 오는 모습이 보였다.

나는 시험 삼아 왜 닉이 같이 있지 않지? 라고 입속으로 굴려보았지만, 행맨이 '닉'을 막았다.

"왜 닉은 같이 안 왔어?" 대런 크룸이 말했다.

새들이 경고도 없이 참나무에서 폭발하듯 뛰쳐나왔다. 우리는 깜짝 놀랐지만 웃음을 터뜨리지는 않았다. 진짜 끝내주는 광경이었다, 정말로. 셀 수도 없이 많은 새떼가 마을 공터를 한 바퀴 돌고, 더 줄이 길어지더니 두 바퀴째 돌고, 세번째에는 더 짧게 돌더니 마치 누가 명령이라도 한 듯 다시 나무 안으로 모습을 감췄다.

"어쩌면 교장선생님이 닉한테 오늘은 학교에 오지 않아도 된다고 허락했는지도 모르지." 돈 매든이 내놓은 추측이었다.

그럴듯한 추측이었지만, 이제 스윈야드와 레드말리의 얼굴에 나타난 표정이 우리 눈에 들어왔다.

그랜트 버치가 더듬거렸다. "아…… 젠장, 아니었군."

"이제," 닉슨 교장선생님이 헛기침을 하며 목청을 가다듬었다. "여러분도 틀림없이 우리 학교 졸업생인 토머스 유가 지난 이십사 시간 동안 포클랜드 섬을 놓고 벌어진 분쟁에서 사망했다는 사실을 알고 있을 겁니다." (교장선생님 말이 맞다. 이제 우리 모두 알고 있다. 스쿨버스 기사인 노먼 베이츠가 라디오 와이번을 틀어놓았는데, 거기서 톰 유의 이름이 나왔다.) "토머스는 우리 학교의 명예를 빛내줄 만한 아주 학구적인 학생은 아니었습니다. 그리 순종적이지도 않았고요. 실제로 내 교칙위반 처벌기록부를 살펴보면, 엄벌을 주지 않을 수 없었던 경우가 적어도 네 번은 있었습니다. 그러나 토머스도 나도 서로에게 나쁜 감정은 없습……" (우울한 침묵) "……없었습니다." (또다시 침묵) "그랬기에 해군 징병관이 나에게 토머스의 추천서를 받으러 왔을 때도, 나는 이 혈기왕성한 젊은이를 주저 없이, 무조건 추천해줄 수 있었습니다. 토머스가 몇 달 후 감사의 표시로 우리 부부를 포츠머스에서 열린 자기 임관식에 초청했습니다. 일찍이" (닉슨 선생님과 결혼한 사람이 있다니 하고 놀라워하는 수군거림이 강당 여기저기에서 일었다. 닉슨 선생님이 한번 째려보자 수군거림이 뚝 멎었다.) "그렇게 기쁜 마음으로, 그렇게 자랑스럽게 공식행사의 초대에 응한 적이 없었습니다. 토머스는 확실히 군대의 훈련 덕에 자신의 능력을 활짝 꽃피웠습니다. 그는 우리 학교의 훌륭한 대표이자 여왕 폐하 군대의 영예로 성장했습니다. 바로 그 때문에 오늘 아침 그가 코번트리호에서 사망했다는 소식에" (닉슨 선생님의 목소리가 갈라지지 않았나?) "이토록 가슴을 에는 비통한 슬픔을 느끼는 것입니다. 교무실과 이 강당에 가득한 무거운 분위기로 보아, 우리 모두가 이 슬픔을 함께 나누고 있음을 알 수 있습니다." (닉슨 선생님은 안경을 벗었다. 한 순간 선생님은 나치 친위대 사령관이 아니라 그저 누군가의 지친 아빠처럼 보였다.) "조례가 끝난 후 학교 전체를 대신해 토머스의 가족에게 조문 전보를 보내려 합니다. 여러분 중 유의 가족과 가까운 학생들도 힘을 보태주기 바랍니다. 살면서 아들이나 형제의 죽음보다 더 잔인한 타격은 거의 없습니다. 어쩌면 전혀 없을지도 모르죠. 그러니 여러분이 토머스의 가족에게 슬퍼할 수 있는 충분한 시간을 주기 바랍니다." (3학년 여학생들 몇몇이 흐느끼고 있었다. 닉슨 선생님은 그쪽을 바라보았지만, 그 눈빛에 평소 같은 살인 광선은 없었다. 선생님은 오 초, 십 초, 십오 초간 아무 말도 없었다. 약간씩 웅성거림이 일었다. 이십 초, 이십오 초, 삼십 초. 나는 롱크스우드 선생님이 위치 선생님에게 괜찮으신 걸까? 하고 눈빛으로 묻는 것을 훔쳐보았다. 위치 선생님은 아주 살짝 어깨를 으쓱했다.) 마침내 닉슨 선생님이 말을 이었다. "여러분이 토머스의 희생을 생각한다면, 군사적인 것이든 감정적인 것이든, 폭력의 결과에 대해 생각해보기를 바랍니다. 누가 먼저 폭력을 시작했는지, 누가 폭력을 휘두르는지, 누가 폭력의 대가를 치러야 하는지 깨닫기 바랍니다. 전쟁은 어느 날 갑자기 불쑥 터지는 것이 아닙니다. 전쟁은 오랜 기간에 걸쳐서 옵니다. 그렇습니다. 전쟁이 도래하는 것을 미리 막지 못한 모든 이들에게 큰 책임이 있습니다. 또한 여러분이 자신의 삶에서 어떤 것이 정말로 귀중한 것이고, 어떤 것이 남 보기에만 그럴듯한…… 엉터리…… 거품…… 잘난 척…… 자만에 지나지 않는지 잘 생각해보기를 바랍니다." 교장선생님은 완전히 탈진한 듯 보였다. "이것으로 마치겠습니다." 닉슨 선생님은 피아노 앞에 앉아 있는 켐지 선생님에게 고개를 끄덕였다. 켐지 선생님이 우리에게 찬송가 〈오, 바다에서 위험에 처한 자들을 위하여 그대에게 울부짖노니 들어주소서〉를 부르라고 했다. 우리는 모두 자리에서 일어나 톰 유를 위해 노래를 불렀다.

평소의 조례 같으면 남을 도와야 한다거나 절대 포기하지 않으면 아무리 부족한 사람이라도 성공할 수 있다 같은 길고 긴 교훈이 되풀이된다. 그러나 선생님들조차 닉슨 선생님이 오늘 아침에 한 말의 참뜻을 확실히 아는지 모르겠다.

톰 유의 죽음은 전쟁의 짜릿한 흥분을 일시에 가라앉혔다. 그의 시신을 우스터셔로 돌려보낼 방법이 없었기 때문에, 그는 아직도 전쟁이 진행중인 그 바위투성이 섬에 묻혀 있었다. 아직 아무것도 정상으로 돌아오지 않았다. 슬픈 척하는 것은 재미있다. 그러나 누군가가 진짜로 죽는다면, 끔찍하리만큼 끝나지 않는 지루함만 계속될 뿐이다. 전쟁은 몇 달, 몇 년씩 계속되기도 한다. 베트남전이 그랬다. 이번 전쟁도 그렇게 될지 누가 알겠는가? 아르헨티나 사람들은 포클랜드에 삼만 명을 주둔시키고 있고, 모두 장기전에 들어갈 태세를 취하고 있다. 우리 쪽에는 교두보에서 빠져나오려고 기를 쓰는 육천 명밖에 없다. 하지만 세 대밖에 없는 우리 치누크 헬리콥터 중 두 대가 애틀랜틱컨베이어호가 가라앉을 때 사라져버렸기 때문에, 우리 군인들은 스탠리 항까지 도보로 진격해야 한다. 룩셈부르크도 헬리콥터를 세 대보다는 더 갖고 있겠다. 아르헨티나 해군이 항구에서 출항해 어센션 섬으로 가는 우리 해안선을 차단하고 있다는 소문도 들린다. 석유가 떨어져가고 있다. (그러니까 요컨대 대영제국의 무장병력이 쓰레기 같은 가족용 세단 자동차 꼴이 된 것이나 마찬가지라는 얘기다.) 켄트 산, 투시스터즈 산, 텀블다운 산은 이름은 귀에 익지만 지형은 그렇지 않다. 브라이언 핸러헌 말로는 해병대원들이 엄호물로 삼을 수 있는 것이라곤 아주 커다란 바위뿐이라고 한다. 우리 헬리콥터들은 안개와 눈, 우박, 강풍 탓에 공중엄호를 해줄 수가 없다. 브라이언은 한겨울의 다트무어*나 마찬가지라고 했다. 우리 낙하산부대는 땅이 너무 딱딱해서 개인 참호를 팔 수가 없고, 참호 발병으로 제대로 걷지도 못하는 이들조차 있다는 것이다. (언젠가 우리 할아버지가, 1916년에 증조할아버지가 파스상달 전투에서 참호 발병에 걸린 적이 있다고 했다.) 포클랜드 동쪽은 거대한 지뢰밭이다. 해안, 다리, 협곡, 어디 할 것 없이 지뢰투성이다. 밤이면 적의 저격수들이 밝힌 조명탄이 눈부시게 번쩍인다. 총탄이 비처럼 쏟아진다. 어느 전문가 말로는 아르헨티나 병사들은 총탄이 무제한 공급되는 것처럼 마구 총을 쏘고 있다고 한다. 게다가 우리 편 군인들은 건물을 폭격할 수도 없다. 그랬다가는 우리가 구해야 할 민간인들을 죽이게 될지도 모르기 때문이다. 갈티에리 장군은 겨울이 오면 자기들이 유리해진다는 것을 알고 있다. 그는 대통령궁 발코니에서 아르헨티나는 죽든 살든 최후의 한 사람까지 싸울 것이라고 말했다.

닉 유는 아직도 학교에 나오지 않고 있다. 딘 모런이 그애가 라

---

* 영국 데번 주에 있는 고원지방. 곳곳에 바위산이 솟아 있는 황야지대이다.

이드 씨 상점에서 달걀 한 판과 주방세제를 사는 것을 보았다. 하지만 모런은 무슨 말을 해야 좋을지 몰랐다. 모런은 닉의 안색이 죽은 사람 같더라고 했다.

지난주 〈맬번 가제티어〉는 톰 유의 사진을 표지에 실었다. 톰은 해군 소위 제복을 입고 카메라를 향해 활짝 미소 띤 얼굴로 경례를 하고 있었다. 나는 그 사진을 내 스크랩북에 붙였다. 페이지가 이제 얼마 남지 않았다.

월요일에 집에 돌아와보니 진입로에 화강암 덩어리가 열 개쯤, 그리고 '조개껍데기 가루 충전재'라고 적힌 포대 다섯 개가 있었다. 그뿐 아니라 거대한 거북 껍질도 있었는데, 알고 보니 성형 파이버글라스로 만든 연못 가장자리 장식이었다. 캐슬 씨가 발판 사다리에 올라가 우리 앞뜰과 그의 앞뜰을 구분하는 울타리를 다듬고 있었다. "아빠가 바빌론의 공중정원이라도 꾸미실 모양이구나, 그렇지?"

"그런가봐요."

"아빠가 굴착기로 차고에 치워두셨으면 좋겠구나."

"네?"

"저기 있는 엄청나게 큰 바위 말이다. 저런 건 아무도 손수레에 실어 옮기려 하지 않을 거다. 포장도로에도 금이 갔을 거야." 캐슬 씨는 미소를 지으며 동시에 몸을 움츠렸다. "내가 여기서 일꾼들이 그걸 아무렇게나 내려놓는 걸 봤거든."

엄마는 이십 분쯤 지나 머리끝까지 화가 나서 집으로 돌아왔다. TV로 전쟁 소식을 보고 있는데, 복도 건너편에서 엄마가 전화로 조경업자와 통화하는 소리가 들려왔다. "바위들은 내일 가져오기로 했잖아요! 정원에 놓아주기로 하지 않았냐고요! 진입로 한가운데에 저렇게 떡하니 던져놓고 가면 어쩌라고요! '착오'가 있었다고요? '착오'라고? 아뇨. 이건 범죄나 다름없는 바보짓이에요! 주차는 어디에 하란 말이에요?" 통화는 "내 변호사한테 말하라고!"라는 엄마의 새된 고함소리로 끝났다.

일곱시에 집으로 돌아온 아빠는 진입로의 바위에 대해서는 한마디도 하지 않았다. 단 한마디도. 그러나 아무 말도 하지 않는 것이 더 무서웠다. 엄마도 바위에 대해서 아무 말도 하지 않았기 때문에 어색한 분위기가 감돌았다. 굵은 밧줄이 끽끽거리는 것처럼, 방 안에 팽팽하게 흐르는 긴장감 소리가 들릴 지경이었다. 엄마는 손님과 친척 들에게 우리집은 무슨 일이 있어도 저녁 식탁에 다 같이 둘러앉아 함께 식사를 한다고 자랑하곤 했다. 엄마가 이 전통을 하루만 생략해주었더라면 우리 모두에게 크나큰 은혜가 되었을 텐데. 누나는 오늘 치른 A레벨 시험문제인 '세계정세'에 관해 그럴듯하게 이야기를 풀어나가느라 온 힘을 다했다. (전부 누나가 공부했던 문제가 나왔다.) 엄마 아빠는 예의상 귀를 기울여주었지만, 나는 바깥의 바위가 자꾸만 신경쓰여 이제나저제나 그 얘기가 나오기만 기다렸다.

엄마가 당밀 타르트와 바닐라 아이스크림을 내왔다.

"투덜댄다는 소리를 듣고 싶지는 않지만, 언제쯤이면 내 차를 차고에 주차할 수 있을지 궁금한데?" 아빠가 이야기를 꺼냈다.

"일꾼들이 내일 암석정원을 만들 거야. 배달 시간에 오해가 좀 있었어. 내일 저녁이면 다 끝나."

"아, 좋아. 우리 보험은 **공공도로**가 아닌 곳에 주차할 경우에만 보장해준다고 분명히 명시해두었으니까, 만약……"

"내일이라니까, 마이클."

"그거 잘됐네. 어쨌거나 이 당밀 타르트 근사한걸. 그린랜드 건가?"

"세인스베리 거야."

우리 숟가락이 접시를 긁었다.

"방해한다는 소리를 듣고 싶지는 않지만, 헬레나……"

(엄마의 콧구멍이 정말로 만화에 나오는 황소처럼 빳빳하게 굳었다.)

"……당신이 아직 그 일꾼들한테 대금을 지불하지 않았다면 좋겠는데."

"응, 계약금만 췄어."

"계약금이라, 알겠어. 당신도 돈만 받고 날라버리는 무책임한 악덕 상인한테 돈을 뭉텅이로 다 줘버린 사람들에 대한 무시무시한 이야기를 들었을 테니 그저 물어보는 거야. 그랬다가는 변호사에게 전화를 하기도 전에 감독관이란 놈이 로니 빅스*처럼 코스타 델 칩스인지 어딘지로 가버린다 이거지. 그리고 불쌍한 고객은 힘들게 번 자기 돈을 다시는 동전 한 닢도 구경하지 못하게 되는 거고. 이런 사기꾼들이 순진한 사람들을 등쳐먹는 수법을 생각하면

---

* 1963년 영국의 유명한 대열차 강도사건을 저지르고 탈옥하여 세계를 무대로 도피생활을 한 인물.

정말 끔찍하다니까."

"당신, '모든 일에서 손떼겠다'고 말했잖아, 마이클."

"맞아, 그랬지." 아빠는 목숨을 구했다는 만족감을 숨기지 못했다. "하지만 내 차고에 내 차를 주차할 수 없게 될 줄은 미처 몰랐거든. 내가 하고 싶은 말은 이뿐이야."

아무것도 떨어뜨리지 않았는데 무언가가 소리도 없이 박살이 났다.

엄마는 식탁에서 일어나 나갔다. 화를 내지도 눈물을 쏟지도 않았지만 그보다 더 나빴다. 우리 모두 그 자리에 없는 것 같았다.

아빠는 엄마가 앉아 있던 자리를 그저 쳐다보기만 했다.

누나가 머리카락을 빙빙 꼬았다. "오늘 시험에서 '피루스의 승리'라는 말이 나왔는데 무슨 말인지 확실히는 모르겠어요. 아빠, '피루스의 승리'가 무슨 뜻인지 아세요?"

아빠는 누나를 아주 복잡한 시선으로 쳐다보았다.

누나는 눈썹 하나 까딱하지 않았다.

아빠가 일어나더니 담배를 피우러 가는지 차고로 나갔다.

누나와 나 사이에는 먹다 남은 디저트의 잔해가 놓여 있었다.

우리는 잠시 그것을 쳐다보았다. "무슨 승리라고?"

"피루스. 고대 그리스어야. 피루스의 승리란 이기기는 이겼는데 치른 대가가 너무 커서 처음부터 전쟁을 아예 안 하는 편이 더 나았을 경우를 말하는 거야. 써먹기 딱 좋은 말이지, 그렇지 않아? 제이스, 우리가 또 설거지를 해야 할 것 같다. 네가 씻을래, 물기 말릴래?"

Ceasefire agreed in the Falklands *

대영제국 전체가 본파이어 나이트**와 크리스마스와 세인트 조지 데이와 여왕의 결혼 25주년 기념일을 한데 합쳐놓은 것 같았다. 대처 수상이 다우닝 스트리트 10번지 밖에 나와서 이렇게 말했다. "기뻐합시다! 다 같이 기뻐합시다!" 그러자 사진기자들의 플래시가 번쩍였고 군중들은 열광했다. 수상이 정치가가 아니라, 유러피언 송 콘테스트에서 우승한 벅스 피즈 멤버 네 명을 합쳐놓은 것 같았다. 모두들 '브리타니아여 지배하라, 브리타니아여 파도를 지배하라, 영국인은 결코 결코 결코 노예가 되지 않으리'를 부르고 또 불렀다. (그 노래에 독창부가 있었나, 아니면 그저 합창이 끝없이 이어지던가?) 올 여름은 초록이 아니다. 올 여름은 유니언잭의 붉은색, 흰색, 푸른색이다. 종이 울리고, 횃불이 타오르고, 온 나라에서 거리마다 파티가 열렸다. 아이작 파이는 어젯밤 블랙 스완에서 밤새도록 행복한 시간을 보냈다. 아르헨티나에서는 대도시에서 폭동이 일어나 약탈과 발포가 있었다는 보도가 들어왔다. 어떤 사람들은 군사정부가 전복되는 것도 시간문제라고 말한

---

* '포클랜드에서 휴전 합의 성사'라는 뜻.
** 1605년 11월 5일 가이 포크스의 영국 국회의사당 폭파 기도가 실패한 것을 기념하는 불꽃 축제. 가이 포크스 나이트라고도 부른다.

다. 〈데일리 메일〉에는 온통 대영제국의 배짱과 리더십이 어떻게 전쟁을 승리로 이끌었는가 하는 얘기뿐이다. 전 역사를 통틀어 어떤 수상도 여론조사에서 마거릿 대처 수상보다 더 높은 지지도를 기록한 적은 없었다.

나는 정말로 행복하다고 느껴야 마땅했다.

누나는 〈가디언〉 지를 읽는다. 거기에는 〈데일리 메일〉에는 나와 있지 않은 별별 얘기들이 다 나온다. 누나는 삼만 명의 적군 대부분이 징병된 인디언이라고 한다. 아르헨티나의 엘리트 군대는 영국 낙하산부대가 진군할 때 스탠리 항으로 모두 되돌아갔다. 그들이 버리고 간 군인들 중 일부는 총검으로 살해당했다. 배를 갈라 창자를 끄집어냈다는 것이다! 1982년에 1914년과 같은 방식의 죽음이라니. 브라이언 핸러헌은 포로 한 명의 인터뷰를 보았는데, 자기들은 말비나스제도*가 무엇인지도, 왜 자기들이 거기까지 끌려왔는지도 모른다고 하더라는 것이다. 누나는 우리가 이긴 주된 이유는 (a) 아르헨티나가 엑조세 미사일을 더 살 수가 없었고, (b) 그들의 해군은 본토 기지에 숨어 있었고, (c) 공군에는 훈련된 조종사가 모자랐기 때문이라고 말한다. 누나는 전쟁을 하느니 포클랜드 섬 주민들 전부와 그들의 농장까지 모두 코츠월드에 정착시키는 편이 더 싸게 먹혔을 거란다. 그리고 아무도 이 혼란을 정리하는 데 돈을 대지 않을 테니, 그 섬의 농장 대부분은 지뢰가 녹슬기 전까지 출입할 수 없을 거라고 한다.

그렇게 되려면 백 년쯤 걸릴지도 모른다.

---

* 포클랜드의 아르헨티나식 지명.

〈데일리 메일〉의 오늘의 빅뉴스는 가수 클리프 리처드가 테니스 선수 수 바커와 섹스를 했는지, 아니면 그저 친구 사이인지에 관한 것이었다.

톰 유는 코번트리호가 침몰하기 전날 자기 가족에게 편지를 썼다. 바로 며칠 전 그 편지가 블랙스완그린에 배달되었다. 딘 모런의 엄마는 톰 유의 대모였기 때문에 그 편지를 보았고, 켈리 모런이 편지의 자세한 내용을 옮겼다. 우리 해군은 포클랜드 섬 주민들을 TV 프로그램 〈교차로〉에 나오는 덜떨어진 잡역부 베니 같은 타고난 둔탱이 무리로 생각했다. (톰은 이렇게 썼다. '진짜로 이중에는 완전 멍청이들도 있다니까요.') 해군은 섬사람들을 '베니'라고 부르기까지 했다. ('꾸며낸 이야기가 아니에요. 오늘 아침 베니 한 명을 만났는데 실리콘 칩이 시칠리아 감자칩인 줄 알더라고요.') 곧 하급 군인들은 모두 이 '베니'니 저 '베니'니 하게 되었다. 장교들 귀에까지 이 사실이 들어가자, 이 이름을 쓰지 말라는 명령이 떨어졌다. 군인들은 중지했다. 하루이틀 정도 지나 톰은 대위에게 불려갔다. 대위는 왜 병사들이 주민들을 '베니'가 아니라 '스틸스Stills'라고 부르는지 아느냐고 물었다. '그래서 제가 대위에게 대답했죠. "그건 그들이 여전히still 베니이기 때문입니다, 대위님."'

조경업자가 돈만 먹고 튈 거라던 아빠의 말은 반은 맞고 반은 틀렸다. 회사가 더이상 전화를 받지 않자 엄마는 키더민스터까지 차를 몰고 갔지만, 텅 빈 사무실에 망가진 의자 한 개만 달랑 남아 있었다. 벽에는 전선들이 뽑혀 나와 있었다. 트럭에 복사기를 싣고 있던 두 남자가 엄마에게 그 회사는 파산했다고 알려주었다. 그래서 정원용 암석들은 우리 진입로에 이 주나 더 그대로 방치되었다가, 마침내 일프라콤에서 휴가를 보내고 돌아온 브로드워스 씨가 해결해주었다. 브로드워스 씨는 우리 부모님을 위해 정원 일을 해준다. 아빠가 엄마 옆구리를 찔러서 구조 요청을 하게 했다. 오늘 아침 여덟시(오늘은 토요일이다) 화물자동차 한 대가 포크리프트 트럭과 함께 우리집 앞에 섰다. 브로드워스 씨와 그의 아들 고든과 키스가 트럭에서 내렸다. 브로드워스 씨의 사위인 더그가 포크리프트 트럭을 몰았다. 우선 아빠와 더그가 기계가 화강암을 뒤로 운반할 수 있게 옆문을 뜯어냈다. 다음에는 우리 모두 연못을 파는 일에 달려들었다. 덥고 땀나는 일이었다. 엄마는 그늘에서 서성거렸지만, 삽을 든 남자들로 인해 보이지 않는 벽이 쳐진 듯했다. 엄마가 커피와 버터 비스킷을 내왔다. 모두들 엄마에게 공손하게 감사를 표하자, 엄마도 공손하게 '천만에요'라고 받았다. 아빠는 나한테 라이드 씨 가게에 가서 세븐업과 마르스 바를 사오라고 심부름을 시켰다. (라이드 씨는 오늘이 올해 최고로 더운 날이라고 했다.) 나는 돌아와서 고든과 함께 표토를 담은 양동이를 짐수레에 실어 정원 끝으로 날랐다. 고든 브로드워스에게 무슨 말을 하면 좋을지 몰랐다. 고든은 학교에서 나랑 같은 학년인데(열등생 반에 있다) 우리 아빠가 그애의 아빠에게 돈을 지불한다. 얼마나 민망하던지! 고든도 말을 많이 하지 않았다. 어쩌면 그애도 민망했을지 모르겠다. 엄마는 우리 암석정원이 엄마가 계획한 암석정원과는 점점 더 다른 모습이 되자 돌처럼 굳어져갔다. 연못 덮개를 내린 다음 우리는 토스트 샌드위치를 먹기 위해 잠시 쉬었고, 엄마는 쇼

핑을 하러 튜크스베리에 가야겠다고 했다. 엄마의 차가 집을 빠져 나간 후 다시 일을 시작하면서 아빠가 농담조로 탄식했다. "여자 들이란, 응? 몇 년 동안 암석정원 노래를 불러대더니만, 이제는 쇼 핑하러 나가버리다니……"

브로드워스 씨는 정원사로서 고개를 끄덕였다. 동맹으로서는 아니었다.

엄마가 집에 돌아왔을 때 브로드워스 씨와 그의 아들들, 더그와 포크리프트 트럭은 돌아가고 없었다. 아빠가 나에게 호스로 연못 에 물을 채우라고 했다. 나는 혼자서 스윙볼을 갖고 놀던 중이었 다. 누나는 케이트와 이완, 그의 친구들 몇 명과 함께 A레벨 시험 이 끝난 것을 축하하러 우스터셔의 타냐 나이트클럽에 가고 없었 다. 아빠는 바위 사이에 작은 양치식물을 심고 있었다. 아빠가 모 종삽을 흔들었다. "자, 소감이 어때?"

"아주 훌륭하네." 엄마가 대답했다.

바로 그때 나는 엄마가 우리는 미처 모르는 뭔가를 알고 있다는 것을 눈치챘다.

아빠가 고개를 끄덕였다. "그이들이 일을 제법 괜찮게 했지, 안 그래?"

"아, 그럼, 잘했네."

"브로드워스 씨가 그러는데 관목 생울타리가 자리만 잡으면 마 을에서 제일 근사한 정원 연못이 될 거래. 튜크스베리 드라이브는 즐거웠어?"

"아주 즐거웠어. 고마워." 엄마가 대답하고 있을 때, 짧은 구레나룻을 기른 땅딸막한 남자가 뚜껑이 덮인 커다란 흰색 바퀴 달린 통을 밀면서 집 앞을 돌아 나타났다. "서클리 씨, 제 남편이에요. 그리고 얘는 아들 제이슨이고요. 마이클, 서클리 씨야."

서클리 씨는 나와 아빠에게 인사를 건넸다. "안녕하십니까."

"저게 그 연못이에요." 엄마가 그에게 말했다. "부탁할게요, 서클리 씨."

서클리 씨는 연못가로 통을 밀고 가서 그 자리에 균형을 잡아 세워놓고는 문 같은 것을 위로 올렸다. 그러자 물이 쏟아져나오면서 어마어마하게 큰 물고기 한 쌍이 함께 흘러나왔다. 거위 박람회에서 비닐봉지에 담아 파는 피라미 따위가 아니었다. 이렇게 근사한 물고기라면 값도 장난 아닐 것이다. 엄마가 우리에게 말했다. "일본인들은 잉어를 살아 있는 보물로 높이 친대. 장수의 상징이라나. 수십 년은 산다더라. 어쩌면 우리보다 더 오래 살지도 몰라."

아빠의 표정이 아주 아주 험악하게 변했다.

"아, 당신이 부른 포크리프튼지 뭔지가 예상치 못한 돈을 잡아 먹은 거 알아, 마이클. 하지만 대리석 대신 화강암을 써서 돈을 절약한 걸 생각해봐. 그리고 우리 마을 최고의 연못이라면 당연히 최고의 물고기가 있어야 하지 않겠어? 일본어로 저 물고기를 뭐라고 부른다고 했죠, 서클리 씨?"

서클리 씨는 연못에 물을 마지막 한 방울까지 다 부었다. "코이라고 하지요."

"코이." 엄마는 물고기들의 어머니라도 된 것처럼 연못 속을 살펴보았다. "저 긴 금색 잉어는 '모비'야. 얼룩 반점이 있는 것은 '딕'이라고 부르자."

오늘 하루 동안 이미 충분히 많은 일이 있었다. 그러니 서클리 씨로 끝나야 했다. 그러나 차를 마시고 나서 차고에서 다트게임을 하고 있는데, 뒷문이 요란하게 열리는 소리가 들렸다. "가!" 엄마의 목소리가 분노로 마구 갈라졌다. "가버렷, 이 더러운 짐승 같으니라고!"

뒤뜰로 달려가보니 엄마가 찰스 왕자와 다이애나 왕세자비가 그려진 머그잔을 암석정원에 앉아 있는 거대한 백로를 향해 집어던지는 모습이 보였다. 햇빛을 받은 하루살이떼를 통과하는 미사일같이, 차가 흩뿌려졌다. 무중력상태의 액체처럼. 머그잔은 암석정원에 떨어지면서 박살이 났다. 백로가 천사 같은 날개를 쳐들었다. 그러고는 서두르는 기색 하나 없이 유유히 날개를 펄럭여 공중으로 솟구쳐올랐다. 백로의 부리 사이에서 모비가 퍼덕거렸다. "내 물고기 내려놔!" 엄마가 고함을 질렀다. "이 망할 새야!"

캐슬 씨의 인형 같은 머리가 정원 울타리 위로 삐죽 올라왔다.

엄마는 하얗게 질린 얼굴로 푸른 하늘 멀리 까마득한 점이 되어 날아가는 백로를 그저 바라만 보았다.

모비는 심판의 날의 빛 속에서 퍼덕거렸다.

아빠는 주방 창문을 통해 이 모든 것을 다 지켜보았다. 아빠는 웃지 않았다. 아빠의 승리였다.

나로 말할 것 같으면, 남에게 상처 주지 않는 것이 옳고 그른 것보다 만 배는 더 중요하다는 것을 이 덜떨어진 망할 세상이 이해할 때까지 그 망할 아가리에 발길질을 실컷 날려주고 싶다.

스푸크

지금 나는 블레이크 씨 집의 문손잡이에 실을 묶고 있다. 내 무덤을 파는 짓이다. 문손잡이는 포효하는 청동 사자 모양이다. 여기 잠자리에 들 시간에 싸돌아다니는 아이가 있다. 그리고 그 녀석 머리를 물어뜯으려는 맹수가 있다. 내 뒤의 놀이터에는 로스 윌콕스가 나를 손봐주겠다며 잔뜩 벼르고 있었다. 돈 매튼이 정글짐에서 로스 윌콕스 옆에 앉아 있었다. 그애의 아름다운 머리 뒤에서 가로등이 후광처럼 빛났다. 그애가 무슨 생각을 하고 있을지 누가 알랴. 길버트 스윈야드와 피트 레드말리는 마녀의 모자를 천천히 돌리며 나의 공연을 평가했다. 올라간 시소 끝에는 딘 모런이, 내려간 쪽에는 플루토 녹이 앉아 있었다. 그가 문 담배 끝에서 불이 반짝였다. 내가 여기까지 온 것도 다 플루토 녹 때문이다. 길버트 스윈야드가 찬 축구공이 블레이크 씨네 집 앞뜰로 들어가자, 블레이크 씨가 축구공을 압수해버렸다. 그러자 녹이 이렇게 말했다. "네가 나한테 부탁한다면, 그 늙다리가 당해도 싼 (그는 단어를 빨듯이 발음했다) '체리 노킹'을 해주지." '체리 노킹'은 듣기에는 예쁜

말 같지만 그 밑에는 아주 메스꺼운 뜻이 숨겨져 있다. 문을 두드리고 희생자의 대답을 듣기도 전에 냅다 튀는 정도야 그다지 해롭지 않은 가벼운 장난 같겠지만, 체리 노킹은 도망가면서 이렇게 소리치는 것이다. 우리가 바람이게, 아이들이게, 아니면 침대에 있는 너를 죽이러 왔게? 마을의 모든 집들 중에 왜 하필 너일까?

정말 구역질난다.

어쩌면 로스 윌콕스 탓일지도 모른다. 그가 돈 매든을 그렇게 핥으며 애무하지만 않았더라면, 나는 플루토 녹이 체리 노킹 애기를 꺼냈을 때 그냥 집으로 가버렸을 것이다. 사촌 휴고가 문손잡이에 실 한쪽 끝을 묶은 다음 안전한 거리에서 문을 두드려 희생자를 분노로 미쳐 날뛰게 했다는 애기도 떠벌리지 않았을 것이다.

윌콕스는 그 아이디어를 무시해버리려고 했다. "실이 보일 거 아냐."

"아냐." 내가 반격했다. "검은색 실을 쓰면 안 보여. 문을 두드린 다음 실을 놓아버리면 땅으로 떨어지니까."

"그걸 네가 어떻게 알아, 테일러? 한 번도 안 해본 주제에."

"내가 왜 안 해봐. 사촌네 집에서 해봤어. 리치먼드에서."

"리치먼드는 어디 붙은 동네야?"

"사실상 런던이나 마찬가지야. 진짜 웃겼다니까."

"될 것 같은데. 제일 어려운 부분은 우선 실을 묶는 거야." 플루토 녹이 말했다.

"공만 잃어버릴지도 몰라." 돈 매든은 뱀가죽 무늬 청바지 차림이었다.

"아냐. 식은 죽 먹기야." 다 내가 판 무덤이다.

그러나 문손잡이에 실을 묶을 때 한 번만 실수해도 끝장이니, 절대 식은 죽 먹기가 아니다. 블레이크 씨는 아홉시 뉴스를 틀어놓고 있었다. 열린 창 너머로 양파튀김 냄새와 베이루트전쟁에 관한 뉴스가 흘러나왔다. 들리는 소문에 블레이크 씨는 공기총을 갖고 있다고 한다. 그는 채굴 장비를 만드는 우스터의 공장에서 일했지만, 해고된 이후로 쭉 실직 상태였다. 그의 아내는 백혈병으로 죽었다. 마틴이라는 이제 스무 살쯤 된 아들이 하나 있지만, 어느 날 밤 (켈리 모런이 해준 이야기에 의하면) 아버지와 싸움을 벌인 후로 종적을 감춰버렸다. 북해의 석유 굴착지에서 온 편지를 받았다는 사람도 있고, 알래스카의 통조림공장에서 온 편지를 받았다는 사람도 있다.

하여간 어쨌거나 플루토 녹, 길버트 스윈야드, 피트 레드말리는 기가 죽어서 내가 실을 묶겠다고 하자 꽤나 깊은 인상을 받은 눈치였다. 하지만 손가락이 말을 듣지 않아 간단하게 한 번 묶는 것도 힘들었다.

끝났다.

목구멍이 바짝바짝 말랐다.

나는 **최대한** 조심스럽게 문손잡이를 청동 사자 위로 내려놓았다.

중요한 것은 지금 손을 떼면 안 되고, 겁을 먹어서도 안 되고, 만약 잡혔을 경우 블레이크 씨와 부모님이 나를 어떻게 할지 생각해서도 안 된다는 것이었다.

나는 길 위의 자갈에 발을 질질 끌지 않으려고 애쓰면서 실꾸리를 풀며 뒷걸음질쳤다.

블레이크 씨의 아주 오래된 나무들이 호랑이 같은 그림자를 드리웠다.

문의 녹슨 경첩이 막 산산이 깨지려는 유리처럼 삐걱 소리를 냈다.

블레이크 씨의 창문이 홱 열렸다.

공기총이 발사되고, 총알이 내 목에 명중했다.

TV 소리가 작아졌을 때에야 비로소 창문이 닫혔다는 것을 알아차렸다. 총알이라고 생각했던 것은 날아다니는 딱정벌레나 뭐 그런 것이었나보다. "창문이 움직일 때 네 얼굴을 봤어야 하는데." 내가 정글짐으로 돌아가자 로스 윌콕스가 으르렁거렸다. "완전 쫄아가지고선, 겁먹고 토끼는 꼴이라니!"

그러나 아무도 동조하지 않았다.

피트 레드말리가 침을 탁 뱉었다. "어쨌든 해냈잖아, 윌콕스."

길버트 스윈야드도 침을 뱉었다. "맞아, 대단한 배짱이었어. 그걸 해내다니."

딘 모런도 맞장구를 쳤다. "잘했어, 제이스."

나는 돈 매든에게 텔레파시를 보냈다. 네 정신 나간 남자친구는 이런 거 할 배짱도 없는 놈이라고.

"자, 놀이시간이다, 애들아." 플루토 녹이 시소에서 펄쩍 뛰어내리는 바람에 모런은 땅에 쾅 하고 떨어져 바닥에 굴렀다. "그 실 이리 줘봐, 제이슨." (그가 나를 '테일러'나 '너' 말고 다른 이름으로 부른 것은 처음이다.) "어디 한번 멋지게 해보자구."

나는 이런 칭찬에 흥분해 그에게 실패를 건넸다.

"우리가 먼저 할게, 플루트. 그거 내 실이란 말이야." 피트 레드말리가 말했다.

"이 거짓말쟁이 도둑새끼야, 이게 무슨 네 거야. 네 엄마한테서 쌔벼온 거지." 플루토 녹은 미끄럼틀을 올라가면서 실을 더 느슨하게 풀었다. "하여튼, 이걸 하려면 기술이 필요해. 준비됐지?"

우리 모두 고개를 끄덕이고 자세를 취했다.

플루토 녹이 실을 감아서 살짝 당겼다.

청동 사자 문손잡이가 응답했다. 하나, 둘, 셋.

"기술이라니까." 플루토 녹이 중얼거렸다. 그 기술이 바로 내 거다.

침묵이라는 무딘 도끼가 놀이터의 모든 소음을 쳐냈다.

플루토 녹, 스윈야드와 레드말리가 서로를 쳐다보았다.

그들은 나도 자기네 패거리인 것처럼 쳐다보았다.

"네?" 노란 직사각형 속에 블레이크 씨의 모습이 나타났다. "누구세요?"

나는 피가 뜨거워지고 묽어지는 것을 느끼며 생각했다. 젠장, 이 거 까딱하다간 된통 뒤집어쓸 수도 있겠는데.

블레이크 씨가 앞으로 나왔다. "거기 누구요?" 그의 시선이 우리에게 와서 멎었다.

"닉 유네 아빠가 그러는데, 톰 형의 낡은 스즈키 오토바이를 그랜트 버치한테 팔 거래." 피트 레드말리가 우리끼리 다른 얘기를 한창 하던 중이었던 척 말을 꺼냈다.

"버치?" 윌콕스가 코웃음을 쳤다. "그 병신새끼한테 뭘 판다고?"

"팔 하나 부러뜨렸다고 병신새끼는 아니지. 내 생각으로는 그래." 길버트 스윈야드가 그에게 말했다.

월콕스는 감히 대꾸할 용기도 내지 못했다. 기분이 좋았다.

그런 대화가 오가는 동안 블레이크 씨는 내내 우리를 잡아먹을 듯 노려보고 있었다. 마침내 그가 돌아서서 들어갔다.

문이 닫히자 플루토 녹이 코웃음쳤다. "제까짓 게 화내봤자 어쩌겠어?"

"화내봤자." 딘 모런이 메아리처럼 되풀이했다.

돈 매튼이 아랫입술을 깨물고는 나에게만 몰래 꾸밈없는 미소를 지어 보였다.

실을 쉰 개라도 문손잡이에 묶겠어. 나는 그녀에게 마음속으로 말했다. 쉰 개라도.

"게으른 둔탱이 같으니." 로스 윌콕스가 중얼거렸다. "틀림없이 망할 박쥐처럼 눈뜬장님일 거야. 실을 거의 밟을 뻔했다니까."

"어째서 실을 보지도 못할까?" 길버트 스윈야드가 말을 받았다.

"이번에는 우리가 한번 해보자, 플루트." 피트 레드말리가 말했다.

"됐어, 됐어, 비겁한 녀석. 한 번 했으면 됐지. 두번째 판을 하자고?"

블레이크 씨의 문손잡이가 한 번, 두 번……

즉시 문이 홱 열리면서 플루토 녹의 손에서 실패가 날아갔다. 실패는 그네 아래 포장도로 위에서 달그락거렸다.

"옳아, 요 녀석들……" 블레이크 씨가 으르렁거렸지만, 그의 문 앞에도, 그 어디에도 겁에 질려 웅크리고 있는 장난꾼들은 없었다.

나는 지금이 지금이 아닌 것 같은 기이한 순간을 느꼈다.

블레이크 씨는 정원을 한 바퀴 돌며 숨어 있는 아이들을 찾았다.

길버트 스윈야드가 시침 뚝 떼고 피트 레드말리에게 큰 소리로 물었다. "그래서, 유네 집에서 버치한테 오토바이값으로 얼마를 달라고 했대?"

"나도 몰라. 한 이삼백쯤 되겠지 뭐." 피트 레드말리가 대답했다.

"250파운드래." 모런이 끼어들었다. "아이작 파이가 블랙스완에서 배저 해리스한테 얘기하는 걸 켈리 누나가 들었대."

블레이크 씨는 문까지 걸어왔다. (나는 얼굴을 반쯤 숨기고 그의 눈에 띄지 않기만 바랐다.) "녹, 요 못된 새끼. 너 다 알면서 그러지. 업턴 경찰서에서 또 하룻밤 보내고 싶어?"

윌콕스는 경찰과 엮이게 된다면 틀림없이 나를 불어버릴 거다.

플루토 녹은 미끄럼틀 옆에 기대서서 침을 퉤 뱉었다.

"녹, 이 천하에 몹쓸 망나니새끼 같으니라고."

"저한테 하시는 말씀인가요? 방금 막 댁의 문을 두드리고 도망간 아이를 찾으시나본데요."

"제기랄! 네가 그랬잖아!"

"제가 아저씨네 문에서 한 걸음에 여기까지 날아왔단 말인가요?"

"그럼 어느 놈이야?"

플루토 녹은 비웃듯이 킬킬 웃었다. "누가 뭘 어쨌다고요?"

블레이크 씨가 한 걸음 뒤로 물러섰다. "그래! 경찰에 연락해야겠다!"

플루토 녹은 블레이크 씨의 흉내를 끝내주게 잘 냈다. "경찰이죠? 로저 블레이크인데요. 예, 블랙스완그린에 애들이나 패는 유명한 백수가 하나 있는데요. 보세요, 걔가 저희 집 문을 자꾸 두드리고 도망간다니까요. 아뇨, 이름은 몰라요. 아뇨, 실은 그 녀석을 보지는 못했지만요, 와서 좀 잡아가주세요. 그런 놈은 그저 반짝반짝하는 단단한 경찰봉으로 흠씬 두들겨 패줘야 한다니까요! 내가 직접 하겠어요.'"

내 장난이 이 지경까지 오다니 좀 끔찍한 느낌이 들었다.

"네 애비 같은 건달놈이 어찌됐는지 생각하면," 블레이크 씨의 목소리에 독기가 서렸다. "인간쓰레기의 끝이 결국 어떤지 잘 알 텐데."

모런이 코웃음을 쳤다.

자일스 '플루토'* 녹에 대해 진짜 죽여주는 얘기가 있다. 지난 가을, 우리 학교 미술선생님인 던우디 선생님이 그 당시 녹의 여자친구였던 콜레트 터벗을 미술클럽에 초대한 적이 있었다. 미술클럽은 방과 후에 있는데, 던우디 선생님이 초청한 아이들만 참석할 수 있었다. 콜레트 터벗이 가보니 자기와 던우디 선생님 단둘뿐이었다. 선생은 자기 암실에서 그녀의 사진을 찍고 싶으니 상의를 다 벗고 포즈를 취하라고 했다. 콜레트 터벗은 그러고 싶지 않은데요, 선생님 하고 대답했다. 던우디 선생님은 그녀에게 재능을 제대로 써먹지 않는다면 결국은 별 볼 일 없는 놈팡이랑 결혼해서 계산대에서 일하는 것으로 인생을 허비하게 될 거라고 말했다. 콜레트 터벗은 곧장 그 자리를 박차고 나왔다. 다음날 플루토 녹이 업턴 돼

---

* 로마 신화에 나오는 명부(冥府)의 왕.

지고기 가공공장에서 온 친구 하나와 함께 점심시간에 교사 주차
장에 나타났다. 아이들이 제법 많이 모여들었다. 플루토 녹과 친구
는 던우디 선생님의 시트로엥 양쪽 모서리에 서더니, 차를 거꾸로
뒤집어버렸다. "그 새끼한테 내가 한 짓을 전해줘." 그는 목이 터져
라 교무실 창문 쪽에 대고 고함을 질렀다. "그럼 내가 왜 이런 짓을
했는지 그 새끼한테 말해주지!"

많은 사람들이 '난 상관 안 해'라는 말을 하곤 한다. 하지만 플
루토 녹은 진짜로 콧방귀도 뀌지 않는다.

하여간 그래서 블레이크 씨는 플루토 녹이 자기 집 문까지 오기
도 전에 조심스럽게 한두 걸음 뒤로 물러섰던 것이다. "남의 아버
지까지 들먹이다니, 한판 붙어보자 이거군요, 로저. 그럼 어디 한
번 남자답게 해보자고요. 아저씨하고 나하고. 지금 당장. 겁먹은
건 아니겠죠? 마틴이 그러는데 아저씨는 말 안 듣는 십대 애들 조
지는 데는 아주 타고났다던데."

"너," 블레이크 씨가 간신히 낸 목소리는 갈라지고 좀 히스테릭
했다. "너 지금 네가 무슨 소리 하는지도 모르고 잘도 지껄여대는
구나."

"하지만 마틴은 아주 잘 알고 있을걸요?"

"난 그애한테 손끝 하나 댄 적 없어!"

"손끝 하나도 안 댔다고." 다음 말을 한 것이 딘 모런의 목소리
라는 것을 알아차리는 데는 시간이 좀 걸렸다. "베갯잇에 싼 부지
깽이가 아저씨 스타일이잖아요, 안 그래요?" 딘 모런이란 녀석 알
다가도 모를 놈이다. "그래야 자국이 안 남으니까."

플루토 녹이 기세를 몰아 더 몰아붙였다. "좋았던 시절이군, 안 그래요?"

"못돼 처먹은 애새끼들 같으니라고!" 블레이크 씨는 집으로 도로 돌아가려 했다. "네놈들 전부 다! 경찰이 곧 네 녀석들을 죄다 쓸어버릴 거야……"

"우리집 꼰대가 잘못을 하면 난 있는 그대로 말해주거든." 플루토 녹이 외쳤다. "하지만 우리 꼰대는 아저씨가 마틴한테 한 것처럼 나를 다루지는 않아!"

블레이크 씨의 문이 산탄총처럼 요란한 소리를 내며 쾅 닫혔다.

내가 바보같이 실 얘기를 나불거리지 않았더라면 얼마나 좋았을까.

플루토 녹이 의기양양해서 으쓱대며 돌아왔다. "잘했어, 모런. 스완에 가서 낡아빠진 소행성게임이나 한판 할까, 갈래?"

초대를 받은 건 레드말리와 스윈야드만이었다. 둘이 대답했다. "좋아, 플루트." 떠나면서 플루토 녹이 나에게 잘했다는 뜻으로 고개를 끄덕였다.

"하지만 블레이크가 아침에 실을 발견할걸." 로스 윌콕스가 기어코 한마디했다.

플루토 녹이 광나는 6월의 달을 향해 침을 뱉었다. "뭐 어때."

❖

학교 쉬는 시간은 대개 지긋지긋하다. 쉬는 시간을 혼자 보내면 친구 하나 없는 찌질이가 된다. 게리 드레이크나 데이비드 오커리지 같은 잘나가는 아이들 무리에 끼려고 했다가는 '무슨 일이야?' 하는 면박을 듣고 움츠러들 위험이 있다. 플로이드 체이슬리나 니컬러스 브라이어 같은 인기 없는 아이들과 어울리면 그런 애들 중 하나가 된다. 로커룸에 모여 소곤거리는 에이브릴 브레던 같은 여자아이들과 어울리는 것도 그다지 답이 되지 못한다. 사실 여자아이들과 함께 있으면 굳이 자신의 존재를 입증해 보이려고 애쓸 필요도 없고, 여자아이들한테서 확실히 더 좋은 냄새가 나기도 한다. 하지만 순식간에 여자아이들 중 하나한테 반했다는 소문이 누군가의 입에서 퍼지기 시작한다. 하트와 이름 머리글자가 칠판에 그려진다.

나는 어딘가로 가려는 듯 이리저리 왔다갔다하며 쉬는 시간을 보낸다. 그러면 적어도 항상 어딘가 목적지가 있는 것처럼 보이기 때문이다.

하지만 오늘은 달랐다. 아이들이 나를 찾아 모여들었다. 아이들은 내가 정말로 로저 블레이크 씨네 대문에 실을 맸는지 알고 싶어 했다. 선생님들 눈에만 띄지 않는다면, 거친 녀석이라는 평판도 쓸 만하다. 그래서 아이들 한 명씩에게 말해주었다. "아, 소문은 들은 대로 다 믿을 수 없다는 거 알지?" 노련한 답변이었다. 그 대답에는 왜 내가 너한테 그 얘기를 해줘야 하는데?뿐 아니라 물론 진짜고말고 두 가지 의미가 다 들어 있었다.

"죽이는데." 아이들의 반응이었다. 그 말이 요즘 유행이다.

학교 매점에서 닐 브로즈가 6학년 학생주임과 함께 계산대 뒤에 서 있었다. (닐 브로즈는 장사에 대해 배우고 싶다고 캠지 선생님을 설득해서 간신히 특별 허가를 얻어냈다.) 닐 브로즈는 이번 학기 내내 나를 본척만척 쌀쌀맞게 굴었지만, 오늘은 나를 보고 이렇게 소리쳤다. "뭐 줄까, 제이스?"

그애의 친근한 태도에 머릿속이 하얘졌다. "더블 데커?"

더블 데커가 내 얼굴 앞으로 날아왔다. 나는 손을 들어 받았다. 초콜릿 바가 내 손안에 완벽하게 떨어졌다.

수많은 아이들이 그 모습을 보았다.

닐 브로즈는 나에게 엄지손가락을 들어 보였다. 내가 15페니를 내밀자, 그애는 엉큼한 미소를 지으며 동전 주위로 내 손가락을 말아주었다. 받은 셈 치겠다는 뜻인 것 같았다. 그러고는 내가 뭐라고 하기도 전에 문을 닫아버렸다. 더블 데커가 그렇게 꿀맛인 적은 없었다. 그렇게 눈처럼 달콤한 누가도 처음이었다. 건포도는 바삭바삭하고 달콤했다.

그때 덩컨 프리스트와 마크 배드버리가 테니스공을 들고 나타났다. 마크 배드버리가 물었다. "게임 한판 할래?" 마치 우리가 예전부터 제일 친한 친구였다는 듯이.

"좋아." 내가 대답했다.

"좋아! 셋이 하면 더 좋지." 덩컨 프리스트가 말했다.

미술은 작년에 플루토 녹한테 차를 뒤집혔던 던우디 선생님 담당이었다. 자기한테 불똥이 튈까 겁났던 닉슨 교장선생님이 개입해서 추문을 막았다. 누나의 추측으로는 그랬다. 플루토 녹은 아무 일 없이 멀쩡히 넘어갔고, 던우디 선생님은 시트로엥의 수리가 끝날 때까지 길버 선생님 차를 얻어 타고 학교에 나왔다. 우리는 둘이 결혼하면 천생연분일 거라고 생각했다. 둘 다 인간을 혐오하니까.

하여간에 던우디 선생님 얼굴은 엄청나게 큰 머리에 딱 잘 맞는다. 선생님한테서는 빅스 흡입제 냄새가 지독하게 난다. 같은 말더듬이만이 선생님이 T로 시작하는 단어를 살짝 더듬는다는 것을 눈치챌 수 있다. 미술실에서는 무슨 이유에서인지 점토 냄새가 난다. 우리는 한 번도 점토를 쓴 적이 없는데. 던우디 선생님은 가마를 찬장으로 쓰고 있고, 암실은 미술클럽 멤버들만 들여다볼 수 있는 수수께끼의 공간이다. 미술실 창문으로 운동장이 내다보이기 때문에, 잘나가는 아이들이 그 자리를 차지하고 앉는다. 앨러스테어 너턴이 내 자리를 맡아주었다. 맬번 위에, 완벽한 오후 위에 태양열 열기구가 떠 있었다.

오늘 수업은 황금분할에 관한 것이었다. 던우디 선생님은 아르키메데스라는 그리스인이 나무와 지평선을 어떤 그림에든 올바르게 넣을 수 있는 자리를 찾아냈다고 말했다. 던우디 선생님은 우리에게 비례와 자를 이용해 황금분할을 찾는 방법을 보여주었지만, 우리 중에 제대로 이해한 사람은 아무도 없었다. 클라이브 파이크조차 실패했다. 던우디 선생님은 왜 내가 인생을 낭비하고 있지? 하는 표정을 지었다. 그는 콧잔등을 꼬집고 관자놀이를 문질렀다. "이런 거나 하자고 왕립 아카데미에 사 년을 있었다니. 연필을 써봐. 자를 써보라니까."

나는 필통에서 미술실에 돌려진 쪽지를 발견했다.

THE GRAYYARD 8 TONITE SPOOKS*

숫자 한 개와 단어 네 개가 내 인생을 바꿔놓았다.

열세 살쯤 되면, 패거리가 보이스카우트 유년단이나 레고처럼 유치해진다. 그러나 스푸크는 더 비밀스러운 모임이다. 딘 모런의 아빠 말로는 스푸크가 오래전 시작된 농장 노동자들의 일종의 비밀조합 같은 것이었다고 한다. 고용주가 약속한 임금을 주지 않으면, 스푸크가 다 함께 몰려가서 정의를 쟁취했다. 옛날에는 블랙스완 사람들 절반이 멤버였다고 한다. 그 이후로 세상은 바뀌었지만, 아직도 은밀한 비밀로 남아 있다. 진짜 스푸크는 **절대** 그 이름을 입에 올리지 않는다. 나와 모런의 추측으로는 피트 레드말리와 길버트 스윈야드도 일원일 것이고, 플루토 녹이 틀림없이 리더일 것이다. 로스 윌콕스는 자기도 회원이라고 떠벌리고 다니지만, 그 말은 회원이 아니라는 뜻이다. 존 투키도 회원이다. 전에 한번 그애가 맬번링크의 디스코클럽에서 어떤 스킨헤드족들한테 괴롭힘을 당한 적이 있었다. 그다음주 금요일에 톰 유까지 긴 스무 명 남짓

의 스푸크들이 자전거와 오토바이를 타고 거기로 몰려갔다. 사건은 결국 바로 그 스킨헤드들한테 강제로 존 투키의 부츠를 핥게 하는 것으로 끝났다. 이 얘기는 그저 한 가지 예일 뿐이다. 다른 일화들이 셀 수도 없이 많다.

나의 용감무쌍했던 어젯밤 활약이 적절한 사람들에게 깊은 인상을 준 것이 틀림없다. 플루토 녹 같은 사람 말이다. 하지만 누가 이 쪽지를 넣어놓았을까? 나는 쪽지를 블레이저 주머니에 넣고 뭔가 알고 있을 만한 얼굴을 찾아 교실을 둘러보았다. 게리 드레이크나 닐 브로즈의 얼굴에서는 아무것도 찾아낼 수 없었다. 데이비드 오커리지와 덩컨 프리스트도 인기 있지만, 그애들은 캐슬모턴과 코스론에 산다. 스푸크는 블랙스완그린 것이다.

2학년 여자아이들 몇이 운동회 준비를 하느라 창문 아래에서 달리기를 하고 있었다. 카버 선생님이 날아가는 팩을 향해 맨 프라이데이*처럼 하키 스틱을 흔들었다. 루시 스니즈의 젖가슴이 흔들리는 게 마치 양쪽에서 고개를 끄떡거리는 것 같았다.

누가 나한테 쪽지를 전했든 그게 무슨 상관이람? 나는 돈 매든의 커피크림색 종아리를 보며 생각했다. 받았으면 됐지.

"돼지 목에 진주지!" 던우디 선생님이 빅스 흡입기에 대고 콧김을 뿜었다. "돼지 목에 진주라니까!"

집에 돌아오니 엄마는 앨리스 이모와 통화중이었지만, 나에게

---

* 소설 『로빈슨 크루소』에서 그의 충실한 심복이 된 원주민. 능력이 뛰어나고 충실한 조수나 부하를 뜻한다.

밝게 손을 흔들어주었다. 소리를 죽인 TV에서는 윔블던 경기가 방송되고 있었다. 여름의 후끈한 열기가 문이 열린 집 안으로 밀려들어왔다. 나는 로빈슨발리워터를 한 잔 만들고 엄마 것도 만들었다. 내가 그것을 전화기 옆에 놓자 엄마가 이렇게 말했다. "오, 우리 아들은 자상하기도 하지!" 엄마가 사놓은 메릴랜드 초콜릿칩 쿠키가 있었다. 새것이고 양도 많았다. 나는 다섯 개를 집어서 위층으로 올라가 옷을 갈아입고 침대에 누웠다. 비스킷을 먹으며 ELO의 〈Mr. Blue Sky〉를 대여섯 번쯤 반복해서 들으면서, 스푸크가 나에게 어떤 테스트를 할까 머리를 굴려보았다. 언제나 테스트가 있다. 숲속의 호수를 헤엄쳐 건넌다든가, 피그 레인의 채석장에 올라간다든가, 야밤에 남의 집 뒤뜰을 살금살금 지나간다든가. 아무러면 어때? 내가 스푸크라면 매일이 오늘처럼 파란만장할 텐데.

레코드판이 멈췄다. 오후의 소음들이 새어들어왔다.

볼로네세 스파게티라면 다진 고기, 스파게티, 케첩이 들어가는 것이 보통이다. 그러나 엄마는 누구 생일도 아닌데 오늘 저녁에 제대로 요리를 했다. 아빠와 누나, 나는 차례로 요리에 들어간 재료를 추측했다. 와인, 가지(고무 같지만 토할 것 같은 맛은 아니다), 버섯, 당근, 붉은 고추, 마늘, 양파, 치즈와 파프리카라고 하는 붉은 가루였다. 아빠는 과거에는 향료가 요즘의 금이나 석유 같았던 시절이 있었다고 말했다. 범선과 스쿠너가 향료를 자카르타, 베이징, 일본에서부터 실어왔다. 아빠는 그 시절에는 네덜란드가 오늘날의 소련만큼이나 막강했다고 말했다. 네덜란드라! (소년은 어른이 되지 않는다는 생각을 종종 한다. 소년은 어른이라는 가면 뒤에 감추어져 있는 종이 반죽 같은 것이며, 어른들은 자기 안에 아직도 소년이 있음을 때때로 느끼게 된다.) 누나는 맬번의 변호사 사무실에서 오후를 보낸 이야기를 했다. 누나는 거기서 서류를 정리하고, 전화를 받고, 편지를 타이핑하는 등 여름 아르바이트를 하고 있었다. 누나는 8월에 이완과 함께 인터레일을 타고 휴가를 가려고 돈을 모으는 중이었다. 175파운드만 내면 한 달 동안 유럽 어디나 기차를 타고 공짜로 갈 수 있다. 새벽에 아크로폴리스에서 일어나고, 제네바 호수에서 달구경을 할 수 있다.

좋겠다.

하여간 엄마 차례가 되었다. "오늘 퍼넬러피 멜로즈 집에 누가 왔는지 믿지 못할걸."

"내가 묻는다는 걸 까맣게 잊고 있었군." 아빠는 요즘 들어 잘하려고 무지 애를 쓴다. "어땠어? 누가 왔었는데?"

"페니는 잘 지내. 그리고 야스민 모턴 바곳을 초대했어."

"야스민 모턴 바곳이라고? 꼭 꾸며낸 이름 같군."

"꾸며낸 이름 아니야, 마이클. 우리 결혼식에도 왔었잖아."

"우리 결혼식에 왔었다고?"

"페니랑 야스민이랑 나는 대학 시절에 늘 붙어다녔어."

"여자들은 꼭 무리를 지어서 몰려다닌다니까." 아빠가 나에게 교활하게 고개를 끄덕였다.

미소로 대답해줘야 할 것 같았다.

"맞아요, 아빠." 누나가 입을 열었다. "남자들하고는 달라요. 그 뜻이죠?"

엄마가 말을 이었다. "야스민이 우리한테 베니스산 와인잔을 선물해줬잖아."

"아, 그거! 끝이 너무 뾰족해서 내려놓지도 못하는 와인잔 말이야? 아직 다락에 있나?"

"야스민에 대해 그 정도밖에 기억하지 못한다니 좀 놀라운데. 그렇게 눈에 확 띄는 애를. 그애 남편 버티가 세미 프로골퍼였잖아."

"골퍼였다고?" 아빠 마음이 좀 움직였다. "였다니?"

"그래. 프로가 된 기념으로 물리치료사랑 바람이 났지. 공동예금계좌까지 다 말아먹었다니까. 불쌍한 야스민한테는 땡전 한 닢도 안 남겨주고."

아빠는 클린트 이스트우드처럼 폼을 잡았다. "대체 어떻게 생겨먹은 놈이기에 그런 짓을 한담?"

"그 덕에 야스민은 성공했지. 인테리어 디자인을 시작했거든."

아빠는 이 사이로 숨을 들이마셨다. "위험한 사업인데."

"메이페어에 처음 낸 가게가 대히트를 쳤어. 채 일 년도 안 돼서 배스에 가게를 하나 더 열었다니까. 유명인사 이름이나 팔아먹는 애는 아니지만, 왕족들을 고객으로 두고 있고. 한동안 페니와 함께 지내면서 첼튼엄에 세번째 가게를 열었는데, 이번 가게에는 전시를 할 수 있는 큰 갤러리도 있어. 하지만 원래 그 가게 운영을 맡기려고 채용했던 여자 매니저한테 배신을 당했지 뭐야."

"직원들이 문제야! 항상 그게 까다로운 부분이야. 대니 롤러한테도 바로 며칠 전에 내가 말했지만, 만약……"

"야스민이 나한테 일을 해보지 않겠냐고 했어."

경악과 함께 침묵이 흘렀다.

"멋져요, 엄마. 정말 근사해요!" 누나가 환하게 미소 지었다.

"고마워, 우리 딸."

아빠는 입만 미소를 지었다. "물론 당신 기분 좋으라고 해본 소리겠지, 헬레나."

"난 첼시에서 일 년 반 동안 프레다 헨브룩 부티크를 맡아본 적도 있다고."

"당신이 대학 졸업하고 일했던 그 웃기는 코딱지만한 가게?"

"엄마는 색상이나 직물이나 재료 보는 눈썰미가 대단해요." 누나가 아빠에게 말했다. "그리고 엄마가 사람들을 얼마나 잘 다루는데요. 못 팔 물건이 없을걸요."

아빠는 장난스럽게 두 손 들었다는 몸짓을 했다. "그 말에 토 달 사람이야 없지! 그 야스민 터턴 비곳이라는 사람이……"

"모턴 바곳이야. 야스민 모턴 바곳."

"……조금이라도 미심쩍은 데가 있다면 그런 아이디어를 내놓지도 않았겠지. 하지만……"

"야스민은 타고난 사업가야. 자기 직원은 다 직접 뽑는다고."

"그래서…… 당신은…… 뭐라고 대답했어?"

"월요일에 야스민이 전화하면 대답해주기로 했어."

세인트가브리엘 교회에서 종 치는 사람들이 매주 관례적으로 하는 일을 시작했다.

"다단계판매는 아니겠지, 헬레나?"

"갤러리랑 인테리어 업무라니까, 마이클."

"그런데 조건은 얘기해봤어? 전부 커미션으로만 받는 건 아니야?"

"야스민도 그린랜드 슈퍼마켓만큼은 월급 줘. 내가 돈을 벌어올지도 모른다고 하면 당신이 기뻐할 줄 알았는데. 더는 내 변덕에 산더미 같은 돈을 쏟아붓지 않아도 되잖아. 내 능력으로 벌어서 댈 수 있을 테니까."

"그래, 기뻐. 당연히 기쁘고말고."

검은 소들이 암석정원을 지나 울타리 바로 너머 들판에 모여들었다.

"그러면 매일 첼튼엄까지 통근을 하겠다는 거야? 일주일에 엿새를?"

"닷새야. 조수를 고용하면 나흘이 될 거고. 첼튼엄은 옥스퍼드나 런던이나, 당신이 가는 곳 어디에 비해도 훨씬 더 가까워."

"그 말은 우리 생활방식에 엄청난 변화가 생기게 되리라는 뜻이겠군."

"어떻든 그렇게 될 거잖아. 줄리아는 대학에 입학하면 집을 떠날 거고. 제이슨도 더는 아기가 아니고."

그 순간 가족들이 나를 돌아보았다. "저도 기뻐요, 엄마."

"고맙다, 우리 귀염둥이."

(열세 살이면 '귀염둥이'로 불릴 나이는 지났는데.)

누나가 엄마를 재촉했다. "그 제안 받아들일 거죠, 네?"

엄마는 수줍게 미소 지었다. "끌리기는 하는구나. 매일같이 집에만 처박혀 있다보니……"

"'처박혀 있다'고?" 아빠가 웃긴다는 투로 말했다. "모르는 소리, 밤이나 낮이나 가게에 '처박혀 있는' 것만 하려고."

"가게에 딸려 있는 갤러리라니까. 그리고 적어도 사람들은 만날 수 있을 거 아니야."

아빠는 진심으로 영문을 모르겠다는 표정이었다. "사람들은 실컷 만나고 있잖아."

엄마도 진심으로 당황스러운 표정을 지었다. "누구?"

"많잖아! 예를 들면, 처제라든가."

"앨리스는 자기 집과 가족과 파트타임 일이 있어. 리치먼드에. 영국 국철로도 반나절 거리라고."

"우리 이웃들도 좋은 사람들이고."

"물론 그렇지. 하지만 서로 공통된 관심사가 없잖아."

"하지만…… 마을의 당신 친구들은 또 어떻고?"

"마이클, 우리가 제이슨이 태어난 후로 쭉 여기서 살긴 했지만 우리는 도시 사람이야. 아, 이웃들이야 대부분 예의바르지, 우리 앞에서는. 하지만……"

(나는 내 카시오 시계를 확인했다. 곧 스푸크와의 약속시간이었다.)

"엄마 말이 맞아요." 누나는 이완이 선물해준 이집트 십자가 목걸이를 만지작거렸다. "케이트는 장미전쟁 때부터 블랙스완그린에서 살아온 사람이 아니면 절대 동네 사람이 되지 못할 거래요."

아빠는 우리가 일부러 아빠 의견에 맞선다고 생각했는지 기분이 상한 기색이었다.

엄마가 깊이 숨을 들이쉬었다. "난 외로워. 간단한 문제라고."

소들이 똥 묻은 엉덩이에 몰려드는 살찐 파리를 쫓느라 꼬리를 흔들어대고 있었다.

묘지에는 썩어가는 시체들이 가득하다. 그러니 당연히 무시무시한 곳이다. 약간은. 하지만 뭐든 지나치게 오래 생각하면 좀 무시무시하게 느껴지는 법이다. 작년 여름 햇볕이 쨍쨍한 날 '육지 측량부 지도 150'에 나온 데까지 자전거를 타고 간 적이 있었다. 윈치콤까지 간 적도 있었다. 인적 없는 (둥근) 노르만 교회나 (뭉툭한) 색슨 교회를 발견하면, 그 뒤에 자전거를 숨기고 묘지 잔디 위에 드러누웠다. 보이지 않는 새들이 울고 잼병에는 낯선 꽃들이 꽂혀 있었다. 돌에 박힌 엑스칼리버 따위는 없었지만, 1665년의 묘비를 발견했다. 1665년이면 역병이 돌았던 해다. 내가 읽은 기록에는 그렇게 나와 있다. 묘석도 수백 년이 흐르면 거의 바스라진다. 죽음조차도 죽는다. 브레던힐의 묘지에서 발견한 비문은 여태껏 본 중에서 가장 슬픈 문장이었다. '그토록 높은 덕을 지닌 여인이라면 더 긴 수명을 누렸어야 마땅하리라.' 사람을 매장하는 데도 플레어스커트나 맘보바지처럼 유행이 있다. 브로드워스 씨 말로는 악마가 주목 향을 싫어하기 때문에, 묘지에는 주목을 심는다. 그 말을 믿어야 할지는 나도 잘 모르겠지만, 위지보드*는 확실히 진짜다. 유리가 '악-마-가-너-의-주-인-이-다'와 같은 말을 뱉어내고 산산조각이 나서 아이들이 교구 목사에게 연락을 해야 했다는 유의 이야기는 수도 없이 많다. (한번은 그랜트 버치가 귀신이 들려서 필립 펠프스에게 1985년 8월 2일에 죽을 거라고 말했다. 필립 펠프스는 베개 밑에 꼭 성경을 놓고 잔다.)

사람을 묻을 때는 항상 서쪽을 향하도록 매장한다. 그러니까 세상의 종말이 와서 최후의 나팔이 울릴 때면, 죽은 사람들이 모두

---

* 심령술에서 쓰는 점괘판.

무덤을 헤치고 나와서 심판을 받기 위해 예수의 왕좌가 있는 서쪽을 향해 걸어갈 것이다. 블랙스완그린에서 보면 예수의 왕좌가 애버리스트위스에 있다는 얘기가 된다. 자살한 사람은 북쪽을 향하도록 묻는다. 죽은 사람들은 똑바로 앞으로만 걷기 때문에, 예수를 찾지 못할 것이다. 그들은 결국 존오그로츠*까지 가게 될 것이다. 애버리스트위스도 좀 별로지만, 아빠 말로는 존오그로츠에는 스코틀랜드에서 추방당한 집 몇 채밖에 없다고 한다.

　신이라면 사람들한테 그런 짓을 하는 건 좀 심하지 않나?

　스푸크가 혹시 나를 몰래 감시하고 있을 경우를 대비해, 나는 특수부대 뺨칠 만큼 멋지게 굴렀다. 하지만 세인트가브리엘 교회의 묘지는 적막했다. 종 치는 일은 아직도 계속되고 있었다. 가까이에서 들어보면, 종소리는 제대로 울려퍼지는 것이 아니라 팅팅 둥둥거린다. 시간이 여덟시 십오분을 넘어 흘러가고 있었다. 불어오는 산들바람에 거대한 미국삼나무 두 그루가 삐걱삐걱 소리를 내며 흔들렸다. 여덟시 삼십분이 지났다. 종소리가 멎더니 다시 울리지 않았다. 처음에는 정적이 종소리처럼 요란하게 울렸다. 나는 시간을 제대로 맞춘 것인지 걱정이 되기 시작했다. 내일은 토요일이다. 하지만 한 시간 안에 집에 돌아가지 않으면 대체 몇시까지 싸돌아다니느냐고 야단을 맞을 것이다. 아홉 명이나 열 명쯤 되는 종 치는 사람들이 맬컴이라는 사람에 대해 이야기를 하며 교회를 나갔다. 맬컴은 통일교 신자가 되었는데, 코번트리에서 꽃을 나눠주는 모

250

습이 마지막으로 목격된 모습이라고 했다. 종 치는 사람들은 묘지 대문을 나섰고, 그들의 목소리는 블랙스완 쪽으로 멀어져갔다.

그때 문득 묘지 담벼락 위에 앉아 있는 한 아이가 눈에 띄었다. 플루토 녹이라기에는 덩치가 너무 작았다. 그랜트 버치나 길버트 스윈야드, 피트 레드말리라고 하기에는 또 너무 말랐다. 나는 닌자처럼 소리를 죽여 그에게 살금살금 다가갔다. 그는 닉 유처럼 육군 야구모자 앞창을 뒤로 돌려 쓰고 있었다.

닉 유도 스푸크일 줄 알았다.

"여기야, 닉."

그러나 꺄악! 하고 비명을 지르며 담벼락에서 떨어진 것은 딘 모런이었다.

모런은 쐐기풀 숲에서 펄쩍 일어나 팔다리와 목을 철썩철썩 쳤다. "이 망할 가시들, 따가워 죽겠네!" 모런은 자기가 너무 얼간이같이 보여서 아무리 거칠게 굴어봤자 소용없다는 것을 잘 알고 있었다. "여긴 웬일이야?"

"그러는 너는 여기 웬일이야?"

"쪽지를 받았어. 초대장이었는데……" 모런이 무슨 생각을 하는지 알 수 있었다. "아. 너는 스푸크가 아니잖아, 그렇지?"

"아냐. 네가…… 여기 있을 줄이야."

"그럼 내 필통 속에 들어 있던 이 쪽지는?"

모런이 내 것과 똑같은 쪽지를 펼쳤다.

그애는 내가 당황하는 기색을 제대로 읽었다. "너도 쪽지를 받았어?"

"그래." 뭐가 어찌된 건지 당황스럽고 실망스럽고 걱정스러웠다. 딘 모런은 스푸크가 될 재목이 아니기 때문에 당황스러웠다. 모런 같은 찌질이도 들어갈 수 있다면, 스푸크에 들어간들 뭐가 대단하랴 싶어 실망스러웠다. 속임수 같은 냄새가 나서 걱정스러웠다.

모런이 씩 웃었다. "근사한데, 제이스!" 나는 그애를 담벼락 가까이로 끌어당겼다. "스푸크가 우리 둘을 한꺼번에 부른 거야."

"그래. 굉장하네." 내가 대답했다.

"우리가 떼어놓을 수 없는 한 팀이라고 생각했나보다. 스타스키와 허치*처럼."

"그래." 나는 윌콕스를 찾아 묘지를 둘러보았다.

"아니면 토빌과 딘**처럼. 너 그 짧은 스팽글 스커트 좋아하잖아."

"좋아 죽겠다."

금성이 달의 귀퉁이에서 밝게 빛나고 있었다.

"스푸크들이 진짜 올 것 같아?" 모런이 물었다.

"우리한테 여기로 오라고 했잖아, 안 그래?"

교회 영지의 한 오두막에서 소리를 죽인 나팔 소리가 흘러나왔다.

"그래, 하지만…… 넌 속임수일지도 모른다는 생각은 안 하는구나."

우리를 기다리게 만드는 것도 일종의 비밀 테스트일지도 모른

---

* 1970년대 미국의 인기 TV 시리즈의 두 주인공.
** 영국의 유명한 아이스댄싱 팀.

다. 버러지가 지적했다. 만일 모런이 포기한다면, 네가 더 훌륭한 스푸크로 보일 거야. "그렇게 생각하면 집에 가."

"아니, 그런 뜻으로 한 말은 아니었어. 그저…… 야! 별똥별이다!"

"어디?"

"저기!"

"아니야." 모런은 책에 나오는 것이라면 아는 게 하나도 없다. "저건 인공위성이야. 타 없어지지 않는다고. 보이지? 그냥 쭉 직선으로 날아가잖아. 어쩌면 스카이랩 우주정거장이 고도를 놓친 건지도 모르지. 어디에 추락할지 아무도 몰라."

"하지만 어떻게……"

"쉬잇!"

한쪽 구석에 휘어진 호랑가시나무 밑에 부서진 널빤지가 쌓여 있었다. 거기서 누군가가 중얼거리는 소리를 똑똑히 들었다. 담배 냄새도 났다. 모런이 내 뒤를 따라오며 말했다. "저건 뭐야?" (맙소사, 모런 이 녀석 머리에는 뭐가 들었는지.) 나는 허리를 구부리고 진녹색 텐트 안으로 들어갔다. 플루토 녹이 오래된 묘석 위에 앉아 있고, 그랜트 버치는 지붕 타일을 쌓아놓은 무더기 위에, 존 투키가 세번째 자리에 앉아 있었다. 그들을 찾아낸 것이 모런이 아니라 나라고 말해줄 수만 있다면 얼마나 좋을까. 이 거친 아이들한테는 '안녕'이란 말도 게이처럼 들릴 것 같아서 이렇게만 말했다. "뭐 해?"

스푸크의 왕, 플루토 녹이 인사 대신 고개를 까딱했다.

"아이고." 모런이 고개를 숙이고 들어오다가 내 엉덩이를 머리로 받는 바람에 내 몸이 앞으로 고꾸라질 듯 휘청했다. "미안, 제이스."

내가 모런에게 한마디했다. "'미안'이란 말은 쓰지 마."

"그럼 이제 어떻게 하는 건지 알겠지?" 그랜트 버치가 침을 찍뱉었다. "이 담벼락을 긴 다리로 타넘은 다음, 뒤뜰 여섯 개를 십오 분 안에 가로지르는 거야. 다 끝내면 잔디밭으로 와. 스윈야드랑 레드말리가 참나무 밑에서 기다리고 있을 거야. 제시간 안에 해내면 스푸크의 일원으로 맞아주지. 늦거나 나타나지 않는다면, 스푸크는 영영 꿈도 꾸지 마."

모런과 나는 고개를 끄덕였다.

"그리고 만약 잡혀도 스푸크가 되지 못해." 존 투키가 덧붙였다.

"그리고," 그랜트 버치가 경고의 뜻으로 손가락을 들었다. "만약 잡히더라도 스푸크에 대해서는 한마디도 못 들은 거다."

나는 내 배짱과 행맨을 시험해보려고 이렇게 말했다. "'스푸크'가 뭐야, 플루토?"

플루토 녹이 나에게 격려하듯 코웃음을 쳤다.

세인트가브리엘 교회가 아홉시 십오 분 전을 알리는 종을 울리는 것과 동시에 호랑가시나무가 가늘게 떨렸다. "시작할 준비해!" 그랜트 버치가 나와 모런을 쳐다보았다. "누가 먼저 할래?"

"나부터 할게." 나는 모런 쪽으로 눈길도 주지 않고 말했다. "난 겁쟁이가 아니야."

첫번째 오두막의 뒤뜰은 잡초가 트리피드*처럼 무성하게 우거진 늪이었다. 나는 담벼락 위에 올라서서 묘지에 있는 네 사람의 얼굴을 마지막으로 한번 쓱 훑어본 다음, 높이 자란 풀 속으로 뛰어내렸다. 그 집의 모습이 말해주고 있었다. 빈집이다. 불빛도 없고, 홈통은 제자리에서 삐져나오고, 커튼은 늘어져 있었다. 그래도 나는 몸을 납작 엎드리고 기어갔다. 무단 침입자가 불을 다 끄고 지켜보고 있을 수도 있다. 석궁을 손에 들고. (그것이 나와 모런의 차이다. 모런은 마치 제집인 양 쿵쾅대고 다닐 것이다. 모런은 저격수 따위는 안중에도 없다.) 나는 옆의 담을 따라 자라난 자두나무 위로 기어올라갔다.

내 머리 위에서 코트가 바스락거렸다.

바보 같으니라고. 비닐봉지가 가지에 걸려 흔들리고 있었다. 나팔 소리가 다시 시작되었다. 이번에는 아주 가까운 거리였다. 나는 울퉁불퉁한 가지에서 주르륵 미끄러져내려와 옆의 담벼락 위에서 균형을 잡았다. 지금까지는 식은 죽 먹기였다. 게다가 옆집 뜰에 있는 기름 탱크의 평평한 지붕이 바로 내 밑에 있었다. 지붕은 침엽수로 가려져 있었다.

탱크가 발밑에서 **투우우웅** 하고 천둥같이 요란한 소리를 울렸다.

두번째 뒤뜰은 훨씬 더 위험했다. 커튼은 물론이고 창문까지 반쯤 열려 있었다. 뚱뚱한 아줌마 두 명이 소파에 앉아서 〈바로 그거야〉에 나오는 아스테릭스와 오벨릭스[**]를 보고 있었다. TV 진행자

____

[*] 공상과학소설에 나오는 머리가 셋 달린 식물 괴수.
[**] 로마 시대 갈리아 사람들을 소재로 한 프랑스 역사만화의 등장인물.

스튜어트 홀이 마치 이륙하는 해리어 수직 이착륙기처럼 박장대소하고 있었다. 정원에는 몸을 숨길 만한 곳이 없었다. 휑한 잔디밭 위로 떨어져 있는 배드민턴 그물이 다였다. 플라스틱 배트, 공, 활쏘기용 과녁판, 어린이 물놀이용 풀이 흩어져 있었다. 다 울워스에서 산 듯한 싸구려였다. 더구나 캠핑용 밴이 옆에 주차되어 있는데, 통통한 남자가 인상을 잔뜩 쓰고 그 안에서 나팔을 불고 있었다. 그의 두 볼은 황소개구리처럼 잔뜩 부풀어 있었지만, 시선은 정원에 박혀 있었다.

음이 올라갔다.

음이 내려갔다.

삼 분은 족히 지났을 것이다. 어떡하면 좋을지 몰랐다.

뒷문이 열리더니 뚱뚱한 아줌마가 잰걸음으로 밴 쪽으로 갔다. 그녀는 문을 열고 이렇게 말했다. "비키가 잠들었어." 나팔 불던 남자는 그녀를 안으로 끌어들이더니 나팔을 내던졌다. 둘은 굶주린 두 마리 개가 밀크 트레이 상자를 놓고 싸우듯이 맹렬하게 서로를 애무하기 시작했다. 캠핑용 밴이 들썩거렸다.

나는 기름 탱크에서 내려와 골프공에 미끄러졌다가, 다시 일어나서 쏜살같이 잔디밭을 가로질러 뛰다가 미처 보지 못한 크로켓 후프에 걸려 넘어졌다. 다시 일어났지만 방향을 잘못 잡고 울타리에 부딪혔다. 그 바람에 요란한 소리가 울렸다.

둔해빠진 돼지새끼. 태어나지 않은 쌍둥이가 이죽거렸다.

나는 울타리 위로 몸을 날려 장작 부대처럼 땅 위로 떨어졌다.

세번째는 브로드워스 씨의 집이었다. 브로드워스 씨가 나를 본다면 아빠한테 전화를 할 것이고, 나는 오늘밤 안에 결딴이 나고 말 것이다. 스프링클러가 쉬쉬쉿 소리를 냈다. 물방울이 내가 앉은 곳까지 떨어져 내 얼굴에 휘몰아쳤다. 정원 대부분은 깍지콩 넝쿨로 가려져 있었다.

문제가 하나 더 있었다. 내 뒤의 나팔 불던 남자의 정원에서 여자의 외침 소리가 들렸다. "돌아와, 게리! 또 여우가 나타난 것뿐이라니까!"

"여우가 아니야! 애녀석들 중 한 놈이야!"

손 두 개가 내 머리 바로 위 울타리를 움켜잡았다.

나는 깍지콩 넝쿨 끝까지 온 힘을 다해 달렸다. 거기서 얼어붙은 듯 멈춰 섰다.

문 앞 계단에 브로드워스 씨가 앉아 있었다. 물이 수도꼭지에서 금속 물뿌리개 속으로 쏟아졌다.

공포가 통 속에 든 말벌처럼 몰려들었다.

등뒤에서 여자 목소리가 들렸다. "여우라니까, 게리! 테드가 지난주에도 뭔지 모를 동물을 쏘았잖아."

"아, 그래?" 손이 울타리 꼭대기에서 사라졌다. 손 하나가 내가 발을 넣고 있는 울타리 구멍에 불쑥 나타났다. "이런 짓을 한 게 여우다 이 말이야?"

나팔 부는 남자의 손가락이 울타리 위에 다시 나타났다. 그가 올라올 준비를 하자 울타리가 삐걱이며 신음을 토했다.

브로드워스 씨는 물소리 때문에 아무 소리도 듣지 못했지만, 이제 계단에 파이프를 내려놓고 일어섰다.

이제 독 안에 든 쥐다. 아빠한테 난 죽었다.

"맨디?" 새로운 목소리가 내 뒤의 정원에서 들려왔다. "게리?"

"아, 빅스구나." 첫번째 여자의 목소리였다. "이상한 소리가 들려서."

"나팔 연습을 하다가 이상한 소리가 들려서 살펴보러 나왔어." 남자가 말했다.

"그래? 근데 이건 뭐야?"

브로드워스 씨가 내 쪽으로 등을 돌렸다.

위에 있는 울타리는 너무 높아서 손으로 잡을 곳 없이는 뛰어넘을 수가 없었다.

"너한테서 그이 냄새가 나는데! 너 그이한테 꼬리 쳤지!"

브로드워스 씨가 수도를 잠갔다.

"그건 립스틱이 아니야, 이 미친년아." 담장 너머 나팔 불던 남자의 고함이 들려왔다. "그건 잼이라고!"

아빠의 정원사는 물뿌리개에서 물을 출렁출렁 흘리면서 내가 웅크리고 있는 곳까지 걸어왔다. 그는 나와 눈이 마주쳤지만, 놀란 기색은 전혀 보이지 않았다.

"테니스공을 좀 찾으려고 들어왔어요." 나도 모르게 불쑥 말해버렸다.

"헛간 뒤로 오면 제일 간단할 텐데."

처음에는 무슨 뜻인지 알아듣지 못했다.

"귀한 시간을 낭비하고 있구나." 브로드워스 씨가 한마디 덧붙이고는 양파밭 쪽으로 돌아섰다.

"감사합니다." 그제야 그가 내 거짓말을 눈치채고도 나를 그냥 보내주기로 했음을 깨닫고 목이 메었다. 나는 길을 따라 헛간 모퉁이를 돌아서 나왔다. 틈새로 새어나오는 공기에는 생생한 석탄산 냄새가 잔뜩 배어 있었다. 브로드워스 씨도 젊었을 때 스푸크였던 게 틀림없다.

"엄마가 너 같은 건 우스터 운하에 빠뜨려 죽였어야 했는데!" 두번째 여자의 날카로운 외침이 싸늘한 암흑을 갈랐다. "너희 둘 다! 자루에 돌이랑 같이 넣어서!"

달 표면처럼 울퉁불퉁한 네번째 정원은 콘크리트와 자갈 반죽 범벅이었다. 여기저기 장식품이 널려 있었다. 땅의 요정은 물론이고 이집트의 스핑크스, 스머프, 요정, 해달, 곰돌이 푸와 피글렛과 이요르, 지미 카터의 얼굴까지 별의별 것이 다 있었다. 어깨 높이의 히말라야 산맥이 정원 한복판을 가로질렀다. 이 조각정원은 한때 동네의 전설이었고, 이것을 만든 인물 아서 이브섬도 그랬다. 〈맬번 가제티어〉는 '이 조각공원에 견줄 곳은 어디에도 없다'라는 제목 밑에 사진과 함께 기사를 실었다. 스록모턴 선생님은 우리 반 학생들을 데리고 와서 구경을 시키기도 했다. 생글생글 웃는 인상의 남자가 우리 모두에게 리베나 음료와, 위에 스포츠를 하는 사람들을 핀으로 장식한 비스킷을 대접했다. 아서 이브섬은 우리가 방문한 지 며칠 후 심장발작으로 죽었다. '심장발작'이라는 말을 그때 처음 들어봤다. 나는 심장이 갑자기 미쳐 날뛰면서 토끼 사육장에 뛰어든 족제비처럼 몸의 다른 부분을 마구 공격한다는 뜻인 줄 알았다. 가끔씩 라이드 씨네 가게에서 이브섬 부인이 금속광택제 듀라글릿이나 치약 같은 노인네들의 잡화를 사는 모습이 눈에

뛴다.

하여간 아서 이브섬의 왕국은 그가 죽은 후 흉한 몰골로 변해갔
다. 자유의 여신상은 살인 무기처럼 바닥에 널브러져 있다. 곰돌이
푸는 황산 공격을 당한 희생자 같다. 세상은 사람들이 만들어내는
속도보다 더 빨리 모든 것을 원상태로 되돌린다. 지미 카터의 코는
떨어져나갔다. 나는 그것을 그냥 주머니에 넣었다. 사람이 살고 있
다는 표시는 위층 창문에 밝혀진 촛불 한 개뿐이었다. 나는 중국의
만리장성으로 걸어가다가 저녁달을 손가락으로 가리키고 선 에드
먼드 힐러리와 셰르파 텐징*에 부딪힐 뻔했다. 그 너머에는 박하
색의 최상급 자갈을 깔아놓은 작은 잔디밭이 있었다. 나는 그 잔디
위로 펄쩍 뛰었다.

그러자 사타구니까지 차가운 물속에 쑥 잠겼다.

병신 지랄 옆차기하고 자빠졌네. 태어나지 않은 쌍둥이가 깔깔거
렸다.

연못에서 간신히 나오자 바짓가랑이에서 물이 쏟아져내렸다.
작은 낙엽들이 토사물 자국처럼 내 몸에 달라붙었다. 엄마가 이 꼴
을 보면 가만있지 않을 것이다. 하지만 지금은 그런 생각을 할 때
가 아니었다. 바로 다음 울타리를 넘어가면 가장 위험한 정원이 기
다리고 있을 테니까.

좋은 소식은, 블레이크 씨의 정원에 블레이크 씨는 없고 끄트머

---

* 1953년 세계 최초로 에베레스트 등반에 성공한 에드먼드 힐러리와 네팔인 셰르
파 텐징 노르가이를 말함.

리 쪽에 칠레삼나무와 물수선화가 있다는 것이었다. 스푸크에게는 더없이 좋은 엄폐물이었다. 나쁜 소식은, 울타리 바로 아래 정원 전체가 다 온실이라는 것이다. 3미터 높이의 울타리는 내 몸무게를 지탱하지 못하고 불안하게 떨렸다. 블레이크 씨의 거실 창문까지는 앉은 자세로 울타리를 따라 조금씩 나아가야 했다. 떨어졌다가는 온실 창유리를 깨고 요란한 소리와 함께 콘크리트 바닥에 패대기쳐질 것이다. 〈오멘〉에서 피뢰침에 꼬치처럼 꿰인 신부처럼 토마토 줄기에 꿰이지 않았을 때 얘기지만.

선택의 여지가 없었다.

앞으로 조금씩 나아갈 때마다 유리 조각을 박아놓은 울타리 꼭대기가 내 엉덩이와 손바닥을 따끔하게 쓸었다. 연못 물에 젖은 청바지는 축축하고 무거웠다. 까딱하면 떨어질 것 같았다. 블레이크 씨가 창밖으로 얼굴이라도 내미는 날에는 꼼짝없이 죽은 목숨이다. 또 떨어질 뻔했다.

온실을 지나 아래로 뛰어내렸다.

널빤지가 쿵 하는 소리를 냈다. 다행히도 블레이크 씨네 거실에 있는 사람은 〈크레이머 대 크레이머〉의 더스틴 호프먼뿐이었다. (우리는 휴가 때 오번에서 그 영화를 보았다. 누나는 영화 보는 내 내 눈물을 멈추지 못하더니 최고의 영화라고 추어올렸다.) 블레이크 씨의 거실은 혼자 사는 남자 집치고는 다소 여성스러웠다. 레이스 달린 램프, 도자기로 만든 젖 짜는 여자상, 리틀우드의 계단에서 샀을 법한 아프리카 초원의 그림 등이 있었다. 그의 아내가 백혈병에 걸리기 전에 산 것들일 게다. 나는 주방 창문 밑을 살금살금 기어서 관목 숲을 지나 빗물통까지 갔다. 왜 하필 그때 집 쪽을 돌아보았는지 모르겠지만, 하여튼 돌아보았다.

블레이크 씨가 위층 창문에서 내다보고 있었다. 육십 초 안에 그가 자기 울타리 위에 있는 내 모습을 보게 될 것이 불 보듯 뻔했다. (승리하려면 운과 함께 용기가 필요하다. 나는 모런이 두 가지 다 빵빵하게 갖추고 있기를 바랐다.) 혓바닥을 내민 모습의 롤링 스톤스 스티커는 그렇게 떼어내려고 기를 썼어도 꿋꿋이 창틀에 붙어 있었다. 다른 스티커의 흔적들이 그 스티커를 에워싸고 있었다. 틀림없이 한때는 아들 마틴의 방이었겠지.

주름진 블레이크 씨의 얼굴이 하염없이 밖을 내다보고 있었다. 뭘 보는 거지?

내가 아니었다. 나는 잎 속에 숨어 있었다.

자기의 반사된 눈 속을 들여다보는 건가?

그러나 블레이크 씨의 눈은 구멍 같았다.

마지막 정원은 머빈 힐네였다. 스킬치의 아빠는 청소부였지만, 그의 정원만큼은 내셔널 트러스트*의 보존지역감이었다. 맨 끝 집이라서 부지가 더 넓었다. 다양한 크기와 모양의 돌을 깔아놓은 길이 아치형의 격자 장미 울타리 밑의 벤치까지 이어져 있었다. 프랑스식 창문을 통해 스킬치가 두 동생과 아마도 그의 아빠인 듯한 남자와 함께 트위스터 게임을 하고 있는 모습이 보였다. 손님일지도 모르고. 스킬치의 아빠가 스피너를 돌렸다. 소파 옆 TV에서는 아이 엄마가 아이를 데려가려고 오는 〈크레이머 대 크레이머〉의 마

---

* 자연보호와 사적 보존을 위한 민간단체.

지막 장면이 방영되고 있었다. 나는 갈 길을 그려보았다. 까짓것 식은 죽 먹기지. 정원 끝에 쌓아놓은 퇴비 더미 때문에 담벼락을 뛰어넘어야 할 것이다. 나는 몸을 웅크린 채 격자 아치 쪽으로 내 달렸다. 장미 향이 공기중에 퍼졌다. "쉬잇," 나한테서 1.5미터 정 도 떨어진 벤치에 여자 그림자가 앉아 있었다. "아이고, 이 쪼그만 녀석이!"

"저런, 그 쪼그만 녀석이 또 너를 걷어찼니?" 같이 앉아 있던 그 림자가 말했다.

(그들이 내 소리를 듣지 못했다니 믿을 수가 없었다.)

"아, 아, 아⋯⋯" 헐떡이는 숨소리. "엄마 목소리를 듣고 흥분한 거예요. 여기 좀 만져보세요⋯⋯"

격자 아치와 뒷담 사이의 틈은 내 몸을 숨길 수 있을 만큼 넓었 지만, 가시가 너무 많아서 통과할 수는 없었다.

"요 쪼그만 것이 제법 곡예사로구나." 더 나이든 그림자가 말 했다. (스킬치의 엄마였다.) "옆으로 재주넘기도 하고 쿵푸도 할 줄 알고. 솔직히 말하면, 머브는 태어나기 직전까지도 조용하기만 했지."

"이 조그만 녀석이 나올 때가 되었다고 마음먹은 거니까 신경쓰 지 마세요. 이깟 발길질쯤이야 얼마든지 견딜 수 있어요."

(맙소사. 임신한 여자라니. 임신부를 놀라게 했다가는 너무 일찍 아기가 퐁 하고 튀어나올 수도 있다는 건 다 아는 사실인데. 그럼 그 아이는 스킬치 같은 지진아가 될지도 모르고, 그건 다 내 탓이 잖아.)

"너는 아직도 딸이라고 믿니?"

"엘리너 할머니가 시험해봤다니까요. 결혼반지를 머리카락으로 묶어서 내 손바닥 위에 늘어뜨렸죠. 반지가 움직이면 아들인 거예요. 그런데 내 반지는 제자리에서 빙빙 돌기만 했으니까 딸이에요."

"그 노인네는 아직도 그런 짓을 한다니?"

"엘리너 할머니 말로는 아직 한 번도 틀린 적이 없대요."

(내 카시오 시계를 보니 시간이 거의 다 되어간다.)

트위스터 게임은 서로의 몸과 팔다리가 뒤엉키면서 엉망이 되었다. "웬 난리야!" 스킬치의 엄마가 신이 나서 혀를 찼다.

"케이 도매상의 친구가 안 된다고 해서, 벤이 정말 미안하대요. 머브가 학교를 졸업한 뒤에 말이에요."

"어쩔 수 없잖니, 애야. 그래도 벤이 애써주고 있으니 얼마나 착하니."

(내 카시오 시계가 고동쳤다. 시간, 시간. 신경을 너무 많이 쓰는 것이 내 문제다. 스푸크가 되려면 무엇보다 다른 것은 다 무시할 수 있을 만큼 강해야 하는데.)

"하지만 머브가 뭐가 될지 정말 걱정이다. 특히 네 아버지와 내가 세상을 뜨면 어찌될지."

"엄마! 무슨 말씀을 그렇게 하세요?"

"머브가 자기 미래를 생각할 수 있겠니? 바로 다음날도 생각 못하는 애가."

"저와 벤이 항상 머브 곁에 있을 거예요."

"머잖아 너희 셋이 서로 돌봐주어야 할 때가 올 거다. 머브는 시간이 갈수록 점점 더 다루기 힘들어질 테니. 아버지한테서 들었니? 지난주에 그애가 제 침실에서 〈펜트하우스〉를 뒤적거리는 것을 보았지 뭐냐. 홀딱 벗은 여자들 사진이 있는 잡지 말이다."

"그건 자연스러운 현상이에요, 엄마. 남자애들은 다 본다고요."

"나도 안다, 잭스. **보통** 남자애라면 그런 건 배출구일 뿐이지. 그러다가 여자애를 꼬이기도 하고 말이야. 나는 머브를 사랑하지만, 어떤 여자가 그런 남자애랑 데이트를 하려고 하겠니? 그애가 어떻게 가족을 부양하겠어? 머브는 이도 저도 아니야. 수당이니 뭐니 받을 수 있을 만큼 아예 지능이 떨어지는 것도 아니고, 그렇다고 케이 도매상에서 박스 나르는 일 같은 걸 할 만한 머리가 되는 것도 아니고."

"벤 말로는 요즘 채용을 안 해서 그런 것뿐이래요. 불경기라나 뭐라나."

"제일 마음 아픈 건 머브가 자신이 어떤 존재인지 제대로 이해도 못하면서 약아지고 있다는 거야. 자꾸 마을 바보 노릇을 하려 하잖니. 다른 아이들이 모두 그러기를 바라니까."

회색빛 고양이가 잔디밭을 가로질렀다. 당장이라도 종이 울릴 것만 같다.

"벤이 그러는데 업턴의 돼지고기 가공공장에서는 아무나 다 쓴대요. 자일스 녹까지도 그애 아버지가 감옥에 들어간 후에 받아줬는데요 뭐."

(그 생각은 미처 못했다. 스킬치는 놀림거리일 뿐이었다. 하지만 스무 살, 서른 살이 된 스킬치를 생각해보라. 그의 엄마가 하루도 거르지 않고 그를 위해 해주는 일을 생각해보라. 쉰, 일흔이 된 스킬치. 그는 어떻게 될까? 그게 재미있어할 일인가?)

"돼지고기 가공공장이라면 가능할지도 모르겠구나, 얘야. 하지만 바뀌지 않는 건……"

"재키?" 젊은 아빠가 프랑스식 창문에서 외쳤다. "잭스!"

나는 격자와 담 사이에 숨었다.

"뭐야, 벤? 우리 여기 있어. 벤치야."

범고래 같은 가시투성이 장미가 내 가슴팍과 얼굴에 이빨을 박았다.

"어머니도 거기 계셔? 머브가 또 너무 흥분했어. 작은 사고지만……"

"십 분만 견뎌도 기록이겠다." 스킬치의 엄마가 중얼거렸다. "알았어, 벤!" 그녀가 자리에서 일어섰다. "곧 가마!"

스킬치의 엄마와 임신한 누나가 집까지 반쯤 갔을 때, 세인트가브리엘 교회에서 아홉시를 알리는 종소리가 울렸다. 나는 담으로 달려가 퇴비 더미 위로 뛰어올랐다. 그러나 퇴비를 딛고 뛰어오르기는커녕 썩어가는 걸쭉한 퇴비 속으로 허리까지 쑥 빠져버리고 말았다. 악몽 중에 땅이 사람한테 덤벼드는 것도 있더니.

두번째 종소리가 울렸다.

나는 간신히 퇴비 더미에서 빠져나와 마지막 담을 넘고, 세번째 종소리가 울릴 때 담에 매달려 라이드 씨네 가게 옆 찻길로 떨어졌다. 그러고는 퇴비 범벅이 된 질척한 청바지 행색으로 급히 사거리를 건넜다. 이 분이 아니라 종이 두 번 울릴 시간을 남겨놓고 마침내 스푸크가 될 자격을 얻어냈다.

녹슨 톱처럼 거친 숨소리를 내뱉으면서 참나무 발치에 무릎을 꿇었다. 양말에 박힌 가시도 뽑을 수 없을 지경이었다. 그러나 바로 그때 그 자리에서, 일찍이 경험해본 적이 없는 행복감을 느꼈다.

"자, 나의 아들아," 길버트 스윈야드가 내 등을 탁 쳤다. "이제 그대는 **진정한** 스푸크가 되었느니라!"

"이렇게 아슬아슬하게 통과한 사람은 처음이야! 겨우 삼 초를 남겨놓고!" 그랜트 버치가 짓궂은 웃음을 터뜨렸다.

피트 레드말리는 책상다리를 하고 앉아서 담배를 피우고 있었다. "네가 잡힌 줄 알았어." 피트 레드말리는 하늘이 무너져도 눈썹 하나 까딱 않을 녀석이다. 벌써 콧수염까지 기르고 있다. 너를 속물 같은 게이자식으로 생각한다느니 하는 말은 한 번도 한 적이 없지만, 속으로는 그렇게 생각하는 줄 잘 알고 있다.

"네 짐작이 빗나갔어." 길버트 스윈야드가 말했다. (스푸크가 된다는 것은 **바로** 길버트 스윈야드 같은 녀석이 편을 들어준다는 의미다.) "세상에, 테일러! 네 바지 어떻게 된 거야?"

"아서 이브섬의 망할 연못에 빠져서……" 나는 아직도 숨을 헐떡이며 간신히 대답했다.

피트 레드말리조차 그 모습에는 선웃음을 쳤다.

나도 웃기 시작했다. "그다음에는…… 스킬치네 퇴비 더미에 빠지고……"

플루토 녹이 터벅터벅 걸어왔다. "해냈어?"

"아, 간발의 차로." 길버트 스윈야드가 대꾸했다.

"간당간당했지." 그랜트 버치의 말이었다.

나는 플루토 녹에게 인사했다. "정원에 아직도 사람들이 많이 나와 있었어."

"물론 그렇겠지. 아직 완전히 해가 지지 않았으니까. 하지만 네가 해냈다는 거 알아." 플루토 녹이 내 어깨를 두드려주었다. (아빠는 내가 다이빙하는 법을 익혔을 때 딱 한 번 어깨를 두드려주었다.) "안다고. 그러면 이제 축하할 차례네." 플루토 녹이 보이지 않는 오토바이에 앉은 것처럼 엉덩이를 뒤로 쑥 뺐다. 그의 오른발이 시동을 걸었다. 플루토 녹의 손이 속도를 올리자, 죽이는 할리 데이비슨이 엉덩이에서 요란하게 굉음을 내뿜었다. 삼 초, 오 초, 십 초간 기어를 4단까지 올렸다.

우리 스푸크들은 **오줌을 지릴 정도로** 배를 잡고 웃어댔다.

해질녘에, 울타리가 무너지고 아이가 유리창을 깨고 떨어지는 소리가 멀리서 울렸다. 전자레인지 속의 아기에 대해 농담을 하던 길버트 스윈야드가 이야기를 멈췄다. 다른 스푸크들이, 마치 그 소리가 무엇을 의미하는지 내가 알고 있다는 듯 나를 쳐다보았다. 사실 그랬다. "블레이크 씨의 온실이야."

"모런이?" 그랜트 버치가 히죽거렸다. "그 녀석이 부순 거야?"

"온실로 떨어진 거지." (버치의 히죽거림이 멎었다.) "3미터도 넘을걸."

종 치는 사람들이 교회 지하실로 기어들어와 똥을 싸고 다시 기어나간 고양이에 대한 노래를 부르며 블랙스완에서 나오고 있었다.

"덜떨어진 모런. 토끼장에나 숨어라." 플루토 녹이 운을 맞춰 중얼거렸다.

"멍청한 병신새끼." 피트 레드말리가 말했다. "그 새끼가 실수할 줄 알았어." 그는 다른 스푸크들에게 얼굴을 찡그려 보였다. "새로운 스푸크는 더이상 필요 없어." (그 말은 나를 의미했다.) "다음번에는 차라리 스킬치를 부르고 말지."

"어쨌든 이제 일어나는 게 좋겠어." 길버트 스윈야드가 자리에
서 일어섰다. "우리 모두."

한 가지 생각이 머리를 떠나지 않았다. 만약 모런이 아니라 내가
블레이크 씨 온실에 떨어졌다면, 모런은 그 사이코 손에 나를 내버
려두지는 않았을 거다. 절대 그러지 않았을 거야.

주둥이 꽉 다물고 있어. 버러지가 명령했다.

"플루트?"

플루토 녹과 스푸크들이 돌아보았다.

"아무도 안 가볼 건지……" (이 말을 하기가 남의 집 뒤뜰을 통
과하는 것보다 몇 배는 더 어려웠다) "……모런이" (행맨이 '다치
지 않았는지'를 막았다) "내 말은, 그 녀석이 다리라도 부러졌다
든가…… 유리에 베이기라도 했으면 어떡해?"

"블레이크 씨가 구급차를 불러주겠지." 그랜트 버치가 말했다.

"하시만 우리가…… 알다시피……"

"아니, 테일러." 플루토 녹의 표정이 잔인하게 바뀌었다. "나는
모르는 일이야."

"그 멍청이도 우리 규칙을 알고 있어." 피트 레드말리가 침을 퉤
뱉었다. "잡히면 혼자 뒤집어쓰는 거야. 이런 일이 있고서 블레이
크네 집 문을 두드려봐, 제이슨 테일러. 그랬다가는 누가 무슨 짓을
왜 했는지 다 드러날 거고, 스푸크 이름도 줄줄이 다 나올 거고, 더
는 스푸크를 유지할 수 없게 돼. 우리는 네가 이 마을에 발을 들이
기도 전부터 쭉 있었다고."

"난 그게 아니라……"

"좋아. 블랙스완그린은 런던도 아니고 리치먼드도 아니고, 다른 그 어떤 곳도 아니기 때문이야. 블랙스완그린은 비밀을 숨길 데가 없어. 네가 로저 블레이크네 문을 두드리는 날에는 우리 모두 그 사실을 알게 될 거야."

바람이 무수한 참나무 잎을 쓸며 잔물결을 일으켰다.

"물론 그야 그렇지. 난 그저……" 내가 항의했다.

"오늘밤에는 모런이랑 눈도 마주치지 마." 플루토 녹이 짧고 통통한 손가락을 들어 나에게 삿대질을 하며 말했다. "넌 우리를 보지도 못한 거야. 스푸크에 대해서도 일절 들은 바 없고."

그랜트 버치가 나에게 마지막 경고를 날렸다. "테일러, 집에 가. 알겠지?"

그래서 이 분 전부터, 나는 여기 서서 미친 듯이 웃어대며 블레이크 씨 문손잡이와 눈싸움을 하고 있다. 블레이크 씨가 집 안에서 고함을 질러대고 있다. 모런한테 퍼붓는 건 아니다. 전화에 대고 구급차 보내라고 소리를 지르고 있다. 블레이크 씨가 전화를 끊기만 하면 나를 들여보내줄 때까지 이 문손잡이를 부서져라 두드릴 테다. 이건 시작일 뿐이다. 북쪽으로, 북쪽으로, 북쪽으로, 고지대가 바다와 맞닿는 미지의 땅으로 터벅터벅 정처 없는 발걸음을 옮긴다는 모든 자살자들에 대해 뭔가가 갑자기 머리에 번쩍 떠올랐다.

그것은 저주도 형벌도 아니다.

그들이 원한 것일 뿐이다.

일광욕실

"문 열어! 열라고!" 문손잡이가 외친다. "열지 않으면 네 집을 날려
버릴 테다!" 초인종은 좀더 수줍다. 초인종은 "안녕하세요? 안에 누
구 계세요?"라고 묻는 식이다. 목사관에는 문손잡이도 있고 초인종
도 있어서 둘 다 시도해보았지만, 안에서는 여전히 감감무소식이
었다. 나는 기다렸다. 어쩌면 목사가 잉크병에 깃대를 꽂고 숨을
헐떡이며 "오, 이런, 벌써 세시인가?" 하고 있을지도 모른다. 나는
문에 귀를 바짝 대보았지만, 크고 낡은 집 안에서는 아무 소리도
새어나오지 않았다. 햇살이 물기 없이 바싹 마른 잔디밭에 쏟아져
내리고, 꽃들이 눈부시게 빛나고, 나무는 산들바람을 맞으며 꾸벅
꾸벅 졸고 있었다. 청소하고 왁스칠도 좀 해야 할 듯싶은 차고 안
에 먼지 덮인 볼보가 세워져 있었다. (스웨덴제 중에서 유명한 건
아바를 제외하면 볼보가 유일하다. 볼보는 롤바*가 있어서 템스

---

* 차량이 전복되었을 때 탑승자를 보호하기 위해 차체 위에 덧대는 쇠파이프나 구
조물.

강변 도로에서 대형 트럭에 깔린다 해도 건포도 비스킷 꼬락서니
가 되지 않는다.)

반쯤은 아무도 대답하지 않기를 바랐다. 목사관은 심각한 곳이
다. 아이들이 있어야 할 장소가 절대 아니다. 하지만 지난주 어둠
을 틈타 여기까지 기어왔을 때, 우편함에 봉투 하나가 셀로판테이
프로 붙여져 있었다. '시인 엘리엇 볼리버 앞.' 안에는 회색 종이
에 연보라색 잉크로 쓴 짧은 편지가 들어 있었다. 내 작품에 대해
이야기를 좀 나누고 싶으니, 일요일 세시에 목사관으로 오라고 초
대하는 글이었다. '작품.' 지금껏 엘리엇 볼리버의 시를 '작품'이
라고 불러준 사람은 아무도 없었다.

나는 진입로의 자갈을 발로 걷어찼다.

빗장이 라이플총처럼 미끄러지더니 한 노인이 문을 열었다. 그
의 피부는 시들어가는 바나나처럼 얼룩덜룩했다. 칼라 없는 셔츠
와 멜빵바지 차림이었다. "안녕?"

"아, 어, 네." ('안녕하세요Good afternoon'라고 말하려 했지만 요
즘은 행맨이 'G'로 시작하는 단어를 탐내고 있다.) "할아버지가
목사님이신가요?"

노인은 마치 내가 무슨 바람잡이라도 되는 것처럼 정원을 한 바
퀴 휘 둘러보았다. "나는 목사가 아닌데. 무슨 일로 왔니?" 외국
인의 억양이었다. 프랑스어보다 더 어색하게 들렸다.

나는 고개를 가로저었다. (행맨이 '아니요'조차 못하게 했다.)
"목사님한테 초대를 받았어요." 나는 그에게 봉투를 보여주었다.
"목사님이, 저기," ('이름'이라는 말도 할 수가 없었다) "서명은 안

하셨어요."

"아, 아하," 목사가 아니라는 노인은 무슨 일에든 놀라본 지가 이미 아주 옛날인 것 같았다. "일광욕실로 오렴. 신발은 벗어도 된다."

안에서는 간ㅐㅐ냄새와 흙냄새가 났다. 벨벳을 간 계단이 복도로 비쳐들어오는 햇살을 갈랐다. 푸른 기타가 터키제인 것 같은 의자 위에 놓여 있었고, 금빛 액자 안에는 벌거벗은 여인을 태운 배 한 척이 수련 속에 떠 있는 그림이 들어 있었다. '일광욕실'이라니 진짜 근사하게 들렸다. 별 대신 태양을 보는 플라네타륨인가? 어쩌면 목사는 여가시간에 취미로 천문학자 노릇을 하는 사람일지도 모른다.

노인은 나에게 구둣주걱을 내밀었다. 어떻게 쓰는지 잘 몰라서 이렇게 말했다. "고맙지만 괜찮습니다." 그러고는 평소 하던 식으로 운동화를 벗었다. "할아버지는 집사세요?"

"집사라. 아, 아하. 이 집에서의 내 역할에 어울리는 표현인 것 같구나. 나를 따라오렴."

대주교나 교황쯤 되어야 집사를 두는 사치를 부릴 수 있는 줄 알았는데, 목사들도 집사를 둘 수 있나보다. 낡은 마룻바닥의 널이 내 발뒤꿈치가 닿을 때마다 삐걱거렸다. 복도는 지루한 거실과 깔끔한 주방을 지나 휘어져 있었다. 높은 천장에는 거미줄이 쳐진 샹들리에가 매달려 있었다.

하마터면 집사의 등에 코를 박을 뻔했다.

그가 걸음을 멈추더니 좁은 문에 대고 말했다. "손님이 왔소."

이 일광욕실에는 망원경도 설치할 수 있을 만큼 큰 천창이 있었지만, 과학 장비 따위는 하나도 없었다. 거대한 창문 밖으로 디기탈리스와 레드핫포커가 무성한 정원이 내다보였다. 벽을 따라 책장들이 있었고, 사용하지 않는 벽난로 주위에는 키 작은 나무를 심은 이끼 덮인 화분들이 놓여 있었다. 담배 연기가 TV의 과거 회상 장면처럼 모든 것을 뿌옇게 감쌌다.

팔걸이의자에 한 노부인이 앉아 있었다.

은발에 푸른빛이 도는 자주색 숄을 두른 노부인은 초상화 속에서 걸어나온 것처럼 늙었지만 기품이 있었다. 아마도 저 노부인이 목사의 어머니인가보다. 부인의 보석은 콜라 큐브와 레몬 셔벗만큼이나 큼지막했다. 예순이나 일흔쯤 되어 보였다. 노인들과 어린아이들은 나이를 확실히 맞히기가 어렵다. 집사 쪽으로 고개를 돌려보니 그는 이미 사라지고 없었다.

노부인의 눈은 책 속의 단어들을 좇고 있었다.

헛기침이라도 해야 하나? 그건 좀 바보 같아 보이겠지. 내가 여기 온 줄 뻔히 아는데.

담배에서 연기가 피어올랐다.

나는 팔걸이 없는 소파에 앉아서 부인이 나에게 말을 걸 준비가 될 때까지 기다렸다. 부인이 읽고 있는 책은 『대장 몬느』였다. 몬느가 무슨 뜻일까 궁금했다. 내가 에이브릴 브레던처럼 프랑스어를 잘하면 얼마나 좋을까.

벽난로 선반 위의 시곗바늘이 움직이고 있었다.

부인의 손가락 마디는 토블론 초콜릿만큼이나 단단해 보였다. 가끔가다 한 번씩 뼈가 앙상한 부인의 손가락이 책장에서 나와 담뱃재를 떨어냈다.

"내 이름은 에바 판 우트리버 데 크롬린크란다." 만약 공작이 사람의 목소리를 낼 수 있다면 저런 목소리일 것이다. "마담 크롬린크라고 부르렴." 부인의 억양은 확실치는 않지만 프랑스 억양인 것 같았다. "내 영국 친구들은 요즘 시대에는 멸종 위기의 생물 같은 이들인데, 나한테 이렇게 말한단다. '에바, 대영제국에서는 당신의 '마담'은 너무 고풍스러워. 그냥 크롬린크 부인이라고 하지 그래?' 그러면 나는 이렇게 대꾸하지. '웃기는 소리 집어치워! 고풍스러운 게 뭐가 어때서? 난 마담Madame이고 'e'도 절대 못 떼!' 말도 안 되지. 세시가 약간 넘었구나. 그러니까 네가 그 시인 엘리엇 볼리버란 말이지?"

"네." ('시인'이라고!) "만나게 되어서 정말 기쁩니다…… 마담 크로밀렝크?"

"크로-믈-린크야."

"크롬린크."

"좀 낫군. 내가 예상했던 것보다 더 어리구나. 열네 살? 열다섯 살?"

더 나이 많은 아이로 보이다니 기쁘다. "열세 살입니다."

"아이고, 멋지고도 비참한 나이로구나. 어린아이도 아니고, 청소년도 아니고. 마음은 급하지만 자꾸 움츠러드는 때지. 감정을 자제하기 힘든 나이야."

"목사님은 곧 오시나요?"

"뭐라고?" 부인이 몸을 앞으로 기울였다. "목사라니 누구 말이냐?"

"여기는 목사관이잖아요." 나는 마담에게 내가 받은 초대장을 불안한 마음으로 보여주었다. "마담 댁 문기둥에 그렇게 붙어 있던데요. 큰길에요."

"아." 마담 크롬린크는 고개를 끄덕였다. "목사, 목사관이라. 네가 오해를 했구나. 물론 아주 옛날에는 여기에 목사가 살았지. 그 사람 전에 목사가 두 명, 세 명, 많이 있었지." 부인의 야윈 손이 연기가 휙 흩어지는 흉내를 냈다. "하지만 이제는 없어. 영국국교회는 브리티시 리랜드 자동차회사처럼 해마다 파산하고 또 파산하는 중이지. 우리 아버지가 그러시더구나. 가톨릭은 종교사업 경영법을 잘 알고 있다고 말이야. 가톨릭과 모르몬교가 대세야. 그이들은 자기네 신도들한테 그러잖니. 고객을 끌어와라, 그러지 않으면 지옥 불에 떨어질지어다! 하지만 너희 영국 교회는 그러지 않았지. 그 결과 이런 매력적인 목사관은 팔거나 세를 주고, 목사들은 작은 집으로 옮기게 되었단다. 남은 것은 '목사관'이라는 이름뿐이야."

"하지만," 나는 침을 꿀꺽 삼켰다. "저는 1월부터 마담 댁의 우편함에 제 시를 넣어놓았는데요. 매달 그 시들이 교구 잡지에 실린 건 어찌된 일이죠?"

마담 크롬린크는 내 눈에도 담배가 오그라드는 것이 보일 만큼 힘껏 담배를 빨았다. "조금만 머리를 굴려보면 수수께끼랄 것도 없지. 내가 네 시를 진짜 목사관의 진짜 목사에게 전달해준 거야. 핸리캐슬 부근의 보기 흉한 작은 집이란다. 서비스를 해준 대가를 바라지는 않으마. 공짜야. 시원찮은 내 뼈에 좋은 운동이지. 하지만 그 대가로 네 시를 내가 맨 처음 읽는단다."

"아. 진짜 목사님도 알고 계시나요?"

"나도 야밤에 익명으로 배달을 하니까, 목사 부인한테 걸리지 않는단다. 오, 목사 부인은 목사보다 백배는 더 고약해. 쓸데없는 소리나 주절주절 늘어놓는 괴물 같은 여자야. 내 정원을 자기 세인트가브리엘 교회 여름축일에 써도 좋으냐고 물어보지 뭐냐! 목사 부인 말 좀 들어보라지. '그건 전통이에요. 인간 다리를 할 공간이 필요하다고요. 노점도 차려야 하고.' 그래서 내가 이랬단다. '웃기는 소리 집어치워요! 당신한테 집세를 내잖아요. 그렇지 않아요? 누가 저질 마멀레이드를 팔 신성한 조물주가 필요하댔나요?'" 마담 크롬린크는 가죽 같은 입술을 쩝쩝 다셨다. "하지만 적어도 그 남편은 웃기는 자기 잡지에 네 시를 실어주고 있지. 구원을 받을 수 있을지도 몰라." 마담은 진줏빛 탁자 위에 놓인 와인병을 손짓으로 가리켰다. "한잔할래?"

한 잔 꽉꽉 눌러 담아달라 그래. 태어나지 않은 쌍둥이가 속삭였다.

아빠의 목소리가 들려오는 듯했다. 뭘 마셨다고? "고맙지만 괜찮습니다."

네 손해지. 마담 크롬린크는 어깨를 으쓱했다.

마담의 잔에 검붉은 핏빛 액체가 가득 채워졌다.

마담은 만족스러운 얼굴로 자기 옆에 놓인 블랙스완그린 교구 잡지 더미를 톡톡 쳤다. "본론으로 들어갈까."

"젊은 남자라면 언제 여자 담배에 불을 붙여줘야 하는지를 배워야지."

"죄송합니다."

에메랄드 용이 마담 크롬린크의 라이터를 칭칭 싸고 있다. 담배
냄새가 옷에 밸까 걱정이 되었다. 엄마 아빠한테 어디 있다 왔는지
둘러댈 이야기를 꾸며내야겠다. 부인은 담배를 피우면서 5월호에
실린 내 시 「바위들」을 웅얼거렸다.

나는 내 단어들이 이 이국적인 여인의 주의를 끌 만큼 의미가 있
었다는 사실에 현기증이 났다. 두렵기도 했다. 누군가에게 자기가
쓴 것을 보여준다는 것은 그들에게 날카로운 말뚝을 쥐여주고 관
속에 누워 이렇게 말하는 것이나 다름없다. "준비되면 찔러."

마담 크롬린크는 약간 투덜거렸다. "너는 무운시라면 맘대로 써
도 되는 줄 아는데, 그렇지 않아. 각운을 버리는 건 낙하산을 버리
는 거나 마찬가지야…… 너는 감정과 감상을 혼동하고 있어……
단어를 사랑하는군, 그래." (내 안에서 자만심의 거품이 부풀어올
랐다) "하지만 네가 네 단어들을 아직 완전히 다루지 못하고, 그것
들에 휘둘리고 있어……" (거품이 터졌다.) 마담은 내 반응을 살
폈다. "하지만 적어도 네 시는 비판을 견딜 만큼 충분히 튼튼해.
소위 시라는 것들은 대부분 손끝으로 한 번만 툭 쳐도 무너져버리
기 일쑤지. 너의 심상들도 여기저기 신선한 데가 있어. 시라고 불
러도 부끄럽지 않을 수준이야. 이제 내가 알고 싶은 게 한 가지 있
는데."

"뭐든 말씀하세요."

"이 시에 나타난 장소 말이다, 주방이니 정원이니 연못이니……
올해 남대서양에서 있었던 우스꽝스러운 전쟁에 대한 은유는 아
니겠지?"

"그 시는 포클랜드전쟁이 벌어지는 동안 쓴 거예요. 어느 정도

는 반영이 되었죠." 내가 대답했다.

"그러면 정원에서 전쟁을 하는 이 악마들, 이건 갈티에리 장군과 마거릿 대처를 상징하는 것이겠구나. 내 말이 맞니?"

"어느 정도는 그래요."

"하지만 그들은 너의 어머니와 아버지이기도 하지. 그렇지?"

질문자가 이미 답을 알고 있다면 예와 아니요 사이에서 주저하게 된다. 부모에 대해 쓰는 것과 그것을 인정하는 것은 다른 문제다.

마담 크롬린크는 만족감을 표하며 담배 연기를 길게 내뿜었다. "너는 자기 탯줄을 잘라내기에는 너무 소심하고 예의바른 열세 살짜리 소년이구나! 하지만," 마담이 그 페이지를 고약하게 쿡쿡 찔렀다. "여기는 빼고 말이다. 네 시 속 여기는 네가 감히 하지 못하는 일을 하고 있어." 마담은 창문을 가리켰다. "여기. 현실 속. 여기에 있는 것을 표현하는 것 말이다." 마담은 내 가슴을 가리켰다. 아팠다.

엑스선에 속이 메슥거린다.

시가 일단 내 손을 떠나면 나에 대해서는 아랑곳하지 않는다.

"「뒤뜰」." 마담 크롬린크가 6월호를 쳐들었다.

그녀가 틀림없이 제목이 죽인다고 생각할 거라고 확신했다.

"그런데 이건 제목이 왜 이 모양이니?"

"어…… 처음 고른 제목은 그게 아니었어요."

"그러면 왜 더 못한 이름을 네 창작물에 붙여준 거냐?"

"「스푸크」라고 붙이려고 했어요. 하지만 그런 이름의 집단이 실제로 있어요. 한밤중에 마을을 몰래 돌아다녀요. 시에 그 제목을 붙인다면 제가 썼다고 의심할지도 몰라서요."

마담 크롬린크는 별로 깊은 인상을 받지 않은 듯 콧방귀를 뀌었다. 그녀가 내 시를 낭독했다. 적어도 마담이 어스름과 달빛과 어둠에 대한 시의 묘사에 대해 뭔가 말해주기를 바랐다.

"여기에는 아름다운 단어들이 많이 있구나……"

"감사합니다." 내 생각도 그랬다.

"아름다운 단어들이 네 시를 망쳐. 아름다움을 **살짝만** 가미하면 요리가 더 좋아지지만, 그걸 사정없이 들이붓는다면! 안 되지, 속이 메스꺼워질 거야. 너는 시는 무조건 아름다워야지, 그렇지 않으면 훌륭한 시가 될 수 없다고 믿는구나. 내 말이 맞지?"

"어느 정도는요."

"네 '어느 정도'가 귀에 거슬리는구나. 예 아니면 아니요 둘 중 하나지. '어느 정도'는 게으른 불한당이고, 무식한 반달족이야. '어느 정도'라는 말은 '분명하고 확실하게 부끄럽습니다'라는 뜻이라고. 그러니까 다시 물으마. 너는 시란 반드시 아름다워야지, 그렇지 않으면 시가 아니라고 믿고 있어. 내 말이 맞지?"

"그렇습니다."

"좋아. 이런 오해를 낳은 건 천치들이야. 아름다움이 곧 우수함은 아니란다. 아름다움은 심심풀이야. 아름다움은 화장품이지. 결국은 사람을 지치게 해. 여기……" 부인은 다섯번째 행을 읽었다. "'비너스가 달의 귀퉁이에서 밝게 흔들리네.' 여기서 시가 김이 확 새잖니. 푸쉭! 바람 빠진 타이어처럼 말이다. 자동차 사고 나기 딱 좋지. 이건 '나 진짜 예쁘지 않아요?'라고 대놓고 묻는 격이야. 내 대답은 이래. '웃기는 소리 집어치워!' 안뜰에 목련이 있다면, 그 꽃을 그리겠니? 번쩍번쩍하는 크리스마스 전구를 붙이겠니? 플라스틱 앵무새를 거기에 달겠니? 아서라, 그런 짓은 하면 안 돼.”

마담 말이 맞는 것 같았다. 하지만……

마담 크롬린크는 연기를 내뿜었다. “너 지금 이렇게 생각하고 있지? ‘이 늙은 마녀가 미쳤나! 목련나무는 이미 존재하고 있잖아. 목련이 존재하기 위해 시인이 꼭 필요한 건 아니라고. 시로 말하자면, 시는 내가 창조해내야만 해.’”

나는 고개를 끄덕였다. (시간이 몇 분만 있었더라면 그렇게 생각했을 것이다.)

“네 생각을 솔직히 털어놓으렴. 그러지 않으면 나와 대화를 나누는 것이 아니라 양동이 속에 머리를 처박고 토요일을 흘려보내는 셈이 될 테니까. 내 말 알겠니?”

“알겠습니다.” 대답은 했지만 ‘알겠습니다’라고 대답할 상황이 아닌 것 같아서 불안했다.

“그래. 내 대답은, 시는 ‘만들어지는’ 거란다. 하지만 진짜 시는 ‘만든다’는 말로는 충분치 않아. ‘창조한다’는 말도 부족해. 모든 단어는 부족하지. 바로 그 때문이야. 시는 쓰이기 전에 존재하는 거야.”

무슨 말인지 당최 알아들을 수가 없었다. “어디에요?”

“T. S. 엘리엇이 말하기를, 시는 명확하게 표현되지 않은 것들에 대한 기습이라고 했단다. 나, 에바 판 우트리버 데 크롬린크는 그의 말에 동의한다. 아직 쓰이지 않은 시, 또는 영영 쓰이지 않을 시가 여기 존재하고 있어. 명확히 표현되지 않은 것들의 영역에. 예술이란,” 그녀는 입에 새 담배를 물었다. 이번에는 나도 그녀의 용 라이터를 들고 준비했다. “표현되지 않은 것들의 아름다움을 만들어내는 것이란다. 그 주제가 추악하더라도 말이지. 은빛 달이

나 포효하는 바다, '치즈하세요' 같은 상투적인 표현이나 독이 서
린 아름다움에서도 말이야. 아마추어는 자기의 단어, 자기의 색, 자
기의 음이 아름다움을 만들어낸다고 생각하지. 하지만 거장은 자
기의 말은 아름다움이 앉는 탈것에 불과하다는 사실을 알고 있단
다. 거장은 자기가 아름다움이 무엇인지 모른다는 것을 알아. 시험
해볼까? 한번 정의를 해보자꾸나. 아름다움이란 무엇일까?"

마담 크롬린크가 루비색 재떨이에 담뱃재를 톡톡 떨었다.

"아름다움이란……"

그녀는 내가 난처해하는 꼴을 즐기고 있었다. 나는 재치 있는
정의로 그녀에게 감명을 주고 싶었지만, 아름다움이란 아름다운 것
이다에 자꾸만 부딪혔다.

문제는, 이 모든 것이 새롭다는 것이었다. 학교 영어시간에는
로널드 리다웃이라는 사람이 쓴 문법책을 공부하고, 『로지와 함께
사과주를』을 읽고, 여우사냥에 대해 토론을 하고, 존 메이스필드
의 「다시 바다로 내려가야 하네」를 외운다. 내용에 대해서는 사실
생각할 필요가 없다.

나는 두 손 들고 말았다. "어렵네요."

"어렵다고?" (그녀의 재떨이는 몸을 둥글게 웅크린 소녀의 모
양이었다.) "불가능하지! 아름다움은 정의될 수 없어. 아름다움이
존재한다면, 그냥 아는 거지. 지저분한 토론토에서의 겨울 일출,
오래된 카페에 있는 새 연인, 지붕 위의 불길한 까치. 하지만 이런
것들이 아름다움을 만들어낼까? 아니야. 아름다움은 여기에 있어.
그게 전부야. 아름다움은 여기에 있어."

"하지만……" 나는 이 말을 해야 할지 몰라 주저했다.

"네 생각을 말하라고 했잖니!" 마담이 말했다.

"자연물을 선택하셨잖아요. 그림이나 음악은 어때요? 사람들은 '도공이 아름다운 꽃병을 만든다'고 말하잖아요. 그렇지 않은가요?"

"사람들이 말하기를, 사람들이 말하기를. 말한다는 말을 쓸 때는 주의하렴. 말한다라는 말은, '당신은 이 추상, 이 개념에 꼬리표를 붙였습니다. 그러므로 그것을 포착한 것입니다' 이런 뜻이거든. 아니야. 그건 거짓말이야. 거짓말은 아니라 해도 서툰 짓이야. 덜 떨어진 짓이지. 그래, 도공이 꽃병을 만들었다 치자. 하지만 아름다움을 만든 것은 아니야. 아름다움이 깃든 물체를 만들었을 뿐이지. 결국 그 꽃병은 떨어져서 박살이 날 거야. 모든 꽃병의 궁극적인 운명이지."

"하지만," 나는 아직도 성이 차지 않았다. "그래도 아름다움이 무엇인지 아는 사람들이 어딘가에는 있지 않겠어요? 대학이라든가?"

"대학이라고?" 마담은 아마도 웃음소리인 듯한 이상한 소리를 냈다. "무게를 잴 수 없는 것의 무게를 재어볼 수는 있겠지만, 대답이 될 수는 없어. 철학자에게 물어봐도 좋겠지만, 조심해야 해. '유레카!'라는 소리를 듣게 된다면, '그의 대답이 내 질문을 제대로 포착했어!'라고 생각한다면, 그가 사기꾼이라는 증거란다. 그 철학자가 정말로 플라톤의 동굴에서 나왔다면, 그가 눈먼 세상의 태양을 똑바로 쳐다보았다면……" 그녀는 손가락으로 세 가지 가능성을 헤아렸다. "그는 광인이거나, 아니면 그의 답이 답인 체하는 질문에 불과하거나, 아니면 그는 침묵하겠지. 알 수도 있고 말할 수도 있겠지만, 둘을 동시에 할 수는 없으니까 침묵한다는 거지.

내 잔이 비었구나."

마지막 남은 것이 제일 진했다.

"마담은 시인이세요?" (하마터면 '마담도'라고 할 뻔했다.)

"아니야. 그런 타이틀은 위험해. 하지만 젊을 때는 시인들과 친하게 지냈단다. 로버트 그레이브스가 나에 대한 시를 썼지. 그의 최고 작품은 아니지만. 윌리엄 칼로스 윌리엄스는 나한테 남편과 헤어지라고 애원했지." 그녀는 팬터마임에 나오는 마녀처럼 그 단어를 발음했다. "'도망가자!' 정말 로맨틱하기도 하지. 하지만 나는 현실적인 성격이고 그 사람은 에푸방타유처럼 가난했어. 저, 밭에서 새를 쫓는 사람을 뭐라고 부르지?"

"허수아비요?"

"허수아비, 맞아. 그래서 내가 그이한테 그랬지. '웃기는 소리 집어치워요, 윌리. 우리 영혼은 시를 먹고 살아도, 우리 육체는 밥을 먹어줘야 한다는 7대 죄악을 짊어지고 살아요!' 그이도 내 논리에 동의했지. 시인들은 취한 상태만 아니면 남의 말을 잘 듣거든. 하지만 소설가들은," 마담 크롬린크는 구역질난다는 표정을 지었다. "정신분열증 환자, 미치광이, 거짓말쟁이들이야. 타오르미나*의 내가 있던 동네에 헨리 밀러가 머문 적이 있었단다. 땀을 질질 흘리는 돼지 같은 인간이었어. 헤밍웨이 아니?"

들어본 적이 있어서 고개를 끄덕였다.

"온 농장을 다 뒤져도 그렇게 음탕한 돼지는 없을 거다! 영화 촬

---

* 이탈리아 시칠리아 섬에 있는 도시.

284

영감독들? 푸웃. 자기네 우주에서 작은 제우스였어. 세상은 자기네 영화 촬영세트고. 찰스 채플린도 제네바에서 우리 이웃이었단다. 호수 건너편에 살았지. 매력적인 작은 제우스였지만 말이야. 정말 작은 제우스였어. 화가들? 물감을 만드느라 자기네 심장을 다 눌러 짜 말린 종자들이지. 사람들을 위한 심장은 하나도 남아 있지 않단다. 안달루시아의 염소 피카소를 보라고. 그의 전기 작가들은 나한테 와서 돈다발을 내밀면서 그의 이야기를 들려달라고 애걸복걸한단다. 하지만 내 대답은 이거야. '웃기는 소리 집어치워요. 난 인간 주크박스가 아니라고요.' 작곡가들? 우리 아버지도 작곡가였지. 비비언 에어스. 아버지의 귀는 자기 음악으로 다 타버렸어. 나나 어머니의 말은 아버지 귀에 들리지도 않았지. 자기 세대에서는 가공할 만한 존재였지만, 이제는 연주 목록에서 밀려났지. 아버지는 브뤼주 남쪽의 제델헴으로 망명하셨지. 어머니의 영지가 거기 있었거든. 내 모국어는 플라망어란다. 그래서 너도 알겠지만 영어는 그다지 유창하지 못해. 내가 프랑스인인 줄 알았지?"

나는 고개를 끄덕였다.

"벨기에 사람이란다. 사려 깊은 이웃집에 꼭 시끄러운 동네 사람이 와서 혼을 빼놓기 마련이지. 저 동물 좀 보렴! 잔디밭에 말이야. 제라늄 옆에……"

잠시 우리는 다람쥐의 심장이 벌렁거리는 것을 지켜보았다.

다음 순간, 다람쥐는 사라져버렸다.

마담 크롬링크가 말했다. "나를 보렴."

"보고 있는데요."

"아니야, 넌 보고 있지 않아. 여기 앉아라."

나는 그녀의 발판 위에 앉았다. (마담 크롬린크의 다리에 좀 문제가 있어서 집사를 둔 것일까 궁금했다.) "좋아요."

"'좋아요'라는 말에 숨지 마라. 더 가까이. 남자아이들 머리통을 물어뜯지는 않아. 통통한 배도. 자."

남의 얼굴을 너무 뚫어져라 보지 말라는 규칙이 있다. 마담 크롬린크는 나에게 그 규칙을 깨라고 명령하고 있는 것이다.

"더 바짝 들여다봐."

파르마 바이올렛 향, 천 냄새, 향수 냄새, 그리고 뭔가 썩는 듯한 냄새가 났다. 그때 이상한 일이 일어났다. 노부인의 모습이 인간이 아닌 다른 무엇으로 변했다. 눈 밑 살과 눈꺼풀은 쭈글쭈글 늘어져 있었다. 속눈썹은 뭉쳐서 못같이 삐죽삐죽했다. 조그만 붉은 혈관은 얼룩덜룩한 흰자위에 구불구불 퍼져 있었다. 홍채는 오랜 세월 매장되어 있던 대리석처럼 뿌옇게 보였다. 미라처럼 바싹 마른 피부 위에 화장이 덮여 있었다. 코의 연골이 가라앉아 해골에 뚫린 구멍 같았다.

"여기서 아름다움이 보이니?" 이상한 목소리가 말했다.

예의상 그렇다고 대답해버렸다.

"거짓말쟁이!" 그것은 뒤로 물러서서 다시 마담 크롬린크가 되었다. "삼사십 년 전에는 그 말이 맞았을지도 모르지. 부모님은 나를 관습에 맞게 만들어냈으니까. 네가 말한 꽃병을 만드는 도공처럼 말이다. 나는 여자아이답게 자랐단다. 거울 속에서 내 아름다운 입술이 내 아름다운 눈에게 말하곤 했지 '네가 나야.' 남자들은 이 아름다움을 '차지하려고' 계략을 짜고, 싸움을 하고, 숭배하고, 속이고, 과시하느라 돈을 태워버리기도 했지. 내가 한창 잘나가던 시절에 말이다."

멀리 떨어진 방에서 망치질 소리가 들리기 시작했다.

"하지만 인간의 아름다움은 떨어지는 낙엽처럼 덧없는 거야. 언제 지기 시작했는지도 모르게 지고 있지. 이렇게들 말하겠지. 아니야, 피곤해서 그런 거야. 또는 오늘은 날이 좋지 않아서 그래. 그뿐이야. 하지만 시간이 지나면 거울을 부정할 수가 없게 된단다. 날이 갈수록 아름다움은 시들어가고, 마침내 남는 것이라곤 늙은 마녀, 타고난 미모에 조금이라도 가까워져보려고 화장품을 사용하는 여자뿐이지. 아, '노인들도 여전히 아름다워요!'라고 지껄이는 사람들도 있어. 생색내듯 아첨하는 태도로 그렇게 말한단다. 어쩌면 스스로를 위로하고 싶어서 하는 말일지도 모르지. 하지만 그렇지 않아. 아름다움의 뿌리를 파먹어들어가는 것은……" 마담 크롬링크는 지쳤는지 삐걱거리는 자신의 옥좌에 몸을 기댔다. "아, 뭐라고 하면 좋을까, 집 없는 달팽이랄까?"

"민달팽이 말인가요?"

"절대 만족하는 법이 없고, 어떻게 해도 부숴버릴 수 없는 민달팽이지. 내 담배는 어디로 갔담?"

담배 상자가 마담의 발밑으로 미끄러져 떨어졌다. 나는 그것을 그녀에게 건넸다.

마담이 시선을 돌렸다. "이제 그만 가보렴. 다음주 토요일 세시에 다시 오거라. 네 시가 왜 실패작인지 이유를 더 말해주마. 싫으면 말고. 다른 작품들이 줄을 서서 기다리고 있으니까." 마담 크롬링크는 『대장 몬느』를 집어들고 읽기 시작했다. 마담의 숨소리가 거칠어서 그녀가 아픈 것이 아닌가 싶기도 했다.

"감사합니다, 그럼……"

다리에 쥐가 났다.

마담 크롬린크에게 나는 이미 일광욕실에 없는 사람이었다.

취한 듯 윙윙대는 벌들이 라벤더 위를 날고 있었다. 먼지투성이 볼보는 아직도 세차를 해야 할 것 같은 몰골로 진입로에 세워져 있었다. 나는 오늘 어디에 가는지 엄마한테도 아빠한테도 말하지 않았다. 부모님에게 마담 크롬린크 얘기를 한다면 (a) 내가 엘리엇 볼리버라고 자백하는 셈이 되고, (b) 그녀가 누구냐는 질문을 스무 가지는 받게 될 테지만 그녀는 정체가 영 아리송한 인물이기 때문에 나로서는 대답할 수 없을 것이며, (c) 부인한테 성가시게 굴지 말라는 소리를 들을 것이다. 아이들은 할머니나 고모 아니면 노부인들을 방문할 일이 없다.

초인종을 눌렀다.

목사관이 벨소리를 삼키는 데 한 세월이 걸린 것 같다.

아무도 나오지 않는다. 마담이 산책이라도 나간 것일까?

지난주에는 집사도 이렇게 오래 걸리지 않았는데.

나는 소용없을 거라 확신하면서도 문손잡이를 두드렸다.

삼십 분 늦었기 때문에 여기까지 미친 듯이 페달을 밟아서 왔다. 마담 크롬린크는 시간 엄수에 대해 칼같이 엄한 태도를 갖고 있을 것 같았다. 그냥 그래 보였다. 나는 마담 크롬린크가 그 작가 이름을 입에 올렸다는 이유만으로 학교 도서관에서 어니스트 헤밍웨이의 『노인과 바다』를 빌렸다. (서문을 보니 이 책이 라디오에서 낭독되었을 때 온 미국이 울음바다가 되었다고 한다. 하지만 그건 그저 괴물 정어리를 잡은 노인네 얘기였다. 이런 걸로 운다면 미국인들은 울지 않을 일이 없겠다.) 나는 손바닥에 라벤더를 문대고 냄새를 맡아보았다. 라벤더 냄새는 티펙스*랑 베이컨 껍질 냄새 다음으로 내가 좋아하는 냄새다. 나는 이제 어디로 갈지 마음도 정하지 못하고 계단에 앉았다.

7월의 오후가 하품을 했다.

여기로 걸어오는 동안 웰랜드 도로 위에서 물웅덩이들이 신기루처럼 가물거리며 빛났다.

햇볕에 뜨거워진 현관 계단 위에서 잘 수도 있을 것 같았다.

벌거벗은 작은 개미들.

빗장이 라이플총처럼 미끄러지더니 늙은 집사가 문을 열었다. "또 왔구나." 오늘은 골프 스웨터 차림이었다. "신발은 벗어도 좋다."

"감사합니다." 운동화를 벗는데 조용한 바이올린 소리와 함께 피아노 소리가 들렸다. 마담 크롬린크에게 다른 손님이 있는 것은 아니기를 바랐다. 세 명이 모이는 것보다는 차라리 백 명이 모이는 편이 낫다. 계단은 수리를 해야 할 것 같았다. 낡아빠진 파란색 기타가 망가진 스툴 위에 놓여 있었다. 화려한 액자 속에 한 여자가

---

* 수정액 상표명.

연못 위의 펀트*에 팔다리를 벌리고 누워 있었다. 다시 한번 집사가 나를 일광욕실로 안내했다. ('일광욕실'이라는 단어를 사전에서 찾아보았다. 그냥 '통풍이 잘되는 방'이라는 뜻이었다.) 여러 개의 문을 잇달아 통과하면서 내 과거와 미래의 모든 문들을 생각했다. 내가 태어난 병실, 교실, 텐트, 교회, 사무실, 호텔, 박물관, 양로원, 그리고 내가 죽음을 맞을 방. (벌써 지어졌을까?) 자동차도 방이다. 숲도 그렇다. 하늘은 천장이다. 멀리 떨어진 거리는 벽이다. 자궁은 어머니로 이루어진 방이다. 무덤은 흙으로 이루어진 방이다.

음악 소리가 점점 커졌다.

쥘 베른의 공상과학소설에 나올 것 같은, 온통 은색 스위치와 다이얼로 이루어진 하이파이 오디오가 일광욕실 한 귀퉁이에 버티고 있었다. 마담 크롬린크는 의자에 앉아 눈을 감고 음악을 듣고 있었다. 마치 따뜻한 물속에 몸을 담근 듯. (이번에는 나도 그녀가 한참은 입을 열지 않으리라는 것을 눈치챘다. 그래서 그냥 팔걸이 없는 소파에 앉았다.) 클래식 LP판이 연주되고 있었다. 켐지 선생님이 음악시간에 연주하는 서툴고 엉성한 연주가 아니었다. 이 음악은 시기하면서 다정하고, 흐느끼면서 화려하고, 질척질척하면서 수정 같았다. 그러나 적절한 표현이 존재한다면 이 음악은 존재할 필요가 없을 것이다.

피아노 소리가 사라졌다. 이번에는 플루트가 바이올린과 합세

---

* 바닥이 평평하고 모가 진, 작은 배.

했다.

에바 크롬린크의 책상 위에는 몇 장째 계속되면서도 끝내지 못한 편지가 놓여 있었다. 다음 문장이 떠오르지 않아서 이 LP판을 튼 것이 틀림없다. 은색 펜이 쓰다가 만 종이 위에 놓여 있었다. 나는 편지를 집어들고 읽고 싶은 충동을 억눌렀다.

레코드 바늘이 제자리로 돌아왔다. 마담 크롬린크가 입을 열었다. "위로할 길 없는 것들이 너무나 위안이 되는 법이지." 그녀는 나를 보고도 그다지 기쁜 기색이 아니었다. "네 가슴팍에 달고 있는 그 광고는 뭐냐?"

"광고라뇨?"

"네 스웨터에 붙은 광고 문구 말이다!"

"이건 리버풀 FC의 유니폼이에요. 다섯 살 때부터 그 팀 팬이었어요."

"'히타치'는 무슨 의미지?"

"축구협회가 규정을 바꿔서요, 축구팀들이 스폰서의 로고를 옷에 넣을 수 있게 됐거든요. 히타치는 전자회사예요. 아마 홍콩 회사일 거예요."

"그래서 그 회사를 광고해주는 단체에 돈을 낸단 말이냐? 별꼴을 다 보겠구나. 영국인들은 옷이고 요리고 할 것 없이 제 손으로 난도질을 해놓지 않으면 직성이 안 풀리나보지. 그런데 오늘은 늦었구나."

블레이크 씨 사건을 시시콜콜 설명하자면 너무 시간을 오래 잡아먹을 것이다. 엄마와 아빠와 심지어 누나까지(누나가 기분이 아주 안 좋을 때), 그 얘기는 이제 그만하기로 하자고 해놓고는 오 분 간격으로 또다시 들추고 들먹거리고 한 것이 벌써 몇 번인지 다 셀 수도 없을 지경이다. 그래서 마담 크롬린크에게는 그냥 내가 망가뜨린 물건을 배상해주느라 한 달 동안 설거지를 나 혼자 다 해야 하는데, 엄마가 양고기 녹이는 것을 잊는 바람에 점심식사가 늦어져서 그렇게 되었다고만 얘기했다.

마담 크롬린크는 내 이야기를 끝까지 다 듣기도 전에 지루해했다. 그녀는 진줏빛 테이블 위의 와인병을 손짓으로 가리켰다. "오늘은 너도 한잔하겠니?"

"저는 특별한 경우에만 아주 조금 맛볼 수 있어요."

"내 이야기를 듣는 것이 '특별한' 경우가 될 자격이 없다면, 내 잔이나 채워주렴."

(화이트와인에서는 차가운 메틸알코올과 연한 꽃 냄새가 뒤섞인 그래니스미스* 냄새가 난다.)

"항상 라벨이 보이게 따라야 해! 좋은 와인이라면, 마시는 사람도 그걸 알아야 하거든. 나쁜 와인일 경우에는 부끄러워해야 마땅하고."

나는 그 말대로 했다. 병목을 타고 와인 한 방울이 흘러내렸다.

"그래. 오늘은 네 진짜 이름을 말해주겠니, 아니면 내가 계속 우스꽝스러운 필명 뒤에 숨은 이방인에게 환대를 베풀어줄까?"

행맨이 막아서 '죄송합니다'라는 말도 할 수 없었다. 나는 너무

---

* 품종 개량으로 만든 녹색 사과.

흥분하고 화도 나서 필사적으로 '죄송합니다!'라는 한마디를 내뱉었지만, 너무 큰 소리로 말해서 오히려 더 무례하게 들렸다.

"너의 우아한 사과는 내 질문에 대한 답이 되지 못해."

나는 겨우 웅얼웅얼 대답했다. "제이슨 테일러예요." 울고 싶었다.

"제이 뭐라고? 발음을 똑똑히 해야지! 내 귀도 나만큼 나이를 먹었단 말이다! 작은 단어 하나하나까지 다 놓치지 않으려고 마이크를 숨겨두지는 않았어!"

나는 내 이름이 너무나 싫었다. "제이슨 테일러입니다." 잘근잘근 씹은 영수증만큼이나 멋대가리 없다.

"네 이름이 '아돌프 코핀'이나 '피우스 브룸헤드'였다면 내가 이해를 하겠다. 하지만 왜 '제이슨 테일러'를 난해하기 짝이 없는 상징주의자와 라틴아메리카의 혁명가 뒤에 숨긴 거지?"

내가 얼빠진 표정을 지은 게 틀림없었다.

"엘리엇! T. S.! 볼리바르! 시몬!"

"그냥 '엘리엇 볼리버'가 더…… 시적으로 들려서요."

"뭐가 고대 그리스 영웅인 '제이슨'*보다 더 시적이란 말이냐? 고대 그리스인이 아니었더라면 누가 유럽문학의 기초를 닦았겠니? 분명히 말하지만, 옛사람들의 유산이나 훔쳐 쓰는 엘리엇 일당은 아니야! 그리고 시인이 언어의 재단사tailor가 아니라면 뭐겠니? 시인과 재단사는 그 누구도 따를 수 없을 만큼 굳게 결합되어 있어. 시인과 재단사는 자기들의 기술 속에 기예를 숨기지. 아니,

---

* '이아손'의 영어식 이름.

네 대답을 받아들이지 않겠다. 실은 너는 네 시가 수치스러운 비밀이라서 필명을 쓰는 거지? 내 말 맞지?"

"정확히 말하자면 '수치스러운'은 딱 들어맞는 표현은 아니에요."

"오, 그럼 정확히 말해서 딱 들어맞는 표현은 뭐냐?"

나는 일광욕실을 한 바퀴 휘 둘러보았다. 마담 크롬린크의 눈에서 트랙터 빔이 뿜어져나왔다. "시를 쓴다는 건요, 좀…… 게이 같아요."

"게이 같다고? 즐거운 일이라는 뜻이냐?"

이젠 될 대로 되라는 심정이었다. "시를 쓰는 건요…… 왕재수 호모들이나 하는 거거든요."

"그럼 너도 '왕재수'냐?"

"아뇨."

"그럼 그 뭐냐, 그게 뭔지는 잘 모르겠지만 너도 호모냐?"

"천만에요!"

"그럼 네 말을 도통 못 알아듣겠구나."

"만약 아버지가 유명한 작곡가고 어머니는 귀족이라면요, 아버지가 그린랜드 슈퍼마켓에서 일하고 자기는 종합중등학교에 다니는 아이가 할 수 없는 것도 할 수 있어요. 시도 그런 것 중 하나고요."

"아하! 진실! 너는 네가 시를 쓴다면 털북숭이 야만인들이 너를 자기네 무리에 받아주지 않을까봐 두려워하는구나."

"다소간은 그거예요, 네……"

"다? 아니면 소? 정확히 말하자면 어느 쪽이 딱 들어맞는 표현인 거냐?"

(이럴' 때는 이 부인한테 아주 진절머리가 난다.) "정확히 바로 그거예요."

"그럼 너도 털북숭이 야만인이 되고 싶은 게냐?"

"전 어린아이예요. 열세 살이라고요. 열세 살이란 비참한 나이라고 하셨잖아요. 맞는 말씀이에요. 남들한테 맞추지 않으면 살기 힘들어요. 플로이드 체이슬리나 니컬러스 브라이어처럼요."

"이제야 진짜 시인 같은 소리를 하는구나."

"전 무슨 말씀인지 모르겠어요!"

(엄마라면 이랬을 것이다. 어디 엄마한테 그런 투로 말을 해!)

마담 크롬린크는 즐거워 보였다. "내 말은, 이제야 네가 너의 말 자체가 되었다는 뜻이야."

"그게 무슨 말씀이세요?"

"네가 본질적으로 진실해졌다는 뜻이란다."

"누구나 진실해질 수 있어요."

"겉모습만이라면, 제이슨, 그래, 쉬운 일이지. 고통에 관해서라면, 아니야. 그렇지 않아. 그러니까 너도 이중생활을 원하는 거야. 한 제이슨 테일러는 털북숭이 야만인들한테 인정받으려고 애쓰지. 또다른 제이슨 테일러는 문학계의 인정을 바라는 엘리엇 볼리버고."

"그렇게 사는 건 불가능한가요?"

"만약 네가 엉터리 시인이 되고 싶다면," 마담은 와인잔을 빙빙 돌렸다. "충분히 가능해. 만약 네가 진짜 예술가라면," 그녀는 와인잔을 입가로 가져갔다. "죽었다 깨어나도 할 수 없어. 네가 세상 앞에서 진실한 너 자신의 모습을 솔직히 드러내지 못한다면, 너의 예술에서도 거짓의 냄새가 나게 될 거야."

대답할 말이 없었다.

"네 시에 대해 아는 사람이 아무도 없니? 선생님은? 친구도?"

"실은 마담이 유일해요."

마담 크롬린크의 눈이 반짝 빛났다. 외부의 빛 때문은 아니었다. "네가 사랑하는 사람한테도 네 시를 숨길 테냐?"

"아뇨, 어, 아닌데요."

"시를 숨기지 않는다는 거냐, 아니면 애인이 없다는 거냐?"

"여자친구가 없어요."

체스게임 타이머를 치듯 잽싸게 그녀가 물었다. "남자를 더 좋아하니?"

마담이 그런 말을 하다니 도무지 믿어지지 않는다. (아니, 믿어진다.) "전 정상이에요!"

교구 잡지 뭉치를 톡톡 치는 그녀의 손가락이 이렇게 말하는 듯했다. 정상이라고?

"실은 좋아하는 여자애가 한 명 있어요." 나는 내 말을 입증하려고 불쑥 말해버렸다. "이름은 돈 매든이에요. 하지만 그애는 벌써 남자친구가 있어요."

"오호? 그러면 돈 매든의 남자친구는 시인이냐, 야만인이냐?" (그녀는 나한테서 교묘하게 돈 매든의 이름을 끌어내고 **몹시 좋아**했다.)

"시인은 아니고요, 로스 윌콕스라는 바보예요. 하지만 돈 매든한테 시를 써서 바치라고 제안하실 참이라면, 그런 짓은 죽어도 안 해요. 온 마을의 웃음거리가 될 거예요."

"네가 큐피드니 하는 고리타분하고 상투적인 단어로 시를 쓴다
면 매든 양은 그녀의 '바보' 곁을 지킬 것이고 너는 경멸을 받겠
지. 하지만 시가 아름답고 진실하다면, 너의 매든 양은 너의 단어를
돈보다도 증권보다도 더 귀하게 여길 게다. 그녀가 내 나이가 되어
도 말이다. 내 나이가 되면 더더욱 그렇지."

나는 그 화제를 피했다. "하지만 필명을 쓰는 예술가들은 많잖
아요?"

"누가 있는데?"

"음……" 생각나는 게 클리프 리처드랑 시드 비셔스*밖에 없
었다.

그때 전화벨이 울렸다.

"진실한 시는 진실이야. 진실은 인기가 없어. 그래서 시도 인기
가 없지."

"하지만…… 무엇에 대한 진실인가요?"

"오, 인생, 죽음, 마음, 기억, 시간, 고양이, 공포. 뭐든지 다."
(집사도 전화를 받지 않는 것 같았다.) "진실은 어디에나 있단다.
나무의 씨앗처럼 말이지. 기만조차도 얼마간은 진실을 담고 있는
법이야. 하지만 범속한 일상에, 편견에, 근심, 추문, 약탈, 열정, 권
태에, 그중에서도 제일 나쁜 것이 TV에 눈이 어두워진다는 거지.
TV야말로 비루한 기계야. TV가 여기 내 일광욕실에도 있었단다.
내가 처음 왔을 때 말이야. 창고에 처박아버렸지. 그것이 나를 쳐
다보고 있었단다. 시인은 진실 외에는 모두 다 창고에 처박아버리

---

* 영국의 펑크 밴드 섹스 피스톨스의 멤버.

지. 제이슨, 무슨 문제라도 있니?"

"어…… 전화벨이 울리는데요."

"전화벨이 울리는 건 나도 안다! 그건 상관하지 마! 내가 너한테 얘기하고 있잖니!" (우리 부모님은 자기들을 찾는 전화가 울리고 있다면 불타는 석면 광산 속에라도 뛰어들 것이다.) "일주일 전에, 우리는 '아름다움이란 무엇인가?'란 대답할 수 없는 질문이라는 데 의견 일치를 보았지. 그런데 오늘은 더 큰 수수께끼가 나왔구나. 예술이 진실하다면, 예술이 거짓이 없다면, 선험적으로 아름다운 거야."

나는 그 말을 이해하려고 애썼다.

(결국 전화벨이 그쳤다.)

"여기에 실린 네 시 중에서 가장 훌륭한 작품은," 마담은 교구 잡지를 휘리릭 넘겼다. "「행맨」이야. 너의 언어장애에 대한 진실을 얼마간 담은 것 같은데, 내 말이 맞지?"

익숙한 수치심에 목부터 벌게졌지만, 고개를 끄덕였다.

오로지 내 시 속에서만, 내가 원하는 것을 정확히 말할 수 있다는 사실을 깨달았다.

"물론 내 말이 맞겠지. 만약 여기에 '엘리엇 볼리버, 박사, 대영제국 4등 훈장 수훈자, 여기 잠들다'가 아니라 '제이슨 테일러'라는 이름이 있었다면," 그녀는 「행맨」의 페이지를 탁 쳤다. "블랙스완그린의 털북숭이 야만인들 앞에서 진실이 얼마나 억울해지겠니, 그렇지?"

"전 차라리 목을 매고 말 거예요."

"풋! 엘리엇 볼리버, 그는 목을 매도 좋아. 너, 너는 써야 해. 만약 네 이름으로 출판하는 것이 두렵다면, 아예 출판하지 않는 편이 나아. 하지만 시는 네가 생각하는 것보다 잘 버틴단다. 나는 오랫동안 국제사면위원회의 일을 도왔지." (누나가 종종 얘기하는 단체다.) "시인들은 굴락*에서도, 미결감에서도, 고문실에서도 살아남는단다. 그런 비참한 곳에서도 시인은 시를 쓰지. 머디게이트였나, 아닌데, 영국해협인가 어디였던 것 같은데, 늘 잊어먹는다니까……" (그녀는 그 이름을 끄집어내려는 듯 이마를 톡톡 쳤다.) "마게이트.** 그러니까 내 말을 믿으렴. 종합중등학교가 그렇게까지 지독한 곳은 아니야."

"제가 들어올 때 듣고 계셨던 그 음악, 아버님 것인가요? 아름답던데요. 그런 음악이 있는지 몰랐어요."

"로버트 프로비셔의 6중주란다. 우리 아버지가 고령에 눈도 멀고 너무 약해져서 펜을 쥘 수조차 없게 되었을 때 비서 노릇을 했어."

"학교에 있는 브리태니커 백과사전에서 비비언 에어스를 찾아봤어요."

"오, 그런 권위 있는 책이 우리 아버지에게 뭐라고 경의를 표하던?"

항목이 짧아서 쉽게 외울 수 있었다. "'영국의 작곡가, 1870년 요크셔 출생, 1932년 벨기에 네이르베커에서 사망. 대표작은 〈마트료시카 인형 변주곡〉, 〈바이올린 협주곡 몰락〉, 〈토텐보겔〉……'"

---

* 구소련의 정치범 강제노동수용소.
** 영국 켄트 카운티에 있는 타운.

"……〈디 토드텐보겔〉! 올빼미!"

"죄송해요. '생전에는 유럽에서 비판적으로 평가받았으며, 지금은 20세기 음악의 변방으로 거의 언급되지 않고 있다.'"

"그게 다냐?"

나는 그녀가 깊은 인상을 받을 줄 알았다.

"장대한 찬양 연설이군." 그녀는 김빠진 콜라처럼 덤덤하게 말했다.

"하지만 작곡가를 아버지로 두었다면 틀림없이 정말 근사했을 거예요."

나는 마담이 담배 끝을 불꽃 속에 대고 불을 붙이는 동안 용 라이터를 들고 있었다. "아버지는 우리 어머니를 크나큰 불행에 빠뜨렸지." 그녀는 담배를 빨아들였다가 가늘게 떨리는 묘목 같은 담배 연기를 내뿜었다. "지금까지도 용서하기가 힘들단다. 너만할 때 나는 브뤼주에 있는 학교에 가 있었기 때문에 아버지는 주말에만 보았지. 아버지에게는 자신의 병과 자신의 음악이 있었고, 우리는 대화가 없었단다. 아버지의 장례를 치르고 나니 아버지에게 묻고 싶은 것이 너무나도 많았단다. 너무 늦었지. 다 지난 이야기야. 네 머리 곁에 사진첩이 있단다. 그래, 그거 말이다. 이리 좀 주렴."

컬러사진이 나오기 전, 누나 또래의 소녀가 큰 나무 밑에서 조랑말 위에 앉아 있었다. 곱슬머리가 뺨 위로 굽이쳐 흘러내렸다. 소녀의 허벅지가 조랑말의 옆구리를 꽉 조이고 있었다.

"와," 내가 감탄을 뱉었다. "눈부시게 예쁘네요."

"그래. 아름다움이 무엇이건 간에, 그 시절에는 나도 아름다움을 가지고 있었지. 아니면 아름다움이 나를 가졌던가."

"마담인가요?" 나는 깜짝 놀라서 사진 속의 소녀와 마담 크롬린크를 비교해보았다. "죄송해요."

"너는 자꾸 죄송하다는 말을 하는 버릇이 있는데, 그러면 네 위상이 쪼그라든다. 내 조랑말 중에서 최고였던 네페르티티야. 돈트 가족에게 맡겨두었지. 돈트 집안은 우리 집안과 가까웠단다. 이 사진을 찍고 칠팔 년쯤 후에 나는 그리구아르와 함께 스웨덴으로 탈출했단다. 돈트 가족은 1942년 나치 점령 기간에 죽었어. 그들이 레지스탕스 영웅이었나보다 생각하겠지? 아니야, 모티 돈트의 스포츠카 때문이었어. 브레이크가 고장나는 바람에 그만 쾅 하고. 네페르티티는 어떻게 됐는지 나도 몰라. 냉정하게 생각해본다면 암시장 사람이나 집시, 나치 친위대 장교 들을 위해 아교가 됐든가 소시지가 됐든가 스튜가 됐든가 했겠지. 이 사진은 1929년인가 1930년쯤 네이르베커에서 찍은 거란다…… 저 나무 뒤가 제델헴 성이야. 우리 조상들이 살던 집이지."

"아직도 그 성이 마담 것인가요?"

"이제는 있지도 않아. 독일인들이 네가 보고 있는 바로 그곳에 비행장을 지었어. 그래서 영국인들, 미국인들이……" 그녀가 손짓으로 쾅 하고 폭파시키는 시늉을 했다. "돌과 포탄 구멍, 진흙만 남겨놓았단다. 이제는 주택, 주유소, 슈퍼마켓 따위로 쓰이는 작은 집들만 있지. 오백 년을 살아남았던 우리집이 이제는 오래된 주춧돌 몇 개밖에 남지 않았단다. 그리고 낡은 사진 몇 장하고. 현명한 내 친구 수전이 편지에 이런 말을 썼더라. '모든 사진은 이 순간을 잘라내 동결시켜서……'" 마담 크롬린크는 한때 자신이었던 소녀를 유심히 들여다보며 담뱃재를 떨었다. "'……시간이 모든 것을 무자비하게 녹여버림을 증언한다.'"

무료함을 참지 못한 개가 한두 집 건너에서 짖어댔다.

신부와 신랑이 교회 밖에서 포즈를 취하고 있다. 앙상한 가지가 겨울임을 말해준다. 신랑의 얇은 입술은 이렇게 말하고 있다. 내가 얻은 것을 보세요. 정장모자에 지팡이, 그리고 반 여우. 그러나 신부는 반은 암사자다. 그녀의 미소는 시늉뿐이다. 새신랑이 그녀에 대해 아는 것보다 그녀가 그에 대해 아는 것이 더 많다. 교회 문 위에서 귀부인의 석상이 기사 석상을 바라보고 있다. 사진 속의 피와 살을 가진 사람들은 카메라를 보고 있지만, 돌로 된 사람들은 카메라 너머 우리를 똑바로 바라본다.

"나를 만든 사람들이지." 마담 크롬린크가 말했다.

"부모님인가요? 좋은 분들이었어요?" 말해놓고보니 바보같이 들렸다.

"아버지는 매독으로 돌아가셨지. 네가 읽은 백과사전에 그 얘기는 없더구나. '좋은' 죽음은 아니었지. 너는 부디 피하라고 충고하고 싶구나. 알다시피 그 시대는"('시대'라는 말은 긴 탄식 같았다) "달랐어. 감정을 그 자리에서 바로 표현하지 않았지. 우리 계층에서는 그랬단다. 우리 어머니는, 음, 애정이 아주 넘치는 분이었지만, 화가 나면 불같은 성격이었단다! 자기 수중에 있는 사람들을 모두 쥐고 휘둘렀지. 아니, '좋은' 분들이었다고는 생각지 않아. 어머니는 이 년 후 동맥류로 돌아가셨단다."

나는 태어나서 처음으로 응당 그 말을 해야 할 것처럼 "유감이네요"라고 말했다.

"제넬헴이 폐허가 되는 것은 보지 못하셨으니 다행이지." 마담 크롬링크는 안경을 들어 결혼사진을 더 바짝 들여다보았다. "참 젊기도 젊구나! 사진을 보면 시간이 바로 가는지 거꾸로 가는지도 잊게 된단 말이야. 아니, 바로나 거꾸로가 있는지조차 의문스러워져. 내 잔이 비었구나, 제이슨."

라벨이 보이도록 와인을 따랐다.

"두 분의 결혼은 도저히 이해할 수가 없어. 어쩌다 그런 연금술이 일어났는지. 너는 이해되니?"

"저요? 제 부모님이 결혼하신 것이 이해가 되느냐고요?"

"그게 내 질문이다."

나는 심각하게 생각해보았다. "저는요" (행맨이 '전혀'를 꽉 잡고 영 놓아주지를 않았다) "한 번도 생각해본 적이 없는 문제인데요. 제 말은…… 그냥 당연하게 받아들여져서요. 부부싸움도 많이 하지만, 싸울 때는 대화도 많이 하세요. 서로에게 좋은 상대일 수도 있겠죠. 만약 엄마 생일인데 아빠가 밖에 나가셨으면, 꽃가게에 꽃을 사러 가신 거예요. 하지만 경기가 좋지 않아서 아빠는 주말에도 거의 출근을 하시고, 엄마는 첼튼엄에 있는 갤러리를 맡으실 예정이에요. 지금은 그 문제를 놓고 냉전 비슷한 상태고요." (어떤 사람들과 얘기하는 것은 컴퓨터게임에서 더 높은 단계로 올라가는 것과 비슷하다.) "만약 제가 『초원의 집』에 나오는 것 같은 이상적인 아들에 더 가까웠다면, 제가 좀더 사근사근했다면, 어쩌면 엄마 아빠의 결혼생활도" (진짜 하고 싶었던 말은 '더 밝았을지도'였지만, 행맨이 오늘따라 무지 설쳤다) "더 화기애애했을지도 모르죠. 누나는"(행맨이 다음 단어를 가지고 나를 약올렸다) "아빠를 놀리는 데 선수예요. 아빠가 무지 좋아하세요. 그리고 누나는 수다 떠는 것만으로도 엄마 기분을 좋게 해줘요. 하지만 가을이면 누나는 대학에 들어가요. 그럼 우리 셋만 남게 되고요. 저는 죽었다 깨어나도 누나처럼 상황에 맞게 말을 잘하지 못할 거예요." 말더듬이들은 너무 스트레스를 받아서 보통 기가 죽어 있지만, 약간의 자기 연민도 일어났다. "전 아예 말을 제대로 할 수가 없다고요."

멀리서 집사가 후버 진공청소기의 스위치를 켰다.

"이런," 마담 크롬린크가 말했다. "내가 호기심이 지나친 늙은 마녀로구나."

"아니에요, 그렇지 않아요."

벨기에 노부인은 와인잔 너머로 나에게 날카로운 시선을 던졌다.

"늘 그런 것은 아니야."

젊은 피아니스트가 담배를 물고 미소를 띤 채 편안한 자세로 피아노 의자에 앉아 있었다. 옛날 영화배우처럼 머리카락에 왁스를 발라 이마에 곱실거리게 늘어뜨렸지만, 거드름을 피우는 것처럼 보이지는 않았다. 그는 게리 드레이크처럼 보였다. 눈빛 속에는 가시가 숨어 있고, 입가의 미소에는 늑대가 숨어 있었다.

"로버트 프로비셔야."

"이 사람이 그 믿을 수 없을 만큼 굉장한 음악을 작곡한 사람이군요?"

"그래, 그 믿을 수 없을 만큼 굉장한 음악을 작곡한 인물이지.

로버트는 우리 아버지를 우러러보았어. 제자였고 아들이었지. 두 사람은 음악적으로 공감대가 있었어. 성적인 것보다 더 친밀한 공감이지."(그녀는 '성적인'이라는 말을 일반적인 단어처럼 말했다.) "우리 아버지가 최후의 걸작인 〈올빼미〉를 작곡할 수 있었던 건 모두 로버트 덕이야. 바르샤바에서, 파리에서, 빈에서, 짧은 여름 동안 비비언 에어스의 이름이 영광스럽게 부활했지. 아, 난 시기심에 불타는 처녀였어!"

"시기심이라고요? 왜요?"

"아버지가 입에 침이 마르도록 로버트 칭찬만 하셨거든. 그래서 난 불손하게 굴었단다. 두 사람 사이에 존재했던 그런 경외심, 그런 공감은 쉽게 불타올랐다가 금세 사그라들지. 우정은 그보다 더 잔잔한 거야. 로버트는 겨울에 제델헴을 떠났단다."

"영국으로 돌아갔나요?"

"로버트는 집이 없었어. 부모님한테 쫓겨났거든. 그는 브뤼주의 호텔에 묵었어. 우리 어머니는 나에게 그를 만나지 못하게 하셨단다. 오십 년 전에는 평판이 중요한 여권이었거든. 좋은 집안의 부인들은 항상 샤프롱*과 함께 다녔으니까. 하여간, 나도 만날 마음이 없었어. 나는 그리구아르와 약혼한 사이였고, 로버트는 제정신이 아니었거든. 천재지만 시시때때로 비정상적인 행동을 했어. 등대처럼 번쩍번쩍했다가, 폭풍우가 쳤다가, 고요해지는 식이었지. 고립된 등대였어. 그는 벤저민 브리튼,** 올리비에 메시앙,*** 그

모든 이들을 무색하게 할 수도 있었어. 하지만 6중주를 완성하고 나서 호텔 욕실에서 자기 머리를 총으로 날려버렸단다."

젊은 피아니스트는 여전히 미소 짓고 있었다.

"왜 그런 짓을 했는데요?"

"자살하는 데 이유가 하나뿐이었겠니? 집안에서 쫓겨나서? 낙심해서? 아버지의 니체를 너무 많이 읽어서? 로버트는 영원회귀에 사로잡혀 있었어. 회귀는 그의 음악의 핵심이야. 로버트는 우리가 완전히 똑같은 삶을 살고 완전히 똑같은 죽음을 거듭거듭 맞는다고 믿었지. 똑같은 8분음표가 반복되듯이 말이야. 영원토록. 아니면," 마담 크롬린크가 꺼진 담배에 다시 불을 붙였다. "그 여자 탓을 할 수도 있겠지."

"어떤 여자요?"

"로버트는 바보 같은 계집아이를 사랑했어. 그녀는 그 마음에 보답하지 않았지."

"그러면 그녀가 자기를 사랑하지 않았다는 이유로 자살한 거예요?"

"아마도 한 가지 이유가 됐겠지. 얼마나 컸는지 작았는지는 로버트만이 알 일이지만."

"하지만 자살했잖아요. 여자 하나 때문에."

"그런 사람이 그가 처음은 아니잖아. 마지막도 아닐 것이고."

"맙소사. 그런데 그 여자는 그 사실을 알았나요?"

"알다마다! 브뤼주는 도시라기보다는 마을이야. 그녀도 알았지. 그리고 분명히 말하지만, 오십 년이 지났어도 그 소녀의 양심은 아직도 아프단다. 류머티즘처럼 말이야. 로버트의 죽음을 막을 수만 있었다면 어떤 대가라도 치렀을 거야. 하지만 그녀라고 어쩌겠니?"

"그녀와 계속 연락하세요?"

"피하기가 어렵단다, 그래." 마담 크롬린크는 로버트 프로비셔에게서 눈을 떼지 않고 말했다. "그 소녀는 죽기 전에 나에게 용서를 받고 싶어해. 내게 이렇게 애원하지. '난 열여덟 살이었어! 로버트가 나한테 목을 맸어도 나에게는 그저…… 기분이 우쭐해지는 장난일 뿐이었다고! 굶주린 마음이 제 마음을 먹어치워버릴 줄 내가 어떻게 알 수 있었겠어? 육체까지 죽일 수 있을 줄 내가 어떻게 알았겠느냐고?' 아, 불쌍한 아이지. 나도 용서해주고 싶어. 하지만 진실은 어쩔 수 없어." (이제 그녀는 나를 바라보았다.) "난 그 여자아이가 진저리나게 싫어! 평생 동안 그 아이를 혐오했고 이젠 어떻게 그 혐오를 거둘 수 있을지 알 길이 없단다."

누나가 정말로 나를 열받게 할 때는 죽을 때까지 다시는 누나한테 말을 걸지 않겠다고 맹세한다. 하지만 차 마시는 시간쯤이면 벌써 까맣게 잊어버리기 일쑤다. "오십 년은 누군가에게 계속 화를 내기에는 너무 긴 시간이에요."

마담 크롬린크는 침울한 표정으로 고개를 끄덕였다. "그다지 권할 만한 일은 아니지."

"그녀를 용서하는 척이라도 해보신 적은 있으세요?"

"척이라," 그녀는 정원을 바라보았다. "그건 진실이 아닌걸."

"하지만 두 가지는 진실을 말하셨잖아요? 하나는 그 여자를 증오한다는 것이고요, 둘째는 그녀가 마음이 편해지기를 바란다는 거요. 만약 증오하는 진실보다 바라는 진실이 더 중요하다고 판단하신다면, 그냥 그녀한테 용서했다고 말해버리세요. 용서 안 하셨다 해도요. 적어도 그녀의 마음은 편해질 거 아니에요. 어쩌면 마담의 마음도 편해질지 모르죠."

마담 크롬린크는 우울한 표정으로 자기 손을 양쪽 다 뚫어져라 살펴보았다. "궤변이야."

'궤변'이 무슨 뜻인지 잘 몰랐기 때문에 나는 그냥 입을 다물고 있었다.

멀리서 집사가 청소기의 스위치를 껐다.

"이제 로버트의 6중주를 묻어두는 건 불가능하게 되었어. 너는 7월의 오후에 목사관에서 순전히 뜻밖의 우연으로 그의 음악을 접한 거야. 이건 네 인생에서 단 한 번의 기회야. 이 축음기 작동시킬 줄 아니?"

"물론이죠."

"다른 면을 들어보자꾸나, 제이슨."

"좋아요." 나는 판을 뒤집었다. 낡은 LP판은 접시처럼 두꺼웠다. A면에서 클라리넷 소리가 흐르더니 첼로와 함께 어우러졌다.

마담 크롬린크는 새 담배에 불을 붙이고 눈을 감았다.

나는 팔걸이 없는 소파에 다시 드러누웠다. 누워서 음악을 들어보는 것은 처음이었다. 눈을 감으면 듣는 것이 읽는 것과 같다.

숲속을 거닐듯 음악 속을 헤맸다.

지빠귀가 별빛에 반짝이는 관목 숲에서 지저귀고 있었다. 턴테이블이 아 소리와 함께 멎고 레코드 바늘이 제자리로 돌아갔다. 내가 마담 크롬린크의 담배에 불을 붙여주려고 일어서자 그녀는 그대로 있으라고 손짓했다. "얘기 좀 해봐라. 네 스승이 누구냐?"

"과목마다 선생님이 달라요."

"내 말은, 네가 가장 존경하는 작가가 누구냔 말이다."

"아," 나는 마음속으로 내 책장을 훑으며 정말로 인상적인 이름을 찾았다. "아이작 아시모프, 어슐러 르 귄, 그리고 존 윈덤도요."

"아시스머프? 어슐라 건? 윈뎀? 요즘 시인들이냐?"

"아니에요. 공상과학이랑 판타지 작가들이에요. 스티븐 킹도요. 공포물 작가예요."

"판타지라고? 풋! 차라리 로널드 레이건의 설교를 듣고 말지! 공포물? 베트남, 아프가니스탄, 남아공은 어때? 이디 아민, 마오쩌둥, 폴 포트는 어떻고? 그 정도면 공포스럽지 않니? 내 말은, 네가 섬기는 거장이 누구냔 말이다. 체호프?"

"어…… 아닌데요."

"하지만 『마담 보바리』는 읽었겠지?"

(보바리 부인이 쓴 책은 들어본 적도 없다.) "아뇨."

"전혀 읽어본 적이 없단 말이지." 그녀는 이제 신경질이 난 것 같았다. "헤르만 헤세는?"

"안 읽었어요." 어리석게도 나는 마담 크롬린크의 혐오를 눅여보려는 시도를 했다. "실은 학교에서 유럽 작가들 작품은 읽지 않아서요……"

"'유럽'이라고? 영국이 이제 카리브 해로 떠내려가버리기라도 했단 말이냐? 넌 아프리카인이냐? 남극인? 너는 유럽인이야, 이 일자무식 사춘기 원숭이 녀석아! 토마스 만, 릴케, 고골! 프루스트, 불가코프, 빅토르 위고! 이게 다 너의 문화, 너의 유산, 너의 골격이라고! 카프카도 모르는 거 아니냐?"

나는 움츠러들었다. "카프카는 들어봤어요."

"이건?" 그녀는 『대장 몬느』를 쳐들었다.

"아뇨, 하지만 지난주에 읽고 계시던 책이네요."

"이건 내 성서들 중 하나야. 해마다 읽지. 그러니까!" 그녀는 그 양장본을 나에게 세게 던졌다. 아팠다. "알랭 푸르니에는 너의 진정한 첫번째 거장이야. 그의 작품은 향수에 차 있고 비극적이고 매혹적이지. 너도 아플 거다. 무엇보다 가장 훌륭한 건, 그는 진실하다는 거야."

그 책을 펴보자 외국어가 구름처럼 난무했다. '그가 우리에게 온 것은 11월의 어느 일요일이었다. 189……' "프랑스어네요."

"유럽인들 사이에서 번역은 예의가 아니지." 그녀는 내가 찔려서 입다물고 있는 걸 눈치챘다. "오호? 이 대명천지 1980년대에 영국의 남학생이 외국어로 책도 읽지 못한단 말이야?"

"학교에서 프랑스어를 하기는 하는데요……" (마담 크롬린크가 계속 말해보라고 재촉했다.) "……하지만 저희는 아직 『유프라 붐!』 2권까지밖에 못 끝냈어요."

"푸후후훗! 난 열세 살 때 프랑스어와 네덜란드어를 유창하게 할 줄 알았어! 독일어, 영어, 이탈리아어로도 대화는 할 수 있었고! 아아, 너희 학교 선생들, 교육부장관한테는 사형도 과분하다! 오만도 아니고! 아기들이야 너무 미개해서 기저귀가 냄새나고 터질 지경인 것도 모르지만! 너희 영국인들은 대처 같은 괴물딱지 정부 밑에서 살아도 싸! 대처 밑에서 이십 년쯤 살아라! 어쩌면 그때쯤 이면 한 가지 언어밖에 못한다는 것이 감옥이나 다름없다는 것을 알게 될지도 모르지! 너 프랑스어 사전하고 문법책은 있냐?"

나는 고개를 끄덕였다. 누나한테 있다.

"좋아. 그럼 알랭 푸르니에의 첫 장을 영어로 번역해봐. 못하겠으면 다음 토요일에는 오지 마라. 작가에게라면 자신의 진실을 망칠지도 모를 무지하고 촌스러운 학생 따위는 필요 없어. 하지만 나한테는 네가 내 시간을 낭비한 것이 아니라는 증거가 필요해. 가거라."

마담 크롬린크는 책상으로 몸을 돌리고 펜을 들었다.

다시 한번, 정신을 차리고보니 목사관 밖이었다. 나는 리버풀 FC 상의.밑에 『대장 몬느』를 쑤셔넣었다. 스푸크에서 내쫓긴 것만으로도 나는 벌써 왕따 감옥에 처박혔다. 프랑스 소설을 갖고 있다가 들키는 날에는 전기의자 신세다.

마지막 수업인 종교시간에 천둥이 쳤다. 블랙스완그린에 도착했을 즈음에는 비가 내리고 있었다. 로스 윌콕스가 버스에서 내리면서 내 어깨뼈 사이를 거칠게 떠다밀었다. 나는 도랑이 넘쳐서 생긴 발목 깊이의 웅덩이에 엉덩방아를 찧었다. 로스 윌콕스와 게리 드레이크, 웨인 내시엔드가 저희들끼리 낄낄거렸다. 계집애들이 고개를 돌리고 우산 밑에서 킥킥댔다. (여자아이들은 어떻게 매번 우산을 잽싸게 꺼내는지 수수께끼다.) 앤드리아 보자드가 그 모습을 보았고, 당연히 돈 매든을 팔꿈치로 쿡쿡 찌르며 가리켰다. 돈 매든은 다른 여자아이들처럼 새된 소리로 깔깔대고 웃었다. (망할 년, 감히 진짜 그 말을 하지는 못했다. 비에 젖은 그애의 아름다운 머리카락이 매끈한 이마에 동그랗게 달라붙었다. 저 머리카락을 내 입에 물고 빗물을 빨아먹을 수만 있다면 **죽어도 좋겠다**.) 운전기사 노먼 베이츠까지도 재미있다고 껄껄 웃음보를 터뜨렸다. 그러나 나는 **흠뻑 젖**어서 창피하기도 하고 머리끝까지 **화**가 났다. 로스 윌콕스의 몸뚱이를 도륙 내어 닥치는 대로 뼈를 잡아 뜯으면 속이 시원하겠지만, 버러지가 그는 2학년에서 제일 힘센 녀석이고 아마 내 양손을 손목에서 비틀어 뜯어내서 블랙스완 위로 날려보낼 수도 있을 거라고 일러주었다. "아, **진짜 죽이게 재미있다**, 윌콕스." (버러지는 그가 나에게 한판 붙자고 할지도 모르니 뒈지게 재밌다고 말하지는 말라고 막았다.) "**한심하군……**" 하지만 '한심'에서 내 목소리가 삐끗하면서 쇳소리가 났다. 모두 다 들었다. 새롭게 폭탄처럼 터진 웃음보가 나를 산산조각으로 날려버렸다.

나는 목사관의 문손잡이를 리듬에 맞춰 두드리고 끝으로 초인종을 눌렀다. 지렁이 똥이 검은 여드름을 짜낸 것처럼 잔디밭에 흩어져 있고, 민달팽이들이 벽을 타고 기어오르고 있었다. 포치 지붕에서 물이 뚝뚝 떨어졌다. 내 파카 후드에서도 물방울이 뚝뚝 떨어졌다. 엄마는 오늘 건축업자들하고 얘기하러 첼튼엄에 가고 안 계셔서, 아빠한테 아마도('아마도'는 비상탈출용 좌석 같은 말이다) 앨러스테어 너턴네 집에서 전기전함놀이를 할 거라고 말했다. 딘 모런은 블레이크 씨 사건 이후로 멀리해야 할 못된 녀석 취급을 받았다. 나는 누가 밖에 나와 있어도 그냥 '안녕?' 하고 계속 페달만 밟으면 되니까 자전거를 타고 갔다. 걸어가다가 누굴 만나면 질문

공세를 피할 수 없게 될지도 모른다. 하지만 오늘은 다들 TV로 지미 코너스 대 존 매켄로의 경기*를 보고 있었다. (여기는 비가 왔지만 윔블던은 해가 쨍쨍하다.) 『대장 몬느』는 내 번역문과 함께 막스 앤 스펜서 비닐백에 꽁꽁 싸서 셔츠 안에 쑤셔넣었다. 그거 하느라 한 세월이 걸렸다. 단어 두 개 중에 하나는 사전을 찾아야 했고, 결국 누나가 눈치챘다. 어제 누나가 말했다. "학기가 끝나가니까 분위기도 좀 느슨해질 텐데." 나는 여름 숙제를 미리 다 끝내놓고 싶다고 대답했다. 이상한 일은, 번역을 하다보면 일단 하고 있을 때는 시간 가는 줄을 몰랐다. 『유 프라 붐! 프랑스어 완전정복』2권에 나오는 마뉘엘, 클로데트, 마리 프랑스, 베리 부부의 이야기보다 더 재미있었다. 우리 프랑스어 담당인 위치 선생님에게 내 번역을 체크해봐달라고 부탁하고 싶었다. 하지만 프랑스어처럼 계집애들 같은 과목에서 범생이로 찍혔다가는, 나 같은 중간급 아이는 그나마 남아 있던 것마저 다 가라앉아버릴 게 뻔하다.

번역은 반은 시이고, 반은 십자말풀이이고, 절대 쉽지 않은 일이다. 상당히 많은 단어가 찾아볼 수 있는 실제 단어가 아니라 문장을 연결하는 단어의 나사다. 일단 단어들을 안다 하더라도, 그것이 무슨 뜻인지 알아내려면 또 한 세월이 걸린다. 『대장 몬느』는 오귀스탱 몬느라는 소년의 이야기다. 오귀스탱 몬느는 닉 유처럼 남들에게 영향을 미치는 특별한 힘을 가졌다. 그는 학교 선생님의 아들인 프랑수아와 함께 기숙사에서 지내게 된다. 프랑수아가 화자로

---

* 두 사람은 1970~1980년대 테니스 황금기를 이끈 테니스 스타이자 라이벌로, 1982년 두 사람이 맞붙은 윔블던 대회 결승전은 영국인들에게 대단한 관심을 받았다.

소설을 이끌어간다. 우리는 몬느의 모습을 보기도 전에 위층 방에서 나는 그의 발소리를 먼저 듣는다. 멋지다. 나는 마담 크롬린크에게 프랑스어를 가르쳐달라 해야겠다고 마음먹었다. 학교에서 배우는 프랑스어 말고 진짜 프랑스어를. 나는 O레벨*이나 A레벨을 마치고 프랑스에 가는 몽상에 잠기기까지 했다. 프렌치키스는 혀로 하는 것이다.

집사가 나오는 데 시간이 엄청 오래 걸렸다. 지난주보다도 더 오래 걸렸다.

다가올 새로운 미래에 마음이 급해진 나는 다시 초인종을 눌렀다.

곧 검은 옷차림의 발그스름한 남자가 문을 열었다. "무슨 일이니?"

"안녕하세요."

비는 한두 방울 정도만 내리고 있었다.

"안녕."

"새로운 집사인가요?"

"집사라고?" 발그스름한 남자가 웃음을 터뜨렸다. "멋지군, 아니야! 집사라니 별소리를 다 듣는구나. 난 프랜시스 벤딩크스라고 한다. 세인트가브리엘 교회의 교구 목사지." 그제야 그의 빳빳이 세운 칼라가 눈에 들어왔다. "그런데 너는?"

"아, 저는 마담 크롬린크를 뵈러 왔는데요……"

---

* 중학교 과정을 마치고 치르는 국가시험.

"프랜시스!" 나무 계단을 **콩콩콩** 내려오는 발소리가 울렸다. (슬리퍼가 아니라 실외용 신발이었다.) 여자 목소리가 재빠르게 내 말을 끊고 들어왔다. "방송국 직원들이라면, 내가 이 잡듯이 다 찾아봤다고 말해. 틀림없이 물건을 수레로 날라갔을 거야……" 그녀가 나를 보았다.

"이 젊은이가 에바를 만나러 왔다는데."

"흠, 이 젊은이를 안으로 들이는 게 좋겠는데? 적어도 비가 그칠 때까지는."

오늘은 복도가 폭포 뒤 동굴처럼 음침했다. 기타의 푸른색 칠이 피부병에 걸린 것처럼 벗겨졌다. 노란 액자에는, 배 위에서 죽어가는 여인의 손가락이 물에 빠진 채 끌리고 있었다.

"감사합니다." 나는 겨우 말을 꺼냈다. "마담 크롬린크가 저를 기다리고 계실 거예요."

"그게 무슨 소리지?" 목사의 아내가 물어본다기보다는 콕 집어내는 것처럼 말했다. "아! 네가 자선기금 모금을 위한 맞춤법 대회 때문에 온 마저리 비셈턴의 막내로구나?"

"아닌데요." 나는 내 이름을 그녀에게 대는 게 내키지 않아 이렇게만 말했다.

"그러면?" 그녀는 억지 미소를 지었다. "네 이름이?"

"어, 제이슨이에요."

"제이슨……?"

"테일러요."

"들어본 듯도 한데…… 킹피셔메도스! 헬렌 테일러의 막내로구나. 불쌍한 캐슬 부인의 옆집. 아버지가 그린랜드 슈퍼마켓에서 한 자리하시고, 맞지? 누나는 올 가을에 에든버러로 떠날 예정이고. 작년에 마을회관에서 열린 미술전시회에서 네 어머니를 뵌 적이 있단다. 이스트너 캐슬의 유화를 아주 마음에 들어하셨지. 유감스럽게도 다시 보러 오시지는 않았지만. 수익의 반은 크리스천 에이드*에 보냈단다."

그녀는 나에게서 '유감이네요'라는 말을 끌어내지는 못했다.

"저, 제이슨," 목사가 입을 열었다. "크롬린크 부인은 떠나셨단다. 갑작스럽게 그렇게 되었어."

아. "언제 돌아오실지……" (그의 아내는 내 말더듬이 증상을 알레르기처럼 불러일으켰다. 나는 '곧'에서 막혔다.)

"곧?" 부인은 나에게 굴욕감을 느끼게 하는, 내 눈은 못 속이지 하는 미소를 지어 보였다. "힘들걸! 완전히 가버렸거든! 무슨 일이 있었냐 하면……"

"그웬돌린," 목사가 학급의 수줍은 아이처럼 손을 들었다. (교구 잡지에서 '그웬돌린 벤딩크스'라는 이름을 본 기억이 났다. 잡지의 반은 그녀가 쓴다.) "그런 얘기를 해도 좋을지 모르겠는데……"

"무슨 소리! 차 마시는 시간이면 벌써 온 마을에 다 퍼질 텐데 뭘. 진실은 다 밝혀지게 되어 있어. 아주 끔찍한 소식이 있단다, 제이슨." 그웬돌린 벤딩크스의 눈이 장식용 꼬마전구처럼 반짝거렸다. "크롬린크 부부가 송환됐지 뭐니!"

그게 무슨 소린지 어안이 벙벙했다. "체포되었단 말인가요?"

"바로 그 말이야! 서독 경찰한테 잡혀서 꼼짝없이 본으로 끌려

갔단다! 그 사람들 변호사가 오늘 아침에 우리한테 연락했어. 왜 송환되었는지는 말해주지 않았지만, 이것저것 종합해서 따져보면, 그 남편이 반년 전에 독일 중앙은행 분데스방크에서 퇴직했다고 했거든, 뭔가 돈 문제겠지. 횡령이라든가, 뇌물을 먹었다든가. 독일에서는 그런 일 천지라잖니."

"그웬돌린," 목사가 어색하게 미소를 지었다. "그런 말은 좀 너무 앞서나간 거 아닌가……"

"잘 들어봐, 그 여자가 언젠가 베를린에서 몇 년 산 적이 있다고 했잖아. 어쩌면 바르샤바조약을 위해 스파이 노릇을 했는지도 몰라. 내가 말했지, 프랜시스, 어쩐지 이상하리만치 남들하고 어울리지 않는다 했어."

"하지만 어쩌면 그분들은……" (행맨이 '죄가 없을지도'에서 '죄'를 막았다.)

"죄가 없다고?" 그웬돌린 벤딩크스가 입술을 실룩거렸다. "확실한 사실도 없는데 내무장관이 인터폴이 그이들을 끌고 가게 내버려뒀겠니? 하지만 내가 늘 하는 말이지만 남의 불행으로 덕 볼 때도 있다니까. 어쨌거나 이제는 우리 축제를 위해 잔디밭을 쓸 수 있게 되었네."

"그분들 집사는 어떻게 되었나요?" 내가 물었다.

이 초 정도 그웬돌린 벤딩크스는 말문이 막힌 듯했다. "집사라고? 프랜시스! 집사는 또 뭐야?"

"그리구아르와 에바는 집사를 두지 않았어. 그건 확실하단다." 목사가 말했다.

그제야 깨달았다. 나 같은 바보가 또 있을까.

집사가 바로 남편이었다.

"제가 잘못 알았네요. 이제 가봐야겠습니다." 나는 얌전히 말했다.

"아직은 안 되지!" 그웬돌린 벤딩크스는 아직 할말이 남았다. "너 비에 젖은 생쥐 꼴이잖니! 그러니까 말 좀 해보렴. 에바 크롬린크하고는 무슨 관계였니?"

"말하자면 저를 가르쳐주셨어요."

"그게 정말이니? 너한테 대관절 뭘 가르쳤을까?"

"어……" 시라고 불어버릴 수는 없었다. "프랑스어요."

"근사해라! 프랑스에서 처음으로 보낸 여름이 기억나는구나. 그때 내가 아마 열아홉이었지. 스무 살이었던가. 우리 고모가 아비뇽에 나를 데려가주셨단다. 그 왜, 다리 위에서 춤추는 내용의 노래가 있잖니. 영국 아가씨가 가니까 동네 남자들 사이에 난리법석이 났었지……"

크롬린크 부부는 아마도 지금쯤 독일 경찰서 유치장에 있을 것이다. 세상에서 제일 비참한 영국의 열세 살 말더듬이 소년은 크롬린크 부인의 마음속 맨 끄트머리에 있겠지. 일광욕실은 사라졌다. 내 시는 개소리다. 당연하지 않겠는가? 나는 열세 살이다. 내가 아름다움과 진실에 대해 뭘 알겠는가? 계속해서 헛지랄 하게 놔두느니 엘리엇 볼리버를 묻어버리는 편이 낫겠다. 나? 프랑스어를 배운다고? 내가 무슨 생각으로 그런 말을 한 거지? 맙소사, 그웬돌린 벤딩크스가 TV 오십 대를 한꺼번에 켜놓은 것처럼 나발을 불고 다닐 텐데. 그녀의 말의 질량과 밀도는 시간과 공간도 휘게 할 정도다. 외로움의 벽돌이 내 안에 종단속도로 도달한다. 타이저 한

캔이랑 토블론 초콜릿이라도 먹고 싶지만, 라이드 씨 가게는 토요
일 오후에는 문을 닫는다.

블랙스완그린이 토요일 오후에는 문을 닫는다.

망할 영국 전체가 문을 닫는다.

기념품

아빠는 입술 주위를 면도하느라 얼굴을 찡그린 채 말했다. "그러니까 내가 땀나는 회의실에서 올해의 상품 아인슈타인의 점내 판촉행사를 떠맡을 동안, 너는 햇살을 받으며 라임레지스 주변에서 남의 돈으로 노닥거리고 다니겠다는 말이구나. 그렇지, 어?" 아빠가 면도기 플러그를 뽑았다.

"말하자면 그래요."

우리 방에서 내려다보면 지붕 너머로 이 웃기는 부두가 바다로 굽어 있는 것이 보였다. 갈매기들이 스피트파이어 전투기와 메서슈미트 전투기처럼 굉음을 내며 다이빙을 했다. 영국해협 너머 찐득거리는 오후는 헤드앤숄더 샴푸처럼 청록색이었다.

"아, 넌 시간이 남아돌겠구나!" 아빠가 〈I Do Like to Be Beside the Seaside〉를 콧노래로 불렀다. (욕실 문이 저절로 열려서, 아빠가 방금 막 다림질한 셔츠와 조끼를 입는 동안 거울에 비친 아빠의 가슴을 볼 수 있었다. 아빠의 가슴에는 털이 잔뜩 나 있었다.) "나도 다시 열세 살이 되었으면 좋겠다."

나는 속으로 생각했다. 아빠는 열세 살 때가 어땠는지 까맣게 잊어먹은 게 분명해요.

아빠는 지갑을 열어 3파운드를 꺼냈다. 망설이다가 2파운드를 더 꺼냈다. 아빠는 문을 나와 서랍장 위에 돈을 놓았다. "용돈이다."

5파운드라! "고맙습니다, 아빠!"

"하지만 슬롯머신에 다 써버리면 안 돼."

"물론이죠." 나는 아케이드게임까지 금지당하기 전에 잽싸게 대답했다. "슬롯머신은 완전 돈 낭비예요."

"네가 그렇게 말하다니 기쁘구나. 도박은 얼간이들이나 하는 거야. 좋아, 이제……" 아빠가 롤렉스 시계를 보았다. "두시 이십 분 전이지?"

나도 내 카시오 시계를 확인했다. "네."

"그런데 너 할아버지의 오메가 시계는 안 차는구나."

"네, 어," 그 비밀 때문에 내 양심이 얼마나 찔렸는지 모른다. "혹시라도 시계를 망가뜨릴까봐요."

"아주 좋아. 하지만 한 번도 안 찰 셈이면, 할아버지가 옥스팸*에 기부하는 편이 나았겠다. 어쨌거나 내가 맡은 건 다섯시면 끝날 테니까, 그때 여기서 다시 만나자. 그리고 어디 멋진 데서 저녁을 먹자꾸나. 프런트의 여자애가 틀리지 않았다면, 〈불의 전차〉가 동네 영화관에서 상영중일 거다. 영화관이 어디 있나 오후에 한번 가보면 어떻겠니? 라임은 맬번보다 작으니까, 만약 길을 잃으면 엑스칼리버 호텔을 물어봐. 아서왕에 나오는 엑스칼리버 말이야. 제

---

* 옥스퍼드에 본부를 둔 세계적 빈민구제기구.

이슨, 듣고 있는 거냐?"

　라임레지스는 여행자들로 가득한 캐서롤 같은 곳이다. 어디를 가나 선탠오일과 햄버거, 눌어붙은 설탕 냄새가 진동한다. 나는 소매치기를 골탕 먹일 셈으로 청바지 호주머니에 더러운 손수건을 쑤셔넣고 번화가로 나갔다. 부츠*에서 포스터를 보고 WH 스미스 서점에서 40펜스를 주고 공상과학 만화잡지 〈AD 2000〉 여름 특별판을 샀다. 잡지를 둘둘 말아 뒷주머니에 쑤셔넣었다. 나는 박하사탕을 빨았다. 혹시라도 선탠한 여자애가 용마루 위에서 갈매기가 우는 집들 중 하나로 나를 데려가, 위층으로 올라오라고 해서 커튼을 치고 나를 자기 침대에 눕히고는 키스하는 법을 가르쳐줄지도 모르니까. 박하사탕은 처음에는 조약돌처럼 단단하지만 달짝지근한 반죽으로 허물어진다. 오메가 시마스터가 혹시 있나 보석상에 들어가보았지만, 다 없다고 했다. 마지막 보석상에서 한 남자가 중고 상점을 찾아보라고 가르쳐주었다. 문구점에서 온갖 완벽한 편지지에 홀려 제정신을 못 차리고 한참이나 시간을 보냈다. 나는 레트라셋** 한 꾸러미와 일요일에 라디오1의 〈인기가요 40〉에서 틀어주는 최고 인기곡을 녹음할 TDK C-60 카세트테이프도 샀다. 항구로 가면서 모드족 한 무리, 록커 잔뜩, 펑크족 몇 명, 심지어 테드족***까지 두엇 보았다. 대부분의 마을에서 테드족은 멸종 상태였

＊ 의약품, 미용 건강제품 등을 파는 소매 체인점.
＊＊ 하나씩 떼어서 붙이는 인쇄용 사식(寫植) 문자의 상표.
＊＊＊ 로큰롤 스타일의 달라붙는 바지와 헐렁한 재킷을 입던 거칠고 반항적인 틴에이저.

지만, 라임레지스는 혈암 절벽 탓에 화석으로 유명한 동네다. 화석 상점들이 기가 막혔다. 속에 아주 조그만 빨간 알뿌리가 들어 있는 조개 화석을 파는데 4파운드 75펜스나 했다. 기념품점 한 곳에서 가진 돈을 다 써버린다면 바보짓일 것이다. (그 대신 나는 열세 장짜리 공룡엽서 시리즈를 샀다. 각기 다른 공룡이 그려져 있었지만, 끝과 끝을 순서대로 늘어놓으면 배경의 경치가 하나로 이어져 띠를 이룬다. 모런이 보면 부러워 죽을 거다.) 자질구레한 물건을 파는 가게들에는 공기를 넣어 부풀릴 수 있는 문어, 연, 양동이와 삽이 가득했다. 이런 펜도 있었다. 기울이면 색깔 띠가 사라지면서 가슴이 두 개의 잘라낸 미사일처럼 솟은 나체의 여인이 보인다. 띠가 여자의 배꼽까지 내려왔을 때 목소리가 들렸다. "야, 너 그거 살 거냐, 아니면 다른 거 살 거냐?"

나는 띠 다음에 뭐가 나올까 하는 데만 정신이 팔려 있었다.

"야! 너 그거 살 거냐고?" 가게 주인이 나를 부른 것이었다. 그가 턱을 열었다 닫았다 할 때마다 입속에서 구르는 껌 덩어리가 보였다. 그의 티셔츠에는, 다리 달린 거대한 페니스가 다리 위에 있는 털이 무성한 굴 같은 무언가를 향해 쫓아가는 그림과 함께 '하나씩 차례차례'라는 문구가 적혀 있었다. (아직도 그게 무슨 뜻인지 모르겠다.) "아니면 그냥 한번 해보는 거냐?"

나는 더듬거리며 펜을 제 구멍에 꽂고 부끄러워 얼굴이 빨개진 채 서둘러 밖으로 나왔다.

가게 주인이 내 등뒤에 대고 소리쳤다. "또라이 병신새끼! 돈도 없는 게 지랄이야!"

라임레지스 와일디스트 드림 게임센터는 비탈진 언덕 공원에 바다를 바라보고 지어져 있었다. 땅딸막한 남자들이 담배를 피우며 진지한 얼굴로, 플라스틱 말이 트랙을 한 바퀴 돌면 진짜 돈을 딸 수 있는 경마게임을 하고 있었다. 말을 가지고 부정행위를 할 수 없도록 트랙 위에 유리판이 덮여 있었다. 땅딸막한 여자들이 담배를 피우며 진지한 얼굴로, 사방이 막힌 작은 방에서 빙고게임을 하고 있었고, 반짝이 재킷을 입은 한 남자가 미소를 지으며 숫자를 외쳤다. 아케이드게임 쪽은 좀더 어두워서 스크린들이 더 밝게 빛났고, 장 미셸 자르*의 음악이 흘러나오고 있었다. 나는 팩맨, 스크램블러, 프로거, 그랑프리 경주 등 게임을 하는 아이들을 구경했다. 소행성게임은 고장이 났다. 〈스타워즈 에피소드 5: 제국의 역습〉에 나온 거대한 로봇 말과 싸우는 새 게임이 있었지만, 한 번 하는 데 50펜스나 했다. 나는 부스에서 록음악 잡지 〈케랑!〉을 읽고 있는 한 그레보족**한테서 1파운드 지폐를 10펜스 동전으로 바꾸었다.

주먹에 꼭 쥔 동전들이 마법의 총알처럼 짤랑짤랑 소리를 냈다.

제일 먼저 스페이스 인베이더로 갔다. 나는 일명 테일러 전법으로 내 보호막 너머로 도관을 휘둘러 안전한 위치에서 외계인들을 죽였다. 한동안은 통했지만 곧 외계인이 내 관을 통해 나에게 어뢰를 쏘았다. 이런 일은 처음이었다. 내 전략이 무너져버렸고, 나는 첫 판도 깨지 못했다.

---

* 프랑스의 전자음악 작곡가, 연주자.
** 장발에 지저분한 옷차림을 한 록음악광.

다음에는 쿵푸게임을 한판 했다. 나는 메가토르를 골랐다. 하지만 메가토르는 렉스 록스터한테 신나게 두들겨 맞으면서도 감전당한 자전거처럼 춤만 추었다. 쿵푸게임은 절대 못 뜰 거다. 렉스 록스터를 혼내주려다가 내 엄지손톱만 작살날 뻔했다.

공기쿠션 위로 플라스틱 원반을 띄우는 에어 하키를 한판 하고 싶었다. TV에서 보면 미국 아이들이 항상 그 놀이를 하고 있다. 하지만 다른 사람이 있어야 한다. 그래서 메가토르한테 허비한 돈을 엘도라도 캐스케이드에서 되찾아야겠다고 생각했다. 엘도라도 캐스케이드는 거울을 붙인 선반 위로 10펜스 동전을 굴려넣는 조작판이다. 움직이는 벽이 그 선반에서 다음 선반으로 기우뚱거리며 동전을 밀어낸다. 그러면 10펜스 동전들이 선반에서 내 칸으로 떨어진다. 산더미같이 쌓인 동전들이 금방이라도 내 칸으로 산사태처럼 쏟아져내릴 것 같았다.

기우뚱거리는 동전들을 풀로 붙여놓았나보다. 50펜스를 잃었다! 그때 섹시한 여자아이 하나가 눈에 들어왔다.

사진 찍는 부스에서 네번째로 플래시가 터지고 나서 세 여자아이가 나왔다. 나는 엘도라도 캐스케이드에서 그들의 여섯 개의 다리와 페디큐어를 한 서른 개의 발가락을 보고 있었다. 〈미녀삼총사〉처럼 한 명은 검은색 머리카락에(하지만 턱끝은 쏙 들어갔다) 한 명은 담황색을 띤 금발이었고(살이 쪄서 이중턱이었다), 또 한 명은 구릿빛 머리칼에 주근깨가 많은 얼굴이었다. 검은색 머리와 금발 머리는 뚝뚝 녹아서 떨어지는 코르네토 아이스크림을 하나씩 먹고 있었다. (사진 찍는 부스 바로 옆에 아이스크림 판매대가 있었다.) 그들은 사진이 나오는 구멍에 얼굴을 들이밀고 기계에 우습지도 않은 명령을 해댔다. "빨리빨리 나와라!" 그 짓도 지루해지자 다시 부스 안으로 들어가 소니 워크맨 이어폰을 나누어 끼고 듀란듀란의 〈Hungry Like The Wolf〉를 불렀다. 하지만 구릿빛 아이는 줌 아이스바를 빨면서 아이스크림 메뉴판을 들여다보았다. 그애의 윗도리 밑으로 배꼽이 보였다.

그애는 돈 매든만큼 섹시하지는 않았지만, 나도 어슬렁거리며 그쪽으로 가서 아이스크림 메뉴판을 들여다보았다. 자석이 자성을 이해할 필요는 없다. 그애한테서는 따스한 모래 냄새가 났다. 그애 옆에 서 있으니 내 팔에 돋은 짧은 털들이 살랑거렸다.

나는 부풀어오르는 페니스를 가리려고 셔츠 자락을 허리춤에서 빼냈다.

"그거 줌이니?" 세상에. 내가 진짜로 여자아이한테 말을 걸었다.

그애가 나를 보았다. "그래." 하늘로 펄쩍 솟아오르는 기분이었다. "여기서 그나마 제일 나은 게 줌이야." 그애의 억양은 맨체스터의 〈코로네이션 스트리트〉*에서 들어본 것 같았다. "괜찮다면 한 개 사줄게."

"좋아. 고마워."

생판 처음 보는 사람이 내게 줌 한 개를 사주었다.

"너도 여기 놀러왔니, 아니면 여기 사니?" 그애가 나에게 말했다.

"놀러왔어."

---

* 맨체스터에 있는 한 노동자 거리를 배경으로 노동자 계층의 삶을 그린 영국의 장수 TV드라마.

"우리는 블랙번에서 왔어." 그애는 아직 내 존재를 눈치채지도 못한 다른 두 명을 턱짓으로 가리켰다. "넌 어디서 왔어?"

"어…… 블랙스완그린에서." 너무 긴장한 나머지 행맨조차 어딘가 도망가 숨어버렸다. 영문을 알 수 없는 일이지만 하여튼 그렇게 되었다.

"어디라고?"

"마을 이름이야. 우스터셔에 있어."

"우스터셔? 중부에 있는 동네야?"

"그래. 세상에서 제일 지루한 카운티지. 그래서 거기가 어딘지 아는 사람조차 없어. 블랙번이면 북쪽이지?"

"그래. 그럼 블랙스완그린은 검은 백조로 유명한 거야, 초록 백조로 유명한 거야?"

"아냐." 무슨 말을 하면 저애 마음을 단번에 확 사로잡을 수 있을까? "흰 백조도 없어."

"블랙스완그린에 백조가 없다고?"

"그래. 그냥 마을의 우스갯소리 비슷한 거야."

"아. 진짜 웃긴다."

"고마워." 내 몸 오십 군데에서 땀이 솟아났다.

"여기 진짜 죽이지 않니?"

"어, 맞아." 다음에 무슨 말을 할지 머릿속이 바빴다. "진짜 죽인다."

"너 그 아이스바 먹을 거니, 아니면 다른 거?"

줌 아이스바가 손가락 끝에 찐득찐득 달라붙었다. 포장지를 벗겨내려 애썼지만, 지저분하게 조각조각 찢어지기만 했다.

"너 기술이 좀 있어야겠다, 얘." 그애의 루비 빛깔 손톱이 내 줌을 빼앗아가더니 포장지를 벗겨냈다. 그러더니 찢어진 끝을 입에 물고 훅 숨을 불어넣었다. 그러자 포장지가 풍선처럼 부풀더니 미끄러져 떨어졌다. 숨어 있는 내 페니스는 금방이라도 폭발해서 와일디스트 드림 게임센터에 있는 사람들을 죄다 날려버릴 기세였다. 그애는 포장지를 바닥에 떨어뜨리고 나에게 줌을 돌려주었다. "그거 〈스매시 히트〉*니?" 그애가 가리킨 것은 아직도 내 호주머니에 둘둘 말려 꽂혀 있는 〈AD 2000〉 여름 특별판이었다.

〈스매시 히트〉였다면 얼마나 좋았을까.

"우리 샐리!" 검은색 머리에 턱끝이 쏙 들어간 여자애가 나타났다. 나는 그애가 끝까지 마음에 들지 않았다. "벌써 하나 낚았나보네?" (금발이 부스 의자에 앉아 킬킬거렸다. 그애도 싫었다.) "나온 지 한 시간밖에 안 됐으면서. 근데 애는 이름이 뭐야?"

어쩔 수 없이 대답했다. "제이슨이야."

"제이슨!" 그녀는 잘난 척 으스대는 말투를 썼다. "이봐! 세바스찬이 크로켓 경기장에서 제이슨이랑 폴로를 하네! 어머나! 세상에! 제이슨도 샐리랑 똑같이 줌을 빨고 있네! 꼭 부부같이! 그럼 너 고무장화는 갖고 있니, 제이슨? 우리 샐리가 이런 식으로 나간다면 삼십 분 후에는 그게 필요해질 거거든."

뭐라고 되받아쳐주고 싶어도 하려는 말마다 족족 다 더듬는 말에 걸려 버둥거렸다. 버둥거리고, 버둥거리고.

---

* 팝음악 잡지.

"아니면 너희 학교에서는 생물시간에 안 배우니?"

"그 주둥이 아무 데나 쑤셔박지 마. 알겠어?" 샐리가 쏘아붙였다.

"속바지 끈이나 풀어, 샐리! 네 새 남자친구가 성에 관한 인생의 진실을 알고 있는지 한번 물어본 거야. 아니면 쟤 물건은 럭비 한 게임 신나게 뛰고 난 후 샤워실에서 학교 짱들을 위해 쓰는 건가?"

그 남자애가 어떻게 자신을 변호하는지 보려고 여자애들이 모두 나를 쳐다보았다.

내 줌이 녹아서 손목을 타고 흘렀다.

"왜 팀이 너를 진작 차버리지 않고 그렇게 오랫동안 네 더럽고 구역질나는 주둥이를 참아줬는지 모르겠다." 샐리가 팔짱을 끼고 엉덩이를 쑥 내밀었다.

나는 보이지 않는 존재가 되었고 내가 할 수 있는 일은 아무것도 없었다.

"분명히 알아뒀으면 좋겠는데, 내가 그 녀석을 찬 거야. 그리고 적어도 내 남자친구는 나랑 찢어진 바로 다음날 웬디 렌치한테 가서 치근덕거리지는 않았다고!"

"그건 거짓말이야, 멜러니 피킷, 너도 알잖아!"

"코트 밑에서," 멜러니 피킷이 노래를 부르듯 가락을 붙여서 말했다. "셜리 풀브룩의 파티에서! 거기 있었던 애들 중에서 아무나 붙잡고 물어봐!"

포토 머신이 윙윙거렸다.

금발이 키득거렸다. "사진이 다 나왔나본데……"

노부인들 한 부대가 빙고게임장에서 몰려나왔다. 나는 세 여자애들이 눈치채기 전에 슬쩍 그 속에 섞여 서둘러 엑스칼리버 호텔로 돌아왔다. 남자애들은 개자식들이지만, 적어도 예측은 할 수 있는 개자식들이다. 여자애들은 머릿속에 뭐가 들었는지 죽었다 깨나도 모르겠다. 여자애들은 다른 행성에서 온 존재들이다.

올림머리를 한 프런트 직원이 나에게 아빠의 세미나가 길어져서 좀 늦겠다는 메시지를 전해주었다. 그린랜드 수습사원들이 로비에 모여 농담을 주고받고 노트를 비교해보고 있었다. 나는 교무실에 있는 선생님의 아이가 된 기분이 들어서 우리 방으로 올라왔다. 방에서는 방충망, 토스트와 화장실 세제 냄새가 났다. 벽지는 달걀색 수선화 무늬이고 카펫은 온통 꽃무늬였다. TV에서 나오는 것이라고는 아무도 득점을 올리지 못하고 있는 크리켓 경기와 아무도 다른 사람을 쏘지 않는 서부영화가 전부였다.

나는 침대에 누워 〈AD 2000〉을 읽었다.

하지만 머릿속은 계속 그 세 여자애 생각뿐이었다. 여자아이들과 여자친구란 성가신 존재다. 성교육은 어떡하면 아이가 생기고 어떡하면 아이가 생기지 않는지에 대한 애기뿐이다. 내가 알아야 할 것은 블랙번에서 온 샐리 같은 보통 여자아이들을, 애무할 수 있고 애무하는 모습을 보여줄 수 있는 여자친구로 바꾸려면 어떻게 해야 하는가인데. 정말로 섹스를 하고 싶은지는 나도 잘 모르겠다. 아기를 만들고 싶지 않다는 것은 **확실**하다. 아기들은 싸고 우는 것밖에 할 줄 모른다. 하지만 여자친구가 **없으면** 호모거나 완전 패배자거나 아니면 둘 다라는 의미다.

멜러니 피킷 말이 반쯤은 맞았다. 성에 관한 인생의 진실을 내가 아는지 모르는지도 잘 모르겠다. 어른들한테 물어볼 수는 없기 때문에 어른들한테 물어볼 수도 없다. 아이들한테 물어봤다가는 첫번째 쉬는 시간이 되기도 전에 온 학교에 소문이 다 퍼질 테니 아이들한테 물어볼 수도 없다. 그러니까 모두들 전부 다 알고 있으면서 아무도 아무런 얘기를 하지 않든가, 그게 아니면 모두들 아무것도 모르는데 여자친구와 그러니까…… 그렇게 돼버리는 것이다.

문 두드리는 소리가 들렸다.

"제이슨, 맞니?" 금속성 광택이 도는 양복 차림에 페이즐리 넥타이를 맨 젊은 남자였다.

"맞는데요."

그는 손가락으로 자기의 그린랜드 슈퍼마켓 배지를 우스꽝스럽게 가리키고는 제임스 본드 같은 목소리로 말했다. "내 이름은 롤러…… 대니 롤러야. 마이크 매니저님—너희 아…… 내 상사님이시지, 내가 말했던가?—이 아직도 나오실 수가 없어서 정말 미안하다고 전하라고 나를 보내셨어. 황제 폐하가 예고도 없이 납셨거든."

"황제 폐하라니요?"

"그린랜드의 크레이그 솔트 황제 폐하 말이야. 내가 그렇게 부른다는 얘기는 하지 말고. 네 아빠 회사의 사장이 크레이그 솔트야. 그래서 매니저들이 죄다 늘 해오던 대로 그분을 모시고 있는 중이지. 그래서 너를 데리고 죽이는 피시 앤 칩스 식당이라도 찾아보라고 하시더라."

"지금요?"

"화끈한 저녁 약속이라도 있냐?"

"아니요⋯⋯"

"좋았어. 〈불의 전차〉 시간에 맞춰서 돌아오면 되잖아. 아, 그래, 너에 관해서 정보원이 죄다 불었어. 잠깐, 이 웃기는 배지 좀 떼고⋯⋯ 난 인간이라고. 다이모 라벨 프린터에 새겨진 글자 스티커가 아니라 이거야⋯⋯"

"몸을 너무 내밀지 마!" 대니와 나는 방파제 끝 우리 발아래 대롱대롱 매달린 해파리들을 바라보았다. "마이클 테일러의 유일한 남자 상속인이 술에 취해 생을 마쳤다가는 내 경력도 같이 끝장날 게 뻔하니까."

파도 위에서 햇살이 졸린 듯 반짝였다.

"항구 쪽으로 떨어지면 괜찮을 거예요." 나는 혀로 모양을 만들어가며 아이스크림을 핥아 먹었다. "그러면 낚싯배들 중 하나에 기어오를 수 있으니까요. 하지만 바다 쪽으로 떨어지면, 꼬르륵 가라앉을지도 모르겠네요."

"네 이론을 시험해볼 생각은 마라." 대니가 셔츠 소매를 걷어올렸다.

"아이스크림 무지 맛있어요. 고마워요. 플레이크를 두 개 넣어서 먹은 건 처음이에요. 추가 비용이 있었나요?"

"아니. 그 판매대를 담당하는 아일랜드 코크 카운티 출신 녀석이 바로 나거든. 각자 담당 판매대가 있어. 아, 하지만 그런 게 인생 아니겠어? 이런 곳에서 신입사원 연수를 하다니 그린랜드는 완전 사디스트적이야."

"사디스트적이라는 게 무슨 뜻이에요?"

"쓸데없이 잔인하다는 말이지."

"왜," (나는 대니가 질문을 좋아한다는 것을 눈치챘다) "이 방파제를 '코브'라고 불러요? 라임레지스에서만 그런 거예요?"

"내가 아무리 척척박사라도 모르는 게 있단다, 제이슨 군."

(아빠는 자기도 답을 모르는 질문이 나오면, 자기가 실은 알고 있다고 스스로에게 납득시키느라 열 문장은 허비한다.)

해변에는 얌전한 파도가 지퍼를 여닫듯 밀려왔다 밀려갔다. 엄마들이 양동이로 아이들의 발을 헹구었다. 아빠들은 접이식의자를 접고 지시를 했다.

"대니 형, IRA에 누구 아는 사람 있어요?"

"너 내가 아일랜드 출신이라서 물어보는 거냐?"

나는 고개를 끄덕였다.

"흠, 제이슨, 없어. 실망시켜서 미안하다. 북아일랜드에서는 프로보*가 더 바빠요. 하지만 코크에 돌아가면 나는 내 삼사밭에 있는 믹이라는 레프리콘**과 함께 잔디밭 오두막에서 산단다."

"죄송해요, 그런 뜻으로 한 말은 아니었는데……"

대니가 조용히 손을 들어올렸다. "아일랜드 문제가 영국인들이 자랑으로 내세울 만한 부분이 아니라는 점은 틀림없는 사실이지. 사실 우리는 누구나 만나보고 싶어할 만큼 아주 호의적인 사람들이야. 국경선 북쪽조차도 말이지. 그저 가끔씩 서로에게 총부리를

---

* 네덜란드 등 유럽 국가의 과격파.
** 아일랜드 전설에 등장하는 요정.

겨눌 뿐이지. 그뿐이야."

아이스크림이 콘에 자국을 그리며 방울져 녹아내렸다.

나는 내가 뭘 모르는지도 모른다.

"저 연 좀 봐! 내가 어릴 때는 저런 거 없었는데!" 대니가 뱀처럼 긴 꼬리를 단 스턴트 연* 두엇을 쳐다보고 있었다. "근사하지 않냐?"

햇살 때문에 우리는 눈을 가늘게 떠야 했다.

꼬리들은 푸른 하늘에 제 자취를 지우며 붉은색 원을 그렸다.

나도 맞장구를 쳤다. "정말 볼만한데요."

"아빠는 일할 때 어떠세요?"

'말썽쟁이 캡틴'이라는 상호의 피시 앤 칩스 식당에서 웨이트리스가 우리 음식을 가지고 왔다. 대니는 접시를 내려놓을 수 있게 몸을 뒤로 젖혔다. "마이클 테일러 씨, 어디 보자…… 공정하고, 철저하고…… 바보들을 참아주지 않지…… 한두 번쯤 딱 적당한 때에 나를 위해 몇 마디 거들어준 적이 있지. 아마 잊지 못할 거야…… 됐니?"

"네." 나는 내 생선에 토마토 모양의 용기에 담긴 토마토케첩을 뿌렸다. 아빠를 마이클 테일러 씨라고 부르는 걸 들으니 재미있었다. 해안 산책로를 따라 가로등이 줄줄이 밝혀졌다.

"맛있나보구나."

"피시 앤 칩스 완전 좋아해요. 감사합니다."

---

* 곡예를 부릴 수 있게 만든 연.

"너희 아빠가 내시는 거야." 대니는 새우구이와 샌드위치를 만들 빵, 사이드 샐러드를 주문했다. "잊지 말고 아빠한테 감사하다고 말씀드려." 그는 첫번째 웨이트리스 쪽으로 몸을 돌리고 세븐업도 한 캔 부탁했다. 두번째 웨이트리스가 잽싸게 세븐업을 가져와서 음식 맛은 어떠냐고 물었다.

"아, 훌륭해요." 대니가 대답했다.

그녀는 마치 대니가 장작불이라도 되는 양 대니 쪽으로 몸을 좀 기울였다. "동생분도 뭐 마실 거 드릴까요?"

대니가 나에게 찡긋 윙크를 했다.

"탱고요." (행맨이 세븐업의 '세븐'을 말하지 못하게 했어도, 대니의 동생으로 오인받은 기쁨을 완전히 망치지는 못했다.) "부탁해요."

첫번째 웨이트리스가 내 것을 가져다주었다. "휴가 보내러 왔어요?"

"출장이에요." 대니는 이 밋밋한 단어에 신비스러운 느낌을 불어넣었다. '출장.'

손님들이 많이 몰려들어서 웨이트리스들도 돌아갔다.

대니가 재미있다는 표정을 지었다. "아무래도 우리 콤비로 나서야겠다."

'말썽쟁이 캡틴'의 주방에서 듣기 좋은 지글지글 소리가 들려왔다.

미친 척하고 '한 발짝만 더' 가보기로 했다.

"형 말이에요," ('여자친구'라고 말하려니 겁이 좀 나서 그만두었다) "형제가 있어요?"

"그건 어떤 식으로 세느냐에 따라 다른데. 난 고아원에서 자랐거든." 대니는 입안 가득 문 음식을 서둘지 않고 씹었다.

세상에. "바나도 박사*의 고아원 같은 데요?"

"가톨릭 고아원이었어. 식단은 덜 자비로웠지만. 영원히 병신이 되지 않을 만큼만 먹여주었지."

나는 음식을 씹었다. "죄송해요."

"미안해할 것 없어." 대니는 이런 경우를 수도 없이 당해보았을 것이다. "난 부끄럽지 않은걸. 부끄러워해야 할 이유가 뭐가 있겠어?"

"그러면"—누나나 엄마라면 예의바르게 화제를 바꿨을 텐데—"형의 엄마나 아빠한테 나쁜 일이 있었어요?"

"서로한테만 그랬던 셈이지. 케첩 좀 줘. 두 분 다 아직 살아 계시고, 내가 아는 한 잘 지내셔. 두 분이 같이 사는 건 아니지만, 하여튼 뭐 그럭저럭. 몇 번 입양되기도 했지만 다 끝이 좋지 않았어. 난 소위 '난폭한 아이'였거든. 결국 국가에서 예수회 수사들한테 나를 맡기는 게 제일 낫겠다고 결정한 거지."

"그 사람들은 어떤 사람들이에요?"

"예수회 말이냐? 존경할 만한 종교단체지. 수도사들이야."

"수도사라고요?"

"진짜 살아 있는 수도승들이지. 고아원을 운영했어. 아, 유머라고는 약에 쓸래도 없는 꽉 막힌 사람들이지만, 열정이 넘치는 훌륭한 교육자들도 많았어. 많은 아이들이 장학금만으로 대학을 마쳤

---

* 아일랜드의 사회개혁가이자 자선사업가.

으니까. 먹여주고, 입혀주고, 돌봐줬지. 크리스마스가 되면 산타도 찾아오고. 생일마다 파티를 열어줬어. 방글라데시니 몸바사니 리마니 그 밖에 이름을 댈 수 있는 다른 오백 군데 초라한 마을에서 자라는 것에 비하면 감지덕지. 우리는 그때그때 상황에 대처하는 법과 알아서 제 앞가림하는 법, 당연하게 여기지 말아야 할 것이 무엇인지를 배웠지. 다 사업에 써먹기 딱 좋은 기술들이야. ‘나는 누구인가!’ 이런 문제로 우울하게 살 필요 뭐 있어?”

“진짜 부모님을 만나보고 싶었던 적은 없어요?”

“괜히 말 빙빙 돌릴 거 없잖아?” 대니가 머리 뒤로 손을 깍지 꼈다. “부모님이라. 아일랜드 법이 그 부분에서는 좀 구린 데가 있어. 하지만 내 생모의 집안은 슬리고에 살아. 거기 근사한 호텔을 갖고 있다나. 네 나이쯤 되었을 때 한 번 엄마를 찾으러 도망갈 마음을 먹어본 적도 있었지. 리메릭 버스정류장까지 간 게 고작이었지만.”

“거기서 무슨 일이 있었는데요?”

“천둥번개에 우박이 떨어지고 불덩어리가 날았지. 그렇게 엄청난 폭풍우가 얼마 만이었는지. 다리가 끊어지는 바람에 갈아타야 할 버스가 발이 묶였어. 다시 해가 나왔을 때는 나도 제정신이 돌아왔지. 그래서 부랴부랴 예수회로 되돌아갔단다.”

“혼나지 않았어요?”

“예수회가 운영한 건 고아원이지 정치범 수용소가 아니야.”

“그래서…… 그게 다예요?”

“그래. 지금으로서는.” 대니가 엄지손가락 위에 포크를 올려놓고 균형을 잡았다. “우리들, 그러니까 고아들이 말이지, 놓친다고 해야 할까, 부족하거나 원하거나 필요로 하는 건 자기를 닮은 사람들의 사진이야. 그게 포기되지가 않아. 날씨 좋은 날, 슬리고에 한 번 가볼 참이야. 용기가 안 나면 망원렌즈로라도. 하지만 이런 근사한 인생 최대의…… '이슈'를 서둘러서는 안 되지. 풋내기 제이슨 군, 푹 익히는 게 중요해. 버터새우구이 먹을래?"

"아뇨, 괜찮아요." 대니의 이야기를 들으면서 문득 한 가지 생각이 떠올랐다. "저 아까 그 스턴트 연 하나 사고 싶은데 도와주실래요?"

그린랜드 수습사원들이 엑스칼리버 호텔 라운지 전체를 점령하고 있었다. 양복 대신 헤링본 바지와 헐렁한 셔츠로 갈아입은 채였다. 대니와 내가 들어가자 우리 쪽을 보며 선웃음을 쳤다. 나는 왜 그러는지 알고 있었다. 상사의 아들을 돌봐주다니 스파이 같은 놈이나 할 짓이다. 한 명이 외쳤다. "스패니얼* 대니얼!" 그러고는 로스 윌콕스가 짓는 딱 그런 미소를 지었다. "도싯의 야행성 새들을 관찰하러 왔나?"

"윅시," 대니가 느릿느릿 발걸음을 옮겼다. "이 썩어빠진 술고래. 스쿼시에 몰래 술을 넣었지? 왜 다른 사람까지 함께 **죽자고** 끌어들이고 난리야?"

그 남자는 신이 난 기색이었다.

대니가 내 쪽으로 돌아섰다. "젊은 그린랜드맨들한테 인사나 할래?"

---

* 애완견의 일종. 여기서는 아첨꾼이라는 뜻으로 운을 맞춰 조롱하고 있음.

생각만 해도 끔찍하다. "그냥 위층으로 올라가서 아빠 기다려도 될까요?"

"싫으면 조금도 신경쓸 필요 없어. 네가 어디 있는지 아버지한 테 말씀드릴게." 그러고는 대니는 내가 동료인 것처럼 나와 악수 를 했다. "함께한 시간 즐거웠다. 아침에 볼까?"

"좋아요."

"영화 재미있게 보렴."

나는 열쇠를 찾아서, 엘리베이터를 기다리는 대신 위층으로 뛰 어올라갔다. 머릿속에서 울려퍼지는 방겔리스의 〈불의 전차〉 음악 이 윅시와 그린랜드 직원들을 쓸어가버렸다. 하지만 대니만큼은 아니었다. 대니는 최고였다.

라디오 알람이 일곱시 십오분을 알렸지만 아빠한테서는 아직 아무 소식도 없었다. 포스터에는 〈불의 전차〉가 일곱시 삼십분에 시작한다고 쓰여 있었다. 나는 아빠한테 점수 좀 따려고 영화관까 지 가는 길을 기억해두었다. 일곱시 이십오분이 되었다. 아빠는 약 속을 잊지 않는다. 꼭 올 것이다. 광고랑 예고편은 놓치겠지만, 손 전등을 든 여직원이 우리 자리를 찾아줄 것이다. 일곱시 이십팔분. 아래층으로 내려가서 아빠한테 말을 해야 되나? 행여 그러다 길이 라도 엇갈릴까봐 그만두기로 했다. 그렇게 되면 다 계획대로 하지 않은 내 잘못이 될 것이다. 일곱시 삼십분. 누가 누구인지 파악하 려면 시간이 좀 걸리겠지만 그래도 영화는 재미있게 볼 수 있을 것 이다. 일곱시 삼십오분에 바깥의 복도를 쿵쿵거리며 다가오는 아 빠의 발소리가 울렸다. 아빠가 문을 홱 열고 들어올 것이다. "자,

가자!"

발소리는 우리 문을 지나쳐 멀어져갔다. 다시 돌아오지 않았다.

하루해가 저물자 벽지의 달걀색 수선화는 회색빛 화산암 무더기로 화석화되었다. 나는 불을 켜지 않았다. 마녀 같은 웃음소리가 밖에서 새어들어오고, 라임레지스에 널린 술집들에서 음악 소리가 울려왔다. 토요일 밤이라 TV에서도 재미있는 것을 많이 할 테지만, 내가 정적 속에 있는 모습을 발견하면 아빠가 더 죄책감을 느낄 것이다. 게임센터의 샐리는 지금쯤 뭘 하고 있을까 궁금했다. 키스를 하고 있을까. 어떤 남자애가 그녀의 청바지와 상의 사이 보드라운 맨살을 애무하고 있을지도 모른다. 게리 드레이크나 닐 브로즈나 덩컨 프리스트 같은 놈이. 기억이 희미해져서 그녀의 모습을 다시 그려보는 데 시간이 좀 걸렸다. 샐리의 가슴은 데비 크럼비의 가슴처럼 형태를 만들었다. 그녀에게 케이트 앨프릭의 드러난 목덜미를 휘감은 비단결 같은 머리카락을 주었다. 돈 매든의 얼굴을 갖다 붙였다. 돈 매든의 사디스트적인 눈도 잊지 않았다. 마담 크롬린크의 약간 위로 들린 코도. 데비 해리의 라즈베리 크림 빛깔 입술도.

샐리, 여럿을 잡다하게 뒤섞어 만든 잃어버린 소녀.

내가 아빠한테 죄책감을 느끼게 하려는 줄 알아챈다면, 아빠는 그걸 구실 삼아 내가 그러지 못하게 잔소리를 할 것이다. 그래서 아홉시가 지나자 나는 독서등을 켜고 『워터십 다운의 열한 마리 토끼』를 읽었다. 빅윅이 운드워트 장군에게 맞서는 데까지. 나방

들이 자꾸만 창문에 부딪혔다. 곤충들이 얼음판 위에서 스케이트 타는 사람들처럼 유리 위를 기어다녔다. 열쇠 돌아가는 소리가 들리더니 아빠가 방 안으로 들어섰다. "아, 제이슨, 여기 있었구나."

여기 말고 내가 있을 데가 어디 있담? 아빠한테 대꾸하기도 싫었다.

아빠는 내가 골이 난 것도 눈치채지 못했다. "〈불의 전차〉는 다음 기회에 보자." 아빠 목소리가 방 안을 쩌렁쩌렁 울렸다. "크레이그 솔트가 내 세미나 도중에 나타났단다."

"대니 롤러한테 들었어요."

"크레이그 솔트의 요트가 이곳 풀 항구에 있는데, 수습사원들에게 연설을 하려고 여기까지 운전해서 왔단다. 그런데 너랑 동네 영화관에나 놀러가자고 빠져나올 수 있었겠니."

"그렇겠죠." 나는 엄마의 퉁명스러운 목소리를 최대한 흉내내서 말했다.

"대니랑 같이 저녁 먹었지?"

"네."

"일하다보면 이런 희생을 해야 할 일이 숱하단다. 크레이그 솔트가 우리 매니저들을 차머스 인근 어딘가에 데리고 간다고 해서, 너는 먼저 자야 할 것 같다……" 아빠가 라디에이터에 기대어 세워놓은 내 연을 보았다. "이게 뭔데, 너 이런 걸 돈 주고 샀단 말이야?"

아빠는 항상 내가 산 것에 트집을 잡는다. 대만제 싸구려가 아닐 때는, 딱 두 번 쓰고 말 물건에 그렇게 많은 돈을 썼다고 야단이다. 아빠는 문제를 찾아내지 못하면 만들어내기라도 할 것이다. 내가 자전거에 필요한 BMX 트랜스퍼를 샀을 때만 해도, 아빠는 보험양식을 꺼내서 '상세정보'란을 고쳐 쓰질 않나 한바탕 대소동을 피웠다. 이건 너무 불공평하다. 나는 아빠가 아빠 돈을 어디다 쓰든 뭐라 하지 않는다.

"연이에요."

"그래, 알겠다……" 아빠는 벌써 내 연에서 포장지를 벗겨냈다. "근사하구나! 대니가 고르는 걸 도와줬어?"

"네." 아빠가 좋아한다고 덩달아 나도 좋아할 기분은 아니었다. "조금요."

"연을 사다니 멋지구나." 아빠는 연을 훑어보았다. "날 밝는 대로 일어나자. 해변에 가서 이걸 날려보는 거야! 너랑 나랑 둘이서만, 어때? 관광객들이 몰려나오기 전에, 좋지?"

"좋아요, 아빠."

"해 뜨자마자 가는 거다!"

나는 인정사정없이 이를 박박 문질러 닦았다.

엄마 아빠는 기분 내키는 대로 버럭거릴 수도 있고 빈정거릴 수도 있고 화를 낼 수도 있지만, 내가 **손톱만큼이라도** 화난 눈치를 보이면 내가 아기라도 죽인 것처럼 눈에 불을 켜고 달려든다. 그래서 엄마 아빠가 싫다. 하지만 누나처럼 아빠한테 끝까지 대차게 맞서지도 못하는, 배짱 없는 나도 싫다. 다들 아이들이 항상 불공평함에 대해 불평한다고 여기기 때문에, 아이들은 불공평하다고 불평도 할 수 없다. "인생은 공정하지 않아, 제이슨. 그건 빨리 알수록 좋아." 거 보라니까. 말을 말아야지. 엄마 아빠는 나한테 무슨 약속을 했건 헌신짝처럼 내팽개쳐도 괜찮다. 어째서?

인생은 공평하지 않으니까 그렇지, 제이슨.

아빠의 전기면도기 상자가 눈에 띄었다.

나는 딱히 이유도 없이 면도기를 꺼냈다. 면도기는 스위치를 켜지 않은 광선검처럼 손안에 쏙 들어왔다.

플러그를 꽂아봐. 태어나지 않은 쌍둥이가 욕실 구석에서 속삭였다. 한번 해보라고.

면도기를 켜자 온몸이 윙윙 떨렸다.

이런 짓을 한 걸 알면 아빠가 나를 죽일 거다. 아빠가 나한테 말한 적은 없어도, 아빠 면도기에 손을 대면 안 된다는 건 당연한 일이다. 하지만 아빠는 하다못해 나에게 혼자서라도 〈불의 전차〉를 보러 가라고 말해주는 수고조차 하지 않았다. 아빠의 면도기가 내 윗입술에 돋은 솜털로 점점 더 가까이 다가왔다…… 더 가까이……

면도기가 나를 물어뜯었다!

플러그를 뽑았다.

세상에나. 솜털이 우스꽝스럽게 일부만 잘려나갔다.

버러지가 찡얼거렸다. 무슨 짓을 한 거야?

아침에 아빠가 보면 내가 무슨 짓을 했는지 단박에 알 텐데. 유일한 해결책은 솜털을 죄다 밀어버리는 것뿐이다. 물론 그래도 아빠는 눈치채겠지?

하지만 이제 더 잃을 것도 없었다. 면도기가 턱을 간질였다. 0에서 10, 3.

면도기가 좀 아팠다. 0에서 10까지, 1과 4분의 1.

나는 경악하며 결과를 살펴보았다. 내 얼굴은 완전히 딴판이 되었지만, 어떻게 달라졌는지 딱 꼬집어 말하기도 어려웠다.

털이 있던 자리를 손가락으로 쓸어보았다.

찬 우유도 이만큼 매끈하지는 않을 것이다.

어쩌다 그만 면도날 덮개를 딸깍 열었다. 아빠의 꺼끌꺼끌한 수염과 거의 눈에 보이지도 않는 내 솜털이 함께 하얀 도기 세면대에 눈처럼 떨어졌다.

배를 깔고 엎드려 누웠다.

목이 말라서 물을 한 잔 마시고 싶었다.

물 한 잔을 마셨다. 라임레지스의 물에서는 종이 맛이 났다. 옆으로 누워서 잘 수가 없었다. 방광이 터질 듯 부풀어올랐다.

나는 오줌을 길게 갈기면서 내가 흉터가 많다면 여자아이들이 나를 더 좋아할까 궁금해했다. (나한테 흉터라고는 아홉 살 때 사촌 나이절의 기니피그한테 엄지손가락을 물린 자국뿐이다. 사촌 휴고는 기니피그가 점액종증에 걸렸기 때문에, 내가 스스로를 토끼라고 생각하면서 입에 거품을 물고 괴로워하며 죽을 거라고 했다. 나는 그 말을 곧이곧대로 믿었다. 유서까지 썼다. 그 흉터는 이제 거의 없어졌지만, 그 당시에는 막 흔든 체리에이드처럼 피가 흘렀다.)

반듯이 눕자 갈비뼈가 가슴을 죄었다.

너무 더워서 파자마 상의를 벗었다.

너무 추워서 파자마 상의를 입었다.

이제 〈불의 전차〉가 끝나고 영화관은 텅 비었을 것이다. 손전등을 들고 다니는 여직원은 통로를 왔다갔다하면서 팝콘 봉지와 과일껌 상자와 텅 빈 초콜릿 봉지를 쓰레기봉투에 집어넣을 것이다.

블랙번의 샐리와 그녀의 새 남자친구는 영화 보는 내내 둘이 서로를 더듬고 문대고 했겠지만 정말 훌륭한 영화였다고 얘기하며 밖으로 나오고 있을 것이다. 샐리의 남자친구가 이러겠지. "디스코장 가자." 그러면 샐리는 이렇게 대답할 거다. "싫어. 캠핑카에 가자. 잠시 동안 다른 사람들은 안 돌아올 거야."

UB40의 노래 〈One In Ten〉이 엑스칼리버 호텔 안에 울려퍼졌다.

달빛이 내 눈꺼풀을 녹였다.

시간이 달콤하게 변해갔다.

"아, 빌어먹을 개새끼 크레이그 엿이나 먹어라, 엿 같은 새끼!"

아빠가 카펫 위로 털썩 쓰러졌다.

두 가지 이유로 아빠가 내 잠을 깨웠다는 사실을 아빠에게 알려주지 않았다. (a) 아직 아빠를 용서할 준비가 되지 않았다. (b) 아빠는 술 취한 코미디 배우처럼 여기저기 쿵쾅대며 부딪혔고, 아빠한테서 술집 냄새가 막 풍겼다. 면도기를 썼다고 아빠한테 혼날 거면, 내일 아침이 더 나을 것이다. 딘 모런이 옳았다. 자기 아빠가 술에 취한 꼴을 보고 있으려니 심란해 죽겠다.

아빠는 무중력상태에 있는 사람처럼 허우적거리며 욕실 쪽으로 갔다. 지퍼 내리는 소리가 들렸다. 아빠는 변기에 조용히 소변을 보려고 했다.

오줌 줄기가 욕실 바닥에 떨어졌다.

잠시 후 변기로 요란한 소리를 내며 떨어졌다.

오줌은 사십삼 초 동안 계속되었다. (내 기록은 오십이 초다.)

아빠는 화장지를 한 뭉텅이 뽑아 흘린 것을 닦았다.

그러더니 샤워기를 틀고 들어갔다.

일 분쯤 지났을까, 뭔가 찢어지는 소리와 수십 개의 플라스틱이 떨어지는 소리, 쿵 소리와 신음하듯 **망할!** 하고 내뱉는 소리가 들렸다.

나는 눈을 가늘게 떴다가 기겁을 하고 소리를 지를 뻔했다.

욕실 문이 저절로 열려 있었다. 아빠가 머리에 샴푸 거품을 뒤집어쓰고 서서 망가진 샤워 레일을 휘두르고 있었다. 실오라기 한 올 걸치지 않은 알몸이었는데, 내 불알이랑 고추가 있는 곳에 아빠 것이 쇠꼬리 정도 길이로 묵직하게 매달려 흔들리고 있었다. 바로 거기 매달려 있었단 말이다!

아빠의 거웃은 버팔로 수염만큼이나 **빽빽했다!** (난 아직 아홉 개밖에 없는데.)

못 볼 꼴을 봤다.

아빠가 요란하게 코 고는 소리를 들으면서는 도저히 잠을 청할 수가 없었다. 부모님이 침실을 따로 쓰는 것이 하나도 이상할 게 없었다. 아빠의 물건을 본 충격은 이제 좀 가라앉았다. 조금. 하지만 어느 날 아침 눈을 떴더니 내 다리 사이에 그런 밧줄이 달려 있으면 어떡하지? 십사 년 전 저기서 뿜어져나온 정자가 나로 변했다니 생각만 해도 소름 끼친다.

나도 언젠가는 어떤 아이의 아버지가 될까? 미래의 인간이 내 안 깊은 곳에 숨어 있을까? 나는 돈 매든이 나오는 꿈을 꿨을 때 말고는 사정을 해본 적도 없다. 어떤 여자아이가 그 얽히고설킨 고리 속 깊숙이 내 아이의 반쪽을 지니고 있을까? 지금 이 순간 그 아이는 무엇을 하고 있을까? 이름은 뭘까?

생각할 것이 너무나 많았다.

내일 아침에는 아빠가 숙취로 고생깨나 하겠다.

오늘 아침이지.

새벽 동이 트자마자 해변에서 내 연을 날려볼 수 있을까?

꿈 깨시지.

"바람이 북쪽으로 불고 있어." 아빠는 소리를 질러야 했다. "노르망디 쪽에서 해협을 건너서 이 절벽을 때리고 있어. 더운 바람이 위로 불고 있어! 연 날리기 딱 좋구나!"

"딱이에요!" 나도 고함을 질렀다.

"이 공기를 가슴 깊이 들이마셔봐, 제이슨! 건초열에도 아주 좋아! 바닷바람에는 오존이 가득 차 있거든!"

연의 실패를 아빠가 독차지해서, 나는 따뜻한 잼 도넛을 한 개 더 먹었다.

"병사가 기운을 차려야지, 그렇지?"

나는 아빠에게 미소를 보냈다. 새벽 동이 트자마자 일어나다니 정말 대단한 일이다. 붉은 사냥개가 해변으로 밀려오는 파도를 헤치고 보이지 않는 개를 쫓듯 달려갔다. 혈암이 차머스 쪽의 절벽에서 솟아나와 있었다. 구름이 일출을 가리긴 했지만 오늘은 바람이 더 많이 불었고, 연 날리기에도 더 좋았다.

아빠가 뭐라고 소리쳤다.

"뭐라고요?"

"연 말이다! 연 뒤의 배경이 구름이랑 섞였어! 저기 날아가는 용처럼 보이지 않니! 정말 멋진 광경이야! 연을 두 번 공중제비하게 만드는 법을 알았어!" 아빠는 사진에서는 절대 보지 못할 그런 미소를 지었다. "연이 하늘을 지배하는 거야!" 아빠는 조금씩 더 옆으로 천천히 움직였기 때문에 그렇게 소리칠 필요가 없었다. "내가 너만할 때, 아버지가 어느 날 오후에 나를 모어캠 만에 데려가주신 적이 있단다. 그레인지오버샌즈, 거기서 연을 날렸지. 그때는 우리 손으로 연을 직접 만들었어…… 대나무랑 벽지랑 실이랑 꼬리에 달 우유병 마개랑……"

"다음에 보여주세요!"(행맨이 '언젠가'를 막았다.)

"보여주고말고. 야! 연으로 전보 치는 법 아냐?"

"몰라요."

"좋아. 잠시 잡고 있어라……" 아빠는 내게 실패를 건네주고, 파카에서 볼펜을 꺼냈다. 그러더니 담배에서 네모난 금박종이를 빼냈다. 글씨를 쓸 때 받칠 만한 것이 없어서, 아빠가 내 등에 대고 쓸 수 있도록 기사를 모시는 종자처럼 아빠 옆에 무릎을 꿇었다. "무슨 메시지를 보내면 좋을까?"

"'엄마와 누나에게. 함께하지 못해서 아쉬워요.'"

"최고다." 아빠가 글씨를 세게 꾹꾹 눌러 써서, 볼펜이 옷 위에서, 그리고 내 등 위에서 글자 하나하나를 쓰는 게 느껴졌다. "일어나봐." 아빠는 금박종이를 샌드위치 봉지 묶는 끈처럼 연줄에 감았다. "그 줄을 흔들어봐라. 그렇지. 위아래로."

전보는 연줄을 타고 중력을 거슬러 미끄러지듯 올라가기 시작했다. 곧 시야에서 벗어났다. 하지만 메시지는 목적지에 가 닿을 것이다.

"리토세라스 핌브리아툼."

나는 도대체 아빠가 무슨 말을 하나 싶어 깜짝 놀란 눈으로 아빠를 바라보았다. 우리는 씩씩거리며 게시판을 밖으로 끌어내는 화석 상점 주인을 위해 길을 비켜주었다.

"리토세라스 핌브리아툼." 아빠는 내 손에 있는 나선형 화석을 턱짓으로 가리켰다. "라틴어 이름이야. 암모나이트 종류지. 이렇게 촘촘하고 빽빽한 선들이 나 있고, 사이사이에 이 특별히 굵은 선이 있는 것을 보면 알지."

"정말 그렇네요!" 나는 선반 위의 작은 팻말을 확인했다. "리-토-세-라-스……"

"핌브리아툼. 아빠 말이 맞다니까."

"언제부터 화석이랑 라틴어 이름을 아셨어요?"

"네 할아버지가 말하자면 암석수집가셨거든. 나한테 견본 목록 만드는 일을 시키곤 했지. 내가 제대로 배우기만 했더라면. 물론 지금은 거의 다 잊어버렸지만, 할아버지의 리토세라스는 굉장했어. 똑똑히 기억하고 있지."

"암석수집가가 뭐예요?"

"아마추어 지질학자야. 휴일이면 작은 망치를 들고 화석을 찾으러 나갈 구실을 꾸며내곤 하셨지. 그게 아직 어딘가에 있을 텐데. 할아버지가 키프로스와 인도에서 찾은 화석 중 일부는 랭커스터

박물관에 있단다. 거기서 마지막으로 보았지.”

“전혀 몰랐어요.” 오므린 내 두 손 안에 화석이 딱 맞았다. “이거 희귀한 거예요?”

“별로 그렇지는 않아. 하지만 상태가 좋구나.”

“얼마나 오래된 거예요?”

“백오십만 년쯤? 암모나이트 중에서는 애송이 축에 들지. 하나 사줄까?”

“정말요?”

“마음에 드니?”

“너무 마음에 들어요.”

“그렇다면 너의 첫번째 화석이로구나. 교육적인 기념품인걸.”

나선에 끝이 있을까? 아니면 눈으로 더이상 좇을 수 없을 만큼 작아지는 것일까?

갈매기들이 ‘말썽쟁이 캡틴’ 식당 바깥의 쓰레기통 사이를 활보하고 있었다. 암모나이트만 열심히 보고 걷는데 갑자기 어디선가 팔꿈치 하나가 날아와 뒤에서 내 머리를 쳤다.

“제이슨!” 아빠가 외쳤다. “앞을 잘 보고 가야지!”

코가 아팠다. 코를 풀고 싶었지만 그럴 수가 없었다.

달리기를 하던 사람이 자기 팔을 문질렀다. “곧 괜찮아질 거야, 마이크. 적십자사 헬리콥터가 아직 간이 헬리콥터 이착륙장에 있을지도 몰라.”

“사장님! 세상에!”

“아침 운동 하러 나왔네, 마이크. 그 인간 범퍼카는 자네 작품인가?"

"첫눈에 맞히시네요, 사장님. 애가 제 막내 제이슨입니다."

아빠가 아는 사장님이라면 크레이그 솔트다. 이 햇볕에 탄 남자는 내가 듣던 것과 잘 어울렸다. "내가 트럭이었다면 자네 아들은," 그는 나에게 말했다. "넌 팬케이크가 됐을 거다."

"트럭은 여기로 다닐 수 없어요." 코가 아파서 목소리가 맹맹하게 울렸다. "여긴 인도라고요."

"제이슨," 지금 여기 있는 아빠랑 화석 상점에서의 아빠는 같은 사람이 아니었다. "사장님한테 사과드려라! 사장님하고 발이 걸려 넘어지기라도 했다면 넌 크게 다칠 뻔했어."

저 재수 없는 놈 정강이를 걷어차줘. 태어나지 않은 쌍둥이가 속삭였다.

"정말 죄송해요, 사장님." 재수 없는 놈.

"용서하마, 제이슨. 얼마든지. 이건 뭐냐? 화석수집가냐? 잠깐 봐도 될까?" 크레이그 솔트가 내 손에서 암모나이트를 가져갔다. "멋진 삼엽충이구나. 이쪽에 약간 벌레 먹은 데가 있군. 하지만 그래도 그럭저럭 괜찮은데."

"삼엽충이 아니에요. 그건 리-토-"(행맨이 '리토세라스'를 중간에 가로막았다) "암모나이트 종류예요. 그렇죠, 아빠?"

아빠는 내 눈을 피했다. "사장님이 삼엽충이라고 하면, 제이슨……"

"사장님 말씀이," 크레이그 솔트가 내 암모나이트를 턱 하고 도로 건네주었다. "맞고말고."

아빠는 그저 어색하게 웃기만 했다.

"어느 놈이 이 화석을 너한테 삼엽충이 아닌 딴 것으로 팔았다면, 그놈을 고소해라. 네 아빠랑 내가 좋은 변호사를 알고 있으니까. 그렇지, 마이크? 좋아. 아침 먹기 전에 2, 3킬로미터 더 뛰어야해. 그러고 나서 풀로 돌아가야지. 우리 식구가 내 요트를 가라앉히지 않았는지 확인해봐야 하니까."

"우아, 요트도 있어요, 사장님?"

크레이그 솔트는 내가 빈정거린 낌새를 눈치챈 듯했지만, 그런 티는 내지 않았다.

나는 내가 말해놓고도 내가 놀랐다는 순진무구한 눈초리로 그를 빤히 처다보았다.

"12미터짜리란다!" 아빠는 마치 바다에 아주 정통한 사람이나 되는 듯 말했다. "사장님, 수습사원들이 어제 너무 즐거웠다고……"

"아, 그래, 마이크. 하지만 다른 할 얘기가 있다는 거 알고 있겠지. 내가 호텔에서 희망에 부푼 사원들 앞에서 그 얘기를 꺼냈더라면 프로답지 못했을 거야. 하지만 글로스터에 대해 급하게 얘기를 좀 해야겠어. 지난 분기 회계보고를 받고 완전히 기분 잡쳤다고. 내가 보기에는 스윈던이 그 구린 데까지 쭉 파고들어가야 해."

"맞습니다, 사장님. 점내 판촉행사에 대해 검토해볼 만한 새로운 아이디어가 몇 가지 있고……"

"지금 필요한 건 아이디어를 찾는 게 아니라 군기를 잡는 거야. 수요일에 전화하겠네."

"기다리고 있겠습니다, 사장님. 저는 옥스퍼드 사무실에 있을 겁니다."

“지역 담당자들이 어디 있는지는 내가 다 알아. 좀더 조심해라, 제이슨. 그러지 않았다가는 누구를 다치게 할지도 모르니까. 네가 다칠 수도 있고. 수요일에 보세, 마이크.”

아빠와 나는 해안 산책로를 달려가는 크레이그 솔트를 지켜보았다.

아빠는 명랑한 척했지만 어딘가 어색하고 맥빠져 보였다. “자, 우리 베이컨 샌드위치 먹으러 갈까?”

하지만 나는 아빠에게 말을 할 수가 없었다.

“배고프지?” 아빠가 내 어깨에 손을 얹었다. “제이슨?”

나는 아빠의 손을 밀치고 내 빌어먹을 ‘삼엽충’을 빌어먹을 바다로 던져버릴 뻔했다.

하마터면.

“그러니까 내가 발송 통보며 재고목록이랑 우편 발송할 고객명부를 챙기고 예술가들 성질을 받아주느라 정신없을 동안,” 엄마는 립스틱을 제대로 바르느라 거울 위치를 바로잡았다. “너는 왕자님처럼 거들먹거리면서 아침 내내 첼튼엄을 거닐겠다 이 말이지!”

“그런 셈이죠.”

엄마의 닷선 체리에서 박하사탕 냄새가 났다.

“아, 너는 시간이 아주 남아돌아서 주체를 못하나보구나! 애그니스가 〈불의 전차〉가 두시 이십오 분 전에 시작한다던데, 그러면 너는 점심으로 소시지롤 같은 거나 후딱 먹고 갤러리로 돌아오면……” 엄마는 시계를 확인했다. “……한시 십오분쯤 되겠다.”

“좋아요.”

우리는 닻선에서 내렸다. “안녕, 헬레나!” 상고머리 남자가 밴이 들어가고 있는 인도장 쪽으로 걸어갔다. “일기예보에서 오늘은 찌는 듯이 더울 거래요.”

“여름이니 더울 때도 됐지. 앨런, 우리 아들이야. 제이슨.”

나는 삐딱하게 웃어 보이면서 건들거리며 인사했다. 아빠는 앨런을 마음에 들어하지 않을 것이다.

“너도 오늘은 휴일이니까, 제이슨, 자……” 엄마는 지갑에서 빳빳한 5파운드짜리 지폐를 꺼냈다.

“고맙습니다!” 왜 이런 때는 이렇게 너그럽게 구는지 알 수가 없다. “아빠가 라임레지스에서 주신 액수랑 똑같네요!”

“이런, 나 좀 봐. 10파운드 주려던 거야……”

5파운드 지폐가 도로 들어가고 10파운드 지폐가 나왔다! 이제 28파운드 70펜스가 되었다.

“정말 고맙습니다.”

정말 돈 한 푼이 아쉬운 상황이다.

“골동품점이라고?” 관광안내소의 여자는 나중에 도난사건이 보도될 경우를 대비해 내 인상착의를 머리에 새겨두기 시작했다. “골동품점은 왜 찾는데? 중고품가게에 가면 제일 쌀 텐데.”

“엄마 생신이거든요.” 나는 거짓말을 했다. “엄마가 꽃병을 좋아하세요.”

“아. 엄마 선물로? 아이고! 이런 아들을 뒀다니 엄마가 복도 많으시구나."

"어⋯⋯" 그녀 때문에 마음이 불안해졌다. "⋯⋯감사합니다."

"복도 많지, 복 많은 엄마야! 나한테도 너처럼 사랑스러운 아들이 있단다." 그녀는 나에게 통통한 아기 사진을 보여주었다. "이건 이십육 년 전 사진이야. 하지만 아직도 얼마나 귀여운지 몰라! 핍스는 내 생일을 가끔 잊어먹을 때도 있지만, 마음만은 비단결이란다. 결국 중요한 건 그거야. 안된 얘기지만 아버지는 있으나 마나 한 인간이었어. 핍스는 나 못지않게 그 돼지를 미워했지. 그런 놈들은" (그녀는 표백제를 막 삼킨 것 같은 표정을 지었다) "씨근거리면서 사람을 자빠뜨려놓고는 제 할 짓만 다 하면 안녕이라니까. 그런 놈들은 아들을 키우지도 못하고, 우유를 먹이지도 못하고, 엉덩이를 닦아주지도," 그녀는 나에게 부드럽게 속삭였지만 눈빛은 맹금처럼 번득였다. "작은 달팽이에 분을 발라주지도 못해. 아버지는 결국에는 제 아들한테 사나워진다니까. 어디서든 독불장군을 위한 자리는 하나뿐이거든. 감사할 일이지. 하지만 핍스가 열 살일 때 내가 제 아버지를 쫓아냈지. 이베트는 열다섯 살이었어. 이베트는 핍스가 이제 혼자 제 밥벌이를 할 수 있는 나이가 되었다고 하지만, 그애는 손가락에 할부로 산 결혼반지를 낀 후로는 누가 엄마고 누가 딸인지 잊어버렸다니까. 이베트는 콜월에서 온 고 쪼그만 이세벨*이 핍스한테 날카로운 작은 발톱을 박지 못한 것이 다 내 덕인 줄도 잊어버렸어. 핍스를 덫으로 유혹했는데. 이베트는 아직 그 얼간이랑도 사이좋게 지내지 뭐냐."―그녀는 입에 거품을 물고

＊『구약성서』에 나오는 이스라엘 왕 아합의 아내. 악처로 유명하다.

텅 빈 문간 쪽을 향해 고개를 끄덕였다—"제 아빠 말이야. 돼지 같은 놈. 천치. 그놈이 아니면 누가 이베트의 머릿속에 그런 생각을 넣어주었겠어? 핍스가 우리 기운 차리려고 먹는 것 두는 곳에 감히 제 뾰족한 부리를 들이밀어? 엄마한테는 때때로 약간은 기운 나게 해줄 것이 필요해. 신은 우리 엄마들을 만들었지만, 우리가 이 모든 것을 다 견뎌내는 데 도움이 될 것은 만들어주지 않았어. 핍스는 다 알아. 핍스는 이런단다. '이 약은 엄마 걸로 해요. 우리 비밀이에요. 하지만 누가 물어보면 엄마 거라고 하세요.' 피핀은 너처럼 듣기 좋게 말하지는 않지만, 마음씨 하나는 예술이야. 하지만 이베트가 우리 약을 가지고 무슨 짓을 했는지 아니? 어느 날 오후에 부르지도 않았는데 나타나서는, 미안한 기색도 없이 화장실에다가 다 쏟아버리지 않았겠니! 우리 핍스가 집에 와서 그걸 알고 난리가 났단다. 불같이 화를 냈지! 이건 내 빌어먹을 뭐고, 저건 내 빌어먹을 뭐고 해가면서. 그렇게 무섭게 화내는 건 처음 봤지 뭐니! 핍스가 곧장 이베트 집으로 뛰어가서 매운맛을 보여줬단다!" 그녀의 얼굴이 어두워졌다. "그랬더니 이베트가 경찰을 불렀지 뭐냐. 제 동생을 교도소에 집어넣었다니까! 그애 남편을 좀 때려주었을 뿐인데! 핍스는 그후 바로 모습을 감추었어. 지금까지도 죽었는지 살았는지 소식이 없구나. 전화 한 통만 해주면 더 바랄게 없겠구면, 내 새끼. 잘 지낸다고 한마디만 해주면 마음이 놓일텐데. 꼴도 보기 싫은 편지가 자꾸만 집에 날아온단다. 경찰놈들 아주 못돼 처먹었어. '이 빌어먹을 장물은 어디 있나? 저 빌어먹을 돈은 어디 있나? 당신 아들은 어디로 사라졌냐?' 아이고, 말도 어찌나 더럽게 하는지. 하지만 핍스한테 행여 소식을 듣더라도, 내 눈에 흙이 들어가기 전에는 한마디도 못해주지……"

나는 그녀에게 골동품점 얘기를 다시 꺼내려고 입을 열었다.

그녀는 몸서리를 치며 탄식을 내뱉었다. "내 눈에 흙이 들어가기 전에는……"

"저기, 저, 골동품점이 나와 있는 첼튼엄 지도 좀 얻을 수 있을까요?"

"아니, 얘야. 난 여기서 일하는 사람이 아니란다. 책상 뒤의 저 아줌마한테 물어보렴."

첫번째 골동품점은 순환도로 옆, 사설 마권 판매장과 주류 판매점 사이에 있는 조지 파인스라는 곳이었다. 첼튼엄은 폼나는 동네지만, 폼나는 동네 옆에는 수상쩍은 동네도 꼭 있기 마련이다. 거기 가려면 걸을 때 쿵쿵 소리가 나는 녹슨 육교를 건너야 한다. 조지 파인스는 '골동품점'을 떠올릴 때 보통 연상되는 곳은 아니었다. 문과 창문에는 격자창이 달려 있었다. (잠긴) 문에 '십오 분 후 돌아옵니다'라고 쓴 메모가 테이프로 붙여져 있었지만, 잉크는 희미해지고 종이는 색이 바랬다. '폐업 정리중'이라고 쓴 메모도 붙어 있었다. 지저분한 창문 너머로 보이는 것이라고는 할아버지 할머니의 오두막에나 있을 법한 보기 흉한 찬장이 전부였다. 괘종시계도, 손목시계도 없었다.

조지 파인스는 이미 옛날에 문을 닫았다.

육교를 다시 건너는데, 두 아이가 내 쪽으로 다가왔다. 아이들은 내 또래로 보였지만, 빨간색 신발 끈을 묶은 독스*를 신고 있었다. 한 명은 콰드로퍼니아** 티셔츠를 입었고, 다른 한 명은 영국

공군 티셔츠 차림이었다. 그들은 쿵쿵 박자를 맞춰 왼발, 오른발, 왼발, 오른발을 내디뎠다. 아이들 눈을 똑바로 쳐다보는 건, 나도 너희 못지않게 세다는 뜻이다. 나는 마침 주머니가 두둑했기 때문에 눈을 옆으로 내리깔고 굉음을 울리며 우리 밑으로 강물처럼 흘러가는 트럭들과 느린 탱크차만 바라보았다. 하지만 두 모드족이 가까이 다가왔을 때, 그들이 나를 곱게 보내주지 않으리라는 것을 알았다. 그래서 태양열로 뜨겁게 달궈진 난간에 몸을 꼭 붙였다.

"불 있냐?" 키가 더 큰 쪽이 퉁명스럽게 나에게 물었다.

나는 침을 꼴깍 삼켰다. "나 말이야?"

"아니, 난 다이애나 왕세자비 년한테 물었는데."

"없어, 미안." 나는 난간을 쥔 손에 힘을 주었다.

다른 모드족이 "풋" 하고 웃었다.

핵전쟁 이후에는 이런 아이들이 세상을 지배할 것이다. 그야말로 지옥이 되겠지.

두번째 골동품점을 찾기도 전에 오전이 거의 다 가버렸다. 아치 모양의 다리가 자갈을 깐 히슬로데이 뮤스라는 광장으로 이어졌다. 멀리서 들리는 아기들의 울음소리가 히슬로데이 뮤스를 감돌고 있었다. 창가의 화초 상자들 위로 레이스 커튼이 나부꼈다. 미끈한 검은색 포르쉐가 주인을 기다리며 서 있었다. 해바라기들이 따뜻한 벽에서 나를 지켜보고 있었다. '하우스 오브 자일스'라고

---

* 신발, 의류 등의 브랜드. 특히 부츠는 스킨헤드족이나 펑크족 등이 즐겨 신는다.
** 록밴드 더후(The Who)가 1973년 발매한 록오페라 앨범.

쓴 간판이 있었다. 눈부신 외관이 내부를 가리고 있었다. '예, 문 열었습니다!'라고 쓴 팻말을 목에 건 피그미상이 열어놓은 문을 의기소침하게 받치고 있었다. 안에서는 갈색 포장지와 왁스 냄새가 풍겼다. 시냇물 속에 잠긴 돌처럼 서늘했다. 어두컴컴한 진열장에는 메달, 유리잔, 칼 등이 놓여 있었다. 내 침실보다 더 큰 웨일스식 찬장은 눈 닿지 않는 곳 가장 깊숙이 숨어 있었다. 거기서 뭔가 긁는 소리가 들려왔다. 그 소리는 라디오에서 흘러나오는 크리켓 경기 소리에 묻혀 또렷하게 들리지 않았다.

도마에 칼 부딪는 소리였다.

나는 찬장 너머를 힐끗 넘겨보았다.

"진작 알았더라면 이걸 빨리 끝내고 치웠을 텐데." 미국인 흑인 여자가 나에게 말을 걸었다. "굉장한 체리가 있어서 말이지." (그녀는 제법 아름다웠지만, 완전히 다른 별에서 온 존재 같아서 성적 매력조차 느껴지지 않았다.) 그녀의 끈적이는 손에서 괴상한 달걀 모양의 초록빛 도는 붉은색 과일이 떨어졌다. "체리는 과일이야. 이렇게 입에 쏙 넣고, 씨는 뱉은 다음, 씹어서 삼키면 끝이지. 이게…… 피를 튀기지는 않아."

진짜 살아 있는 미국인에게 내가 처음으로 건넨 말은 이랬다. "그게 무슨 과일이라고요?"

"망고는 뭔지 아니?"

"아뇨, 죄송해요."

"왜 사과를 하니? 영국 사람들은 잘 모르지! 폴리스티렌으로 만든 가짜 음식이랑 진짜 음식을 구분할 줄 모르는구나. 먹어볼래?"

공원의 변태가 주는 사탕은 받으면 안 되지만, 골동품점 주인이

주는 이국적인 과일이라면 아마 괜찮겠지. "좋아요."

여자는 유리그릇에 대고 한 조각 크게 잘라서 작은 은빛 포크를 꽂았다. "먹으면서 잠시 쉬었다 가렴."

나는 고리버들 스툴에 앉아서 입가로 그릇을 들어올렸다.

미끌미끌한 과일이 내 혀로 미끄러져들어왔다.

세상에, 망고 맛이 이런 거였구나…… 향수를 뿌린 복숭아, 상처 낸 장미꽃 같다.

"맛이 어떠니?"

"이건 정말이지……"

크리켓 경기 해설이 갑자기 격해졌다. "……여기 오발의 모든 관중이 자리에서 일어섰습니다. 보텀이 다시 한번 100점을 기록했습니다! 제프리 보이콧이 축하하기 위해 달려가고 있습니다……"

"보텀?" 여자는 갑자기 흥분했다. "이안 보텀이잖아, 맞지?"

나는 고개를 끄덕였다.

"츄바카*처럼 털투성이고? 부러진 매부리코? 야만인 같은 눈? 흰색 크리켓 유니폼 속에 남성미가 넘치는 사람?"

"아마 그 사람일 거예요."

"아." 여자는 밋밋한 가슴 위로 성모마리아처럼 손을 합장했다. "난 불타는 장작 위라도 걸어갈 거야." 우리는 망고를 다 먹으면서 라디오에서 들려오는 박수갈채에 귀를 기울였다. "그러니까," 그녀는 젖은 플란넬 천으로 손가락을 꼼꼼하게 닦고 라디오를 껐다. "자코뱅 시대의 기둥 네 개짜리 침대라도 사러 왔니? 아니면 세무

____

* 영화 〈스타워즈〉에 나오는 털북숭이 외계인.

조사관 연령대가 더 낮아졌나?"

"저…… 오메가 시마스터 혹시 있나요?"

"'오메가 시마스터'? 그게 뭔데, 배냐?"

"아뇨, 시계예요. 1958년에 생산이 중단되었어요. '드빌'이라는 모델이라야 하는데."

"저런, 자일스에서는 시계는 취급 안 한단다, 얘야. 시계가 안 간다고 사람들이 환불하러 올까봐 말이지."

"아." 더는 할말이 없었다. 첼튼엄에 달리 더 가볼 데도 없었다.

미국 여자가 나를 뜯어보았다. "전문 상인을 알려줄 수는 있는데……"

"시계 전문상이라고요? 첼튼엄에 있나요?"

"아니, 사우스켄싱턴에서 좀 떨어진 데서 영업하고 있어. 전화를 걸어줄까?"

"그렇게 해주실래요? 제가 가진 돈은 28파운드 75펜스예요."

"돈 얘기는 섣불리 꺼내지 않는 게 좋단다, 얘야. 어디, 그 집 전화번호가 여기 있나 보자……"

"안녕, 자크? 로저먼드야. 그래. 아니…… 아니야, 난 가게를 지키고 있어. 자일스는 어딘가 먹잇감을 찾으러 나갔지. 큰 시골 저택을 가진 어떤 공작부인이 죽었다나봐. 백작부인이라던가, 그보다 더 높은 사람이던가. 나도 잘 모르겠어. 우리 고향에는 여왕이 없잖아, 자크. 패션 감옥에서 종신형을 사는 것처럼 차려입은 여왕 따위는 없다고…… 그게 뭔데? 아, 자일스가 말해줬는데. 영국식처럼 들리는 코스월드에 있는 신기한 곳이었어…… 브라이즈헤드…… 아니, 그건 TV 시리즈물이잖아, 그렇지? 막 생각이 날 듯 말 듯한데…… 워터 뭐 아래에 콜드피스랬던가. 아니, 자크, 생각 나면 말할게…… 그게 뭐더라? 으응, 둘 사이에 비밀이 없는 거 알 아…… 으응, 자일스도 너를 형제처럼 좋아한다니까. 근데 들어 봐, 자크, 지금 가게에 젊은이가 한 명 왔어…… 아, 정말 재미있네, 자크, 넌 틀림없이 런던의 관절염에 몸이 굳은 거야…… 이 젊은 이가 오메가 시마스터를 찾는데"(그녀는 나를 돌아보았고 나는 입 모양으로 '드빌'이라고 그녀에게 말했다) "'드빌'이래…… 으 응. 그 모델 알아?"

잠시의 침묵이 다소 희망적이었다.

"아, 안단 말이지?"

이미 시계를 손에 넣은 기분이다.

"네 앞에 있다고? 와, 내가 운이 좋았네! 으응…… 사용 안 한 새것이라고? 아, 자크, 그럼 더 잘됐네…… 기가 막힌 우연인 걸…… 자, 자크, 이제 흥정을 해볼까…… 예산 문제를 고려하지 않을 수 없으니까…… 으응…… 그래, 자크, 50년대에 생산을 중 단했다면 당연히 구하기도 힘들겠지, 나도 그 정도는 알아…… 네가 자선사업가 아닌 거 안다니까……"(그녀는 나에게 손으로 재잘대는 새 흉내를 냈다.) "네가 네 취향대로 솜털 같은 꼬리를 기른 암토끼마다 모조리 거느린 수토끼처럼 새끼를 낳지만 않는 다면, 아이가 너무 많아서 굶어 죽을 지경에 처하지는 않을 거야. 얼마까지 해줄 수 있어? ……으흠…… 어디, 생각 좀 해볼게…… 으응. 그 젊은이가 돈이 된다고 하면 다시 전화할게."

전화기가 제자리에 놓였다.

"갖고 있대요? 오메가 시마스터요?"

"으응." 로저먼드는 안됐다는 표정을 지었다. "850파운드까지 낼 수 있다면 대금을 치르는 대로 집까지 배송해주겠대."

팔백에 오십 파운드라고?

"망고 더 먹을래?"

"그러니까 내가 정리 좀 해볼게, 제이슨. 네가 할아버지한테 받은 그 끝내주는 시계를, 어디까지나 우연히, 1월에 망가뜨렸던 말이지?"(나는 고개를 끄덕였다.) "그리고 지난 팔 개월 동안 대신할 것을 사려고 돌아다녔고?"(고개를 끄덕였다.) "열세 살짜리가 가진 것으로?"(고개를 끄덕였다.) "자전거로 다녔니?"(고개를 끄덕였다.) "그냥 솔직히 털어놓는 게 훨씬 더 편하지 않을까? 남자답게 벌 받을 건 받고, 평소 생활로 돌아가는 건 어때?"

"부모님이 저를 **죽일** 거예요. 그냥 하는 말이 아니라 **진짜로요.**"

"무슨 소리야? 부모님이 너를 **죽인다고? 진짜로?**" 로저먼드는 짐짓 손으로 비명을 막는 시늉을 했다. "자기 자식을 **죽인다고?** 잘난 시계 하나 망가뜨렸다고? 네 형제가 물건을 망가뜨렸을 때 어떻게 하시디? 시체를 토막 내서 변기에 흘려보내니? 그래서 배관공이 막힌 파이프를 뚫으러 왔다가 뼈를 찾아내는 거니?"

"좋아요, **진짜로** 저를 죽이지는 않아요. 하지만 **정신적으로** 죽일 거라고요. 그거야말로…… 제일 무서워요."

"으흠. 그러면 얼마 동안이나 너를 그런 상태로 두실까? 네가 죽을 때까지? 이십 년간? 가석방될 희망도 없이?"

"물론 그 정도까지는 아니겠지만, 그래도……"

"으흠. 팔 개월쯤?"

"며칠은 가겠죠."

"그게 뭐 어때서? 며칠이라고? 맙소사, 제이슨."

"그 이상일 거예요. 일주일은 갈 거라고요. 그리고 절대 제가 잊지 못하게 할 거예요."

"으흠. 그러면 죽을 것 같은 고통이 네가 생각하기에는 몇 주나 갈 것 같니?"

"저……" (행맨이 '뭐라고요'를 막았다.) "무슨 말씀이신지 이해를 못하겠어요."

"자, 일 년이 몇 주니?"

"오십이 주요."

"으흠. 그럼 네가 몇 년이나 살 것 같니?"

"글쎄요. 한 칠십 년쯤."

"네가 걱정하다 지레 죽지만 않는다면 칠십오 년은 살겠지. 좋아. 그럼 오십이에 칠십오를 곱하면……" 그녀는 계산기로 계산을 했다. "삼천구백 주야. 네가 가장 두려운 것이 엄마 아빠가 거의 사천 주 중에서 단 한 주 동안 너한테 화가 나서 펄펄 뛰는 것이라고 했지. 아니면 이 주, 삼 주든가." 로저먼드는 뺨을 둥글게 부풀리더니 푸우 하고 숨을 내쉬었다. "네 제일 큰 걱정거리를 내 것 중 하나랑 맞바꾸면 안 될까? 두 개 가져가도 좋아. 아니, 열 개. 마음 내키는 대로 다 가져가렴. **제발 그렇게 해주겠니?**"

낮게 스쳐지나가는 토네이도가 첼튼엄의 창문이란 창문은 죄다 흔들어댔다.

"네가 망가뜨린 건 시계야! 미래가 아니라고. 생명도 아니고. 등

뼈도 아니잖아."

"저희 부모님을 몰라서 하시는 말씀이에요." 내가 부루퉁하게 대꾸했다.

"그럼 문제는 그거군. '너는 아니'?"

"물론 저야 알죠. 한집에서 사는걸요."

"네가 내 마음을 아프게 하는구나. 아, 내 마음을 아프게 해."

히슬로데이 뮤스 밖으로 나와서야 로저먼드의 가게 탁자 위에 지도를 놓고 왔다는 것을 깨닫고는 지도를 가지러 되돌아갔다. 책상 뒤의 푸른 문이 활짝 열려 있어서, 작은 늪이 보였다. 로저먼드는 외국어로 'Row Row Row the Boat Gently Down the Stream'* 을 흥얼거리며 소리도 요란하게 소변을 보고 있었다. 여자들은 소변을 볼 때 앉아서 본다고 알고 있었는데, 로저먼드는 치마를 엉덩이까지 걷어올리고 선 채로 소변을 보았다. 내 사촌 휴고 램 말로는 미국에는 여성해방운동가들을 위한 고무 페니스도 있다고 한다. 어쩌면 로저먼드도 하나 갖고 있을지도 모른다. 그녀의 다리에는 아빠 다리보다도 더 털이 많았는데, 여자치고는 아무래도 좀 이상하다는 생각이 들었다. 나는 너무 당황해서 그냥 지도만 들고 조용히 뒤로 걸어나와 엄마의 갤러리 쪽으로 갔다. 무뚝뚝한 주인이 있는 빵집에서 소시지롤 한 개를 사서 공원에서 먹었다. 8월이 끝나가는 지금 시카모어 단풍나무들은 초라한 모습이었다. '학교로 돌아갑시다'라고 쓴 포스터가 가게들에 붙어 있었다. 자유의 마지

---

* 한국에서는 〈리자로 끝나는 말은〉으로 알려진 동요의 가사.

막 날들도 거의 빈 틱택 상자처럼 달그락거렸다.

오늘까지 할아버지의 오메가 시계를 새로 구하는 일이야 식은 죽 먹기일 줄 알았다. 그런데 이제는 수백 파운드를 손에 넣는 것이 문제였다. 나는 소시지롤을 씹으며 어떻게 하면 (a) 시계가 없어졌다고 거짓말로 설명하고, (b) 그러면서 그게 내 잘못이 아닌 것으로 하고, (c) 거짓말이 질문 공세에도 탄로나지 않고 무사히 넘어갈 수 있을지 궁리했다.

도저히 불가능한 일이었다.

소시지롤은 처음 먹을 때는 맛있지만, 다 먹어갈 때쯤이면 후추 뿌린 돼지 불알 맛이 난다. 누나 말에 따르면 그건 바로 소시지를 그걸로 만들었기 때문이란다.

'천 가지 경이로움의 상자La Boîte aux Mille Surprises'의 주인은 엄마 친구인 야스민 모턴 바곳 아줌마지만, 엄마가 애그니스라는 점원과 함께 운영하고 있다. (아빠는 농담삼아 '바닥'이라는 뜻의 'La Bot'으로 부르지만, 'boîte'는 '상자'라는 뜻이다.) '천 가지 경이로움의 상자'는 반은 가게이고 반은 화랑이다. 가게 쪽에서는 런던 밖에서는 살 수 없는 것들을 판다. 파리제 만년필, 아이슬란드제 체스 세트, 오스트리아산 원자시계, 유고슬라비아산 보석류, 버마산 가면 따위다. 안쪽 공간은 화랑이다. 야스민 모턴 바곳 아줌마는 전 세계의 예술가들을 다 알고 있기 때문에 영국 전역에서 손님들이 찾아온다. 요즘 제일 비싼 그림은 폴커 올덴부르크의 작품이다. 폴커 올덴부르크는 서베를린의 감자창고에서 현대회화를 그린다. 나는 〈터널 9번〉이 무엇을 그린 건지도 잘 모르겠지만, 그림 가격은 1950파운드나 한다.

용돈을 십삼 년은 모아야 1950파운드가 된다.

"우린 지금 축하를 하던 중이야, 제이슨." 애그니스는 살짝 웨일스 억양을 쓰기 때문에 그녀의 말을 제대로 알아들은 것인지 항상 자신이 없다. "너희 어머니가 지금 막 그림을 한 점 파셨거든."

"멋지네요. 비싼 그림인가요?"

"엄청 엄청 비싼 그림들 중 하나야."

"안녕, 애야," 엄마가 화랑에서 나타났다. "재밌는 시간 보냈니?"

"어" (행맨이 '나쁘지 않았어요'의 '않았어요'를 막았다) "좋았어요. 애그니스 누나 말이 엄마가 방금" (행맨이 '팔았다'를 막았다) "손님이 그림을 사갔다면서요."

"아, 그 사람 마침 돈 좀 쓰고 싶어서 근질근질했나보더라."

"헬레나," 애그니스의 표정이 진지해졌다. "그 손님 당신이 하라는 대로 다 할 기세였어요. 자동차 같은 건 조금씩 가치가 떨어지지만 예술품은 항상 가치가 올라가요. 당신이라면 그 손님한테 글로스터셔 카운티라도 팔 수 있을 거예요."

그때 한 섹시한 여자애가 눈에 들어왔다.

그들 셋 모두 열여섯 살쯤 되어 보였고, 부티가 흘렀다. 들러리 같은 한 명은 족제비처럼 교활해 보였고, 진한 화장으로도 가릴 수 없을 정도로 여드름투성이였다. 또다른 들러리는 삼류 마법사가 물고기를 눈은 왕방울만하고 입술은 통통한 계집아이로 바꿔놓은 것 같았다. 하지만 '천 가지 경이로움의 상자'에 제일 먼저 들어온 리더인 여자아이는 샴푸 광고에서 걸어나온 아이 같았다. 요정 같은 귀, 요정 같은 눈, 봉긋 솟은 크림색 티셔츠, 야한 미니스커트, 완벽한 다리에 스프레이를 뿌린 듯 착 달라붙은 레깅스, 그리고 내 영혼을 그 속에 묻고 싶은 땅콩버터 색깔 머리카락을 갖고 있었다. (여자아이들의 곡선미에 이렇게까지 마음이 확 움직여보기도 처음이었다.) 그 요정의 모피 해바라기 가방까지도, 추한 것은 단 한 가지도 허용하지 않는 세상에서 온 것 같았다. 입을 헤 벌리고 그 아이만 쳐다볼 수는 없는 일이어서, 작은 사무실로 가서 앉았다. 엄마가 계산대에 애그니스를 남겨놓고 야스민 모턴 바곳 아줌마한테 전화를 걸려고 들어왔다. 열린 문 틈새로 두 개의 거대한 팔레르모산 양초 사이, 폴란드산 호박 전등갓 아래 그 아이의 모습이 보였다. 우연히 요정의 천사 같은 엉덩이가 시야 끝에 떠다녔다. 여드름과 대구소녀가 애그니스한테 벽에 걸린 중국 족자를 떼어 달라고 부탁하고 있을 동안, 그 엉덩이는 그 자리에 그대로 있었다. 그들의 젠체하는 목소리가 시끄럽게 울렸다. 나는 여전히 눈으로 요정의 곡선을 어루만지고 있었다. 바로 그 때문에 그녀의 손가락이 유리 진열장 뒤에서 까딱이다가 오팔 귀걸이를 슬쩍 집어 자기 해바라기 가방에 넣는 모습을 본 것이다.

골치 아파, 소리 지르고, 협박하고, 경찰 부르고. 버러지가 징징거렸다. 증언하러 불려가서 법정에서 더듬거려봐. 그리고 네가 봤다고 생각한 것을 진짜로 봤다고 확신할 수 있어?

나는 숨죽여 불렀다. "엄마!"

엄마는 나에게 딱 한 번 물었다. "확실하니?" 나는 고개를 끄덕였다. 엄마는 야스민 모턴 바곳 아줌마한테 다시 전화하겠다고 한

후 전화를 끊고 폴라로이드 인스터매틱 카메라를 꺼냈다. "내가 찍으라고 할 때 저애들 사진을 찍을 수 있겠니?" 나는 고개를 끄덕였다. "옳지."

엄마는 가게 앞으로 걸어가 조용히 문을 바라보았다. 애그니스가 눈치를 채자 상점 분위기는 학교에서 싸움이 벌어지기 전처럼 팽팽한 긴장이 흐르고 어두워졌다. 요정이 자기 패거리에게 이제 그만 가자고 신호를 보냈다.

요정이 귀에 거슬리는 쇳소리로 외쳤다. "문이 잠겼잖아요!"

"문이 잠긴 줄은 나도 아주 잘 알아. 내가 방금 잠갔으니까."

"흠, 그럼 다시 열어줄 수도 있겠네요. 그렇게 해줄래요?"

"흠," 엄마는 열쇠를 손에 들고 달랑거렸다. "사정을 말하자면 이래. 어떤 도둑이 상당히 값나가는 오스트레일리아산 오팔을 슬쩍해 자기 가방에 넣었거든. 두말할 것도 없이 난 내 물건들을 지켜야 해. 도둑은 훔친 물건을 갖고 도망가고 싶겠지. 그래서 우리가 길을 막은 거야. 네가 나라면 어떻게 하겠니?"

여드름과 대구소녀는 벌써 울 듯한 표정이었다.

"나 같으면요," 요정은 이제 음험한 투로 말했다. "내가 가게 점원이라면, 말도 안 되는 혐의를 남한테 뒤집어씌우는 짓은 절대 안 하겠어요."

"그렇다면 주저 없이 네 가방 속에 든 것을 다 꺼내서 내 비난이 말도 안 된다는 것을 입증해줄 수 있겠구나. 가방 속에 귀걸이가 없으면 이 가게 점원이 얼마나 바보 같은 꼬락서니가 될지 한번 상상해보렴!"

그 끔찍한 짧은 시간 동안, 나는 요정이 보석을 되돌려줄지도 모른다고 생각했다.

"당신이든 누구든 내 가방을 뒤지게 허락할 수는 없어요."

요정이 세게 나왔다. 이 싸움은 여전히 어느 쪽으로 기울지 알 수 없는 상황이었다.

"네 부모님도 너희가 도둑질하는 거 아시니?" 엄마가 여드름과 대구소녀 쪽으로 몸을 돌렸다. "경찰이 전화하면 부모님이 뭐라고 하실까?"

여드름과 대구소녀는 찔리는 기색을 잔뜩 풍겼다.

"돈을 낼 생각이었어요." 요정이 첫번째 실수를 저질렀다.

"무엇에 돈을 낸다고?" 엄마가 다소 소름 끼치는 미소를 지었다.

"우리를 보내주지 않으면 아주 곤란해질걸요! 우리 아빠한테는 최고의 변호사가 있단 말이에요."

"그러니? 나도 그런데." 엄마가 밝은 어조로 대답했다. "네가 그냥 가려고 하는 걸 본 증인도 두 명이나 있는걸."

요정은 엄마한테로 성큼성큼 다가갔다. 나는 그녀가 엄마를 치려는 줄 알았다. "열쇠 내놓지 않으면 후회하게 해줄 거야!"

"네가 나를 협박할 처지가 전혀 아니라는 걸 아직도 모르겠니?" (엄마가 저렇게 바늘로 찔러도 피 한 방울 안 나올 사람인 줄은 미처 몰랐다.)

"제발요." 여드름의 얼굴이 눈물범벅이 되었다. "제발…… 저는……"

요정이 말을 끊었다. "만약 내가 당신의 더러운 조각상 중 하나를 집어서 그걸 깨부숴서……"

엄마가 나에게 고개를 끄덕였다. 지금이야.

플래시가 터지자 세 소녀가 깜짝 놀랐다.

사진이 폴라로이드에서 미끄러져나왔다. 나는 사진을 말리려고 끄트머리를 잡고 잠깐 동안 흔들었다. 그러고는 덤으로 한 장 더 찍었다.

요정도 무너지기 시작했다. "지금 저애 무슨 짓 하는 거예요?"

엄마가 대꾸했다. "다음주에 시내에 있는 모든 학교에 찾아갈 거야. 경찰관을 대동하고 말이지. 이 사진도 가지고…… 첼튼엄 여고부터 시작해서." 대구소녀가 절망감에 부들부들 떨기 시작했다. "교장들은 항상 아주 협조적이지. 불미스러운 일로 자기들 학교가 신문에 실리는 위험을 무릅쓰느니 썩은 사과 한두 개를 골라내는 편을 택하거든. 그 사람들한테 뭐랄 수야 있겠니?"

"오필리아." 여드름이 새끼 고양이처럼 기어들어가는 목소리로 속삭였다. "우리 그냥……"

"'오필리아'!" 엄마는 이 상황을 즐기고 있었다. "유치장에 들어간 오필리아가 흔치는 않을 텐데."

요정 오필리아가 선택할 수 있는 것이 점점 좁아지고 있었다.

"아니면," 엄마는 열쇠를 달랑거렸다. "너희들 가방과 주머니를 뒤집어서 내 물건을 돌려놔. 이름이랑 학교, 주소, 전화번호도 다 불고. 그래, 너희들 좀 곤란해질 거야. 그래, 너희들 학교에 연락할 거야. 하지만 고발한다거나 경찰을 부르지는 않으마."

세 소녀는 바닥으로 눈을 깔았다.

"하지만 지금 너희가 선택해야 해."

아무도 꼼짝하지 않았다.

"너희 좋을 대로 하렴. 애그니스, 모턴 순경한테 전화 좀 걸어줄래? 감방에 소매치기 셋 집어넣을 자리 좀 만들어달라고 해.”

여드름이 카운터 위에 티베트산 부적을 올려놓고 여드름 자국이 숭숭 파인 분 바른 뺨 위로 눈물을 줄줄 흘렸다. “전 진짜 이런 짓 한 거 처음이에요……”

“친구를 잘 사귀어야지.” 엄마가 대구소녀를 쳐다보았다.

대구소녀는 덜덜 떨리는 손으로 덴마크산 문진을 내놓았다.

엄마가 진짜 도둑 쪽으로 고개를 돌렸다. “셰익스피어의 오필리아는 미쳐서 끝이 안 좋았지, 아마?”

“우아.” 나는 엄마와 함께 서둘러 리젠트 아케이드를 걸어가서 〈불의 전차〉가 시작되기 전 영화관에 닿을 수 있었다. “엄마 그 여자애들 기가 막히게 잘 다루시던데요.”

“생각해보렴.” 엄마의 구두가 반짝이는 대리석에 부딪혔다. “어쩔래! 어쩔래! 어쩔래! 나만큼 나이를 먹고도 물정 모르는 망나니 계집애 셋 정도 ‘기가 막히게’ 다루지 못해서야 말이 되겠니.” (엄마는 진짜로 굉장히 신나 보였다.) “네가 맨 처음에 그애들 하는 짓을 보았잖니, 제이슨. 눈도 매섭지. 내가 보안관이라면, 너한테 상을 줄 거다.”

“팝콘이랑 세븐업으로 주세요.”

“아, 그 정도야 해줄 수 있지.”

사람들은 욕망 덩어리다. 둔한 욕망, 날카로운 욕망, 바닥 없는 구덩이 같은 욕망. 일순간의 성공에 대한 욕망, 가질 수 없는 것에 대한 욕망, 가질 수 있는 것에 대한 욕망. 광고는 이를 알고 있다. 상점들도 이를 알고 있다. 특히 아케이드에서는 상점들이 귀가 먹먹하도록 떠들어댄다. 네가 원하는 것이 여기 있어! 네가 원하는 것이 있다니까! 네가 원하는 건 나한테 있어! 하지만 리젠트 아케이드를 걸으면서, 평상시에는 너무나 가까이 있어서 미처 있는 줄도 몰랐던 새로운 욕망을 깨달았다. 엄마와 나, 우리는 서로를 좋아해줄 필요가 있다. 사랑하는 것 말고, 좋아하는 것.

"이건 정말 굉장하구나." 엄마가 탄식을 내뱉으며 선글라스를 꺼냈다.

〈불의 전차〉를 보려는 줄이 영화관 계단에서 상점 여덟 개 또는 열 개까지 구불구불 늘어서 있었다. 영화가 시작되려면 십삼 분 남았다. 우리 앞에 사람들이 아흔 명에서 백 명 정도 있었다. 대개는 두서넛씩 같이 온 아이들이었다. 연금으로 먹고사는 노인들 두엇이 있었다. 커플도 두엇 있었다. 엄마와 함께 줄을 선 남자애는 나뿐이었다. 내가 엄마랑 일행인 것이 너무 티나지 않았으면.

"제이슨, 화장실 가야겠으면 말해."

눈꺼풀이 처진 뚱보 하나가 돌아보고 히죽거렸다.

나는 엄마에게 쏘아붙이다시피 대답했다. "아니에요!"

(다행히도 첼튼엄에는 나를 아는 사람이 아무도 없다. 이 년 전 플로이드 체이슬리가 〈그레고리의 여자〉를 보려고 자기 엄마와 함께 맬번 영화관 밖에서 줄을 서 있다가 로스 윌콕스와 게리 드레이크 눈에 띈 적이 있었다. 그애들은 아직도 그 일로 플로이드를 놀려먹는다.)

"엄마한테 그런 투로 말하지 말라니까! 화장실 가겠느냐고 물었을 뿐이잖니!"

좋은 분위기는 계란처럼 깨지기 쉽다. "안 간다니까요."

낡아빠진 버스 한 대가 털털거리며 지나가는 통에 공기에서 연필 맛이 났다.

"만약 나랑 같이 있다가 남의 눈에 띌까봐 창피한 거라면, 그렇다고 말해." (엄마와 누나는 종종 나도 미처 몰랐던 속내를 정확히 집어낼 때가 있다.) "그러면 서로 귀찮은 일이 크게 줄어들 테니."

"아니라니까요!" '창피한' 것은 아니다. 흠, 그 비슷하기는 하다. 하지만 우리 엄마라서 그런 게 아니라, 무조건 엄마니까 그런 것뿐이다. 이제는 내가 창피해하고 있다는 사실이 창피하다. "아니에요."

나쁜 분위기는 벽돌처럼 잘 깨지지 않는다.

눈꺼풀이 축 처진 그 뚱보는 앞에서 좋은 구경이라도 났다는 표정이다.

나는 비참한 기분으로 점퍼를 벗어 허리에 두르고 소매를 묶었다. 우리는 줄을 따라 여행사 밖까지 천천히 움직였다. 누나 또래 여자가 책상 뒤에 앉아 있었다. 햇볕을 제대로 쬐지 못한 탓에 얼굴이 얼룩덜룩하고 창백했다. 그러니까 O레벨에 매달리다보면 저 꼴이 되는 것이다. 창에는 '편안한 여행으로 인생의 휴가를 즐기세요'라고 쓴 포스터가 붙어 있었다. 기뻐하는 엄마, 웃음을 띤 집안의 기둥 아빠, 섹시한 누나와 더벅머리 남동생도. 에어스록, 타지마할, 플로리다의 디즈니랜드 앞에서. 나는 엄마에게 물었다. "내년 여름에는 다시 우리 모두 같이 휴가를 갈 수 있을까요?"

"한번 두고 보자꾸나." 선글라스에 가려 엄마의 눈이 보이지 않았다.

태어나지 않은 쌍둥이가 나를 쿡쿡 찔렀다. "뭘 두고 봐요?"

"일 년은 길고도 긴 시간이란다. 줄리아는 유로래일인가 뭔가로 여행을 한다던가 그러던데."

"인터레일이요."

"학교에서 가는 스키여행도 있잖니? 친구들이랑 같이." (엄마는 내가 인기가 없다는 사실을 눈치채지 못했다.) "줄리아는 몇 년 전에 서독에서 재미있게 놀다 왔잖아."

"고함쟁이 울리케랑 간섭쟁이 한스는 별로 재미있게 들리지 않던데요."

"누나가 과장한 거야, 제이슨. 틀림없어."

"그냥 엄마랑 저랑 아빠만이라도 어디 가면 안 돼요? 라임레지스 좋던데."

"엄마는……" 엄마가 한숨을 쉬었다. "……올해 있었던 문제들이 시간이 가면 사라질지, 내년에는 아빠랑 엄마가 하는 일들이 나아질지 잘 모르겠구나. 어떻게 될지 일단 두고 보자."

"하지만 딘 모런네 엄마는 양로원에서 일하고 걔네 아빠는 우체부인데도 두 분은 항상……"

"모런 부부야 훌륭하지." 엄마는 내 목소리가 너무 크다는 경고의 뜻을 담은 목소리로 말했다. "하지만 모든 직업이 다 시간을 자유롭게 쓸 수 있는 건 아니란다, 제이슨."

"하지만……"

"그만, 제이슨!"

영화관 직원이 나타났다. 그는 누구를 들여보내고 누구한테 '집에 가는 편이 좋겠다'고 말할지 판정한다. 구원받는 자와 거부당하는 자들. 영화관 직원은 숫자를 헤아리느라 입술을 실룩거리며 운구하는 사람처럼 느릿느릿 보도를 걸어간다. 회람판에 볼펜으로 끼적인다. 그가 지나갈 때면 줄 선 사람들은 안도감에 씩 웃으면서 그가 누구를 거부당한 자로 내쳤는지 뒤돌아본다. 구원받은 자들은 저만 잘난 줄 아는 개새끼들이다. 그들은 어둠 속에서 화려한 왕국의 좌석에 앉았다. 스크린이 코앞에 있는 자리라 해도, 〈불의 전차〉가 그들을 위해 상영될 것이다. 영화관 직원과 우리 사이에는 스무 명이 남아 있다. 제발, 당신의 발을 딱 몇 발짝만 더 보도 위로 옮겨주세요, 딱 몇 발짝만 더, 제발, 딱 몇 발짝만……

　제발.

버러지

"제이슨 테일러," 로스 윌콕스의 호흡에서 햄이 담긴 봉지 같은 냄새가 났다. "엄마랑 같이 영화나 보러 가시지!" 마크 배드버리가 나한테 팩맨에서 이기는 법에 대해 이야기해주고 있던 참이었다. 자, 이거군. 나는 벌써 그 말을 부인할 기회를 놓쳤다. "우리가 너 봤다! 첼튼엄에서! 너네 엄마랑 같이 줄 서 있더라!"

복도를 지나던 아이들의 발걸음과 시간이 느려졌다.

멍청이같이 나는 미소로 그의 공격을 누그러뜨려보려 했다.

"그 미소는 뭐야, 버러지 같은 병신새끼야? 뒷줄에서 너네 엄마 주물럭거렸지, 그지?" 윌콕스는 내 넥타이를 악의적으로 잡아당 겼다. 단지 그 이유 때문에. "혓바닥이 굳었나, 새꺄?" 그가 내 코 를 탁 때렸다. 단지 그 이유 하나로.

"테일러!" 게리 드레이크가 사촌과 함께 공격했다. "정말 구역 질난다!"

닐 브로즈는 수의사 앞에 끌려가서 움직이지 못하게 꽉 잡힌 개 를 보는 듯한 눈으로 나를 보았다. 저렇게 약해빠진 꼴을 보이다니,

동정과 경멸이 섞인 눈빛이었다.

"엄마랑 프렌치키스도 했지?" 앤트 리틀은 윌콕스의 새로운 부하다.

웨인 내시엔드는 더 오래된 부하다. "손가락도 넣었지, 그렇지?"

구경꾼들이 동조의 뜻으로 씩 웃었다.

"대답해봐, 그럼." 윌콕스는 치아 사이에 혀끝을 갖다 대는 버릇이 있다. (구석구석 돈 매든을 맛본 바로 그 혀다.) "아니면 마-마-말이 아-아-아 안 나오니, 이 마-마-말더듬이 새꺄?"

그 말과 함께 공격이 새로운 방향으로 나아갔다. 내 대답이 있어야 할 곳에 텅 빈 구멍만 입을 쩍 벌렸다.

"로스!" 대런 크룸이 소리 죽여 외쳤다. "플래너건 온다!"

윌콕스가 담배를 비벼 끄듯 내 신발을 짓밟았다. "지 엄마랑 붙어먹는 좆같은 말더듬이 새끼."

플래너건 선생님의 머리가 성큼성큼 다가오는 모습이 보이자, 3GL반 아이들은 지리 교실 쪽으로 몰려갔다. 윌콕스와 앤트 리틀, 웨인 내시엔드는 가버렸지만 내 인기는 최후의 경련을 일으키며 죽어가고 있었다. 마크 배드버리는 콜린 폴과 함께 수학 숙제를 검토하는 중이었다. 나에게 말을 걸 애가 없을 것이 뻔했기 때문에 나도 아무한테도 접근하지 않았다. 잉크버로 선생님이 나타날 때까지 창밖만 뚫어져라 내다보는 수밖에 없었다.

안개에 금빛 잎들의 빛이 흐려지고 붉은 잎은 갈색으로 보였다.

수학 두 시간 연강은 상태가 제일 좋은 날에도 구십 분간의 지루함 그 자체인데, 오늘은 최악 중에서도 최악이었다. 내가 왜 엄마한테 〈불의 전차〉를 보러 데려가달라고 졸랐을까. 그냥 혼자 가서 내 돈 내고 보면 되었을 것을.

윌콕스는 이 일이 아니더라도 뭔가 나를 들볶을 빌미를 찾아냈을 것이다. 그애는 나를 미워한다. 개가 여우를 미워하듯이. 나치가 유대인을 미워하듯이. 증오에는 이유가 필요치 않다. 누구를, 또는 **무엇을**만으로도 충분하다. 바로 이런 생각에 빠져 있을 때 잉크버로 선생님이 내 책상을 자로 세게 내리쳤다. 깜짝 놀라는 바람에 나는 책상에 무릎을 부딪혔다. 수업을 까맣게 잊고 있었다.

"**집중** 좀 하는 게 어떨까, 테일러, 응?"

"어…… 잘 모르겠습니다, 선생님."

"정신 확 드는 데는 일대일 대결이 최고지. 테일러, 너랑 파이크다."

나는 속으로 신음을 흘렸다. 일대일 대결은 경주를 하듯 한 명이 칠판 왼쪽에 문제를 푸는 동안 또 한 아이가 오른쪽에 같은 문제를 푸는 것이다. 클라이브 파이크는 3KM반의 수학 컴퓨터라서 나로서는 승산이 없었다. 그것도 아이들에게는 재미있는 구경거리였다. 방정식을 받아 적을 때부터 내 분필이 부러졌다.

여자아이들을 포함해서 반 아이들 중 절반이 키들거렸다.

리언 커틀러가 소곤거렸다. "저런 **찌질이새끼**."

이게 다 로스 윌콕스가 아이들이 모두 보는 앞에서 개망신을 준 탓이다. 로스 윌콕스는 이번 학기에 여러 명한테 그런 짓을 했다. 그러나 리언 커틀러 같은 중간급 녀석까지 듣거나 말거나 나를 씹어대는 지경에 이르렀다면, 내 신용은 파산한 셈이다.

"준비," 잉크버로 선생님이 뒤에서 외쳤다. "시―작!"

클라이브 파이크의 분필이 경쾌하게 달리기 시작했다.

나는 이 방정식을 풀지 못할 것이다. 안 봐도 뻔했다. 방정식이라는 게 도대체 무엇에 쓰는 건지도 모르겠다.

"선생님!" 게리 드레이크가 소리 질렀다. "테일러가 파이크 답을 훔쳐보고 있어요. 정정당당하지 못한 행동 아닌가요?"

"난……" (행맨이 또 '그러지 않았어요'를 짓밟았다.) "사실이 아니에요, 선생님."

잉크버로 선생님은 손수건으로 안경을 문지를 뿐이었다.

태스민 머렐이 위험을 무릅쓰고 야유를 보냈다. "왕재수 테일러, 왕재수 테일러!" 태스민 머렐! 못돼 처먹은 계집애 같으니.

"페어플레이 정신이 대단하구나, 게리 드레이크." 잉크버로 선생님이 한마디했다. "법을 집행하는 직업을 한번 고려해봐라, 응?"

"감사합니다, 선생님. 생각해보겠습니다."

나는 내키지 않았지만 억지로 분필을 좀 끄적거렸다. 클라이브 파이크가 칠판에서 떨어져 섰다.

잉크버로 선생님은 잠시 살펴보았다. "훌륭하구나, 파이크, 자리에 앉아라."

내 답은 xs와 ys와 제곱수들의 두번째 줄에서 죽어버렸다.

소리 죽여 킬킬대는 소리가 퍼지기 시작했다.

"조용히 해, 3KM! 누구한테나 이차방정식을 가르치는 데 내 인생에서 일주일을 바쳤는데 결과는 이 모양이라니…… 뭐가 우습냐? 모두 18페이지 펴라. 자리에 앉아, 테일러. 나머지 학생들도 너같이 불쌍할 정도로 무식한지 보자."

"병신새끼." 게리 드레이크가 나를 걸어 넘어뜨리려고 발을 내밀었지만 내가 피해 가자 이렇게 속삭였다. "버러지."

칼 노레스트는 내가 우리 책상으로 돌아와 앉았을 때도 한마디도 하지 않았다. 그는 그것이 어떤 기분인지 안다. 하지만 나는 이것이 시작에 불과하다는 것을 알고 있었다. 나는 새로운 3학년 시간표를 외우고 있었고, 세번째 쉬는 시간과 네번째 쉬는 시간에 무슨 일이 벌어질지도 알고 있었다.

우리 체육 담당인 카버 선생님은 5학년 럭비 팀을 데리고 맬번 남자고등학교에 갔기 때문에, 교생인 맥나마라 선생님이 우리 3학년을 맡았다. 카버 선생님은 내가 인기가 없다는 낌새를 눈치채면 자기도 한몫 거들려 할 테니 좋은 소식이었다. 겨울에 축구 경기가 끝난 후에도 카버 선생님은 체육관 뜀틀 위에 앉아서 소나기처럼 고함을 퍼부어댔다. "애기 구두 벗어라, 플로이드 체이슬리, 그러다 병신 된다!" 그리고 나서 "애들아, 벽 쪽으로 붙어, 니컬러스 브라이어 지나간다!" 물론 우리는 세상에서 제일 재미있는 얘기라도 들은 듯 폭소를 터뜨렸다.

나쁜 소식은, 우리 반(3KM)과 로스 윌콕스네 반(3GL)이 체육을 함께 하게 되었는데, 맥나마라 선생님은 자기 목숨이든 내 목숨이든 구하기 위해 학급의 남자아이들을 통제할 수 있는 인물이 아니라는 것이다.

탈의실에서는 암내와 구린내가 진동했다. 탈의실은 구역이 나누어져 있었다. 센 아이들 구역은 문에서 제일 멀리 떨어진 곳이었다. 왕따 구역은 문에서 제일 가까웠다. 나머지 아이들은 그 사이에 있었다. 보통은 나도 그랬지만, 오늘은 갈데없이 왕따 구역이었다. 원래부터 왕따였던 칼 노레스트, 플로이드 체이슬리와 니컬러스 브라이어가 너도 이제 우리 패거리라는 듯한 태도로 자리를 내주었다. 게리 드레이크, 닐 브로즈, 월콕스네 구역이 몸싸움으로 분주한 틈을 타, 나는 잽싸게 옷을 갈아입고 싸늘한 아침 공기 속으로 나갔다. 맥나마라 선생님은 한 바퀴 돌기 전에 우리에게 준비운동을 시켰다. 나는 트랙 반대편에 있는 로스 월콕스네와 조심스럽게 거리를 유지하며 달렸다.

가을은 안개가 끼고 칙칙해져서 영 청승맞은 분위기로 변해가고 있었다. 우리 운동장 옆의 밭은 탄 핫케이크처럼 갈색이었다. 그 뒤의 밭은 수채물감을 칠한 듯한 색이었다. 계절이 맬번힐을 스치고 지나갔다. 길버트 스윈야드는 우리 학교와 메이즈 교도소를 같은 건축가가 지었다고 했다. 북아일랜드의 메이즈 교도소는 작년에 IRA 보비 샌즈가 단식을 하다 죽은 곳이다.

오늘 같은 날이면, 길버트 스윈야드의 말이 맞는 것 같다.

"너희들은 스스로가 리버풀에서 센터포워드가 될 자질을 갖춘 줄 아냐? 맨유에서? 영국 대표팀에서?" 맥나마라 선생님이 검은색과 오렌지색으로 된 울버햄튼 원더러스 팀 운동복 차림으로 앞뒤로 왔다갔다했다. "그러면 배짱이라도 있냐? 근성은?" 맥나마라 선생님의 케빈 키건 선수 같은 파마머리가 흔들렸다. "멍청하긴! 너희들 꼴 좀 봐라! 러프버러 대학이 나한테 땀과 성공에 대해 무엇을 가르쳐줬는지 궁금하지 않냐? 자, 너희들한테 말해주지! 스포츠에서, 그리고 인생에서, 그래, 인생에서 성공은 땀과 동의어야! 땀과 성공은" (대런 크룸이 요란하게 방귀를 뀌었다) "성공과 땀과 같은 거라고! 그러니까 너희들이 오늘 나가 뛰면서, 내게 땀을 보여줘! 300퍼센트의 땀을 보고 싶단 말이다! 오늘 편을 짤 때 계집애같이 굴면 안 돼! 3KM반과 3GL반이 붙는 거야! 두뇌와 체력의 대결이다! 진짜 남자라면 앞으로 나와서, 미드필드에 버티고 서서, 막다가 다리가 부러지는 한이 있어도 버텨! 골 넣는 데만 미쳐보라고! 시작해!" 맥나마라 선생님은 호루라기를 힘차게 불었다. "자, 애들아, 움직여!"

사전에 사보타주가 계획되어 있었을지도 모르고, 어쩌면 그저 우연히 일어났을지도 모른다. 일단 왕따가 되면 상황이 돌아가는 데 끼지 못한다. 하지만 나는 곧 3KM반과 3GL반 아이들이 무작위로 팀을 바꾸고 있다는 걸 알아차렸다. 폴 화이트(3GL반)가 자기편 골대에 장거리 슛을 쏘았다. 개빈 콜리는 엉뚱한 쪽으로 현란한 다이빙을 했다. 로스 윌콕스가 페널티 구역에서 오즈월드 와이어(같은 팀)에게 파울을 했을 때, 이 기회를 잡아 득점을 한 사람은 닐 브로즈(우리 팀)였다. 맥나마라 선생님도 말도 안 되는 상황이 벌어지고 있다는 것을 틀림없이 알아챘을 것이다. 아마도 처음으로 자기 혼자 진행한 수업이 중구난방 난장판이 되는 것을 원치 않았을 것이다.

그때 파울이 시작되었다.

웨인 내시엔드와 크리스토퍼 트와이퍼드가 칼 노레스트의 어깨 양쪽에 올라탔다. 칼 노레스트는 그들의 무게에 눌려 비명을 질렀다. "선생님!" 웨인 내시엔드가 먼저 휙 튀어나갔다. "노레스트가 밑에서 제 다리를 잡아챘습니다! 레드카드를 주세요, 선생님!"

맥나마라 선생님은 짓밟혀서 진흙투성이가 된 칼 노레스트를 보았다. "계속 진행해."

나는 경기 내내 꾀병을 부린다는 소리를 듣지 않을 만큼은 공 옆에서 알짱거렸지만, 공을 건드려야 하는 상황을 피할 수 있을 만큼은 거리를 두었다. 그러던 중 쿵쿵거리며 달려오는 발소리가 들렸다. 그러나 미처 돌아보기도 전에 럭비 태클이 나를 깔아 눕혔다. 내 얼굴이 진창 속에 처박혔다.

"처먹고 싶은 만큼 먹어라, 테일러!" 분명 로스 윌콕스였다.

"버러지는 이런 걸 좋아하지!" 이번에는 게리 드레이크였다.

나는 몸을 옆으로 굴리려고 했지만, 그들이 내 등에 무게를 잔뜩 싣고 있었다.

"야!" 맥나마라 선생님이 호루라기를 불었다. "너희들!"

그애들이 나에게서 떨어졌다. 나는 피해의식에 부들부들 떨면서 일어섰다.

로스 윌콕스가 자기 가슴팍을 가리켰다. "저요, 선생님?"

"너희 둘 다!" 맥나마라 선생님이 쿵쿵대며 걸어왔다. (다들 축구 경기를 중단하고 이 새로운 스포츠를 구경했다.) "도대체 너희들 지금 하고 있는 게임이 뭐라고 생각하는 거냐?"

"태클을 걸려던 것이 약간 늦었어요, 선생님. 인정합니다." 게리 드레이크가 미소를 지었다.

"공은 저쪽 끝에 있잖아!"

"솔직히 말씀드리면," 로스 윌콕스가 대꾸했다. "제이슨이 공을 갖고 있는 줄 알았습니다. 안경이 없으면 저는 눈뜬장님이거든요."

(윌콕스는 안경을 쓰지 않는다.)

"그래서 너희가 럭비 태클로 애를 땅에 쓰러뜨렸다는 거냐?"

"저는 지금 하고 있는 경기가 럭비인 줄 알았는데요, 선생님."

(구경꾼들이 키득거렸다.)

"야, 네가 코미디언이냐?"

"아니요, 선생님! 이제야 축구였다는 것이 기억났네요. 하지만 태클을 할 때는 럭비인 줄 알았어요."

"저도 마찬가지예요." 게리 드레이크는 만능소년 빌리*처럼 제자리 뛰기를 시작했다. "지나치게 경쟁의식을 불태우다보니 그렇게 되었습니다, 선생님. 완전히 잊어버렸어요. 땀은 성공과 같은 것이잖아요."

"그렇지! 너희 둘은 기억을 되살리도록 다리까지 달려가!"

"저희가 그런 짓을 한 건 쟤 때문인데요, 선생님." 로스 윌콕스가 대런 크룸을 가리켰다. "저애한테도 벌을 주시지 않는다면 주모자를 봐주시는 거예요."

"너희 셋 다!" 맥나마라 선생님의 경험 부족이 다시 한번 고스란히 드러났다. "저 다리까지 왕복으로! 가! 그리고 너희들은 누가 경기 끝났댔어? 계속해!"

다리란 학교 운동장 맨 끄트머리를, 세번 강 위쪽 업턴까지 뻗어 있는 시골길과 이어주는 육교다. '다리까지 뛰어가!'는 카버 선생님이 늘 써먹는 벌이다. 그쪽은 한눈에 훤히 내다보여서, 아이들이 뛸 동안 내내 선생님이 확인할 수 있다. 맥나마라 선생님은 다시 심판 보는 일로 돌아가서, 게리 드레이크와 로스 윌콕스, 대

---

* 동명의 영국 TV 애니메이션 주인공.

런 크룹이 다리에 도착하고도 되돌아오지 않고 그대로 다리를 지나쳐 사라지는 것을 미처 보지 못했다.

땡잡았다. 수업을 빼먹고 토끼다니 이건 닉슨 선생님에게 끌려갈 만한 심각한 교칙위반이다. 닉슨 선생님까지 개입하게 된다면, 저 녀석들 그날만큼은 나에 대해 잊어먹겠지.

사보타주를 조장했던 게리 드레이크와 로스 윌콕스가 없어지니, 축구 경기는 평소 모습대로 돌아왔다. 3GL반이 여섯 골을 넣고, 3KM반은 세 골을 넣었다.

우리가 운동용품을 보관해두는 건물 옆에서 부츠의 진흙을 털어내고 있을 때에야 비로소 맥나마라 선생님은 자기가 사십 분 전에 세 아이를 다리로 보낸 사실을 기억해냈다. "그 세 **바보**들은 대체 어디까지 간 거냐?"

나는 입을 꼭 다물었다.

"너희 세 바보들은 대체 어디까지 갔던 거냐?"

윌콕스와 드레이크, 크룹은 싸구려 담배와 폴로 민트 냄새를 풀풀 풍기면서 돌아왔다. 그들은 맥나마라 선생님을 쳐다보고, 짐짓 당황한 척 서로의 얼굴을 마주보았다. 게리 드레이크가 대답했다. "다리까지요, 선생님. 말씀하신 대로요."

"너희들은 한 시간 중에서 사십오 분 동안이나 안 돌아왔어!"

"거기까지 가는 데만 이십 분이 걸렸어요, 선생님. 돌아오는 데 이십 분이 걸렸고요." 로스 윌콕스가 나섰다.

"나를 완전 바보천치로 아나?"

"그럴 리가요, 선생님!" 로스 윌콕스는 상처받은 표정을 지어 보였다. "체육선생님이신걸요."

"게다가 러프버러 대학에 들어가셨고요. '영국 최고의 체육 교육기관'이죠." 게리 드레이크가 덧붙였다.

"네 녀석들이 아직 상황 파악을 못하고 있구나!" 분노 때문에 맥나마라 선생님의 눈은 더 번쩍이고 얼굴빛은 더 검어졌다. "허락도 없이 제멋대로 학교를 떠나서는 안 된단 말이다!"

"하지만 선생님," 게리 드레이크가 당황한 표정으로 말했다. "선생님께서 그러라고 하셨잖아요."

"내가 언제!"

"선생님이 저희한테 다리까지 달려갔다 돌아오라고 하셨잖아요. 그래서 저희는 세번 강을 건너는 다리까지 달려갔는데요. 업턴에 있는 다리요. 선생님이 말씀하신 대로 한 거예요."

"업턴이라고? 강까지 달려갔단 말이냐? 업턴에?" (맥나마라 선생님 눈앞에 〈맬번 가제티어〉의 표지가 떠올랐다. '교생이 남학생 셋을 익사 위험으로 내몰다!') "내가 말한 건 육교였지, 이 멍청이들아! 테니스코트 옆에 있는 거! 왜 내가 너희들을 업턴까지 보내겠냐? 감독도 없이."

로스 윌콕스는 천연덕스러운 표정을 지었다. "땀과 성공은 같은 것이니까요, 선생님."

마지막 말은 맥나마라 선생님의 말을 고스란히 되돌려준 것이었다. "너희들 이제 아주 골치 아프게 됐다. 그중에서도 제일 골치 아픈 문제는 나일 거다!" 그가 카버 선생님의 아늑하고 작은 방으로 물러간 후, 로스 윌콕스와 게리 드레이크는 센 아이들과 중간급 아이들과 함께 쑥덕거리느라 정신이 없었다. 잠시 후, 윌콕스가 "하나, 둘, 하나, 둘, 셋, 넷" 하고 외치자 우리 왕따들만 빼고 모두 다 함께 〈John Brown's Body〉*의 곡조에 맞춰 노래를 부르기 시작했다.

맥나마라 선생은 자기 엉덩이로 들어오는 걸 좋아한다네.
맥나마라 선생은 자기 엉덩이로 들어오는 걸 좋아한다네.
맥나마라 선생은 자기 엉덩이로 들어오는 걸 좋아한다네.
그리고 자기 걸 네 엉덩이에 밀어넣고 싶다 하네!

영광, 영광 맥나마아라!
카아아버 선생한테 제 걸 밀어넣네!
지 애비한테까지 밀어넣네!
이제 너한테도 밀어넣고 싶다 하네!

세 번을 되풀이해 부르면서 노랫소리는 점점 더 커졌다. 아마 아이들은 이런 생각을 하고 있었을 것이다. 내가 비겁하게 여기서 빠진다면, 다음 제이슨 테일러는 내가 될 거야. 아니면 패거리로 뭉치면, 반대는 개인의 뜻과 상관없이 저절로 삼켜지는 것일지도 모른다. 패거리로 뭉쳐 맞서는 것은 동굴 속의 사냥꾼들만큼이나 역사가 오래되었을지도 모른다. 패거리 만들기가 잘되려면 피가 필요한 법이다.

---

* 남북전쟁 때 북군의 군가로 남군을 비아냥거리는 내용.

탈의실 문이 쾅 하고 열렸다.

언제 그랬냐는 듯 노래가 뚝 그쳤다.

문이 요란하게 닫히지 않도록 벽에 붙여놓은 고무덮개에 문이 맞고 튕기면서 맥나마라 선생님의 얼굴을 쳤다.

마흔 명이 넘는 아이들은 가까스로 웃음을 참고 있었지만 그래도 꽤나 시끄러웠다.

맥나마라 선생님이 목이 터져라 고함을 질렀다. "네놈들을 돼지 떼라고 불러주고 싶지만, 그러면 농장 가축들한테 모욕이 될 테니 참는다!"

"우우우우우우!" 소리가 벽에서 울려나왔다.

어떤 분노는 무시무시하지만, 어떤 분노는 우스꽝스럽다.

나는 맥나마라 선생님이 안됐다는 생각이 들었다. 어떤 면에서, 그는 나였다.

"너희들 중에……" — 맥나마라 선생님은 직업을 잃게 만들지도 모를 말을 내뱉었다 — "내 면전에서 모욕을 줄 배짱을 가진 새끼가 있냐? 지금 이 자리에서?"

조롱기 어린 침묵이 한참이나 계속되었다.

"계속해! 노래를 불러보라고. 하라니까! 해봐!" 그의 목이 터질 듯했다. 그 속에는 분명 분노가 있었지만, 나는 절망 또한 느낄 수 있었다. 맥나마라 선생님은 이글이글 타는 눈으로 자신을 고문하는 자들을 둘러보며 새로운 전략을 찾았다. "너!"

끔찍하게도 그 '너!'는 나였다.

맥나마라 선생님은 내가 진창에 짓밟혔던 아이라는 걸 알아보았던 것이 틀림없다. 내가 제일 밀고를 할 만한 녀석이라고 생각한 것이다. "누군지 불어."

나는 나를 노려보는 여든 개의 눈에 잔뜩 움츠러들었다.

여기에는 절대 깨뜨릴 수 없는 철칙이 있다. 아무리 괘씸한 녀석일지라도, 이름을 불어서 혼나게 만들어서는 안 된다는 것이다. 선생님들은 이 규칙을 이해하지 못한다.

맥나마라 선생님은 팔짱을 꼈다. "기다리고 있다."

내 목소리는 다 죽어가는 사람처럼 기어들어갔다. "저는 보지 못했습니다, 선생님."

"'누군지 불라'고 했다!" 맥나마라 선생님의 손가락이 주먹으로 뭉쳐지고 그의 팔이 불끈불끈했다. 당장이라도 나를 한 대 후려칠 기세였다. 그러나 바로 그때, 일식처럼 탈의실에서 모든 빛이 일시에 좍 빠져나갔다.

닉슨 교장선생님이 들이닥친 것이다.

"맥나마라 선생, 이 아이가 선생에게 대든 주동자, 그러니까 일급 용의자요, 아니면 고집 부리며 버티는 밀고자요?"

(내가 곤죽이 될지 한숨 돌리게 될지는 십 초 후면 결판날 것이다.)

맥나마라 선생님은 자신의 교직 경력이 결딴나기 일보 직전인 상황인지 확신할 수가 없어서 힘겹게 침을 삼켰다. "이 학생은, '보지 못했다'고 합니다, 교장선생님."

"그렇게 장님인 학생은 없소, 맥나마라 선생." 닉슨 선생님은 뒷짐을 지고 몇 걸음 앞으로 걸어나왔다. 아이들은 벤치 쪽으로 주춤주춤 물러섰다. "일 분 전에 나는 드로이트위치의 동료와 통화하던 중이었다. 그러다 갑자기 사과를 하고 통화를 끝내야 했다. 자, 그 이유를 누가 말해줄 수 있을까?" (방 안의 아이들은 모두 지저 분한 바닥만 뚫어져라 쳐다보았다. 맥나마라 선생님조차도. 닉슨 선생님과 시선을 마주쳤다가는 수증기가 되어 증발해버릴 것이 다.) "이 방에서 나오는 유치한 고함소리 때문에 통화를 끝내야 했 단 말이다. 문자 그대로, 귀가 먹먹해서 아무 소리도 들을 수가 없었 다. 지금, 나는 주모자가 누구인지는 관심 없다. 누가 고함을 질러 댔고, 누가 우물거렸고, 누가 입을 다물고 있었는지도 상관없어. 단지 우리 학교에 손님으로 오신 맥나마라 선생이 동료들에게 나 를 훌리건들의 동물원을 이끄는 교장이라고 얘기할까봐 걱정이지. 내 평판에 이런 모욕을 안긴 죄로 너희들 모두에게 벌을 주겠다." 닉슨 선생님은 턱을 4분의 1인치쯤 쳐들었다. 우리는 움찔했다. "'제발, 닉슨 선생님! 저는 끼지 않았어요! 저까지 벌주시는 건 불 공평해요!'" 선생님은 이렇게 말하고 싶은 사람은 나서보라고 부 추겼지만, 그 정도로 멍청한 아이는 아무도 없었다. "아, 하지만 내가 공평한 대우를 해주자고 하늘을 찌르는 월급을 받는 것은 아 니란다. 기준을 유지하기 위해 엄청난 연봉을 받는 거지. 그 기준 이," 그는 양손을 깍지 끼고 기분 나쁘게 관절을 꺾었다. "지금 막 땅바닥에서 짓밟혔어. 더 계몽된 시대였다면 채찍질 소리가 너희 들한테 예절이 뭔지 가르쳐주었을 거야. 하지만 웨스트민스터의 지배자들이 우리한테서 그 도구를 빼앗았기 때문에, 다른 더 번거 로운 기술을 찾아야 하지." 닉슨 선생님은 문으로 손을 뻗었다. "옛 체육관이다. 열두시 십오분. 늦는 놈들은 일주일 동안 방과 후 에 학교에 남게 될 줄 알아라. 빠지는 녀석은 퇴학이다. 이상."

예전의 학교식당은 올 9월부터 카페테리아로 바뀌었다. 문을 열고 들어가면 식초와 튀김 냄새가 코를 찔렀지만, '퀄리티 퀴진에서 운영하는 리츠 카페테리아'라는 간판이 식당 문 위에서 번쩍이고 있다. 글씨 밑에는 요리사 모자를 쓴 돼지가 생글거리며 소시지 접시를 나르고 있다. 메뉴는 감자튀김, 콩, 햄버거, 소시지, 달걀프라이다. 푸딩은 통조림 배를 얹은 아이스크림이거나 통조림 복숭아를 넣은 아이스크림이다. 마실 것으로는 김빠진 펩시와 구역질나는 오렌지주스 아니면 미지근한 물이 있다. 지난주에 클라이브 파이크가 햄버거에서 반 토막이 나서도 여전히 꿈틀거리는 노래기를 발견했다. 설상가상으로 나머지 반 토막은 아무리 찾아도 없었다.

내가 줄에 가서 서자 다들 나를 힐끔거렸다. 1학년생 둘은 웃음을 참으려 하지도 않았다. 오늘이 테일러가 제대로 걸린 날이라는 소문이 이미 쫙 퍼진 것이다. 급식 담당 직원들까지도 반짝이는 카운터 뒤에서 나를 알아본 눈치였다. 뭔가 모종의 일이 진행되고 있었다. 나는 왕따 테이블의 딘 모런 옆에 내 식판을 놓고 앉았을 때에야 비로소 진상을 알게 되었다.

"저…… 누가 네 등에다 스티커를 붙여놨는데, 제이스."

내가 재킷을 벗자 왁자한 웃음소리가 리츠 카페테리아를 떠나갈 듯 뒤흔들었다. 내 등에는 열 개의 스티커가 붙어 있었다. 하나하나마다 다른 손으로, 다른 펜으로 '버러지'라고 쓰여 있었다. 뛰쳐나가고 싶은 것을 간신히 참았다. 그랬다가는 그들의 승리를 더욱 완벽하게 만들어줄 뿐이다. 폭소가 가라앉자 나는 스티커를 뜯어내 갈기갈기 찢어서 테이블 밑으로 던졌다.

"시끄럽게 떠들어대는 것들 무시해버려." 딘 모런이 말했다. 감자튀김이 날아와 딘의 빰을 때렸다. "재미있네!" 딘은 감자튀김이 날아온 쪽에 대고 소리를 질렀다.

"그래," 앤트 리틀이 윌콕스의 테이블에서 외쳤다. "우리도 그렇게 생각해." 서너 개가 더 날아왔다. 롱크스우드 선생님이 식당으로 들어오자 감자튀김 폭격이 멈췄다.

"야……" 나와 달리, 딘 모런은 소동을 무시할 수 있었다. "소식 들었어?"

나는 비참한 기분으로 말라빠진 음식 부스러기를 포크로 찍었다. "무슨 소식?"

"데비 크럼비 말이야."

"데비 크럼비가 어쨌는데?"

"데비가 사고를 쳤대!"

"무슨 사고?"

"사고라고!" 딘이 속삭였다. "임신했다니까!"

"임신? 데비 크럼비가? 아기를 가졌단 말이야?"

"목소리 좀 낮춰! 이렇게 된 거야. 트레이시 스윈야드가 업턴 병원 비서랑 아주 친하대. 이틀 전에 블랙스완에 같이 맥주를 마시러 갔었대. 몇 잔 마시고 나서 그 친구가 하늘에 맹세코 진실이라면서 얘기해줬대. 트레이시 스윈야드는 우리 누나한테 얘기했고. 켈리 누나가 오늘 아침에 밥 먹으면서 나한테 말해줬지. 나한테 할머니 무덤에 대고 절대 누구한테도 말하지 않겠다고 맹세하라고 했어."

(모런의 할머니 무덤은 넝마가 된 맹세들로 난장판이 되었을 것이다.)

"애 아빠는 누군데?"

"뭐 굳이 머리 굴리고 자시고 할 것도 없지 뭐. 데비 크럼비는 톰 유 이후에는 아무도 만나지 않았잖아, 안 그래?"

"하지만 톰 유는 6월에 죽었는데."

"아, 하지만 4월에는 블랙스완그린에 있었잖아, 안 그래? 휴가 나와서. 그때 씨를 뿌려놓고 간 거지."

"그러면 데비 크럼비의 아기 아빠는 아기가 태어나기도 전에 죽은 거네?"

"망신살이 뻗쳤지만 어쩌겠어? 아이작 파이는 자기가 데비라면 낙태하겠대. 하지만 돈 매든의 엄마는 낙태는 살인이라는데. 하여튼 데비 크럼비는 의사한테 무슨 일이 있어도 아이를 낳겠다고 했대. 켈리 누나는 유네 집에서 아기를 키울 수 있게 도와주지 않을까 하던데. 어떤 의미에서는 톰이 다시 살아 돌아온 거잖아."

세상 사람들이 흔히 하는 농담이지만, 조금도 재미있지 않다.

이렇게 웃기는 얘기는 내 생전 처음이야. 태어나지 않은 쌍둥이가 말했다.

나는 열두시 십오분까지 옛 체육관에 가기 위해 달걀과 감자튀김을 씹지도 않고 꾸역꾸역 삼켰다.

우리 학교 건물은 대부분 지난 삼십 년 동안에 지어졌지만, 한 동은 빅토리아시대의 오래된 그래머스쿨이다. 옛 체육관도 그 안에 있다. 자주 이용하지는 않는다. 바람이 세게 몰아치는 날이면 타일이 떨어진다. 지난 1월에는 타일 한 장이 루시 스니즈를 아슬아슬하게 비껴간 일도 있었지만, 아직 죽은 사람은 없다. 하지만 1학년생 한 명이 옛 체육관에서 죽은 일은 있다. 너무 지독하게 왕따를 당한 끝에 넥타이로 목을 맸던 것이다. 체육관 로프들이 늘어뜨려진 곳에서였다. 피트 레드말리는 삼 년 전 비바람이 몰아치던 어느 오후, 아직 완전히 숨이 끊어지지 않은 채로 그 자리에 목을 매달고 있는 아이를 보았다고 맹세한다. 목이 부러진 탓에 아이의 머리가 끄덕거렸고, 발은 땅에서 6미터쯤 위에서 파들파들 경련을 일으키고 있었다. 넥타이를 맨 곳의 붉은 자국만 제외하고는 분필처럼 하얬다. 하지만 그의 눈은 피트 레드말리를 노려보고 있었다. 피트 레드말리는 그후로 옛 체육관에는 얼씬도 하지 않았다. 단 한 번도.

하여간 우리 반과 3GL반은 체육관 안에서 기다리고 있었다. 나는 〈더티 해리〉 얘기를 하고 있는 크리스토퍼 트와이퍼드, 닐 브로즈, 데이비드 오커리지 옆에 좀 바짝 붙어 서 있었다. 토요일에 TV에서 〈더티 해리〉를 해줬다. 클린트 이스트우드가 자기 총에 악당을 쏠 총알이 남아 있는지 몰랐던 장면이 있었다.

"맞아, 그 장면 진짜 예술이었어." 내가 끼어들었다.

크리스토퍼 트와이퍼드와 데이비드 오커리지의 눈빛이 이렇게 말하는 듯했다. 누가 얘한테 좀 속 시원히 말해줄래?

닐 브로즈가 입을 열었다. "요즘은 아무도 '예술' 이라는 말 안 써, 테일러."

닉슨 선생님, 켐지 선생님, 글린치 선생님이 체육관을 가로질러 걸어왔다. 이제 혹독한 닦달이 시작될 참이다. 안에는 의자들이 시험 대형으로 배열되어 있었다. 3KM반은 왼편에 앉고, 3GL반은 오른편에 앉았다. 닉슨 선생님이 말을 시작했다. "나는 여기 있을 이유가 없다고 생각하는 사람 있나?" 우리 교장선생님은 차라리 이렇게 말하는 편이 나았을 것이다. "누구 제 무릎을 쏘고 싶은 사람 있나?" 그런 수법에 걸려들 사람은 아무도 없다. 글린치 선생님은 주로 3GL반에 대고 말했다. "너희들은 선생님을 실망시켰고, 학교의 명예를 떨어뜨렸고, 너희들 스스로의 체면을 망쳤어……" 켐지 선생님은 우리를 상대했다. "이십육 년간 교사생활을 하면서 이렇게 정나미 떨어지는 경우는 처음이다. 너희들은 훌리건 패거리처럼 행동했어……"

이런 상황이 열두시 삼십분까지 계속되었다.

얼룩진 유리창에 음울한 안개가 네모나게 비쳤다.

바로 지루함의 색채였다.

"한시까지 그대로 의자에 앉아 있도록." 닉슨 선생님이 말했다. "절대 움직이면 안 돼. 말을 해서도 안 되고. '하지만 선생님! 화장실에 가고 싶으면 어떻게 합니까?'라고? 너희들이 교사들 중 한 분에게 모욕을 주려고 했으니 너희들도 모욕을 겪어봐야 해. 종 친 후에 대걸레를 가져와서 닦아라. 이번주 내내 점심시간마다 이런 반성의 시간을 가져야 한다." (아무도 감히 신음 소리도 내지 못했다.) "'하지만, 선생님! 이렇게 앉아 있어야 하는 벌을 주는 **목적이** 뭡니까?'냐고? 그 목적은 바로 다수가 소수를, 그 소수가 단 한 명일지라도, 괴롭히는 행위는 우리 학교에서 발붙일 자리가 없게 하려는 거다."

그러고는 우리 교장선생님은 자리를 떴다. 켐지 선생님과 글린치 선생님은 기록할 공책을 가지고 왔다. 그들의 펜이 긁히는 소리, 아이들의 뱃속에서 울리는 소리, 빛줄기 속에 갇힌 파리들과 멀리서 들려오는 자유로운 아이들의 고함소리만이 침묵을 깨뜨렸다. 무정한 시계의 분침은 갈 듯 말 듯 덜덜 떨기만 했다. 그 시계는 아마도 제 목을 맨 아이가 이 세상에서 마지막으로 본 것이었으리라.

이 반성시간 덕분에, 로스 윌콕스는 다음 점심시간 몇 번은 나를 괴롭히지 못할 것이다. 두 반 아이들이 일주일간 반성하는 벌을 받게 만들었다면, 보통 아이라면 누구라도 뒤통수가 따가울 것이다. 닉슨 선생님은 자신이 해야 할 주모자를 벌주는 일을 우리가 대신 해주기를 기대하고 있는 것은 아닐까? 나는 로스 윌콕스 쪽을 몰래 훔쳐보았다.

로스 윌콕스도 나를 쳐다보고 있었던 것이 틀림없다. 그는 나한테 잽싸게 엿 먹으라는 손짓을 해 보이고 입 모양으로 속삭였다. "버러지."

"'나한테 조가비가 있어……' 잭이 사납게 고개를 돌렸다. '입 닥쳐!'" 제기랄. '사이'라는 단어가 곧 나올 것이다. "새끼돼지는 기가 죽었다. 랠프는 돼지에게서 조가비를 가지고 와서 주위를 둘러보고……" 나는 필사적으로 '슬쩍 넘어가기' 수법을 써보았다. 더듬거리는 말('s')이 나오면, 그것을 슬쩍 뛰어넘어 모음만으로 대충 얼버무려 단어를 발음하는 것이다. "소년들 스스-아-이." 나는 이제 땀에 푹 젖어서 우리 영어 교생인 멍크 선생님을 쳐다보았다. 리페츠 선생님은 나에게 절대 소리 내어 읽으라고 시키지 않지만, 지금은 교무실에 가고 없었다. 리페츠 선생님이 우리의 약속에 대해 멍크 선생님에게 말하지 않은 것이 분명했다.

"좋아." 인내심을 갖고 참느라 멍크 선생님 목소리가 딱딱하게 굳었다. "계속해라."

"'불을 찾을 특별한 사람들이 있어야 해.'"(왜 그런지는 모르겠지만, s 다음에 자음이 나오는 단어는 s 다음에 모음이 나오는 단어보다 쉽다.) "'언젠가는 저기에,'" 나는 침을 꿀꺽 삼켰다. "'저기에 배가 떠 있게 될지도 몰라.' 그는 쭉 뻗은 수평선을 향해 손을 흔들었다. '그리고 신호를 보내면, 그들이 와서 우리를 데려갈 거야.'"(행맨은 뛰어난 권투선수가 패자한테 재미 삼아 펀치를 한두 번 때려보게 놔두듯이, 내가 '신호'는 말하게 내버려두었다.) "'그리고 한 가지 더 있어. 규칙이 더 있어야 해. 조가비가 있는 곳에서는 모임이 열려. 여기 위쪽이나 저기 아래쪽이나 다 마찬가지야. 그들은……'" 아 젠장 젠장 젠장. '찬성했다'가 입에서 나오지 않았다. 보통 때 같으면 s로 시작하는 단어들만 문제인데. "어……"

"찬성했다." 멍크 선생님은 우등반 학생이 이렇게 간단한 단어도 못 읽는다는 사실에 놀라워하며 말해주었다.

나는 멍크 선생님이 예상한 것처럼 그 말을 되풀이할 정도로 바보는 아니었다. "피기는 책의 눈을 들여다보며 마―알을 하려고 입을 벌렸다가 다시 다물었다." 이제 더듬거림을 감출 방법이 없다. 행맨은 큰 승리가 눈앞에 왔음을 알고 있었다. 나는 '말을 하려고'에서 또다시 '슬쩍 넘어가기' 수법을 써야 했다. 딱 병신같이 보일 테니, 단어를 내뱉으려고 안간힘을 쓰는 것은 최후의 수단이다. 만약 행맨이 더 세게 막는다면 말이 나오지 않을 테고, 그때는 완전 말더듬이 병신으로 낙인찍히는 거다. "잭은 조가비를 향해 손을 내밀고," 비닐봉지 속에서 질식해가는 것 같다. "이-이-일어서서 검댕으로 드-으-어러워진 손으로 조심스럽게 그 섬세한 것을 움켜쥐었다." 스트레스로 귓속에서 윙윙 우는 소리가 들렸다. "'랠프 말이 맞아. 규칙을 만들고 따라야 해. 뭐니 뭐니 해도 우리는, 우리는,' 죄송합니다, 선생님……" 다른 수가 없었다. "이 단어가 무엇입니까?"

"야만인?"

"감사합니다, 선생님." (차라리 볼펜 두 개를 눈알에 대고 책상에 박치기를 할 용기라도 있었으면 좋겠다. 이 상황을 피할 수만 있다면 무슨 짓이라도 하겠다.) "'우리는 영국인이야. 영국인은 무엇을 하든 최고다.' 어…… '그-그-그러니 옳은 일을 해야 해.'"

리페츠 선생님이 들어와 무슨 일이 벌어지고 있는지 보았다. "잘했다, 제이슨."

아이들 사이에서 '저 녀석 잘도 피해가는군' 하는 수군거림 따위는 일어나지 않았다.

"저, 선생님?" 게리 드레이크가 손을 번쩍 들었다.

"게리?"

"이 대목은 정말 **최고**입니다. 솔직히 말하면 앉아서 듣고 있기가 힘들 정도였어요. 제가 읽어도 괜찮을까요?"

"재미있다니 기쁘구나, 게리. 계속하렴."

게리 드레이크는 헛기침을 했다. "'랠프, 나는 합창단, 그러니까 내 사냥꾼들을 그룹으로 나눌 거야. 우리는 불이 꺼지지 않게 할 책임을 지게 될 거야.'" 게리 드레이크는 과장스럽게 또박또박 읽어나갔다.

그것은 다음에 읽는 것과 대비시키려는 의도였다. "이런 과-과-관대한 행동에 나-나-남자아이들은," (나를 노린 것이다. 남자아이들은 히죽히죽 웃었다. 여자아이들은 내 쪽으로 고개를 돌렸다. 내 머리는 수치심으로 터져버릴 것 같았다.) "바-바-박수갈채를 보……"

"게리 드레이크!"

그는 시침 뚝 떼고 순진무구한 얼굴로 되물었다. "네, 선생님?"

아이들은 게리 드레이크를 쳐다보고, 그다음에 나를 보았다. 학교 대표 말더듬이 테일러 울고 있지 않나? 이제 내게 붙은 꼬리표는 죽어도 떼어내지 못할 것이다.

"지금 네가 하는 짓이 재미있니, 게리 드레이크?"

"죄송합니다, 선생님." 게리 드레이크는 입 모양만 미소를 지었다. "어딘가에서 지독한 말더듬증이 옮았나봐요."

크리스토퍼 트와이퍼드와 리언 커틀러가 웃음을 참느라 부들부들 떨었다.

"너희 둘 입 닥쳐!" 그들은 그 말대로 했다. 리페츠 선생님은 바보가 아니다. 게리 드레이크를 닉슨 교장선생님한테 보냈다가는 그의 농담이 오늘의 최고 화젯거리가 될 것이다. 이미 그렇게 되지 않았다면. "그건 네가 비열하고, 어리석고, **무식하리만치** 약하다는 애기다, 게리 드레이크." 『파리 대왕』 41페이지에 있던 나머지 단어들이 페이지에서 떼 지어 몰려나와 내 얼굴을 벌떼로 뒤덮었다.

7교시와 8교시는 담임인 켐지 선생님의 음악시간이었다. 앨러스테어 너턴이 내가 늘 앉는 자리인 마크 배드버리의 옆자리를 차지하고 있어서, 나는 찍소리도 못하고 왕따들의 왕 칼 노레스트 옆에 앉았다. 니컬러스 브라이어와 플로이드 체이슬리는 둘이 같이 하도 오래 왕따로 지내다보니 이제 거의 부부 같았다. 켐지 선생님은 맥나마라 선생님 사건으로 아직도 우리에게 분이 풀리지 않은 상태였다. 우리가 입을 모아 "안녕하세요, 켐지 선생님" 하고 외쳐도, 그는 〈007 골드핑거〉에서 오드잡*이 모자를 휙 던지는 것처럼 우리 공책을 탁 내던질 뿐이었다. "오늘 오후 네 녀석들이 종합중등학교의 건립 이념을 망쳐놓은 마당에 도저히 '안녕'할 수가 없다. 그러니까 최고 중의 최고라 할 수 있는 교육으로 아직 덜 성숙한 어린 인격들에게 품격 있는 교양을 전수한다는 이념 말이지. 에이브릴 브레던, 교과서 나눠줘라. 3장이다. 오늘은 루트비히 판 베토벤을 분석하고, 숨은 사실을 끌어내고, 내용별로 정리할 차례다."(음악시간에 실제로 악기를 연주하거나 노래를 부르지는 않는다. 이번 학기 내내 한 것이라고는 『위대한 작곡가들의 생애』에서 군데군데 베끼기였다. 우리가 이 작업을 하고 있을 동안, 켐지 선생님은 축음기 자물쇠를 열고 그 주의 작곡가 LP를 올려놓는다. 세상에서 제일 잘난 척 점잔 빼는 목소리가 그 작곡가의 가장 인기 있는 음악을 소개한다.) 켐지 선생님이 경고했다. "너희들 자신의 말로 다시 써야 한다는 것을 잊지 마라." 선생님들은 항상 '너 자신의 말로'라는 표현을 쓴다. 나는 그 말이 싫다. 작가들은 자신들의 문장을 치밀하게 엮는다. 그게 그들의 일이다. 왜 우리더러 그것을 굳이 풀어서 더 못한 것으로 재조립하라고 하는 건가? 지휘자

---

* 악당 골드핑거의 보디가드이자 킬러.

노릇을 할 능력이 없는데 왜 자꾸 지휘자를 할 수 있다고 그러는 건지?

켐지 선생님 시간에는 평소에도 별로 노닥거리는 애가 없지만, 오늘은 그야말로 초상이라도 난 분위기였다. 사소한 소란이 있었다면 새로 전학 온 여학생인 홀리 데블린이 잠깐 양호실에 다녀와도 되느냐고 물어본 정도였다. 켐지 선생님은 문을 가리키고 입 모양으로 "가"라고만 했다. 3학년 여학생들은 남학생들보다 훨씬 자유롭게 양호실이나 화장실을 드나들도록 허락받는다. 덩컨 프리스트 말로는 월경과 관계가 있을 거란다. 월경은 진짜 미스터리다. 여자애들은 남자애들이 옆에 있을 때는 그 얘기를 입에 올리지 않는다. 남자애들은 행여 월경에 대해 아는 게 거의 없다는 사실이 들통날까봐 그것을 농담삼아 얘기하지 않는다.

『위대한 작곡가들의 생애』에서 베토벤은 한창 잘나가던 시기에 귀머거리가 되었다고 나온다. 작곡가들은 다른 대주교들과 대공들을 위해 일하러 돌아다니느라 걸어서 독일을 횡단하는 데 일생의 절반을 허비했다. 나머지 절반은 틀림없이 교회에서 허비했을 것이다. (바흐의 성가대원들은 그가 죽은 후 몇 년 동안이나 그의 원본 악보로 샌드위치를 쌌다. 내가 이번 학기에 음악에 대해 배운 게 있다면 이게 전부다.) 나는 다른 아이들보다 한참 일찍, 사십 분 만에 베토벤을 다듬었다.

세상에서 제일 재수 없는 목소리가 우리에게 말했다. 〈월광소나타〉는 모든 피아니스트들의 레퍼토리 중에서 가장 많은 사랑을 받는 곡 중 하나입니다. 1782년에 작곡된 이 소나타는 한바탕 폭풍우가 지나간 후 잔잔하고 고요한 물결 위를 비추는 달을 연상시킵니다.

<월광소나타>가 흐르는 가운데 시 한 편이 자꾸만 나를 들쑤셨다. 제목은 '기념품'이었다. 공책에 시행을 엮어볼 수 있다면 얼마나 좋을까 싶었지만, 감히 수업시간에, 더구나 오늘 같은 날에는 엄두가 나지 않았다. (지금은 '파도 위, 졸리운 박편 같은 햇살' 빼고는 다 잊어먹었다. 그 즉시 적어놓지 않으면 이 꼴이 된다.)

"제이슨 테일러," 켐지 선생님이 내가 교과서가 아닌 딴 데 정신을 팔고 있는 것을 눈치챘다. "너한테 심부름 시킬 게 있다."

수업시간중의 학교 복도는 다소 불길한 느낌을 풍긴다. 제일 시끄러운 공간이 지금은 제일 조용한 것이다. 마치 중성자 폭탄이 인간의 생명은 죄다 쓸어버리고 건물들만 남겨둔 것 같다. 물속에서 들려오는 듯한 목소리들은 교실에서 나오는 것이 아니라 삶과 죽음 사이의 경계선 너머에서 들려오는 듯하다. 교무실로 가는 제일 빠른 길은 가운데 안뜰을 가로지르는 것이지만, 나는 옛 체육관을 통해서 가는 제일 먼 길을 택했다. 선생님들의 심부름은 모노폴리 게임에서의 무료주차권처럼 누구에게도 방해받지 않을 수 있는 빈 시간이다. 그래서 시간을 좀 끌고 싶었다. 나는 소년들이 1차대전에 끌려나가 독가스를 마시기 전 공중제비를 돌았던 바로 그 낡은 판자 위로 무거운 발걸음을 옮겼다. 옛 체육관 한쪽 벽은 의자를 쌓아올려 막아놓았지만, 반대편 벽에는 기어오를 수 있는 나무틀이 짜여 있었다. 나는 갑자기 꼭대기에서 창문 밖을 내다보고 싶어졌다. 그 정도 모험이야 해볼 만하다. 발소리가 들리면 바로 뛰어내리면 되니까.

일단 거기까지 올라가니 보기보다 더 높다.

오랜 세월의 더께로 유리창은 회색빛이었다.

오후가 무거운 잿빛으로 변해가고 있었다.

너무 무겁고 짙은 잿빛이라 비로 바뀌지 않을 수 없을 것이다. 〈월광소나타〉는 열번째 행성을 지나 궤도를 그리며 돌았다. 까마귀떼가 홈통 위에 모여 앉아 대운동장으로 슬슬 들어오는 스쿨버스들을 보고 있었다. 제기랄, 저놈의 까마귀들, 전쟁기념탑 주변에서 얼쩡거리는 업턴 펑크족들처럼 지겨운가보네.

태어나지 않은 쌍둥이가 이죽거렸다. 한번 버려지는 평생 버러지야.

내 뒤에 존재하는 현실이 비가 내릴 듯한 날씨와 뒤섞여 마음을 아프게 했다.

금요일이 되면 괜찮아지겠지. 하지만 집에 가는 순간부터 주말은 죽어가기 시작하고, 시시각각 월요일이 슬금슬금 다가올 거다. 그러면 다시 오늘 같은 닷새가 시작되겠지. 오늘보다 더 나쁜, 오늘보다 훨씬 더 나쁜 날들.

목을 매.

"너 운이 좋구나." 한 소녀의 목소리에 하마터면 5미터 아래로 떨어져 뼈도 못 추릴 뻔했다. "난 순찰중인 선생이 아니야, 테일러."

내려다보니 홀리 데블린이 나를 올려다보고 있었다. "선생님인 줄 알았어."

"수업중에 뭐 하는 거야?"

"켐지가 호루라기를 가져오라고 해서." 나는 벽을 기어내려왔다. 홀리 데블린은 여학생이지만 키가 나만큼 크다. 창던지기에서는 홀리를 따라갈 사람이 없다. "켐지가 오늘 하교 지도 담당이거든. 넌 좀 괜찮아졌어?"

"조금 누워 있으니까 괜찮아졌어. 그러는 너는? 너를 꽤나 못살게 굴지? 월콕스랑 드레이크랑 브로즈랑 그 패거리들 말이야."

아니라고 잡아뗄 수는 없지만 그렇다고 순순히 인정하자니 더 부인할 수 없는 현실이 되는 것 같았다.

"그 녀석들은 머저리야, 테일러."

옛 체육관의 어둠 덕에 홀리 데블린의 각진 얼굴이 부드러워 보였다.

"그래." 그 녀석들은 머저리다. 하지만 그런다고 내게 무슨 도움이 된담?

떨어지는 첫 빗방울 소리가 들려온 것이 바로 그때였던가?

"넌 버러지가 아니야. 그 머저리들 말에 휘둘리지 마."

나쁜 아이들이 벌서는 자리인 시계를 지나, 반장들이 출석부를 가져오는 부속실을 지나, 창고를 지나, 긴 복도를 따라가면 교무실이 나온다. 교무실이 가까워질수록 내 발걸음은 더 느려졌다. 오늘은 교무실의 철문이 반쯤 열려 있었다. 키가 낮은 의자들이 보였다. 휘틀록 선생님의 검은색 웰링턴 부츠도 보였다. 담배 연기가 잭 더 리퍼 시대 런던의 안개처럼 새어나왔다. 문 이쪽 편에는 더 높은 선생님들의 책상이 놓여 있는 아늑한 자리가 있다.

"왜?" 던우디 선생님이 나에게 용처럼 눈을 깜박였다. 시들어가는 국화꽃이 그의 어깨 위로 늘어져 있었다. 미술 선생님의 진홍색 책에는 조르주 바타유의 『눈 이야기』라는 제목이 쓰여 있었다. "이 제목은," 던우디 선생님은 내 눈길이 책에 머문 것을 보았다. "이 책이 안경사의 역사에 관한 내용이라는 뜻이지. 너는 무슨 일로 왔냐?"

"켐지 선생님이 호루라기를 가져오라고 하셔서요, 선생님."

"그러니까, '호루라기를 불면 돌아오겠네, 친구'* 이거냐?"

"예, 선생님. 책상 위에 있다고 하셨어요. 참고자료 위에요."

"아니면," 던우디 선생님은 빅스 흡입기를 크고 붉은 코에 처박고 힘껏 숨을 들이마셨다. "켐지 선생님은 시간이 다 되기도 전에 수업을 끝내고 스노도니아**에 양떼라도 모으러 가나? 양치기랑 콜리견도 같이 가야지? '오, 저 산자락의 양 우리 하나 줄래요?' 그래서 호루라기를 가져오라고 너를 보낸 거냐?"

"하교 지도를 하시려는 것 같아요, 선생님."

"맨 끝 자리다. 성스러운 양의 부드러운 시선 아래." 던우디 선생님은 입을 다물고 『눈 이야기』로 돌아갔다.

나는 텅 빈 자리로 걸어갔다. 개가 주인을 닮듯, 책상도 그 주인을 닮는 법이다. 잉크버로 선생님 책상 위에는 책 무더기들이 깔끔하게 정리되어 있었다. 휘틀록 선생님의 책상은 묘판과 〈스포츠 라이프〉들로 난장판이었다. 켐지 선생님의 자리에는 가죽의자와 우리 아빠 것과 똑같은 앵글포이즈 독서등이 있고, 담쟁이덩굴무늬 문 옆에서 등을 들고 있는 예수 그림이 있었다. 책상 위에는 『복잡한 세상을 위한 소박한 기도』 『로제 동의어 반의어 사전』***

---

* 「Oh, whistle and I'll come to you, my lad」는 스코틀랜드의 국민시인으로 추앙받는 로버트 번스의 시 제목이다. 괴담작가 몬터규 제임스가 이 제목을 빌려 유령소설을 썼고, 이를 바탕으로 BBC에서 〈Whistle and I'll Come to You〉라는 드라마를 제작했다.

** 영국 웨일스 북부 지방 국립공원.

*** 원제는 『*Roget's Thesaurus*』.

(딘 모런의 아빠는 이 책을 '로저 브론토사우루스'라고 불렀다)
『딜리어스: 내가 그를 알았을 때』가 있었다. 켐지 선생님의 호루라
기는 선생님이 말한 바로 그 자리에 있었다. 호루라기 밑에는 복사
한 종이가 몇 장 쌓여 있었다. 나는 맨 위의 복사지를 한 장 접어

일반적으로 생각하는 것과 달리, 약한 아이들을 괴롭히는 골목
대장이 겁쟁이인 경우는 드물다.

왕따 행위는 규모와 양상이 다양하다. 학생들한테서 눈을 떼지
마라. 정보를 모아라.

가망 없는 싸움을 피하는 것은 비겁한 행동이 아니다.

안전과 인기를 바라면 그것이 약점이 된다.

어느 쪽이 더 나쁜가? 밀고자로 경멸당하는 것? 희생자로 고통
을 견디는 것?

잔인성을 누를 수 없을 때 잔인한 행동이 행해지는 것일지도 모
른다.

꾀를 써라.

정직으로 얻은 존경은 스스로 그르치지 않는 한 잊지 않는다.

정말 우습다고 생각되지 않는 것을 비웃지 마라.

자신이 지지하지 않는 의견에 동조하지 마라.

독립적인 자들끼리 친구가 되는 법이다.

청소년기의 광란은 사 년쯤이면 시든다. 사람은 여든까지 산다.

블레이저 주머니에 넣었다. 딱히 이유도 없이.

"바다에서 바늘이라도 찾냐?" 던우디 선생님의 머리가 그의 칸막이 위로 쑥 올라왔다. "동양 속담에 그런 말 있잖니? 지푸라기 속에서 바늘 찾기라고 하던가?"

내가 종이를 슬쩍하는 모습을 본 것 같았다. "예?"

"돼지 앞의 진주였나? 아니면 책상 위의 호루라기냐?"

나는 던우디 선생님을 향해 호루라기를 흔들어 보였다. "지금 막 찾았어요, 선생님……"

"그대는 무슨 이유로 그리 우물쭈물하는고? 날개 달린 원숭이처럼 한달음에 본래의 주인에게 가져다주어라. 이랏!"

1학년생들이 블랙스완그린행 버스를 타려고 줄을 서서 상수리열매놀이를 하고 있었다. 스록모턴 선생님 반에 있을 때는 나도 상수리열매놀이 선수였다. 하지만 우리 3학년은 너무 게이 같다고 그런 놀이는 하지 않는다. 피구 아니면 안 한다. 하지만 적어도 상수리열매놀이를 구경할 수는 있다. 윌콕스는 학교 대표 말더듬이, 버러지 제이슨한테 말 거는 것조차 위험한 일로 만들어놓았다. 켐지 선생님이 버츠모턴 아이들을 버스로 인도한 다음, 호루라기를 불어 블랙스완그린 아이들을 불렀다. 나더러 그 종이를 가져가라는 뜻이었을까 궁금했다. 켐지 선생이 옳다고 한다면, 그는 얼간이 같은 짓을 한 것이다. 켐지 선생이 얼간이라고 한다면, 그는 옳은 행동을 한 것이다.

앞에서 세 줄은 계집애들이나 앉는 자리여서 3학년 남학생에게

는 어울리지 않았지만, 뒤쪽의 윌콕스 패거리 근처에 앉으려면 그
래도 되는지 물어봐야 했다. 중간급 아이들이 내 옆의 빈자리를 지
나쳐 걸어갔다. 로빈 사우스, 개빈 콜리, 리 빅스는 나를 본 척도
하지 않았다. 오즈월드 와이어가 나에게 "버러지!" 하고 쏘아붙였
다. 운동장 저편 자전거 보관대 옆에 한 무리의 아이들이 안개 속
에서 그림자로 비쳤다.

"어휴!" 딘 모런이 내 옆에 앉았다. "끔찍한 하루였어!"

"맞아, 딘." 나는 너무 고마운 나머지 비참한 기분이 들었다.

"글쎄, 제이스, 머콧 그 새끼 진짜 **미친놈**이라니까! 방금 전에 목
공시간이었는데, 비행기 한 대가 날아가니까 머콧이 목이 터져라
고함을 지르는 거야. '전투 준비, 제군들! 망할 독일놈들이다!' 우
리 모두 손과 무릎을 바닥에 대고 엎드려야 했다니까! 그 새끼 정
신병원에 가야 할 거 같지 않아?"

"그럴지도 모르지."

운전기사 노먼 베이츠가 시동을 걸자 버스가 출발했다. 돈 매
든, 앤드리아 보자드, 그 밖에 여자아이들 몇이 〈The Lion Sleeps
Tonight〉을 부르기 시작했다. 버스가 웰랜드 교차로에 닿았을 무
렵에는 안개가 더 짙어졌다.

"이번 토요일에 너를 초대하려고 했거든." 모런이 말했다. "아빠
가 튜크스베리의 술집에서 어떤 놈한테 비디오 한 대를 사왔어."

내가 처한 상황에도 불구하고 귀가 솔깃했다. "VHS야, 베타맥
스야?"

"그야 당연히 베타맥스지! VHS는 이제 끝났다고. 문제는 어제
비디오를 박스에서 꺼내보니까 안에 절반이 없지 뭐야."

“너희 아빠는 어떻게 하셨어?”

“튜크스베리로 당장 달려가서 그 비디오를 판 새끼한테 갔지. 문제는 그놈이 토꼈다는 거야.”

“그 술집에 도와줄 만한 사람도 아무도 없었고?”

“없었지. 술집 자체가 없어져버렸는걸.”

“없어졌다고? 어떻게 술집이 없어질 수가 있어?”

“창문에 이런 안내문이 붙어 있더래. ‘영업 안 합니다.’ 문이랑 창문에는 자물쇠가 걸려 있고. ‘가게 팝니다’라고 붙어 있더래. 그게 술집이 없어진 거지 뭐.”

“세상에.”

데인무어 농장 주차장에는 집시들을 막으려고 일부러 자갈 더미를 쌓아놓았는데도 트레일러 몇 대가 세워져 있었다. 오늘 아침에는 없던 차들이었다. 그러나 오늘 아침이라면 이미 다른 세기 얘기다.

“하여튼 오고 싶으면 토요일에 와. 엄마가 네 점심 차려놓으신대. 아주 재미있을 거야.”

그 전에 화요일, 수요일, 목요일, 금요일을 넘겨야 했다. “고마워.”

로스 윌콕스와 그의 패거리들이 나에게는 눈길 한 번 주지 않고 먼저 버스를 썰물처럼 빠져나갔다. 나는 이 지독한 하루에서도 최악의 순간이 지나갔다고 생각하며 마을 공터를 가로질렀다.

“너 네가 어디 가는 줄은 알고 가는 거냐, 버러지?” 로스 윌콕스가 게리 드레이크, 앤트 리틀, 웨인 내시엔드, 대런 크룸과 함께 참나무 아래에 있었다. 그들은 내가 걸음아 날 살려라 하고 도망치기를 바라고 있었다. 나는 그러지 않았다. 지구가 다섯 걸음 폭으로 줄어들었다.

"집에." 내가 대꾸했다.

윌콕스가 침을 탁 뱉었다. "우리랑 애-애-애-애기 좀 아-아-아-안 할래?"

"고맙지만 됐어."

"이런, 빌어먹을 킹피셔메도스에 있는 빌어먹을 너네 집에 아직 못 간다니까 그러네, 이 병신 버러지새끼야."

나는 윌콕스가 다음 행동을 취하도록 내버려두었다.

그는 아무것도 하지 않았다. 공격은 뒤에서 왔다. 웨인 내시엔드가 풀넬슨*으로 나를 찍어 눌렀다. 내 아디다스 가방이 손에서 빠져나갔다. 소리 지를 틈도 없었다. "그건 내 가방이야!" 우리 모두 다 아는 사실이었다. 어쨌든 무슨 일이 있어도 울면 안 된다.

"네 솜털은 어쨌냐, 테일러?" 앤트 리틀이 내 윗입술을 뚫어지게 살펴보았다. "어째 눈에 안 띄네?"

"면도했어."

"'면도했어.'" 게리 드레이크가 내 말투를 따라 했다. "그런 걸로 우리한테 멋있게 보이려고?"

"너 이런 농담 도는 거 알아, 테일러?" 윌콕스가 말했다. "들어봤어? '너 제이슨 테일러 아니?'"

"'아-아-아-아니,'" 게리 드레이크가 대답했다. "하-하-하-하

---

* 레슬링에서, 상대방 겨드랑이 아래로 두 팔을 넣어 위로 올려서 뒤통수를 찍어 누르는 기술.

지만 하-한 번 바-바-밟아준 적은 있지!'"

"넌 웃음거리야, 테일러, 얼레리꼴레리!" 앤트 리틀이 침을 탁 뱉었다.

"엄마랑 영화 보러 갔대요!" 게리 드레이크였다. "너 같은 건 살 가치도 없어. 우리가 이 나무에 목매달아줄게."

"무슨 말이라도 해봐." 로스 윌콕스가 바짝 다가왔다. "버러지."

"네 입에서 구린내 나, 로스."

"뭐라고?" 윌콕스의 얼굴이 험하게 일그러졌다. "뭐라고 씨불였나?"

내가 말해놓고 나도 놀랐다. 하지만 한번 뱉은 말을 주워 담을 수도 없었다. "솔직히 모욕주려고 한 말은 아니야. 하지만 네 입냄새 지독해. 햄 자루 같아. 다들 너를 무서워하기 때문에 아무도 말해주지 않는 거라고. 하지만 그건 만성적인 거니까 이를 좀더 자주 닦든가 박하를 먹도록 해."

윌콕스가 잠시 가만히 있었다.

매서운 주먹이 연달아 두 차례 내 턱을 강타했다.

"아, 그러면 너는 나를 무서워하지 않아서 그따위 소리를 지껄인단 말이지?"

고통은 정신을 더욱 또렷하게 해준다. "단순한 입냄새일 수도 있어. 업턴의 약제사가 어떻게 해줄 수 있을지도 몰라."

"네 대가리를 날려버릴 수도 있어, 이 고자새끼!"

"그래, 마음대로 해. 너희 다섯 모두."

"나 혼자서도 충분해!"

"물론 그렇겠지. 네가 그랜트 버치랑 싸우는 거 나도 봤으니까.

기억해."

스쿨버스는 아직도 블랙스완 옆에 서 있었다. 노먼 베이츠는 가끔씩 아이작 파이에게 꾸러미를 하나 주고, 아이작 파이는 노먼 베이츠에게 갈색 봉투를 준다. 나는 어떤 도움도 기대하지 않았다.

"이, 입만 산, 쪼다, 버러지." 로스 윌콕스는 한 마디마다 한 대씩 내 가슴팍에 주먹을 날렸다. "그런디를 해주자!" 그런디는 아이들이 한 아이의 팬티를 잡고 세게 들어올리는 것이다. 그러면 발이 땅에서 떨어지면서 바짓가랑이가 꽉 끼어서 불알과 고추가 짜부라진다.

그러니까 그런디를 바로 내가 당한 것이다.

하지만 그런디는 희생자가 비명을 지르고 발버둥을 칠수록 재미있어진다. 나는 앤트 리틀의 머리에 몸을 받치고 그럭저럭 견뎌냈다. 그런디는 사실 아프다기보다는 치욕적이다. 나를 공격한 놈들은 재미있는 척했지만, 힘만 들고 별 보람은 없는 일이었다. 윌콕스와 내시엔드는 트램펄린을 뛰듯이 나를 들고 위아래로 뛰었다. 몸이 두 쪽으로 갈라지지는 않았지만 가랑이가 찢어질 듯 아팠다. 나는 물기 젖은 잔디 위에 내던져졌다.

로스 윌콕스가 숨을 헐떡이며 말했다. "이건 시작에 불과해."

"버어어어어러지!" 게리 드레이크가 블랙스완을 덮은 안개 속에서 노래하듯 외쳤다. "네 가방은 어디 있냐?"

"자," 내가 일어서자 웨인 내시엔드가 내 엉덩이를 걷어찼다. "찾아내는 게 좋을 거다."

엉덩이뼈가 쿡쿡 쑤셔서 나는 약간 절름거리며 게리 드레이크 쪽으로 걸어갔다.

스쿨버스가 갑자기 부르릉거렸다. 기어에 시동이 걸렸다.

게리 드레이크가 사디스트처럼 씨익 웃으며 내 아디다스 가방을 휘둘렀다.

나는 그제야 무슨 일이 벌어질지 깨닫고 달리기 시작했다.

내 아디다스 가방이 완벽한 호를 그리며 버스 지붕 위에 떨어졌다.

버스가 덜컹 하더니 라이드 씨 가게 옆의 교차로 쪽으로 달리기 시작했다.

나는 방향을 바꿔 젖은 긴 잔디를 헤치고 뛰면서 가방이 미끄러져 떨어지기만을 기도했다.

요란한 웃음소리가 따발총처럼 내 뒤에서 연타로 터져나왔다.

조금은 나에게 행운이 따라주었다. 콤바인 한 대 때문에 맬번웰스에서부터 교통체증이 일어났다. 나는 스쿨버스가 라이드 씨 가게 옆의 교차로에서 기다리고 있을 동안 간신히 차를 따라잡았다.

문이 열리자 노먼 베이츠가 딱딱거렸다. "이게 뭐하자는 장난질이냐?"

나는 숨을 헐떡이며 겨우 말했다. "애들이 제 가방을 지붕에 던졌어요."

버스 안의 아이들은 잔뜩 신이 났다.

"지붕이라니?"

"버스 지붕요."

노먼 베이츠는 내가 자기 롤빵에 침이라도 뱉은 것처럼 나를 노려보았다. 그러나 그는 차에서 내려, 나를 거의 받을 듯 옆을 지나쳐, 버스 뒤로 성큼성큼 걸어가, 버스 뒤에 붙은 사닥다리를 기어 올라가, 내 아디다스 가방을 낚아채서, 내 쪽으로 던지고는, 도로로 다시 내려왔다. "네 친구라는 놈들 머저리 패거리들이로구나, 한심아."

"제 친구들 아니에요."

"그럼 왜 그놈들이 너를 끌고 다니게 놔두는 거냐?"

"놔둔 게 아니에요. 그애들은 다섯 명인걸요. 열 명일 때도 있어요. 더 많을 때도 있고."

노먼 베이츠는 콧방귀를 뀌었다. "하지만 그중 대장은 한 놈일 거 아니냐. 그렇지?"

"한둘이요."

"한 놈일 거다. 너한테는 이 멋진 놈들 중에서 하나만 있으면 만사 해결이야." 치명적인 보위 나이프가 내 눈앞에서 회전하고 있었다. "대장한테 몰래 다가가라고." 노먼 베이츠의 목소리가 부드러워졌다. "그리고 **그놈-힘줄을-끊어줘라**. 한 번, 두 번, 거기 밑을 간질여줘. 만약 그후에도 너를 못살게 굴면, 그놈 휠체어 타이어에 구멍을 내줘라." 노먼 베이츠의 칼이 옅은 공기 속으로 사라졌다. "육해군 중고품가게에 있어. 10파운드면 충분할 거다."

"하지만 윌콕스의 힘줄을 잘랐다가는 소년원에 갈 거예요."

"흥, 정신 차리고 일어나, 한심아! 어차피 인생이 소년원이야!"

칼 가는 사람

가을은 곰팡내가 나고, 열매들은 어쩐지 지저분해 보이고, 나뭇잎들은 녹슨 것처럼 적갈색으로 변하고, 멀리 날아가는 철새들은 V자 대형으로 하늘을 가로지르고, 저녁은 연기가 자욱하고, 밤은 싸늘하다. 가을이 거의 죽어가고 있었다. 나는 가을이 아픈 줄도 미처 몰랐다.

"저 왔어요!" 매일 오후 나는 혹시 엄마나 아빠가 첼튼엄이나 옥스퍼드나 아니면 어디 다른 데서 일찍 집에 왔을까 싶어 이렇게 고함을 지른다.

언제나 대답은 없다.

누나가 가고 나자 우리집은 훨씬 더 텅 비었다. 누나와 엄마는 이 주 전 에든버러로 차를 몰고 갔다. (누나는 운전면허시험에 통과했다. 물론 단 한 번에 붙었다.) 누나는 여름의 나머지 절반 동안을 이완의 가족들과 함께 노포크브로드에서 보냈기 때문에, 누나 없이 지내는 상황에 이미 익숙해졌을 법도 했다. 그러나 집을 채우는 것은 사람 그 자체만이 아니다. 집을 채우는 것은 이따가 돌아올게! 하는 외침, 칫솔, 지금은 쓰지 않는 모자와 코트, 그리고 그 사람의 귀속감이다. 내가 누나를 이렇게나 그리워하다니 믿을 수 없는 일이지만, 실제로 그렇게 되어버렸다. 엄마와 누나는 스코틀랜드가 차로 하루 거리여서 먼저 떠났다. 아빠와 나는 누나를 배웅했다. 엄마의 닷선이 킹피셔메도스로 들어서더니 갑자기 멈춰섰다. 차에서 뛰어내린 누나가 트렁크를 열고 레코드 박스 속을 뒤지더니 도로 뛰어왔다. 누나는 내 손에 〈Abbey Road〉 LP판을 쥐여주었다. "나 대신 좀 맡아줘, 제이스. 갖고 가봤자 다 긁힐 거야." 누나는 나를 안아주었다.

차가 떠난 후에도 누나의 헤어스프레이 냄새가 나는 것만 같았다.

가스레인지 위에 얹힌 압력솥에서 고기를 찌는 김이 새어나왔다. (엄마가 아침에 시작했으니 온종일 요리해야 할 것이다.) 나는 그레이프프루트주스를 만든 다음, 생강쿠키랑 레몬슈크림밖에 남지 않은 통 속에서 운좋게 마지막 남은 펭귄비스킷을 골라 먹어치웠다. 위층으로 올라가 교복을 갈아입었다. 내 방에는 세 가지 깜짝 놀랄 일 중 첫번째가 기다리고 있었다.

TV였다. 내 책상 위에 놓여 있었다. 오늘 아침에는 없었다. '퍼거슨 모노크롬 휴대용 텔레비전'이라는 상표가 붙어 있었다. '영국제'. (아빠는 우리가 영국제를 사지 않는다면 일자리가 죄다 다른 유럽으로 가버릴 거라고 한다.) 새것답게 반짝반짝 빛이 나고, 새것 냄새가 났다. 내 이름이 적힌 봉투 하나가 옆에 기대 세워져 있었다. (아빠가 내 이름을 2H연필로 써놓아서 봉투를 다시 사용

할 수 있겠다.) 그 안에는 초록색 볼펜으로 쓴 카드가 들어 있었다.

제이슨에게.
채널 네 개 맞춰놓았다.
그러니 전원스위치 눌러서 켜기만 하면 된다.
아빠가.

왜지? 물론 기뻤다. 3KM반에서 자기 침실에 TV가 있는 애는 클라이브 파이크와 닐 브로즈뿐이었다. 하지만 왜 지금이지? 내 생일은 1월인데. 아빠는 이유도 없이 아닌 밤중에 이런 걸 주실 분이 아니다. 나는 침대에 누워 TV를 켜고 〈스페이스 센티넬〉과 〈테이크 하트〉를 보았다. 자기 침대에서 TV를 보는 것이 이상할 리야 없겠지만, 왠지 좀 이상했다. 마치 욕조 안에서 소꼬리 수프를 먹는 기분이었다.

TV 덕에 학교 걱정도 조금은 가셨다. 딘이 오늘 아파서 스쿨버스에서 내 옆자리가 비었다. 로스 윌콕스가 친구인 척 굴며 그 자리에 앉아서 우리가 그런 사이가 아니라는 사실을 새삼 일깨워주었다. 윌콕스는 계속 필통을 꺼내라고 나를 들볶았다. "네 가-가-가-각도기 좀 비-비-빌려줘, 트-트-테일러, 실은 내 수-수-수학 숙제 좀 하려고 그래." (나는 그렇게까지 심하게 말을 더듬지 않는다. 데 루 선생님 말로는 정말로 나아지고 있다.) "여-여-연필깎이 있어, 트-트-테일러?"

"없어." 나는 단조롭게 그 대답만 계속 되풀이했다. "없어." 며칠 전 윌콕스는 수학시간에 플로이드 체이슬리의 필통을 뒤집어

속에 든 것을 안뜰로 쏟아버렸다.

"그게 무슨 말이야, 어-어-없다니? 여-여-연필이 무-무-무뎌지면 어떡할 건데?" 쉬지 않고 계속 상대를 자극하는 질문을 던지는 것이 윌콕스의 수법이다. 대꾸를 해주면 그 대답을 비꼬아서 방금 한 말을 진짜 머저리나 할 법한 소리로 바꿔놓는다. 대꾸를 해주지 않으면 윌콕스가 퍼부은 공격이 옳다고 인정하는 것처럼 된다. "그-그-그러면 여자애들이 네가 말을 더-더-더듬는 것을 세-세-섹시하다고 생각하니, 트-트-테일러?" 오즈월드 와이어와 앤트 리틀은 마치 자기네 주인님이, 몬티 파이튼* 여섯 명이 합쳐져 한 명의 코미디 자객이 되기라도 한 것처럼 앞잡이 같은 경망스러운 웃음을 터뜨렸다. 윌콕스의 힘은 그가 하는 말이 아니라 그를 통해서 상대를 비난하는 여론에 있다. "너-너-너희들 패-패-피-피-푸-푸-푸-팬티에 바-방귀를 뀌게 만들어줄 테다!"

두 줄 앞쪽에서 스킬치가 갑자기 앤트 리틀의 스페이스 인베이더 게임기 위에다 좀 전에 게걸스레 먹어치웠던 대용량 초코볼을 도로 다 게워냈다. 통로를 따라 흘러내리는 형형색색의 토사물에 윌콕스도 정신이 팔렸다. 나는 드러거스엔드에서 내려 혼자 마을 회관 뒤로 돌아서 교회 영지를 지나쳐 걸어갔다. 시간이 좀 걸렸다. 세인트가브리엘 교회 옆을 지나는데 조금 때 이른 불꽃놀이가 '에치 어 스케치'** 같은 회색빛 하늘에 은빛으로 줄무늬를 그렸다. 누군가의 형이 라이드 씨 가게에서 사다주었을 것이다. 아직도

---

* 테리 길리엄 감독의 코미디영화 〈몬티 파이튼〉 시리즈의 주인공.
** 그림을 그린 후 흔들면 그림이 지워지는 작은 칠판처럼 생긴 장난감.

윌콕스의 독이 너무 깊이 스며 있어서, 나는 1982년의 마지막 즙 많은 블랙베리도 딸 수가 없었다.

아빠의 믿을 수 없는 선물을 망쳐놓고 있는 것도 같은 독일까? 〈존 크레이븐의 뉴스라운드〉*는 메리로즈호에 관한 내용을 보도했다. 메리로즈호는 헨리 8세의 기함이었는데, 사 세기 전 폭풍우로 침몰했다 최근 바다 밑바닥에서 인양되었다. 온 영국이 이를 지켜보았다. 그러나 기중기선이 끌어올린 다 썩고 진흙투성이에 물이 뚝뚝 떨어지는 목재는 아무리 보아도 그림 속의 눈부시게 빛나는 대형 범선 갈레온선으로는 보이지 않았다. 이제 그 돈을 차라리 병원 침대에 쓰는 편이 나았을 거라는 말이 나오고 있다.

초인종이 울렸다.

"날씨가 쌀쌀하지." 트위드 모자를 쓴 노인이 거친 목소리로 말했다. "바람이 살을 에는구나." 이 노인이 오늘의 두번째로 깜짝 놀랄 일이었다. 노인의 옷은 색깔을 정확히 알아볼 수가 없었다. 옷만이 아니고 아예 색깔 자체를 어디서도 찾아볼 수가 없었다. 아빠가 블랙스완그린도 변태들과 미치광이들로부터 안전지대가 아니라고 한 적이 있어서, 문에 단 쇠사슬을 풀지 않았다. 쇠사슬이 노인의 관심을 끌었다. "집 안에 엄청난 보석들을 숨겨뒀나보구나, 응?"

"어…… 아닌데요."

"입김을 훅 불어서 네 집을 무너뜨리려는 건 아니란다. 그런데

---

* 어린이를 대상으로 한 BBC의 뉴스 프로그램.

혹시 안주인 계시냐?"

"엄마요? 안 계신데요. 첼튼엄에 일하러 가셨어요."

"저런, 저런. 일전에 이 댁 안주인 칼을 면도날처럼 날카롭게 갈아준 적이 있었는데, 지금은 보나 마나 다시 무뎌졌을 게야. 무딘 칼만큼 위험한 것도 없지 않니? 의사들이라면 누구라도 다 얼마나 위험한지 말해줄 게다." 노인의 말투는 미끄러지듯 빨랐다. "무딘 칼날은 쉽게 잘 미끄러지는 법이지. 곧 돌아오시냐?"

"일곱시는 되어야 오실 텐데요."

"어쩐다, 어쩌면 좋담. 언제쯤 여기를 다시 지나게 될지 알 수 없는데. 지금 칼을 좀 가져다주지 않으련? 내가 잘 갈아줄 테니. 엄마를 깜짝 놀라게 해드리는 거야. 숫돌과 도구가 있단다." 노인은 묵직한 배낭을 쿵 하고 내려놓았다. "잠깐이면 된다. 엄마도 기뻐하실 거야. 카운티 셋을 통틀어 제일 훌륭한 아들이라고 하실 게다."

나는 그 말이 상당히 미심쩍었다. 하지만 칼 가는 사람을 어떻게 떼어내면 좋을지 몰랐다. 지켜야 할 첫번째 규칙은 무례하게 굴면 안 된다는 것이다. 문을 그대로 닫아버린다면 무례한 짓이 될 것이다. 하지만 또다른 규칙은 낯선 사람과 얘기하지 말라는 것이다. 그런데 벌써 그 규칙을 깨버렸다. 규칙은 규칙이다. "저는 제 용돈밖에 가진 것이 없어서요, 그럴 여유가……"

"그거면 충분하다, 얘야. 예절을 잘 지키는 젊은이로구나. '예의가 신사를 만들지.' 적당히 영리하게 흥정을 잘했다고 엄마가 말씀하실 게다. 네 돼지저금통에 용돈이 얼마나 있는지 말해주면, 네가 가진 돈으로 칼을 몇 개나 갈아줄 수 있는지 알려주마."

"죄송해요." 상황이 점점 더 꼬이고 있었다. "먼저 엄마한테 여쭤보는 게 좋을 것 같아요."

칼 가는 사람은 겉으로는 사근사근해 보였다. "절대 여자들을 화나게 해서는 안 되지! 그러나저러나 내가 앞으로 하루이틀은 이렇게 올 수가 없다니까. 그러면 이 저택의 나리님이라도 혹시 집에 계시냐?"

"아빠 말씀이세요?"

"그래, 아빠 말이다."

"아빠가 집에 오시는 시각은……" 요즘은 도통 알 수가 없다. 어딘가 모텔에서 묵고 온다고 전화를 하는 일도 종종 있다. "늦어요."

칼 가는 사람은 고개를 기울이고 숨을 들이쉬었다. "아빠가 진입로에 대해 크게 걱정하지 않을지도 모르지만, 실은 걱정을 하셔야 할 상황이란다. 포장도로에 심각하게 금이 가 있거든. 땜장이 어중이떠중이들이 깔았을 게다. 겨울이 오면 비가 틈 속에서 얼어붙을 거야. 그러면 포장이 위로 솟았다가 봄이 오면 달 표면처럼 쩍쩍 갈라지지! 뜯어내서 제대로 다시 깔아야 해. 내가 형이랑 후딱 해치워줄 수 있는데……" (그는 아쉽다는 듯 요란하게 손가락을 튀겼다.) "아빠한테 꼭 말씀드려라, 알겠지?"

"그럴게요."

"약속하지?"

"약속할게요. 전화번호 적어주고 가세요."

"전화라고? 그딴 건 거짓말쟁이들이나 쓰는 거야. 마주보고 직접 얘기하는 게 최고지."

칼 가는 사람은 연장가방을 들고 진입로를 걸어내려갔다. "아빠한테 말씀드려라!" 그는 내가 보고 있는 걸 알고 있었다. "약속은 약속이야!"

　"아빠가 인심 한번 크게 썼구나." 내가 TV에 대해 얘기하고 있을 때 엄마가 한 말이었다. 하지만 쌀쌀한 말투는 아니었다. 아빠의 로버가 집으로 들어오는 소리가 들려서, 아빠한테 고맙다는 말을 하려고 차고로 나갔다. 하지만 아빠는 기쁜 표정을 짓는 게 아니라 마치 뭔가에 대해 미안해하는 것처럼 약간 당황한 기색으로 우물거렸다. "네 마음에 든다니 기쁘구나, 제이슨." 엄마가 스튜를 접시에 뜨고 있을 때에야 비로소 칼 가는 사람이 찾아왔던 일이 떠올랐다.

　"칼을 간다고?" 아빠가 포크로 연골을 한쪽으로 밀어놓으며 물었다. "아주 나이가 많은 집시로구나. 저기 포치에서 타로 카드를 꺼내지 않은 게 놀랍군. 아니면 고철 좀 달라고 구걸을 하든가. 제이슨, 만약 그치가 또 찾아오거든 문을 닫아걸어라. 절대로 그런 사람들을 끌어들이면 안 돼. 여호와의 증인보다 더 질이 나빠."

　이제 약속을 한 데 대해 죄책감이 들었다. "진입로 얘기를 하러 다시 찾아오겠다고 그랬는데요."

　"진입로가 어쨌다는 거냐?"

　"포장을 다시 깔아야 한대요."

　아빠의 표정이 벼락 칠 듯 무서워졌다. "그러면 그 말이 참말이 되냐, 응?"

　"마이클," 엄마가 끼어들었다. "제이슨은 그냥 들은 대로 옮기는 것뿐이잖아."

쇠고기 연골은 가래 맛이 난다. 내가 지금까지 만나본 진짜 살아 있는 집시는 스록모턴 선생님 반에 들어왔던 조용한 아이뿐이었다. 지금은 이름도 잊었다. 그 아이의 텅 빈 책상이 학교에서 일종의 농담거리가 되었던 것으로 보아, 거의 매일같이 땡땡이를 쳤음이 틀림없다. 그애는 초록색이 아니라 검은색 점퍼를 입고, 흰색이 아니라 회색 셔츠를 입었지만, 스록모턴 선생님은 한 번도 그애에게 뭐라고 한 적이 없었다. 베드포드 트럭 한 대가 학교 교문 앞에 그애를 내려놓고 가곤 했다. 내 기억에 그 베드포드 트럭은 학교 전체랑 맞먹을 만큼이나 컸다. 그 집시 아이는 짐칸에서 뛰어내렸다. 그애의 아빠는 팔에 문신이 뱀처럼 휘감겨 있어서 꼭 레슬러 자이언트 헤이스택스같이 보였다. 그 문신과 그가 운동장을 쏘아보는 눈빛에 눌려 아무도, 피트 레드말리도, 심지어 플루토 녹조차도 집시 아이를 괴롭힐 생각을 하지 못했다. 집시 아이는 삼나무 밑에 앉아 '꺼져'라는 뇌파를 보내곤 했다. 깡통차기놀이나 얼음땡놀이에도 전혀 관심을 보이지 않았다. 한번은 그애가 라운더스*
경기에 나가서 공을 담장 위로 깨끗이 넘겨 교회 영지까지 보내버렸다. 그러고는 주머니에 손을 찌르고 깃발까지 어슬렁어슬렁 걸어갔다. 라운더스 공이 다 떨어졌기 때문에, 스록모턴 선생님은 그애에게 점수 기록하는 일을 맡겨야 했다. 하지만 다음 순간 점수판을 보니 그애는 사라지고 없었다.

나는 스튜에 HP 소스를 뿌렸다. "집시는 어떤 사람들이에요, 아빠?"

---

* 야구와 비슷한 영국의 오래된 게임.

"무슨 소리냐?"

"그러니까…… 원래는 어디서 살았어요?"

"'집시'라는 말이 어디서 왔을 거 같니? 바로 이집트인이란다."

"그러면 집시들은 아프리카인이에요?"

"지금은 아니지, 아니야. 수백 년 전에 이주했단다."

"왜 사람들은 집시를 싫어해요?

"국가에 땡전 한 푼 내지 않고 책에 나오는 규칙이란 규칙은 다 무시하는 부랑자들을 점잖은 사람들이 어떻게 좋아하겠니?"

"그건 좀 심한 말 같은데, 마이클." 엄마가 후추를 뿌리며 말했다.

"당신이 집시를 한 명이라도 만나본 적이 있다면 심하다고는 못 할걸, 헬레나."

"그 칼 가는 사람은 작년에 가위랑 칼을 아주 **훌륭하게** 갈아줬 다고."

"설마 당신," 아빠의 포크가 허공에서 딱 멈추었다. "그자를 알 고 있단 말이야?"

"매년 10월마다 칼 가는 사람이 블랙스완그린에 온 지 벌써 몇 년 돼. 보지 못했으니 같은 사람인지 **확실히** 모르겠지만, 아마 그 사람일걸."

"정말로 그 비렁뱅이한테 돈을 주었단 말이야?"

"그럼 당신은 공짜로 일을 해줘, 마이클?"

(질문은 질문이 아니다. 질문은 총탄이다.)

아빠는 쨍 소리가 나도록 칼과 포크를 내려놓았다. "당신 은…… 일 년을 꼬박 그런 거래에 대해 쉬쉬하고 있었어?"

"'쉬쉬하다'니?" 엄마는 소리 없이 코웃음을 날렸다. "내가 '쉬쉬했다'고 나를 비난하는 거야?" (그 말에 속이 메슥거렸다. 아빠는 엄마에게 제이슨 앞에서 그만하라는 표정을 지어 보였다. 그 모습에 속이 메슥거리면서 벌벌 떨렸다.) "회사 일에 바쁜 당신을 사소한 집안일로 성가시게 하고 싶지 않았을 뿐이라고."

"그러면 그 부랑자가 당신한테서 얼마를 뜯어간 거야?" 아빠는 물러서지 않았다.

"1파운드 달라기에 줬어. 칼을 전부 다 갈아줬고, 아주 일을 잘해줬다고. 1파운드에. 당신네 냉동 그린랜드 피자 한 판보다 1페니 비싸지."

"울긋불긋한 마차를 타고 돌아다니던 시절부터 집시들이 써먹던 그런 낡아빠진 수법에 걸려들다니 믿을 수가 없군. 제발, 헬레나. 칼 가는 사람이 필요하거든 철물상에 부탁하면 되잖아. 집시들은 일하기 싫어하는 사기꾼들이라고. 그런 놈들한테 틈을 보였다가는 2000년에는 사촌들을 떼거리로 끌고 우리집 문 앞으로 몰려올 거야. 오늘은 칼과 수정구슬과 도로포장 정도지만, 내일은 차를 빼앗고, 정원 창고를 털고, 훔친 물건들을 들고 튈걸."

엄마 아빠의 말다툼이 요즘은 스피드체스 같다.

나는 식사를 마쳤다. "저 이제 가도 될까요?"

목요일이라 내 방에서 〈최고 인기가요〉와 〈내일의 세계〉를 보았다. 주방 찬장에서 그릇 부딪는 소리가 들려왔다. 나는 누나가 나를 위해 이완의 LP에서 뽑은 곡으로 만들어준 카세트테이프를 틀었다. 첫번째 곡은 닐 영의 〈Words(Between The Lines of Age)〉였다. 닐 영은 노래는 헛간이 무너져가는 것처럼 부르지만 음악은 정말 최고다. 괴롭힘을 당하는 아이들이 왜 그렇게 당하는 지에 대한 '버러지'라는 시가 내 머릿속을 울리기 시작했다. 시는 렌즈고, 거울이며, 엑스레이 기계다. 나는 글을 약간 끼적여보았지 만(단어를 찾고 있지 않는 척하면 덤불 숲속에서 단어들이 튀어 나온다) 볼펜이 나오지 않아서 새것을 꺼내려고 필통 지퍼를 열 었다.

안에는 세번째로 깜짝 놀랄 일이 나를 기다리고 있었다.

칼로 잘라낸 진짜 쥐의 머리였다.

작은 이빨, 꼭 감은 눈, 비어트릭스 포터의 책에 나오는 수염, 프 랑스산 겨자 색깔 털, 밤색으로 말라붙은 피딱지, 혹같이 볼록한 등뼈. 표백제 냄새, 스팸, 연필 깎은 부스러기.

그들은 이렇게 말했을 것이다. 빨리 해. 테일러 필통에 넣어. 진짜 죽이게 웃길 거야. 휘틀록 선생님의 생물학 해부수업에서 나온 것이 틀림없다. 휘틀록 선생님은 쥐의 몸 토막을 슬쩍하는 녀석이 있으 면 작살을 내겠다고 을렀지만, 특제 커피를 한 주전자 마신 후 졸 려서 부주의해졌다.

어서, 테일러, 필통을 꺼내봐. 로스 윌콕스가 거기서 이걸 슬쩍 넣 었을 것이다. 돈 매든도 알고 있었을 테지. 피-피-필통을 꺼-꺼-꺼 내봐(윌콕스의 눈이 튀어나올 것 같다), 트-트-트-테일러.

나는 종잇조각으로 머리를 쌌다. 아빠는 아래층 소파에 앉아 〈데 일리 메일〉을 읽고 있었다. 엄마는 식탁에 앉아 가계부를 쓰고 있 었다. "어디 가니?"

"차고에요. 다트놀이 하려고요."

"손에 든 그 휴지는 뭐니?"

"아무것도 아니에요. 코 푼 거예요." 나는 그걸 청바지 주머니에
쑤셔넣었다. 엄마는 한번 보자고 하려다가 다행히 마음을 바꾸었
다. 나는 어둠을 틈타 암석정원으로 몰래 나와서 교회 영지로 머리
를 던졌다. 개미와 족제비가 먹어치워주겠지.

그애들은 나를 증오하는 게 틀림없다.

'라운드 더 클락' 한 게임을 하고 나서 나는 다트를 치우고 안으
로 들어갔다. 아빠는 영국인이 자기 땅에 미국 크루즈미사일을 갖
고 있어야 하는가에 대한 토론을 보고 있었다. 대처 수상이 갖고
있어야 한다고 했으니, 그렇게 될 것이다. 포클랜드전쟁 이후로는
아무도 수상에게 반대할 수가 없게 되었다. 그때 초인종이 울렸다.
10월 저녁에 이상한 일이었다. 아빠는 그 집시가 또 왔다고 생각
한 모양이었다. "내가 그 자식을 상대해야겠어." 아빠는 선언조로
말하고는 신문을 탁 접었다. 엄마는 진절머리가 난다는 듯 조그맣
게 푸우 한숨을 내쉬었다. 나는 아빠가 문을 열 때 층계참의 늘 숨
는 자리에 숨었다.

"새뮤얼 스윈야드입니다." (길버트 스윈야드의 아빠다.) "드러
거스엔드에 농장을 갖고 있는 사람이지요. 잠깐만 얘기 좀 할 수
있을까요?"

"물론이죠. 선생님께 크리스마스트리를 사곤 했는걸요. 마이클
테일러입니다. 무슨 일이십니까, 스윈야드 씨?"

"샘이라고 부르세요. 청원서에 서명을 받고 있는 중입니다. 모
르실 수도 있겠습니다만 맬번 시의회가 블랙스완그린, 바로 여기
에 집시들을 위한 부지를 만들려고 합니다. 일시적으로가 아니라

영구적으로요."

"심란한 소식이군요. 언제 발표되었습니까?"

"바로 그겁니다, 마이클. 발표된 적이 없습니다! 아무도 몰래 슬쩍 통과시키려는 속셈이지요. 일이 다 끝날 때까지 아무도 눈치채지 못하도록 말입니다! 쓰레기 소각로 옆 헤이크 레인에 부지를 만들려고 합니다. 아이고, 맬번 시의회 놈들이 얼마나 교활한지 모릅니다. 자기들 뒷마당에는 집시들을 들이기 싫다 이거지요. 달갑지 않다 이 말이에요. 주거용 트레일러 사십 대가 들어설 땅을 배정했답니다. 말은 사십 대라고 하지만, 일단 부지를 만들고 나면 그 밑에 친척들까지 줄줄이 달라붙어 백 대는 될 겁니다. 완전히 캘커타 빈민촌 꼴 나는 거지요. 생각해보십시오."

"어디에 서명하면 됩니까?" 아빠는 회람판을 받아들고 이름을 휘갈겨 썼다. "사실 그 집시들 중 하나…… 웬 거지 같은 놈이…… 오늘 오후에 여기 왔었답니다. 부인들이나 아이들이 무방비로 집에 있기 딱 좋은 시간인 네시경에 말이지요."

"놀랄 일도 아닙니다. 그놈들이 웰링턴 가든도 온통 쑤시고 다녔어요. 오래된 집들에는 그놈들이 훔쳐갈 만한 귀중한 잡동사니들이 더 많으니까요. 이 노숙지가 생기면 이런 일이 이제 매일 일어날 겁니다! 그리고 일은 안 하고 도둑질이나 하게 되면 더 주저 없이 우리 은식기에 손을 대려고 할 거고요. 제 말 무슨 뜻인지 아시겠지요."

"다들 당신의 노력에 긍정적인 반응을 보여줬겠죠, 샘?" 아빠가 회람판을 돌려주었다.

"반은 집시인 사람들 셋만 서명을 거절했답니다. 목사는 '편가르기'에 낄 수 없다고 했지만, 목사 부인은 자기는 성직자가 아니라면서 목사를 채근하더군요. 그 밖에는 전부 다 선생님처럼 재깍 서명해주었답니다, 마이클. 수요일에 마을회관에서 맬번 시의회의 그 얼간이들을 어떡하면 가장 잘 혼내줄 수 있을지 의논하기 위해 비상회의가 열릴 겁니다. 참석해주실 수 있습니까?"

그러라고 할 수만 있다면 얼마나 좋을까. "여기 제 용돈이에요. 지금 당장 갈아주세요"라고 말할 수만 있다면. 칼 가는 사람은 우리 집 문간에 자기 연장을 꺼내놓을 것이다. 쇠줄, 숫돌, 플라이휠까지. 그 위에 허리를 구부리면 눈은 위험스러우리만치 번쩍이고 도깨비처럼 쭈글쭈글한 얼굴은 벌겋게 달아오른다. 한 손으로 플라이휠을 돌리자 휠은 점점 더 빨리 돌아가면서 흐릿해지고, 한 손은 무딘 칼날을 천천히, 가까이, 점점 더 가까이 가져간다. 마침내 숫돌이 금속 날에 닿고, 둥근 전기톱에서 격렬한 푸른 불꽃이 튀면서 검은 코크스 가루가 쏟아져나온다. 뜨거운 금속 냄새가 느껴지는 듯하다. 끽끽거리는 날카로운 쇳소리가 귓전에 선하다. 그는 하나씩 하나씩 무딘 칼을 갈아낸다. 하나씩 하나씩 낡은 칼날이 노먼베이츠의 보위 나이프보다도 더 반짝이는 새것으로 변하고, 나를 증오하는 녀석들의 근육과 뼈, 시간들, 두려움을 다 쓱싹쓱싹 벨 수 있을 만큼 날카로워진다. 그놈들이 내일은 나한테 무슨 짓을 할까? 하는 두려움을 종이처럼 얇게 베어낼 수 있을 만큼 날카롭게.

아, 그러라고 할 수만 있다면.

아빠든 엄마든 남들 앞에서 부모님과 같이 있는 모습을 보이는 것은 진짜 게이 같은 짓이다. 하지만 오늘밤에는 많은 아이들이 부모님과 함께 마을회관으로 걸어가고 있었기 때문에 그 규칙은 적용되지 않았다. 블랙스완그린의 마을회관(1952년 건립) 유리창이 버터 같은 노란색으로 빛났다. 킹피셔메도스에서 걸어서 삼 분밖에 걸리지 않는 거리였고, 스록모턴 선생님 집 바로 옆이었다. 이런 때는 초등학교가 엄청 커 보였다. 어떤 것인들 언제는 진짜 크기였는지 어떻게 확신할 수 있겠는가?

마을회관에서는 담배, 왁스, 먼지, 콜리플라워와 페인트 냄새가 풍겼다. 울미어 씨 부부가 앞쪽에 우리 자리를 맡아두지 않았더라면 아빠와 나는 뒤에 서 있어야 했을 것이다. 오늘밤만큼 붐빈 적은 크리스마스 때 그리스도의 탄생 연극을 하던 날 밤이 마지막이었다. 그때 나는 베들레헴의 지저분한 개구쟁이 역을 맡았다. 관객들의 눈에 무대조명이 반사되어 한밤의 고양이 눈처럼 빛났다. 행맨 때문에 중요한 대사 몇 줄을 우물우물해서 스록모턴 선생님이 눈살을 찌푸렸다. 하지만 실로폰 연주는 잘해냈고, 〈백인이든 흑인이든 황인이든 인디언이든, 헛간의 아기예수를 보러 오세요〉도 잘 불렀다. 노래할 때는 말을 더듬지 않는다. 누나는 그때 〈007 나를 사랑한 스파이〉에 나오는 죠스처럼 이에 교정기를 끼고 있었다. 누나는 내가 아주 자연스러웠다고 말해주었다. 그 말은 진실이 아니었지만, 누나의 다정한 마음은 잊을 수가 없었다.

하여간 오늘밤 청중들은 마치 곧 전쟁이라도 터질 것처럼 잔뜩 흥분한 상태였다. 담배 연기 때문에 사람들의 줄이 흐릿해 보였다. 유 씨도 왔고, 콜레트 터벗의 엄마랑 라이드 씨 부부, 리언 커틀러의 엄마 아빠, (항상 위생과 직원들과 전쟁을 벌이는) 빵집 주인인 앤트 리틀의 아빠도 왔다. 다들 왁자지껄 시끄러운 속에서 목소리를 더 높여 떠들어대고 있었다. 그랜트 버치의 아빠는 집시들이 싸움을 붙이려고 개를 훔쳐간 다음 잡아먹어서 증거를 없앴다는 얘기를 하고 있었다. "앵글시에서 그런 일이 일어나고 있다니까요!" 앤드리아 보자드의 엄마가 맞장구를 쳤다. "여기서도 곧 그렇게 될 거예요!" 로스 윌콕스는 기계공인 아빠와 새 계모 사이에 앉아 있었다. 그의 아빠는 아들이랑 똑같이 생겼는데 몸집이 더 크고, 뼈대가 더 굵고, 눈이 더 붉을 뿐이었다. 윌콕스의 새엄마는 쉴새 없이 재채기를 했다. 곧 병에 걸릴 거라는 사실을 무시함으로써 병을 피하려 하듯, 나는 그들 쪽을 애써 보지 않으려 했다. 하지만 그럴 수가 없었다. 무대 위에는 길버트 스윈야드의 아빠와 목사 부인 그웬돌린 벤딩크스, 개들을 키우며 승마길 옆에서 사는 소년원 교사 키트 해리스가 있었다. (그의 개를 훔치려 하는 사람은 아무도 없을 것이다.) 키트 해리스는 검은 머리에 흰머리가 섞여 있어 아이들이 다 그를 오소리라고 불렀다. 우리 이웃인 캐슬 씨도 옆으로 들어와서 마지막으로 남은 자리를 차지했다. 그는 아빠와 울미어 씨에게 과장되게 고개를 숙여 인사했다. 아빠와 울미어 씨도 답례했다. 울미어 씨가 아빠에게 속삭였다. "늙은 게리가 행동에 들어가는 데 시간이 오래 걸리지 않았지요……" 가대 앞에 긴 벽보가 테이프로 붙여져 있었다. 거기에는 '집시거주지 대책위원회'라고 페인트로 글씨가 쓰여 있었다. 각 단어의 맨 첫 글자는 피처럼 붉은 색이었다. 다른 글자들은 모두 검은색이었다.

　캐슬 씨가 일어나자, 떠들고 있는 사람들 쪽을 향해 조용히 하라는 속삭임이 일었다. 작년에 딘 모런과 로빈 사우스와 축구를 하다가 모런이 찬 공이 캐슬 씨네 정원에 들어간 적이 있었다. 모런이 캐슬 씨한테 공을 돌려달라고 하자, 캐슬 씨는 모런의 공이 35파운드짜리 교배 장미를 망쳐놓았으니 장미값을 치르기 전에는 공을 돌려줄 수 없다고 했다. 열세 살짜리한테 35파운드라는 돈이 있을 턱이 없으니, 그 말은 곧 절대 돌려주지 않겠다는 뜻이었다.

　"블랙스완의 신사 숙녀 여러분. 이렇게 많은 분들이 이렇게 얼어붙을 듯이 추운 저녁 시간에 나와주셨다는 사실만 보아도 우리가 뽑은 의회가 우리 마을, 우리 모두의 터전인 이 마을을 소위 '떠돌이들' '집시들', 요즘 시쳇말로 '자유주의자들'—물론 자유당 지지자가 아니라 자유주의적 사고를 가진 자들이라는 말입니다—을 위한 쓰레기장으로 바꿈으로써 '1968년 주거용 트레일러 부지 법령'에 따른 의무를 실행하려는"—그는 헛기침을 했다—"수치스러운—몰염치한—시도에 대한 우리 마을의 감정이 어느 정도인지를 분명히 알 수 있습니다. 단 한 명의 의원도 오늘 저녁 나타나지 않았다는 사실은" (블랙스완의 주인인 아이작 파이가 고함쳤다. "그 망할 놈들이 우리한테 린치를 당할까봐 안 나온 거야!" 캐슬 씨는 웃음소리가 잦아들 때까지 인내심 많은 삼촌처럼 미소를 짓고 있었다) "그들의 이중성과 비겁함, 주장의 취약함을 보여주는 명백한 증거입니다." (박수갈채. 울미어 씨가 외쳤다. "말 잘했소, 게리!") "시작하기 전에, 위원회는 〈맬번 가제티어〉의 휴즈 씨게 환영한다는 인사를 하고 싶습니다." (앞줄에서 메모지를 든 남자가 고개를 끄덕였다.) "휴즈 씨는 우리를 위해 바쁜 시간을 내주셨습니다. 공정하기로 유명한 신문사의 평판에 걸맞게, 맬번 시의회에서 그 범죄자들이 저지른 유린 행위에 대해 잘 보도해주리라 믿습니다." (그 말은 환영이라기보다는 협박같이 들렸다.) "자, 집시들을 변호하려는 사람들은 보나 마나 이런 소리를 지껄여댈 겁니다. '왜 그 사람들을 반대하는 겁니까?' 저는 이렇게 말하겠습니다. '내 대답을 끝까지 다 들을 수 있을 만큼 시간이 넉넉하게 있소? 방랑. 절도. 위생. 결핵……'" 나는 마을 사람들이 집시들이 천박한 존재이기를 바라고 있으며, 그리하여 자기가 아닌 다른 존재의 천박함이 결국 마을 사람들의 정체를 스텐실로 찍어낸 듯 고대로 드러내 보여주는 역할을 한다는 생각에 빠져 다음 말을 놓쳤다.

"집시들에게 영구적인 거주지가 필요하다는 것은 아무도 부인할 수 없는 사실입니다." 그웬돌린 벤딩크스가 두 손을 가슴에 포갰다. "집시들도 우리와 다를 바 없는 어머니들이고 아버지들입니다. 집시들도 우리와 마찬가지로 자기 자식들을 위해 최선이라고 믿는 것을 원합니다. 피부색이나 신조가 아무리 다를지라도, 제가 그 어떤 집단에 대해서도 편견을 갖고 있지 않다는 것은 하늘도 압니다. 이 회관 안에 계신 분 모두 저와 같으리라 믿어 의심치 않습니다. 우리는 모두 기독교인들이니까요. 정말로, 영구적인 거주지가 없다면, 집시들이 시민의 책임을 어떻게 배울 수 있겠습니까? 법과 질서가 구걸, 말 장사, 좀도둑질보다 자기 아이들에게 더 밝은 미래를 보장해줄 수 있다는 것을 달리 무슨 수로 그들이 배우겠습니까? 고슴도치를 잡아먹는 것이 문명인이 할 짓이 아니라는 것을 어떻게 배울 수 있겠습니까?" 극적인 침묵. (모든 지도자들은 대중이 무엇을 두려워하는지 감지하고, 그 공포를 활과 화살과 머스킷총과 수류탄과 핵무기로 바꾸어 자기들이 원하는 대로 이용할 줄 아는 모양이다. 그것이 권력이다.) "그러나 왜, 왜 권력자들은 블랙스완그린이 그들의 '프로젝트'에 적합한 장소라고 믿고 있단 말입니까? 우리 마을은 아주 안정된 공동체입니다! 아웃사이더들, 특히 소위 '문제 가정'들이 우리 학교와 병원 진료실에 몰려들어와 우리를 아수라장 속으로 몰아넣고 말 겁니다! 끔찍한 무정부 상태에 빠지겠지요! 안 됩니다, 영구적인 거주지는 그들을 흡수할 수 있을 만큼 큰 도시 근처에 세워져야 합니다. 인프라를 갖춘 도시 말입니다. 우스터나, 버밍엄이라면 더 좋겠지요! 우리가 맬번 시의회에 보내는 메시지는 일치된 강한 뜻입니다. '감히 우리를 속여서 책임을 떠넘기려 하지 마세요. 우리가 시골 사람일지는 몰라도, 당신들한테 어수룩하게 속아넘어갈 만큼 만만한 시골뜨기는 아닙니다!'" 그웬돌린 벤딩크스는 몸이 언 사람이 모닥불 앞에서 미소 짓듯 열렬하게 쏟아지는 박수갈채에 미소를 지었다.

"나는 참을성이 많은 사람입니다." 새뮤얼 스윈야드가 두 발을 벌리고 섰다. "웬만한 건 다 참아줍니다. 저는 농부입니다. 제 직업이 자랑스럽습니다. 농부들은 별것도 아닌 일에 오래 머리 굴리는 사람들이 아닙니다." (유쾌한 속삭임이 퍼져나갔다.) "제가 영구 거주지에 반대한다고 말하지는 않겠습니다. 그들이 순수한 집시라면 괜찮습니다. 제 아버님은 수확기에 진짜 집시들을 몇 고용하곤 하셨지요. 그들은 마음만 먹으면 너끈히 제 몫을 해내는 일꾼들이었습니다. 검둥이처럼 새까맣고, 말처럼 이가 튼튼한 집시들은 홍수가 난 후로는 칠턴스에서 겨울을 났지요. 그들에게서 눈을 뗄 수는 없었습니다. 할 수만 있다면 미꾸라지처럼 요리조리 잘 빠져나가는 자들이거든요. 전쟁이 터졌을 때 노르망디로 끌려가지 않으려고 여장을 하거나 아일랜드로 도망가버렸던 것처럼 말입니다. 하지만 적어도 **진짜** 집시라면 그들이 어떤 자들인지, 우리가 지금 어떤 상황에 처한 건지 알 수도 있습니다. 지금 내가 이 자리에 선 이유는, 여기저기 떠돌아다니면서 스스로를 집시라고 **주장**하는 이 부류들은 대부분 **진짜** 집시라고는 알지도 못하는, 한탕을 노리는 자들이거나 파산자들이거나 범죄자들이기 때문입니다." (아이작 파이가 "웃기시네!" 하고 소리치자 마을회관 뒤쪽에서 한바탕 폭소가 터져나왔다.) "네, 아이작 파이 씨, 비트족이니 히피니 떠돌이들이 죄다 자기들이 '집시'라고 떠들고 있습니다. 그래야 보조금을 탈 자격을 얻을 수 있으니까요! 교육도 못 받은 무식한 거지떼들이 '**사회보장**'을 요구하고 나서는 겁니다. 아아, 수세식 화장실이 있는 야영장, 그게 바로 그자들이 지금 원하는 겁니다! 사회사업가들은 그자들이 시키는 대로 끄덕거리고 다닌단 말입니다! 이러니 차라리 나도 집시라 자칭하고 이 약탈극에 끼어들어 멋대로 하는 편이 낫지 않겠습니까? 비트족도 제 손을 놀려 밥벌이를 해야 합니다! 왜냐하면 내가 바라는 것이……"

그때 화재 경보가 울렸다.

새뮤얼 스윈야드가 짜증스레 얼굴을 찌푸렸다. 진짜 화재 경보가 아니라 소방 훈련인 것 같아서 겁이 나지는 않았다. 바로 지난

주에도 학교에서 소방 훈련을 했다. 우리는 프랑스어 수업시간에 질서정연하게 걸어나가 운동장에 줄을 서야 했다. 휘틀록 선생님이 고래고래 악을 썼다. "노릇노릇하게 통구이가 되겠다! 거기 너희들! 통구이가 된다고! 평생 불구가 되는 거야!" 카버 선생님은 메가폰을 손에 쥐고 외쳤다. "적어도 니컬러스 브라이어가 더는 혼자 있지 않아도 되겠구나!"

하지만 마을회관의 경보는 울리고, 울리고, 또 울렸다.

우리 주위에서 "별일이군!"이라든가 "저걸 끄려면 아인슈타인이라도 와야 하나?" 등의 말이 들려왔다. 그웬돌린 벤딩크스가 캐슬 씨에게 뭐라고 말하자, 그는 뭐라고요? 하고 묻는 듯 귀에다 손을 가져갔다. 그웬돌린 벤딩크스는 다시 한번 말했다. 뭐라고요? 이제 몇몇 사람들이 자리에서 일어나 불안스레 주위를 둘러보고 있었다.

뒤에서 오십여 명의 외침이 터져나왔다. "불이야!"

머리 위로 끓어오르는 고함소리와 날카로운 비명이 난무했다. 의자들이 뒤집혔다. "집시들이 불을 지른 거야!" 그때 불이 꺼졌다. "밖으로 나가! 나가!" 무시무시한 어둠 속에서 아빠가 나를 마치 아기인 양 자기 쪽으로 잡아당겼다(아빠의 코트 지퍼가 내 코를 꼭 눌렀다). 우리는 줄 가운데에서 오른쪽에 있었다. 아빠의 겨드랑이 밑에서 나는 데어도런트 냄새를 맡을 수 있었다. 누군가의 신발이 내 정강이를 세게 걷어찼다. 비상등 하나가 깜박이며 켜졌다. 그 빛으로 라이드 부인이 비상구를 두들기는 모습이 보였다. "잠겼어! 망할 것이 잠겼어!" 윌콕스의 아빠가 사람들을 밀치고 나아갔다. "창문을 깨! 저 빌어먹을 창문 깨라고!" 키트 해리스 한 사람만

침착했다. 그는 조용한 숲을 바라보는 은자처럼 군중을 바라보고 있었다. 콜레트 터벗의 엄마는 진주가 실에서 빠져 수백 미터 아래로 떨어졌다 튀어오르기라도 하는 것처럼 비명을 질러댔다. "내 손다 뭉개지겠네!" 마을 사람들의 벽이 무너졌다가 일어섰다가 난장판을 이루었다. 지도자가 없는 군중은 가장 위험천만한 동물이다.

"괜찮아, 제이슨!" 아빠가 나를 어찌나 세게 누르던지 숨을 쉬기가 힘들 지경이었다. "아빠가 네 곁에 있어!"

딘 모런의 집은 사실 대충 날림으로 지은 오두막 두 채로 되어 있다. 얼마나 오래되었는지 아직도 집 바깥에 화장실이 있다. 차라리 집 옆의 밭에 가서 소변을 보는 편이 더 나아서, 나는 보통 그렇게 한다. 오늘은 딘의 싱클레어 ZX 스펙트럼 16k 컴퓨터를 갖고 놀기로 했기 때문에, 딘과 함께 드러거스엔드에서 내렸다. 하지만 딘의 누나 켈리가 그날 아침 테이프 재생기를 깔고 앉는 바람에 아무 게임도 할 수가 없었다. 켈리 누나는 맬번에 있는 울워스 백화점의 픽앤믹스*에서 일한다. 그래서 딘이 자기 방에서 수술하기 게임 설정을 하자고 했다. 딘의 방 벽은 축구클럽 웨스트 브로미치 앨비언의 포스터로 도배가 되어 있었다. 웨스트 브롬은 늘 하위 리그로 떨어지기 일쑤지만, 딘과 딘의 아빠는 항상 웨스트 브롬을 응원했고, 그리고 언제나 그걸로 끝이었다. 수술하기 게임은 환자의

---

* 사탕이나 초콜릿을 원하는 대로 골라서 살 수 있는 상점.

몸에서 뼈를 꺼내는 게임이다. 핀셋으로 환자의 옆구리를 건드리는데, 버저가 울리면 수술비를 받지 못한다. 우리는 게임에 초대형 배터리를 연결해놔서, 옆구리를 건드렸다가는 감전될 판이었다. 우리는 수술을 망치고 환자를 영영 죽이고 말았지만, 딘은 이미 오래전에 그 게임에 싫증이 났다고 했다. 밖에 나가 딘네 정원 끝에 바로 맞붙어 있는 다 말라 죽은 과수원에서 가져온 널빤지랑 파이프, 낡은 말편자로 괴상한 골프코스를 만들었다. 주름이 있는 독버섯이 썩은 나무둥치에서 자라고 있었다. 회색 고양이가 실외 화장실 지붕에서 우리를 지켜보고 있었다. 우리는 골프채로 쓸 만한 건 두 개 찾아냈지만 공은 단 한 개도, 바닥이 아주 깊은 헛간에서조차 찾을 수 없었다. 대신 망가진 베 짜는 기계 한 대와 뼈대만 남은 오토바이 한 대를 찾아냈다. 딘이 제안했다. "우리 우물 속 한번 들여다볼래?"

딘의 여동생 맥신이 빠질까봐 우물에는 쓰레기통 뚜껑을 덮고 그 위에 벽돌을 쌓아놓았다. 우리는 벽돌을 한 개씩 치웠다. "바람 한 점 없고 달도 없는 밤이면 빠져 죽은 여자애 목소리가 들려온다."

"그래, 어련하겠냐, 딘."

"우리 할머니 무덤에 걸고 맹세해! 이 우물에 어린 여자애가 빠져 죽은 적이 있다고. 아이를 구하려는 순간 속치마가 걸려서 그대로 밑으로 떨어졌어."

흰소리로 치부하기에는 너무 상세했다. "언제?"

딘은 마지막 벽돌을 치웠다. "아주 옛날에."

우리는 우물 속을 들여다보았다. 우리 머리가 떨림 하나 없는 거울 속에 매장된 것 같았다. 무덤 속처럼 조용하고 냉기가 돌았다.

"얼마나 깊을까?"

"모르지." 우물에 대고 말하자, 메아리가 되돌아왔다. "한번은 켈리 누나랑 낚싯대 찌를 줄에 매달아서 늘어뜨려본 적이 있는데, 50미터를 풀었는데도 바닥에 안 닿더라고."

여기 떨어진다는 생각만 해도 오금이 저렸다.

습한 10월의 안개가 우물을 감싸고 모여들었다.

"엄마!" 새끼 고양이 울음소리 같은 목소리가 우리를 덮쳤다. "난 수영 못해요!"

나 자신에게 침을 뱉었다. 스스로에게 침을 뱉었다.

모런 씨가 배꼽을 쥐고 미친 듯이 웃어댔다.

"아빠!" 딘이 불만에 찬 목소리로 외쳤다.

"미안하다, 애들아, 참을 수가 없어서 말이야!" 모런 씨는 눈을 비볐다. "내년 수선화를 심으러 나왔다가 너희들 이야기를 들었단다. 듣고 있자니 장난기가 발동한 거야!"

딘이 뚜껑을 도로 덮었다. "쳇, 아빠한테 뭘 바라요!"

딘의 아빠는 식탁 위에 책을 세워 벽을 만들어서 탁구대를 꾸몄다. 우리는 레이디버드 출판사 책을 배트로 썼다. (내 것은 『요정들과 구두장이』였고, 딘의 것은 『럼펠스틸스킨』이었다.) 우리 꼬락서니가 딱 얼간이처럼 보였을 것이다. 닥터 페퍼 캔을 흔들고 있는 모런 씨가 특히 그렇게 보였을 것이다. (닥터 페퍼는 거품이 이는 기침약 베닐린이다.) 신나는 웃음소리가 터졌다. 언젠가 내 휴대용 TV를 가져오면 더 재미있을 것이다. 딘의 여동생 맥신이 점수를 매겼다. 온 가족이 맥신을 미니 맥스라고 불렀다. 우리는 점수를 낸 사람이 서브를 넣는 식으로 경기를 했다. 딘의 엄마가 맬번 로드의 노인 집에서 일을 마치고 돌아왔다. 그녀는 우리를 한번 슥 쳐다보고는 "프랭크 모런" 하고 딘의 아빠를 부르더니, 구운 땅콩 냄새가 나는 불을 지폈다. 우리 아빠는 진짜 불은 실제 효율에 비하면 낭비인 면이 더 많다고 했지만, 딘의 아빠는 스코틀랜드 사람 같은 목소리로 "요강을 놓을 필요가 없는 집은 저어얼대 너한테 안 사준다"라고 한다. 모런 부인은 머리를 뒤로 올려 뜨개바늘로 고정시키고는 21 대 7로 나를 완파하더니, 경기를 그만두고 〈맬번 가제티어〉의 '마을회관에서 불이 나 일대 소동이 벌어지다'라는 기사를 소리 내어 읽었다. "'수요일, 블랙스완그린 마을 사람들은 불이 나지 않아도 연기가 날 수 있다는 사실을 알았다. 블랙스완그린의 헤이크 레인에 집시거주지를 조성한다는 계획에 반대하기 위해 주민들이 개최한 '집시거주지 대책위원회'의 개회식은 화재 경보가 울려 참석자가 모두 미친 듯이 도망가는 바람에 중단되었다……' 흠, 저런, 저런." (그 기사 자체는 우습지 않았지만 모런 부인이 시골뜨기가 뉴스를 읽는 투로 읽었기 때문에 우리는 너무 웃겨서 오줌을 지릴 뻔했다.) "'긴급 구조대가 현장으로 달려왔으나 화재 경보는 토스터에서 나온 연기 때문인 것으로 판명되었다. 탈출 과정에서 입은 부상으로 네 명이 치료를 받았다. 블랙스완그린의 킹피셔메도스에 사는 목격자 제럴드 캐슬 씨는……' 이 사람 너희 이웃 아니니, 제이슨? '……〈가제티어〉와의 인터뷰에서 이렇게 말했다. '평생 불구가 된 사람이 아무도 없다니 작은 기적입니다.' 아, 미안하다. 웃으면 안 되는데. 사실 조금도 우습지 않아. 너 정말로 그 탈출 장면을 보았니, 제이슨?"

"네, 아빠가 저를 데리고 가셨어요. 마을회관에 사람이 꽉 찼었어요. 안 가셨어요?"

모런 씨의 얼굴이 살짝 굳었다. "샘 스윈야드가 내 서명을 받으러 왔지만, 난 정중히 거절했단다." 대화가 이상한 방향으로 흘러갔다. "토론의 수준에 감명받았겠구나, 응?"

"사람들이 거주지에 엄청 반대했어요."

"아, 보나 마나 그랬겠지! 사람들이 다 망쳐놓는다니까. 선조들이 **목숨을 바쳤던** 노동조합이 다우닝 스트리트의 그 괴물 손에 다 결딴이 나고 있잖아! 하지만 일단 자기네 집값에 해가 될 성싶은 냄새를 맡으면 어떤 혁명가보다도 재빨리 무장을 하고 득달같이 나선다니까."

"프랭크." 모런 부인이 수동 브레이크를 걸듯 제지했다.

"내 몸속에 집시의 피가 흐르고 있다는 것쯤 제이슨이 알게 돼도 부끄럽지 않아! 우리 할아버지가 집시였단다, 제이슨. 그래서 우리가 회의에 나가지 않은 거야. 집시들이 천사는 아니지만 그렇다고 악마도 아니란다. 그저 남과 다를 바 없는 농부고 우체부고 땅주인이지. 그 이상도 이하도 아니야. 사람들도 집시들을 그냥 내버려둬야 해."

나는 뭐라 할말이 떠오르지 않아 그저 고개만 끄덕였다.

"투덜거린다고 저절로 뭐가 돼?" 모런 부인이 자리에서 일어섰다. 모런 씨는 〈주간 워드 퍼즐〉을 꺼냈다. 〈주간 워드 퍼즐〉 표지에는 비키니 입은 여자들이 실려 있지만 안에 누드 같은 건 없다.

맥신과 딘과 내가 레이디버드 출판사 책들을 치우자 훈제햄과 버섯 냄새가 작은 주방을 가득 채웠다. 나는 집에 갈 시간을 늦추려고 딘을 도와 상을 차렸다. 모런네 포크와 나이프 서랍은 우리 것처럼 쓰기 좋게 칸이 나누어져 있지 않고 마구잡이로 뒤죽박죽 섞여 있다. "좀더 있다 갈래, 제이슨?" 딘의 엄마가 감자 껍질을 벗기며 말했다. "우리 켈리한테 직장에서 전화가 왔어. 누구 생일이라나, 일 끝나면 다들 파이랑 감자칩을 먹으러 간대. 그래서 식사가 한 명분이 남는단다."

"그래," 딘의 아빠도 거들었다. "어머니한테 전화로 말씀드리렴."

"괜찮아요." 사실 그 말대로 하고픈 마음은 굴뚝같았지만, 친구 집에서 식사를 하겠다고 몇 주 전에 미리 말해두지 않으면 엄마한테 한바탕 잔소리를 듣게 된다. 아빠도 넘길 수 없는 중범죄라도 된다는 듯 경찰 행세를 하고 나설 것이다. 아빠는 요즘 집에서 저녁 먹는 날보다 옥스퍼드에서 먹고 오는 날이 더 많으면서. "초대해주서서 감사합니다."

어스름이 땅에서 안개를 빨아들이고 있었다. 시계가 다음 주말로 가고 있다. 엄마가 곧 첼튼엄에서 돌아오겠지만, 서두를 필요는 없었다. 그래서 라이드 씨 가게를 지나는 먼 길을 택했다. 웰링턴 가든 초입을 피한다면 로스 윌콕스와 마주칠 가능성도 적어지리라는 계산에서였다. 그러나 세인트가브리엘 교회의 묘지 입구를 막 지나는 순간, 콜레트 터벗네 정원에서 아이들의 고함소리가 터져나왔다. 이거 좋지 않은데.

전혀 좋지 않았다. 로스 윌콕스뿐 아니라 게리 드레이크와 그

밖에 다른 아이들도 열 명에서 열댓 명 정도가 있었다. 피트 레드 말리와 투키 형제같이 더 나이 많은 아이들도 있었다. 전쟁이 터진 것이다. 상수리열매가 총탄 노릇을 하고, 돌능금과 바람에 떨어진 배가 중화기였다. 스웨터를 뒤집어 만든 주머니에 여분의 탄약을 옮기고 있었다. 빗나간 도토리 한 개가 내 귀를 스치고 지나갔다. 예전 같으면 제일 인기 좋은 아이들 편에 끼어 같이 싸울 수도 있었겠지만, 그건 '예전' 얘기지 지금은 아니다. "테-테-테일러 자-자-자-잡아라!" 하는 외침이 터져나오면 그때부터 양쪽 편 모두 내게 공격을 퍼부을 것이다. 섣불리 도망치려 했다가는 윌콕스가 사냥꾼이 되고 나는 여우가 되어 마을을 온통 휘젓는 여우사냥이 벌어질 판이다.

그래서 나는 누군가의 눈에 띄기 전에 담쟁이넝쿨로 휘감긴 버스정류장으로 숨었다. 한때 맬번과 업턴, 튜크스베리로 가는 버스가 여기에 섰지만, 지름길이 생겨서 지금은 거의 다 없어졌다. 이제는 데이트족과 낙서꾼들 차지가 되었다. 길옆으로 과일이 떨어졌다. 나는 옴짝달싹 못할 상황에 빠졌음을 깨달았다. 피트 레드말리 패거리가 그들을 뒤쫓는 게리 드레이크와 로스 윌콕스의 함성을 뒤로한 채 이 길로 후퇴하고 있었다. 나는 밖을 엿보았다. 요리용 사과 한 개가 3미터쯤 밖에서 스킬치의 머리에 보기 좋게 맞아 터졌다. 곧 방어하던 측도 대등한 기세로 맞서면 내가 숨어 있는 것이 발각될 판이었다. 숨어 있다가 들키면 그냥 눈에 띈 것보다 훨씬 더 나쁘다.

스킬치가 으깨진 사과를 눈에서 닦아내다가 나를 보았다.

저 녀석이 내가 여기 있다고 불어버리면 어쩌지. 나는 입술에 손가락을 갖다 댔다.

스킬치의 일그러진 얼굴이 미소로 바뀌었다. 그는 손가락을 입술에 댔다.

나는 정류장에서 튀어나와 맬번 로드를 가로질렀다. 길을 찾고 자시고 할 시간도 없어서 그냥 울창한 숲속으로 뛰어들었다. 세상에, 큰일날 뻔했다. 나는 따끔따끔 찌르는 잎들을 헤치고 몸을 숨겼다. 목과 엉덩이가 긁혔지만 수치심의 고통에 비하면 이 정도 생채기야 아무것도 아니다. 내 이름을 외쳐 부른 녀석이 아무도 없었다니 이거야말로 기적 중의 기적이다. 여기저기서 모두 싸움이 벌어지고 있었다. 내가 숨은 곳 바로 옆에서는 사이먼 신턴이 혼잣말로 중얼거리는 소리를 들을 수 있었다. 이십 초 전까지 내가 있었던 버스정류장은 벙커가 되어 있었다.

"아파, 크룸, 이 좆같은 새끼가!"

"아, 아프단 말이지? 요 껌딱지만한 로빈 사우스야, 정말 미안하다!"

"어디 한번 붙어볼래, 새꺄! 이 마을이 누구 건지 보여주마!"

"저 새끼들 죽여버려! 쓸어버려! 구덩이 파고 집어던져! 묻어버리자!"

피트 레드말리 편이 다시 모였다. 전투는 여전히 격렬했지만 교착 상태에 빠져 있었다. 미사일과 고함소리로 공기가 후끈 달아올랐다. 웨인 내시엔드가 내가 숨어 있는 곳에서 불과 몇 미터 떨어진 곳에서 탄약을 모았다. 전쟁이 숲 쪽으로 번질 것 같았다. 이제 빠져나갈 길은 숲속으로 더 깊이 들어가는 것뿐이었다.

숲은 잠처럼 겹겹이 덮인 커튼으로 나를 맞아주었다. 양치류가 내 이마를 쓰다듬고 내 주머니를 찔렀다. 네가 여기 있는 줄은 아무도 몰라. 겨울에 대비하고 있는 나무들이 속삭였다.

왕따가 된 아이들이 조금이라도 눈에 덜 띄고 괴롭힘을 덜 당하려면, 보이지 않게 움직여야 한다. 말더듬이들이 말할 수 없는 것을 말해야 할 상황을 되도록 피하려면, 보이지 않게 움직여야 한다. 부부싸움이 잦은 부모를 둔 아이들이 또다른 싸움의 불씨가 되지 않으려면, 보이지 않게 움직여야 한다. 이 세 가지가 다 합해진 보이지 않는 아이가 바로 제이슨 테일러다. 요즘 같아서는 시를 쓰고 있을 때나 가끔씩 거울을 볼 때, 혹은 잠들기 바로 직전을 제외하고는 진짜 제이슨 테일러의 모습이 나한테조차도 잘 보이지 않는다. 하지만 숲속에서는 그의 모습이 나왔다. 옹이가 박힌 가지들, 마디가 울퉁불퉁한 뿌리들, 흔적도 제대로 남지 않은 길들, 족제비가 만들었는지 로마인이 만들었는지 모를 예술작품 같은 흙더미들, 1월이면 얼음으로 덮일 호수, 한때 나무 위의 놀이집으로 삼으려 했던 비밀의 시카모어 단풍나무 열매 뒤에 못으로 박아놓은 나무 담배 상자, 침묵 속에서 들려오는 새들의 날갯짓 소리, 꺼끌꺼끌한 고사리, 혼자가 아니라면 찾아내지 못할 장소들. 숲속에서의 시간은 시계로 잴 수 있는 시간보다 더 오래되었고, 더 진실하다. 숲속에서, 문구점에서, 무수한 별 속에서 현실화되지 않은 가능성의 유령들이 제멋대로 날뛴다. 숲은 울타리나 경계선으로 나뉘지 않는다. 숲 자체가 울타리이고 경계선이다. 두려워하지 마. 어둠 속에서는 더 잘 볼 수 있어. 나는 나무들과 함께하고 싶었다. 드루이드교도들은 지금은 존재하지 않지만, 숲 숭배자들은 아직도 있다. 프랑스에는 숲 숭배자가 있다. 말을 입 밖으로 내뱉지 못한다 한들, 나무들이 뭐라고 하겠는가?

숲속에서 느낀 드루이드교적 감정이 소름 끼치도록 너무 생생해서 똥이 마려웠다. 그래서 평평한 돌로 낙엽이 덮인 관목숲 속에 구멍을 팠다. 나는 똥을 밀어내려고 쪼그려 앉았다. 동굴 시대 사람처럼 야외에서 똥 싸는 맛도 죽인다. 끄응, 툭, 마른 낙엽 위로 희미하게 바스락 소리가 들린다. 밖에서 똥을 싸면 화장실에서 쌀 때보다 부드럽게 잘 나온다. 야외에서는 똥이 더 토탄 같고 뜨끈뜨끈 김이 난다. (한 가지 두려운 건 청파리가 내 똥구멍으로 날아와서 내 대장에 알을 낳으면 어쩌나 하는 것이다. 애벌레가 깨어나면 내 뇌까지 올라올 텐데. 내 사촌 휴고는 애크런 오하이오*라는 미국 아이한테 실제로 그런 일이 일어났다고 말했다.) 나는 그저 내 목소리를 들어보려고 소리 내어 말했다. "숲속에서 이렇게 혼잣말을 하고 있다니 내가 정상인 걸까?" 새 한 마리가 내 귓가에 앉을 듯 아주 바짝 날아와서 병 속의 플루트 같은 소리를 냈다. 소유할 수 없는 것을 소유했다는 느낌에 **전율을 느꼈다.** 그 순간 속으로, 그 병 속으로 기어들어가서 다시는 나오지 않을 수만 있다면, 그렇게 했을 것이다. 그러나 쪼그려 앉은 종아리가 쑤셔와서 움직여야 했다. 소유할 수 없는 새는 겁을 먹고 잔가지들과 현재의 터널 속으로 사라져버렸다.

벙어리장갑처럼 생긴 나뭇잎으로 막 엉덩이를 닦았을 때, **몸집**

---

* 애크런은 미국 오하이오 주 동북부에 있는 도시 이름이다.

이 엄청나게 큰 개 한 마리가 어두컴컴한 고사리 덤불 속에서 터벅터벅 기어나왔다. 덩치가 곰처럼 크고 갈색과 흰색이 섞인 늑대 같았다.

이제 죽었다 싶었다.

그러나 그 늑대는 조용히 내 아디다스 가방을 이빨로 물어올리더니 길을 따라 빠르게 가버렸다.

버러지가 벌벌 떨며 속삭였다. 개일 뿐이야. 가버렸잖아. 괜찮아, 이제 안전해.

죽은 사람의 신음 소리가 내 안 깊은 곳에서 나도 모르게 흘러나왔다. 교과서 세 권에다 휘틀록 선생님 것을 포함해 공책이 여섯 권이나 들어 있는데. 다 잃어버리다니! 선생님들한테는 뭐라고 하면 좋지? "숙제를 제출할 수가 없습니다, 선생님. 개가 물고 가버렸거든요." 닉슨 선생님은 회초리를 가지고 와서 변명치고는 창의성이 부족하다며 벌을 줄 것이다.

나는 뒤늦게야 따라가려고 벌떡 일어났지만, 뱀 모양 버클이 달린 벨트가 풀려 짤랑 하고 떨어지면서 바지가 흘러내리는 바람에 로럴과 하디*처럼 앞으로 엎어져서 머리를 쿵 찧고 말았다. 속옷에는 나뭇잎이 달라붙고, 코에는 잔가지가 붙었다.

설사 자국이 허옇게 엉겨붙은 나무들을 훑으며 개가 갔을 법한 길을 따라 숲속을 찾아보는 수밖에 없었다. 휘틀록 선생님은 언제까지나 비웃겠지. 코스콤 선생님은 불같이 화를 낼 거고. 잉크버로

---

* 무성영화 말기에서 유성영화 초기에 걸쳐 활약한 미국 희극영화의 명콤비.

선생님은 선생님의 칠판 자만큼이나 굳건하게 안 믿어줄 것이다. 망할, 망할, 망할. 우선 모든 아이들이 나를 참 딱한 놈이라 여길 테고, 선생님들 절반은 내가 쓸데없이 자리만 차지한다고 생각할 것이다. "넌 그 시간에 왜 숲속을 어슬렁거리고 돌아다닌 거냐?"

부엉이인가? 이곳은 마을 꼬마들끼리 숲속에서 전쟁놀이를 벌이곤 하던 때부터 알던 공터였다. 우리는 전쟁포로, 휴전, 한쪽 편이 훔쳐야 하는 깃발(가지 끝에 매단 양말 한 짝), 반은 권투고 반은 유도였던 전투규칙 따위를 아주 심각하게 받아들였다. 지금 맬번 로드에서 벌어지는 전투보다 더 복잡했다. 육군 원수들이 부하를 뽑을 때면 나는 몸을 숨기고 나무를 기어오르는 재주 덕에 뽑혔다. 전쟁놀이는 끝내줬다. 학교에서 하는 운동하고는 달랐다. 운동이 사람을 바꿔주지는 않으니까. 전쟁놀이는 이제 맥이 완전히 끊겼다. 우리가 마지막이었다. 사람들이 개를 산책시키는 호수와는 달리, 계절이 거듭될수록 숲에서는 점점 더 많은 길이 사라져간다. 길은 철조망에 막히거나 나무딸기와 농부들이 친 벽에 가로막힌다. 그대로 내버려두면 빽빽해지고 가시투성이가 되기 마련이다. 사람들은 예전의 우리처럼 해가 진 뒤에도 뛰어다니는 아이들을 참아주지 않게 되었다. 칼 브리지워터라는 신문팔이 소년이 얼마 전 글로스터셔에서 살해된 일이 있었다. 글로스터셔는 바로 옆 동네다. 경찰은 이런 숲속에서 그의 시체를 찾아냈다.

칼 브리지워터에 생각이 미치자 약간 겁이 났다. 약간. 숲속은 살인자가 시체를 버릴 수 있을지는 몰라도, 희생자를 기다리기에는 영 적당치 않은 장소다. 블랙스완그린의 숲은 셔우드 숲이나 베트남이 아니다. 집에 가려면 왔던 길을 되돌아가든가 들판이 나올 때까지 계속 쭉 가는 수밖에 없었다.

그렇다, 내 아디다스 책가방도 못 찾고.

나는 두 차례 뭔가 희끄무레한 것을 보고 이렇게 생각했다. 그 개다!

첫번째는 은빛 자작나무였다. 두번째는 비닐봉지였다.

가망이 없었다.

오래된 채석장 끄트머리가 나타났다. 전쟁놀이를 하지 않게 된 이후로 이곳을 잊고 있었다. 대단한 곳은 아니지만 허물기에는 아까운 곳일 것이다. 후미진 안쪽은 삼면이 분지처럼 되어 있고, 한쪽으로는 헤이크 레인까지 이어지는 길이 뻗어나가 있다. 아니 피그 레인인가? 채석장 안쪽에서 불빛이 새어나오고 목소리가 들려와 깜짝 놀랐다. 대여섯 대쯤의 주거용 트레일러와 이동주택 버스, 트럭, 말 운반용 화차, 힐먼 밴과 오토바이, 사이드카가 있었다. 발전기가 칙칙거리며 돌아가고 있었다. 집시들이 틀림없었다. 내가 서 있는 삐죽 튀어나온 암석 밑 돌무더기 발치에 일고여덟 명이 모닥불 주위에 둘러앉아 있었다. 개들도 있었다.

내 가방을 훔쳐간 그 늑대놈의 흔적도, 내 아디다스 가방의 흔적도 없었다. 하지만 내 가방이 숲의 다른 어디보다 여기에 있을 확률이 더 높았다. 문제는 킹피셔메도스의, 어마어마하게 큰 이중 판유리를 낀 침실 네 개짜리 집에 사는 아이가 어떻게 집시들한테 가서 당신네 개가 내 물건을 훔쳐갔다고 따지는가 하는 거였다.

그래도 해야만 했다.

어떻게 하면 좋을까? 나는 '집시거주지 대책위원회' 모임에도 나간 전력이 있다. 하지만 내 가방은 어쩌지. 하여튼 적어도 큰길을 통해 그들의 캠프로 들어가야겠다고 생각했다. 그래야 염탐하러 왔다는 오해는 피할 테니까.

"저녁 내내 거기서 우리를 엿보고 있을 셈이냐?"

딘 모런의 아빠가 한 말이 똥 덩어리 다섯 개를 들이미는 놀라움이었다면, 이번 건 집 안에 똥 덩어리 열 개를 들이붓는 것 같은 충격이었다. 코가 망가진 얼굴 하나가 내 등뒤의 짙은 어둠 속에서 나타났다. 사나운 모습으로. "아니, 저는 그저……" 변명을 할 수도 있었을 것이다. 그러나 나는 한 걸음 뒤로 물러섰다가 그만 말을 채 다 끝내지 못했다.

텅 빈 허공이었다.

돌과 흙이 미끄러지고, 데굴데굴 굴러 내려가고, (다리 하나 부러지는 정도로 끝난다면 다행이지. 태어나지 않은 쌍둥이가 말했다) 계속 구르고 또 구르고 (진짜 사람들의 "세상에!" "저런!" "어떡해!" 하는 외침 소리가 들려왔다) 또 끝도 없이 (큰 통 속에 넣고 흔드는 주사위처럼) 구르다가 (주거용 트레일러들, 모닥불, 사람들의 쇄골이 보이더니) 마침내 멈추자 내 폐에서 숨이 세차게 확 빠져나갔다.

코앞에서 개들이 미쳐 날뛰었다.

"여기서 나가, 이 더러운 개새끼들!"

내 주위로 자갈이 쏟아지고 먼지가 구름처럼 피어올랐다.

"이런, 빌어먹을." 쉰 듯한 목소리가 말했다. "얘는 대체 어디서 떨어진 거야?"

마치 TV에서 사람이 병원에서 깨어났을 때처럼 얼굴들이 빙빙 도는 것같이 보였지만, 어둠 때문에 더 섬뜩했다. 온몸이 안 아픈 곳이 없었다. 어디가 끊어진 듯한 고통은 아니고 긁힌 것 같은 아픔 정도여서 일어나 걸을 수는 있을 것 같았다. 탈수단계에서 빙빙 도는 세탁기처럼 눈앞이 빙빙 돌았다. "애가 채석장에서 미끄러져 떨어졌어!" 목소리들이 외쳤다. "애가 채석장에서 미끄러져 떨어졌어!" 더 많은 사람들이 불빛 속에 나타났다. 적대적이지는 않아도 미심쩍은 얼굴들이었다.

한 노인이 외국어를 하는 듯한 투로 말했다.

"아직 파묻지는 않아도 되겠는데! 절벽에서 떨어진 건 아니니까!"

"괜찮아요, 전 괜찮아요." 모래 때문에 말이 잘 나오지 않았다.

옆에 있던 누군가가 물었다. "일어날 수 있겠니, 애야?"

나는 일어나려고 해보았지만 아직도 땅이 계속 뒤집히는 것 같았다.

"빨리 걸으면 비틀거려." 거친 목소리가 말했다. "불 옆에서 엉덩이 붙이고 있어라. 좀 도와줘, 거기 누구……"

두 팔이 나를 양쪽에서 부축해 불 쪽으로 몇 걸음 옮겨주었다. 앞치마를 두른 어머니와 딸이 〈미들랜드 투데이〉가 방송되고 있는 주거용 트레일러에서 나왔다. 두 여자는 망치처럼 단단해 보였다. 한 명은 아기를 안고 있었다. 아이들은 더 잘 보려고 밀고 당겼다. 우리 학년 아이들 중 그 누구보다도, 심지어 로스 윌콕스보다도 더 거칠고 난폭했다. 비와 추위, 다툼, 왕따, 숙제 제때 제출하기, 이런 것쯤은 이 아이들한테는 신경쓸 거리도 못 되었다.

십대 아이 한 명이 내 쪽으로는 눈길 한 번 주지 않고 뭔가를 깎는 데만 몰두해 있었다. 불빛이 그의 튼튼한 칼을 비추었다. 머리카락이 얼굴을 반쯤 가리고 있었다.

아까의 쉰 듯한 목소리는 바로 칼 가는 사람이었다. 그 사실에 안도감이 들기는 했지만, 그래봐야 약간이었다. 우리집 문간에서 그를 만난 적이 있다 해도, 여기 이렇게 굴러떨어졌을 때는 상황이 다르다. "죄송합니다…… 고맙습니다만 이제 가봐야겠어요."

"내가 이놈 잡았어, 백스!" 코가 부러진 아이가 돌무더기에서 미끄러져내려왔다. "그런데 제풀에 멋지게 굴러떨어졌지 뭐야! 내가 밀지도 않았는데! 하지만 그래도 싸! 엿보고 있었거든, 첩자 같은 놈!"

칼 가는 사람이 나를 쳐다보았다. "아직은 갈 상태가 아니다, 애야."

"이렇게, 음," (행맨이 '말하면'을 막았다) "나타나서 이상하게 보이시겠지만, 세인트가브리엘 교회 옆 숲속에 있다가 그냥" (행맨이 '앉아'를 막았다) "쉬고 있는데 개 한 마리가" (젠장, 이렇게 말하니까 너무 불쌍하게 들린다) "집채만한 개가 나타나서 제 가방을 물고 도망가버렸어요." (누구의 얼굴에도 동정하는 기색은 손톱만큼도 떠오르지 않았다.) "제 공책이랑 교과서가 그 안에 다 들어 있어요." 행맨 탓에 말을 더듬거리니 거짓말쟁이가 말하는 것처럼 들렸다. "그래서 그 개를 쫓아왔는데, 저, 날은 어두워지고, 저기, 길 같은 걸, 따라가다보니……" 나는 뒤쪽을 가리켰다. "저기 위까지 왔어요. 아래에 여러분들이 있는 걸 보았지만 엿보고 있었던 건 아니에요." (아기까지도 의심하는 표정 같았다.) "정말로 가방만 도로 찾으러 온 거예요."

조각하는 소년은 여전히 깎는 데만 열중하고 있었다.

한 여자가 물었다. "애초에 숲속엔 왜 들어온 거니?"

"숨으려고요." 진실만이 통할 것 같았다.

여자의 딸이 재차 물었다. "숨는다고? 왜?"

"아이들 때문에요. 마을 아이들요."

"그애들한테 무슨 짓을 했는데?" 코가 부러진 아이가 물었다.

"아무 짓도 안 했어요. 그냥 그애들이 저를 싫어해요."

"왜 싫어하는데?"

"전들 어떻게 알겠어요?"

"네가 모르면 누가 알아?"

당연히 알기는 안다. "저는 걔네들 중에 속하지 않거든요. 그뿐이에요. 그게 다예요."

온기가 내 손바닥에서 빠져나가고 송곳니가 솟은 잡종개 한 마리가 고개를 쳐들었다. 기름을 발라 머리카락과 구레나룻을 쓸어 넘긴 남자가 한 노인에게 코웃음을 쳤다. "난데없이 저애가 굴러떨어졌을 때 네 표정을 좀 봤어야 하는데, 백스!"

"기절하는 줄 알았다니까!" 노인이 맥주 캔을 불속에 던졌다. "정말 그랬어, 클렘 오슬러. 저애가 무덤에서 나온 뱀파이어 뮬로인 줄 알았지 뭔가. 아니면 저번처럼 퍼쇼어 쪽에서 난론지 냉장곤지 찾아다니던 외부놈이든가. 이런 애녀석일 줄은 꿈에도 몰랐지." (집시들은 말을 제멋대로 바꿔버리든가 아니면 새로운 단어를 만들어낸다.) "이 녀석" (그가 나에게 의심스럽다는 듯이 고개를 까딱였다) "슬금슬금 기어들어온 것만 봐도 이상해."

칼 가는 사람이 내 쪽으로 고개를 돌렸다. "우리가 네 가방을 갖고 있다고 생각했다면, 그냥 와서 물어보면 되잖냐?"

"우리가 너를 꼬챙이에 꿰어서 산 채로 통구이를 할 줄 알았지?" 여자의 팔짱 낀 팔뚝은 닻줄처럼 굵었다. "다들 우리 집시들이 사람들한테 몹쓸 짓은 다 하는 줄 알지? 그렇지?"

나는 비참한 기분으로 어깨를 움츠렸다. 나무 깎는 소년은 여전히 나무를 깎고 있었다. 나무 연기와 석유 냄새, 몸 냄새와 담배 냄새, 소시지와 콩 냄새, 달콤하고 시큼한 거름 냄새. 이 사람들의 삶은 나보다 자유롭지만, 내 삶이 열 배는 더 안락하고, 아마 내가 더 오래 살 것이다.

왕좌처럼 쌓아올린 타이어 위에 앉은 키 작은 남자가 말했다. "우리가 네 가방 찾는 걸 도와준다면? 그럼 너는 우리에게 보답으로 뭘 줄래?"

"당신이 제 가방을 갖고 있나요?"

코가 부러진 아이가 쏘아붙였다. "너 우리 삼촌한테 뒤집어씌우는 거야?"

"진정해, 앨." 칼 가는 사람이 하품을 했다. "내가 보기에는 우리한테 해를 끼칠 아이는 아니야. 하지만 저애가 도움을 좀 얻고 싶거든, 시의회가 헤이크 레인에 짓기로 한 '영구 거주지'가 수요일에 마을회관에서 어떻게 결정되었는지 우리한테 말해주면 되지. 블랙스완그린의 인간들 절반은 거기 빽빽이 들어찼으니까. 그런 장관은 다시 못 볼걸."

흔히 정직과 고백은 같은 것이다. "맞아요."

칼 가는 사람은 내기에서 이긴 사람처럼 즐거운 얼굴로 몸을 뒤로 젖혔다.

"너도 같이 갔지, 그렇지?" 클렘 오슬러라고 불린 사람이 물었다.

이미 너무 오래 망설였다. "아빠가 저를 데리고 가셨어요. 하지만 회의는 중간에 중단되었는데, 그 이유가……"

"그럼 우리에 대해서도 다 들었겠구나?" 그 딸이 다그쳤다.

"그렇게 많이는 아니에요." 제일 안전한 대답이었다.

클렘 오슬러가 눈을 가늘게 치떴다. "집시가 아닌 것들은 우리에 대해 쥐똥만큼도 몰라. 네 녀석들 '전문가'라는 것들은 더 말할 것도 없고."

백스라는 노인이 고개를 끄덕였다. "머시 와츠 가족은 세븐옥스 방향으로 내려가 '공식 거주지' 중 한 곳으로 옮겨갔지. 임대료에, 쭉 늘어선 주거용 트레일러 하며, 임대자 명부에 이름도 올리고, 관리인도 있으니, 이건 바퀴 달린 임대주택이라니까."

칼 가는 노인이 불을 쑤석거렸다. "머저리 같은 소리! 우린 너희 동네에 거주지 짓는 걸 원하지 않아. 지금 이 모든 사태가 벌어진 건 새로운 법 때문이야."

코가 부러진 아이가 물었다. "그럼 그 새 법이란 게 뭐예요, 삼촌?"

"말하자면 이런 거다. 시의회가 할당받은 만큼 영구 거주지를 짓지 않는다면, 법에 따라 우리는 우리 좋은 곳 아무 데나 자리잡고 살아도 돼. 하지만 시의회가 구역을 정해주면, 그때는 우리가 영구 거주지 아닌 곳 아무 데나 자리를 잡으려고 하면 경찰들을 시켜서 우리를 강제로 이주시킬 수 있단 말이다. 그게 바로 헤이크레인 아래쪽의 그 장소인 거야. 우리한테 잘해주려는 게 아니지."

아기 어머니가 나를 쏘아보았다. "너네 회의에서는 이런 사실을 알고 있었니?"

클렘 오슬러가 내가 대답할 틈을 주지 않고 끼어들었다. "일단 우리를 한곳에 묶어두면, 그다음에는 우리 집시들을 저희들 학교에 처넣어서 예 주인님, 아니요 주인님, 가방 세 개 다 찼습니다 주인님, 하는 종으로 바꿔놓을 거요. 우리를 땜장이 무리로 바꿔서 벽돌집에 처박을 거라니까요. 아돌프 히틀러가 하려고 했던 것처럼 우리를 지구상에서 쓸어버리려는 수작이에요. 아, 더 차근차근 부드럽게 해나가긴 하지만, 결국은 똑같이 우릴 죄다 없애버릴 거라고요."

"'동화정책'이지." 코가 부러진 아이가 내 쪽을 노려보았다. "사회사업가들은 그렇게 부르지 아마?"

"저는"—나는 어깨를 으쓱했다—"잘 모르겠는데요."

"날품팔이들이 별걸 다 안다고 놀랐지? 넌 내가 누군지 모르지? 아, 난 널 잘 기억하고 있어. 우리는 얼굴을 잊어먹지 않아. 마을에 있는 애들 학교에 같이 다녔었지. 선생 이름이 프로그마틴인가 피그모틴인가 그랬지 아마. 너 그때도 말 더듬지 않았어? 우리 그 놀이 했었잖아, 행맨 게임."

그제야 집시 아이의 이름이 기억 속을 스쳐갔다. "앨런 월이구나."

"그게 내 이름이지, 말더듬이. 이름은 닳아 없어지지 않아."

'첩자'에서 '말더듬이'로 승격한 셈이었다.

아기 엄마가 담배에 불을 붙였다. "내가 일반인들한테 열받는 건 저희들은 똥 싸는 곳에서 목욕까지 하면서 우리더러 더럽다고 하는 거야! 더구나 모두가 같은 숟가락과 같은 컵과 같은 목욕물을 쓰고, 쓰레기를 밖에 내놓아 비바람에 자연히 처리되게 하지도 않잖아. 똥오줌을 상자에 담아 썩게 놔둔다니!" 그녀는 몸서리를 쳤다. "자기들 집 안에서!"

"애완동물도 데리고 자고." 클렘 오슬러가 불을 쑤석거렸다. "개만으로도 얼마나 더러운데 고양이까지. 벼룩이며, 먼지며, 털이며, 다 같은 침대에 있을 거 아냐. 그래도 괜찮은가? 야, 말더듬이!"

나는 집시들이 우리가 천박한 존재이기를 바라고 있으며, 그리하여 자기가 아닌 다른 존재의 천박함이 결국 그들의 정체를 스텐실로 찍어낸 듯 고대로 드러내 보여주는 역할을 한다는 생각을 했다. "애완동물이랑 한 침대에서 자는 사람들도 있기는 하지만……"

"그뿐이 아니야." 백스가 불속에 침을 뱉었다. "일반인들은 한 여자랑 결혼해서 쭉 같이 살지도 않는다니까. 혼인 서약이니 뭐니 말은 근사하게 해놓고 차를 갈아치우듯 후딱 이혼해버리지." (조각하는 소년만 빼고 불가에 둘러앉은 이들이 다들 혀를 차고 고개를 끄덕였다. 그 아이는 귀머거리이거나 벙어리가 아닐까 싶었다.) "그 왜 우스터의 정육점 주인도 베키 스미스가 너무 뚱뚱해졌다고 이혼했잖아."

클렘 오슬러가 말을 이었다. "집시 아닌 것들은 결혼을 했건 안 했건, 살았건 죽었건 다 발정이 나서 상대를 안 가린다니까. 열이 잔뜩 오른 개들처럼 말이야. 차에서고 골목길에서고 때와 장소를 가리지 않고 그런다니까. 그러고는 우리더러 '반사회적'이라지."

다들 동시에 나에게 눈을 돌렸다.

나는 어차피 잃을 것도 없었다. "제발, 누구 제 책가방 보신 분

없나요?"

"지금 '책가방' 소리가 나와? '책가방'이라니." 타이어에 앉은 남자가 이죽거렸다.

"아, 저 소년을 더이상 괴롭히지 말라고." 칼 가는 사람이 중얼거렸다.

타이어에 앉은 남자가 내 아디다스 가방을 들어올렸다. "이렇게 생긴 가방이냐?" (나는 안도의 탄식을 겨우 삼켰다.) "환영한다, 말더듬이! 책으로 배운다고 절대 똘똘해지거나 빠릿빠릿하게 되지는 않는다니까." 둘러앉은 이들의 손에서 손으로 가방이 넘겨져 나에게까지 전달되었다.

감사합니다. 버러지가 불쑥 말했다. "감사합니다."

"프리츠는 자기가 뭘 가져왔든 그리 까다롭게 굴지 않아." 타이어에 앉은 남자가 휘파람을 불었다. 나한테서 가방을 빼앗아갔던 늑대가 어둠 속에서 튀어나왔다. "우리 형의 개야. 그렇지, 프리츠? 형이 키더민스터의 집에서 돌아올 때까지만 나랑 같이 지내는 거야. 그레이하운드의 다리와 콜리견의 머리를 가진 녀석이지. 안 그래, 프리츠? 네가 그리울 거다. 프리츠를 대문 밖으로 내보내주면 농부의 '출입금지' 표지판 너머로는 발도 들이지 않고서 살찐 늙은 꿩이나 산토끼를 잡아온다니까. 그렇지, 프리츠, 응?"

조각을 하던 소년이 일어섰다. 불가에 둘러앉았던 사람들이 모두 쳐다보았다.

그는 묵직한 토막을 나에게 던졌다. 나는 그것을 받았다.

그 토막은 원래 트랙터 타이어의 일부였던 것 같은 고무조각이었다. 그는 그것을 깎아서 그레이프프루트 크기의 머리를 만들었다. 부두교 인형 같았지만, 정말 놀라웠다. 우리 엄마의 갤러리 같은 데서도 덥석 가져갈 것 같았다. 그 인형의 눈은 멍했고 푹 패어 있었다. 입은 벌어진 상처 같았다. 콧구멍은 겁에 질린 말의 콧구멍처럼 벌어져 있었다. 공포가 감정이 아니라 어떤 사물이라면, 그건 바로 이 머리일 것이다.

앨런 월이 그것을 꼼꼼히 살펴보았다. "지미, 여태껏 만든 것 중에 최고야."

지미라는 조각하던 소년은 기쁜 듯 웃었다.

"너 좋겠구나." 여자가 나에게 말했다. "지미가 우리 캠프에 떨어진 외부인들 아무한테나 이런 걸 만들어주지는 않아."

"고마워. 잘 간직할게." 나는 지미에게 인사했다.

지미의 얼굴은 빗자루 같은 머리카락에 가려 보이지 않았다.

"이게 저애니, 지미?" 클렘 오슬러의 말은 나를 뜻하는 것이었다. "저애가 굴러떨어졌을 때야? 떨어졌을 때 이런 모습이었던 말이지?"

그러나 지미는 주거용 트레일러 뒤로 걸어가버렸다.

나는 칼 가는 사람을 쳐다보았다. "저 이제 가도 되나요?"

칼 가는 사람이 양손을 들어올렸다. "네가 뭐 포로냐?"

앨런 월이 마을 쪽을 가리키며 말했다. "하지만 **저치들**한테 이 말만은 전해줘. 우리는 그들이 말하는 것처럼 도둑놈들이 아니라고."

"저애가 얼굴이 시뻘게지도록 떠든대도, 사람들이 저애 말을 믿으려 하지 않을걸. 그들은 저애 말을 믿고 싶어하지 않아." 여자가 그에게 말했다.

집시들은 제이슨 테일러가 마치 벽돌집과 철조망 울타리와 부동산 중개업자 들의 대사라도 된다는 듯 나에게 고개를 돌렸다. "사람들은 당신들을 무서워해요. 당신들을 이해하지 못해요. 당신들 말이 옳아요. 만약 사람들이…… 어…… 사람들이 여기 앉을 수만 있다면, 그게 하나의 시작이 될 수 있을 거예요. 당신들 불가에 둘러앉아 온기를 쬐면서 당신들 말에 귀를 기울이기만 한다면요. 그게 시작이 될 거예요."

불이 채석장 주변을 둘러싼 소나무들까지, 달까지 닿도록 높이 불티를 흩뿌렸다.

칼 가는 사람의 기침 소리는 죽어가는 사람의 기침 소리였다. "불이 뭔지 아니? 불은 태양이야. 나무에서 스스로를 풀어내는 태양."

거위 박람회

엘비스 코스텔로와 밴드 어트랙션스가 부른 끝내주는 곡 〈Olive's Salami〉가, 딘이 나에게 뭐라고 고함을 지르든 다 삼켜버려서 나도 맞받아 고함을 질렀다. "뭐라고 했어?" 딘이 외쳤다. "네 말 하나도 안 들려!" 하지만 바로 그때 놀이기구 주인이 10펜스를 내라며 딘의 어깨를 툭툭 쳤다. 그 순간 내 범퍼카 바로 옆 여기저기 긁힌 바닥 위에서 광택 없는 네모난 물건이 눈에 들어왔다.

그 광택 없는 네모난 물건은 지갑이었다. 나는 그것을 놀이기구 주인에게 건네줄 생각이었지만, 열어보니 로스 윌콕스와 돈 매든의 사진이 보였다. 〈그리스〉 포스터에 나온 존 트래볼타와 올리비아 뉴튼 존 같은 포즈로 찍은 사진이었다. (햇살 찬란한 미국이 아니라 우중충한 웰링턴 가든 뒷마당이었다.)

로스 윌콕스의 지갑은 지폐로 **불룩했다**. 50파운드는 족히 되어 보였다. 이건 보통 일이 아니었다. 내 평생 그렇게 많은 돈은 가져본 적이 없었다. 나는 무릎 사이에 지갑을 끼우고, 누구 보는 사람이 없나 주변을 둘러보았다. 딘은 플로이드 체이슬리에게 무슨 말인지 고래고래 외치고 있었다. 줄을 선 아이들 중 나에게 눈길을 주는 아이는 아무도 없었다.

기소하는 측은 (a) 그건 내 돈이 아니라는 사실을 지적하고, (b) 로스 윌콕스가 이 돈을 몽땅 잃어버렸다는 것을 발견했을 때 느낄 공황상태를 고려했다. 피고 측은 (a) 내 필통 속에 들어 있던 절단한 쥐의 머리, (b) 칠판에 그려놓은 내가 내 고추를 먹고 있는 그림, (c) 그칠 줄 모르는 이봐, 버러지, 어-어-어-언어치료는 잘돼가냐, 버러지?를 제출했다.

판사는 곧 판결을 내렸다. 나는 로스 윌콕스의 지갑을 내 호주머니에 쑤셔넣었다. 나중에 새로 얻은 행운을 세어볼 셈이었다.

범퍼카 주인이 부스 안의 직원에게 손을 흔들자 그가 레버를 당겼다. 링크 안의 아이들 모두가 드디어 시작이다! 하고 자세를 취했다. 범퍼카들이 전기로 살아나 쉭쉭거리고, 엘비스 코스텔로의 음악은 스팬다우 발레의 노래로 바뀌었고, 눈부신 오렌지색, 레몬색, 녹색 불이 켜지면서 장대 끝에서 불꽃이 튀었다. 모런이 스파이더맨을 때려눕히는 악당 그린 고블린처럼 내 차 옆구리를 제대로 한 방 멋지게 박았다. 나는 바퀴를 틀어 모런에게 되갚아주려 했지만, 그 대신 클라이브 파이크를 들이받았다. 클라이브 파이크는 나한테 반격을 하려다가 거의 오 분이 넘도록 계속해서 빗나가며 회오리치듯 빙빙 돌다 여기저기 세게 쿵쿵 들이박았다. 전원이 꺼지고 링크의 아이들 모두가 일제히 "조금만 더요!"를 외친 바로 그때, 원더우먼 범퍼카가 나를 있는 힘껏 들이받았다. "저런." 운전석에서 홀리 데블린이 웃음을 터뜨렸다. "되갚아줄 거야." 나는 그녀에게 외쳤다. "우아, 어떡해." 홀리 데블린도 외쳤다. 윌콕스의 지갑이 내 허벅지에 딱 붙어 있는 것이 느껴졌다. 범퍼카는 최고다. 진짜 최고다.

"왜 네가 못 들어가는지 잘 알 텐데!" 출구 옆에서 놀이기구 주인이 입구 옆의 로스 윌콕스에게 호통을 치고 있었다. 그의 옆에는 청바지를 입고 털목도리를 두른 돈 매튼이 있었다. 그녀는 진한 체리빛 입속에 리글리스피어민트 조각을 집어넣었다. "그러니까 '내가 무슨 짓을 했다고 그래요?' 따위 개소리는 집어치워!"

"틀림없이 링크에 있을 거예요!" 로스 윌콕스가 어찌할 바를 모르는 모습은 정말 통쾌했다. "틀림없다니까요!"

"네가 차에서 차로 펄쩍펄쩍 뛰어다니니까 물건을 흘리지! 네가 그 지랄을 하다 감전되어도 나는 눈 하나 깜짝하지 않겠지만, 내 면허를 잃을 수는 없단 말이야!"

"한번 찾아보기만 할게요!" 돈 매튼이 나섰다. "얘 아빠가 얘를 살려두지 않을 거예요!"

"오, 그거 참 걱정이구나."

"삼십 초면 돼요!" 윌콕스는 거의 제정신이 아니었다. "그 이상은 부탁하지 않을게요!"

"한창 일하느라 바빠 죽겠는데 너 같은 놈들한테 속을 줄 알아!"

주인의 직원은 또 한 무리의 아이들을 세고 있었다. 주인은 문을 잡으려는 윌콕스의 손을 0.1초 차이로 피하며 쨍강 소리가 나게 문을 닫았다. "실례!" 블랙스완그린에서 제일 센 이 3학년 아이는 이렇게 다급한 때에 도와줄 친구를 찾아 주위를 둘러보았다. 그가 아는 얼굴은 아무도 없었다. 거위 박람회를 보러 사람들이 몇 킬로미터나 떨어진 튜크스베리며 맬번, 퍼쇼어에서부터 몰려왔다.

돈 매든이 로스 윌콕스의 팔을 잡았다.

윌콕스는 그애의 손을 뿌리치고 돌아섰다.

마음이 상한 돈 매든이 윌콕스에게 뭐라고 말을 했다.

윌콕스가 소리를 질렀다. "그래, 이제 세상 다 끝났다, 이 대가리에 똥만 찬 년아!"

돈 매든한테 그런 식으로 말하다니. 돈 매든은 열이 올라 잠시 고개를 돌렸다. 다음 순간 윌콕스의 눈에 매섭게 주먹을 한 방 날렸다. 보기만 했는데도 나와 딘은 화들짝 놀랐다.

"이야!" 딘이 신나서 외쳤다.

로스 윌콕스도 놀라서 움찔했다.

돈 매든이 잔뜩 독이 올라서 미친 듯이 소리 질렀다. "내가 경고했지, 이 개자식아! 경고했잖아! 대가리에 똥만 찬 건 너야!"

로스 윌콕스는 주저하며 맞은 눈에 손가락을 갖다 댔다.

"너랑은 끝이야!" 돈 매든이 돌아서서 걸어갔다.

로스 윌콕스는 영화에 나오는 남자처럼 "돈!" 하고 외치며 그애의 뒤를 쫓아갔다.

돈 매든이 돌아보더니, 윌콕스에게 "꺼져!" 하고 무시무시한 기세로 외쳤다. 그러고는 군중 속으로 사라져버렸다.

딘이 한마디했다. "저 멍든 눈 볼만하겠는데."

윌콕스가 우리 쪽을 보고 있었다. 내 호주머니 속에서 그의 지갑이 주인에게 구해달라고 비명을 질렀지만, 그의 눈에는 우리가 들어오지도 않았다. 그는 미친 듯이 헤어진 여자친구 뒤를 쫓아 몇 발짝 내달렸다. 발을 멈췄다. 돌아섰다. 내 생각에는 눈에서 피가 나지 않나 확인하는 것 같았다. 돌아섰다. '신나는 캡틴의 무중력 돔'과 '스머프 인형 따기' 코너 사이의 블랙홀이 로스 윌콕스를 빨아들였다.

"와, 마음이 너무 아프다." 딘이 기분좋게 한숨을 내쉬었다. "어쩌나. 켈리 누나를 찾으러 가자. 잠깐 맥신을 봐주기로 약속했거든."

'다트 세 개로 20점 이하면 아무 상품이나 마음대로!' 코너를 지나는데 누군가가 나를 불렀다. "어이! 어이, 보청기!" 앨런 월이었다. "나 기억해? 우리 클렘 삼촌도?"

"당연히 기억하지. 여긴 웬일이야?"

"이 박람회를 누가 운영할 거 같냐?"

"집시들이?"

"이 모든 게 다 머시 와츠 집안 사람들 거야. 오래전부터 쭉 그랬어."

딘은 아주 놀란 눈치였다.

"얘는 딘이랑 여동생 맥신이야."

앨런 월은 딘에게 고개만 까딱해 보였다. 클렘 오슬러는 근엄한 얼굴로 맥신에게 반짝이는 바람개비를 주었다. 딘이 동생에게 말했다. "감사합니다, 해야지." 맥신은 고맙다고 말하고는 바람개비를 불었다. 앨런 월이 말했다. "에릭 브리스토*가 된 셈치고 한번 해보지그래?"

"미스터180,* 다들 나를 그렇게 부르지." 딘은 이렇게 대답하고
는 10펜스짜리 동전 두 개를 주머니에서 꺼내 카운터 위에 올려놓
았다. "하나는 나, 하나는 제이스 거요."

하지만 클렘 오슬리가 동전을 도로 밀어주었다. "집시가 주는
선물은 절대 사양하면 안 되는 법이란다, 얘들아. 그랬다가는 불알
이 쪼그라들 거다. 농담이 아니야. 최악의 경우에는 아예 불알이
떨어지는 수도 있어."

딘은 처음 던져서 8을, 두번째에는 10을 맞혔다. 세번째는 더블
16이었다. 내가 막 다트를 던지려는데, 누군가의 말소리가 들려왔
다. "와, 너네 여동생 돌봐주고 있는 거냐?"

게리 드레이크와 앤트 리틀, 대런 크룸이었다.

모런이 약간 움찔하고 물러섰다. 맥신도 기가 죽었다.

네 다트를 저 새끼들 눈깔에 확 꽂아줘. 태어나지 않은 쌍둥이가 재
촉했다.

"그래. 그게 너랑 무슨 상관인데?"

게리 드레이크가 예상하지 못한 반응이었다. (싸움은 말로 하지
만, 진짜 싸움은 그들을 두려워하느냐 두려워하지 않느냐의 문제
다.) 게리 드레이크는 곧 평정을 되찾았다. "계속해봐, 그럼. 던져.
우리를 놀래줘보시지."

내가 다트를 던진다면 그의 말대로 하는 것처럼 보일 것이다.
던지지 않는다면 완전 얼간이로 보일 것이다. 게리 드레이크를 무
시해버리는 수밖에 없다. 내 전략은 아주 주의해서 세 번 다 20을

겨냥해 간발의 차로 빗맞혀 그 양쪽에 있는 1이나 5를 맞혀 끝내는 것이었다. 첫번째 다트는 5를 맞혔다. 게리 드레이크가 나를 붙잡고 시간 끌 틈을 주지 않고 재빨리 다시 다트를 던져 더블 5를 맞혔다.

마지막으로 던진 다트는 깨끗이 1에 맞았다.

클렘 오슬러가 외쳤다. "성공이다!"

"오호, 타고난 선수시군!" 앤트 리틀이 비아냥거렸다.

"타고난 웃음거리지." 대런 크룸이 콧방귀를 뀌었다.

"네 녀석들은 아까 와서 다섯 판이나 했지." 클렘 오슬러가 그에게 말했다. "다섯 번 다 죽 쒔던 것 같은데. 아니냐?"

게리 드레이크도 박람회에서 일하는 사람한테 꺼지라고 할 용기는 없었다. 박람회 일꾼들의 법은 전혀 다르다.

"네가 상을 골라, 맥스." 나는 딘의 동생에게 말했다. "갖고 싶은 걸로."

맥신이 딘을 쳐다보았다. 딘이 고개를 끄덕였다. "제이스가 그렇게 말한다면."

"여기 친구도 하나 없으면서. 창피한 줄 알아, 테일러." 게리 드레이크는 마지막 모욕을 주지 않고 그냥 얌전히 물러갈 녀석이 아니었다.

"많이는 필요 없어."

"많이?" 그의 비웃음은 화장실 표백제처럼 걸쭉했다. "하나도 겠지."

"아니, 지금 있는 친구로도 충분해."

"오, 그래." 앤트 리틀이 이죽거렸다. "정확히 누구 말이야? 게

이새끼 모론 말고."

당신이 하는 말이 진실이라면, 그 말에는 힘이 있다. "네가 모르는 친구야."

"그-그-그래, 테-테-테일러," 게리 드레이크가 또 말 더듬는 흉내를 내며 놀렸다. "그건 네 치-치-친구가 전부 다 네 대-대-대가리 속에 있으니까 그렇지!"

앤트 리틀과 대런 크룸이 의무적으로 요란한 웃음을 터뜨렸다.

게리 드레이크가 도발하는 대로 싸움에 끌려들어간다면, 아마 질 것이다.

물러서도 역시 지는 거다.

그러나 가끔은 외부 세력이 등장하기도 한다. "승마길 위쪽 스트렌섬의 헛간에서 자위 빨리하기 경쟁이나 하는 새끼가," 앨런 월이 곁눈질로 게리 드레이크를 쳐다보았다. "'게이새끼'라는 꼬리표가 붙은 애랑 무슨 볼일이 있겠어, 안 그래?"

우리 모두, 심지어 맥신까지도 게리 드레이크를 쳐다보았다.

"너," 게리 드레이크가 반격했다. "네가 누군지 몰라도, 그건 다 개뻥이야!"

빼빼 마른 클렘 오슬러가 살찐 노파처럼 깔깔대고 웃었다.

"'개뻥'이라고?" 앨런 월은 우리보다 겨우 한 살 더 많았지만, 게리 드레이크를 늘씬하게 두들겨 패줄 수 있는 인물이었다. "이리 와서 그렇게 말해봐."

"넌 다 알잖아! 난 스트렌섬의 헛간에 간 적도 없어!"

"아, 네 녀석들이 틀림없이 그랬잖아!" 앨런 월은 자기 관자놀이를 톡톡 쳤다. "내가 너하고 버츠모턴에서 온 그 말라깽이 얼간이 녀석 봤다고. 이 주쯤 전 어느 저녁에 헤리퍼드셔 착유기 위에 높이 쌓은 짚더미에 앉아서……"

"우리는 그때 취했었어! 순전히 웃자고 한 짓이었다고! 난 더는 안 들을래." 게리 드레이크가 물러섰다. "이런 엿 같은 막노동꾼이 하는 소리……"

앨런 월이 진열대를 펄쩍 뛰어넘었다. 그의 발이 잔디밭에 닿기도 전에 게리 드레이크는 도망쳤다. "너희 둘도 한패냐?" 앨런 월이 앤트 리틀과 대런 크룸 쪽으로 다가섰다. "그래?"

앤트 리틀과 대런 크룸은 마치 달려오는 표범한테서 내빼듯 뒷걸음질을 쳤다. "딱히 한패라고는……"

"저 귀여운 ET 어때?" 맥신이 까치발을 하고 가리켰다. "나 저 귀여운 ET로 해도 돼?"

"우리 아버지는," 클렘 오슬러가 말했다. "내기 권투시합 서클에서 '붉은 국왕'이라는 별명을 쓰셨지. 붉은 머리도 아니고, 정치적인 의미가 있는 것도 아니었어. 그저 듣기 좋아서 그랬던 거야. '붉은 국왕'은 거위 박람회의 싸움꾼이었단다. 사십 년도 더 된 이야기지. 그때는 모든 게 지금보다 더 거칠고 팍팍했어. 우리 집안은 머시 와츠의 부친이 이끄는 삼류극단을 따라서 이브셤 계곡을 돌고, 세번 계곡까지 내려가, 다른 집시 부족과 농부와 축산업자들을 상대로 말 장사를 했지. 보통 장에서는 돈이 흘러넘쳤기 때문에, 사람들도 기분이 들떠서 싸움 한두 판쯤에는 돈을 걸었거든. 근처 헛간에서 싸움판이 벌어졌고, 혹시 일이 틀어질 경우를 대비해 경찰이 오는지 망을 보는 사람들도 세워두었어. 우리 아버지는 오는 이들을 다 상대했지. 아버지가 여섯 형제들 중에 제일 몸집이 우람한 것도 아니었어. 하지만 바로 그 때문에 사람들은 **멍청하게** 도 상대가 아버지를 때려눕히든가 먼저 피를 흘리게 할 거라는 쪽에 판돈을 걸었던 거지. 아버지는 그다지 눈에 띌 만한 구석이 없는 분이었어. 하지만 분명히 말할 수 있는데, '붉은 국왕'은 아무리 펀치를 날려도 **큰** 바위처럼 끄떡없었다니까! 삭삭 잘도 피했지. 그 시절에는 글러브도 끼지 않았단 말이야! 맨주먹으로 싸웠다 이 말이지. 내 첫번째 기억도 아버지가 싸우는 모습이었어. 요즘은 이런 내기 권투시합이 프로 헤비급 선수들이나 경찰 기동대들 몫이 되었지만, 그때는 달랐어. 어느 겨울" (하늘을 나는 찻잔에서 터져 나온 비명 소리가 잠시 클렘 오슬러의 말을 삼켜버렸다) "어느 겨울인가, 엄청나게 거대한 웨일스 놈에 대한 소문이 우리 귀에까지 들어왔어. 키가 2미터 가까이 되는 앵글시 출신의 괴물이라는 거야. 앵글시가 그의 이름이 돼버렸지. 그해에는 '앵글시'라고만 해도 누구 얘기를 하는 건지 다 알 정도였으니까. 동쪽으로 가면서 싸움을 하고 있는데, 상대 싸움꾼의 두개골을 달걀껍질 부수듯 으스러뜨린다고 했지. 맥마흔이라는 체셔의 한 대장장이가 앵글시하고 한판 붙었다가 반도 못 뛰고 **죽었다지** 뭐야. 또 누구는 두개골 속에 쇠로 된 판을 넣어야 했고, 서넛은 링에 올랐다가 평생 절름발이가 되어 실려 내려왔다지. 앵글시는 여기, 바로 블랙스완그린의 거위 박람회에서 '붉은 국왕'을 어떻게 잡을 건지 떠벌리고 다녔대. 곤죽을 만들고, 껍질을 벗겨서, 목을 매달아 연기에 그슬려 돼지 치는 농부들한테 팔겠다고 했다나. 진짜로 우리가 피그 레인의 전에 살던 곳까지 가보니 벌써 앵글시 편 사람들이 거기 몰려와 있더란 말이야. 그들은 싸움이 끝날 때까지 조금도 물러설 생각이 없었어. 상금으로 20기니나 되는 돈이 걸려 있었다니까! 최후까지 버틴 자가 판돈을 죄다 가져가는 거지. 그 당시로서는 듣도 보도 못한 엄청난 액수의 돈이었어."

"그래서 아버지가 어떻게 하셨어요?" 딘이 물었다.

"내기 권투선수라면 아무도 그런 싸움을 피하고 도망갈 수는 없지. 집시도 그렇고 말이야. 남의 이목이 제일 중요하니까. 우리 삼촌들은 사람들을 모아서 판돈을 걸었지만, 아버지는 그러지 않았어. 그 대신 우리가 가진 마지막 재산 하나까지 탈탈 털어서 앵글시와의 한판에 걸었단다. 모든 것을 다! 주거용 트레일러―우리집 말이야, 기억하지?―더비산 자기, 침대, 개, 개에 붙은 벼룩에 땅까지. 그 싸움에 졌다가는 쪽박을 찰 판이었어. 갈 곳도 없고, 잘 데도 없고, 먹을 것도 없는 알거지 신세가 되는 거지."

"그래서 어떻게 됐어요?" 내가 물었다.

"앵글시도 물러설 수 없었지! '붉은 국왕'을 때려눕히고 알거지로 만드는 거란 말이야! 싸움이 벌어진 날 밤, 헛간은 미어터질 지경이었지. 집시들이 도싯, 켄트, 웨일스에서부터 몰려들었어. 정말 두 번 다시 보기 힘든 싸움이었지! 대단했다니까. 백스랑 우리 좀 나이든 축들은 아직도 한 방 한 방을 다 생생히 기억하고 있지. 아버지와 앵글시는 서로에게 주먹을 날렸어. TV에서 글러브 끼고 의사며 심판을 옆에 두고 하는 권투는 광대놀음이야. 그런 놈들은 앵글시와 아버지가 서로를 죽어라 두들겨 패던 모습을 보면 비명을 지르며 도망가버릴걸. 아버지가 약간 주춤거리며 뒤로 물러섰어. 앞이 거의 보이지 않았거든. 하지만 틀림없어. 아버지는 최선을 다

해 싸웠어. 헛간 바닥은 도살장보다 더 붉었지. 마지막에 주먹이 딱 멈췄어. 둘 다 서 있는 것 외에는 더는 아무것도 할 수가 없었던 거야. 마침내 아버지가 앵글시 쪽으로 가서 왼팔을 쳐들었어. 오른팔은 못 쓰게 돼버렸거든. 그러고는……" 클렘 오슬러는 내 눈 사이에 집게손가락을 갖다 대더니 나를 떠밀었다. 하도 살짝 밀어서 거의 느껴지지도 않았다. "그 웨일스 덩치가 그대로 넘어갔다니까! 나무처럼 말이야. 쾅! 둘의 상황이 그 정도였단다. 아버지는 그날 밤으로 싸움을 그만두었어. 그럴 수밖에 없었지. 몸이 너무 심하게 결딴나버렸거든. 아버지는 판돈을 받아서 카니발 놀이기구를 샀지. 이윽고 거위 박람회의 운영 책임자가 되었어. 잘하셨지. 마지막으로 아버지와 얘기를 나눈 건 쳅스토 쪽으로 가는 길에 돌팔이 의사가 있는 병원에서였어. 그리고 며칠 후에 아버지는 돌아가셨지. 폐에 물이 차서 기침을 심하게 하셨어. 그래서 아버지에게 왜 그런 짓을 하셨냐고 물어보았어. 왜 돈만이 아니라 가족의 트레일러까지 다 걸었느냐고."

딘과 나는 눈을 떼지 않고 대답을 기다렸다.

"아버지가 이러시더군. '아들아, 내가 판돈을 위해서, 돈을 위해서 싸웠다면, 그 웨일스 놈이 나를 거꾸러뜨렸을 거다.' 돈을 위해 싸우는 것만으로는 충분치 않아. 아버지는 그걸 알고 계셨던 거지. 우리 엄마, 아버지의 가족, 우리집, 땅, 자기가 사랑하는 모든 것을 위해서 싸울 때만, 바로 그럴 때만 아버지는 온 힘을 다할 수 있었던 거지. 너희들 그게 무슨 말인지 알겠니? 내가 하는 말 알겠어?"

나와 딘은 사람들의 바다에 떠밀려 블랙스완 밖까지 왔다. 거기에 브로드워스 씨와 검은 이를 드러낸 채 웃음병에라도 걸린 듯 히죽거리는 술 취한 농군 둘이 버섯 모양의 돌 세 개 위에 앉아 있었다. 딘은 자기 아버지의 컵을 약간 짜증스럽게 쳐다보았다.

"커피라고, 아들!" 딘의 아버지가 컵을 들어올려서 딘은 그 안에 든 것을 볼 수 있었다. "보온병에 가져왔지! 오늘 같은 밤에는 따뜻하니 그만이다." 그는 브로드워스 씨 쪽으로 몸을 돌렸다. "마누라가 애를 아주 잘 길들여놓았지."

"대단하군. 당신들 두 사람." 브로드워스 씨가 느릿느릿 맥없는 말투로 대꾸했다.

아이작 파이가 밴에서 맥주 한 짝을 질질 끌고 지나갔다. "그럼 이번에는 얼마나 술을 입에 안 대고 버틸 셈인가, 프랭크 모런?"

"완전히 끊은 건 아니야." 딘의 아버지가 웃음기가 가신 얼굴로 대꾸했다.

"제 버릇 개 주나?"

"난 지금 버릇 얘기를 하고 있는 게 아니야, 아이작 파이. 술 얘기를 하는 거지. 남들이야 술을 마셔도 멀쩡하고, 술이 해될 거 없지. 하지만 나에게는 독이야. 의사도 내가 이미 알고 있다고 말하더군. 4월부터 술은 한 방울도 입에 대지 않았네."

"오, 그래? 4월부터라 이 말이지?"

"그래." 딘의 아버지는 술집 주인을 언짢은 낯으로 쏘아보았다. "4월."

아이작 파이가 자기 술집 안으로 사라지며 한마디 던졌다. "자네가 그렇게 말한다면야. 하지만 밖에서 산 음료를 내 가게에 갖고 들어오는 건 안 돼."

"누가 무서워할 줄 알고, 아이작 파이!" 딘의 아버지가 마치 더 크게 소리 지를수록 더 참말이 되기라도 하는 양 목청을 돋웠다. "그딴 소리 하나도 안 무섭다고!"

거울의 집은 대개 옆으로 퍼져 보이는 거울과 홀쭉해 보이는 거울 정도만 갖다놓은 허접한 곳이다. 그런데 이 거울의 집은 사람을 온갖 돌연변이로 바꾸어놓았다. 스포트라이트 불빛에 방 안이 밝아졌다 어두워졌다 했다. 나는 혼자였다. 거울의 방에서 혼자가 될 수 있다면 말이지만. 윌콕스의 지갑을 꺼내 돈을 세어볼까 했지만, 좀더 안전한 곳에 갈 때까지 기다리기로 마음먹었다. "맥신? 너 거기 있니?" 내가 외쳤다.

계속 찾아보려고 나왔는데, 내가 움직이자 첫번째 거울 깊은 곳에서 목에 쇠로 된 고리를 끼운 아프리카 부족민이 내 쪽으로 천천히 다가왔다. 그는 귀를 길게 늘어뜨렸고, 몸에서는 물방울이 뚝뚝 떨어졌다. 꿈같은 광경이었다. 부족민이 물었다. 어떤 사람을 다른 사람으로 바꿔놓을 수 있을까?

"맞아. 그게 문제야."

어디선가 소란스러운 소리를 들은 것 같았다.

"맥신? 이리 나와, 맥신, 하나도 재미없어!"

두번째 거울 속에는 주사위 모양의 젤라틴이 있었다. 몸뚱이는 없이 얼굴뿐이고, 가느다란 사지가 모서리에서 흐느적거리고 있었다. 나는 뺨을 거의 두 배까지 잔뜩 부풀렸다. 아니, 주사위가 대답했다. 네가 바꿀 수 있는 건 겉모습뿐이야. 외부의 너를 바꾼다 해도 내부의 너는 바뀌지 않은 상태 그대로 남아 있어. 내면까지 바꾸려면 훨씬 더 안쪽의 네가 필요하고, 그 안쪽의 너를 바꾸려면 훨씬 더 안쪽의 네가 있어야 하지. 그런 식으로 끝없이 계속되는 거야. 내 말 알아듣겠니?

"이해했어."

보이지 않는 새가 내 귓가를 스쳤다.

"맥신? 재미없다니까, 맥신."

세번째 거울은 버러지였다. 내 허리와 다리가 꼬리로 변했다. 가슴과 머리는 희미하게 빛나는 거대한 덩어리가 되었다. 그애들 말 듣지 마. 로스 윌콕스와 게리 드레이크와 닐 브로즈는 네가 같이 어울리지 않기 때문에 우리를 괴롭히는 거야. 네가 머리 모양이며 옷차림을 똑바로 하고, 말도 제대로 하고, 제대로 된 아이들과 어울리면, 다 괜찮아질 거야. 인기는 일기예보를 따르는 것과 비슷한 거니까.

"난 항상 네가 어떻게 생겼는지 궁금했어."

네번째 거울에는 위아래가 거꾸로 뒤집힌 제이슨 테일러가 비쳤다. 버러지가 너한테 대체 무슨 짓을 했니? 나는 스록모턴 선생님 시간에 남반구 사람들이 이렇게 걸어다니는 모습을 상상해보곤 했다. 다리를 움직이면 거울 속에서 팔이 움직였다. 팔을 펄럭이면 거울 속의 다리가 펄럭였다. 거꾸로 뒤집힌 내가 제안했다. 외부의 너는 어때? 내부의 너는 누구니? 하나의 너니? 사람들이 하나의 너를 좋아한다면, 그야 근사하지. 좋아하지 않는다면, 골치 아파지는 거고. 외부의 너를 남들이 좋아하게 만들려고 해봤자 고역일 뿐이야, 제이슨. 그런 짓을 하면 네가 약해지게 돼. 지겨운 짓이야.

"지겨워, 지겨워. 지겨워." 나는 거꾸로 뒤집힌 나의 말에 동의했다.

"난 지겹지 않아!" 털북숭이 ET가 내 앞으로 튀어나왔다.

거울의 집에서 심장마비 걸리는 줄 알았다.

"미치광이들이 혼잣말로 중얼중얼하던데." 맥신이 얼굴을 찌푸렸다. "오빠 미친 거야?"

켈리 모런은 토피 애플 판매대 옆에서 데비 크럼비와 수다를 떨고 있었다. 졸지에 카운티 세 개를 통틀어 가장 부자인 애가 된 나는 내 것과 함께 딘, 맥신 것까지 하나씩 사주었다. 토피 시럽을 친 사과를 먹으려면 기술이 필요하다. 이를 살짝 대어 상태를 살펴본다. 어금니로 딱딱한 토피를 힘껏 깨무는 수밖에 없다. 그러고는 앞니를 쑥 집어넣어 토피 조각을 지렛대처럼 떠올린다.

데비 크럼비는 점퍼 속에 럭비공을 품고 있는 듯한 모습이었다. 이제는 온 동네에 그녀가 톰 유의 아이를 임신했다는 것을 모르는 사람이 없었다. 그녀가 맥신에게 말했다. "그 ET 진짜 아니지?"

"진짜예요. 이름은 제프리예요." 맥신이 대답했다.

"제프리 ET. 멋지다."

"고마워요."

"너희가 들으면 흥분할 소식이 있어." 켈리 누나가 딘과 나에게 말했다. "앤절라 불럭이 돈 매든한테 **직접** 들은 얘기인데, 돈이 너희들 옛 친구 난봉꾼 윌콕스를 차버린 건 물론이고……"

딘이 쯧쯧 혀를 찼다. "우리는 벌써 그애들이 **크게** 한판 하는 것도 봤다고."

"하지만 들어봐, 더 재밌는 얘기가 있으니까." 켈리 누나가 신이 나서 목소리를 높였다. "윌콕스가 글쎄, 수백 파운드가 든 지갑을 잃어버렸대!"

(끝이 안 보이도록 긴 네온 중국 용이 거위 박람회 한가운데를 지그재그로 누비며 지나가다가 내 청바지 주머니를 물었다. 다행히 아무도 보지 못했다.)

"수백 파운드라고?" 딘이 말 그대로 입을 떡 벌렸다. "그걸 어디서 잃어버렸대?"

"바로 여기서! 지금! 거위 박람회에서 말이야! 물론 다이애나 터벗이 비밀을 지킬 수 있을 리가 없으니까, 지금 마을 사람들 절반은 보물찾기 하느라 바쁠걸. 어쩌면 벌써 누군가가 찾았는지도 모르지. 하지만 로스 윌콕스 같은 개자식한테 그 돈을 고이 돌려줄 사람이 누가 있겠어?"

"블랙스완그린 애들 절반은 그 녀석 패거리인걸." 딘이 대답했다.

"그렇다고 걔들이 그애를 좋아한다는 뜻은 아니지."

"윌콕스가" (내 목소리가 떨리는 것처럼 느껴졌다) "어쩌자고 수백 파운드나 되는 돈을 가지고 돌아다녔을까?"

"흠, 눈물 없이는 못 들을 얘기 아니겠어! 보나 마나 너희 친구 로스가 학교 끝나고 제 아빠 차고에 있을 때 웬 차 한 대가 와서 섰겠지. 똑똑, 세무서에서 나왔습니다. 고든 윌콕스는 벌써 몇 년째 세금을 안 내고 버티고 있잖아. 지난번에 찾아온 세무서 사람들은 가스 발염기로 쫓아버렸지만, 이번에는 그 사람들도 업턴에서 경찰관을 데리고 왔어. 하지만 그들이 그의 사무실 문을 두드리기도 전에, 고든 윌콕스는 번개같이 금고를 열어서 그 안에 든 것을 몽땅 자기 아들한테 넘겨주고 집으로 가져가라고 한 거지. 눈에 안 띄면 설명할 일도 없을 테니까. 그게 결정적인 실수였지! 윌콕스는 그 돈을 안 갖다놓은 거야. 두툼한 **돈다발**로 여자친구 마음을 끌려고 한 거지. 어쩌면 조금만 슬쩍할 생각이었을지도 모르고, 아닐지도 모르지. 돈이 사라져버렸으니 알 수가 있나."

"그래서 윌콕스는 지금 어떡하고 있대요?"

"앤절라 불럭이 마지막으로 들은 바로는 버스정류장에 앉아서 담배 피우고 있대."

"틀림없이 똥줄이 탈걸." 데비 크럼비가 말했다. "고든 윌콕스는 사람이 좀 이상하거든. 사악해."

"그게 무슨 뜻이에요? '사악'하다니?" 내가 데비 크럼비에게 말을 걸어본 건 그때가 처음이었다.

"너도 알잖아." 켈리 누나가 불쑥 끼어들었다. "로스 윌콕스의 엄마가 왜 집을 나갔는지."

그녀는 자기 아들이 악의 화신이라는 걸 알아챘던 것일까? "왜 나갔는데요?"

"우표 한 줄을 잃어버려서."

"우표라고요?"

"2종 우표 다섯 장짜리 한 줄 말이야. 그게 최후의 일격이었던 거지. 있는 그대로 말하는 건데 제이슨, 고든 윌콕스가 그 여자를 얼마나 호되게 팼던지, 병원에서 일주일 동안 튜브로 음식을 공급해줘야 했대."

블랙홀이 점점 커져갔다. "그런데 왜 고든은 감옥에 가지 않았어요?"

"목격자가 없으니 교활한 변호사가 그녀가 혼자 계단에서 굴러떨어졌다고 한 거지. 게다가 아내가 정신이 이상하다고 몰아붙였어. 결국 우스터의 판사가 '정신상태가 온전치 않음'이라고 판결을 내렸지."

데비 크럼비가 럭비공 같은 배를 꼭 끌어안고 말했다. "우표 한 줄 갖고도 그런 짓을 한 인간이라면, 수백 파운드를 놓고는 무슨 짓을 할지 생각해봐! 로스 윌콕스가 재수 없는 녀석인 건 맞지만, 누구든 고든 윌콕스 같은 인간하고는 원수질 일이 없기를 비는 게 좋을걸."

딘은 내 앞에서 야아아아아호 소리를 지르면서 '알리바바의 나선형 미끄럼틀'을 타고 미끄러져내려갔다. 내가 막 매트에 올라탈 준비를 했을 때 웰랜드 쪽 하늘에서 불꽃놀이가 시작되었다. 가이 포크스 나이트는 내일이었지만, 웰랜드에서는 기다릴 수가 없었던 것이다. 빛기둥이 하늘로 올라가더니, 팍 하고 불꽃으로 터져서 천천히-천천히-천천히…… 쑥부쟁이 모양을 그리며 퍼져나갔다. 은색, 자주색, 금색의 비가 쏟아졌다. 펑 소리가 뒤이어 들렸다. 펑…… 펑…… 불꽃의 꽃잎이 떨어지면서 재로 스러졌다. 큰 것 대여섯 방에 불과했지만 얼마나 아름다운 광경이던지.

탑의 계단을 올라오는 무거운 발소리는 없었다.

미끄럼틀 입구에 앉아 윌콕스의 지갑을 꺼내 돈을 세어보았다. 이제는 내 돈이다. 지폐는 5파운드짜리도 10파운드짜리도 아니고 죄다 20파운드짜리였다. 나는 20파운드짜리 지폐는 만져본 적도 없었다. 지폐를 세어보았다. 다섯 장, 열 장, 열다섯 장……

엘리자베스 여왕이 그려진 지폐가 서른 장이었다. 별빛이 창백해졌다.

육―나는 마음속으로―백―비명을 질렀다―파운드.

누군가에게 발각된다면, 상황은 내가 상상했던 것보다 더 무시무시해질 것이다. 나는 지폐를 비닐로 싸서 샌드위치 통에 넣어 잘 숨겨두어야 할 것이다. 숲속이 가장 안전하겠지. 그리고 지갑은 세번 강에 갖고 가서 버리는 게 제일 안전할 것이다. 내가 지갑이라고 가져본 건 지퍼 달린 주머니 정도다. 나는 윌콕스의 지갑에 코를 대고 킁킁거렸다. 지갑의 원자가 내게 들어오겠지. 돈 매든의 원자를 들이쉴 수만 있다면.

나는 거기 앉아서 거위 박람회는 문자 그대로 마법이라는 생각을 했다. 그것은 나의 약점을 힘으로 바꿔준다. 녹색의 우리 마을을 수중 왕국으로 바꿔놓는다. '마법의 산'에서는 스페셜스의 음악 〈Ghost Town〉이 솟아오르고, '하늘을 나는 찻잔'에서는 아바의 〈Waterloo〉가, '회전공중그네'에서는 영화 〈핑크 팬더〉의 음악이 흘러나왔다. 블랙스완이 너무 꽉 차서 안에서부터 넘치고 있었다. 핸리캐슬, 블랙모어엔드, 브라더리지그린. 저 멀리 드넓은 들판이 있는 곳에서 마을들이 텅 빈 우주를 부유하고 있었다. 우스터는 납작하게 짓눌린 은하계였다.

잘된 일 아닌가? 내가 윌콕스를 곤죽이 되도록 두들겨 패줄 것이다. 내가. 그의 아버지를 통해서. 그런데 왜 이렇게 기분이 별로지? 윌콕스한테 그렇게 당했는데. 그들 중 누구도 이 사실을 영영 알 리가 없다. 완벽한 복수다. 게다가, 켈리 누나는 과장이 좀 심하다. 세상에 자기 아들을 패 죽일 아빠가 어디 있겠는가.

탑으로 올라오는 발소리들이 들렸다. 나는 허둥지둥 나의 행운을 주머니에 쑤셔넣고, 여기저기 긁힌 매트 위에서 자세를 바로잡았다. 미끄럼틀을 미끄러져내려가는데, 갑자기 근사한 생각이 떠올랐다. 600파운드면 오메가 시마스터도 살 수 있다.

오늘밤 나는 나선형 미끄럼틀의 최고 선수가 되어 빙글빙글 돌며 미끄러져내려갔다.

"야," 딘이 프라이어 턱스 식당 옆에 서서 우리 곁을 스쳐지나가는 사람들 속에서 나를 불렀다. "저 사람 너네 아빠는 아니겠지?"

그럴 리가, 하고 생각했지만 정말이었다. 아빠는 출근할 때 차림 그대로 양복 위에 콜롬보 코트를 걸치고 있었다. 주름을 새긴 듯 인상을 쓰고 있었다. 아무래도 아빠한테는 아주 긴 휴가가 필요할 것 같았다. 아빠는 원뿔형으로 만 신문지에 담긴 감자튀김을 나무 포크로 찍어 먹고 있었다. 있어야 할 곳이 아닌 곳에 엉뚱한 사람들이 나타나는 건 꿈에서나 있는 일인데, 지금 상황이 꼭 그랬다. 왜 피하고 싶은지 이유를 미처 깨닫기도 전에 아빠가 우리를 발견했다. "안녕, 애들아."

"안녕하세요, 테일러 아저씨." 딘이 불안스레 인사했다. 6월에 블레이크 씨 일이 있은 후로 딘이 우리 아빠를 만난 건 처음이었다.

"반갑구나, 딘. 팔은 좀 어떠니?"

"괜찮아요, 고맙습니다. 이제는 멀쩡해요." 딘이 자기 팔을 이리저리 움직여 보였다.

"그거 참 다행이구나."

"안녕, 아빠." 왜 나까지 불안해지는 건지 나도 모를 일이었다. "여긴 어쩐 일이세요?"

"내가 여기 오는 데 네 허락을 받아야 하냐, 제이슨?"

"아뇨, 아뇨, 전 그저……"

아빠는 애써 웃어 보이려 했지만, 힘겨워 보였다. "나도 안다, 알아. 아빠가 여기 웬일이냐는 거지?" 아빠는 감자튀김을 포크로 찍어 후후 불었다. "집으로 차를 몰고 가던 길이었단다. 그러다가 이 시끄러운 축제판이 눈에 들어왔지." 아빠의 목소리가 어쩐지 평소와 다르게 들렸다. 더 부드러웠다. "거위 박람회를 놓칠 수야 있겠니? 좀 둘러보고 가도 좋겠다 싶었지. 이거 냄새 한번 맡아봐라." 아빠가 원뿔 모양 신문지를 흔들었다. "너도 알겠지만, 블랙스완그린에서 꼬박 십일 년을 살았는데 거위 박람회에 와본 건 오늘이 처음이구나. 너희가 어릴 때는 너하고 줄리아를 꼭 한번 데려와보고 싶었는데. 하지만 항상 뭔가 중요한 일이 생겨서 방해를 했지. 그렇게 중요한 일이 뭐였는지 이제는 기억도 나지 않는구나."

"아, 엄마가 첼튼엄에서 전화하셨어요. 냉장고에 차가운 키시파이 있다고 아빠한테 말씀드리랬어요. 식탁 위에 메모 남겨놓고 왔는데."

"사려 깊은 녀석. 고맙구나." 아빠는 마치 대답이 그 속에 쓰여 있기라도 한 것처럼 원뿔 모양 신문지 속을 뚫어져라 들여다보았다. "너는 뭐 좀 먹었니? 딘은? 프라이어 턱스 식당에서 뭐 좀 사줄까?"

"샌드위치랑 블랙체리 요거트 먹었어요." 나는 돈을 함부로 쓰는 것으로 보일까봐 토피 애플 먹은 얘기는 뺐다. "오기 전에요."

"전 프라이어 턱스의 완전 미국식 핫도그를 세 개나 먹었어요. 아저씨도 꼭 한번 드셔보세요." 딘이 제 배를 두드리며 말했다.

"그래." 아빠는 마치 두통이 이는 것처럼 머리를 꽉 눌렀다. "알았다. 아, 그리고 이거……" 아빠가 내 손에 새 동전으로 2파운드를 쥐여주었다. (한 시간 전에는 2파운드면 큰돈이었다. 지금은 내 전 재산의 300분의 1에도 못 미친다.)

"고마워요, 아빠. 아빠도 같이……"

"나도 그러고 싶지만, 이놈의 서류작업이 끝나지를 않는구나. 기획안은 꼬리에 꼬리를 물고. 아빠가 능력이 좀 되잖니, 여기저기 불려 다니고 말이야. 사악한 자들에게는 휴식이 없는 법이라잖아. 만나서 반가웠다, 딘. 제이슨 방에 텔레비전이 생겼단다. 뭐 보나 마나 제이슨이 벌써 얘기했겠지만. 언제 한번 보러 와! 그냥 뭐…… 와서……"

"정말 고맙습니다, 아저씨."

아빠는 쓰레기가 꽉 찬 기름통에 원뿔 모양 신문지를 버리고 걸어가버렸다.

태어나지 않은 쌍둥이가 슬쩍 속삭였다. 혹시, 아빠를 이제 다시는 못 보게 되는 거 아냐?

"아빠!"

나는 아빠에게 달려가 눈을 똑바로 들여다보았다. 문득 내 키가 아빠와 거의 비슷해졌음을 깨달았다. "전 크면 산지기가 되고 싶어요." 이 말을 하려던 게 아니었는데. 아빠는 어떤 계획에서건 항상 문제점을 찾아내는 사람이다.

"산지기?"

"네." 나는 고개를 끄덕였다. "숲을 돌보는 사람이요."

"음." 아빠의 얼굴은 거의 미소 짓는 표정에 가까웠다. "그 말 속에 큰 실마리 같은 게 있구나, 제이슨."

"네. 비슷해요. 프랑스에서 할지도 몰라요. 어쩌면."

아빠는 그것도 나쁘지 않겠지 하는 표정으로 말했다. "열심히 공부해야 해. 과학을 알아야 하니까."

"그럼 전 과학 공부를 할래요."

"그래."

오늘밤 아빠와의 만남을 언제까지나 기억하게 될 것이다. 그렇게 되리라는 것을 안다. 아빠도 그럴까? 아니면 아빠에게는 오늘밤의 거위 박람회가 아빠가 잊어버렸다는 사실조차 기억하지 못하는 무수히 많은 것들 중 하나에 불과할까?

"휴대용 TV라니, 그게 무슨 얘기야?" 모런이 물었다.

"안테나를 붙잡고 있을 때만 나와. 그러니까 아주 바짝 다가앉아야 한단 말이지. 잠깐만 여기서 기다려줄래? 숲에 가서 오줌 좀 누고 올게."

마을 공터를 가로질러 달려가자 거위 박람회가 스쳐지나가며 멀어졌다. 600파운드라. 마르스 초콜릿 바 육천 개, 레코드판 백열장, 문고판 책 천이백 권, 롤리 그리프터 자전거 다섯 대, '미니' 자동차 4분의 1, 아타리 가정용 오락기 세 대. 돈 매든이 크리스마스 마을회관 디스코파티에서 나랑 같이 춤추게 만들어줄 옷. 독스 신발과 청재킷. 위에 피아노가 그려진 얇은 가죽 타이들. 주황색 셔츠. 머리가 하얗게 센 스위스 장인이 1950년에 만든 오메가 시마스터 드빌.

낡은 버스정류장은 검은 상자 같았다.

버러지가 속삭였다. 내가 말했잖아. 그는 여기 없어. 이제 돌아가. 넌 시도는 해본 거야.

어둠 속에서 담배 연기가 피어올랐다. "윌콕스?"

"꺼져." 윌콕스가 성냥을 긋자 깜박이는 빛 속에 그의 얼굴이 잠깐 드러났다. 코 아래에 있는 자국은 피를 닦아낸 흔적일지도 몰랐다.

"내가 좀 전에 찾은 게 있는데."

윌콕스는 알아듣지 못했다. "그딴 소리는 왜 나한테 와서 씨불이는 건데?"

"네 거니까."

그의 목소리가 갑자기 줄에 매인 개처럼 흔들렸다. "뭐라고?"

나는 지갑을 꺼내 그에게 내밀었다.

윌콕스가 벌떡 일어나 지갑을 내 손에서 낚아챘다. "어디서?"

"범퍼카 있는 데서."

윌콕스는 내 목구멍을 찢을 생각을 하는 것 같았다. "언제?"

"몇 분 전에. 링크 가장자리에 끼어 있더라."

윌콕스는 덜덜 떨리는 손으로 20파운드 지폐 뭉치를 꺼냈다. "만약 너 이 돈에 손댔으면 죽어!"

"아니, 정말 아니야. 그런 소리 마, 로스. 너 같아도 나랑 똑같은 행동을 했을 거야. 네가 그럴 거라는 거 알아." 로스 윌콕스는 돈 세는 데 정신이 팔려서 내 말은 듣고 있지도 않았다. "저기, 내가 돈을 조금이라도 훔쳤다면 너한테 돌려주러 여기까지 왔을 리가 없잖아, 안 그래?"

윌콕스는 서른 장을 다 셌다. 그는 땅이 꺼지게 한숨을 내쉬고는, 자신이 완전히 안도하는 모습을 지켜보고 있는 나의 존재를 기억해냈다. "그럼 이제 내가 네 엉덩이에 뽀뽀라도 해줄 줄 아나?"

그의 얼굴이 일그러졌다. "고맙다는 소리라도 듣고 싶어?"

언제나처럼 그에게 대꾸할 말을 찾지 못했다.

불쌍한 자식.

'그레이트 실베스트로의 하늘을 나는 찻잔'에서 놀이기구 주인이, 나와 딘, 플로이드 체이슬리와 클라이브 파이크가 오리온 가는 길 중간쯤까지 내던져지는 걸 막기 위해 푹신한 안전장치를 내렸다. 딘이 그에게 약간 비웃는 투로 물었다. "그럼 아저씨가 위대한 실베스트로예요?"

"아니, 실베스트로는 지난달에 죽었어. 또다른 놀이기구인 '하늘을 나는 찻잔받침'이 무너져서 그 밑에 깔렸거든. 그 사고가 일어난 더비에서는 신문들마다 떠들썩했는데. 실베스트로 외에도 네 또래 아이들 아홉 명이 짓뭉개져서 뼈도 못 추렸단다." 주인은 눈살을 찌푸리며 고개를 절레절레 흔들었다. "경찰이 신원을 알아내기 위해 치과의사들을 부르는 수밖에 없었어. 치과의사들이 국자랑 양동이를 들고 왔단다. 왜 놀이기구가 무너졌는지 아니? 아마 절대 못 맞힐 거다. **볼트 딱 한 개**가 꽉 죄어지지 않았던 거야. 볼트 한 개가. 노가다가 하는 일이 그렇지 뭐. 돈은 쥐꼬리만큼 받고 일은 고되니 제대로 하겠느냐고. 그럼, 그런 일은 절대 하면 안 돼."

그는 직원에게 큰 레버를 당기라고 손을 흔들었다. '이봐!(이봐!) 너!(너!) 내 구름 속에서 나가!' 하는 노래가 귀를 찢을 듯 쾅쾅 울렸고, 유압식 촉수들이 거대한 찻잔을 집들보다 더 높이 들어올렸다. 플로이드 체이슬리, 클라이브 파이크, 딘 모런과 나는 우와아아아아아! 하고 소리를 질렀다.

홀쭉해진 주머니를 만져보았다. 내 신탁저축은행 계좌에 있는 28파운드를 제외하면, 이제 내게 남은 돈은 아빠한테서 받은 2파운드가 다였다. 윌콕스에게 지갑을 돌려주다니 천치 같은 짓이었을지도 모르지만, 적어도 돌려주어야 할지 말지를 놓고 속 끓일 필요는 없어졌다.

‘그레이트 실베스트로의 하늘을 나는 찻잔’이 좌우로 움직이자 합주하듯 비명 소리가 높아졌다. 내 기억은 모든 것이 뒤죽박죽으로 섞여 두서가 없다. 거위 박람회가 별빛이 빛나는 어둠 속의 노천광장에서 세차게 흘러갔다. 내 왼쪽에 앉은 클라이브 파이크의 얼굴이 관성의 힘으로 일그러져서 눈이 인간의 눈 같지 않게 툭 튀어나왔다. (‘이봐! 이봐!’) 어둠 속에 빛나는 별빛이 거위 박람회의 노천광장에서 흘러나왔다. 절대 웃는 법이 없는 플로이드 체이슬리도 내 오른편에서 버섯구름 속의 사탄처럼 미친 듯이 웃어댔다. 비명 소리가 꼬리에 꼬리를 물고 연방 터져나왔다. 그 속도가 『꼬마 검둥이 삼보』에 나오는 녹아서 버터가 되는 호랑이들처럼 빨랐다. (‘너! 너!’) 거위 박람회와 11월의 밤이 앞서거니 뒤서거니 서로 끌고 돌아갔다. 용기란, 아무리 두려워도 일단 한번 해보는 것이다. 맞은편에 앉은 딘 모런은 눈을 꼭 감고, 코브라가 스르륵 기어나오는 진공관처럼 입을 벌리고 있다. 반쯤 소화된 토피 애플, 솜사탕, 강력 추천했던 프라이어 턱스의 완전 미국식 핫도그 세 개로 된 반짝이는 코브라가 더 길게 꿈틀거리며 기어나온다. (‘내 구름 속에서 나가!’) 저렇게 많은 음식이 여태껏 딘의 위 안에 있을 수 있었다니 불가사의하게 느껴졌다. 내 코앞까지 밀려와서 점점 더 높아지더니, 마침내 셀 수도 없이 많은 토사물 방울로 변해 ‘그레이트 실베스트로의 하늘을 나는 찻잔' 승객들과 (이제는 진짜로 비명을 지를 이유가 생겼다) 하필 이때 거위 박람회의 이 지점을 지나고 있던 죄 없는 수많은 민간인들을 총알처럼 덮쳤다.

거대한 기계가 아이언맨처럼 신음을 토하면서 우리 찻잔도 땅으로 내려왔다. 우리 머리도 점점 더 천천히 돌아갔다. 사람들이 마을 공터에서 반쯤은 벗어나서 아직도 비명을 지르고 있었다. 내 귀에는 비명이 좀 과하다 싶게 들렸다.

주인이 우리 찻잔의 상태를 살펴보며 말했다. "이런 염병 걸려 쪼그라져 뒈질 놈. 언!" 그는 직원에게 고함쳤다. "언! 대걸레 가져와! 여기 누가 토했어!"

좀 지나서야 비명 소리가 가까이에서 들려오는 것이 아니라 멀리서 들려오고 있다는 걸 알아차렸다. 교차로 옆, 라이드 씨네 가게 근처에서였다.

로스 윌콕스는 내가 떠난 후 돈 매든을 찾으러 거위 박람회로 되돌아왔던 것이 틀림없다. (딘의 누나 켈리가 사건의 빠진 부분을 메워주었다. 그녀는 윌콕스가 지나갈 때 거의 죽을 뻔했던 앤드리아 보자드한테서 이 얘기를 들었다.) 로스 윌콕스는 지옥에 떨어졌다가 빠져나온 기분이었을 것이다. 다들 죽은 사람으로 알았는데 무덤에서 돌을 굴리며 나온 예수가 된 기분이었을 것이다. 이렇게 말할 수 있게 된 것이다. "자, 아빠, 아빠 돈 여기 있어요. 혹시나 그 돼지들이 우리집까지 덮칠까봐 제가 이렇게 가지고 있었어요." 먼저 돈 매든을 찾아서 자기가 진짜 머저리였다고 말하고, 애무로 사과의 마음을 전하면 그의 세계도 다시 제자리를 찾게 될 것이다. 나와 딘이 실베스트로의 찻잔에 몸을 붙들어 매고 있을 바로 그 시간에, 윌콕스는 루시 스니즈에게 돈 매든을 보지 못했느냐고 물어보았다. 루시 스니즈는 기분이 별로일 때면 아주 못되게 굴기도 하는 아이인데, 그다음에 일어난 일은 그애한테도 어느 정도 책임이 있다. 루시는 그에게 대답해주었다. "저기 있어. 저 랜드로버 안에. 참나무 밑에." 그가 차 뒷문을 열었을 때, '메리 포핀스의 회전목마' 불빛에 비친 로스 윌콕스의 표정을 본 사람은 단 둘뿐이었다. 한 명은 다른 목격자의 몸에 다리를 감고 있던 돈 매든 본인이었다. 또 한 명은 그랜트 버치였다. 로스 윌콕스는 아마도 자기를 잡으려고 몽둥이를 든 사냥꾼을 쳐다보는 바다표범처럼 입을 벌리고 멍하니 두 남녀를 쳐다보았을 것이다. 루스 레드말리가 켈리 누나한테 해준 얘기로는, 윌콕스가 랜드로버 문을 쾅 소리 나게 닫고는 "쌍년!" 하고 고래고래 소리를 지르면서 주먹으로 랜드로버를 마구 내리치더라는 것이다. 꽤나 아팠을 것이다. 루스 레드말리는 로스 윌콕스가 그랜트 버치의 형의 스즈키(톰 유가 타던 것과 똑같은 오토바이였다)에 올라타고는 열쇠를 돌려 떠나는 모습을 보았다. 그랜트 버치는 오토바이를 지프차 바로 옆에 세워두었기 때문에 열쇠를 꽂아둔 채로 놔두었다(누가 그의 코밑에서 오토바이를 훔쳐가겠는가?). 만약 로스 윌콕스가 자기 아버지와 형 때문에 오토바이를 익숙하게 접하며 자라지 않았더라면, 스즈키를 훔칠 생각은 그의 머리에 떠오르지 않았을 것이다. 애초에 일이 그렇게 되지 않았더라면, 아무리 추운 11월의 밤일지라도, 그랜트 버치가 간신히 바지를 꿰어 입고 다음에 일어날 일을 제때 막을 수 있었을지도 모른다. 로빈 사우스는 윌콕스가 마을 공터로 오토바

이를 몰고 갈 때 톰 유가 스즈키 뒷좌석에 앉아 있는 것을 보았다
고 하지만, 로빈 사우스는 워낙 입만 열면 헛소리를 해대는 녀석이
라 믿을 수가 없다. 에이브릴 브레던은 스즈키가 시속 80킬로미터
정도 속도로 큰길 옆의 진창에 닿는 것을 보았다고 하는데, 에이브
릴 브레던 말이라면 믿어도 좋을 것이다. 경찰도 그녀의 말을 믿어
주었다. 오토바이가 미끄러져 뒤집히면서 보어전쟁 기념비로 돌
진했고, 로스 윌콕스는 교차로 위에서 데굴데굴 굴렀다. 체이스 종
합중등학교 여학생 두 명이 라이드 씨 가게 옆 공중전화에서 자기
네 아빠들한테 전화를 하고 있었다. 다음주에 〈맬번 가제티어〉가
나와봐야 그들의 이름을 알 수 있을 것이다. 그러나 로스 윌콕스를
마지막으로 본 사람은 마을회관에서 빙고게임을 하고 집에 가는
길이던 아서 이브셤의 미망인이었다. 로스 윌콕스는 그녀의 바로
앞까지 굴러갔다. 로스 윌콕스가 죽었는지 살았는지 살펴보기 위
해 그의 옆에 무릎을 꿇었던 사람, 그가 웅얼거리는 소리를 들은
사람은 그녀였다. "운동화를 잃어버렸나봐요." 입안 가득 머금은
피와 이빨과 불순물이 튀어나왔다. "아무도 내 운동화를 쌔벼갈
리 없는데." 윌콕스의 오른쪽 다리가 무릎까지밖에 없는 걸 보고
뒤를 돌아보았다가, 길 위에 짓이겨진 곤죽 같은 긴 줄을 처음으로
본 사람도 바로 아서 이브셤의 미망인이었다. 그녀는 지금 두번째
로 달려온 구급차에 실려가고 있다. 그 부인 얼굴 봤니? 번쩍이는
푸른 불빛 속에 돌처럼 굳은 텅 빈 표정을?

디스코

규칙 제1조는 결과를 예측하지 말라는 것이다. 이 규칙을 무시하면 주저하다가 일을 망치고 〈대탈주〉에서 가시철망에 걸린 스티브 매퀸처럼 꼼짝달싹 못하는 신세가 될 것이다. 바로 그 때문에 오늘 아침 금속세공시간에 머콧 선생님의 모반에 마치 내 인생이 걸려 있는 것처럼 정신을 집중했던 것이다. 그의 목에는 뉴질랜드 모양으로 긴 모반 두 개가 나 있다. 선생님이 자기 심벌즈를 요란하게 두들겼다. "안녕한가, 제군들! 여왕 폐하 만세!"

"안녕하십니까, 머콧 선생님, 여왕 폐하 만세!" 우리는 버킹엄 궁전을 향해 몸을 돌리고 인사를 했다.

닐 브로즈가 게리 드레이크와 같이 쓰는 공구 바이스 옆에 서서 나를 쏘아보았다. 그의 눈은 나에게 이렇게 말하고 있었다. 내가 잊었다고 생각하면 안 돼, 버러지.

학급의 절반은 여학생이었지만, 머콧 선생님은 우리한테 화가 났을 때가 아니면 항상 우리를 '제군들'이라고 부른다. 화가 났을 때는 우리 모두 '소녀들'이 된다. "프로젝트를 계속하자, 제군들.

오늘은 1982년의 마지막 시간이다. 오늘 여러분의 프로젝트를 끝내지 못하면 식민지 유배형에 처한다." 이번 학기 우리 프로젝트는 스크레이퍼*를 설계하고 제작하는 것이었다. 내 것은 축구화징 틈새를 청소하는 데 쓸 것이다.

십 분쯤 지났을 때 닐 브로즈가 드릴을 돌리기 시작했다.

심장이 쿵쾅대며 빨리 뛰었지만, 마음을 단단히 먹었다.

나는 닐 브로즈의 검은색 슬레진저 가방에서 그의 카시오 대학생용 태양열충전 계산기를 꺼냈다. WH 스미스에서 제일 비싼 계산기였다. 급류에 맞서 싸우는 대신 나이아가라폭포로 똑바로 노를 저어가는 뱃사공처럼, 어두운 흡입관이 불안을 달래주며 나를 빨아들였다. 나는 특제 케이스에서 그 멋진 계산기를 꺼냈다.

홀리 데블린이 내 모습을 보았다. 그녀는 선반에 끼지 않도록 머리카락을 뒤로 묶던 중이었다. (머콧 선생님은 오래전에 목격한, 얼굴부터 선반에 말려들어가 죽은 아이의 끔찍한 얘기를 되풀이해 들려주기를 좋아한다.) 태어나지 않은 쌍둥이가 소곤거렸다. 저애가 우릴 좋아하는 것 같아. 키스라도 한 방 날려줘.

나는 닐 브로즈의 계산기를 바이스**에 집어넣었다. 리언 커틀러도 눈치를 챘지만, 자기 눈을 믿을 수가 없어 그저 지켜보기만 했다. 결과를 예측하지 말라. 나는 손잡이를 힘껏 돌렸다. 조그맣게 애원하던 소리가 계산기의 케이스에서 뚝 끊어졌다. 그런 다음 온몸의 무게를 실어 손잡이를 내리눌렀다. 게리 드레이크의 해골, 닐

---

* 기계로 깎거나 줄질한 면을 다시 정밀하게 다듬는 데에 쓰는 칼.
** 기계 공작에서, 공작물을 끼워 고정하는 기구.

브로즈의 두개골, 웨인 내시엔드의 등뼈, 그들의 미래, 그들의 영혼이다. 더 세게. 껍데기가 부서지고, 회로가 으스러지고, 파편이 바닥에서 킬킬거리면서, 10밀리미터 두께였던 계산기는 3밀리미터 두께의 계산기로 변했다. 그리고 그렇게 가루가 되어갔다. 고함 소리가 금속세공실 안을 뒤덮었다.

규칙 제2조는 다시 되돌릴 수 없을 때까지 밀고 나가라이다.

두 가지 규칙만 잊지 않고 기억하면 된다.

현기증 나는 찬란한 폭포로, 나는 떨어졌다.

"켐지 선생님한테 들었는데, 네 아버지가 최근에 일자리를 잃으셨다더구나." 닉슨 선생님이 교편으로 자기 손가락을 치고 있었다.

'잃었다.' 직업도 지갑 같아서 조심하지 않으면 잃어버린다. 나는 학교에서는 한마디도 한 적이 없었다. 하지만 맞다, 사실이다. 아빠는 옥스퍼드의 사무실에 오전 여덟시 오십오분에 도착했다. 오전 아홉시 십오분경 경비가 아빠를 밖으로 데리고 나갔다. 마거릿 대처는 이렇게 말한다. '우리는 허리띠를 더 졸라매야 합니다. 다른 선택의 여지가 없습니다.' 자기는 그러지 않으면서. 그린랜드 슈퍼마켓은 경비지출 내역서에 20파운드가 부족하다는 이유로 아빠를 해고했다. 십일 년이 지나서 말이다. 엄마는 앨리스 이모에게 전화로 이야기했다. 이런 식으로 해서 그들은 아빠에게 정리해고 수당을 단돈 1페니도 줄 필요가 없게 되었다고. 엄마는 크레이그 솔트가 그런 결정을 내리는 데 대니 롤러의 모함도 한몫했다고 덧붙였다. 내가 지난 8월에 만났던 그 대니 롤러는 참 멋진 사람이었는데. 하지만 멋지다고 다 착한 건 아닌가보다. 아빠가 타던 회사

차 로버 3500은 이제 대니 롤러가 몰고 다닌다.

"제이슨!" 켐지 선생님이 외쳤다.

"아. 네, 선생님?" 잠시 딴 데 정신을 팔고 있었다.

"교장선생님이 너한테 질문하셨잖아."

"예. 거위 박람회가 열리던 날에 해고되셨습니다. 어…… 몇 주 전 일이에요."

"정말 안된 일이구나." 닉슨 선생님의 눈이 생체 해부자의 눈 같았다. "하지만 그런 불행이 그리 드문 일도 아니란다, 테일러. 상대적인 것이지. 닉 유가 올해 겪은 불행을 보렴. 아니면 로스 윌 콕스나. 반 친구의 물건을 망가뜨린다고 네 아버지에게 도움이 되 겠니?"

"아니요, 선생님." 말썽 피운 학생이 앉는 의자는 너무 낮아서 닉슨 선생님이 의자 다리를 아예 톱으로 완전히 잘라내는 편이 나 을 것 같았다. "브로즈의 계산기를 부순 것은 저희 아버지가 해고 당하신 일과는 아무 관련이 없습니다, 선생님."

닉슨 선생님이 고개를 다시 기울였다. "그렇다면 무엇과 관계가 있다는 거지?"

다시 되돌릴 수 없을 때까지 밀고 나가라.

"브로즈의 '인기 교육'입니다, 선생님."

닉슨 선생님은 설명을 요구하는 듯 켐지 선생님을 쳐다보았다.

"닐 브로즈?" 켐지 선생님이 당황해서 헛기침을 했다. "'인기 교육'이라니?"

"브로즈는" (행맨이 '닐'을 막았지만 상관없었다) "저와 플로이 드 체이슬리, 니컬러스 브라이어, 클라이브 파이크에게 자기한테

일주일에 1파운드를 내고 인기 교육을 받으라고 명령했습니다. 저는 싫다고 했고요. 그러자 브로즈가 웨인 내시엔드와 앤트 리틀을 시켜서 제가 더 '인기'를 얻지 못하면 무슨 일이 일어날지 보여주게 했습니다."

"그 아이들이 어떤 식의 설득방식을 이용했다는 거냐?" 닉슨 선생님의 목소리가 딱딱해졌다. 좋은 신호다.

굳이 과장할 필요도 없었다. "월요일에는 제 가방에 든 것을 화학실험실 옆 계단에 몽땅 쏟았습니다. 화요일에는 카버 선생님의 체육시간에 흙덩이로 공격을 했고요. 오늘 아침에는 휴대품 보관소에서 브로즈와 리틀과 웨인 내시엔드가 오늘밤 집에 가는 길에 제 얼굴을 발로 차주겠다고 했습니다."

"지금 네 말은," 켐지 선생님은 상당히 흥분한 것 같았다. "닐 브로즈가 학생들한테 삥을 뜯고 있단 말이냐? 내 코밑에서?"

"'삥을 뜯는다'라는 말은(물론 아주 잘 알고 있었다) 돈을 주지 않으면 때린다는 뜻인가요, 선생님?"

켐지 선생님은 닐 브로즈를 대단히 높이 평가하고 있었다. "그렇게 말할 수도 있지." 모든 선생님들이 그렇다. "그 일에 대한 증거가 있나?"

"증거라면"(교활함을 동맹으로 삼아라) "어떤 것을 말씀하시는 겁니까, 선생님?" 내가 정색한 얼굴로 덧붙인 말로 상황은 나에게 유리하게 돌아갔다. "숨겨둔 마이크 같은 거 말인가요?"

"글쎄……"

"체이슬리와 파이크와 브라이어를 불러 물어보면, 그들이 네가 한 말을 확인해줄까?" 닉슨 선생님이 나섰다.

"그건 그들이 누구를 제일 두려워하느냐에 달려 있습니다. 선생님인지 브로즈인지."

"장담한다, 테일러. 그애들은 나를 제일 두려워할 거다."

"남을 중상하는 건 아주 심각한 행위다, 테일러." 켐지 선생님은 아직도 믿지 못했다.

"그렇게 말씀하시는 것을 들으니 기쁘네요, 선생님."

닉슨 선생님은 심문이 화기애애한 분위기로 흘러가게 놔두지 않았다. "네가 이런 문제를 나에게 직접 와서 이야기하지 않고, 네가 가해자라고 주장한 학생의 물건을 망가뜨려서 내 주의를 끌었다는 건 기쁘지 않구나."

'주장한'이라는 말이 판사가 아직도 내 편이 아니라는 경고를 전했다.

"선생님께 말씀드리면 제가 밀고자가 됩니다, 선생님."

"선생님에게 말하지 않은 건 네가 바보라서 그런 거다, 테일러."

버러지였다면 이런 부당한 처사에 굴복했을 것이다.

"거기까지는 미처 생각지 못했습니다." 무엇이 진실인지 알았으면, 징징거리지 말고 끝까지 그것을 고수하고 결과를 감수해야 한다. "브로즈에게 제가 그애를 두려워하지 않는다는 것을 보여줘야 했어요. 그 생각뿐이었습니다."

지루함에 냄새가 있다면 비품창고 냄새가 날 것이다. 먼지, 종이, 온수 파이프, 하루종일, 겨울 내내. 금속 선반 위의 쓰지 않은 공책들. 『앵무새 죽이기』『로미오와 줄리엣』『문플릿』등 책 더미. 또한 내 경우처럼 시간을 오래 끄는 사건의 경우, 창고는 독방 역할도 한다. 문에 있는 서리 낀 네모난 유리창을 제외하면, 빛이라고는 갈색 전구뿐이다. 부르러 올 때까지 숙제를 하고 있으라고 켐지 선생님이 무뚝뚝하게 말했지만, 이번만큼은 따르지 않기로 했다. 시가 내 배 안에서 발길질을 했다. 이미 이렇게 곤란한 상황에 처한 마당이니, 선반에서 표지가 빳빳한 멋진 공책 한 권을 슬쩍했다. 하지만 첫 줄을 쓰고 나서 이것은 시가 아니라는 것을 깨달았다. 그 이상의…… 무엇일까? 그건 아마도 고백이었다. 이렇게 시작되었다.

엘비스 코스텔로와 밴드 어트랙션스가 부른 끝내주는 곡
〈Olive's Salami〉가, 딘이 나에게 뭐라고 고함을 지르든 다 삼켜버려서 나도 맞받아 고함을 질렀다. "뭐라고 했어?" 딘이 외쳤다. "네 말 하나도 안 들려!" 하지만 바로 그때 놀이기구 주인이 10펜스를 내라며 딘의 어깨를 툭툭 쳤다. 그 순간 내 범퍼카 바로 옆 여기저기 긁힌 바닥 위에서 광택 없는 네모난 물건이

오전의 쉬는 시간을 알리는 종이 울렸을 때 벌써 세 페이지를 빼곡히 채웠다. 단어를 엮다보면 시간이 더 좁은 관을 통해 더 빠르게 흘러간다. 담배를 피우고 커피를 마시러 교무실로 몰려가는 선생님들의 그림자가 서리 낀 유리창을 스쳐갔다. 농담하고, 신음하는 그림자들이랄까. 나를 찾으러 비품창고에 오는 사람은 아무

도 없었다. 3학년 전체가 내가 금속세공시간에 한 짓을 놓고 시끄러울 것이 뻔했다. 온 학교가. 남들이 자기 얘기를 하면 귀가 간지럽다지만, 나는 배 안에서 소곤대는 소리가 들려왔다. 제이슨 테일러, 그 녀석이 안 그랬다, 제이슨 테일러, 걔가 그랬다니까, 우아 세상에 그 녀석이 진짜로 불었단 말이야? 그 속삭임을 묻어버리려고 글을 쓴다. 쉬는 시간이 끝났음을 알리는 종소리가 울리고 그림자들이 아까와 반대편으로 지나갔다. 여전히 아무도 오지 않았다. 바깥세계에서는 닉슨 선생님이 우리 부모님을 호출하고 있겠지. 오늘밤까지는 연락이 잘 안 될 텐데. 아빠는 새 일자리를 알아봐줄 '연줄'을 찾아 옥스퍼드에 가고 안 계실 것이다. 테이프가 달린 아빠의 자동응답기마저도 그린랜드로 도로 보냈다. 벽 너머에서 학교 제록스 복사기가 윙윙윙거렸다.

문이 열리자 두려움이 확 치밀었지만 꾹꾹 짓밟았다. 쌓아놓은 책 『로지와 함께 사과주를』을 가지러 온 2학년 학생 둘이었다. (우리도 작년에 그 책을 읽었다. 그중 한 대목은 얼마나 화끈하던지 교실 안의 모든 남자애들 물건이 진짜로 커지는 소리가 들릴 것만 같았다.) "그거 진짜야, 테일러?" 몸집이 더 큰 녀석이 나한테, 내가 아직도 버러지 처지에 있는 것처럼 말을 걸었다.

"그게 무슨 상관인데," 나는 잠시 간격을 두었다가 말했다. "너하고?"

나는 그 2학년 학생이 책을 떨어뜨릴 정도로 독기 서린 투로 쏘아붙였다. 몸집이 작은 쪽도 도와주려고 허리를 굽히다가 책을 떨어뜨렸다.

나는 아주 느릿느릿 박수를 쳤다.

켐지 선생님은 별명이 '폴리'이긴 하지만, 이렇게 화가 났을 때는 위험하다. "내가 경악한 것은, 3KM, 이런 위협행위가 몇 주 동안이나 계속되었다는 거다. 몇 주나."

3KM반은 장례식 같은 침묵 뒤에 숨었다.

"몇 주 동안이나!"

3KM반 아이들이 깜짝 놀랐다.

"게다가 단 한 명도 나를 찾아올 생각도 하지 않았어! 정말 질린다. 질리고 소름 끼쳐. 그래, 소름이 끼친다. 오 년 후면 너희들도 선거권을 갖게 될 거다! 엘리트가 된단 말이다, 3KM. 너희들이 어떤 시민이 되겠냐? 어떤 경찰관이 되겠어? 선생? 변호사? 판사? '잘못된 줄은 알고 있었지만 저하고는 상관없는 일이었습니다' '다른 사람이 알리도록 하는 편이 낫다고 생각했습니다' '무슨 말을 하기가 두려웠습니다. 다음번에는 그러지 않겠습니다' 자, 이렇게 약해빠진 무골충들이 영국 사회의 미래라면, 그야말로 암담하구나."

나, 제이슨 테일러가 밀고자다.

"테일러가 이 끔찍한 문제로 내 관심을 돌린 방식에 대해서는 전혀 찬성할 수 없지만, 적어도 그는 해냈다. 체이슬리, 파이크, 브라이어는 강요를 받고서야 실토했으니 그보다 못하다. 오늘 아침 테일러의 지각없는 행동 덕분에 그나마 곪았던 종기가 터진 것을 너희 모두 수치스럽게 여겨야 마땅하다."

앞쪽의 아이들이 일제히 고개를 돌려 나를 쳐다보았지만, 내 눈이 향하고 있는 것은 게리 드레이크였다. "뭐야, 게리?" (행맨이 오늘 오후에는 나에게 무임승차권을 내주었다. 가끔은 행맨도 데루 선생님의 '교정 수업'에 가고 싶어한다는 생각이 들기도 한다.)

"삼 년 후에는 내가 어떤 모습일지 네가 알아?"

게리 드레이크에게 시선이 쏠렸다. 그다음에는 켐지 선생님에게로. 우리 담임은 자기가 얘기하고 있는 중인데 끼어들었다고 나를 꾸짖어야 마땅했다. 그러나 그러지 않았다. "자, 드레이크?"

"네, 선생님?"

"못 알아들은 척하는 것은 바보들이 쓰는 최후의 수단이다, 드레이크."

게리 드레이크는 정말로 어리벙벙한 표정이었다. "네?"

"또 그 짓을 하고 있구나, 드레이크."

게리 드레이크가 제대로 밟혔다. 웨인 내시엔드와 앤트 리틀은 정학을 맞았다. 닉슨 선생님이 이제 닐 브로즈를 퇴학시킬 것이 불 보듯 뻔했다.

이제야말로 그들이 **진짜** 내 얼굴에 한 방 먹이고 싶겠지.

닐 브로즈는 영어시간에 보통 중간에 쿵쾅대며 시끄럽게 뛰어 들어와 앞자리에 앉는다. 태어나지 않은 쌍둥이가 속삭였다. 쭉 가. 그 새끼 자리에 앉아. 그 자리는 원래 네 거야. 그래서 나는 그렇게 했다. 닐 브로즈 옆에 앉는 데이비드 오커리지는 멀찍이 떨어져 뒷자리에 앉았다. 그런데 모든 아이들 중에서도 클라이브 파이크가 내 옆자리에 자기 가방을 놓았다. "누구 여기 앉을 사람?" 클라이브 파이크의 입에서 치즈와 양파 맛 아우터 스페이서 스낵 냄새가 났지만, 아무러면 어떤가?

나는 어디 계속해봐 하는 표정을 지었다.

리페츠 선생님은 "안녕하세요, 리페츠 선생님" 하는 인사를 들으면서 나를 힐끗 쏘아보았다. 너무나 잽싸게 슬쩍 시선이 스치고 지나가서 거의 티도 안 날 정도였지만, 틀림없었다. "자리에 앉아, 3KM. 연필을 꺼내세요. 오늘은 이 주제로 우리의 말랑말랑한 젊은 마음을 엮어내보는 연습을 하겠어요……" 우리가 연필을 꺼낼 동안, 리페츠 선생님은 칠판에 이렇게 썼다.

비밀

분필이 또각또각 미끄러지고 부딪는 소리가 울렸다.

"태스민, 한번 읽어보겠니?"

태스민 머렐이 읽었다. "'비밀'입니다, 선생님."

"잘했다. 그런데 비밀이 뭘까?"

점심 먹은 후라 다들 발동이 걸리는 데 약간 시간이 걸린다.

"자, 그럼 비밀은 여러분 눈에 보이는 것일까요? 만질 수 있나요?"

에이브릴 브레던이 손을 들었다.

"에이브릴?"

"비밀은 다 알고 있지는 못하는 정보를 말합니다."

"좋아요. 다 알고 있지는 않은 정보라. 그 정보는…… 누구에 대한 것일까요? 여러분? 다른 사람? 다른 것? 그 모든 것일까요?"

잠시 뜸을 들이다가 몇 명이 웅성웅성 말했다. "모든 거요."

"그래요, 내 생각도 그래요. 하지만 여러분 스스로에게 이런 질문을 던져봅시다. 만약 비밀이 진실이 아니라면, 그래도 그것이 비밀일까요?"

그것은 단단히 묶은 매듭 같은 질문이었다. 리페츠 선생님은 이렇게 썼다.

리페츠 선생님은 낸시 레이건이다.

여자아이들이 깔깔 웃음을 터뜨렸다.

"제가 여러분에게 수업이 끝난 뒤에 남으라고 하고 둘만 남을 때까지 기다렸다가 이 말을 아주 진지하게 속삭인다면, 여러분은 이렇게 나오겠죠. '세상에! 그럴 수가! 우아! 이런 엄청난 비밀이!' 덩컨?"

덩컨 프리스트가 손을 들었다. "저라면 리틀 맬번 정신병원에 연락할 거예요. 선생님을 위해서 훌륭한 매트리스를 완비한 방을 예약해야죠. 온 사방 벽에 모두요." 덩컨 프리스트의 소규모 팬클럽이 웃었다. "그건 비밀이 아니에요, 선생님! 말도 안 되는 정신병자의 헛소리일 뿐이에요."

"명쾌한 의견 잘 들었어요. 덩컨이 말했듯이, 거짓임이 눈에 뻔히 보이는 '비밀'이란 비밀이라고 할 수 없지요. 내가 낸시 레이건이라고 믿는 사람들이 어느 정도 있다면 나에게 문제가 생길 수도 있겠지만, 그래도 그걸 '비밀'로 생각할 수는 없어요. 그렇지 않아요? 그건 집단 환각에 더 가깝죠. 누구 집단 환각에 대해 말해볼 사람? 앨러스테어?"

"많은 미국인들이 엘비스 프레슬리가 아직도 살아 있다고 생각한다고 들었어요."

"좋은 예군요. 자, 이제 여러분에게 나에 대한 진짜 비밀을 알려
주겠어요. 좀 당혹스러울 수도 있으니까, 쉬는 시간에 퍼뜨리지는
말아줬으면 해요……"

리페츠 선생님은 도끼 살인범이다.

이제 남자아이들까지도 절반쯤은 웃음을 터뜨렸다.

"쉬잇! 나는 희생자들을 M50 고속도로 밑에 묻었어요. 그러니
까 증거는 아무것도 없죠. 의심을 받지도 않고. 하지만 이 비밀은
여전히 비밀이죠? 아무도, 정말로 아무도 거기에 대해 한 점의 의
혹도 품지 않는다면?"

흥미로운 침묵이 퍼져나갔다.

"맞아요……" 몇몇 아이들의 대답과 동시에 다른 아이들의 목
소리가 들렸다. "아니에요……"

클라이브 파이크가 손을 들었다. "선생님이 진짜 도끼 살인범이
라면, 선생님은 그 사실을 아시는 거잖아요. 그러니까 아는 사람이
아무도 없다고는 말할 수 없어요."

덩컨 프리스트가 그의 말에 반박했다. "선생님이 미치광이 도끼
살인범이라면 그 사실을 모를 수도 있지. 자기가 범죄를 저지르고
도 기억하지 못하는 사람이 있잖아…… 그러니까, 숙제를 깜빡했
다는 이유로 선생님이 너를 도끼로 난도질하고 토막을 쳐서 하수
구로 흘려보낸 다음, 정신을 잃었다가 다시 깨어나서 온순한 영어
선생님 리페츠 씨로 돌아올 수도 있어. '맙소사, 내 옷에 또 이게

504

웬 피람? 보름달이 뜰 때마다 이런 일이 자꾸만 생기다니 이상도 하지. 어휴, 세탁기에 돌려야겠다.' 그러면 아무도 아는 이가 없는 비밀이 되겠지. 그렇지 않아?"

"아주 재미있는 묘사구나, 덩컨. 하지만 로마 시대부터 세번 계곡에서 일어났던 모든 살인을 상상해보렴. 그 모든 희생자들, 모든 살인자들은 죽어서 흙이 되었어. 천 년 동안 아무도 몰랐던 그 폭력행위들도 '비밀'이라고 할 수 있을까? 홀리?"

"비밀이 아니에요, 선생님. 그건 단지…… 잊힌 정보일 뿐이에요." 홀리 데블린이 말했다.

"맞아. 그렇다면 비밀을 알아내거나, 적어도 그것을 기록할 대리자가 필요하다는 사실에 동의할 수 있나요? 비밀을 지닌 사람. 비밀을 지키는 사람. 에마 램핑! 애비게일한테 지금 무슨 말 했니?"

"네?"

"일어나보렴, 에마."

비쩍 마른 에마 램핑이 걱정스러운 얼굴로 일어섰다.

"지금은 수업중이야. 애비게일한테 무슨 말을 했니?"

에마 램핑이 아주 난처한 표정을 지었다.

"다 알고 있지는 않은 정보이기라도 하니?"

"네, 선생님."

"크게 대답해, 에마. 땅 가까이 사는 생물들도 다 들을 수 있게!"

"네, 선생님."

"아하. 그러니까 애비게일한테 비밀을 누설하고 있었단 말이지?"

에마 램핑은 마지못해 고개를 끄덕였다.

"이거 정말 놀라운걸. 자, 그 비밀을 우리한테도 알려주는 게 어떻겠니? 잘 들리게 큰 소리로 말해보렴."

에마 램핑의 얼굴이 보기 딱할 정도로 빨개졌다.

"그럼 거래를 하자, 에마. 너의 비밀을 애비게일한테는 흔쾌히 알려줄 수 있지만 다른 사람들하고는 나눌 수 없는 이유를 설명해 준다면 봐주마."

"그건…… 모두에게 알려지는 건 원하지 않기 때문이에요, 선생님."

"에마는 지금 우리에게 비밀에 관한 이야기를 하고 있어요, 3KM. 고맙다, 에마. 앉아도 좋아. 다시는 그런 짓 하지 마라. 어떻게 하면 비밀을 없앨 수 있을까?"

리언 커틀러가 손을 번쩍 들었다. "사람들한테 말하면 돼요."

"그래, 리언. 하지만 얼마나 많은 사람들에게 말해야 할까? 에마는 애비게일에게 자기 비밀을 말해주었지만, 그런다고 비밀이 없어지지는 않았잖아? 비밀이 더이상 비밀이 아니게 되려면 얼마나 많은 사람들이 알아야 할까?"

"선생님을 전기의자로 보낼 수 있을 만큼은 알아야 해요, 선생님. 제 말은, 도끼 살인을 한 죄로요." 덩컨 프리스트가 대답했다.

"덩컨의 반짝이는 재치를 일반적인 원칙으로 바꿔 말해줄 사람? 비밀을 없애려면 얼마나 많은 사람들이 비밀을 알아야 할까? 데이비드?"

데이비드 오커리지가 잠시 생각하고는 대답했다. "필요한 만큼의 사람들이요."

"무엇을 하는 데 필요한 만큼이지? 에이브릴?"

"변화를 가져오기에 필요한 만큼이요." 에이브릴 브레던이 얼굴을 찡그렸다. "그 비밀이 무엇이든지 간에요."

"훌륭한 추론이구나, 3KM. 어쩌면 무엇보다도 미래가 안전해질 수도 있겠지. 만약 에마가 애비게일한테 한 얘기를 우리에게도 해준다면, 그 비밀은 없어질 거야. 내가 저지른 살인이 〈맬번 가제티어〉에 폭로된다면, 나는…… 죽겠지. 덩컨이 판사라면 말이야. 규모는 다르지만, 원칙은 같아. 자, 다음 질문은 어떤 답이 나올지 확신할 수 없기 때문에 정말로 기대가 되는구나. 공개되어야만 하는 비밀은 어떤 것일까? 또 공개되어서는 안 될 비밀은?"

그 질문에는 곧장 대답하려는 사람이 없었다.

그날 나는 로스 윌콕스를 쉰 번, 아니 백 번은 생각했다.

"이 단어의 의미를 말해볼 사람?"

윤리

글자가 쓰이면서 분필 가루가 날렸다.

'윤리'라는 단어는 전에도 한 번 본 적이 있었다. 『토머스 커버넌트 연대기』에 나온다. 도덕이라는 뜻이다. 마크 배드버리가 벌써 손을 들었다.

"마크?"

"답은 선생님이 방금 하신 말씀 속에 들어 있습니다. 윤리는 해야 하는 것과 하지 말아야 할 것과 관계가 있습니다."

"아주 영리한 대답이구나, 마크. 소크라테스 시대의 그리스에서라면 너를 훌륭한 수사학자로 여겼을 거야. 모든 비밀을 다 공개하는 것이 윤리적일까?"

덩컨 프리스트가 헛기침을 했다. "선생님의 비밀을 공개하는 것은 매우 윤리적인 것 같아요, 선생님. 죄 없는 학생들이 난도질당하는 것은 막아야죠."

"잘 지적했어, 덩컨. 하지만 이 비밀은 누설해야 할까?"

배트맨의 진짜 이름은 브루스 웨인이다.

남자아이들이 감탄의 웅성거림을 쏟아냈다.

"이 비밀이 새어나가면, 세상의 모든 거물급 범죄자들은 어떻게 할까? 크리스토퍼?"

"브루스 웨인의 저택을 산산조각 내버릴 거예요." 크리스토퍼 트와이퍼드가 한숨을 쉬었다. "배트맨도 더이상 존재할 수 없고요."

"넓은 관점에서 어느 쪽이 사회에 손실일까? 가끔은 비밀을 밝히지 않는 편이 윤리적일 때도 있지. 니컬러스?"

니컬러스 브라이어는 평소에는 수업시간에 입도 벙긋 않는 애다. "국가기밀보호법처럼요. 포클랜드전쟁이 터졌을 때요."

"바로 그거야, 니컬러스. 입을 잘못 놀리면 배가 침몰하는 수가 있지. 자, 이제 여러분 자신의 비밀에 대해서 생각해보세요." (로스 윌콕스의 지갑과 그의 잃어버린 다리 사이의 연관관계. 할아버지의 망가진 오메가 시마스터. 마담 크롬린크.) "갑자기 쥐 죽은 듯 조용해졌군. 그럼 여러분의 비밀은 모두 '예, 말해야 해요' 인가요, 아니면 '아뇨, 말하면 안 돼요' 인가요? 아니면 윤리적으로 따져보자면 그렇게 분명히 나눌 수 없는 제3의 범주에 속하나요? 다른 누구에게도 영향을 주지 않는 개인적인 비밀인가요? 사소한 것인

가요? 말할 경우 어떤 결과를 가져올지 확신할 수 없는 복잡한 것
인가요?"

웅얼웅얼 맞아요, 맞아요 하는 소리가 점점 커져갔다.

리페츠 선생님은 분필 상자에서 새것을 꺼냈다. "여러분 나이에
는 이런 애매모호한 비밀들을 좀더 많이 갖게 되죠, 3KM. 그런 것
에 익숙해져야 해요. 내가 이 단어를 왜 쓰는지 누가 한번 말해볼까
요……"

평판

"제이슨?"

3KM은 반의 밀고자에게 조준된 전파망원경으로 시선을 돌렸다.

"평판은 일단 비밀이 누설되면 손상을 입는 것입니다. 만약 선
생님이 도끼 살인자라고 밝혀진다면, 교사로서의 평판은 산산조
각 나겠지요. 브루스 웨인의 평판에 대해서는 두려워서 아무도 감
히 말하지 못할 겁니다. 닐 브로즈의 경우와 같은 겁니다. 그렇지
않은가요?" (내가 태양열 계산기를 산산이 갈아버릴 수 있다면,
한 아이를 밀고하여 퇴학시킨 것을 수치스럽게 여겨야 마땅하다
는 규칙 따위도 무시해버릴 수 있다. 진짜로 모든 규칙을 무시해버
리는 거다.) "그는 비밀을 잘 유지했어요. 웨인 내시엔드도 알고,
앤서니 리틀도 알고 있었죠. 다른 아이들 몇 명도요." 게리 드레이
크는 내 왼쪽에서 똑바로 앞만 보고 있었다. "하지만 일단 그의 비
밀이 폭로되자 그의 평판……"

모두가 놀라게도, 리페츠 선생님이 내 말을 보충해주었다. "인

기짱으로서의 평판 말이지?”

“인기짱요. 아주 **훌륭한** 표현이에요, 리페츠 선생님.” (내가 이렇게 반 아이들을 웃긴 것은 처음이었다.) “그 평판은 땅에 떨어졌죠. 이런…… 다들 감히 손대지 못하는 거친 패거리들과 한편이라는 그의 **평판** 역시 끝장이 났고요. 자신의 비밀을 숨겨줄 만한 평판이 없으면 닐 브로즈는…… 완전히…… 정말로……”

말해, 확 해버리라니까. 태어나지 않은 쌍둥이가 쿡쿡 찔렀다.

“……좆되는 거예요, 선생님. 완전히 좆됐어요.”

겁에 질린 침묵은 바로 나의 작품이었다. 말로 만들어낸 것이다. 오로지 말로만.

리페츠 선생님은 잘 풀리는 날이면 자신의 일을 **사랑한다.**

엄마 아빠가 오늘 내가 한 일에 어떤 반응을 보일지 상상하면 마음이 쓰리고 아렸다. 그래서 기분을 풀려고 벽장에서 크리스마스 트리를 꺼냈다. 트리 장식이 든 퀄리티 스트리트 통도. 이제 12월 20일이었지만, 엄마 아빠는 크리스마스 얘기는 거의 입에 올리지도 않았다. 엄마의 갤러리는 일주일 내내 문을 열었고, 아빠는 끝없이 이어지는 면접을 보러 계속 나가신다. 나는 나무를 조립하고 꼬마 전구를 매달았다. 내가 어렸을 때는 아빠가 길버트 스윈야드의 아버지한테서 진짜 나무를 사왔다. 그러다가 엄마가 이 년 전 우스터 데번햄에서 이 인조나무를 사왔다. 나는 인조나무에서는 아무 냄새도 나지 않는다고 투덜댔지만, 엄마는 카펫에 떨어진 잎을 청소기로 쓸고 치우는 사람은 내가 아니라는 점을 지적했다. 맞는 말이기는 하다. 장식들 대부분은 나보다도 더 나이를 먹었다. 장식들을 싼 티슈페이퍼까지도 엄청 오래된 것이다. 유리 장식들은 엄마 아빠가 누나도 나도 아직 없을 때, 단둘이 함께 처음(이자 마지막으로) 맞는 크리스마스를 위해 샀던 것이다. 양철 성가대 소년이 입을 완벽한 O자로 벌리고 고음을 뽑아낸다. 나무로 만든 유쾌한 눈사람 가족도 있다. (옛날에는 온통 다 플라스틱제는 아니었다.) 라플란드의 뚱보 산타도 있다. 엄마의 엄마의 엄마한테서 물려받은 귀한 천사도 있다. 귀한 천사는 유리를 불어서 만든 것이다. 1차 대전이 터지기 직전, 증조할머니가 빈의 무도회에서 외눈박이 헝가리 왕자한테 받은 선물이라고 한다.

태어나지 않은 쌍둥이가 속삭였다. 발로 밟아버려. 크런치처럼 와삭 하고 부서질걸.

말도 안 되는 소리. 태어나지 않은 쌍둥이에게 대꾸해주었다.

전화벨이 울렸다.

"여보세요?"

쿵쾅대는 시끄러운 소리. "제이스? 누나야. 오랜만이다."

"누나 꼭 눈보라 속에 있는 거 같아."

"전화 다시 걸어줘. 동전이 떨어졌어."

나는 번호를 돌렸다. 아까보다는 잘 들렸다.

"우아. 아직 눈보라는 치지 않지만, 여기는 꽁꽁 얼어붙었어. 엄마 계셔?"

"아니. 아직 갤러리에서 안 오셨어."

"아……"

조이 디비전의 노래가 수화기 저편에서 쿵쿵 울렸다.

"무슨 일인데?"

"아무것도 아니야."

'아무것도 아니'라고 하면 꼭 무슨 일이 있다. "왜, 누나?"

"어…… 아무것도 아니라니까. 오늘 아침에 보니까 엄마한테서 온 메시지가 있더라고. 그뿐이야. 어제저녁에 엄마가 나한테 전화 하셨니?"

"그랬을지도 모르지. 무슨 메시지였는데?"

"곧장 집으로 전화해달라고만 적혀 있었어. 하지만 삼촌처럼 구는 엄청나게 꼼꼼하신 우리 수위 아저씨가 엄마가 언제 전화하라고 했는지는 안 적어놓으셨더라고. 점심시간에 갤러리에 전화해봤는데 애그니스가 받았어. 엄마는 변호사한테 가셨다고 하더라. 또 전화해봐도 아직 안 돌아오셨다 하고. 그래서 너한테 전화해볼 생각을 한 거야. 하지만 걱정할 필요는 없어."

"변호사라니?"

"업무상 볼일 때문이겠지 뭐. 아빠는 계셔?"

"옥스퍼드에 면접 보러 가셨어."

"그렇구나, 잘됐네. 아빠는…… 저기, 잘 지내셔?"

"어…… 괜찮아. 어쨌든 다시 서재에 틀어박혀 계시지는 않으니까. 지난 주말에는 정원에서 그린랜드 서류를 다 태우셨어. 딘이랑 나도 도왔지. 위에 석유를 부었다니까! 〈타워링〉 같았어. 그리고 이번주에는 크레이그 솔트의 변호사가 아빠한테 오후에 배달 기사가 와서 컴퓨터 장치를 전부 수거해갈 거라고 했어. 아빠가 협조하지 않으면 고소하겠대."

"아빠가 어떻게 하셨어?"

"밴이 오니까, 아빠가 내 침실 창문 밖으로 하드 드라이브를 집어던졌어."

"하지만 거긴 2층이잖아."

"알아. 모니터 부서지는 소리를 누나도 들었어야 하는 건데! 아빠가 배달 기사한테 이렇게 소리치셨어. '크레이그 솔트한테 내가 고맙다고 하더라고 전해!'"

"세상에! 지렁이도 밟으면 꿈틀한다더니."

"실내장식도 새로 하셨어. 누나 방이 제일 먼저였어."

"그래, 엄마한테 들었어."

"누나 괜찮아?"

"괜찮아. 줄리아님의 성지니 뭐니 해서 영원히 보존해놓기를 바랐던 건 아니니까. 그래도 너무 빨리 일깨워주긴 하지. '자, 이제 너도 열여덟 살이야. 떠나야지. 한 삼십 년쯤 후에 혹시 근처를 지나거든 요양원이나 한번 들르럼.' 아, 내 말은 무시해, 제이스. 내가 요즘 좀 이상해졌나봐."

"그래도 크리스마스에는 집에 올 거지?"

"내일 모레 스티안의 차를 타고 가기로 했어. 걔네 집이 도싯의 제일 깊은 곳에 저택을 가지고 있거든."

"스탠이라고?"

"아니, 스티안. 노르웨이 사람이야. 돌고래 언어로 박사학위를 받았다나. 내가 지난번 편지에서 그 사람 얘기 안 했던가?"

누나는 자기가 편지에서 '얘기한' 것을 정확히 알고 있다.

"우아. 그러면 누나랑 돌고래 언어로 말해?"

"그렇게 할 수 있는 컴퓨터 프로그램을 만들고 있어. 조만간 그렇게 되겠지."

"이완은 어떻게 된 거야?"

"이완은 좋은 사람이지만, 그는 더럼에 있고 나는 여기 있으니……
음, 어쩔 수가 없더라고. 결국은 이게 최선이야."

"아." 하지만 이완한테는 은색 MG가 있었는데. "난 그 형 마음
에 들었는데."

"기운 내. 스티안한테는 포르쉐가 있어."

"우아, 누나, 차종이 뭐야? GT?"

"나도 몰라! 검은색이야. 그럼 크리스마스에 우린 뭐 받는 거야?"

"스마티 초콜릿." 우리 식구끼리의 케케묵은 농담이었다. "실은
못 봤어."

"봤어! 넌 언제나 선물을 찾으러 다니잖아."

"진짜 아니라고. 레코드상품권과 도서상품권일 확률이 높아. 난
아무것도 부탁하지 않았어. 그러니까…… 저기, 아빠 일자리 때
문에. 나한테 묻지도 않으셨고. 그건 그렇고 11월에 크리스마스
LP를 틀어놓고 부모님이 쇼핑에서 돌아올까봐 나를 보초 세우던
사람이 누구였지?"

"그때 기억나? 나하고 케이트가 엄마 옛날 웨딩드레스를 입고
〈Knowing Me, Knowing You〉에 맞춰 춤추다가 엄마 아빠한테
걸렸잖아. 얘기하다보니까 생각났는데, 블랙스완그린 마을회관에
서 열리는 그랜드 크리스마스 디스코파티는 벌써 끝났니?"

"한 시간쯤 후에 시작해."

"누구 같이 안 가?"

"딘 모런이랑 갈 거야. 우리 반 애들 몇이랑."

"야! 난 누구랑 사귀는지 다 얘기해줬잖아."

누나와 여자애들 얘기를 하는 건 여전히 적응이 안 된다. "그거야 누나는 사귀는 사람이 있으니까 그렇지. 나도 마음에 둔 여자애가 한 명 있기는 한데, 그애는……" (연인이 플라스틱 다리로 걷는 법을 익히는 걸 도와주고 있다) "……관심이 없어."

"그애 손해지. 안됐구나."

"이상한 건, 학교에서 지난주에 그애를 봤는데, 참 이상하더라고……"

"그애한테 반했던 감정이 사라졌어?"

"응. 옅은 공기 속으로. 어떻게 그런 일이 있을 수가 있지?"

"저런, 내 경우를 봐요, 동생님. 아리스토파네스를 봐. 단테도, 셰익스피어도, 버트 배커랙*도."

"실은, 디스코파티에 안 갈지도 몰라."

"왜?"

왜냐하면 내가 정학당하게 만든 앤트 리틀과 웨인 내시엔드와 퇴학맞게 만든 닐 브로즈도 거기 올지 모르니까.

"올해는 크리스마스 기분이 영 안 나서."

"말도 안 되는 소리! 가! 운동화 말고 구두 신고 가. 광도 번쩍번쩍 내서 말이야. 리젠트 아케이드에서 산 그 검은색 진 입어. 겨자색 브이넥 스웨터도 깨끗하면 입고. 밑에는 깔끔한 흰색 티셔츠를 받쳐 입는 거야. 로고가 붙은 건 촌스러워. 파스텔색도 안 되고, 너무 화려해도 안 돼. 우스꽝스러운 피아노 무늬 넥타이도 절대 안

---

* 미국의 피아니스트 겸 작곡가이자 음악 프로듀서.

돼. 턱밑 군살에는 아빠의 지방시 향수 살짝 발라주고. 브뤼트 향수는 쓰지 마. 브뤼트는 주방세제 페어리 리퀴드만큼이나 섹시한 맛이 없거든. 엄마 무스도 좀 슬쩍해서 풋내기 냄새가 나지 않게 앞머리를 딱딱하게 세워봐. 원 없이 신나게 춤을 춰보는 거야. 행복의 파랑새가 네 코앞에 날아올 거야."

"알았어." 내가 가지 않는다면 브로즈와 리틀과 내시엔드가 이기는 거다. "못 말리는 대장님."

"조용한 변호사를 어디다 쓰겠어? 아, 뒤에 줄이 있네. 엄마한테 내가 전화했다고 말씀드려. 오늘 저녁에 메시지 알림판 확인하겠다고 해. 늦어도 괜찮다고."

살을 에는 찬바람이 등뒤에서 불어닥쳐 브로즈, 내시엔드, 리틀 쪽으로 반의 밀고자를 한 발 한 발씩 더 가까이 밀어붙였다. 스록모턴 선생님 집을 지나자, 마을회관이 싸늘한 어둠 속에 불 켜진 방주처럼 떠올라 있었다. 창문은 디스코 불빛으로 요란했다. 기상예보관 마이클 피시가 영국제도 위를 지나갈 저기압전선이 우랄산맥 쪽에서 다가오고 있다고 말했다. 우랄산맥은 소련의 콜로라도 로키산맥이다. 대륙간미사일 격납고들과 방사성 낙진 지하대피소들이 그 산기슭 깊숙이 자리잡고 있다. 너무나 은밀히 숨어 있어서 이름도 없고 지도상에도 나와 있지 않은 연구도시들이 있다. 이런 칼바람이 몰아치는 속에서, 철조망을 둘러친 망루 위에 서 있을 소련군 보초병 생각을 하니 기분이 이상하다. 어쩌면 그가 내쉰 산소를 내가 들이쉬고 있을지도 모른다.

누나는 내 주의를 다른 곳으로 돌리고 싶을 때 그런 대화를 늘어놓곤 했다.

플루토 녹, 길버트 스윈야드, 피트 레드말리가 복도에 서 있었
다. 그들이 스푸크에 나를 끼워준 바로 다음날 내쫓긴 이후로, 나
는 완전히 그들의 눈 밖에 났다. 그들은 나를 괴롭히지도 않고, 그
저 없는 사람 취급할 따름이다. 어느 쪽이든 평소 같으면 상관없
다. 하지만 오늘밤에는 훨씬 더 나이가 많은 남자가 그들과 함께였
다. 갈색 가죽재킷에 온통 검은색의 럭비셔츠 차림이었다. 플루토
녹이 그를 툭툭 치고는 나를 가리켰다. 여자애들 한 패거리가 내가
빠져나가지 못하게 내 뒤를 막아섰지만, 그 럭비셔츠는 벌써 똑바
로 나를 향해 다가오고 있었다. "이놈이야?"

"맞아! 저 녀석이야." 플루토 녹이 대답했다.

복도는 쥐 죽은 듯 조용했다.

"너한테 전해줄 소식이 있다." 그가 내 코트를 얼마나 꽉 움켜쥐
었는지 솔기가 다 터졌다. 그는 혐오감에 치를 떨었다. "오늘 네가
엉뚱한 녀석을 괴롭혔다지." 그는 말을 할 때도 앞니를 보이지 않
고 입술만 움찔거렸다. "이 밸도 없고, 입도 없고, 뇌도 없고, 엉덩
이도 없고, 거시기도 없고, 재수 없는……"

"조시," 플루토 녹이 그의 팔을 잡았다. "조시! 얘는 닐 브로즈가
아니라 테일러야."

조시라는 애가 플루토 녹을 노려보았다. "닐 브로즈가 아니라
고?"

"그래. 테일러라니까."

화장실 문에 기대어 서 있던 피트 레드말리는 민스트럴 사탕을

공중에 살짝 퉤 하고 뱉어냈다가 다시 입으로 받았다.

조시가 피트 레드말리를 쏘아보았다. "이 녀석이 그 테일러라고?"

피트 레드말리가 민스트럴을 오도독 깨물어 먹었다. "맞아."

"네가 그 테일러야?" 조시가 내 코트를 놓아주었다. "내 동생 돈을 뻥뜯은 그 쬐끄만 난쟁이 크레이 쌍둥이*를 불었다는 애냐?"

내 목소리가 갈라져나왔다. "네 동생이 누군데?"

"플로이드 체이슬리야."

순하디 순한 플로이드 체이슬리한테 이런 엄청난 형이 있었다니.

"내가 그 테일러야, 맞아."

"잘했어, 테일러." 조시가 내 코트 주름을 매만져주었다. "하지만 네 녀석들 중 누구든," 그의 살기 어린 눈빛에 복도에 있던 아이들 모두 움찔했다. "브로즈나 리틀이나 내시엔드를 아는 놈이 있으면, 내가 여기 있다고 전해. 내가 지금 기다리고 있다고 전하라고. 내가 할말이 좀 있다고."

마을회관 안에서는 벌써 몇몇 아이들이 〈Video Killed The Radio Star〉에 맞춰 춤을 추고 있었다. 남자애들 대부분은 춤을 추기에는 너무 쿨해서 한쪽에 몰려 있었다. 여자애들 역시 너무 쿨해서 춤을 추지 못하고 반대편에 몰려 있었다. 디스코라는 건 참 묘하다. 너무 일찍부터 춤을 추고 있으면 사람이 싸구려로 보이지만, 결정적인 한 곡이 디스코장을 한판 뒤집고 난 후에도 춤을 추고 있지 않으면 처량한 찐따로 보인다. 딘은 쪽문 옆에서 과자와 음료를

---

* 1950~60년대 런던을 무대로 무장 강도, 방화, 갈취 등을 일삼은 유명한 범죄단.

팔면서 플로이드 체이슬리와 이야기를 나누고 있었다. 나는 플로이드에게 말했다. "방금 너네 형 만났어. 세상에. 네 형이랑은 원수지면 안 되겠더라."

"이복형이야." 고맙게도 플로이드는 오전에 교장실에서 닐 브로즈에게 불리한 증거를 내놓았다. 플로이드는 나를 싫어했던 것 같은데. "형이 그 전에 뭐랬는지 봤어야 했다니까. 브로즈네 집에 불을 지르겠다고 펄펄 뛰었어."

나는 벌써 자기 엄마 아빠와 하루 일을 솔직하게 털어놓고 이야기한 플로이드가 부러웠다.

"내시엔드나 리틀이 오늘밤에 나타날 거라고는 생각하지 마." 딘이 내 옆으로 와서 컬리윌리 초콜릿 바를 한입 먹어보라고 내밀었다. 플로이드가 나에게 펩시를 사주었다. "앤드리아 보자드 좀 봐!" 딘이, 스록모턴 선생님 집의 조랑말 흉내를 내며 도토리를 달걀 삼아 둥지를 만들곤 하던 바로 그 여자애를 가리켰다. "저 짧은 주름치마 입은 거 좀 봐."

"저애가 어때서?" 플로이드가 물었다.

딘이 헐떡이는 개 같은 얼굴로 말했다. "너무 야하잖아, 안 그래?"

섹스 피스톨스의 〈Frigging In The Rigging〉이 나오자 업턴의 펑크족들이 앞에서 신나게 춤을 추었다. 오즈월드 와이어의 형 스티브가 벽에 박치기를 해서, 혹시 혼수상태에 빠질까봐 필립 펠프스의 아빠가 차로 우스터 병원에 데려갔다. 하지만 춤을 추는 아이들도 좀 있어서, DJ가 애덤 앤 더 앤츠의 〈Prince Charming〉을 다음 곡으로 틀어주었다. 〈Prince Charming〉에는 애덤 앤트가 비디오에서 추었던 특별한 춤이 있다. 모두 일렬로 줄을 서서 음악에 맞춰 걸음을 내디디면서 자신의 양 팔목을 들어 X자를 만든다. 그러나 다들 무리 맨 앞에 서는 애덤 앤트가 되려고 했기 때문에, 마을회관을 왔다갔다하는 줄의 속도는 점점 더 빨라지다 못해 나중에는 아이들이 진짜로 헉헉대며 뛰어다녀야 할 지경이 되었다. 다음 곡은 펀 보이 스리의 〈The Lunatics(Have Taken Over The Asylum)〉이었다. 스킬치가 아니라면 도저히 춤을 출 수 없는 곡이다. 어쩌면 스킬치는 아무도 듣지 못한 숨겨진 리듬을 들었던 것일지도 모른다.

로빈 사우스가 외쳤다. "스킬치, 이 바보 천치야!"

스킬치는 아무도 춤추고 있지 않다는 것조차 알아채지 못했다.

비밀은 흔히들 생각하는 것보다 더 큰 영향을 미친다. 비밀을 계속 숨기려면 거짓말을 하게 된다. 대화를 자꾸 다른 쪽으로 돌리려 한다. 누군가 자기 비밀을 알아채고 다 불어버릴까봐 마음을 졸인다. 자기가 비밀을 맡고 있다고 생각하지만, 실은 비밀이 그를 이용하고 있는 건 아닐까? 의사들이 정신병자들을 고쳐가는 게 아니라, 정신병자들이 자기 의사들을 바꿔놓는 건 아닐까?

화장실에 게리 드레이크가 있었다.

예전 같았으면 나는 그 자리에 얼어붙었겠지만, 오늘 같은 하루를 보낸 마당에는 얘기가 다르다.

"재밌어?" 게리 드레이크가 말했다. 예전 같으면 내 물건이 어디 붙었는지 찾지도 못할 거라고 나를 비웃었을 놈이다. 하지만 갑자기 나는 게리 드레이크가 "재밌어?" 라고 말을 건넬 정도로 인기인이 되었다.

12월의 추위가 창문 틈새로 파고들었다.

나는 최대한 거만하게 고개를 기울이는 것으로 대답을 대신했다, 그래.

담배꽁초들이 누런 강을 이루며 흐르는 소변줄기 속에서 꺼떡거렸다.

〈Do The Locomotion〉에 맞추어 여자애들이 전부 다 구불구불 줄을 서서 추추댄스를 추고 있었다. 그다음 곡 〈Oops Upside Your Head〉에는 노젓기댄스가 있다. 남자애들이 추는 춤은 아니었다. 하지만 매드니스의 〈House Of Fun〉은 남자애들도 춘다. 〈House Of Fun〉은 콘돔을 산다는 내용인데도 BBC에서 당장 금지곡으로 지정하지 않았다. 멍청이들의 동네에서 가장 멍청한 머저리조차 다 이해하고 난 다음에야 비로소 BBC가 그 숨은 의미를 알아채기 때문이다. 스킬치는 감전된 사람처럼 춤을 추었는데, 처음에는 놀리느라고 따라 추는 아이들이 더 많았지만 이제는 어느새 그의 춤이 먹혀들고 있었다. (모든 위대한 발명가들 속에는 스킬치가 숨어 있다.) 다음에는 토킹 헤즈의 〈Once In A Lifetime〉이 나왔다. 이것이 바로 예의 결정적인 한 곡, 춤을 추는 것보다 추지 않고 있는 것이 더 웃음거리가 되게 하는 그 음악이다. 그래서 나와 딘과 플로이드는 춤을 추었다. DJ가 스트로보 조명을 켰다. 스트로보 조명은 이성을 잃게 만들기 때문에 잠깐씩만 켠다. 춤추는 것은 붐비는 번화가나 온갖 것들로 가득한 난장판 속을 헤치고 걷는 것이나 마찬가지다. 머리를 비우고 의식하지만 않으면 다 괜찮다. 팔과 목이 숲을 이룬 폭풍 같은 밤에 번쩍이는 스트로보 조명 속에서, 나는 홀리 데블린을 보았다. 홀리 데블린은 손을 흔들고 약간 까딱거리면서 인도 여신처럼 춤을 추고 있었다. 홀리 데블린도 폭풍우 치는 밤의 숲 사이로 나를 보았을지 모른다. 그녀가 미소를 지은 듯도 했다. (그런 듯도 하다는 말은 그랬다는 것만은 못하지만, 그러지 않았다는 것과는 하늘과 땅 차이이다.) 다음 곡은 도나 서머의 〈I Feel Love〉였다. 존 투키가 브레이크댄스라는 뉴욕의 최신유행 춤을 선보였지만, 빙빙 돌다가 균형을 잃고 여자애들 무리를 덮치는 바람에 아이들이 나인핀스볼링에서 핀이 쓰러지는 것처럼 휘청거렸다. 그는 친구들이 구해준 덕분에 간신히 여자애들의 힐에 찔리는 것을 피할 수 있었다. 브라이언 페리의 〈Jealous Guy〉가 흐를 동안 리 빅스가 앤절라 불럭과 밖으로 나갔다. 그들은 구석에서 서로를 더듬었다. 덩컨 프리스트가 그들 바로 옆에 서서 소가 새끼를 낳는 흉내를 냈다. 그러나 웃음소리에는 질투가 배어 있었다. 앤절라 불럭은 검은색 브라를 입고 있었다. 그다음에 스팬다우 발레의 〈To Cut A Long Story Short〉가 나올 동안 앨러스테어 너턴이 브라더리지그린 출신 거구의 고스족인 트레이시 임프니와 함께 나갔다. 게리 뉴먼과 튜브웨이 아미가 부르는 〈Are 'Friends' Electric?〉이 나오고 콜린 폴과 마크 배드버리가 로봇춤을 추었다. "이 노래 죽이는데!" 딘이 내 귀에 대고 고함쳤다. "아주 미래적이야. 게리 뉴먼한테 '파이브'라는 이름의 친구가 있었잖아! 정말 멋지지 않냐?" 춤꾼들은 춤이라는 뇌를 이루는 뇌세포에 불과하다. 춤꾼들은 자기들의 의지로 춤을 추는 줄 알지만, 실은 태곳적부터의 명령에 따르고 있는 것이다. 코모도스의 〈Three

Times A Lady〉가 나오자, 플로어에는 남들의 시선을 즐기며 서로 애무하는 연인들과 그저 애무하는 데만 빠져서 남들이 보고 있다는 것도 잊은 애들만 남았다. 두번째 행동은 이제 세번째 행동으로 향하고 있었다. 폴 화이트가 루시 스니즈와 함께 나갔다. 다음으로는 덱시스 미드나잇 러너스의 〈Come On Eileen〉이 나왔다. 디스코장은 동물원이기도 하다. 어떤 동물들은 낮보다 밤에 더 야성적이다. 밤에 더 재미있는 동물, 밤에 더 멋진 동물, 밤에 더 수줍어하는 동물, 밤에 더 섹시한 동물도 있다. 홀리 데블린은 집에 가고 없는 게 분명했다.

"네가 집에 간 줄 알았어."

출입구 표지가 어둠 속에서 기묘한 녹색으로 빛났다.

"난 네가 집에 간 줄 알았는데."

디스코 음악에 합판으로 된 마룻바닥이 울렸다. 무대 뒤에는 의자들을 쌓아놓은 좁은 방이 있었다. 큼직한 선반도 있는데, 3미터쯤 높이에 폭은 방 너비만했다. 탁구대 상판도 거기 보관되어 있다. 나는 사다리가 어디에 숨겨져 있는지도 안다.

"아냐. 난 딘 모런하고 춤추고 있었어."

"그래?" 홀리 데블린이 익살맞게 질투하는 투로 말했다. "딘 모런이 나보다 나은 점이 뭔데? 키스를 잘해?"

"모런이? 생각만 해도 넘어올 것 같다!"

'넘어온다'는 말은 여자애와 단 한 번도 키스해본 적이 없는 사람으로서 할 만한 말은 아니었다. 항상 걱정했지만 키스하는 것은 그리 어렵지 않았다. 말미잘이 자기가 해야 할 일을 알고 있듯, 입술도 무엇을 해야 할지 다 알고 있다. '하늘을 나는 찻잔'에 탄 것처럼, 키스를 하면 세상이 빙빙 돈다. 여자애가 내뱉은 산소를, 내가 들이마신다.

그러나 이가 부딪칠 수도 있다. 끔찍한 일이다.

"앗," 홀리 데블린이 얼굴을 뒤로 뺐다. "미안!"

"괜찮아. 내가 이를 뒤로 딱 붙이고 있을게."

홀리 데블린이 내 무스 바른 머리카락을 비비 꼬았다. 그녀의 목 피부처럼 보드라운 건 태어나서 처음 만져보았다. 그리고 그녀가 나를 받아주었다. 조금은 놀라웠다. 내가 키스하게 해준 것이다. 홀리 데블린한테서 백화점 향수 판매 코너의 냄새, 절정에 이른 7월의 냄새, 계피맛 틱택 냄새가 났다. 내 사촌 휴고는 키스해본 여자들을 서른 명까지 헤아린다(키스만 한 건 아니다). 지금은 한 오십 명쯤으로 늘었을지도 모르겠다. 하지만 누구에게나 첫 키스 상대는 오직 한 명이다.

"아, 나 겨우살이 가지를 좀 집어왔어. 봐." 그녀가 말했다.

"다 뭉그러졌는데……"

두번째 키스에서 홀리 데블린의 혀가 수줍은 작은 쥐처럼 내 입을 찾았다. 역겹다고 생각할지도 모르지만, 그 혀는 촉촉하고 은밀했다. 내 혀가 다시 그녀의 혀를 찾고 싶어했기 때문에, 그렇게 했다. 그 키스는 내가 숨쉬는 것을 잊어버리는 바람에 끝나고 말았다. 나는 실제로 숨을 헐떡거렸다. "이 노래, 지금 나오는 곡 말이야. 좀 히피 분위기지만, 아름다워."

'아름답다'는 말은 남자애들한테는 쓸 수 없지만 여자애들한테는 써도 괜찮다.

"〈#9dream〉이야. 존 레넌의 곡. 1974년 LP 〈Walls and Bridges〉에 있지."

"나를 놀라게 하려고 한 말이었다면, 성공했어."

"우리 오빠가 리볼버 레코드 사에서 일하고 있거든. 오빠의 LP 컬렉션을 늘어놓으면 화성까지 갔다가 다시 돌아올 수 있을 정도야. 넌 이 작은 아지트를 어떻게 알았어?"

"이 무대 뒷방 말이야? 청소년클럽 때 와서 탁구를 치곤 했어. 오늘밤에는 잠가놓았을 줄 알았는데 내 생각이 틀렸네."

"그러게." 홀리 데블린의 손이 내 점퍼 밑으로 미끄러져들어왔다. 누나와 케이트 앨프릭이 손으로 여기저기 더듬는 얘기를 하는 것을 몇 년 동안이나 들어온 덕분에, 다행히 똑같은 짓을 하지는 않았다. 그때 홀리 데블린이 가볍게 몸을 떨었다. 아마도 추운 듯했지만, 그녀는 약간 킥킥대고 웃었다.

내가 뭘 잘못했나 싶어 겁이 났다. "왜? 뭔데 그래?"

"오늘 아침 금속세공시간에 닐 브로즈의 얼굴 말이야."

"아, 그거. 오늘 아침은 정말 난리였지. 온종일 그랬어."

"게리 드레이크가 그애를 드릴에서 밀어내고 네가 하고 있는 짓을 가리켰잖아. 브로즈는 처음에는 이해를 못했지. 네가 바이스에서 결딴내고 있는 게 실은 자기 계산기라는 걸. 그때서야, 그제야 그애가 상황을 알아차렸지. 교활한 수나 쓰는 자식이지만 바보는 아니야. 그다음에, 또 그다음에, 그리고 그다음에 무슨 일이 벌어질지 알았던 거지. 자기가 당했다는 걸 안 거야. 바로 그 순간 깨달은 거지."

나는 홀리 데블린의 딸각거리는 목걸이를 만지작거렸다.

"나도 깜짝 놀랐지 뭐야." 그녀가 말했다.

나는 왜 놀랐느냐고 재촉해 묻지 않았다.

"내 말은, 너를 좋아했어, 테일러. 하지만 내 생각에 넌……" 그녀는 내 기분을 상하게 할지도 모를 말은 피하려 했다.

"인간 샌드백이라고?"

홀리 데블린이 내 가슴에 턱을 갖다 댔다. "그래." 그녀의 턱이 약간 파묻혔다. "어떻게 된 거야, 테일러? 너, 무슨 일이 있었던 거야?"

"올해의 사건이지." 그녀가 나를 '테일러'라고 부르는 것이 '제이슨'보다 더 가깝게 느껴졌다. 나는 아직도 너무 부끄러워서 그녀를 어떤 이름으로도 부를 수가 없었다. "저기, 닐 브로즈 얘기는 하고 싶지 않아. 다음에 할까?" 나는 그녀의 손목에 감겨 있는 실로 엮은 끈을 풀어 내 손목에 감았다.

"도둑. 네 액세서리 중에서 최신 유행인 걸 골라서 하고 다녀."

"지금 하고 있어. 이게 내 첫번째 액세서리야."

홀리 데블린이 약간 큰 내 귀를 손가락으로 잡더니 내 입을 자기 입 쪽으로 끌어당겼다. 우리의 세번째 키스는 듀란듀란의 〈Planet Earth〉가 흘러나오는 동안 내내 이어졌다. 홀리 데블린이 내 손을 잡아끌어 그녀의 열네 살 먹은 가슴이 뛰는 것을 내 손바닥으로 느낄 수 있게 해주었다.

"안녕, 제이슨." 크리스마스트리와 가스난로가 밝히고 있는 거실은 산타의 동굴을 연상시켰다. TV는 꺼져 있었다. 아빠는 과일껌 같은 검은 어둠 속에 그냥 앉아 있었다. 그러나 아빠의 어조로 보아 닐 브로즈와 납작해진 카시오 계산기에 대해서 다 알고 있는 것 같았다. "디스코파티는 즐거웠니?"

"나쁘지 않았어요." (디스코파티 따위는 아빠의 안중에도 없었다.) "옥스퍼드는 어떠셨어요?"

"옥스퍼드가 옥스퍼드지 뭐. 제이슨, 아빠하고 얘기 좀 하자."

나는 야단맞게 될 것을 알고 옷걸이에 검은색 파카를 걸었다. '얘기 좀'이라면 내가 앉아 있고 아빠가 혼내는 것이지만, 홀리 데 블린이 내 머리를 홀라당 뒤집어놓은 게 틀림없다. "아빠, 제가 먼저 말씀드려도 돼요?"

"그래라." 아빠는 침착해 보였지만, 화산이 터져서 산을 절반쯤 날려버리기 직전에도 조용한 법이다. "해봐."

"아빠한테 말씀드릴 것이 두 가지 있어요. 중요한 얘기예요."

"하나는 뭔지 알 것 같구나. 소문에 의하면 오늘 학교에서 아주 화끈한 하루를 보낸 모양이던데."

"말씀드릴 두 가지 중 하나가 그거예요."

"켐지 선생님이 전화하셨다. 퇴학당한 그 학생 건으로 말이다."

"닐 브로즈 말이죠. 네. 제가…… 제가 새 계산기값을 내야 해요."

"그럴 필요 없다." 아빠는 너무 진이 빠져서 벌컥 화를 낼 기운도 없어 보였다. "내가 아침에 그애 아버지한테 수표를 부쳐줄 거야. 그쪽에서도 전화가 왔었어. 닐 브로즈의 아버지 말이다. 실은 나에게 사과를 하더구나." (나는 그 말에 놀랐다.) "계산기는 됐다고 하더라. 그래도 어쨌든 수표는 보낼 거야. 수표를 현금으로 찾지 않는다 해도 그건 그 사람이 알아서 할 일이지. 하지만 이렇게 정리를 해서 일단락지을 생각이야."

"그러면……"

"네 엄마는 동전 한 푼만 던져주면 된다고 할지 모르겠지만, 그
게……" 아빠가 어깨를 으쓱했다. "켐지 선생님 말로는 네가 그동
안 아이들한테 괴롭힘을 당했다고 하시더구나. 네가 그 일에 대해
우리에게 말할 생각을 하지 못했다니 유감이지만, 그렇다고 내가
그 일로 너한테 화를 낼 수도 없구나. 어떻게 화를 낼 수 있겠니?"

그때 누나의 전화가 기억났다. "엄마는 들어오셨어요?"

"엄마는……" 아빠의 눈빛이 흔들렸다. "……오늘밤에는 애그
니스 집에서 잘 거다."

"첼튼엄에서요?" (이해가 되지 않았다. 엄마는 앨리스 이모 집
을 제외하고는 남의 집에서 절대 주무시지 않는다.)

"초대전이 늦게까지 진행되었다는구나."

"아침에는 아무 말 없으셨는데요."

"나한테 말하고 싶다던 두번째 얘기는 뭐냐?"

여기까지 오는 데 열두 달이 걸렸다.

"얘기해보렴, 제이슨. 네 생각만큼 나쁘지는 않을 것 같구나."

아뇨, 아주 나빠요. "지난 1월에 나갔을 때요." (행맨이 '스케이트
타러'를 막았다.) "어…… 숲의 연못이 꽁꽁 얼어붙었을 때였어
요. 다른 애들 몇이랑 어울렸는데, 할아버지의 시계를 차고 갔어
요. 할아버지의 오메가……" (행맨이 '시마스터'를 막았다.) 실제
로 이 말을 하려니, 수십 번이나 악몽 속에서 이 말을 하던 때보다
도 더 꿈속 같았다. "할아버지가" (맙소사, 이제는 '해군'이라는 말
도 할 수가 없었다) "아덴에 주둔하셨을 때 사신 시계 말이에요.

528

그런데 넘어져서"—이제는 물러설 수 없었다—"박살이 났어요. 솔직히 말씀드리면, 꼬박 일 년 동안 새것을 찾으려고 애썼어요. 하지만 유일하게 하나 있다고 들은 건 가격이 900파운드나 했어요. 그만한 돈은 없어요. 아무리 해도요."

아빠의 얼굴은 꿈쩍도 하지 않았다. 근육 하나조차도.

"정말로 죄송해요. 그 시계를 꺼내다니 제가 정말 바보였어요."

정적이 깨지는 순간 아빠가 나를 요절내고 말 거다.

"괜찮아." (그러나 어른들은 가장 괜찮지 않은 바로 그 순간에 이런 말을 하는 경우가 종종 있다.) "그건 그냥 시계일 뿐이잖아. 누가 다친 것도 아니고. 불쌍한 로스 윌콕스 녀석처럼 말이다. 누가 죽은 것도 아니잖니. 앞으로 부서지기 쉬운 걸 다룰 때는 더 주의하면 되지 뭐. 시계에서 온전한 게 있니?"

"줄이랑 껍데기만 남았어요."

"그거라도 잘 간직해두렴. 장인들이 다른 시마스터 부속을 써서 할아버지의 시계를 재조립해줄 수 있을지도 모르니까. 모르는 일이지. 네가 루아르 계곡에서 천 에이커에 달하는 자연보호구역을 맡게 되는 날이 오면."

"그러면 혼내지…… 않으실 거예요?"

아빠는 어깨를 으쓱했다. "너는 이미 충분히 고생을 했잖아."

이렇게 잘 해결되리라고는 감히 꿈도 꾸지 못했었다. "저한테 뭔가 심각한 얘기를 하시려고 했잖아요, 아빠."

아빠가 침을 꿀꺽 삼켰다. "트리를 참 예쁘게도 꾸며놓았더구나."

"고맙습니다."

"고맙다." 아빠는 커피를 한 모금 마시고 얼굴을 찡그렸다. "깜빡 잊고 뉴트라스위트를 넣지 않았구나. 주방에서 좀 갖다줄래, 우리 아들?"

'우리 아들'이라고? 아빠가 나를 그렇게 부른 지가 백만 년도 더 된 것 같은데. "네." 나는 주방으로 갔다. 주방은 얼어붙을 듯 추웠다. 안도감에 몸이 조금은 가뿐해졌다. 아빠의 뉴트라스위트, 찻숟가락, 찻잔받침을 들고 거실로 돌아왔다.

"고맙다. 다시 앉아보렴."

아빠가 네스카페에 작은 캡슐을 넣어 휘젓고는 컵과 찻잔받침을 들어올렸다. "가끔은……" 아빠의 '가끔'이라는 말에 뒤이어 어색함이 점점, 점점, 점점 더 커져갔다. "가끔은, 동시에 두 사람을 각각 다른 방식으로 사랑할 수도 있단다." 아빠가 초인적인 힘을 발휘하여 간신히 그 말을 하고 있음을 알 수 있었다. "이해하겠니?"

나는 고개를 가로저었다. 아빠의 눈빛에서 실마리를 읽어낼 수도 있었겠지만, 아빠는 커피잔으로 눈길을 떨어뜨리고 있었다. 아빠는 앞으로 몸을 숙였다. 커피테이블 위에 팔꿈치를 얹었다. "네 엄마와 나는……" 아빠의 목소리가 거지 같은 TV 연속극에 나오는 거지 같은 배우처럼 끔찍하게 변했다. "네 엄마와 나는……" 아빠는 떨고 있었다. 아빠는 떨지 않는데! 컵과 찻잔받침이 달그락거려서 아빠는 그것들을 내려놓아야 했지만, 여전히 눈은 들지 않았다. "네 엄마와 나는……"

1월의 남자

"그 집 남편이 그 여자 때문에 대출까지 받은 게 확실하다니까
요!"

그웬돌린 벤딩크스가 얘기하는 사람이 누구겠는가?

"대출?" 라이드 부인이 진짜로 비명을 질렀다. "대출이라고?"

왜 내가 얼굴도 못 들고 도망가야 하나? 난 잘못한 게 아무것도
없는데. 그들이 피라미드 모양으로 쌓아놓은 페디그리 첨 사료 캔
뒤에서 〈스매시 히트〉를 뒤적이고 있던 나를 미처 보지 못했다 해
서, 그게 내 잘못인가?

"대출이라니까요. 그것도 무려 2만 파운드라지 뭐예요."

"그 돈이면 작은 집 한 채도 사겠네! 그 여자는 2만 파운드나 되
는 돈을 뭐에 쓰려고 그랬대요?"

"폴리 너턴 말로는 그 여자가 그린랜드에, 그러니까 나라 이름
이 아니라 슈퍼마켓 말이에요, 거기에 물건을 대는 사무집기 회사
라나 뭐라나, 그걸 옥스퍼드에 갖고 있대요. 이제는 좀 어떻게 된
건지 감이 오죠?"

라이드 부인은 이해하지 못했다.

"라이드 부인, 그 집 남편이 그린랜드에서 지역 담당 매니저로 일하잖아요. 참, 일했었지. 아시다시피 두 달 전에 잘렸죠. 그 둘 사이에 그렇고 그런…… 관련이 있었다는 걸 알면 뭐 놀랄 일도 아니죠. 아시다시피 폴리 너턴이 에둘러 말하는 스타일이 아니잖아요. 어떤 평판 좋은 조직이 간통을 저지른 사람을 윗자리에 두고 싶어하겠느냐고 그러더라고요. 그 사람이 몇 년 전부터 그 여자가 그린랜드와 계약을 맺을 수 있게 뒤를 봐준 게 뻔하죠. 그들의…… 관계가 시작되었을 때부터 말이에요."

"그러니까 그들의…… 관계가 제법 오래되었다는 말인가요?"

"그럼요! 맨 처음…… 부정한 관계를 맺은 건 한참 전 일이다 이 말이죠. 그때 헬레나한테 사실대로 털어놓고 관계를 끊겠노라고 맹세했대요. 헬레나는 가족을 위해서 남편을 용서했고요. 누군들 안 그러겠어요. 내 말은"(사람들은 대개 그 말을 입 밖에 내기만 해도 재수가 없을까봐 조그맣게 속삭인다) "'이혼' 말예요. 그건 극단적인 조치잖아요. 그 둘이 한동안 만나지 않았을지도 모르죠. 계속 만났을지도 모르지만요. 폴리 너턴이 그 얘기는 안 하더라구요. 나도 더는 캐고 들지 않았고요. 하지만 한번 깨진 거울은 무슨 짓을 해도 예전처럼 붙일 수 없는 법이잖아요."

"맞아요, 벤딩크스 부인. 그 말이 백번 맞고말고요."

"하지만 폴리가 이런 얘기도 하더군요. 작년에 그 여자 사업이 망하기 얼마 전에 그 여자 남편이 자기 아기를 임신중인 그 여자를 두고 떠났대요. 뭔가 구린 냄새를 맡은 게 틀림없어요, 말하자면 말예요. 그러고 나서 그 여자는 옛날 애인한테로 돌아간 거래요."

“세상에 뻔뻔스럽기도 해라!”

“이건 지난 1월의 일인데, 폴리 말이 그 여자가 거의 파산지경이었대요. 진짜인지 아닌지는 누가 알겠어요. 하지만 밤이고 낮이고 남자 집에 귀찮게 전화를 걸어댔대요. 불륜 상대의 집에다 말예요. 그래서 남자가 자기 아내한테는 일언반구도 없이 그 엄청난 돈을 빌려줬다지 뭐예요. 자기 식구 사는 집을 담보로 잡혀서 말이지요.”

“불쌍한 테일러 부인에게 마음이 쓰이죠?”

“그렇다마다요! 테일러 부인은 남편의 은행거래 내역서를 보기 전까지는 까맣게 몰랐대요. 자기 집이 저당잡힌 상태라는 걸 그런 식으로 알게 돼보세요! 얼마나 속았다는 기분이 들겠어요? 얼마나 배신감이 들겠느냐고요? 웃기는 일이지만, 첼튼엄에 있는 헬레나의 갤러리는 사람들이 길거리를 돌고 돌아 줄을 선다고 하네요. 다음 달에는 ‘고향과 조국’을 주제로 특별 전시를 한대요.”

라이드 부인이 열을 올렸다. “내가 보기에는 그 여자가 한 짓은 천한 매춘부들이나 다를 바가 없어……”

라이드 부인이 나를 발견하고 복어처럼 입을 부풀렸다. 나는 〈스매시 히트〉를 내려놓고 계산대로 걸어갔다. 아무 일도 없는 척 태연하게 행동하는 연습을 얼마나 했는지 모른다.

“안녕! 제이슨.” 그웬돌린 벤딕크스가 환하게 미소를 지었다. “나 같은 노인네야 기억 못하겠지만, 작년 여름에 목사관에서 만났었지.”

“기억해요.”

“너 만나는 여자들한테마다 그렇게 말하지!” (점잖은 라이드 부인은 망측하다는 표정을 지었다.) “기상예보관이 그러는데 오늘밤에는 눈이 엄청 올 거라더라. 좋겠다, 그렇지? 썰매도 타고, 얼음집도 만들고, 눈싸움도 하고."

라이드 부인이 바코드 판독기를 만지작거렸다. "잘 지냈니, 애야? 오늘 이사 가는 모양이구나?"

"이삿짐센터 직원들이 지금 무거운 짐들을 싣고 있어요. 엄마랑 누나랑 케이트 앨프릭이랑 엄마네 사장님이 마지막으로 남은 물건들을 싸고 있고요. 그래서 저한테 한 두어 시간 나가서……" (행맨이 '작별 인사를 하라고'를 막았다.)

"'블랙스완그린에 작별을 고한다' 이 말이지." 그웬돌린 벤딩크스가 다 안다는 미소를 지으며 끼어들었다. "조만간 우리를 보러 와줄 거지? 첼튼엄이 세상 끝에 있는 것도 아닌데 뭐?"

"그러기는 힘들 것 같아요."

"아주 태연한 척하고 있구나, 제이슨." 그녀는 마치 메뚜기라도 잡은 것처럼 양손을 맞잡았다. "하지만 꼭 말해두고 싶은데, 프랜시스랑—목사님 말이다—내가 뭐든 도와줄 일이 있다면 언제든 주저 말고 찾아오렴. 어머니한테도 그렇게 말씀드려주겠니?"

"네," 아줌마가 빠져 죽기 딱 좋은 우물을 내가 하나 알고 있는데. "그럴게요."

"안녕, 애야." 라이드 씨가 뒤에서 나왔다. "뭐 줄까?"

"대황 1쿼터랑 커스터드요. 생강 설탕절임하고요." 생강 설탕절임을 먹으면 잇몸이 찐득거리지만 엄마는 무척이나 좋아한다.

"알겠다, 애야." 라이드 씨가 항아리를 찾으러 사다리를 올라갔다.

"첼튼엄은 정말 근사한 곳이지." 그웬돌린 벤딩크스가 다시 나에게 관심을 돌렸다. "오래된 온천마을에는 개성이 있다니까. 너희 어머니가 세 얻으신 집은 넓어, 제이슨?"

"아직 못 봤어요."

"아버지는 옥스퍼드에 자리를 잡으신다니?" (나는 고개를 끄덕였다.) "아직 새 일자리를 못 구하신 모양이지?" (다시 고개를 끄덕였다.) "크리스마스 휴가가 끝나야 회사들도 다시 일을 시작하겠지. 하지만 옥스퍼드가 세상의 끝은 아니잖아요, 라이드 부인? 조만간 아빠를 또 보게 되겠지?"

"아직은…… 그 얘기는 별로 해보지 않았어요."

"한 번에 하나씩 해결하는 것이 현명하지. 하지만 새 학교가 기대되겠구나! 내가 늘 하는 말이지만, 낯선 사람은 아직 만나지 못한 친구일 뿐이야." (개소리. 요크셔 녀석들은 한 번도 만나본 적은 없지만, 친구는 아닐 거다.) "그러면, 킹피셔메도스의 너희 옛집은 벌써 내놓았겠구나?"

"아마 곧 그럴 거예요."

"내가 왜 물어봤냐 하면, 우리 목사관을 업턴 로드의 방갈로로 옮겼지만, 거긴 그저 잠깐 '임시방편'으로 머무는 곳이거든. 엄마한테 어디 광고 내실 생각이면 그 전에 부동산 중개업자더러 목사님께 전화 한 통 넣어주시라고 말씀 좀 드리렴. 엄마도 누군지도 모르는 외지인보다야 친구랑 거래하시는 편이 나을 테고. 우리 뒤통수쳤던 그 끔찍한 크롬린크 기억하지? 그러니까 엄마한테 꼭 말씀드려야 한다? 약속하지, 제이슨? 스카우트의 명예를 걸고."

"물론이죠, 약속할게요." 한 사십 년쯤 후에. "스카우트의 명예를 걸고."

"여기 있다, 애야." 라이드 씨가 봉지를 비틀어 돌려서 봉했다.

"감사합니다……" 나는 돈을 꺼내려고 주머니를 뒤졌다.

"아니다, 아니야. 오늘은 그냥 가져가거라." 라이드 씨의 얼굴은 물에 퉁퉁 불은 시체 같지만, 얼굴과 표정은 전혀 딴판일 수 있다. "작별 선물이다."

"감사합니다."

"정말 훌륭하셔요!" 그웬돌린 벤딩크스가 노래하듯 말했다.

"맞아요. 잘했수." 라이드 부인이 맥없이 되풀이했다.

"영국에서 제일 좋은 거다." 라이드 씨는 내 손에 종이봉지를 쥐여주었다. "그리고 정말 고마웠다."

블랙스완그린은 오늘 죽은 자들의 마을이었다. TV에서 〈문레이커〉를 해주기 때문이다. 로저 무어의 최신판 제임스 본드 영화라고 했다. 우리 TV는 이삿짐 트럭 뒤칸에 실려 있다. 평소 같으면 TV를 보러 딘의 집에 갔겠지만, 딘은 지금쯤 할머니를 뵈러 아버지와 함께 체이스엔드 쪽을 지나 화이트리브드오크로 걸어가고 있을 것이다. 발걸음을 숲속 호수로 향했다. 고맙게도 라이드 씨가 대황과 커스터드를 공짜로 주었지만, 오늘은 시큼한 것이 유리 핥는 맛만 나서 그냥 뱉어버렸다.

겨울의 숲은 부서질 것만 같은 곳이다.

잔가지에서 잔가지로 마음이 스치듯 날아다닌다.

어제 아빠가 남은 물건을 가지러 왔다. 엄마는 짐가방이란 짐가방은 다 써야 했기 때문에, 아빠 물건을 검은 비닐봉지에 담아 차고에 두었다. 엄마와 누나는 첼튼엄의 갤러리에 가고 없었다. 나는

포장한 상자 위에 앉아 내 휴대용 TV로 〈행복한 나날들〉을 보고
있었다. (휴고가 〈행복한 나날들〉의 배경이 1950년대라고 말해주
기 전까지는 그것이 지금 현재의 미국 얘기인 줄 알았다.) 낯선 차
한 대가 우리 진입로에 섰다. 거실 창문으로 내다보니 하늘색 폭스
바겐 제타였다. 아빠가 조수석에서 내렸다.

내가 홀리 데블린과 키스하고 왔던 날 밤, 아빠가 엄마와 갈라
서기로 했다고 말했던 그때 이후로 아빠를 보지 못했다. 이 주 전
의 일이었다. 크리스마스 날 앨리스 이모 집에서 전화로 잠깐 이야
기를 나누었지만, 다시 생각하기도 싫을 만큼 끔찍하고 또 끔찍했
다. 내가 무슨 말을 할 수 있었겠는가? '숙련자용 메카노 조립세트
랑 장 미셸 자르 LP판 감사해요' 라고? (그 말을 하긴 했다.) 엄마
아빠는 서로 통화를 하지 않았고, 엄마는 아빠가 무슨 말을 했느냐
고 나에게 묻지도 않았다.

하늘색 폭스바겐 제타가 보이자, 버러지가 낮은 소리로 속삭였
다. 도망쳐! 숨어!

"안녕, 아빠."

"아!" 아빠의 표정은 로프가 뚝 끊어진 순간의 등산가 같았다.
"제이슨이구나. 미처 네가……" 아빠는 '집에 있을 줄은'이라고
말하려 했겠지만, 말을 바꾸었다. "네 소리를 듣지 못했구나."

"차 소리를 들었어요." 너무도 분명하게 들렸다. "엄마는 일하
러 가셨어요." 아빠도 그 사실을 알고 있었다.

"네 엄마가 내 물건을 남겨두었을 거다. 그걸 가지러 왔단다."

"네, 엄마가 말씀하셨어요."

회색빛 고양이가 차고로 들어가 감자 부대 위에 자리를 잡고 앉
았다.

"그런데……" 아빠가 입을 뗐다. "줄리아는 어떠냐?"

아빠의 말뜻은 줄리아가 나를 미워하고 있니?였다. 하지만 설령 누
나라 해도 그 질문에는 대답할 수 없었다. "누나는…… 잘 있어요."

"그래. 다행이구나. 안부 전해주렴."

"그럴게요." 직접 하지 그러세요? "크리스마스는 잘 보내셨어요?"

"어…… 잘 보냈다. 조용하게." 아빠는 피라미드처럼 쌓인 봉지
들을 바라보았다. "끔찍했지. 당연히. 넌 어땠니?"

"저도 그랬어요. 수염 기르시는 거예요, 아빠?"

"아니다, 이건 그냥…… 앞으로 기를지도 모르지. 나도 모르겠
다. 리치먼드의 친척들은 다 잘 지내고?"

"아빠도 짐작하시겠지만 앨리스 이모는 그저 걱정뿐이에요. 이
유야…… 말 안 해도 아시겠죠."

"물론 그렇겠지."

"앨릭스는 BBC 컴퓨터만 갖고 놀아요. 휴고는 그 어느 때보다
도 토 나올 만큼 재수 없고요. 나이절은 재미 삼아 이차방정식을
풀고 있어요. 브라이언 이모부는……" 브라이언 이모부에 대한
말을 끝맺기가 쉽지 않았다.

"……고주망태가 되어 나를 씹어대고 있겠지?"

"아빠, 브라이언 이모부가 바보예요?"

"바보같이 굴 수는 있지." 아빠 속에 뭔가 응어리진 것이 남아
있었다. 아빠는 공허하고 불행해 보였지만 확실히 더 평화로웠다.
"하지만 행동과 실제 본성이 딱 맞아떨어지는 건 아니지. 꼭 그래

야 할 필요도 없고. 함부로 편견을 갖지 않는 편이 제일 좋아. 어쩌면 미처 내가 알지 못한 것이 있을 수도 있으니까. 너도 알지?"

물론 안다.

제일 끔찍한 것은, 아빠한테 다정하게 대하고 있자니 엄마를 배신하는 기분이 드는 것이었다. 아무리 엄마 아빠가 "우리 둘 다 여전히 너를 사랑한단다"고 말해도, 선택해야 한다. '양육비'나 '최선의 방법' 같은 말이 나를 가만 놔두지 않는다. 하늘색 제타에 앉아 있는 인물. "저기⋯⋯" 그녀를 뭐라고 불러야 할지 모르겠다.

"신시아가 태워다주었단다, 그래. 신시아가 인사를 하고 싶다는데⋯⋯" (미친 오르간 연주자가 내 공포심을 마구 두들겼다) "⋯⋯네가 괜찮다면." 아빠의 목소리가 애원조를 띠었다. "그래주겠니?"

"그러죠 뭐." 실은 그러고 싶지 않았다. "그럴게요."

동굴 같은 차고 밖으로 나오니 부슬비가 내리고 있었다. 빗줄기가 하도 약해서 내리는 것 같지도 않았다. 내가 제타까지 가기도 전에 신시아가 내렸다. 그녀는 백치미 넘치는 왕가슴도, 눈꼬리가 쫙 찢어진 마녀도 아니었다. 엄마보다도 더 수수하고 조용했다. 갈색 단발머리에 갈색 눈이었다. 어디를 보아도 계모 같은 구석은 없었다. 조금씩 조금씩 그렇게 되어가겠지.

"안녕, 제이슨." 엄마를 제치고 아빠와 남은 생을 함께하게 될 여자가 마치 내가 자기에게 총이라도 겨누고 있는 듯한 눈으로 나를 바라보았다. "내가 신시아야."

"안녕하세요, 제이슨이에요." 너무, 너무, 너무 이상했다. 우리 중 아무도 악수하기 위해 손을 내밀지 않았다. 그녀의 차 뒤에는

'아기가 타고 있어요'라고 쓴 스티커가 붙어 있었다. "아기가 있어요?"

"밀리는 이제 걸음마를 배우고 있단다." 그녀의 목소리를 엄마의 목소리와 나란히 듣는다면 엄마 목소리가 더 우아하다고 할 것이다. "카밀라는…… 밀리, 밀리의 아빠, 그러니까 내 전남편은…… 우리는 이미…… 내 말은, 그는 이제는 빠졌어. 흔히들 하는 말로."

"그렇군요."

아빠는 자신의 옛 차고에서 미래의 아내와 하나뿐인 아들을 바라보고 있었다.

"저," 신시아가 애처로운 미소를 지었다. "아무 때고 네가 좋을 때 놀러오렴, 제이슨. 첼튼엄에서 옥스퍼드까지 바로 오는 기차가 있어." 신시아의 목소리는 엄마 목소리보다 훨씬 작았다. "네가 찾아오면 아빠가 좋아하실 거야. 정말로 기뻐하실 거야. 나도 그렇고. 우리가 사는 집은 커다랗고 오래된 집이란다. 정원 끝에 시냇물도 흐르고. 네……" (그녀는 '네 침실'이라고 말하려 했다.) "저기, 언제든 환영할 거야."

그저 고개를 끄덕이는 것 외에 내가 할 수 있는 건 아무것도 없었다.

"아무 때고 형편이 될 때." 신시아가 아빠를 바라보았다.

"그러면 얼마나……" 갑자기 할말이 아무것도 없어지는 것이 겁이 나서 나는 말을 꺼냈다.

"만약 네가……" 그녀도 동시에 입을 열었다.

"먼저 말씀……"

"아냐, 네가 먼저 말하렴. 어서."

"아빠랑"(어른이 나한테 먼저 말하라고 한 것은 처음 있는 일이었다) "알게 된 지는 얼마나 되셨어요?" 가볍게 질문을 던질 생각이었지만 막상 말해놓고 보니 게슈타포같이 들렸다.

"더비셔에서 자랄 때부터." 신시아는 특별한 의미를 덧붙이지 않으려 애쓰며 대답했다.

그럼 엄마보다 더 오래 알고 지냈구나. 아빠가 엄마가 아니라 이 신시아와 먼저 결혼했다면, 그들이 아들을 낳았다면, 그게 나였을까? 아니면 완전히 다른 아이였을까? 나를 반만 닮은 아이였을까?

그 모든 태어나지 않은 쌍둥이들을 생각하면 정신이 아득해진다.

나는 숲의 호수로 가서 지난 1월 호수가 얼어붙었을 때 여기서 했던 브리티시 불독 게임을 떠올렸다. 여기저기서 이삼십 명 되는 아이들이 소리를 질러대며 이리 뛰고 저리 뛰었다. 톰 유가 스즈키를 타고 내가 지금 막 걸어온 그 길로 들어오는 바람에 게임이 중단되었지. 내가 그를 떠올리며 앉아 있는 바로 이 벤치에 그가 앉아 있었다. 이제 톰 유는 우리가 지난 1월에는 들어본 적도 없었던 군도의 나무 한 그루 없는 언덕 위 묘지에 누워 있다. 톰 유의 스즈키에서 남은 것은 분해되어 다른 스즈키를 수리하는 데 쓰였다. 세상은 있는 그대로 놔두지 않는다. 시작에는 언제나 끝이 숨겨져 있다. 흐느끼는 버드나무에서 잎사귀들이 서로 몸을 맞비빈다. 나뭇잎들이 호수로 떨어져 진흙탕 속으로 사라진다. 거기 어디에 의미가 있을까? 엄마와 아빠는 사랑에 빠져 누나를 낳고 나를 낳았다. 부모님은 애정이 식었고, 누나는 에든버러로, 엄마는 첼튼엄으로,

아빠는 신시아와 함께 옥스퍼드로 떠났다. 세상은 쉬지 않고 새로운 것을 만들어내면서 한편으로는 만들어낸 것을 쉬지 않고 파괴한다.

하지만 세상이 꼭 말이 되어야 한다고 누가 그랬나?

꿈속에서 바로 몇 미터 앞에 반들반들 윤이 나는 어두운 수면 위로 오렌지색의 낚시찌가 나타났다. 내가 앉은 벤치 반대편 끝에 스킬치가 앉아서 낚싯대를 들고 있었다. 이 꿈속의 스킬치가 세부 하나하나까지, 심지어 체취까지도 진짜같이 실감이 나서, 그제야 내가 잠에서 깨어났음을 깨달았다. "아, 안녕, 머빈? 맙소사, 꿈을 꾸고 있었는데……"

"일어나 일어나 뻣뻣해 떨려."

"……무슨 꿈인지. 언제 왔니?"

"일어나 일어나 뻣뻣해 떨려."

카시오 시계를 확인해보니 십 분밖에 자지 않았다. "틀림없이……"

"곧 눈이 내릴 거야. 길이 다 막힐걸. 스쿨버스도 막힐 거야."

몸을 쭉 뻗으니 관절에서 뚜둑 소리가 났다. 〈문레이커〉 안 봐? 더는 관절에서 소리가 나지 않았다.

내가 자타가 공인하는 마을 바보라도 된다는 듯 딱해 죽겠다는 표정으로 스킬치가 나를 보았다. "여기 TV가 어디 있냐. 난 지금 낚시하는 중이잖아. 백조를 보러 왔어."

"블랙스완그린에는 백조 같은 거 없어. 그건 마을의 우스갯소리일 뿐이라고."

“가랑이 썩어.” 스킬치가 한 손을 바지 속에 쑤셔넣더니 사타구니를 벅벅 긁어댔다. “가랑이 썩어.”

울새 한 마리가 마치 크리스마스카드에 나오는 것 같은 포즈로 호랑가시나무 덤불에 앉았다.

“그러면…… 이 호수에서 지금까지 잡아본 것 중에서 제일 큰 게 뭐야, 머브?”

“코딱지만한 거 한 마리 잡아본 적 없다, 이쪽 낮은 편에서는. 저기 섬처럼 쑥 올라온 데 옆에, 나는 저쪽 좁은 데서 낚시한다.”

“그럼 저쪽 좁은 데서 잡은 놈 중에 제일 큰 건 뭐야?”

“쑥 올라온 저기 저쪽 좁은 데서도 코딱지만한 거 한 마리 잡아본 적 없는데.”

“아.”

스킬치가 나를 게슴츠레한 눈으로 쳐다보았다. “한번은 이따만 한 잉어를 잡았다. 우리집 마당에서 꼬치에 끼워서 구워 먹었지. 눈깔이 제일 맛있더라. 지난봄이었는데, 아닌가, 지지난 봄인가. 지지지난 봄일지도 몰라.”

구급차 사이렌 소리가 텅 빈 숲속에 희미하게 울렸다.

“누가 죽어가고 있는 거 아닐까?” 내가 스킬치에게 물었다.

“데비 크럼비가 병원으로 가는 거야. 아기가 곧 나오려나봐.”

왜 위층으로 올라왔는지 잊어버린 노인네처럼, 까마귀들이 까악…… 까악…… 까악거렸다. “나 오늘 블랙스완그린을 떠나.”

“또 봐.”

“아마 못 볼 거야.”

스킬치가 한쪽 다리를 들고 어찌나 요란하게 방귀를 뀌던지 호랑가시나무에 앉아 있던 울새가 깜짝 놀라 날아가버렸다.

오렌지색 찌는 물 위에 꼼짝도 않고 떠 있었다.

"머브, 작년에 네가 찾아냈던 그 꽁꽁 언 고양이 기억나?"

"킷캣은 싫어. 크렘 에그랑 트윅스만 좋아."

오렌지색 찌는 물 위에 꼼짝도 않고 떠 있었다.

"이거 대황이랑 커스터드 먹을래?"

"아니." 스킬치가 코트 주머니에 봉지를 쑤셔넣었다. "별로 안 먹고 싶어."

놀라서 벤치 위로 쓰러지지 않았다면, 내 머리 위로 그렇게 낮게, 그렇게 가까이 덮쳐온 것이 무엇이었건 손끝으로 쓸어볼 수도 있었을 것이다. 처음에는 그게 뭔지 제대로 보지 못했다. 글라이더 인가…… 그 물체의 모양을 놓고 열심히 머리를 굴렸다. **콩코드기 인가**…… **지구에 떨어진 돌연변이 천사인가**……

백조 한 마리가 바람을 타고 미끄러지듯 물 위에 비친 모습 위로 내려앉았다.

물에 비친 백조가 호수 수면 위로 올라와 백조와 맞닿았다.

충돌하기 직전, 거대한 새는 날개를 쫙 펼치더니, 놀이보트를 타고 페달을 밟을 때처럼 물갈퀴 달린 발을 우스꽝스럽게 놀렸다. 그렇게 지탱하고 있더니 다음 순간 백조는 요란한 소리를 내며 제 배로 수면을 때렸다. 오리들이 백조에게 덤벼들었지만, 백조는 상관 않고 제 하고 싶은 대로 할 따름이었다. 백조는 아빠가 아주 오래 운전하고 난 뒤에 하는 것처럼 목을 구부렸다 폈다 했다.

백조가 진짜 존재하지 않았다면, 그에 대한 신화나 전설이라도 만들어졌을 것이다.

나는 겁에 질려 웅크리고 있던 몸을 폈다.

오렌지색 찌가 까딱거리며 잔물결을 일으켰다.

"미안해, 머빈." 내가 스킬치에게 말했다. "네가 맞았어."

스킬치가 어디를 보고 있는지 아무도 알 수 없을 것이다.

숲속의 집을 둘러싼 야생 덤불은 키를 맞추어 다듬어져 있었다. 불쏘시개로 쓰지 않은, 손질해놓은 흰 나뭇가지 더미가 잔디밭에 깔끔하게 쌓여 있었다. 대문은 반쯤 열려 있고, 안에서는 전동 공구 소리가 들려왔다. 이윽고 잠잠해졌다. 페인트 얼룩이 묻어 있는 라디오에서 노팅엄 포레스트 팀과 웨스트 브로미치 앨비언 팀의 축구 경기가 중계되고 있었다. 요란한 망치질 소리가 울려퍼졌다.

정원 길은 나무를 베어내고 깨끗하게 정돈되어 있었다. "계세요?"

더 요란한 망치질 소리.

"누구 안 계세요?"

복도 저편에서 우리 아빠 연배지만 몸이 훨씬 좋은 인부 한 명이 한 손에는 큰 망치를, 다른 손에는 끌을 들고 있었다. "무슨 일이냐, 얘야?"

"저…… 방해하려는 건 아닌데요."

인부는 잠깐 기다리라는 시늉을 하며 라디오를 껐다.

"죄송해요."

"괜찮아. 골짜기 주민들이 우리더러 하도 시끄럽다고 해서 말이야. 귀가 따가울 지경이다." 그의 억양은 다른 별에서 온 사람이라고 해도 좋을 정도였다. "하여튼 잠깐 숨 좀 돌려야겠다. 방습재 붙이는 일이 아주 사람을 잡는다니까. 내 손으로 직접 하겠다고 나서다니 내가 완전히 미쳤지." 그는 바닥에 앉아서 보온병을 열어 커피를 따랐다. "그건 그렇고, 무슨 일로 왔나?"

"저기…… 여기 할머니 한 분 사시지 않나요?"

"우리 장모님 말이여? 그레턴 부인?"

"아주 연세가 많으세요. 검은 옷을 입으시고요. 머리는 하얗게 세었어요."

"그럼 맞다. 애덤스 집안 할머니여."

"그렇군요."

"장모님은 우리 노인용 별채로 옮기셨어. 바로 저기 길 건너편 이란다. 우리 장모님을 아니?"

"네." (행맨이 '알아요'를 막았다.) "이상하게 들리시겠지만, 일 년 전에 발목을 다쳤어요. 숲속 호수가 꽁꽁 얼었을 때였어요. 늦 은 시간이었고요. 호수에서 여기까지 절룩거리면서 겨우 와서, 이 집 문을 두드렸는데……"

"그러면 그게 너였구나?" 인부의 얼굴에 놀라움이 퍼졌다. "장 모님이 찜질약이든가 뭐로 치료를 해줬지, 아마?"

"맞아요. 정말로 효과가 있었어요."

"효과 있다니까! 몇 년 전에 내가 손목을 다쳤을 때도 그렇게 해 주셨거든. 기적 같더라. 하지만 마누라하고 나는 장모님이 네 이야 기를 꾸며내신 거라고 생각했지."

"저를 꾸며내셨다고요?"

"장모님은 뇌졸중 발작을 일으키시기 전부터도 약간…… 정신 이 오락가락하셨거든. 너도 장모님의 상상인 줄 알았단다." 그는 공포영화에 나올 법한 목소리로 말했다. "호수에서 나온, 물에 빠져 죽은 아이 말이다."

"아, 네. 주무시기에 그냥 나왔는데……"

"그랬을 거다! 장모님이 너를 가뒀지?"

"실은 그랬어요. 그래서 발목을 치료해주셔서 고맙다는 인사도 못 드렸어요."

"인사하고 싶으면 지금 하렴." 인부는 커피를 입안에 털어넣듯 들이마셔서 입술을 데지는 않았다. "장모님이 너를 기억한다거나 말씀을 하실 거라는 보장은 없지만, 요즘 아주 잘 지내고 계신단다. 저기 뒤에, 나무들 사이로 노란색 건물 보이지? 거기가 우리집이야."

"하지만…… 저는 이 집…… 주변 몇 킬로미터 내에는 다른 집이 없는 줄 알았는데요."

"여기가? 무슨 소릴! 피그 레인하고 채석장 사이지. 가을이면 집시들이 야영을 하는 곳이야. 이 숲을 다 통틀어도 몇 에이커밖에 안 된단다. 제일 높은 곳이라고 해봐야 1, 2미터 정도지. 아마존 정글 같은 데가 아니야. 셔우드 숲에도 델 바가 아니고."

"마을에 로스 윌콕스라는 아이가 있어요. 작년에 할머니가 할머니 댁 바로 앞에서 저를 발견하셨을 때 얼음판에서 놀던 아이들 중 한 명인데요……"

아주 나이를 많이 먹은 얼굴은 인형 같고, 성별 구분도 안 되고, 피부는 속이 들여다보일 것 같다.

자동 온도조절장치가 딸깍 소리를 내자 히터가 웅웅거리기 시작했다.

"저기, 저기," 그레턴 부인이 웅얼거렸다. "저기, 저기……"

"이 얘기는 아무한테도 한 적이 없어요. 제일 친한 친구 딘한테도요."

노란색 방에서는 크럼핏 빵과 지하실, 카펫의 냄새가 났다.

"작년 11월에 거위 박람회에서요, 제가 윌콕스의 지갑을 주웠어요. 엄청 많은 돈이 들어 있더라고요. 그러니까, 진짜 **큰돈**이요. 지갑 속에 그애 사진이 있어서 알았어요. 윌콕스가 작년 내내 저를 못살게 괴롭혔다는 걸 아셔야 해요. 그 녀석이…… 진짜 못된 짓 많이 했어요. 사디스트처럼요. 그래서 지갑을 돌려주지 않고 제가 가지고 있었어요."

"그렇게 되었구나, 그렇게 되었구나……" 그레턴 부인이 중얼거렸다.

"윌콕스는 미친 사람 같았어요. 그 돈은 그애 아빠 돈이었고, 그애 아빠는 완전 사이코거든요. 윌콕스는 너무 겁이 나서 여자친구랑 대판 싸웠어요. 그 일 때문에 그애 여자친구는 그랜트 버치랑 놀아났어요. 그 때문에 로스 윌콕스가 그랜트 버치의 오토바이를 훔쳐 탔어요. 그러니까, 버치의 형 오토바이를요. 그걸 타고 황급히 달리다가 사거리에서 미끄러졌어요. 그래서"—이 대목은 목소리를 낮춰서 속삭일 수밖에 없었다—"다리 반쪽을 잃었어요. 다리를요. 아시겠어요? 제 잘못이에요. 제가…… 지갑을 바로 돌려주었더라면, 로스 윌콕스는 그냥 걸어갔을 거예요. 작년에 발목을 삐어서 할머니 옛집까지 절뚝거리면서 간 것도 얼마나 힘들었는데요. 그런데 로스 윌콕스는…… 그애 다리는 여기서…… 잘려나갔어요."

"잘 시간이다. 잘 시간이야……" 그레턴 부인이 웅얼거렸다.

창문 너머로 인부 조 아저씨가 가족과 함께 사는 집과 마당이 보였다. 악어같이 생긴 개가 입에 큼지막한 빨간색 브래지어를 물고 어기적거리며 지나갔다.

"지기! 지기!" 거인 같은 여자가 화가 나서 뒤쫓아 달려갔다. "이리 돌아와!"

"지기! 지기!" 어린아이 둘이 여자 뒤를 쫓아 달렸다. "이리 돌아와!"

노망든 그레턴 부인 안에 정신이 맑은 그레턴 부인이 있어 내 말을 듣고 판단해주었을까?

"가끔씩 제 관자놀이에 칼을 꽂고 싶어져요. 그러면 내가 얼마만큼 죄가 있을까 하는 생각을 더는 하지 않아도 될 테니까요. 하지만 그러다가도 이렇게 생각해요. 윌콕스가 그런 얼간이가 아니었더라면, 제가 바로 지갑을 돌려주었을 거라고요. 그애가 아니라 다른 아이였더라면, 닐 브로즈만 빼고요, 그렇게 했을 거예요. '야, 이 바보야, 너 이거 떨어뜨렸어.' 주운 즉시 그랬을 거라고요. 그러니까…… 윌콕스 잘못도 있어요, 그렇죠? 자기가 한 짓이 낳은 결과의 결과의 결과까지도 자기 잘못이라고 한다면, 어디 집 밖으로 나갈 수나 있겠어요? 그러니까 로스 윌콕스가 다리를 잃은 건 제 잘못이 아니에요. 하지만 제 잘못이에요. 하지만 아니에요. 하지만 제 잘못이에요."

"배가 꽉 찼다, 배가 꽉 찼어……" 그레턴 부인이 웅얼거렸다.

거인 같은 여자가 브래지어 한쪽 끝을 붙잡았다. 지기는 다른 쪽을 물고 있었다.

어린아이 둘이 신이 나서 꺅꺅 소리를 질러댔다.

그레턴 부인에게 이야기를 하는 동안 나는 단 한 번도 말을 더듬지 않았다. 말더듬증의 원인이 행맨이 아니었단 말인가? 다른 사람 때문인가? 다른 사람 때문일 가능성도 있다. 그래서 내가 빈 방에 혼자 있을 때나 아니면 말이나 개나 나 자신에게 소리 내어 글을 읽어줄 때는 괜찮은 건가? (또는 그레턴 부인처럼 말소리에 귀를 기울이고는 있어도 그것이 내 말소리인지도 모르는 게 분명한 상대한테 말할 때라든가.) 만화 〈톰과 제리〉에 나오는 다이너마이트처럼 사람 목소리를 들으면 불이 붙는 시한폭탄 뇌관이라도 있는 건가? 그 뇌관이 다 타들어가기 전에 말을 꺼내지 못하면 다이너마이트가 폭발하는 건가? 말더듬증을 유발하는 것이 그 뇌관이 쉭쉭거리며 타들어가는 소리 때문에 받는 스트레스인가? 그 뇌관을 끝없이 길게 늘여놓을 수 있다면, 그러면 다이너마이트는 절대 터지지 않을까? 어떻게?

다른 사람이 나를 기다리고 있어도 정말로 신경쓰지 않으면 된다. 이 초? 이 분? 아니, 이 년이라도. 그레턴 부인의 노란색 방에 앉아 있으니 아주 분명해 보였다. 내가 그렇게 전혀 신경쓰지 않는 상태에 도달할 수만 있다면, 행맨은 내 입술에서 손가락을 뗄 것이다.

자동 온도조절장치가 딸깍하고 꺼지고 웅웅거리던 히터가 멈췄다.

"언제까지라도 기다렸어, 언제까지라도." 그레턴 부인이 웅얼거렸다.

인부 조 아저씨가 문틀을 똑똑 두드렸다. "들어가도 괜찮겠니?"

내 코트 옆에는 얼어붙은 항구의 잠수함을 찍은 흑백사진이 걸려 있었다. 선원들 모두 갑판 위에 서서 인사를 하고 있었다. 오래된 사진에는 항상 오래된 사람들이 있다. 나는 검은색 파카의 지퍼를 올렸다. 조 아저씨가 말했다. "저건 장모님의 동생 루야. 앞줄 오른쪽 맨 끝에 있는 사람." 조 아저씨가 얼굴 하나를 손끝으로 짚었다. "이 사람." 루는 선수船首 쪽에 드리워진 그늘 때문에 잘 보이지 않았다.

"동생이라고요?" 들어본 적이 있었다. "그레턴 부인이 동생을 깨우면 안 된다고 그러셨어요."

"뭐, 지금 말이냐?"

"아뇨, 지난 1월에요."

"루를 깨울 일은 없을 텐데. 그가 탄 잠수함이 1941년 독일군 구축함에 의해 격침되었단다. 오크니 섬 인근에서였지. 장모님은," 조 아저씨는 그레턴 부인을 돌아보며 고개를 끄덕였다. "그 일을 끝내 극복하지 못하신 거야. 딱하게도."

"세상에, 정말 괴로우셨겠어요."

"전쟁이란," 조 아저씨는 거의 모든 질문에 그 말로 대답이 된다는 듯 중얼거렸다. "전쟁이란."

잠수함의 젊은 승조원이 텅 빈 흰색 속으로 가라앉고 있다.

루의 눈을 통해서 보니, 가라앉고 있는 것은 우리다.

"이제 가봐야겠어요."

"그래. 나는 다시 가서 방습재 공사를 해야겠다."

숲속의 집으로 돌아가는 길은 발밑에서 자박자박 소리가 났다. 완벽하게 모양을 갖춘 솔방울 하나를 집었다. 곧 눈이 쏟아질 듯 하늘이 흐렸다. "고향이 어디세요, 조 아저씨?"

"나 말이냐? 나 말하는 거 들어보면 모르겠냐?"

"우스터셔가 아닌 건 알겠는데요……"

그는 최대한 사투리를 찐하게 썼다. "내는 브러미여."

"브러미요?"

"그럼. 브럼 사람을 브러미라 하지. 브럼은 버밍엄이고."

"그러니까 브러미가 버밍엄 출신이라는 뜻이군요."

"삶의 커다란 비밀들 중 또다른 건," 조 아저씨가 손에 든 공구를 흔들며 작별 인사를 했다. "베일에 싸여 있는 법이여."

"죽었어!"

그렇게 들은 것 같았다. 하지만 누가 숲속에서 그 말을 외쳤을까, 그리고 왜? '주웠어'라고 한 건가? 아니면 '주워'였나? 숲속의 집에서 뻗어나온 희미한 길이 호수로 가는 길과 만나는 바로 그 지점에 발자국들이 내가 온 길 주변으로 찍혀 있었다. 나는 굵은 가지가 V자형으로 뻗어 있는 한 쌍의 소나무 사이로 몸을 숨겼다.

나무들 사이로 말소리가 훨씬 더 가까이 날아왔다. "죽어!"

잠시 후 그랜트 버치가 전속력으로 날듯이 달려나왔다. 소리 지른 사람은 그가 아니었다. 그는 겁에 질려 얼굴이 창백했다. 무엇이 그랜트 버치를 저렇게 겁먹게 만들 수 있을까? 기계공인 로스 윌콕스의 아빠인가? 아니면 플루토 녹? 내가 부를까 생각하기도 전에 그는 달려가버렸다.

"너 죽었어, 버치!"

필립 펠프스가 모퉁이를 돌아 그랜트 버치를 스무 걸음 정도 거리로 바짝 따라붙고 있었다. 지금껏 봐왔던 필립 펠프스의 모습은 어디서도 찾을 수 없었다. 이 필립 펠프스는 그랜트 버치의 몸을 갈기갈기 찢어발겨야만 직성이 풀리겠다는 듯 순수한 분노로 시뻘겋게 달아올라 험악하게 변한 모습이었다.

"주우우우우욱었어!"

필립 펠프스는 지난 몇 달 사이에 몸집이 더 커졌다. 그가 괴성을 질러대며 내가 숨은 곳을 지나칠 때에야 그인 줄 알아보았다.

남자아이들과 분노도 곧 숲이 삼켜버렸다.

그랜트 버치가 유순한 필립 펠프스를 어떻게 극한까지 몰아붙였는지 나로서는 끝까지 알 수 없을 것이다. 앞으로 다시는 그들이 내 눈에 띌 일은 없을 테니까.

세상은 우리 잘못에 반응하는 교장선생님과 같다. 신비주의나 기독교식으로 하는 말이 아니다. 숨은 계단에 발이 걸려 자꾸 넘어지고 넘어지고 또 넘어지다보면, 마침내 깨닫게 된다. 저 계단을 조심해야 해! 만약 우리가 너무 이기적이거나, 아니면 너무 예 주인님, 아니요 주인님, 가방 세 개 다 찼습니다 주인님 하거나, 아니면 다른 어떤 식으로 행동하더라도, 그것이 바로 숨은 계단이다. 우리에게 일어나는 모든 문제가 다 숨은 계단이다. 우리는 영원히 자기 잘못을 알아차리지 못한 결과로 고통받게 되거나, 아니면 언젠가 잘못을 깨닫고 고치게 되거나, 둘 중 하나다. 우스운 건, 일단 머릿속에 그 숨은 계단에 대해 새겨놓고 다시 자, 인생이 그래도 그렇게까지 똥통은 아니야 하고 생각한 바로 다음 순간 꽝! 하고 전혀 생각지도 못했던 또다른 숨은 계단에 걸린다는 것이다.

　항상 그게 다가 아니다.

　내 옥소 깡통은 침대가 있던 곳 아래 느슨한 바닥 널판 밑에 숨겨져 있었다. 나는 마지막으로 그것을 꺼내 창틀 위에 올려놓았다. 스록모턴 선생님은 만약 까마귀들이 런던탑을 떠난다면 탑이 무너질 거라고 했다. 이 옥소 깡통이 우스터셔 주 블랙스완그린 마을 킹피셔메도스 9번지 집의 비밀스러운 까마귀다. (집이 진짜로 무너지지는 않겠지만, 그러나 새로운 가족이 이사를 오면, 새로운 아이들이 이 방을 제 것이라고 차지하고서 나에 대해서는 절대, 단 한 번도 생각하지 않을 것이다. 우리보다 먼저 여기 살았던 사람들에 대해 내가 단 한 번도 생각해본 적이 없는 것처럼.) 이 옥소 깡통은 2차 대전 때 싱가포르까지 갔다가 우리 할아버지와 함께 되돌아왔다. 깡통을 귀에 바짝 대면 중국의 인력거꾼이나 일본의 제로전투기, 대나무로 지은 마을을 쓸어버리고 가는 몬순 소리가 들려온다. 깡통 뚜껑을 하도 꽉 닫아놓아서 열 때면 뻥 소리가 난다. 할아버지는 이 속에 편지와 말아 피우는 담배를 보관하셨다. 지금은 그 속에 리토세라스 핌브리아툼이라는 암모나이트, 아빠 것이었던 지질학자용 작은 망치, 유일하게 내가 피워본 담배의 스펀지 필터 조각, 프랑스어판『대장 몬느』(『더 타임스 세계지도』에도 나오지 않는, 파타고니아에 있는 산동네에서 마담 크롬린크가 보내준 크리스마스카드가 함께 있었고, 카드에는 **마담 크롬린크와 그녀의 집사**라는 서명이 있었다), 지미 카터의 코 모형 조각, 타이어 고무로 새긴 사람 얼굴, 내가 난생처음으로 키스한 소녀한테서 슬쩍

한, 실을 꼬아 만든 손목끈, 내가 태어나기도 전에 할아버지가 아덴에서 사신 오메가 시마스터의 잔해가 있었다. 아무것도 없는 것보다는 사진이 있는 게 낫지만, 사진보다는 물건이 더 낫다. 물건 자체가 그 시간의 일부이니까.

이삿짐 트럭이 부릉거리며 기어를 넣고 덜거덕거리며 느릿느릿 킹피셔메도스를 지나 큰길로 들어섰다. 야스민 모턴 바곳 아줌마와 엄마가 엄마의 닷선에 마지막 상자를 실었다. 아빠가 야스민 모턴 바곳 아줌마를 공주병 환자라고 부른 적이 있었다. 어쩌면 그럴지도 모르지만, 이 공주병 환자는 경우에 따라서는 폭주족만큼이나 터프해질 수도 있다. 누나가 세탁물 바구니와 돌돌 감은 빨랫줄, 빨래집게 주머니를 야스민 모턴 바곳 아줌마의 알파로메오에 실었다.

이제 정말 시간이 다 됐구나.

캐슬 씨 집 침실의 망사 커튼이 젖혀졌다. 캐슬 부인이 익사한 사람처럼 유리창에 얼굴을 바싹 붙이고 엄마와 누나, 야스민 모턴 바곳 아줌마를 바라보았다.

캐슬 부인 눈이 되게 컸구나.

그녀는 자기를 보는 나의 시선을 느꼈고, 우리 눈이 마주쳤다. 망사 커튼이 송사리처럼 잽싸게 다시 쳐졌다.

누나는 내가 텔레파시로 보낸 신호를 받고 나를 올려다보았다.

나는 애매하게 손을 흔들었다.

"너 데려오래." 내 방으로 오는 누나의 발소리가 울렸다. "죽었니 살았니. 지금 당장이라도 눈이 내릴 것 같아. 라디오에서 M5 고

속도로가 엄청 막힌다니까 지금 출발하는 게 좋겠어."

"알았어." 나는 창턱에 걸터앉은 채 내려오지 않았다.

"카펫이랑 커튼이 없으니까 훨씬 시끄럽다, 그렇지?"

"맞아." 집이 마치 아무 옷도 걸치지 않은 것 같다. "훨씬 시끄러워." 우리의 조용한 목소리가 울렸고, 대낮의 햇살조차도 조금은 더 창백하게 빛났다.

"항상 네 방을 부러워했는데." 누나가 창틀에 몸을 기댔다. 누나의 새 헤어스타일은 일단 눈에 익으니까 누나한테 잘 어울려 보였다. "여기서는 이웃집도 보이잖아. 울미어 씨 집하고 캐슬 씨 집도 엿볼 수 있고."

"난 누나 방이 부러웠는데."

"뭐가? 빅토리아시대의 요강 닦는 곳 같은 다락방이?"

"누나 방에서는 맬번으로 가는 승마길이 바로 보이잖아."

"폭풍우가 칠 때면 『오즈의 마법사』에서처럼 지붕이 다 날아갈 것 같았다니까. 무서워서 꼼짝도 못한 게 한두 번이 아니었다고."

"그건 상상이 잘 안 되는데."

누나는 스티안에게 받은 백금으로 된 돌고래 목걸이를 만지작거렸다. "뭐가 상상이 안 된다는 거야?"

"누나를 무서워서 꼼짝도 못하게 만드는 것이 있다고는 상상하기 힘들다고."

"흠, 동생님, 내가 겉보기에는 세상에 무서울 것 하나 없어 보여도, 가끔가다 한 번씩은 혼이 나갈 만큼 겁을 먹는단다. 근데 우리도 정말 바보 같다. 방을 서로 바꾸면 되는 걸 왜 그랬을까?"

소리가 울리는 집이 멀찍이 있는 구석에게 물었지만 대답은 돌아오지 않았다.

시간이 갈수록 우리가 여기에 있을 권리는 약해져가고 있다.

눈송이 몇 개가 아빠의 온실 옆 습지에서 흩날렸다. 아니, 아빠의 옛 온실.

"그 게임 이름이 뭐였더라?" 누나가 아래를 내다보았다. "우리가 어렸을 때 하던 거. 스티안한테 설명해줬는데. 집을 빙빙 돌면서 서로 뒤를 쫓다가 먼저 다른 사람을 잡으면 이기는 거였지?"

"집 빙빙 돌기."

"바로 그거야! 딱 맞는 이름이야." 누나는 다시 내 기운을 북돋아주려고 애쓰고 있었다.

"맞아." 나는 누나한테 효과가 있는 척했다. "한번은 누나가 석유 탱크 뒤에 숨어서 내가 완전 바보같이 지나쳐서 내달리는 꼴을 삼십 분 동안이나 구경했잖아."

"삼십 분은 아니었어. 기껏해야 이십 분쯤? 그쯤 지나 네가 알아차렸지."

하지만 누나야 상관없다. 월요일이면 멋진 남자친구가 검은색 포르쉐를 타고 첼튼엄에 올 것이고, 누나는 그 차에 올라타 부웅 하고 에든버러로 떠날 테니까. 월요일이면 나는 새로운 도시에서 새로운 학교에 가야 할 것이고, '이혼수속을 밟고 있는 부모님을 둔 새로운 아이'가 되어야 한다. 아직 교복도 없다.

"제이슨?"

"응?"

"엘리엇 볼리버가 왜 교구 잡지에 시 쓰기를 그만뒀는지 혹시 아니?"

누나가 여섯 달 전에 그 말을 했다면 나를 망신 주려는 뜻이었을 테지만, 지금 누나는 진지하게 묻고 있었다. 나를 한번 떠보는 건가? 아니다. 누나가 언제부터 알았을까? 하지만 뭐 무슨 상관인가?

"그 사람이 아빠가 그린랜드 서류를 태우려고 피운 모닥불에 자기 시를 몰래 던져넣었대. 자기가 쓴 모든 시를 그 모닥불이 걸작으로 바꿔놨다고 하더라고."

"나는 말이야," 누나가 손톱 끝을 물어뜯었다. "그가 시 쓰기를 완전히 포기하지는 않았으면 좋겠어. 작가로서 전망이 밝거든. 다음에 만나면 꾸준히 계속하라고 전해줄래?"

"알았어."

야스민 모턴 바곳 아줌마가 자동차 앞좌석 서랍을 뒤져 지도를 꺼냈다.

"제일 이상한 건," 나는 손가락으로 옥소 깡통을 두드렸다. "아빠 없이 이 집을 떠난다는 거야. 내 말은, 아빠가 지금이라도 뛰어다니면서 보일러랑 수도랑 가스를 잠그셔야 할 것만 같아……" 이혼은 재난영화에서 길을 따라 지그재그로 균열이 생기다가 누군가의 발밑에서 땅이 입을 쩍 벌리는 장면 같다. 내가 바로 그 누군가다. 엄마는 한쪽에 누나와 함께 있고, 아빠는 반대쪽에 신시아와 함께 있다. 어느 쪽으로든 건너뛰지 않는다면 바닥조차 보이지 않는 어둠 속으로 곤두박질칠 것이다. "마지막으로 창문도 확인하시고, 전기도 확인하시고 말이야. 우리가 휴일에 오번이나 피크 디스트릭트 국립공원 같은 데 갈 때처럼."

나는 한 번도 이혼 때문에 울지 않았다. 지금도 울지 않을 것이다.

내가 죽어도 우나 봐라! 며칠만 있으면 나는 열네 살이 된다.

누나의 다정한 태도가 상황을 더 나쁘게 만든다. "결국에는 다 괜찮아질 거야, 제이스."

"별로 괜찮은 것 같지 않은데."

"그건 아직 끝이 아니라서 그런 거야."

감사의 말

나딤 아슬람, 엘리너 베일리, 조캐스터 브라운리, 앰버 벌린슨, 에번 캠필드, 린 캐니시, 타이그 케이시, 스튜어트 코글랜, 루이즈 데니스, 월터 도너휴, 머비다 덩컨과 그녀의 딸, 데이비드 이버쇼프, 키스 그레이, 로드니 홀, 이언 잭, 헨리 제프리스, 샤론 클라인, 클로너킬티에 있는 커 서점, 하리 쿤즈루, 모랙과 팀 조스, 토비 리트, 진 마틴, 잰 몬티피오리, 로런스 노픽, 조너선 펙, 닉 롤리, 샤히다 사비르, 마이클 셀렌베르크, 엘리너 시먼스, 로리와 다이앤 스눅스, 더그 스튜어트, 캐럴 웰치, 최종 원고에서 빠지긴 했지만 나에게 토끼를 키우라고 조언해준 헤이온와이의 백발 노부인에게 감사드린다.

부모님과 게이코에게 특별한 감사를 전한다.

1장의 머나먼 시조가 되는 작품은 〈그랜타〉 81호에 실렸다. 2장의 최근 시조는 〈뉴 라이팅〉 13호(피카도르)에 실렸다. 5장은 맥스 헤이스팅스와 사이먼 젱킨스가 쓴 『포클랜드를 위한 전투』(팬 북스, 1997)를 참고해 조사했다. 8장은 알랭 푸르니에가 쓴 『대장 몬느』(파야르 사, 1971)를 인용했다. 9장은 윌리엄 골딩의 『파리 대왕』(파버 앤 파버, 1954)을 허락을 받고 인용했다. 이 소설은 앤드루 콜린스의 비망록 『모든 게 어디서부터 제대로 된 것일까?』(에버리 사, 2003)의 세부 묘사에서 도움을 받았다.

『블랙스완그린』의 배경은 영국 우스터셔의 작고 보수적인 시골 마을이다. 그 마을에는 '블랙스완그린'이라는 이름의 호수가 있지만 붕어빵에 붕어가 없듯 그 호수에는 백조가 없다. 마을 사람들은 그 이름을 아름답지도 않고 이름처럼 낭만적인 분위기도 없는 썰렁한 호수에 붙은 일종의 농담 정도로 여긴다. 이름과 달리 어떤 낭만도 환상도 없는 썰렁한 분위기, '장미전쟁 때부터 이 동네에서 살아온 사람이 아니면 절대 동네 사람이 되지 못할' 만큼 보수적이고 폐쇄적인 마을 사람들, 포클랜드제도를 두고 영국과 아르헨티나 간에 분쟁이 격화되고 경제 불황은 끝없이 어두운 그림자를 드리우는 뒤숭숭한 시대 상황, 하루가 멀다 하고 살벌한 부부싸움이 벌어지는 살얼음판 같은 집안 공기. 이처럼 답답하고 우울한 분위기 속에서 열세 살 소년 제이슨은 사춘기에 들어선다.

『블랙스완그린』은 여러모로 오래전 많은 감동을 주었고 뮤지컬

로도 꾸준히 인기를 끌고 있는 영국 영화 〈빌리 엘리어트〉의 문학 소년 버전이라 할 만하다. 우선 시대적 배경이 두 작품 다 극심한 경제 침체와 이에 따른 무자비한 대량 해고로 시끄러웠던 1980년 대 대처 시대이다. 평온하고 안락했던 중산층의 삶이 무너지기 시 작하던 때이다. 춤을 추고 싶어하던 빌리가 그 꿈을 무시당하고 아 버지의 강권으로 권투를 배워야 했던 것처럼, 제이슨 또한 시인의 꿈을 품고 있지만 그 꿈을 떳떳하게 이야기하지 못한다. 그가 시를 쓴다는 것이야말로 누구에게도 들켜서는 안 되는 일급비밀인 것 이다. '남성다움'의 정도에 따라 철저한 위계질서가 존재하는 교 실에서 계집애같이 문학을 좋아하고 시를 쓴다는 것은 열세 살 남 학생들의 세계에서는 조리돌림과 교수형에 처해지고도 남을 중범 죄다. '남과 다르다는 것'은 이 보수적이고 답답한 마을에서는 결 코 드러내서는 안 될 주홍글씨와도 같다.

남몰래 혼자 판타지 소설들을 읽고 시를 쓰며 '어딘지 모를 다 른 세계'를 꿈꾸는 소년에게 『블랙스완그린』의 배경이 되는 영국 시골 중산층의 세계는 참을 수 없이 갑갑하고 범속하며 위선적이 다. 마을 주변의 집시들을 몰아내려는 시도는 자기들만의 좁아터 진 세계에 집착하는 그들의 배타성과 이기심을 보여준다. 그들은 우물 안 개구리처럼 자기들만의 세계 안에 갇혀 있으면서도 그 세 계만이 전부인 줄 알고 온갖 쩨쩨하고 소소한 규칙들에 얽매여 살 아간다. 제이슨의 아버지와 이모부 사이에서 벌어지는 날선 논쟁 은 어른들의 오만과 위선을 추하게 드러낸다. 이웃들의 소소한 불 행과 실패가 그들의 '그날이 그날 같은 삶'의 유일한 즐거움이다.

아이들의 세계 또한 어른들의 세계와 별반 다르지 않다. 어떤 면에서는 어른들보다도 더 잔인하며 노골적인 폭력이 난무한다. 제이슨은 위계질서가 강한 교실에서 최대한 남의 눈에 띄지 않고 어중간한 위치를 유지하며 살아가려고 기를 쓰지만, 말더듬이라는 약점, 아이들 세계의 행동법칙을 준수하지 않는 태도로 인해 공격을 받는다. 그는 학교에서 왕따가 되어 거친 아이들에게 괴롭힘을 당하지만, 부모에게도 선생에게도 도움을 청할 수가 없다. 아이들의 세계는 그 나름대로의 자율적인 법칙에 따라 움직인다. 『블랙스완그린』의 어른들은 아이들의 세계를 이해하지도 못할뿐더러 적극적으로 개입해 문제를 해결해줄 의지도 능력도 없다. 한편 아이에서 어른으로 성숙해가며 독립하려 하는 사춘기 소년들은 더 이상 어른들에게 도움을 청할 수 없다는 사실을 알고 있다. 제이슨에게 선택은, 모든 굴욕을 받아들이고 죽은 듯 엎드려 사느냐, 아이들의 폭력에 폭력으로 맞서느냐 둘 중 하나다. 어른들은 그의 선택을 이해하지 못할지도 모르지만, 제이슨은 자기 힘으로, 자기 방식대로 저항하는 쪽을 택한다. 폭력적인 방법을 동원하기는 하지만 왕따 문제를 폭로함으로써 부당한 폭력에 맞설 수 있다는 자신감을 얻게 된다. 제이슨의 불안감은 근본적으로 자신의 존재 근거에 대한 절대적인 확신이 없는 데에서 온다. 제이슨의 말더듬증은 '태어나지 않은 쌍둥이', 자신의 또다른 반쪽의 존재에서 기인하는데, 제이슨은 어째서 자신은 세상에 태어나고 쌍둥이는 그러지 못했는지, 자신이 과연 세상에 존재할 자격이 있는지 고민한다. 자아에 대한 본질적인 질문을 파고들어가 답을 찾으려 몸부림치는 과정이 열세 살 제이슨의 성장에 꼭 필요한 통과의례가 된다. 자기 대신 태어날 수도 있었던 그 쌍둥이 외에도 이 세상에는 무수히 많은, 현실이 되지 않은 다른 가능성들이 존재하며, 그중 어떤 것이 현실이 되기 위해서 특별한 근거가 필요한 것은 아니라는 점, 우연히 존재를 허락받았더라도 존재 자체만으로 절대적인 가치를 갖는다는 점을 이해함으로써 제이슨은 자아를 둘러싼 혼돈을 극복해나가게 되는 것이다.

『블랙스완그린』은 사춘기 소년 제이슨의 성장기이다. 청소년기를 흔한 말로 '질풍노도의 시기'라 부르는 것은 자아가 점점 확고히 형성되기 시작하면서 자신을 둘러싼 세계와 충돌하고 한판 대결을 벌여야 하기 때문이다. 소년은 이제 의문을 품고 회의하기 이전의 안온했던 유년의 세계를 등지고 새롭고 불확실한 세계로 나아가야 한다. 열세 살 제이슨의 일 년은 순탄치 않다. 그는 간신히 왕따를 벗어났지만 위태롭던 부모의 결혼생활은 결국 아빠의 외도로 파국을 맞는다. 한동안 포클랜드전쟁이 불붙인 애국심 열풍에 휩쓸려 흥분하기도 했지만 친구의 형이 전사한다. 자신을 지독하게 괴롭힌 아이가 잃어버린 지갑을 양심을 지키려 돌려주었지만 오히려 그것이 원인이 되어 그 아이는 교통사고로 다리를 잃는다. 이제 열네 살이 된 제이슨은 새로운 동네로 옮겨가, 이혼하고 홀로서기를 한 어머니와 단둘이 새로운 생활을 시작해야 한다. 모든 끝은 새로운 시작인 이상, 좋고 나빴던 여러 가지 일들도 시간의 흐름 속에서 계속되면서 다른 의미로 새롭게 변화할 것이다. 아직 사춘기의 한가운데에 있는 제이슨에게 그가 겪은 일 년간의 사건들은 긴 삶에서 거쳐가야 할 하나의 여정일 뿐이며, 그것들이 그에게 어떤 의미로 남을지는 아직 알 수 없다. 『블랙스완그린』의 모든 사건은 미결로 끝난다. 하지만 누나의 말대로 아직 다 끝난 것이 아니고 계속 더 이어지리라는 사실 자체에 희망이 있다.

여담으로, 작가의 전작 『클라우드 아틀라스』를 읽은 독자라면 반가워할 낯익은 인물이 등장한다. 바로 로버트 프로비셔의 스승인 비비언 에어스의 딸 에바 크롬링크 부인이다. 범속한 중산층의 세계인 『블랙스완그린』 속에서 에바는 그 이전 세기 유럽의 고풍스럽고 지적이며 우아한 분위기를 그대로 간직한 채 나타나 비록 짧은 만남이지만 홀로 고립된 이 열세 살 소년에게 다른 세계의 존재를 엿보게 해준다. 『클라우드 아틀라스』 속의 열여덟 살 처녀는 이제 팔십의 노부인이 되었지만 여전히 아름답고 치명적으로 매혹적이다.

2013년 겨울
송은주

옮긴이 **송은주**

이화여대 영문학과를 졸업하고 동대학원에서 박사학위를 받았다. 현재 전문번역가로 활동하며 건국대, 이화여대에서 강의를 하고 있다. 옮긴 책으로 『클라우드 아틀라스』『광대 샬리마르』『공포의 헬멧』『선셋 파크』『위키드 1, 2』『동물을 먹는다는 것에 대하여』『엄청나게 시끄럽고 믿을 수 없게 가까운』『모든 것이 밝혀졌다』『미들섹스』『종이로 만든 사람들』 등이 있다.

문학동네 세계문학

블랙스완그린

초판 인쇄 2013년 12월 10일 | 초판 발행 2013년 12월 20일

지은이 데이비드 미첼 | 옮긴이 송은주 | 펴낸이 강병선
책임편집 윤정민 | 편집 이현자 이도겸 | 독자모니터 양은희
디자인 윤종윤 이원경 | 저작권 한문숙 박혜연 김지영
마케팅 정민호 박보람 양서연 | 온라인 마케팅 김희숙 김상만 이원주 한수진
제작 강신은 김동욱 임현식 | 제작처 영신사

펴낸곳 (주)문학동네
출판등록 1993년 10월 22일 제406-2003-000045호
주소 413-120 경기도 파주시 회동길 210
전자우편 editor@munhak.com | 대표전화 031) 955-8888 | 팩스 031) 955-8855
문의전화 031) 955-3576(마케팅) 031) 955-2634(편집)
문학동네카페 http://cafe.naver.com/mhdn

ISBN 978-89-546-2285-1 03840

www.munhak.com